（清）陳澍 編

鄭焕章 點校

螺陽文獻

泉州文庫整理出版委員會

商務印書館

前　言

　　泉州建制一千三百多年，爲中國歷史文化名城和古代海外交通的重要港口。"比屋弦誦，人文爲閩最"，素稱海濱鄒魯、文獻之邦。代有經邦緯國、出類拔萃之才，歐陽詹、曾公亮、蘇頌、蔡清、王慎中、俞大猷、李贄、鄭成功、李光地等一大批傑出人物留下了大量具有歷史、文學、藝術、哲學、軍事、經濟價值的文化遺産。據不完全統計，見載於史籍的著作家有一千四百二十六人，著作多達三千七百三十九種，其中唐五代二十九人三十二種，宋代二百人三百九十一種，元代二十一人四十種，明代五百三十六人一千五百八十五種，清代六百四十人一千六百九十一種；收入《四庫全書》一百一十五家一百六十四種，《四庫全書存目叢書》五十六家七十四種，《續修四庫全書》十四家十七種。二〇〇八年國務院頒布第一批國家珍貴古籍名録，屬泉人著述、出版者十三種。

　　遺憾的是，雖然泉州典籍贍富，每一時代都有一批重要著作相繼問世，但歷經歲月淘汰、劫難摧殘，加上庋藏環境不良，遺存至今十無二三，多成珍籍孤本。這些文化遺産，是歷史的見證，是泉州人民同時也是中華民族的寶貴文化財富，亟待搶救保護，古爲今用。

　　對泉州地方文獻的搜集與整理，最早有南宋嘉定年間的《清源文集》十卷，明萬曆二十五年《清源文獻》十八卷繼出，入清則有《清源文獻纂續合編》三十六卷問世。這些文獻彙編，或已佚失，或存本極少。二十世紀四十年代，泉州成立"晉江文獻整理委員會"，準備整理出版歷代泉人著作，因經費短缺未果。八十年代，地方文史界發起研究"泉州學"，再次計劃編輯地方文獻叢書，可惜後來也因爲各種條件的限制，其事遂寢。但是這兩次努力，爲地方文獻叢書的整理出版做了準備，留下了珍貴的文獻資料和書目彙編。

　　二〇〇五年三月，中共泉州市委、泉州市政府決定將地方文獻叢書出版工作列爲國民經濟和社會發展第十一個五年規劃的一項文化工程。翌年,正式成立"泉州地方典籍《泉州文庫》整理出版委員會",着手對分散庋藏於全國各大圖書館及民間的古籍進行調查搜集,整理出《泉州文庫備考書目》二百六十七家六百一十四種,以後又陸續檢索出遺漏書目近百家一百八十餘種。經過省内外專家學者多次論證,最後篩選出一百五十部二百五十餘種著作,組成一套有一定規模、自成體系、比較完整,可以概括泉人著作風貌、反映泉州千餘年文化發展脉絡的地方文獻叢書,取名《泉州文庫》,二〇一一年起陸續出版發行。

整理出版《泉州文庫》的宗旨是:遵循國家的文化方針政策,保護和利用珍貴文獻典籍,以期繼承發揚中華民族優秀文化傳統,增進民族團結,維護國家統一,提高民族自信心和凝聚力,加強社會主義核心價值體系建設,增强文化軟實力,爲泉州的物質文明和精神文明建設服務。

《泉州文庫》始唐迄清,原著點校,收録標準着眼於學術性、科學性、文學性、地域性、原創性、權威性,具有全國重要影響和著名歷史人物的代表作優先。所録著作涵蓋泉州各縣(市、區),包括金門縣及歷史上泉州府屬同安縣,曾在泉州任職、寄寓、活動過的非泉籍人氏的作品,則取其内容與泉州密切相關的專門著作。文庫採用繁體字橫排印刷,内容涉及政治、經濟、歷史、地理、哲學、宗教、軍事、語言文字、文化教育、文學藝術、科學技術等領域,其中不乏孤稀珍罕舊槧秘笈,堪稱温陵文獻之幟志。

值此《泉州文庫》出版之際,謹向各支持單位、個人和參加點校的專家學者表示誠摯的感謝! 由於涉及的學科和内容至爲廣泛,工作底本每有蛀蝕脱漏,加之書成衆手,雖經反復校勘,但限於水平,不足或錯誤之處還是難免,敬請讀者批評指教。

泉州地方典籍《泉州文庫》整理出版委員會
二〇一一年三月

整理凡例

一、《泉州文庫》(以下簡稱"文庫")收録對象爲有關泉州的專門著作和泉州籍人士(包括長期寓居泉州的著名人物)著作,地域範圍爲泉州一府七縣,即晋江(包括現在的晋江市、石獅市、鯉城區、豐澤區、洛江區)、南安、惠安(包括泉港區)、同安(包括金門縣)、安溪、永春、德化。成書下限爲一九四九年九月以前(個別選題酌情下延)。選題内容以文學藝術、歷史、地理、哲學、政治、軍事、科技、語言教育等文化典籍爲主,以發掘珍本、孤本爲重點,有全國性影響、學術價值高、富有原創性著作優先,兼及零散資料匯總。

二、每種著作盡量收集不同版本進行比較,選擇其中年代較早、内容完整、校刻最精的版本爲工作底本,并與有關史籍、筆記、文集、叢書參校,文字擇善而從。

三、尊重原著,作者原有注釋與説明文字概予保留。後來增加者,則視其價值取捨。

四、凡底本訛誤衍漏,增字以[ ]表示,正字以( )表示,難辨或無法補正的缺脱文字以□表示,明顯錯字徑直改正,均不作校記。

五、凡底本與其他版本文字差異,各有所長,取捨兩難,或原文脱訛嚴重致點讀困難,或史實明顯錯誤者,正文仍從底本,而於篇末校勘記中説明。

六、凡人名、地名、官名脱誤者,均予改正,訛誤而又查不到出處之人名、地名、官名及少數民族部落名同異譯者,依原文不予改動。

七、少數民族名稱凡帶有侮辱性的字樣,除舊史中習見的泛稱以外,均加引號以示區别,并於校記中説明。

八、標點符號執行一九九六年實施的國家《標點符號用法》。文庫點校循新版二十四史及《清史稿》例,一般不使用破折號和省略號。

九、原文不分段者，按文意自然分段。

十、凡異體字、俗體字、通假字，如非人名、地名，改動又無關文旨者，一般改爲通用字；異體字已經約定俗成、容易辨認者不改。個別著作爲保持原本文字語言風貌，其通假字則不校改。

十一、避諱字、缺筆字盡量改正。早期因避諱所產生的詞彙成爲習慣者不改正。

十二、古籍行文中涉及國家、朝廷、皇帝、上司、宗族等所用抬頭格式均予取消。

十三、文庫一般一册收録一種著作，篇幅小的著作由兩種或若干種組成一册，篇幅大的著作則分成兩册或若干册。

十四、文庫採用橫排、繁體字印刷出版。每册前置前言、凡例。每種著作仿《四庫全書》提要之例，由編者撰寫《校點後記》，簡略介紹作者生平、著作內容及評價、版本情况，説明其他需要説明的問題。

泉州地方典籍《泉州文庫》整理出版委員會辦公室

二〇〇七年二月五日

螺陽文獻序

事有心同然而行未逮，得一人先舉之，則事協諸心，用贊嘆之，表揚之，不使吹毛求疵者輕議其後，如余于水亭陳公所輯吾惠文獻是也。

惠濱海區，地僻且小，然鄭公襃以古文顯于時，黃公藪以皇朝受命賦萬餘言，爲蘇易簡所奇，其猶子宗旦，亦器重于歐陽修、王禹偁，若李慶孫則競傳其文章。嗣是人材接踵，著作林立，彬彬乎文獻邑也。獨惜剞劂所傳，叠遭寇毁，十存一二。至單寒之儒，才以位晦；閨閫之秀，文以身隱；暨羽士、方外不取重于俗者，珠沉玉蘊，末由呈輝矣。夫當見聞所觸，心思所感，或義在必陳，或情在必吐，或時不容默，事不容隱，爲奏疏，爲記序，爲書傳、考文，爲詩賦、碑銘、辭跋、說解，各浣腸吐臟，吮墨揮毫，縱不敢自許字挾風霜，聲成金石，亦自珍惜，編柳截蒲，卷藏諸家以垂後。而磨滅兵燹，既付之無可如何，甚者子孫不知愛護，任剥蝕于蠹魚，忍殘污于覆瓿，與砥柱之溺、宇文之火何異？念及此，得不爲前賢扼腕傷心歟？

余癸亥歲，慨先輩制義散失，偕曾君遜士搜集付梓，顔曰《錦城徵選諸雜著》，愧未及也。丙戌，衢圃楊明府雅修邑乘，命以藝文補張公前志所未備，因遍索遺編殘稿，登諸邑乘，但無關于邑政治、風俗、山川、人物者去之，鄙懷憾焉。

邇在水亭讌集，與陳公坐論，欲做吾郡《清源文獻》，取螺陽文獻，勒爲一書，陳公即以已成二十卷示余。余喜其先得我心所同然，袖歸而翻閱之，人鮮有遺，體亦皆備，有所棄而不傷于刻，廣所收而不嫌于濫，乃嘆陳公爲桑梓前後人計者遠也。蓋陳公生平嗜學好古，以故捃摭成集，使前人異曲同工，並垂不朽。後人因文考獻，具見真本于河間，無庸啓藏于魯壁，厥工豈小哉？

余勸梓而普傳之，陳公恐采擇未醇，起人非議。余曰："古詩三千，孔子僅存三百,然猶雜以鄭衛淫哇者,備十五國之風不使缺也。矧省小于天下,郡小于省,而邑又小于郡,必緣同異以棄取,存者寥寥無幾矣。故人不盡立德立功,位不盡垂紳搢笏,才不盡倚天拔地,思不盡瀉水湧泉,詞不盡積玉碎金,聲不盡黃鐘大呂,苟可以載青簡垂綠帙,而協心所同然者,雖參差錯出亦何妨?"

陳公聞余言而可之,決于刊播,索序于余。余拙古文,惟即所自贊嘆,而欲表揚以杜吹毛求疵者之口,妄爲之序。

賜進士出身承德郎、内陞部主事、前河南懷慶府溫縣知縣、姻弟王其華頓首拜。

螺陽文獻序

水亭陳公，衰惠邑藝文勒成一書，爲卷二十，爲目五十二，分薦紳、武秩、布衣、閨秀、仙釋、女冠諸類，統得百十八人，顏曰《螺陽文獻》，而請序于予以付梓。

予受而翻閱之，義當而例嚴，旨遠而體備，因不禁喟然而興嘆也。夫古稱不朽有三：立德、立功、立言。自書契以來，典籍所載何可勝紀？然孔子尚有文獻不足之嘆，則知立而不朽之難也。《周禮》小史掌邦國之志，外史掌四方之志，後世寰宇以迄郡邑各有記載，而徵文稽獻之士亦班班可考。然邑乘又僅居郡志之一，而藝文又僅居邑乘之一，求其上下今古彙一邑著述，而統括靡遺，非遠紹旁搜，編纂成帙，弗能備也。況時世遞隔，老成代謝，風霜兵燹之餘，剝蝕湮沒，散佚殆盡，搜輯爲勞。

水亭，螺陽知名士也。與余弟爲選拔同譜，雅慕文學，留心桑梓，爰本《清源文獻》，取郡邑志中藝文而廣之；復遍采碩儒懸市之業，旁及故家斷簡之遺，自章疏敷奏以及書序、傳記、詞賦、詩歌、碑碣、雜著，犁然，燦然。雖人物、文章未可同日語，要皆有精光奇氣，亙千古而必不可磨滅之狀。故無論名公、鉅卿卓犖當世者，固顯揚盛美，垂諸無窮，即至布衣、閨秀好學能文，亦靡不闡幽微顯，媲美風騷，下至緇流、羽士、方外之徒片長可錄，亦所不遺。俾車書萬國，長懸忠臣孝子之章；赫奕千年，猶睹郭錦江花之色。蓋郡邑乘職其要，而文獻志其詳，誠不朽之鉅觀，而千古考鏡得失之林也。

我國家重熙累洽，觀文化成，海隅日出，罔不承俾。惠僻在海濱，延袤縱橫不及百里，而鄒魯遺風于今爲盛，懷瑾握瑜之士聯鑣而蔚起。予自客歲承乏茲土，每仰慕前哲，思欲搜羅而表章之，而鼇別塵牘，謙讓未遑也。邇來戴星出入，課其耕桑,鼓其弦誦,厲其訓型,方期與士君子上下其議論,揚扢其休嘉,適水亭手是編以相示。余見其因文考獻,彪炳藝林,而本末具舉,細大不遺,猶襄陽之傳耆舊,徐州之傳先賢也。寧獨净峰之奏疏,不減賈、晁,吾野之詩章,彷彿顏、謝,爲足争光日月,揚徽史册云爾哉?

夫陵谷變遷,須紀載之遞起,故《班史》志藝文,存者十無一二。今水亭揣摭遺篇,研摩編削,成一家之言,洵足備史氏之采擇,爲螺陽之鼓吹,固子衿齊民所矜式,而郡邑志亦因以彌光,則編書與著書者同一不朽盛事矣！余既嘉水亭修輯之功,爰出數言以弁其首云。

文林郎、知惠安縣事、年眷弟隴沃馬淮拜序。

序

福建泉州張君大河內史，其兄大川、弟大江，皆名孝廉也，多識舊聞，博采軼事，與同里陳孝廉玉德文行相頡頏。光緒八年壬午，陳孝廉出其族叔澍君所纂《螺陽文獻》稿以示，張君大川見即贊助付梓，俾成一代信史。時越四十一載，爲壬戌之秋，適祖陶攝篆斯邑，張君大河繼承兄志，重行補刊，囑爲叙言。嘅夫！杞不足徵，傷夏之史亡也；宋不足徵，傷殷之史亡也。家國隆替，文獻繫之，陳君宗杞宋思獻之旨，師《文獻通考》之規。

螺陽，今惠安縣，隸泉州，距府城五十里，海濱鄒魯，代有人文，則凡揚文學、徵品操、考逸事，體例精詳，裒然成集。陳君搜羅藝苑，矜式里閭，張君賡續梨棗，并傳志乘，可謂美矣！備矣！

禮失而求諸野，文散而徵于獻，旨哉言乎！維天下之變亟矣，毁裂冠冕，邪説横行，充其害不至天地坼崩不止，名教綱常、文章道德悉付淪胥。然景行先哲，牖起後人，亦足挽狂瀾于既倒，卜昌運于將來。此張君竟乃兄未竟之功，汲汲爲陳君存稿補刊者，固別有無窮之感想也。

祖陶棄書久，何敢應命？爰述請于嗣母舅氏潞河白公石農印曾麟爲綴以志之。是爲序。

壬戌葭月，知福建惠安縣事銅山張祖陶。

螺陽文獻序

《螺陽文獻》一書，藏之邑南秀嶺陳姓家久矣。陳于子符孝廉玉德爲同姓，家清儉，未能壽之梨棗。然䵷螘之所侵，蟫蠹之所據，歲月時代之所經，采匿光韜，聲銷響寂，岌岌乎有楸帙零篇，不克終歲之慮矣。孝廉目極是書，意以謂果如是也，是則作之者之不幸，而正因文考獻者之不幸也。

夫惠固人才淵藪也，自古山川靈淑，歷久彌彰，其雄浩峻嶒、奔騰澎湃者，往往蔚爲羽經翊傳之儒，經天緯地之士，烺烺炳炳，振古爍今。此其人即不以文稱，而其不朽之盛業，雖百世下之耄稚猶能言也。其降，則峻峭淪漣之氣隨地鍾毓，或才人，或畸士，或衡泌而自適，或纓紱而有煇，或閨閣而罔忒其儀，或方外而弗叛乎道，舉能捈藻颺詞，擬騷賡韻，言矩于理，事協于經，抒其忠孝節義之衷，發乎喜怒哀樂之正，則固燦然文也。或其人有不當于獻，而試搜諸斷碣殘碑，擷其餘馨剩馥，低徊往復，感喟唏歔，有欲聽消沉于蔓草荒烟中，可乎？況吾邑自西北大帽山麓別支分，雄奇盤屈不可名狀，乃逶迤將窮則環以鉅海，何其偉耶！昔我襄惠公謂："山川之勝，絕類江南；湮欝一開，人文丕振。"至于今，且齒諸上國焉。然則《文獻》一書，何可廢也？

夫自歐陽四門以文學開郡人之先，群賢嗣興，儒業寖盛，彬彬濟濟，煒映後先。而吾邑之黃叔才、王賓虞、鄭成之、李慶孫、江聖俞、謝菱溪數君子，莫不有文，莫不稱獻。終明之世，則家握隋珠，人抱和璧，如陳士陞、黃孔昭、許夫廣、曾小坪諸前修，尤爲徵文考獻者指所首僂。迨正、嘉間，吾襄惠公出，則勛業文章超前邁後，爲宇宙中第一人流。是公固八閩之人傑也，豈區區吾邑人所得而私哉？

我國家深仁厚澤，覃暨海邦，有志之士靡不爭相淬礪，仰副涵濡煦育之仁。

而理學大儒,鴻猷碩望,唐、宋以降莫盛于茲,非所謂千載一時之隆與?

是書搜輯既多,審擇尤當,孝廉懼其湮沒不傳也,將謀于予兄汝舟大川。會予兄公車北上,孝廉亦羇都未返,遂極意懋恩。予兄慨然肩之,乃殺青未竣而冥室遽扃,事因以寢。後予表弟陳藹士兆枏卸署古田教諭歸來,曰:"是書孝廉翹跂于君之成之久矣,予以嗣兄之志義不容辭。"尤幸其時予弟碧山大江大挑教諭旋里,得以目營手披,悉心參校,役蔵而夏臘近兩周矣。

予維學淺識膚,不敢謬加增補,猷念烈女弟祭夫一誄,事關風化,不忍令遝澌滅,爰附諸篇後。若夫廣遺續編者,則竢後之君子。

明黃文簡公之識吾郡也,曰:"令數十載後,又不知鄧林之瑋榦、縣圃之瓊瑤,奚所厝斧斤函篋矣?"予于是書亦云然。

宣統元年冬,內閣中書銜、吏部注選教諭、四品封職員外郎銜、度支部通阜司奏留主事、加三級張大河謹題于秀塗雲頭二銘山館。

螺陽文獻後序

惠,蕞爾邑也。南附于郡,北邇于莆,西阻于山,東窮于海,環疆而計,縱橫數十里耳。以天下之大而有閩,以閩之大而僅此區區數十里之惠,中間毓秀孕奇,較中州大邑似不能十之一二,則載籍文字,采風者未免忽略而過也。然考惠未置邑之先,人文已肇于唐,迨宋若鄭成之、謝德翔、江聖愈所稱"博雅君子",雖渺不得而見其文,其他固未盡就湮。有明正、嘉而降,彬彬乎盛,其時士以制義博功名,而留心古作,追紿賈、董,出入風騷,卓乎各成一家言,外至布衣、墨客、閨秀、緇流,各抒性情以傳翰藻。入我朝,文風丕暢,制作如林,汗馬倥傯,亦喜吟咏,幾乎美不勝收矣。

澍每讀《清源文獻》,見吾惠人寥寥可數,竊以爲憾,數年來殫心搜輯,欲自成一書,卷帙尚未完足。歲丙戌,余分纂邑乘,博其徵選,集其精要,正其訛錯,別其體裁,自唐迄今,曰"薦紳"、曰"武秩"、曰"布衣"、曰"閨秀"、曰"仙釋"、曰"女冠",統得百十八人,爲卷二十。首載奏疏,崇忠孝也;次以論策,徵學識也;書、序、記、傳,揚人品、表功烈,且存桑梓舊事也。若問對、議、解,發聖賢之蘊,驗經濟之宏也。其餘以類推矣。既脱稿,按卷而披之,惶然踽踽焉。蓋上下千百年,近者有集可徵,由明而上,先輩篇章幾經兵燹,隻字片言,得之匪易。意欲所求,窮搜而愈不獲;心所絕想,忽遇于俄頃之間。有群相傳寫,而亥豕皆謬;有同是一編,而彼此互異。顧以迂疏學問,獲彙完稿,就正大方,公諸同好,其果不負初心否耶?詩多采《惠風》,删其冗雜,補以所未及,載附于簡末,與《清源文獻》頗異其例,而因文見獻,則一也夫。

螺陽陳澍水亭謹識。

凡　　例

一　吾惠，宋太平興國六年析晉江東鄉十六里置邑。然唐陳嘏、黃訥裕所居之地在東鄉十六里中，入惠安版圖。淨峰公邑誌列嘏于"人物傳"首，訥裕之後世居錦田，故二公詩文在所必選。

一　是集主于揚文學、徵品操、考逸事，若纖巧詞章、應酬尺牘概從刪棄。至張淨峰、李抑齋、康磐峰、駱台晉、陳荊碧全集俱在，黃孔昭詩亦完本，則有美不勝收之憾，今第選其要。宋、元以上，文多湮沒，有得即收之。國初以降，寧嚴毋寬，蓋近者有待，遠者難求也。

一　真西山守泉刻《清源文集》，合泉郡詩文七百餘篇，久已無傳。《嘉定志》、《淳祐志》，世復罕覯。吾邑嘉靖、萬曆諸志，率皆不詳詞翰。唯《清源文獻》一書，邑先輩統得二十餘人耳，埋珠玉于瓦礫，識者悲焉。茲集所刻，聊備一邑之觀，以待賢者從而增補之。惠雖僻在海隅，其文風固不出人下也。

一　家藏書籍不能全備，歷年抄錄，同志相資，亦必賴賢子孫揚其先人，應徵而至，庶先輩嘉言咸登梨棗。乃聞風踴躍者多，而秘若肩鐍者亦不少，甚有完集落于賈豎，任索弗與，時勢所爲，付之一嘆耳！

一　《新安文獻》、《海鹽文獻》、《淮郡文獻》皆不錄生存，蓋棺論定，本此意也。《清源文獻》亦引此爲例，故茲集悉選既往之文，留生存者待他日論定。

一　怍庵先生《清源文獻》，既于郡賢中標有薦紳、藩王、武弁、布衣、閨秀、釋子、女冠、羽士諸目矣，乃復首載寓賢，曰"有賓道也"，繼以溯賢，其身不家于是，而子孫載族以來者，又繼以孕賢，或誕生其地、或其祖父泉人他遷徙而生者，皆采其文字焉。鄙意爲集以地之文獻命名，當以地之所產爲徵，似毋庸廣收混雜，不自揣，彙選游寓諸目，另成一書。又考怍庵輯王梅溪、真西山二賢守狀教題咏,爲溫陵留墨,即以吾邑有宋以來官斯土者詩文合而載之,別標名目,不以相淆,庶閲者了然。

一　張景序《鄭襃集》,謂宗尚韓吏部,而體勢近之。蔡襄論閩中文章,自歐陽詹後唯推襃,净峰公謂:"襃之自處,亦頗不讓于詹。"陳覺民稱謝文龍、文敏兄弟,曰:"二謝,真江左人物。"諸公文集散失,吳謂之"負氣寡偶,文辭俊邁"。江與權之從學蘇白石、陳北溪,爲文古雅;邱崇、江致堯之詩名伯仲,俱只得耳聞。然則存什一于千百,吉光片羽,安得不從而珍惜之哉?

一　是集分目五十有二,每目文字照世次前後。唯劉若在明爲諸生,入國朝爲釋子,不得不兩著姓氏以示分別,故小傳詳言之。

一　先輩學有根柢,筆無苟下,後進鯫生,奚俟揄揚?凡詩文之後,偶有論説,必本諸史籍,因事附載,以備始末。其中佳處,讀者自領之。若昧爲評許,祗增疣贅。

一　是編有爵位巍峨,姓名不列,亦有布衣、方外,采録反多,無他,此專以文見獻也。夫身登仕版,功業、氣節國史載之,郡邑乘載之,固不徒藉乎此。其或生平長于著作,而後嗣脱略致泯焉無稽,則徒悵然無可如何焉耳。

一　姓氏、爵里之下偶存小傳,皆就文章一道立言,或兼著其人品、經濟,與志書所載原自有別,故有政治爛然,缺焉弗書,匪妄爲軒輊也,讀者慎毋以是見責。

一　王其華已作古人,《竹居文集》,亦有可采,令併補入《螺陽文獻》姓氏、爵里。

薦　　紳

唐

陳　嘏字錫之。居報劬山下。開成三年進士。以詞賦擅時名,尤工篆隸。宣宗奇其才,曰:"琬琰器也。"終刑部郎中。

黄訥裕字信夫,號梗南,黄田後邊人。乾符元年進士,工部侍郎,封楚國公。

五代

黄禹錫字仲元,號雪操。訥裕曾侄孫。晋天福二年進士。宋初爲檢校尚書、水部郎中,攝莆田令。陳洪進納土,林居裔聚衆作亂,脅禹錫,不屈,太宗嘉之,賜袍笏。

宋

黃宗旦 字叔才。八歲時，祖禹錫命賦《早春》詩，應聲而作。淳化末舉進士，赴闕，以文贄寇萊公、王元之，皆器許之，登咸平元年榜眼。與同邑李慶孫齊名，時人爲之語曰："國家才子黃宗旦，天下文章李慶孫。"由刑部郎中出知襄州，卒。

謝　履 字履道，謝莊嶺人。嘉祐二年進士，都水監丞，知婺州。善行、隸，有《雙峰詩集》。

王獻臣 字賓虞。熙寧三年特奏名，仕秘書丞。陳執中丞相嘗過其廬，有"王公杜陵老，草堂枕碧溪"之句。所著《卧龍翁稿》，葉廷珪郡守爲序，謂："其間佳句置唐人集中，無辨也。"

黃　翰 字瑤璋。宗旦曾孫①崇寧五年進士，知柳州。爲文祭柳子厚，刻柳集中。

李文會 字端友，小岞人。建炎二年進士，官至僉書樞密院事、參知政事。

吳　岡 字惟(稚)山。紹興八年進士。初以詩賦預貢，不第，取所業焚之，曰："是不足爲。"乃潛心經學。擢第，教授峽、邵二州。自號"耐閑翁"。有詩六卷。

謝起宗 謝莊嶺人。善評經史，自成一家。嘗著《野議》十篇，趙丞相鼎稱其才識。累試南宮不遇。陳知柔銘其墓，稱曰"菱溪先生"。

黃時亨 字乾行，溪邊人。乾道五年進士，官至龍圖閣學士。

黃巖孫 字景傳，號蒼盤，後邊人。朱子高弟。寶祐四年進士。輯文公所解《太極》、《通書》、《西銘》三書及諸儒所發揮者，名曰《輯解》，爲理學所宗。後通守福州，校刊《西山讀書記》。

元

盧　琦 字希韓，號立齋。至正二年，以《詩經》魁多士。知永春，破賊有功，人以比余闕之在安慶。終平陽知州。與陳旅、林以順、林泉生爲閩中名士。世居圭峰下。所著曰《圭峰集》，元陳誠中編次，明邑人朱一龍、三山董應舉序而刻之。今載顧使君《元詩選》。

謝子龍 字雲從。長于文學，兼工篆法。至正中，辟分教郡庠，太守偰玉立敬重之。一時著述多出其手，稱"西溪先生"。

明

洪　鐘 字希聲，號獵江。元季聖教湮没，公取考亭《孝經刊誤》，刻以風世。序歷代聖賢、名儒，各係以贊，俾學者誦之。明初，辟爲安溪學博。

余　福 字萬祥，號畏叟，在坊人。永樂丙戌進士。以行人使交州，清操爲文皇所知，官九江守。

陳　濬 字濬哲，號靖隱，積慶人。永樂戊戌乙榜進士，初爲麗水教諭。峒寇爲亂，擁衆剽掠，有司莫敢禦者。公視學，值寇猝至，乃率諸生要于境，反覆開諭，慷慨激烈，寇相顧駭愕而去，邑遂以寧。擢監察御史,兩按山東、一按廣西,棄官歸養。清源四君子,公其一也。

張　茂字勉實②,香山下張坑人。天順壬午貢士。桐廬縣丞。自號"清介叟"。

洪　炬號樸軒,鐘曾孫。天順間,以辟薦仕至太僕寺丞。

陳　睿字邦獻,號樸叟,斗門後坊(坑)人。成化乙未進士,官至貴州參政,以清白著。

黃　春字伯熙,時亨之後。弘治辛酉舉人。肄業北冑洞,窺性命之學。孝宗臨雍聽講,賜璽書獎諭。後通判惠州,三除寇害,惠州人祀之。

謝　平字時雍,下謝人。領弘治辛酉鄉薦,五舉不第,縱游江湖,卓犖之氣見于吟咏。晚得樂昌令,非其志也。抵任一夕卒,聞者悲之。張净峰曰:"平之詩翰,傑秀可觀。"

張　岳字維喬,號净峰。茂曾孫。正德癸酉解元、丁丑進士,官都御史兼兵部侍郎,總督九省,贈太子少保,謚襄惠。樸古忠正,志匡天下,守程、朱之學,與王氏"良知"不合。爲文體尚廬陵,晚頗出入長蘇,自負正、嘉兩朝文第一,但不欲以文士自命也。初爲行人,諫南巡,廷杖謫官。追莅荊、粵、滇、蜀,畏威懷德。及平蠻夷,人比之諸葛武侯。《八閩通志》以公爲士大夫之冠。聶貞襄豹謂:"道南一脉,公嚌其藏,功業、氣節特其一斑耳。"著書十餘種,皆有補世道。楚、粵鄉邑咸秩祀焉。

李　愷字克諧,號抑齋,在坊人。嘉靖壬辰會魁,由吏部郎中出爲湖廣按察副使。操行端嚴,兼通謀略,净峰公嘗資其策以破苗。家居時倭寇大至,又有全城之功。詩文氣概雄偉,著有《介山集》。

王以寧字禎甫,號古泉,東張人。嘉靖戊子舉人。己亥會闈,擬元不遂,呂相調陽欲官以清秩,却曰:"父命非甲第毋言官。"讀書京邸聖恩寺,歷上春官十三次。

康　朗字用晦,號磐峰,崧洋人。嘉靖乙未進士,授刑部主事,治郭武定侯獄,直聲震朝廷。歷副都御史,巡撫湖廣、貴州,氣節、經濟,巋然獨峙。詩學力追盛唐,著《存稿詩集》。

張　瑞字應時,東吳人。嘉靖戊戌進士,官至叙州知府。

莊朝賓字于觀,號瓊泉,田邊人。嘉靖丁未進士。知瑞州日,有"清比于水"之頌,瑞郡志以冠循吏。終貴州左參政。著《筠陽》、《巾笥》二集。

莊應禎③字希周,號石坡,霞曾人。嘉靖丁未進士,爲尚寶司丞,隨駕入西苑,進《大德得天頌》稱旨,名動一時。歷仕廣東右布政使。著《芝園摘稿》。

陳　彬字子斐,陳埭頭人。嘉靖丁酉舉人,荔浦主簿。

康惟心字存吾,在坊人。嘉靖丁酉舉人。

曾承芳字英邁,號龍山,山兜人。嘉靖丁未進士,令鄞縣,擢監察御史。著《封建策》、《百將傳》。

李　慎字克念,號少峰。愷之弟。嘉靖庚戌進士,官至遼東苑馬寺卿。著《靖邊一經》。

12

朱一龍字于田,號崑東,後林人。初姓鄭,後復朱姓。受業張净峰之門。嘉靖庚戌進士。時首揆分宜勢焰熏爍(灼),同榜三百人皆投謁,一龍獨不往。分宜令持單帖至,于"拜"字書半邊手,示不成拜,欲使懼謝,亦不動,人服其操。官至江西左參政。著《游海夢譚》諸書。

張　峰字維直,號養齋。岳弟。嘉靖庚戌進士,官四川僉事。

黃　森字叔喬,沈厝人④。嘉靖癸丑進士,官至岷府長史。

林富春字景嚴,號城山,水竟人。嘉靖癸丑進士,官至蘇州同知。

戴一俊字惟宅,號卓峰,崇武人。嘉靖癸丑進士,官至廣東按察副使。奉母至孝,居喪雪芝見瑞。歸里後,築片瓦巖,淡然獨處凡三十餘年。著《石室藏稿》。

郭　良字復吾,號卜周,上郭人。嘉靖壬戌進士,官至雲南僉事。

鄭一信字君允,號石巖,嶼尾人。嘉靖乙丑進士,歷任四川按察副使。喜購奇書,宦轍所至,汗牛充棟,士大夫載籍之富,罕有其儷。

鄭一濂字君順,號三巖。嘉靖乙卯,與從兄一信同領鄉薦。官思恩同知。晚年徜徉山水,吟咏爲樂。

張　宇字仲矩,號鳳岡。岳侄。净峰文衡武備,宇多與決。司馬聶豹有詩云:"孔孟早傳資校士,孫吳少授共談兵。"嘉靖末應歲貢,宰英德,議論逼近漢人。著《鳳岡存稿》。

孫有敷字時達,大坪人。隆慶丁卯舉人,官至雲南副使。

劉　會字逢甲,號望海,鋪前人。萬曆癸未進士,官至貴州按察使。

陳　鍔字巽卿,睿裔孫。萬曆丙子舉人,以子濂貴,贈按察使。

陳鍾珺字峙卿,號璧巖。睿裔孫。萬曆己卯舉人,官至思恩同知。

洪進隆字子崇,號筆山,鍾裔孫。萬曆壬午貢士,海豐教諭。邑侯葉絅齋致札幣延爲大館師。見《惠安政書》,所著有極高明,手錄《游德稿》。

陳　濂字道源,號麟崧。萬曆丙戌進士,歷仕廣東按察使。事母每作彩衣舞。著《薜蘿小草》。

陳舉賢字翀鵬,陳埭頭人。萬曆壬午舉人,官知縣。

江化鯉號霄臺,亦號無成子,霞安人。萬曆乙酉舉人,授龍門知縣。博學工詩,著《百一吟》。大學士史公聯岳尊之爲師,雖位極人臣,猶稱"門人"。

曾偉芳字君彦,號蒼巖,山兜人。萬曆己丑進士,授刑部主事,有《防漕》、《建儲》二疏。改兵部,又上《朝鮮善後事宜及東夷不可款貢狀》,朝議韙之。擢郎中,以非罪謫賓州判官。天啓初,録用直臣,而偉芳已逝,贈廣東參議。所著《寧夏紀事》,康熙間奉部文核取進呈。

駱日升字啓新，號台晉，埕邊人。萬曆乙未會魁。呈《毛詩制義》，爲海内所宗，吴下目爲中興第一人。古作氣力深厚，根據經史。視學江西，陳大士、羅文止、章大力、艾千子皆出其門。後備兵四川，死土酋之難，贈光禄寺卿，予祭葬。著《台晉文集》。

潘一諤字如虚，號鳴崑，輞川人。萬曆辛卯舉人，仕淮府長史。設壇立教于江右，三十年不回家，江右人師之。《鄱陽志》謂，一諤勸淮王建菁莪書院，與理學江和等立景仁會，又常會講于芝山，饒之道學日盛云。

張　迎字禮卿，號心廉。岳孫。萬曆乙未進士。事嫡母至孝。官吏部郎中，至尚寶司丞。凡三棄官歸養。熹廟立，詔録清廉，以風有位，擢尚寶少卿，仍乞終養，特祀學宫。李文節曰："吾鄉如張心廉者，時輩安得有此君子哉？"

莊毓慶字徵甫。應禎孫。萬曆辛丑進士，官至廣西布政使。慕白太傅風節，稱"尚白居士"。有《山居雜著》諸稿。

陳玉輝字達卿，號荆碧。濬裔孫。爲諸生即多著述，有《禦倭》、《備邊》、《六曹經濟》諸稿。領萬曆庚子鄉薦，辛丑進士。初令吉水，建四鄉書院，與鄒忠介、羅匡湖表章道學。歷監察御史，執法敢言。巡屯南都，復祖制、恤軍餘、劾狡弁，風裁尤峻。文集名《鑑鬢集》，五本。

劉　春字逢陽。會弟。萬曆丁未進士，官至江西副使。

莊毓傑字贊甫。應禎侄孫。萬曆丁未進士，授户部主事。

駱志賓字尚孺，號及程，雲頭人。萬曆癸卯鄉試第一人。治《詩經》有名于時。

張　鑛字珍夫，號迺蒿。峰曾孫。萬曆丙辰進士，官四川布政使。

孫幼孜字勵甫，號及華，大坪人。萬曆乙卯舉人，知吉安州。著《蜃樓集》。

陳文進號夢台。萬曆間貢士，永州通判。

陳鐘珙字石丈，鐘瑁弟。歲貢生，舉博學鴻詞。著《密庵前後集》。

許　朱字夫虞，號亦航，在坊人。天啓辛酉舉人。好學著書，刊于建陽甚夥，人謂不減子雲。詩集名《客客軒》。

王忠孝字仲孺，號愧兩，沙格人。崇禎戊辰進士，授户部主事。督運大通橋，不爲權璫所撓，被誣廷杖，擬空放回。甲申後，召爲紹興守，不赴。節操岩岩，明季縉紳推獨步焉。

張正聲字長正，號冲至。瑞曾孫。崇禎甲戌進士，官至兵部郎中。開社岳陽，著《積文堂集》，選刻《惠風》。

黃元亨字幼嘉，號一易，前黃人。天啓丁卯舉人。

曾　璟字小平，號木癡⑤，輞川人。崇禎庚午舉人。性嗜書，嘗作六半窩，鑿垣傳食，足不窺園，故書無不讀。所著集十數卷，皆自手錄，毀于兵燹，士林惜之。何鏡山曰："後來清源文獻，當以曾小平爲第一。"

詹光翰字子孟，下張人。崇禎丙子舉人。

國朝

陳龍巖字元瞻，號轉庵。玉輝子。順治戊子恩貢，典郡江寧。才望居最，詩文集有《鑑草》、《燕草》、《黔草》、《轉草》，合刻爲《鴻爪草》十四本。

盧　易字弗奇，號瑞峰，赤埕人。順治乙未會試第二人。廣西督學僉事，陞參議。

陳孫惠字駿汝，號吳水，龍巖子。幼敏慧異常，詩書過目成誦，縣、府、道三試皆冠童子軍，文宗閱裴卿大奇之，更批諸生一等五名下補廩。順治甲午鄉試，復以《詩經》冠本房。年二十二未赴春官，卒。著《宮詞》百首。

朱兆綱字天維⑥，號人庵。一龍裔孫，原名瑞參。少孤，母戴孺人教以詩文，登順治甲午賢書，馬邑知縣。著《睡足堂集》，續纂《惠安志》。

陳懋芳字漢生⑦，號瞻石。鐘瑨孫。順治戊戌進士，嘉祥知縣。

林之豸字史心⑧，號鐵漢，山後人。歲貢生。弱冠游京師，後以知兵入靖海侯幕。著《藕亭詩集》、《文集》若干卷。

林之㵾字巨川，象坑湖人。康熙丙戌進士，入詞林，官至左中允，提督江南學政。翰墨有聲，著《松研齋集》。

莊承祚字錫長，號松峰，下張人。康熙己卯順天舉人，知海康、遂寧諸縣。著《松峰晚咏》。

陳會津字汝雲，號亦筏⑨，龍巖姪孫。康熙乙酉經魁，上林知縣。古篆法鎸鏤圖章尤妙。

黃瑞鰲字玉山，號柱峰，前黃人。康熙丁酉經魁，舒城知縣。著《公餘偶筆》。

陳廷選字青天，號南塘。龍巖姪孫。太學生。雍正己酉，以辟薦召試圓明園稱旨，貳守瀘州。著《紅崖草》。

出科聯字乾甫，號淑渠⑩。乾隆戊午解元，己未進士，翰林院檢討。

吳　進字爾藎，號雲山。購書萬卷，刻苦下帷。乾隆辛酉領鄉薦，屢赴春官，殁于燕邸。

武秩

國朝

駱　儼字溫如，號紫松，雲頭人。康熙丙辰武進士。從提督萬正色征兩島，獻《靖海三策》，以功授都督同知,管建寧游擊。事後,平噶爾丹、剿紅夷,官至楚雄總兵。著《寄游八景》。

布　衣

明

蔡　信字實夫,號石亭。邑諸生,資性穎異,日能記五千餘言。與李抑齋天官相友善,非罪,被誣死獄中。著《籲天集》以自哀。

朱　昭字用晦。博學善文,屢試不得一衿,寄情詞賦,著《小園抱甕錄》。以子一龍貴,封部主事。

黃克晦字孔昭,號吾野,崇武人。初善畫,後發憤學詩。永春李氏者藏書甚富,延克晦于家,因得縱觀清秘。與王伯穀、沈嘉則齊名。晉江黃克纘刻其詩于聊城,選入《列朝詩鈔》,近裔孫重刻之。《御定書畫傳》曰:"黃克晦家貧,學畫肆力,爲詩髣髴顏、謝。畫筆蒼勁,閉户經月成者,尤可傳世。"何怍庵《清源文獻》曰:"孔昭之詩,如入幽林長薄,其樹木皆世所有,而鬱然蓊翳,遂覺老蒼。歷下、瑯琊所稱顏(盧)、謝,未能或先。"蒼湄林霍《閩詩話》曰:"黃山人詩、字、畫稱'三絕',有吳中名士求介紹于韓道尊,韓問曰:'曾到清源否?'曰:'未也。''曾見吾野否?'曰:'未也。'韓曰:'山不識清源,人不識吾野,則其人可知矣!'"

吳天成字德輝,號烟巖,輞川人。爲邑諸生。詞翰典雅,繼克晦而起。明府葉絅齋延于其家,令子侄師事之,故名尤重于嶺南。

朱　秩號琳源,一龍子,諸生。

薛邦寵號蓮巖山人[11],又號長嘯者。

黃士紳字英薦,溪邊人。廩生。應邑侯楊公國章聘,續修《惠安志》。

祖熙寅字弱翁,崇武人。高尚不工舉子業,專志學古,從何匪莪先生游,深得其傳。家徒四壁,恬如也。著《粵游鷄肋集》。

朱又孜字伯文,號習陽。一龍孫。太學生。著《寧淡居集》。

許　樗字夫薩,號亦樗,諸生。著《詩草》,先侍御荆碧公爲之序。

鄭柏茂字德遠。諸生。

陳元齡字宗九。太學生。著《思問篇》。

朱又孺字予申。又孜弟,以子兆綱貴贈知縣。

莊明鎮字静甫,號我唐,霞曾人。稚年棄家,放浪江湖,至老不歸。與七子唱和,詩名甚稱。

莊而楚字曇華。諸生。霞曾人。

陳元芝⑫號葵甫。磊落嗜古,于人鮮合。書法諸體並工,著爲《字譜》。

劉　若字子若,鋪前人。髫髻能文,弱冠食餼廩,何鏡山、黃石齋每加推獎。甲申鼎革,辭父母,棄妻子出家,釋名超宏。

莊啓亨字吉士,霞曾人。諸生。

劉　莊字子敬。癃者。習詩、字。

曾如茨字孝逸,璟子。幼稱神童,見父所藏書,窮日夜讀之。作文援筆立就,皆出人意表,詩尤古老。十八歲而殀,璟悼之,未幾亦没。

曾士林字衷白⑬。諸生。

黃　楨字道幹,號畏翁,後邊人。詩學祖熙寅。釋超宏爲立傳。

國朝

洪　崑字叔玉,號梁山。鍾裔孫。著《獺江新考》。

王鼎元字中實。諸生,以子其華貴贈主事。

黃吳祚字永公,號二曾。太學生。父爲代州[參]將,以軍功例得龍（襲）蔭,非其志也。初習舉子業,後遍游宇内名山勝迹,率多題咏,詩律謹嚴有法。著《又悔亭集》,丁雁水、趙蕁客序之。

閨　秀

明

姚烈婦侯卿諸生陳文銹妻,晉江舉人姚居易女孫。文銹病不起,姚作詩訣之,詞殊哀愴。居喪五旬,復自製文告辭家廟,已而從容自經,旌表節烈。

余端謐太守福女孫。

戴　雲朱又孺妻。通曉文義兼聲韻之學,巾幗所希也。以子兆綱貴,贈孺人。

陳小韞父元齡,以文學稱。小韞八歲,吟詩得句云:"素手挽琵琶,清聲明月中。"父見而奇之曰:"此吾家道韞也。"于是以名。及嫁郡人某,庸才而蕩,小韞意不自得,曰:"唯吟咏以終其身。"其詩之佳者,皆體物緣情,感人至語。父之友翰林鄭之系爲序,又系以詩云:"樓頭題得美人妝,素手琵琶學句嘗。錦字烏絲闌欲淹,玉堂艷曲體誰長？閑情衹共流蘇語,妙氣渾如噴雪香。恨事世間原不少,可能天壤嫁王郎。"林蒼湄曰:"霍嘗入郡,問少韞于山人陳暉、方外劉如幻,皆稱其有才而命薄,如鄭公詩中所云。若以列諸閨秀,其溫陵之翩翩乎？"

張若觀龍巖倅孫思妻。孫思夭死,即投井以殉。救出,誓爲立嗣乃止。丙辰寇至,妯娌共邀遠避，若觀佯遣先行，題詩壁間，遂自經。

仙　釋

宋

黃禹昌原名閶毓，字千峰。宗旦從諸父。深契禪宗，隱陽元山中，獨居一室，人莫敢輒造者。後升仙。《郡志》誤爲晉江人。

釋道英俗姓胡。得法于覺照大師子琦，爲崇寧間名僧。有《語錄》行世。

明

釋智瑛字總持。貧而能詩。

國朝

釋超宏即劉若。入國朝爲僧，字如幻，號雪衲。居南安雪峰巖，參亘信大師。著有《瘦松集》。按：公一人兩書其名，何也？蓋公爲明諸生，以氣節自樹，沒其本來面目，僅從禪釋之列，恐失公意。而脫白後，文字又與前不同，故分別載之，在明還以諸生，在國朝歸諸釋子，庶乎兩得焉。

釋净玉俗姓莊。年十一爲僧，遍參武林十八澗、雲間超果寺、浙江金粟、婁江香林。後主黃蘗寺，有得于禪，兼琴棋聲韻之學。所著《縻玉瑕語錄》一本。

女　冠

宋

洪聖保《閩書》載：聖保年五十于惠安龍泉出家，布衣一食，或絶粒逾年。皇祐間，鄉人夜聞音樂聲，次早潔髮更衣而卒。

閨　秀

國朝

張氏月，居雲頭鄉。花翎同知銜、贈文林郎鑑道長女，泉州府學武生何式吉元配。少讀詩書，深明大義。式吉病，請于姑洎兄姒，擇醫用藥，皇皇廢飲食。于式吉則調食和飲，必謹必慎。及大漸，立志相從入地，雉經三次，輒爲家人防護。光緒戊子二月六日，卜葬有期，爲文以祭，竟潛服金屑以殉，旌表節烈。

【校記】

① "宗旦曾孫",清嘉慶《惠安縣志》卷二十六作"宗旦孫"。

② "字勉實",清嘉慶《惠安縣志》卷二十三作"字敏實"。

③ "莊應禎",清嘉慶《惠安縣志》卷二十三作"莊應正"。

④ "沈厝人",清嘉慶《惠安縣志》卷二十三作"邑南御場人"。

⑤ "字小平,號木癡",清嘉慶《惠安縣志》卷二十六作"字君遷,號小平,又號癡木"。

⑥ "字天維",清嘉慶《惠安縣志》卷二十四作"字長魯"。

⑦ "字漢生",清嘉慶《惠安縣志》卷二十四作"字正中"。

⑧ "字史心",清嘉慶《惠安縣志》卷二十六作"字神羊"。

⑨ "字汝雲,號亦筏",清嘉慶《惠安縣志》卷二十二作"字亦筏"。

⑩ "號淑渠",清嘉慶《惠安縣志》卷二十六作"字叔渠"。

⑪ "號蓮巖山人",清嘉慶《惠安縣志》卷二十七作"蓮巖叟"。

⑫ "陳元芝",清嘉慶《惠安縣志》卷二十六作"陳元之"。

⑬ "字衷白",清嘉慶《惠安縣志》卷二十六作"號衷白"。

目　　録

螺陽文獻序	王其華	1
螺陽文獻序	馬　淮	3
序	張祖陶	5
螺陽文獻序	張大河	6
螺陽文獻後序	陳　澍	8
凡例		9

螺陽文獻卷一 ………………………………………………… 1
　奏疏 …………………………………………………………… 1
　　迎春奏 …………………………………………… 唐陳　嘏　1
　　請令大臣侍疾疏 _{正德戊寅} ………………………… 明張　岳　1
　　諫南巡疏 _{正德己卯} ……………………………… 明張　岳　2
　　論征安南疏 _{嘉靖丁酉} …………………………… 明張　岳　4
　　江省人材疏 _{嘉靖甲辰} …………………………… 明張　岳　6
　　極陳地方苗患并論征剿撫守利害疏 _{嘉靖己酉} … 明張　岳　7
　　幾務叢脞時事多艱疏 ………………………… 明陳玉輝　10
　　儲教久虛疏 …………………………………… 明陳玉輝　13
　　屯官日益闒茸屯糧日益逋負疏 ……………… 明陳玉輝　14
　　武弁土居江北軍餘世被魚肉疏 ……………… 明陳玉輝　16
　　諫魏黨疏 ……………………………………… 明張　鑛　19
螺陽文獻卷二 ………………………………………………… 23

露布·· 23
　平苗露布·· 明駱日升　23
策·· 24
　岐溝富平之敗何如策·· 明張　岳　24
　紀綱風俗策·· 明曾偉芳　27
　擬庚子廣西武舉錄策·· 明駱日升　28
　擬癸卯廣西武舉錄策·· 明駱日升　31

螺陽文獻卷三·· 35
論·· 35
　蒙恬論·· 明張　岳　35
　君子不憂不懼論·· 明張　岳　37
　唐藩鎮論·· 明張　宇　39
　勝可知而不可爲論·· 明駱日升　41
　春秋論·· 國朝釋超宏　43
議·· 45
　本朝廟制三大禮私議上朱侍郎·································· 明李　愷　45
　惠邑分疆議·· 明張　宇　47
　惠邑制險議·· 明張　宇　50
　預申救荒議·· 明陳玉輝　52
　博采輿論以襄治平議·· 國朝陳龍巖　54

螺陽文獻卷四·· 58
書·· 58
　與郭淺齋憲副書·· 明張　岳　58
　答聶雙江巡按書·· 明張　岳　59
　與福建按院何古林書·· 明張　岳　61
　答林次崖欽州書·· 明張　岳　62

答王塋谷中丞書	明張 岳	64
延恩閣事答少卿邱集齋書	明張 岳	65
答熊提學書	明李 愷	65
與謝浦城狷齋、呂崇安東泉應甌寧梧岡書	明李 愷	66
答邑侯葉絅齋書	明李 愷	67
復王遵巖諸公叙林尹退倭守城狀	明李 愷	67
與撫院游讓溪書	明康 朗	70
與尚書黃葵峰書	明康 朗	71
與曾龍山論朱戶侯書	明張 宇	71
與林警堂請序家傳書	明張 宇	73
與尚書曾見臺書	明陳玉輝	74

啓 …… 75

賀襄府冊封啓	明康 朗	75
賀督府平寇啓	明莊應禎	75
上福唐葉相公啓	明駱日升	76
開學小啓	明張正聲	76

螺陽文獻卷五上 …… 78

序上 …… 78

家譜序	宋黃宗旦	78
重修家譜序	宋黃岩孫	79
釋大圭夢觀集後序	元盧 琦	80
清介叟家集序	明張 岳	80
贈東莞君之任九江序	明李 愷	81
重修泉州府志序	明康 朗	82
百戰奇法序	明康 朗	83
李抑齋禦寇全城序	明康 朗	84

贈歐陽都閫序	明康　朗	85
刻孝經刊誤序	明莊應禎	86
見吾陳先生選稿序	明曾承芳	87
慊齋劉先生語錄序	明張　峰	88
李少峰先生靖邊一經序	明黃　森	89
康磐峰詩文集序	明林富春	90
張鳳岡存稿序	明郭　良	92
贈李抑齋先生贊議築城序	明張　宇	93
贈張蓮幕擒賊贋獎序	明張　宇	94

螺陽文獻卷五下 …… 96
序下 …… 96

石室藏稿序	明劉　會	96
楓亭大會錄序	明曾偉芳	97
詩業序	明潘一諤	103
惠安續志序	明張　迎	104
駱台晉文集序	明莊毓慶	104
京邸費用序	明陳玉輝	105
續修惠安縣志後序	明黃士紳	106
菊言序	明王忠孝	107
菊言後序	明王忠孝	108
惠風序	明張正聲	109
古文律序	明曾　璟	110
爲潘如虛僮元子序詩	明曾　璟	110
程墨治初序	國朝陳龍巖	111
獺江新考序	國朝洪　崑	112
任學坡駢體文序	國朝黃瑞鰲	113

引 ··· 114
  獺江先生孝經贊引 ······················· 明洪進隆 114
  山史小引 ····································· 國朝陳龍岩 115
  募修明倫堂引 ······························ 國朝朱兆綱 116
  續憶梅吟引 ·································· 國朝朱兆綱 117
  藕亭集小引 ·································· 國朝林之豸 119

螺陽文獻卷六 ··· 121
記 ··· 121
  鋪錦記 ··· 宋黃宗旦 121
  通濟橋記 ·· 宋黃時亨 122
  仙游縣尉廳思賢堂記 ······················· 宋黃岩孫 122
  游菱溪記 ··· 元盧琦 123
  永春學記 ··· 元盧琦 124
  張氏草堂記 ·· 明洪鍾 126
  一峰書院記 ·· 明張岳 126
  惠安建城記 ·· 明李愷 127
  立朱文公祠講堂記 ···························· 明莊朝賓 129
  重建登科書院記 ······························· 明莊應禎 129
  戚南塘平倭全惠記 ···························· 明曾承芳 130
  泗州尊經閣記 ·· 明張宇 132
  重修曾爐寺記 ··································· 明陳舉賢 133
  張襄惠鎮粵樓特祀記 ······················· 明駱日升 133
  陳侯重修碼石永濟橋生祠記 ··········· 明駱日升 135
  修惠安學泮池記 ······························· 明潘一諤 136
  雉陽公館記 ······································ 明陳玉輝 137
  中憲大夫卓峰戴先生思德祠記 ······· 明陳玉輝 138

螺陽文獻

楚鎮山川形勢井廠記 ……………………… 國朝駱儼 139

張郡侯喜雨亭記 ………………………… 國朝林之濬 139

重修雷州府學記 ………………………… 國朝莊承祚 140

周瑜城記 ………………………………… 國朝黃瑞鰲 141

碑 ……………………………………… 142

惠安縣漏室碑 …………………………… 宋謝起宗 142

副將軍紀公德政碑 ……………………… 明駱日升 143

螺陽文獻卷七 ……………………… 148

傳 ……………………………………… 148

余畏叟公傳 ……………………………… 明張岳 148

少保襄惠張公傳 ………………………… 明李愷 149

冤士蔡石亭傳 …………………………… 明李愷 152

洪門節婦陳氏傳 ………………………… 明李愷 154

孝行傳 …………………………………… 明朱一龍 154

邑侯葉絅齋傳 …………………………… 明吳天成 155

林烈女小傳 ……………………………… 明吳天成 156

林前峰先生傳 …………………………… 明駱日升 157

伯惠州教授三陽公傳 …………………… 明陳玉輝 158

潘太公傳 ………………………………… 明劉春 159

合州知州朋五黃公家傳 ………………… 明黃元亨 160

憲副卓峰戴先生傳 ……………………… 明曾瓖 161

劉貞達公傳 ……………………………… 明曾瓖 163

誌 ……………………………………… 165

洪恒端公豁除閩省海鮮傳誌 …………… 明康朗 165

錄 ……………………………………… 166

戶部主事周蹟山罪錄 …………………… 明李愷 166

| 譜 | | 168 |
| 自誌年譜 | 明張鑛 | 168 |

螺陽文獻卷八 172

行狀 172

敕封承德郎南京户部雲南司主事先考肖坡府君行狀 …… 明莊毓慶 172

累封文林郎南京湖廣道監察御史先考遷東府君行狀 …… 明陳玉輝 174

長頑孝廉陳駿汝行狀 …… 國朝陳龍巖 176

行實 180

弟生員文錺妻姚氏節烈行實 …… 明陳鍔 180

螺陽文獻卷九 181

祭文 181

祭柳州侯文 …… 宋黄翰 181

祭學憲陳紫峰文 …… 明張岳 181

祭始祖宋大師文肅公墓文 …… 明李愷 182

祭王遵巖先生文 …… 明李愷 183

祭康磐峰中丞文 …… 明李愷 184

祭室安人連氏文 …… 明康朗 185

祭獄屬文 …… 明蔡信 186

祭謝志望死倭文 …… 明莊應禎 187

祭烈婦文 …… 明曾偉芳 188

祭東喬駱封君文 …… 明吳天成 188

祭故夫洞如文 …… 明戴雲 189

祭夫文 泉州府學武生何式吉妻。 …… 明張氏 189

哀辭 190

陳節婦哀辭 …… 明張宇 190

誄 192

封文林郎監察御史峙峰曾公誄………………… 明張　宇　192
螺陽文獻卷十 …………………………………………………… 194
　誌銘 ………………………………………………………… 194
　　奉政大夫江西按察司提學僉事紫峰陳先生墓誌銘 … 明張　岳　194
　　惠州府通判黃公墓誌銘 ………………………… 明張　岳　196
　　龍川江君墓誌銘 ………………………………… 明吳天成　197
　　封廣西提刑按察司提督學政僉事東喬府君駱公暨封恭人
　　　郭氏合葬墓誌銘 ……………………………… 明駱日升　199
　　累封文林郎南京湖廣道監察御史遷東陳公暨配累封孺人
　　　鄭氏合葬墓誌銘 ……………………………… 明張　迎　201
　　尚白居士自著墓誌銘 …………………………… 明莊毓慶　203
　　宮詹樸園周先生墓誌銘 ………………………… 國朝釋超宏　205
　神道碑 ……………………………………………………… 206
　　嘉議大夫吏部右侍郎認齋余公神道碑銘 ………… 明張　岳　206
　墓表 ………………………………………………………… 208
　　行人司行人贈監察御史詹君墓表 ………………… 明張　岳　208
　　大理寺評事贈太常寺丞石峰林君墓表 …………… 明張　岳　209
　　文林郎陵水知縣許梅麓先生墓表 ………………… 國朝黃瑞鰲　210
　墓碣 ………………………………………………………… 213
　　宣義郎湖廣按察司經歷府君墓碣 ………………… 明張　岳　213
　塔銘 ………………………………………………………… 214
　　塔銘自撰 ………………………………………… 國朝釋超宏　214
　　科山寺海會塔銘 ………………………………… 國朝林之濬　215
螺陽文獻卷十一 ………………………………………………… 218
　贊 …………………………………………………………… 218
　　魁星圖贊 ………………………………………… 明黃克晦　218

題莊陟西像贊 …… 明孫幼孜 218
達摩贊 …… 國朝釋超宏 218
自贊（節錄） …… 國朝釋超宏 218

銘 …… 219
小山石鼓銘 …… 明張岳 219
覓濠齋銘 …… 明曾璟 219

文 …… 219
禁賭文 …… 明陳溍 219
招撫流移文 …… 明李慎 220
開墾荒田文 …… 明李慎 221
呈寢議割地建縣文 …… 明張宇 222

原 …… 225
原譜一 …… 明張岳 225
原譜二 …… 明張岳 226

說 …… 227
大中統說 …… 明潘一諤 227
不朽說 …… 明曾璟 227

篇 …… 228
論將篇 …… 國朝駱儼 228
取士篇 …… 國朝駱儼 229

螺陽文獻卷十二 …… 232
問 …… 232
宋穆宣問 …… 明莊毓傑 232
屯操或問 …… 明陳玉輝 232

對 …… 234
倭寇對 …… 明張宇 234

9

螺陽文獻

剿撫對	國朝林之豸	239

解 ……… 241

| 體仁解 | 明駱日升 | 241 |
| 醉酒解 | 國朝王鼎元 | 242 |

考 ……… 243

| 六詔考 | 國朝駱儼 | 243 |
| 圖書異同考 | 國朝王其華 | 244 |

題 ……… 246

題曲江小像	明張岳	246
題黃吾野山人詩畫卷	明曾璟	247
題趙雙白詩	國朝釋超宏	247

跋 ……… 248

| 宇海慈航跋 | 明吳天成 | 248 |
| 跋石齋先生[帖]二首 | 國朝釋超宏 | 248 |

螺陽文獻卷十三 ……… 250

雜著 ……… 250

學則	明張岳	250
語錄	明陳玉輝	252
臥病偶書	明曾璟	255
偶錄	國朝釋超宏	255
五峰議論好處	國朝林之豸	256

螺陽文獻卷十四 ……… 259

賦 ……… 259

霓裳羽衣曲賦	唐陳嘏	259
履春冰賦	唐陳嘏	259
驅睡魔賦	元盧琦	260

望思樓賦	明張　岳	261
明志賦	明李　愷	262
蠹木賦	明朱　昭	263
渡淮賦	明吳天成	264
思親賦	明吳天成	264
茶鳴賦	明劉　若	265
鶴賦	明劉　若	266
清餓賦	國朝釋超宏	266
鬥鳥誡賦	國朝釋超宏	267
韓江謝天生釣月亭賦	國朝林之豸	268

螺陽文獻卷十五 …… 271

古樂府 …… 271

公無渡河	明鄭一濂	271
擣衣篇	明張正聲	271
相逢行	明朱又孺	271
三婦艷二首	明朱又孺	272
獨漉	明曾如茨	272

今樂府 …… 272

| 過符離集，時黃河盡東徙，作符離波二首 | 明吳天成 | 272 |
| 桂樹蜂窠 | 明曾如茨 | 273 |

古詩四言　273

蔡白石乞得留都，詩以送之四首	明李　愷	273
送趙奉常雲崖之南都三首	明李　愷	273
自滕之鄒望孟廟作四首	明黃克晦	274
醉歌	明吳天成	274
自笑	明許　朱	274

| 勵志 | 明劉若 | 275 |
| 題陳中翰表德碑 | 國朝出科聯 | 275 |

古詩五言 ······ 276

澄虛閣	宋王獻臣	276
憂村氓	元盧琦	276
春日思遠游	元盧琦	276
漁樵共話圖	元盧琦	276
贈白雲	元盧琦	276
望武夷	元盧琦	277
宿武夷山會杜聘君	元盧琦	277
將至大橫驛，舍舟乘輿，暮行山中	元盧琦	277
贈塗嶺巡檢要束木遷莆田尉	元盧琦	277
同翁夢山游三海岩	明張岳	277
與夢山登欽州東城樓	明張岳	278
柳州別王楨甫	明張岳	278
觀瀑八景爲孫性甫咏	明張岳	278
感遇十首錄七	明李愷	280
吊周蹟山子四首	明李愷	281
戊午，倭攻惠城急，病夫散金募士死守，旬日圍解，因而書懷	明李愷	281
荒田詞	明李愷	282
移居城東述懷	明康朗	282
除日登樓	明康朗	282
昌平道中	明康朗	282
閨情	明莊朝賓	283
幽真	明莊應禎	283

盡節告夫	明姚烈婦	283
感興錄二	明朱一龍	283
感時三首	明黃克晦	283
江行雜詠三首	明黃克晦	284
閩中十子詠	明黃克晦	284
泉中五子	明黃克晦	287
秋懷二首	明吳天成	288
山游	明潘一諤	288
墨魚	明陳玉輝	288
感題	明陳玉輝	288
壽封侍御陳遷東公四首	明駱志賓	289
雜詠二首	明祖熙寅	289
秋末書齋感嘆效古疊字	明孫幼孜	290
邑中有所感	明許朱	290
題贈葉匡洊父臺	明許朱	290
感詩三首	明王忠孝	290
江南曲三首	明張正聲	291
寄贈張受之	明黃元亨	291
聾啞不瞽,物態旁午。聾瞽不啞,興戎是惹。啞瞽不聾,耳有雜龐。聾啞瞽全,其至矣乎。作聾啞瞽歌三首	明曾璟	292
游片瓦岩步長嘯者薛蓮巖韻	明曾璟	292
客子	明曾璟	292
曉起	明曾如苃	292
落花行	明曾如苃	293
蘇子瞻戒殺詩步韻	明釋智瑛	293

重游普照寺	國朝林之瀺	293
送人讀書桃源山中	國朝黃吳祚	293

螺陽文獻卷十六 ········· 297
古詩七言 ········· 297

天開岩	宋王獻臣	297
有事居庸關	元盧琦	297
壺山真淨岩歌	元盧琦	297
江南樂	元盧琦	297
七夕後樂陵臺上倚梧望月,有懷李御史公襲	元盧琦	298
長安道	明康朗	298
洪石磯	明康朗	298
乙丑獻歲三日,口號東里中同社	明張瑞	298
康山忠臣廟歌	明陳彬	299
桃源行	明朱昭	299
送張仲矩令英德	明黃克晦	299
題一江畫	明黃克晦	300
二鸚鵡吟	明黃克晦	300
買巧謠	明黃克晦	301
抑戒歌	明陳鍾琄	301
帝京篇	明吳天成	301
聽薛蓮巖吹笛	明祖熙寅	302
永安王宮人梨園行	明張正聲	302
陣馬行	明曾璟	303
贈弈者賀君念慎	明曾璟	303
春雪	明曾璟	304
俠客歌贈小平曾丈(友)	明莊而楚	304

中秋夜泊錢塘	明陳元芝	305
中秋雨	明曾如茨	305
秦望山	國朝釋超宏	305
林蒼湄重贈詩序	國朝黃吳祚	306
責白鬚	國朝陳會津	306
白鬚答	國朝陳會津	307
同方羽中諸君宴集科山	國朝吳　進	307

螺陽文獻卷十七　　309

律詩五言　　309

起行	唐黃訥裕	309
閩越王臺	唐黃訥裕	309
草堂	唐黃訥裕	309
高峰雲庵	五代黃禹錫	309
山居	宋黃禹昌	309
山頂石橋	宋黃禹昌	310
九日山	宋吳　岡	310
和林子蒼湖亭晚酌	元盧　琦	310
游萬松庵	元盧　琦	310
惠安道中	元盧　琦	310
咏龍山書院	明余　福	310
游員常寺 錄一	明張　岳	310
和可齋飲駐仙亭	明張　岳	311
桃源洞	明李　愷	311
度七盤嶺有懷	明李　愷	311
良鄉之都城	明康　朗	311
四月晚發黔江	明康　朗	311

桑洲道中	明 康 朗	311
晚次大安，官舍、民舍宿者皆滿，寓宿揚店	明 康 朗	312
旅懷	明 莊朝賓	312
劉筆山登科岩宴集	明 莊應禎	312
過盤江次韻	明 郭 良	312
顏桃陵池閣二首	明 黃克晦	312
挽俞都督二首	明 黃克晦	312
南寺和林襄毅公溪聲閣韻	明 黃克晦	313
奉和林使君贈別之作，重以留別次韻	明 黃克晦	313
暮春得山字	明 黃克晦	313
鼓樓	明 黃克晦	313
夜坐懷邵長孺	明 黃克晦	313
送于大常榮擢過家	明 陳玉輝	313
贈鉛山上人	明 陳玉輝	314
雙髻山和鄭先生韻	明 薛邦寵	314
舟泊五羊城下，同葉宏望廣文游海珠寺	明 祖熙寅	314
登古儋城樓	明 祖熙寅	314
同有友窮九漈	明 許 朱	314
青山廟	明 許 朱	314
漁溪訪鄭十龍年丈溪園	明 許 朱	315
白下訪友人不遇	明 王忠孝	315
北上過宿森軒，曹能始年伯欣然以詩相贈，依韻奉和	明 張正聲	315
冬日溯灘	明 曾 璟	315
鹿苑寺尋天木上人	明 劉 莊	315
春日自嘆	明 戴 雲	315
哭周門妹	明 戴 雲	315

夜坐	明曾士林	316
次韻鄭牧仲見訪二首	國朝釋超宏	316
錢相墳	國朝釋超宏	316
游玉華洞二首	國朝盧易	316
江行雜咏錄三	國朝朱兆綱	316
冒雨過固關	國朝朱兆綱	317
丙寅中秋	國朝朱兆綱	317
憑欄	國朝林之豸	317
辛丑小春，過安平，訪顏東籬亦圃，題壁四首	國朝林之濬	317
題保定張氏殉難錄二首	國朝林之濬	318
經襄陽二首	國朝林之濬	318
永寧歸舟即景	國朝莊承祚	318
癸巳二月，海康視事	國朝莊承祚	318
發浦口至代州道中作錄四	國朝黃吳祚	319

律詩六言 319

仲秋，李仲明招飲茅翁岩，岩有僧坐定，醉後紀事 ...... 明孫幼孜 319

螺陽文獻卷十八 321

律詩七言 321

深春早起	宋黃宗旦	321
寂光寺	宋王獻臣	321
鳴峰岩	宋黃巖孫	321
再到仙溪	宋黃巖孫	321
自高郵買舟還江南，至常州值雨寄曾元達	元盧琦	321
贈雲峰道人	元盧琦	322
登姑蘇臺	元盧琦	322
題南岡上人詩卷	元盧琦	322

題金山寺	元 盧 琦	322
題道觀	元 盧 琦	322
泊小孤山	元 盧 琦	322
游林肅寺,和林清源先生韻	元 盧 琦	322
寄同年狀元拜住善御史	元 盧 琦	323
宋介夫遺荔枝並君謨墨迹	元 盧 琦	323
分水關和朱明仲韻	元 盧 琦	323
中秋過徑江張伯雅席上作	元 盧 琦	323
挽友	明 謝子龍	323
九鯉湖	明 陳 睿	323
崧光精舍	明 黃 春	324
和可齋過安都營韻	明 張 岳	324
觀莫福海像書事	明 張 岳	324
況村即事	明 張 岳	324
經宿受降城	明 張 岳	324
游白石洞	明 張 岳	324
秋興次杜少陵韻	明 李 愷	324
紀夢	明 王以寧	326
天壽山登望	明 康 朗	326
過昌平廢縣,謁狄梁公祠	明 康 朗	326
和江少峰曹長元日早朝遇雪即事之作	明 康 朗	326
九月十五日出京,風雪中聞警	明 康 朗	326
初到梧州謁督府	明 康 朗	326
歐陽司馬南伐日南,海南同時奏凱	明 康 朗	326
送商少峰廣東兵憲	明 康 朗	327
聞張净峰自浙赴安南之役	明 康 朗	327

徐州同梅户部登雲龍山亭覽眺	明康　朗	327
同與槐學憲鎮粵樓登望	明康　朗	327
早朝賜宴即事	明康　朗	327
丁未南宫宴罷三首	明莊應禎	327
清水岩	明曾承芳	328
春夜	明張　峰	328
游蓮花峰	明林富春	328
題高士岩二首	明戴一俊	328
重游岹山,和敬吾蕭明府韻	明戴一俊	328
題一片瓦石室	明戴一俊	329
朝見,值新换金鐘	明郭　良	329
和督學劉小鶴見贈	明郭　良	329
夜坐有懷	明鄭一信	329
西安門曉望	明鄭一信	329
遣悶	明鄭一信	329
謝村岩	明鄭一濂	330
登象州城樓	明鄭一濂	330
白雲岩	明孫有敷	330
聽話西苑分得"章"、"鈞"二字	明黄克晦	330
夜宿蘆溪	明黄克晦	330
桃溪夜泊	明黄克晦	330
九日重游九日山	明黄克晦	331
除夕道廊閑步	明黄克晦	331
經惠陽傷亂	明黄克晦	331
張儀部舊在翰林,左遷劍州别駕,有事温陵,邀余游清源洞		
	明黄克晦	331

集神樂觀分得"江"字	明黃克晦	331
天開岩次韻二首	明陳 鍔	331
送清漳戴時卿游吳	明陳 濂	332
簡江惟誠端州	明吳天成	332
聞劉懷崢當謫,惜別之作	明江化鯉	332
白門紀懷錄八	明陳玉輝	332
冬晚贈別林衷楚,兼懷吳伯廉省中同事還漳有寄	明孫幼孜	333
金山寺	明陳文進	333
送大方伯玄中張先生之任靈武	明祖熙寅	333
游清源洞,雨中留題	明祖熙寅	334
洛陽橋	明祖熙寅	334
金陵暮春	明許 㮚	334
春日龍湫草舍	明許 朱	334
鏡石山人問日作何生涯,賦此答之	明許 朱	334
春日安溪谷回文	明許 朱	334
訪釣月山人不遇	明許 朱	334
乙卯,郭龍湖孝廉邀寓菱溪山房	明許 朱	335
同李梅羹游雞鳴寺,從觀星臺、鐘鼓樓而登獅子山絕頂	明許 朱	335
和伯氏亦㮚金陵紀懷	明許 朱	335
大通橋督運	明王忠孝	335
將赴紹興不果,舟中作	明王忠孝	335
朝日夙興,以免朝讀書達旦	明張正聲	335
過洞庭湖	明鄭柏茂	336
秋江	明陳元齡	336
岩秋雜興四首	明曾 璟	336

入石室巖	明曾 璟	336
獨坐	明曾 璟	337
醉後感賦	明曾 璟	337
雁字三首	明莊明鎮	337
鯉湖	明莊而楚	337
花舟	明曾如茨	337
虛舟	明曾如茨	338
山居	明釋智瑛	338
玩月	明陳小韞	338
啖菜	國朝陳龍巖	338
早發獲鹿	國朝陳龍巖	338
由淮陰過白下，訪江寧守陳轉庵，仍別回淮陰，舟上有賦四首	國朝朱兆綱	338
秣陵秋夜	國朝朱兆綱	339
禹陵	國朝朱兆綱	339
贈陳寄庵父母	國朝朱兆綱	339
祝陳老先生衲隱爐山，魂輕枕岫，色健餐霞，每瞻清風，徒托明月，近于輪山公署與有光公郎定交，深慰御李，因賦俚言寄訊錄四	國朝林之豸	339
晚坐試茶有感	國朝林之豸	340
周石友遠訪爲余移花	國朝林之豸	340
漫咏	國朝林之豸	340
石佛寺夜宿	國朝林之豸	340
登韓信釣魚臺	國朝釋净玉	341
舟中咏雪	國朝釋净玉	341
黔新撫軍劉喬南先生途遇話別	國朝駱 儼	341

鄞江初霽	國朝駱儼	341
入黔雜詠三首	國朝林之濬	341
西村二首	國朝林之濬	342
九日度秦嶺，謁韓文公祠	國朝莊承祚	342
上谷謁楊椒山祠	國朝莊承祚	342
上楊桃嶺	國朝莊承祚	342
金陵雜感四首	國朝黃吳祚	342
彭城旅懷	國朝黃吳祚	343
杜工部草堂	國朝陳廷選	343
元日早朝，和唐賢韻四首	國朝出科聯	343

螺陽文獻卷十九 ……… 347

排律五言 ……… 347

賦戚南塘都督平倭四首	明曾承芳	347
立秋蒼梧夜泊	明鄭一濂	347
喬嶽壽椿圖上大司寇葵峰	明黃克晦	348
送琉球生還國	明黃克晦	348
西山爽氣	明吳天成	348
奉送侍御陳具茨老師奉旨賑晉	明張正聲	348
贈郝瑞書中衡	國朝駱儼	349
安溪相公予告趨熱河辭陛，蒙恩賜游內苑，賦二十八韻紀遇，不揣鄙陋，次韻奉和兼以誌別	國朝林之濬	349
制府滿公平臺紀績	國朝林之濬	349
上廖蓮山先生十二韻	國朝黃吳祚	350

排律七言 ……… 350

贈周信玉	元盧琦	350
哭伯兄襄惠公哀辭，兼排律體六十韻	明張峰	350

博士歐禎伯招飲綉佛齋，魏季朗、郭建初、邵長孺、程無過、

  存上人同集，得"家"字 …………………………………… 明黃克晦 352

 殷別駕攀轅圖 ……………………………………………… 明曾士林 352

絕句五言 ……………………………………………………………… 352

 過高郵雜詠三首 …………………………………………… 元盧　琦 352

 題高士峰精舍 ……………………………………………… 元盧　琦 353

 旅夜 ………………………………………………………… 明謝　平 353

 采蓮曲三首 ………………………………………………… 明李　愷 353

 偶作四首 …………………………………………………… 明李　愷 353

 送呂疊石大尹之藍山二首 ………………………………… 明李　愷 353

 春日臥病寫懷 ……………………………………………… 明康　朗 354

 憶山中 ……………………………………………………… 明康　朗 354

 茶洋驛亭月夜臨流用韻 …………………………………… 明康　朗 354

 錢塘江行 …………………………………………………… 明張　瑞 354

 于石室山房見燕子來巢，喜而賦之二首 ………………… 明戴一俊 354

 山中漫成二首 ……………………………………………… 明戴一俊 354

 初春游高山 ………………………………………………… 明郭　良 355

 樵歌貽盧子明二首 ………………………………………… 明黃克晦 355

 蓮花山二首 ………………………………………………… 明黃克晦 355

 過寧王故宮 ………………………………………………… 明吳天成 355

 憑欄 ………………………………………………………… 明陳玉輝 355

 萬籟 ………………………………………………………… 明陳玉輝 355

 蔬粥 ………………………………………………………… 明陳玉輝 355

 登眺 ………………………………………………………… 明陳玉輝 356

 詠史 ………………………………………………………… 明駱志賓 356

 感題奇石 …………………………………………………… 明薛邦寵 356

塞下曲 …………………………………… 明祖熙寅　356

　　蒲臺懷古 ………………………………… 明祖熙寅　356

　　江岸桃花 ………………………………… 明朱又孜　356

　　望紫帽，次何匪莪老師 ………………… 明許　朱　356

　　別波若歸莆 ……………………………… 明鄭柏茂　356

　　歲杪旅況雜歌二首 ……………………… 明曾　璟　357

　　幾番 ……………………………………… 明陳元芝　357

　　經行 ……………………………………… 明釋智瑛　357

　　寄學 ……………………………………… 明余端謐　357

　　思君衣 …………………………………… 明余端謐　357

絕句六言 ……………………………………………… 357

　　辰沅憶家山八首 ………………………… 明李　愷　357

　　崑崙別所知二首 ………………………… 明康　朗　358

　　閒游 ……………………………………… 明康　朗　358

　　塞下吟五首 ……………………………… 明吳天成　358

　　過武林虎丘諸名勝紀事 ………………… 明孫幼孜　359

　　山家雜興 ………………………………… 明曾　璟　359

　　經湘東諸途次即景 ……………………… 明曾　璟　359

　　臘菊 ……………………………………… 明曾如茨　359

螺陽文獻卷二十 …………………………………… 361

絕句七言 ……………………………………………… 361

　　劍津懷古 ………………………………… 五代黃禹錫　361

　　早春 ……………………………………… 宋黃宗旦　361

　　泉州 ……………………………………… 宋謝　履　361

　　沙堤作 …………………………………… 宋李文會　361

　　草萍驛和薩天錫 ………………………… 元盧　琦　361

錢舜舉木芙蓉	元盧　琦	361
題射獵圖	元盧　琦	361
送劉友峰再游南泉	元盧　琦	362
經延平劍津	明張　茂	362
仙人橋和葉絅齋韻二首	明李　愷	362
早起	明李　愷	362
南園獨坐	明李　愷	362
過五坡山哀文丞相二首	明康　朗	362
訪石梁二首	明康　朗	362
斷藤峽中二首	明康　朗	363
過閔子墓	明康　朗	363
瑞香花	明莊應禎	363
題畫	明康惟心	363
好惡吟	明朱　昭	363
傷春	明朱　昭	363
岞山題景四首	明戴一俊	363
從軍詞	明鄭一信	364
秋日停杯	明鄭一信	364
除夕	明鄭一信	364
欸乃歌十首	明黃克晦	364
紀夢三首	明黃克晦	365
即景賦得楊白花用回文體二首	明黃克晦	365
與夫訣	明姚烈婦	366
江都懷人	明孫幼孜	366
揚州別鄭侯二君帆間志懷	明孫幼孜	366
題陳宗吉竹松梅鶯子畫帷	明孫幼孜	366

鄧公統兵將至,登城縱觀,口占一絶	明祖熙寅	366
詠墻花	明朱又孜	366
書灾七首	明許　朱	366
秋天有懷	明王忠孝	367
逢俠者	明張正聲	367
競渡曲四首	明曾　璟	367
經仙關	明曾　璟	368
北平曲二首	明莊啓亨	368
山中觸景	明釋智瑛	368
送弟集岡赴春闈	明戴　雲	368
中秋	明戴　雲	368
詠落梅	明戴　雲	368
采蓮	明陳小韞	368
擣衣	明陳小韞	369
九鯉湖	明黃　楨	369
歲晚偶成	明劉　若	369
一丈白	國朝陳龍巖	369
蝴蝶花	國朝陳龍巖	369
文官果	國朝陳龍巖	369
宮詞錄二十首	國朝陳龍巖	369
五鬣松	國朝陳孫惠	371
盡節題壁	國朝張若觀	371
邯鄲盧生祠四首	國朝林之濬	371
讀宋史偶題七首	國朝黃吳祚	372
題吳梅村圓圓曲後五首	國朝黃吳祚	372
圓明園試罷,蒙賜克食,隨班謝恩恭紀	國朝陳廷選	373

偈 ··· 373
　將軍岩作 ····························· 宋洪聖保 373
　佛偈二首 ····························· 宋釋道英 373
　金粟參石庵和尚 ··················· 國朝釋净玉 373

十八峰傳墨姓氏、爵里 ································ 375

宧賢 ··· 375
　宋 ··· 375
　明 ··· 375
　國朝 ··· 376
寓賢 ··· 376
　唐 ··· 376
　宋 ··· 376
　明 ··· 377
　國朝 ··· 377
游賢 ··· 377
　唐 ··· 377
　宋 ··· 378
　元 ··· 378
　明 ··· 378
與賢 ··· 378
　宋 ··· 378
　元 ··· 378
　明 ··· 379
徙賢 ··· 379
　宋 ··· 379
　明 ··· 379

十八峰傳墨卷一 …… 380

書 …… 380

答江少明給事書 …… 宋釋宗杲 380

請洪筆山公爲大館師札 …… 明葉春及 381

序 …… 381

三山志序 …… 宋梁克家 381

贈錦田驛宰丁本茂攝縣事竣序 …… 明蔡　清 381

送惠安張尹述職序 …… 明蔡　清 382

惠安縣志序 …… 明林應標 383

惠安縣志後序 …… 明何　彥 384

介山詩集序 …… 明葉春及 384

從祀四賢列傳序 …… 明葉春及 385

磐峰詩序 …… 明劉弘道 386

惠安縣續志序 …… 明楊國章 386

陳先生適適齋鑑鬚集序 …… 明趙玉成 387

冲至張公惠風序 …… 清方　翀 388

記 …… 389

宋中令韓公、忠獻魏王祠堂記 …… 宋梁克家 389

輞川橋記 …… 明蔡　清 390

新建海澄縣城[記] …… 明呂　旻 391

登科山記 …… 清田廣運 392

碑 …… 393

萬安橋碑 …… 宋蔡　襄 393

廣靈萬夫人廟碑 …… 宋梁克家 394

永春縣知縣盧公去思碑 …… 元林泉生 394

侍御荊碧陳公守城惠德頌碑 …… 明何喬遠 395

誌銘 …………………………………………… 396
　黄吾野先生墓誌銘 ………………… 明周良寅 396
銘 ……………………………………………… 398
　鬚髮墓銘 …………………………… 明葉春及 398
贊 ……………………………………………… 399
　江令人請贊 ………………………… 宋釋宗杲 399
　張净峰先生像贊 …………………… 明何喬遠 399
文 ……………………………………………… 399
　祭海豐文學筆山洪君文 …………… 明葉春及 399
跋 ……………………………………………… 400
　續憶梅吟自跋 ……………………… 清陳　菁 400
　張植人丹青跋語 …………………… 清方　翀 401

十八峰傳墨卷二 ……………………………… 403
　四言古 ……………………………………… 403
　　最高峰 ………………………………明張　桓 403
　　前題 ……………………………………明邱　尚 403
　　前題 ……………………………………明張　巽 403
　　前題 ……………………………………明蔡　清 403
　五言古 ……………………………………… 403
　　贈張巽南歸 ……………………………宋張　栻 403
　七言古 ……………………………………… 404
　　過黄田錦溪 ……………………………明蕭繼美 404
　　謁張襄惠公祠 …………………………明蕭繼美 404
　　登科山 …………………………………清田廣運 405
　五言律 ……………………………………… 405
　　寄方干 …………………………………唐周　朴 405

29

送鄭襃歸里 …………………………………… 宋王禹偁 405

山閣落成二首 ………………………………… 清田廣運 405

冷井清泉 ……………………………………… 明李　愷 406

七言律 ………………………………………………………… 406

  松洋洞 ………………………………………… 唐韓　偓 406

  洛陽橋 ………………………………………… 宋劉子翬 406

  揭陽縣東齋九月梅花 ………………………… 宋梁克家 406

  春日勸農至華林寺 …………………………… 宋周　震 406

  贈吳崇岳道士 ………………………………… 宋周　謂 406

  登螺山有感 …………………………………… 明蕭繼美 407

  登龍喉山和丁少鶴韻二首 …………………… 明歐陽樞 407

  飲洪子崇宅 …………………………………… 明葉春及 407

  題天開岩二首 ………………………………… 明劉宏道 407

  靈秀岡 ………………………………………… 明何喬遠 408

  題雙髻山白水岩 ……………………………… 明陳學潛 408

  游科山，春和景明，山奇石幻，令人撫挹不盡 … 清楊　琬 408

  過洛陽橋二首 ………………………………… 清趙　隨 408

  宿普光寺 ……………………………………… 清陳　菁 408

  喜雨亭 ………………………………………… 清田廣運 408

  試山後泉 ……………………………………… 清田廣運 409

  燕剪 …………………………………………… 清釋明徑 409

  魚梭 …………………………………………… 清釋明徑 409

  雁字 …………………………………………… 清釋明徑 409

  蟬琴 …………………………………………… 清釋明徑 409

  笋筆 …………………………………………… 清釋明徑 409

  榆錢 …………………………………………… 清釋明徑 410

水亭三首	清方翀	410
五言絶		410
龜峰書院同虛齋先生聯句	明陳琛	410
試劍石	明葉春及	410
七言絶		411
塞下曲	唐周朴	411
惠安縣齋詠梅	宋陳執中	411
京城題林子默旅壁	宋林迥	411
次陳休齋和柔廊然亭送别	宋梁克家	411
伏虎岩題贈三首	元南吏隱	411
過黄州次臨皋,望東坡雪堂,題東坡祠堂筆架山	明李愷	411
仙人橋三首	明葉春及	411
石船二首	明葉春及	412
續憶梅吟三十首	清陳菁	412
癸巳九日三首	清田廣運	414

校點後記 ………………………………………………………… 416

螺陽文獻卷一

奏　疏

迎春奏　唐陳嘏

黑帝歷窮帝命，青帝嗣其公。皇帝備牲牢、鼓、鐘迎饗于東郊，微臣嘏寓疏太常上奏曰：天有四時，陛下實行之，是天乘陛下政令明昏而爲燠寒也，青帝何功而饗乎寬空？春之日，陛下廩以時出，帛以時郵，則孽牙弩拔，勾萌畢達矣；夏之日，陛下農事無所奪，山麓無所伐，則草木壯茁，國無夭札矣；秋之日，陛下獄無曲折，畋無圍殺，則霜露不失節，萬物固結矣；冬之日，陛下地氣不掘洩，室屋不徹發，則豐隆不敢縶越百蟄寒穴矣。

聖人之時，日南無驕陽，啓蟄無繁霜，斗北無伏陰，火西無滯霖。淫昏之世，反膏而波，反冰而花，雹傷螟幽，旱赤雨血。是陛下政令出乎修明，則寒暑運行；政令出乎淫昏，則災祥屢臻，其可忽乎！

臣又聞陛下與人爲春，得革慘作和，起柎生華，喜滿其家，沃穆歡咳，如暖景時開，樹色烟光，覺葱蘢芳蒼；陛下與人爲秋，得愁刮人魄，風日冷白，慄慄蕭索，覺庭槐枯落；陛下與人爲夏，得變絺成襦，噓爐作爐，駒驪轍結雜還，嚘禊門如三伏熱；陛下與人爲冬，得舉皆不見日，溥溥入骨，間間慼慼，燈青火白，門無蹄轍迹。

顧陛下左右皆春，天下病悴者衆也；陛下肘腋皆熱，中國病凍者衆也，豈陛下用心有頗焉？陛下苟能平其心，雖澤不周，惠不均，天下無恨言。不然，天將視陛下心而燠寒也。

請令大臣侍疾疏　正德戊寅　明張岳

行人司行人臣張岳謹奏，爲據禮陳誠，乞賜采納事。

臣謹按古禮，臣之事君，如子之事父。故君有疾飲藥，臣先嘗之；親有疾飲藥，子先嘗之。至于侍膳問安，朝夕在側，一如人子之節。蓋君臣一體，義理當然，亦所以鎮定危疑，預備非常，其所關係甚爲不小也。

近日聖躬偶感風寒，暫免朝參數日。陛下禀氣完厚，宣節得宜，偶爾感冒，豈足過慮？如臣所言，則以爲自古臣子愛君體國之誠，及國家防微杜漸之道，自不當不如此爾。今日①免朝之後，群臣不聞親候玉色，嘗奉藥膳，止于闕門備禮一疏，恭問起居。揆諸人子事親之義，臣愚深有未安也。

伏望陛下仰思宗社重計，俯念臣子至情，每日許内閣大臣一員，府、部、院寺大臣各一員，經筵、科、道官各一員，朝夕詣寢所候問；凡諸藥餌，令其先嘗，然後進御。及是日，内侍左右何人，太醫何官，制何藥，依何方，該日官備細開寫揭帖，送内閣收照。至聖躬平復視朝，仍以逐日開過揭帖，具本奏聞。陛下起居之詳，既得漸聞于外，人情自無疑慮；且由中及外，關節脉絡通透明白，了無瑕疵，亦可以備意外不測之變。

臣深思人情禮法，参酌古今事勢，必如此然後可安。自古豈有人主寢疾，不與大臣相接，獨與内侍數人共之，而可以迓和平之福者哉？伏惟陛下不以臣言爲妄，特賜施行，則宗社幸甚。

爲此具本親齎，謹具奏聞。

毅皇帝寢疾豹房，逆彬輩握重兵在侍，兩宮不得聞問，中外危疑。公甫拜官，即上此疏。

諫南巡疏 正德己卯　明張　岳

行人司行人臣張岳謹奏，爲乞留聖駕事。

臣竊惟璣衡旋運，而北辰常居其所；溟渤静深，而衆水必朝其宗。是以在昔聖王，範圍天地，而一念不逾時，經緯萬方，而半武不出户，凡以此耳。肆我祖宗，稽古爲治，每歲惟南郊一行，實近在京畿之内。雖間值邊陲②之警，亦不過命將而征。誠知朝廷乃四方之極，而大君實萬物之宗也，用臻太平，至百五十餘載。仰惟陛下當鼎盛之年，撫盈成之運，稽古由章，已逾一紀。頃以西北少靖，親御六飛，汛掃妖氛，間關半載。維時大小③臣工，愧無即時諫止之力，幸而奏凱南旋。臣等竊謂，自今伊始，當享泮奐之休，而無復省方之舉矣。夫何西征之役方已，南巡之命又下？臣等驚悸，罔知攸措。

竊以巡狩之典，雖古帝王之制，然古之制，有不可行於今，猶今之制，有不可行於古也。蓋古之封建，各君其國，各子其民，而慶讓之典，勢難已於巡狩。今之郡縣，屬於藩臬，統於撫按，而政令之行，又皆出於朝廷。是不必泥古之迹，自足以成今日之治也。矧先王之巡狩，省耕省斂，有及民之實惠；一游一豫，非無事之空行。陛下之爲是舉也，將爲省耕乎？省斂乎？切④慮道途推輓之勞，皆出於民力；有司供億之費，皆出於民財。祇恐未有以補之，先有以傷之；未有以助之，先有以害之。何必佁巡狩之名，而爲是紛紛者乎？臣等謹以此行之甚不可者，爲陛下一一陳之：

人情莫不惡勞而欲逸也，櫛風沐雨，孰與於龍樓雞帳之嚴？涉水登山，孰與於桂披椒房之邃？乃舍其逸而從其勞，是其不可者一也。

裏河一帶，漕舟之往來必由，而國用之盈縮係⑤之。今茲南巡，舳艫蔽江，雖聖諭詔彰，使通往來，而一溝之水，勢難兩便，是其不可者二也。

近聞淮安等處，荒潦異常，父食其子，母食其女。此在今日，正宜寒心，奈何滿目瘡痍，未獲少痊，而鑾輿又幸其地？臣恐遭霜之葉，不可復風；大憊之民，豈宜再汗？是其不可者三也。

且龍舟所經，必渡淮北，泝江南。而黃河天險，聞者心驚；長江天塹，見者毛悚。陛下以不貲⑥之軀，而甘蹈不測之險，是其不可者四也。

夫一日二日，萬幾叢委，今匹馬遙遙，駕言行邁，將來國家之重務，何由面陳其可否？而内批之裁請，往復動經乎歲月，廢時失事，莫此爲甚，是其不可者五也。

況天下大器也，置諸安處則安，置諸危處則危。是以止則深宮閉門，動則出警入蹕。鄭重如此，而意外之患時或有之。今也白龍魚服，肆無戒備，則豫且之變,臣有不忍言者矣,是其不可者六也。

臣聞之:天子者,天地之子也。天子弗克肖乎天地,則必出災異以譴告之;不修德以回其怒,行且亡之矣。今也凶荒相仍,盜賊相(充)斥,地震于下,龍鬥于上,其所以儆戒陛下者至矣。陛下及今,正宜如成湯之六事自責,武丁之恭默思道,奈何恬不自省,方事逸游?臣恐亡予之天,不忍言也,是其不可者七也。

古之人君,雖甚不得已,如會盟之舉,親征之行,亦必有太子、親王以監國,然皆非盛世之事。今前星未耀,儲位尚虛,衆建諸王,各就藩府。大本未定,俯無以聯屬乎人心;七鬯乏主,仰無以祀事乎宗廟。是其不可者八也。

夫憂勤惕厲,固古帝王之所不廢也。文王不敢盤于游畋,《尚書》誦之;隱公觀魚于棠,《春秋》譏之。蓋始于憂勤者,終于逸樂;始于逸樂者,終于敗亡。陛下修德講學,親賢遠佞⑦,昧爽臨朝,日昃忘食,猶恐憂勤不逮古人,而貽付托不效之憂也,況又以逸樂促之哉,是其不可者九也。

夫帝王舉動,當順乎天意。觀天意者,驗之人心而已。是舉也,孤卿論列不已,史臣繼之,部寺諸屬又繼之。雖以臣[等]疏逖之微,亦極知其不可也。陛下何苦違衆志以拂天意乎?是其不可者十也。

臣[等]備員下士,濫廁清班。荷天地造就之恩,捐軀莫報;撫江河廣大之迹,銜石無由。雖嘗耿耿有懷,恒以出位中止;兹復默默無語,誠恐噬臍莫及。是以忘位卑之戒,冒越職之罪,昧死言之。伏望皇上廣包荒之量,奮獨斷之剛,不聽左右從諛之言,俯從孤卿群臣之請,急收成命,寢此南行,使朝野臣民,樂英主無難于改過,而垂之後世,知聖德不果于遂非。臣等不勝隕越待罪之至!

論征安南疏 嘉靖丁酉 　明 張　岳

廣東等處承宣布政使司廉州府知府臣張岳謹奏,爲大慶事。

臣伏睹皇子誕生,渙頒詔命,華夷內外,莫不覃敷。惟安南以久不入貢,詔使臨遣,爲之停止,下外廷集議,咸謂罪當討毋赦。陛下寬仁惻怛,兼愛華夷,不忍遽動甲兵,特詔使者馳入其國,究問緣由。本年三月初一日,使者已至梧州府,迤邐由南寧府前去。臣待罪邊疆,不能宣達朝廷威德,使雕題君長慕義向方,奔效職貢,至于上軫聖慮,萬里遣使,死有餘罪。

臣竊聞安南自正德十一年內,國王黎䎖爲逆臣陳暠與其子陳昇⑧所弒。國人立䎖弟黎譓主國事,以兵逐陳暠父子,奔據其國諒山府。黎譓立七年,又爲權臣莫登庸所逼,出居其國升華府。登庸立譓幼弟黎廬相之,既又弒廬而自立。國內分裂,日尋干戈,無暇請貢。此皆往歲傳聞及其國諒山、長慶等府牒報之言。其間曲折及近日事情,雖不能詳知,然其久爽貢期,大抵由此,非真負封豕之勢,敢于阻兵拒險,以抗上國之命而不貢者也。自古外國,惟猾夏則征,逆命則征⑨;若其國不能通貢,似不足以勞弊⑩中國。今用兵之聲先已傳布,使者行勘未復,誠恐生事樂禍之臣,不能仰窺陛下所以遣使者行勘之本意,迎合附會,謀動兵戈。臣不暇遠引,請以目前義理、事勢反覆詰之:

夫欲興兵,必以黎氏爲辭,爲之討其亂賊也。爲外夷⑪勞師萬里之外,討其賊而定之位,非中國長策。其不可一也。不定黎氏,而因以取之,是乘人危難而利其所有。五霸稍知義者,不屑爲也,而謂聖明爲之乎?其不可二也。萬一勝不可必,夷人操長技毒弩,乘高截險以邀我師,如古人所謂厮輿之卒,一有不備而歸者,此于禍敗,孰當之乎?其不可三也。今兩廣困弊,猺獞、狑款所在屯結,官軍僅足備守,所恃以調發者狼兵。然諸州土官及湖廣勾刀手,連年疲于征調,內懷仇怨,若復驅以遠征,深入數千里之險,進有難必之敵,退無旋反之期,狼顧兩端,莫堅鬥志。南方暑濕,易生疾疫。萬一師老財匱,猺獞、狑款乘虛而起,安南事未可必,兩廣破敗,可以立視。其不可四也。近日爲大工役,府、州、縣但係官無碍及軍需、吏農等項銀兩,盡起發赴部。梧州軍餉,亦因鹽法壅滯,課額虧損,每年敷給諸軍,剩積無多。兵興十萬,日費千金。永樂中,用八十萬人入交。今就折半言之,亦當有四十萬人屯食兩廣。飛芻輓粟,約以二石致一石,何處措備?其不可五也。天下承平久矣,人不知兵,兵不習戰。將帥皆膏粱子弟,少經行陣;而縉紳之喜談兵者,類皆趙括、房琯之流,平居爲大言爾。蓋深于兵者,必不談兵,其掇拾古人糟粕以談者,多妄也。欲舉大事,而使膏粱主兵,躁妄之士得成其謀，不待兩兵相交，而不勝之機先見矣。其不可六也。

此六不可者，臣特粗舉其端爾。至于天下大勢，其財用盈虛，兵馬強弱，民情休戚，蓋有非臣職事所及而不敢究言者。臣愚以爲安南縱有可誅之罪，猶當爲民命愛惜，審酌輕重，于當用兵之中求所可不必用者，以全民生，以養元氣。今其久不入貢之情，只是如此。以義理、事勢反覆推之，用兵一事，臣愚切⑫以爲不可。伏惟陛下聖學精深，洞見千古，制作盛備，遠暨殊俗，舞干羽以格苗，修文德而來遠，稍遲俄頃，理宜響應。況皇子誕生，神人歡悅，大慶之恩，將使天下含生之類無不得所。若軍旅一興，必有無辜之民殞于鋒鏑者，恐非陛下肆赦初心也。

去年十月六日，皇子生。是日，近畿地震數次。聖德純熙，天眷方隆，安得有此異？天之垂戒，其殆爲開邊乎？天下，大器也，安之甚難，無故而動搖之，臣中夜以思，不寒自慄。伏望陛下上承上天仁愛之心，遠思皇祖不祥之訓，待行勘使者復命，乞下廷臣將安南事勢反覆詳議⑬。如黎氏尚存，力能入貢，則許之入貢；如果內難未定，則且申敕邊臣，謹固疆場，禁戢奸宄，毋得妄生事端，致有驚駭，搖動人心。待安南亂定，應否入貢，另行奏請定奪。此于國家事體，初未有損，而生靈得免兵革之禍，所全活者多矣。

臣邊吏也，遇此大征，義當擐甲執戈，躬率先所部以死效命，乃其職分；顧不度分量，輕肆瞽言，干撓廷議，避事偷安，罪當萬死。然臣非敢愛死也，恐死而無益，是以敢冒昧爲陛下陳之。伏冀陛下哀矜，曲垂裁察，非特臣一身一郡之幸，實天下萬世之幸！

江省人材疏 嘉靖甲辰　明張　岳

欽差巡撫江西等處地方都察院右僉都御史臣張岳謹題，爲薦舉地方人材事。

臣聞明主之于人材，其長養成就之也，如天地之于萬物，甘苦小大，皆有以全其生；其因材録用之也，如匠師之于衆木，尋尺斷削，務有以盡其用。故世無不用之材，材無不當之用。此所以能兼總群略，鼓舞一世，其遺風餘烈，猶可以爲後世法。伏惟皇上建極錫福，以成就人材，僉受敷施，以凝熙庶績。不惟聚于廟堂者，日近清光，感發奮起，以靖恭乃職。至于負譴抱疴，退伏朝野者，亦莫不益敦忠愛，冀幸際會，以償其畎畝拳拳之念。此豈群臣自能如此哉？皆游泳皇極之化，而不自知者也。皇上長養成就之功，真有同于天地。因材錄用，最爲易事，亦惟皇上少加之意爾。

江西號爲多材。據臣所知，原任南京兵部右侍郎簡霄，原任刑部右侍郎劉節，原任南京國子監祭酒鄒守益，原任南京鴻臚寺卿歐陽德，原任翰林院修撰羅洪先，原任給事中魏良弼、曾忭、詹泮，原任御史曾孔化、郭宏化⑭、傅鸚、陸夢麟，原任湖廣按察司副使江以達、浙江按察司副使王寞，此數臣者，皆退居日久，進修不倦，常懷忠愛之心，皆有濟用之器。内如簡霄，先以都御史操江，因同官爭論坐席，詿誤及霄，公論已白，猶多年廢棄。臣近見吏部推用在京堂上，并在外巡撫多起用舊人。如霄才望，一時無能逾之者，使之終棄，深爲可惜。及以上諸臣，俱累經論薦，有奏牘可考。如蒙乞敕吏部，查前後論薦始末，將簡霄等亟爲起用。

此外，又如原任廣東按察司副使涂敬，嘉興府知府徐盈、何祉，去位之初，公論稱屈，居鄉日久，鄉行益修，雖不敢再望起用，亦乞聖恩，量加階秩，令以禮致仕，俾得自别于考察黜退之流。

夫枯槁者，猶不廢于生全，則凡具有生氣，鬱塞而未達者，孰不感奮？此臣所謂皇上長養成就之恩，既同天地，因材錄用，最爲易事，惟願少加之意者，此也。

緣係薦舉人材事理，未敢擅便，爲此具本謹題⑮。

極陳地方苗患并論征剿撫守利害疏 嘉靖己酉 明張 岳

欽差總督湖廣、川、貴軍務都察院右都御史臣張岳謹題，爲地方苗情事。

嘉靖二十八年二月十五日，據貴州布政司分守新鎮、思仁撫苗右參議楊儒前到軍門稟稱："各苗賊今年正月以來，雖不大肆劫掠，時常有十數爲群，在于道路邀截行旅不絕。"該臣看得,各賊因去年用兵,耕穫失時,今春乏食,窮逼搶奪,勢所必至,就經行令該地方多方防備。隨據湖廣守巡湖北道撫苗右參政王崇、兵備副使陶欽夔呈稱:"鎮、筸二司所管下苗寨,諸苗俱如原撫,市易耕種無異。"又該臣議,照貴苗爲惡,本所當誅,但中間善惡順逆亦有不同,若不分別,一概誅殺,恐及無辜。開條告示,刊發湖、貴二省苗寨,諭令"已聽撫者,照舊安插;未聽撫者,許其改過自新,一般撫納",仍行各地方官嚴加防守。

去後。訪得銅仁府地名⑯黃蠟灘,被苗劫虜市客米船;又有一夥苗賊,由田壩坪等處截路拏人。往來驚懼,道路多警。及據銅仁差來義官席淮口報相同,顯是各賊陽順陰逆,乘隙出劫。各該地方防守欠嚴,以致出没,又不即行飛報,坐視貽患。切責湖、貴二省衙門,嚴加把截,一面行查出劫苗賊,要見是何寨分?某苗是何流土官管下,緣何復行作叛?會查明白,呈報區處。

本年四月二十日,方據撫苗右參議楊儒回呈各賊糾衆出劫次數。本年五月初七日,又據撫苗右參議楊儒、分巡僉事范愛各呈《爲十分緊急苗情事》,內開"惡苗龍許保等千餘攻省溪司衙門,劫印殺虜"等情。本月二十九日,又據參議楊儒呈報:"苗賊龍許保寫帖一張,挾要銀兩贖印,并贖取人口,又要官司供送糧草。"本年六月初七日,又據僉事范愛呈稱:"首惡吳黑苗、龍許保等糾拽各寨,并湖廣蠟爾、冷(泠)水逃苗及四川酉陽管下小平茶、地龍菁、地崩岑等寨惡苗四百有餘,聲言要打茅坡、龍敖、思州府并印江縣、朗溪長官司一帶地方。吳黑苗守截糧船,就打施溪長官司一帶。"又據參議楊儒呈稱"叛苗龍角者等各出劫"緣由到臣。該臣分投差官,督調酉、平二司原防守逃回土兵各一千名,又兼督調湖廣永、保二宣慰司土兵各二千五百名,又督調貴州獨山州土兵五百名,俱往銅仁及黃蠟灘、地架等處,與原撥軍兵相兼防守外。

照得貴州數年以來,財力困竭,盜賊縱横,人情畏怯,上下相蒙,以賊爲諱。其初出劫,勢不甚大,則以爲常事而不必報;至殺掠已多,勢不可掩,則預憂參究而不敢盡報;及賊滿其所欲,係纍載道,時有漏脫尾獲而歸,則以"截殺奪回"聳報。地方積弊,其來已久。臣入境之初,據各衙門呈報文書,皆以"盜賊斂戢,地方無事"爲言;惟雲、貴各處公差人員經臣衙門,往往稟求護送。再四采訪,乃知前賊原未斂戢。不但銅平一處爲然,處處聞風肆出,雲、貴官道幾不敢行。事勢已極,理宜處置。已將猖獗緣由及用兵條款,開具奏請,仍行該省守巡、撫苗等官,查勘節次劫掠事情。據各陸續稟報前來,中間尚有匿而不報,報而不實。及去年攻打省溪長官司衙門,衝陷營堡,虜去指揮張韶等,已經參奏追取,未肯釋放。法度日弛,民生可哀,任事之臣,豈能無責?

參照鎮守貴州總兵官白泫、分守撫苗右參議楊儒、分巡僉事范愛、守備以都指揮體統行事胡寧,俱有地方之責,難逃玩寇之罪,相應處治,以警偷惰。但念其兵糧困乏,力有所制,況目下添兵稍多,糧運不乏⑰,地方防備急在用人。其白泫、楊儒、范愛,係原奉欽依戴罪殺賊人數。其守備指揮胡寧,庸陋貪污,見以贓敗,雖非失事,亦該罷黜。如蒙乞敕該部再議,將白泫等量加罰治,仍令戴罪殺賊;胡寧亟行黜革,員缺推補。庶軍政少申,偷惰知警。

臣又照得前賊驕恣,不容不征。臣前次所奏,大略已具。但恐議者猶以山箐深險,賊勢勁悍,難于收功爲疑。其稱爲制馭良策者,不過曰"撫"、曰"守"及"割地以與土官,使自爲守"三策而已。此皆似是,而實未中事機,何也?

嘉靖二十四年春,賊勢猖獗,左布政使石簡親詣銅仁招撫,既給以魚鹽,又犒以花紅牛酒,又以防守地方爲名計口而給之糧。巨魁龍許保給以冠帶,又選幼苗一名充生員。賊所需索,無不應付,如奉驕子,懼失其意,可謂委曲之極!而糧纔入手,復出劫虜,未及一年,勢愈驕蹇。至于今日,動言"得糧而後聽招",此以姑息爲撫無益而反釀患之明驗也。

嘉靖二十七年掣兵之後,調漢土軍兵五千五百九十名,以守銅仁府城。又調酉陽宣撫司土兵一千名,防守地名小橋;平茶長官司土兵一千名,防守地名毛口,皆賊出沒要路。又招凱里司土兵等龍必昇兵一千名,住耕防守地架地方,皆賊出入要路。甫經一月,小橋、毛口孤陷賊巢,道路險遠,糧運不給,土兵擅自掣散。龍必昇兵亦爲賊所衝,潰歸府城。府城軍兵日久乏食,逃亡數多,并龍必昇兵,僅存四千五百四十員名。夫兵多必苦于⑱乏糧,兵少則不足⑲分布。控扼賊路,則賊所必攻;聚于府城,則緩急難應。此以支吾爲守,無益而徒耗費之明驗也。至于給地土官,使自爲守之說爲不可者,蓋湖、貴苗蠻與兩廣猺獞不同。兩廣如古田、府江、羅旁諸賊,皆散漫無統,故或欲立土官以管攝之。臣往提督兩廣,親詢各土官,無敢應承者,以其難也。若夫湖廣諸苗,見有該管土官,寨落分明。當其糾合爲惡,若不知有該管土官;及或勢窮就招,非用該管土官招之不信。蓋其相攝服數百十年,雖禽獸暴戾,其本原之念,亦有不盡泯者。若舍其舊管,而使之服屬他人,非惟各苗未肯甘心,亦恐原管土官陰相煽動,激成禍變。今鎮、筸就撫諸苗,已服其土官管束,惟貴州銅、平,尚爾驕恣。計二司之苗,名數不多,若分兵深入,傾其巢穴,誅其魁渠,其餘黨必震慄願招。迨其求招,然後分遣原管土官就往撫之,使之樹恩。其土民原不從賊而爲賊所攻,流散他處,俱招回復業,蠲逋負,省苛征,使依土官居住,以厚其勢。循習既久,則諸苗皆可化爲良也,顧處之何如爾。

故臣愚見以爲,決須用兵征剿,然後撫可定,守可固,分別[20]經理,方得就緒,故敢拳拳以用兵爲言。若畏避勞煩,隨衆苟安,給食以撫,添兵以守,豈無歲月之安,終非長久之計。于臣私計便矣,其如地方生靈何哉!臣所不敢,而亦有所不忍也。伏惟皇上神謨雄斷,燭見萬里,乞敕該部,查臣先後[21]奏詞,覆議上請,特賜允行,三省地方,不勝幸甚!

幾務叢脞時事多艱疏　明陳玉輝

南京湖廣道監察御史臣陳玉輝謹奏,爲幾務叢脞時事多艱,懇乞聖明念守成之不易,法祖圖治以維萬年泰運事。

臣竊惟皇上今日臨御之天下,即太祖高皇帝櫛風沐雨之天下,《祖訓》一編,兢兢以天下爲憂。其致意守成之君,要在常存敬畏,以祖宗憂天下爲心,則能永受天眷。大哉皇言!萬世蓍蔡,循其法必治,廢其法必亂。皇上踐祚之初,敬天勤民,同符太祖,而懿媺鮮終,政倦于勤,臣竊爲皇上惜之。

夫太祖聖神天縱,當群雄削平之後,豈不能深居静攝?然勤于聽政,未明求衣，日昃不遑暇食，凡文武、軍民許至御前直奏，其言可采，即付所司施行。夫安有不御之朝講？又安有不決之章奏者？皇上自視神聖孰與太祖，而二十年來深居大內，政多廢格，大小臣工累歲不得一瞻天顏，所恃以宣德達情，惟是章奏朝上夕報，稍通一綫之脉。乃疏入而未必下，即下而未必如期，封事幾滿公車，十九寢閣。皇上之意，得毋謂皇祖二十餘年不出宮寢，宇內晏然。泮免優游，奚妨幾務，而臣獨以爲切不可！皇祖雖嘗齋居靜攝，與外庭隔絶，然焦心世務，如邊徼警寂、財賦盈縮、大吏陞除，與夫四方休戚利病諸封事，無一而不躬覽，無一而不手批，無一而不顧問輔臣，而皇上然乎？

昔先帝在裕邸時，閣臣徐階請出閣講學，皇祖詔擇吉舉行。今皇太子九年不出閣，宮坊徒設，講席塵凝，誰與陶成圭璋之範？諸臣屢請不報，非所以貽燕也。

昔景府告成，皇祖諭輔臣當遵祖制，令之國何不舉行？今福王府第已修，舳艫雲集，咸拭目而望就藩之駕。諸臣屢請不報，非所以樹翰也。嘉靖三十一年，禮臣請行冠選婚，以長幼爲序，皇祖詔筮吉舉行。今瑞王年逾二十，婚禮未行，天性至親，豈忍虛此桃華冰泮之景。諸臣屢請不報，非所以均慈也。

昔三殿之灾，皇祖痛自修省，至謂朕涉無前大變，如墜深淵，邇來灾祲疊見，箭樓火，怡神殿火，今春文德坊下又火。不聞修省，只以提問罰治結局，非所以昭格也。

昔閣臣徐階以枚卜請皇祖，即令廷推，且曰："此官宜三、四員，亦成祖之初制。"今揆地單虛，中外望金甌之覆不啻望歲。諸臣屢請不報，非所以宣猷也。

昔楊爵、沈束遭柄臣陰螫，淹繫數年，皇祖竟釋歸。今纍臣滿朝薦、王邦才、卞孔時等，皆執法良吏，一觸中使，久錮圜扉，無繇復睹天日。諸臣屢請不報，非所以憐才也。

昔内宮監趙楹與藍田玉等朋比爲奸，皇祖即付法司論斬錮獄；幸臣談相凌犧有司，爲御史所奏，遂逮戮之市。今懿親遭婦寺之橫，閭左苦稅璫之虐，竟置而不問，非所以正法也。

嘉靖三十六年四月三殿灾，皇祖命采木，以明年經始，成于四十一年九月。

今三殿不聞興繕，皇極門不聞建竪，向明出治之所久鞠荒草。諸臣屢請不報，非所以表觀也。

昔皇祖敕户部會錢糧，歲征歲收幾何，歲支歲儲幾何，而出納之弊清；詰賈應春薊鎮冒糧之數，差道臣稽核，而冒支之弊清；責光禄寺糜費，差道臣一月揭報，而乾没之弊清。方今出納之弊豈少，冒支乾没之弊豈少，宜清其源，以便通融撙節。諸臣屢請不報，非所以經國也。

昔科臣王國禎劾張堅、成勛俱宜罷斥，得旨"成勛閑住，張堅調用"。國禎補牘暴張堅黷賄狀，堅遂罷職，且敕言官建議部臣題覆，宜各虛心爲國，無滋煩擾。今彈文不報，被彈者求去而亦不報，即部臣分別去留題覆而亦不報，非所以勵節也。

蓋剛毅英斷，紀綱嚴肅，無如皇祖，然齋居既久，耳目不無壅蔽，宵人熒惑，朝常多廢，南倭北虜，連歲内訌，海内浸以虚耗。皇上雖太阿獨持，但剛毅英斷之意少，而猶豫遲留之意多，凡要緊章奏多未允發，悠悠忽忽，視黼扆無一足行之政，疑官聯無一足用之臣，厭臺省無一足采之言，幾務日益頽弛，群情日益否隔，國家之元氣日益壅閼，豈爲清平世界？

昔英宗睿皇帝冲齡即位，楊士奇等慮煩聖體，每早朝只許言八事。談者謂非祖制，大廷疏簡，恐深宫因而逸豫。今皇上既與大廷隔絶，臣僚無由得獻丹悃，而深宫静攝，唯逸豫是娱，將何以副臣民之望，慰祖宗在天之靈？聖子神孫其又何法焉？九五雖至尊，寰宇雖至廣，宮闈雖至淵邃，然未有恃安而不致危者。况在今日，灾變頻仍，南北並荒，財殫民窮，兵疲食盡，駸駸有冰銷瓦解之漸，實可寒心。

伏望皇上，念櫛沐締造之艱，凛執玉捧盈之衷。繹祖訓，則當慕善若渴；繹寶訓録，則當批决如流。諸凡群臣所上封事，即時檢發，敕部臣從公題覆，速賜批行。則在上無有不廣運之聰明，在下無有不流通之血脉；在上無有不綜核之時政，在下無有不交修之職掌。斯亦補偏救弊之急圖乎？

夫王道無奇，中外翹首而望皇上，又非有高遠難行之説。只片時之批答，而四海含甘飲醇；只片刻之傳宣，而萬姓風行雷動。泰山四維之業，即在指麾轉顧間。以皇上天縱之資，于盛衰治亂之幾，洞若燭照數計，當有不待臣言之畢而幡然勵精振刷者。管蠡之見，安能測高深萬一哉？

儲教久虛疏　明陳玉輝

南京湖廣道監察御史臣陳玉輝謹奏，爲儲教久虛，懇乞俞旨開講，以端國本、以慰輿情事。

臣等伏睹自金華罷講，青宮輟學以來，大小臣工累牘幾滿公車，而天聽愈高，杳無開講之期，犬馬之忱不勝私憂過計。夫皇太子一身，關宗社生靈之本，而講學之作輟，關他日治亂安危之本，諸臣爲宗社生靈計，皇上獨不自爲宗社生靈計乎？諸臣鰓鰓爲他日治亂安危慮，皇上獨不自爲他日治亂安危慮乎？

今夫韋布之家，所貽世業不過數畝之田、數椽之屋，然爲子孫計深遠，處之以里塾，延之以師儒，程之以詩書，即寒暑風雨，不少休息。乃若皇太子之所負荷至鉅至重，較韋布奚啻霄壤。縱孜孜講學，一歲之中不過數月，一月之中不過數日工夫，視韋布之家常多間歇，已不免一暴十寒之虞，而況虛十年之光陰，未嘗開一日之講筵，此豈所以陶成圭璋之器而豫端元良之範乎？

臣等竊觀皇太子册立之初，方在冲齡，皇上命就外傅，功無間于寒燠。今春秋鼎盛，正目就月將之時，自甲辰冬暫免之旨一出，而寶幄久已凝塵。以國家之大本原，時務之大要領，仍置而不問，此臣等所爲長太息也。即如皇上初年，經筵常御，春講二月十二日起，至五月初二日止，秋講八月十二日起，至十月初二日止，永爲定例，不必題請。夫以萬幾之繁，猶然遜志典學，矧皇太子問安視膳之餘常多暇逸，而任其置學不講，身教之謂何？

皇上聰明天縱，洞燭今古。自開闢以來，試觀英君誼辟樹光明彪炳之業，夫孰非毓德于蒙，故磨礱啓沃漸底于粹精耶？試觀叔世庸主，狃安忘危，國運暫以顛撥，夫孰非教諭不夙，故怊心逸志，精神日益昏頹耶？

昔高皇帝諭太子賓客梁貞等，"成器在範，金罍玉薰，德在尊師重傅"。大哉皇言！萬世龜鑑。皇太子英資睿質，宮中課習固隨處是學，然必親賢而後可以涵養身心，必明理而後可以曉暢世務。

聖賢之規矩、史傳之臚列，非考究不能涉其津涯；二祖之徽猷、列宗之懿範，非博綜不能達其要領；政事之臧否、閭閻之休戚，非商確不能燭其機宜；財賦之盈縮、四夷之嚮背，非講求不能悉其顛末。故早開講一日，則有一日之益；早開講一月，則有一月之益。顧乃以方富之春秋而徒逸豫于深宮，以強壯之精神而徒潛心于釋諦，以易度之韶華而徒狎處于婦寺，煬竈易以蔽明，豐亨漸以滿假。異日者，臨之以寰海，統之以萬機，不鑑古奚以鑄今，不顯德何以宜民，天下國家將奚賴焉？皇上獨不念祖宗創業之艱，繼體守成之難，而忍令曠時廢學爲耶？

臣等恭誦聖母遺誥，惓惓以皇太子講學爲急，蓋誠睹宗社根本之計，寰宁屬望之殷，無有大于此者。體聖母慈仁之念，亟修儲教，以膺錫類之祥，以收胤祚之慶，是在此日矣。

方今清秋淯爽，萬寶告成，伏望皇上俯采芻蕘，早俞開講，則益增離照之光，快睹前星之曜，億萬載郅隆之理自此基之，大小臣工幸甚！

屯官日益闒茸屯糧日益逋負疏　明陳玉輝

巡按直隸監察御史臣陳玉輝謹奏，爲屯官日益闒茸、屯糧日益逋負，糾正兵部職掌，以申祖制，以實軍儲事。

臣竊惟南京四十二衛屯糧，所以省閭閻養軍之費，最爲良法。輓輸如期，則士飽馬騰；輓輸愆期，則庾虛廩竭。十數年前，國課依額報竣；十數年來，國課積逋日多。夫孰非此屯田，而所以依額報竣者何故？則屯官多廉能也。而所以積逋日多者何故？則屯官多闒茸也。夫孰非此武弁，而所以多廉能者何故？則兵部甄別賢否，遴才器使也；而所以多闒茸者何故？則兵部不詢才望，挨序填補也。

成化三年，户部覆准每衛選老成廉幹官一員，委管屯務。南京軍政由兵部考選，故屯務亦由兵部委管。舊例每遇屯缺，兵部廣搜博選，委一人焉，必于各衛中拔其尤，故時多勤慎守法，無敢朘削潤家，自貽罪戾。後來武弁巧于夤緣，千方營求，選司多以此招尤。

萬曆三十五年，武選司郎中馬燁如，因歷任南都，交游甚廣，苦于請託，恐干物議，始倡爲挨序之說：黃選後，凡遇缺不復遴選，只以本衛依次挨補，載入職掌。因循至今，祖制遂廢。此雖足以杜倖竇，而不足以羅幹局之才；足以潔身名，而不足以濟公家之事。蓋武弁與軍民錯處，多是同流合污，老成廉幹者十不能一；兼以年少，目不涉詩書，胸不暢時務，如徒依次挨補，何異序雁貫魚？官常忽爲土苴，錢穀視若家藏；恣情花柳，耽事樗蒲；酣飲慕高陽之風，侵漁償豪家之券；下剝軍脂，上誤國課。如鎮南衛指揮孟熊、府軍右衛指揮周之文、驍騎右衛指揮韓承祖，多至侵費千金，少亦不下數百金，或委身遁去，或瞑目受杖，家徒壁立，碎骨難措。卒之無可奈何，止一斥革結局，而兵部後來委管，又是挨次填補。退一闒茸，又進一闒茸，前逋未輸，而後逋又至，庾廥所以日愈空虛，時事所以日愈敗壞。不意馬燁如一時之議，而國課受弊至此，睹今日景象，良可長太息已！

夫軍餘之頑梗，臣得而繩束之；豪強之霸占，臣得而摧折之；官旗之包侵，臣得而稽核之；營操之廢弛，臣得而整肅之。至于委管屯務，權在兵部。錢糧而屬匪人，譬之肉投餒虎，禮義之所難喻，紀法之所難防。與其苛誅于既逋之後，何如慎選于未委之先；與其避怨避謗而軍國兩受其弊，何如任怨任謗而軍國兩受其利。

即兵部諸臣，亦自知挨補之法誠太拘攣，無奈前人職掌已定，若遽變更，恐損衙門體面。此雖用意忠厚，然前人職掌與祖宗舊制孰重？衙門體面與國家命脈孰急？況朝廷設官，既以武選命名，則臣子守官，便當循名究實。屯官如徒挨序，則安所名武選爲哉？臣職屯言屯，居一日之位，盡一日之心，行一日之事，必不忍祖宗良法美意坐視淪壞，以至于不可收拾。

伏望敕下戶部覆議上請，如果挨補之法窒礙難行，移咨南京兵部，凡管屯員缺，遵依祖制，選老成廉幹官一員；或本衛乏才，即就各衛選補。其屯務宜久任以觀成效，無遽挨轉，恐妨職事，則闒茸不得濫竽。于以徵收，調停有法，下不至胺削軍脂；于以輸納，竭蹶報竣，上不至逋負國課。斯于修復屯務，其庶幾乎？

奉聖旨：兵部知道。

該戶部署部事左侍郎李汝華等，覆請以後各衛管屯官員，應于該衛左右僉書賢能指揮選補委用，查照上、中、下各衛分補委上、中、下各屯缺，若本衛無官或有官不堪用者，即挨衛分次序掄選委用。其在任管事之期，定以五年爲準。至如各官徵收一年，屯糧完負有數，則材譄修短可見。每歲終，該屯田御史查其錢糧負數多者革之，不妨移文選補；查其錢糧完數多者獎之，相應委以久任。又照各官久任五年適與黃選五年之期遇，自應如例轉印，不容再議。如徵屯未及五年者即遇黃選有印缺，不得轉補；如徵屯已滿五年者即遇黃選有印缺，竟行選補。候欽依至日刊入職掌，永爲遵守，仍移咨南京都察院轉行屯田御史，一體欽遵施行。

奉旨：是。

周吉甫《金陵瑣事》載："萬曆三十五年，南武選馬郎中苦請託難絕，更定新法。各衛軍政官，止就本衛挨補，不問人地當否，使論才司大屯印以敗乃事，而長才往往置諸無用，衆論闐然不平。四十二年，南管屯御史陳玉輝疏參，下兵部覆議，始申明舊制，更正職掌，軍政遂稱得人。"按：神廟于群臣封事率多寢閣，獨屯政所請，朝上夕發，誠以祖宗根本之地，關係甚鉅。而此疏痛除夙弊，實爲屯第一義也。

武弁土居江北軍餘世被魚肉疏　明陳玉輝

巡按直隸監察御史臣陳玉輝謹奏，爲武弁土居江北，軍餘世被魚肉，懇乞聖明救此一方，以嚴紀法，以固根本事。

臣竊惟留都爲國家根本重地，而池河一路，梁宋、吳楚之衝，齊魯、汴洛之道，又爲留都根本重地，故太祖高皇帝設飛熊、英武、廣武三衛屯戍征守，以護陵寢，以拱都城。神聖立法，良有深意。毋亦謂三衛世守茲土，庶幾附循士卒，以滋培國家元氣。不虞後來憑土居之威，播煽爲殃，軍餘流竄幾盡，此誠根本之隱憂，則安可不及今亟爲究處乎？

蓋三衛雖列在京衛，實與京衛大相懸絶。京衛世居都城，近在宇下，指臂相使，其勢易；三衛世居池河，距城三百餘里，雖鞭之長欲及馬腹，其勢難。京衛屯戍皆在長江以北，武弁非駐卯不許渡江，即渡江不過旬日而返，其肆毒于軍餘有限；三衛武弁與屯戍世世比閈而居，土田之密邇，無日不眈眈虎視，其肆毒于軍餘無窮。京衛棋列星置，自武弁襲職而外，舍餘各食其力，與屯所風馬牛不相及也，故軍餘咸得以安其業。三衛屯戍既受制于武弁，而舍餘日益繁衍，三五爲群，咆哮嚇詐，觸之者未有不中以奇禍，故軍餘多輕去其鄉。

一軍之產幾何，而印官剥削之，屯官剥削之，千百户又剥削之，竭澤而漁，十室九空，此誅求之害也。

武斷一方，擅受詞訟，瑣瑣小事，而印官勾攝，左右僉書勾攝，千百户又皆勾攝，視賄之涼腆，爲理之曲直，株連蔓衍，原被多至傾家喪命，此局騙之害也。

廣布私債，或將本包利，或利已數倍而又利上加利。如貧不能償，則軍牢、僮僕登門迫取，男折爲奴，女折爲婢，以官嚇軍，何求不獲，此磊算之害也。

峻法嚴刑，鉗釱纍纍，箠而復枷，拶而復夾，搶地號呼，血肉淋漓，見者無不酸鼻，此慘酷之害也。

所最可恨者，屯田所以贍軍，而非所以贍官。今三衛指揮、千百户，既食朝廷之禄，乃敢設局籠蓋，藉勢鯨吞，或占爲世業，或詭舍餘之名冒頂，或借活軍之名冒頂，或一武弁而管至數十田，即户下舍餘亦多占至數田。貧軍失業，流離播遷，饑寒道路，卒之填委溝壑，而官舍、衣租、食税，營伍則累年違操，糧額則累年逋負，此誠理法之所難容。

臣自去冬西巡，沿途問軍民疾苦，始知三衛暴横狀，不覺怒髮上指。嗟此軍餘何不幸而生長池河，子子孫孫永無見天日之期乎？蓋外衛有撫、按彈壓之，而又有道、府、州、縣鈐束之，故武弁無敢横行；即或横行，軍餘得以自達于有司之庭。若三衛虎踞一方，籍在京衛，與道、府、州、縣不相關涉，雖屬于兵部，然兵部不過五年一黃選爾；而軍餘田土則又與兵部不相關涉，雖屬于巡屯按臣，然按臣所統轄不過印官、屯官爾。其餘不掌印、不管屯者何限，則又與按臣不相關涉，結黨橫行，擇肉而食。都城遠在江南，軍餘拼一命赴訴者，百不能一；乳羊格虎，即赴訴而獲伸冤者，百不能一。貪弁何知，刻骨報復，或以逋糧為由通詳部院，或唆各舍餘冒籍捏詞。今日告批東城，明日告批西城；今日告批中城，明日告批南城、北城。哀此窮軍跋涉二百里外，有廢業之苦，有枵腹之苦，有羈候之苦，有贖鏹之苦。前訟方結，而後訟又至；前之拘提者方出戶，而後之拘提者又已入門。東馳西鶩，曾不逾時，而向之拼一命赴訴者忽已飲恨長逝，而妻子又驅入武弁之家為臧獲矣。各軍聞風股栗，屯田安得不拱手聽其侵占乎？

臣檄池河守禦董用威清查諸弁，痛似心頭之肉，戀不能割，每每多方營免。臣誓不清此田，不渡此江。于是，原任游擊韋宗昭、指揮于用功、千戶朱桐、百戶楊既得等共計一百六十二員，倉皇退田二萬七千餘畝。就一百六十二員之中，多是臨期首退，准改正免罪。而積惡最稔、占種最多無逾游擊韋宗昭兼以二子韋登雲、韋凌雲，或恃武弁，或恃青衿，部軍被威逼殞命者不知其幾。臣牌行提解，始追出屯田一千七十畝；再行提解，復追出屯田一千一百九十畝，其恣睢無忌，難以盡述。父子世受國恩，弁髦三尺，如不嚴懲，何以警將來？

臣觀武弁獷悍成習，雖俛首退田，譬之豺伏于叢，虺盤于穴，而博噬之性，他日復將決裂，窮軍縱含冤負屈，無可控訴。宜定委附近有司帶管三衛屯政，凡田土詞訟，俱聽清理，如有占種，繩之以法。將三衛指揮、千百戶盡調別衛，另選廉幹調補。其已退在官者，即給還原軍，或另行召佃。貪弁歲入租粒已多，無再索典價之理。其中有影射未盡退者，容臣盡法查追。夫清理有人，則武弁無由肆其奸，軍餘疾苦朝控而夕得自伸。盡調別衛，則武弁不得臨以部下之分，無敢擅自鞭撲；盡法查追，則準折勒典者不得恣其攘奪，屯戍始獲胼胝于南畝。

蓋當極敝大壞之後，不改弦易轍，無以解一方倒懸之急。伏乞敕下兵部轉咨南京兵部酌議，如果臣言不謬，將附近有司委管屯政，將三衛武弁改調別衛，將積惡最稔者依律問罪，影射未退者盡法清查。從此休息數年，原野之蕭條日暫生聚，壁壘之空虛日暫充實。其有裨于根本重地，豈淺鮮哉！

奉旨：兵部知道。

諫魏黨疏 明張鑛

貴州道御史臣張鑛謹奏，爲巨憨雖已伏誅，奸黨尚多漏網，直陳媚璫之臣以伸國法，以昭公論事。

竊惟閹宦之惡甚于毒藥、猛獸，然猶不盡閹宦也，皆由一種無耻縉紳附之而成，翼之爲非，而禍卒亦縉紳受之。逆惡魏忠賢、崔呈秀表裏爲奸，威福獨擅，已經皇上睿斷處分。臣謂：忠賢不能自爲也。忠賢特受人擁戴，而還爲人嗾使者耳，即呈秀亦擁戴之穢濁彰聞者耳。

臣記甲子年初八日班行，惟時權璫之勢已漸漸縱橫，然而未甚也。即縉紳中有通內者，猶畏人知；或有知者，猶逡巡不自安，蓋尚知有廉耻焉。臣目擊心憤，曾具疏懇乞宸斷，亟除內奸，大觸忠賢之怒，幸先帝優容，不加譴斥。臣時與病會，請告歸里，以避其毒。

不意後來之風愈下，忠賢之氣焰日熾日昌，而附忠賢之精神亦日新日異。有顯而附之者，建生祠是也；有隱而附之者，青衣小帽，行入拜禮，呼千歲是也；有直而附之者，稱功頌德是也；有曲而附之者，結魏良卿爲兄弟，認崔呈秀爲義父是也；有屈而附之者，以珠玉爲羔雁，以苞苴填溪壑是也；有巧而附之者，以搜括爲公忠，以鍛鍊爲精明是也；有先意而逢迎之者，忠賢意所欲去則代爲驅除，意所欲用則代爲薦拔是也；有援事而獎借之者，談邊事則歸美于鎮守之內臣，談餉務則歸美于督漕之內臣是也；有先參之而後附之者，初猶迫于公論，後則露其本色也；有先附之而後參之者，當勢炎則甘爲小人以逐羶，勢敗則冒爲君子以護身也；有附忠賢而爲其所棄者，是邪佞之屢憎，非方正之不容也。種種情態，備極醜惡。

今冰山已頹，猶曉曉自解，是隱忍以避禍，委曲以觀變也。夫果懼禍，胡不托冥鴻之高舉？即果觀變，第緘默養晦焉可耳。胡爲煬竈之不置而祝鼇之恐後也？敢作美新之論，以飾解嘲之非；設有夾日之忠，安希博名之迹。諸臣縱不自羞，恐旁觀者已代爲之羞矣。

臣請舉媚璫之臣而概言之，有三等焉：其一等，漏盡鐘鳴之輩，彼計忠賢得權之日長，而一身受用之日短，故苟可徼福于生前，不惜遺臭于生後者，如劉志選等是也。其一等，希榮干進之夫，彼見株守者循資而積俸，可以遷超者一歲而九遷，遂不惜枉尺之謀爲直尋之階，如楊夢寰、李養德等是也。其一等，乘機報復之徒，彼計威福操自朝廷，則臣下誰敢妄干？威福出自貂璫，則公糜亦可私借，苟可快一時之意，不悔終身之防，如朱童蒙是也。

楊夢寰以兵科兼管工程，得與呈秀朝夕密邇，因而投身于忠賢。從來工部錢糧俱交節慎庫收放，夢寰欲便己私，遂串合呈秀，嗾忠賢變更祖制，設立内庫，數年間外解及搜括捐助銀兩飽夢寰之私橐者不知其凡幾也？且與呈秀此唱彼和，創爲差回御史催欠物料之議，使其議行，處處皆黄山之續矣。大臣王永光因天變直言，正老臣憂國之苦心。乃夢寰自陳一疏，若怨若懟，且倏而公卿，倏而司空，倏而宫保，卒邀溫綸，拾美蔭以去，若而臣者直漏網之鬼蜮也。

李養德以己未進士躐躋尚書，晋秩太傅，有何品望而速化乃爾？不過拜忠賢爲義父，奴顔婢膝以承歡；又日伺廷臣之動静，以報之本廠而肆其姜菲（斐），則不獨爲忠賢之孩兒，而并爲忠賢之番役矣。

又何其忍心悖理，母死不奔喪，若朱童蒙尤異焉。童蒙初亦依附有道，然爲兵備蘇松時暴戾貪縱，江南士民怨入骨髓。巡撫周起元據實糾參，職自應爾，旋奉旨責起元以排擠抗違而鎸其秩。皇上試觀國家自設官以來，有巡撫以參一司道而削籍者乎？此非有通天手段，何以若是？蓋起元曾疏救楊、姜，以此開罪于李實。童蒙爲起元所參，怏怏不平，遂暗通綫索，使李實潛通忠賢而起元罷矣。厥後，李實又有欺君滅旨一疏，參起元并周宗建、繆昌期、周順昌、高攀龍、李應昇、黄尊素等六人，而起元逮矣。

聞李實在杭州時，每向人暴白，以出疏原非己意，乃他做就，迫之具奏。雖未必出之童蒙之手，然李實不參起元于他日，而參于其參童蒙之後，不可謂伯仁非由我而死耶！不然，何參呈秀者殺，而參童蒙者亦殺也？更可鄙者，童蒙以媚瑢而得巡撫,便因巡撫以媚瑢,延緩何地?此時不聞選將練兵,惟以建生祠爲首務,以至引例奪情,漠然罔顧倫理,又禽獸之不如也。夫童蒙必曰:"忠賢欲爲呈秀地也。"嗟乎!岩關重臣,數年捍圉尚不難奪其應得之蔭,而促之以守制,何獨戀戀一童蒙必與呈秀、養德而留也?

伏乞皇上赫然一怒,將童蒙、養德、夢寰亟賜處分。其劉志選者,薰心事瑢、倒身逆閹、羅織皇親、離間宮闈,犯無將之戒,難逃不赫之條,宜敕法司依律擬罪。

臣非苛求四臣也。去惡務盡,行法貴平,四臣不處,不惟國憲未伸,且無以服被處諸人之心矣。若李實以一疏而殺多命,且激變吳民,幾成大禍,罪不在忠賢下。并敕法司徹底根究原疏出自何手,庶奸黨無躲閃之地,而新政益光矣。

周起元盡職任怨,忤瑢受禍,被逮之日,漳士人相顧墜泪。至橫坐以十萬之贓,令其妻子流離,戚屬驚逃,尤爲可憫,乞敕該部從優議恤。他如劉宏化、梅之渙、程注等,皆以楊漣、熊廷弼故誣多贓,今惟之渙、程注已蒙恩超豁,則劉宏化之贓,想亦浩蕩之恩所必省也。

臣從田間來,不識忌諱,謬攄忠憤,伏乞聖明施行。

奉旨:這本説往日媚瑢情事,義正詞嚴,可稱確論。劉志選業經處分;楊夢寰、李養德、朱童蒙、李實已有旨了;周起元觸瑢被禍,從優議恤;劉宏化受誣之贓,并行查豁。該部知道。

【校記】

① "今日",(明)何炯《清源文獻》(明萬曆二十五年程朝京刻本)卷五作"今自"。

② "邊陲",(明)張岳《小山類稿》卷一作"邊郵"。

③ "大小",《小山類稿》卷一作"小大"。

④ "切",《小山類稿》卷一原作"切",林海權、徐啓庭點校本依文意改作"竊"。

⑤ "係",《小山類稿》卷一原作"係",林海權、徐啓庭點校本據四庫本改作"繫"。

⑥ "不貲",《小山類稿》卷一原作"不貲",林海權、徐啓庭點校本改作"不訾"。

⑦ "遠佞",《小山類稿》卷一作"遠奸"。

⑧"陳昇",《小山類稿》卷一作"陳昪"。

⑨"自古外國,惟猾夏則征,逆命則征",《小山類稿》卷一作"自古夷狄,惟猾夏則誅,逆命則誅"。

⑩"勞弊",《清源文獻》卷五作"勞敝"。

⑪"外夷",《小山類稿》卷一、《清源文獻》卷五均作"夷狄"。

⑫"切",《小山類稿》卷一作"竊"。

⑬"詳議",《清源文獻》卷五作"熟議"。

⑭"郭宏化",《小山類稿》卷二作"郭弘化"。

⑮"爲此具本謹題",《小山類稿》卷二作"爲此具本,順差承差萬滋親齎,謹題請旨"。

⑯"地名",《張襄惠公文集·小山類稿選》作"地方"。

⑰"不乏",《小山類稿》卷二原作"不乏",林海權、徐啓庭點校本改作"不給"。

⑱"必苦于",《小山類稿》卷二、《張襄惠公文集·小山類稿選》均作"則苦于"。

⑲"則不足",《小山類稿》卷二、《張襄惠公文集·小山類稿選》均作"又不足"。

⑳"分別",《小山類稿》卷二、《張襄惠公文集·小山類稿選》均作"分背"。

㉑"先後",《小山類稿》卷二、《張襄惠公文集·小山類稿選》均作"先今"。

螺陽文獻卷二

露　　布

平苗露布　　明駱日升

臣聞《師》貞之義曰"衆正"，帝王取以容民；《陰符》之旨曰"殺機"，天人發而定化。洪惟我國家道德醇釀（醲），威稜皷邕，戎麾振而北出天樞，衣冠襲而南通地户。維此苗獠，列我編萌。上世屢尋于干戈，本朝獨寬其韁索。名山廣澤，尚仍槃瓠九子之居；水耨刀耕，已革黃龍一雙之約。蓋林深谷遠，未宜使虛而無人；地大天高，亦欲俾久而自化。仁已極矣，德莫厚焉！

恭惟皇帝陛下，誕敷文命，載纘武功。窮冥妙以制幾，微先蟄祕；奮剛健而決策，氣舉紘垓。竿逆哼，綿箕封，洗戈渤澥之渚；障松山，犁播境，拓堠層城之崖。倫軌一家，桑麻萬里。

惡苗怙我生長，迷厥經常。猛鷙勃興，食椹之鴞音不改；虐焰孔熾，螫人之蜂蠆為殃。安忍阻兵，嘯凶聚醜，濁亂荆鄘，毒流武弁。屬王師有事于夜郎，故天誅少延乎漏罟。

臣謬膺閫寄，受命夾征，躬接魚書，親馳象郡。集如熊如羆之虎旅，厲如江如漢之雄聲。陳戒轅門，處分部曲。監軍參政兼副使陳勛、督餉紀功副使王約，夙夜匪懈，並驅懷遠以分猷；征蠻將軍、都督同知李如樟，壯憤同心，先指南江而督發。賊愚送死，敢逆雁行；我師致人，競趨鵝嶺。某月某日，參將某某、游擊某某、坐營某某、守備某某等，兵並逾險，士皆同仇。或左廣而右歃，或中權而後勁。追奔六路，轉鬥千山。歡呼則星宿徘徊，排蕩則風雲騰鬱。易同湯雪，迅甚飆枯。蹙海波而上歇，九蒼蛟螭晝怒；驟雷霆而下擊，萬壑魍魅宵迷。徑搗皮林,會合玉帳。賊復不自悔禍,更相糾連,假息釜鬵,依憑灌洞。峰危束馬,何止拂漢羊腸;壘切飛鳥,依稀擊濤鯤尾。

如璋等懸臣賞格,申臣戒詞,募捷足以先登,凌岩嶢而賈勇。鼓不停響,弧不暫弢。鏖戰已歷三朝,重圍亦幾數匝。忽從間道,直出山椒。奪所恃而曾無藩籬之艱,掩不備而坐得建瓴之勢。抑吭拊背,大類漢將之從天;達腋貫胸,半付吳軍之烈火。魚潰鳥散,川決陵傾。丙舍平梅,則當時就撫;王陀魁首,則尋即生擒。

師出之辰,天日清霽;凱旋之後,膏雨淋漓。五溪之腥穢盡消,四方之窺伺聲息。斯蓋聖謨淵運,與天地神靈而合符;神武布昭,為祖宗廟社所福饗。鴻烈行耀于世紀,駿功豈假于人為？

臣獎率三軍,襲行九伐。急震鄰而討罪,愧未伐謀;望明堂而獻俘,賀全取勝。臣無任怵歡踴躍之至,謹遣某官,奉露布以聞。

策

岐溝富平之敗何如策　明張　岳

明義理之是非,權利害之輕重,然後可以斷古人之得失矣。夫義理者,萬世不易之大法;而利害者,一時應變之大機也。論利害而不本義理,則陷于術數之歸;論義理而不酌利害,則拘于執一之說。故必明之以觀其心,權之以觀其變。夫然後可以稽往古之是非,綜前人之成敗也。

昔者曹彬有岐溝之敗,張浚有富平之敗。二者雖同,形勢各異。蓋岐溝之失,勇于深入,諸將得以分其責;富平之失,果于自用,魏公難以逭其罪。以義理而言,則曹公乃無心失理之過,而魏公亦可謂觀過知仁。但以利害言之,則曹公所敗,乃兵家勝負之常;而魏公所敗,乃關國家成敗之數。此其心迹之間,不容以不辨,而是非輕重之際,議者不能無彼此于其間也。

嘗聞善用兵者,有攻敵之兵,有救敗之兵。攻敵之兵,利于轉戰;救敗之兵,利于固守。此兵家之常法也。當戰而反守,則老師費財,有不戰自焚之災;當守而反戰,則勢阻力弱,有不交自潰之勢。此兵家之常患也。愚謂戰固貴于速,而持重之勢,不可以不審。守固貴于嚴,而應敵之機,不可以不精。故必定計于未戰之先,而戰勝于計定之後,如古人之所謂可殺而不可使處不完,可殺而不可使擊不勝,可殺而不可使欺百姓者,然後可以言戰。飭備于方守之先,而固守于飭備之後,如古人所謂號令欲嚴以明,賞罰欲公以信,次舍欲周以固者,然後可以言守。苟威重不足,而惟利是趨,物力未完,而僥倖是快,則不善戰者,其必爲岐溝之敗,而不善守者,其必爲富平之敗,必矣。

夫幽、薊之地,中原故物也,不可以不取;江、淮之地,國家根本也,不可以不守。謂不必取者,非所以辨天下之大界限;謂不必守者,非所以處天下之大機會。第以取之失于輕,守之失于苟耳。方雍熙之初,以國家全盛之勢,兵甲器械無一不備,謀臣猛將屯集如雲,舉重師以臨寇境,此攻敵之兵,利于轉戰者也。迨夫建、紹之際,以國家傾圮之運,召募團結,新集而未振,重關要險,喪失而未復,安一隅以制勁賊,此救敗之兵,利于固守者也。然雍熙利于戰,曹彬以不善戰而喪師;建、紹利于守,張浚以不知守而蹙國。按以敗軍之罪,律以失地之法,繩以文吏之論,治以司寇之刑,其相去也幾希。但審量義理,裁度利害,則彬之罪可以原情,而浚之罪難免于責備。

彬之所以敗,始于違詔而輕進,終于諸將之貪功。彼豈不聞"千里饋糧,士有饑色",而"百里趨利者,上將之必蹶"哉?又豈不知舉徒進退,欲重以安,欲疾以速,而窺敵制變,欲參以伍,欲潛以深哉?顧乃携軍深入北庭,進則窘于糧糗之不供,退則懼于敵師之後躡。征營前却,狼狽失據,喪師失律,是誰之咎耶?然猶有可諉者,則以進師雖輕,而兵分于衆多;詔旨雖違,而機失于遙制。所喪者,器械資用之末;未復者,雲、應、蔚、代之地。而于國家之大計,幸無所傷;社稷之大數,猶未甚損。其所以推敗之故,猶足暴于天下也。

若夫張浚則異于是。當時乘輿寄寓于草萊,國勢偏安于江左,河、洛之地已陷于寇賊,秦、蜀之區僅足以自保,睹社稷可以寒心,望闕廷可以流涕,此豈可以草草舉事之時哉?張公以碩德重望之隆,而膺秦、蜀宣撫之任,當強敵之咽喉,爲江、淮之保障。因其深入也，固當聚財積穀以厚吾勢，據險截要以老其師，出輕騎以絕其糧道，多間諜以疑其兵謀，與江、淮諸將共爲犄角之勢，或可以成功也。顧乃抱桓冲根本之憂，無謝安乘勝之略。以新出之師，遇方熾之寇，當時將佐，如吳玠之勇敢，劉子羽之忠義，趙開之善理財，皆策其必敗，而豫以爲憂。忠言沓進，拒卻不用，以四十萬之師爲富平之會。引軍先潰，可歸咎于趙哲；力戰不支，可移責于劉錫。而尸其謀者誰歟？《春秋》之法，誅首謀剛愎自用之罪，魏公無所辭矣。又況險阻之地一失，江、淮之援益孤，外增敵人之氣，內絕中外之望，使榛棘充塞于皇路，聲靈遏絕于洛水。天下之勢，一敗不可復支；國家之運，一傾不可復振。以平日報國之忠，反成誤國之罪，其視岐溝之敗，相去蓋萬里也。魏公之可責，何如耶？

大抵爲將之道，患不能出奇耳。奇在果，果在速。此天下豪杰之所爲，而非拘常之士可及也。二公之舉，皆有果速之心，但乏出奇之謀，無足以相上下。然就中而論之：曹公之敗，如人之元氣方完，謬試无妄之藥，卒有四肢之疾；張之敗，如人之精力已衰，用藥者不審其勢之緩急，遂成腹心之疾。如是較之，義理之是非，利害之輕重，昭然矣。雖然，魏公之罪固重也。

愚讀《瀟湘録》，見公與劉彥修書以爲："富平之敗，世人多誚予輕舉，且歸罪彥修爲名。此事天實鑑之。"而晦菴所謂"元戎十乘，一旦啓行，精忠貫鰲極，孤憤摩穹蒼"者，亦指蜀師而言。雖公之子南軒，亦謂"撫師秦亭，士氣日增，及公困于讒，天下不可復爲"。蓋深有感于天人之際云。然則魏公無責乎？噫！律以《春秋》責備之法，則富平之敗，難以逭罪。若以乾時之戰，雖敗猶榮之例論之，則復仇之志，凛凛在天地間，則不以挫敗而滅也。唯蘇雲卿之言曰："一片忠心，真可托也。但長于知君子，短于知小人。"嗚呼！此公故人之言，亦足以盡公之生平矣。故嘗論南渡以前之將，唯有曹武毅；以後之將，唯有張忠獻。執事以爲何如？

是年癸酉，提學姚公鏌行部試公此策。中引用《瀟湘録》，姚公謂"非書生習見"。後以質公，則曾大父清介叟所遺藏書也。由是名大振，秋闈遂冠閩中。

紀綱風俗策　明曾偉芳

人主必有以握其重于上，而後天下人各自重于下。上不自重而輕用之，究也下之人亦視以爲輕，而人主之重遂陵夷而不可復。蓋昔所輕重于天下者曰"紀綱"、曰"風俗"。紀綱者，人主所以整整焉而作于上；風俗者，人心所以嘿嘿焉而成于下。兩者其勢相須而其機相待，故其紀綱有剛柔張弛，則風俗緩急治廢每每因之。

昔有善計天下專言紀綱者，亦以睹紀綱則風俗盡在目中；又有相國長短尚言風俗者，亦以考風俗則紀綱爛然可觀。豈判爲二哉？周以文章、禮樂治天下，周官之制，大小相維、尊卑相馭，故其民纏綿固結，歷世八百，猶戴故主稱"先王"。夫豈唯風俗之醇，以自至是，亦以紀綱振而服習固也。漢綱疏而其俗霸，唐令切而其俗夷，宋憲懈而其俗靡，無足言矣。

我太祖皇帝承勝國濁亂之後，其民羯羠好亂，廉恥蕩然，乃振作一代紀綱以厲風俗。蓋自政柄獨宰，而人知俗之不敢僭；自六部相繼，而人知俗之不敢尚；自兵權相牽，而人知俗之不敢叛；自旌余福，終竄危素，而人知俗之不敢二。懿哉，懿乎！固無論勞魏鑑與詔陶尚書爲然，二百年來實承其休。而今則紀綱弛矣，風俗亦隨以漓矣。

方今之俗，弊在寡廉鮮恥、輕蔑名教。當官者以賄賂爲最，爲士者以奔競爲捷，閭閻豪猾侮吏而犯法，甚者津津乎至好言亂，此可徒令其相漸相靡已乎？則莫若振制紀綱于上，盡舉高皇帝創制立法，著實施行。如《大明會典》所載："諸司有掌不得尸曠，兵民有統不得玩愒，墨吏有刑不得假借，士習有碑不得縱容。"循其名必核其實，舉其始必要其終，無以權貴而撓，無以卑少而忽，無以戚屬椒房而貸，無以赭衣卒伍而戮。如是，威令行而紀綱肅，紀綱肅則風俗移，將人人畏吏而重廉恥，知有朝廷之爲尊，知有生全之爲德。尊之則不敢亂，德之則不忍亂。不敢與不忍之心合而淳風厚俗，與成周比隆可矣。

蓋執事謂紀綱、風俗分而爲二，愚則以紀綱、風俗合而爲一；執事以風俗之偷責于下，愚則欲以風俗之正振于上。昔齊威王一傑諸侯耳，乘紀綱弛而不振，俗尚惰于苟安，一旦發怒，召封即墨大夫，烹阿大夫，而齊國人人皆震恐不敢飾菲，況明天子以法令畫一振之而不瞿然變化哉，故願今日之亟圖之也。

擬庚子廣西武舉錄策[①]　明駱日升

方今粵西事勢，有宜寬者三，有宜嚴者四，有不在寬不在嚴，而在調度之得宜者二，又有不宜嚴而嚴，蘄其寬而莫可必寬者一。愚生鬱伊而吟魯久矣，執事其肯憑軾聽之乎？

夫粵內苦猺，而外苦土酋，非一世矣。世世遞苦之，遞馭之，而莫得要領者，何也？所爲媮目睫广虞，而遜慮少也。夫猺不和不算，所從來久遠。自高皇帝籌兩江，而固以好生惡死爲誡矣。蓋至韓襄毅斷藤峽之師而後，乃窮思盡銳，幾之乎覆巢也。説者曰："公于是師，固多殺也。"嗟乎！公安得勿殺耶？獨惜夫襄毅之後，而復以襄毅之殺施之，則嚴之之極，而敝且獸擾耳。

國初戈船下瀨，軍始達蒼梧，諸峒君長莫不緣崖磻石，改襟輸質，而願爲臣僕。維時號令雷動，唯我所箠使矣。

弘治以後，國稜漸損，諸司驕放，轉相蹜轢，蓋陵遲至盧蘇事，而始不可爲銜響也。文成公以元老臨戎，竟釋弗討，説者曰："田州之事，固非公本心也。"嗟乎！孰謂是事而非公本心耶？獨惜夫文成之後，而復以文成之撫施之，則寬之之極，而且至尾大耳。何以明其然也？當襄毅之前，蓋亦有甘言姁之者矣，而終不爲弭也，故其勢不得不議剿。及其創毒已深，而威至于無可加也，故勢又不得不議撫。以文成之長慮却顧，固知數百年倔強之土，未可取快于目前，吾姑叁分而兩存之，爲足以制其死命也，故勢不得不議撫。至于今而撫愈玩，玩愈無震，故其勢又不得復言撫。

夫天下事無常伸，亦無常詘，無常強，亦無常弱，寧可膠柱調乎哉！孔子曰："政寬則民慢，慢則糾以威；政猛則民殘，殘則濟以寬。"寬猛雙收，而恩威並建，此聖人之所以神其道于不窮也。

夫傜亦人耳，樂利而避害，樂親戚而不樂死亡，何以異人性哉？然没首而不敢親天子之命吏者，何也？夫固有所苦之也！今夫爲之頭首以招之，則并與其招主而索之；爲之什伍以聯之，則并與其伍長而索之；爲之鄉亭以董之，則并與其亭候而索之；爲之游徼以警之，則并與其徼卒而索之。上之罔彌煩，而下之紛拏彌甚，此豈防不密法不備哉？則太密太備之爲患也。班定遠之言曰："水清則無魚，察政不得下和。"此言貴蕩佚簡易也，故曰"宜寬一"。

夫傜之時而椎剽也，是百不一二者也。其黠者負力怙氣，而敢于衡命也，是萬不一二者也。非吾獨苦之，彼固亦自苦之矣。今或以一夫而株連一種，以一姓而波及一落，事未舉而先洩其機，黠者業漏刃矣，而方劃良善以塞責。主首有名者，自知法在罔赦，而購之久而必獲也，則業已走嶮矣。而方縶鄰近以要其必出，彼見夫盜亦死，不盜亦死也，何苦而不胥爲盜也？彼見夫盜者不必死，死者不必盜也，則何苦不出萬死而徼幸一生也？龔渤海之言曰："非勝之也，安之而已。"故曰"宜寬二"。

今夫虎豹戾物，而常爲豢己者媚，何也？饑渴賴之也。子呼而父莫之應，亡有呼者矣。漢置蠻夷騎都尉等官，咸持節領護，歲時循行，問疾苦，理怨氣。乃今歲惡失業，強半溝中，而吏曾莫之沫濡也，安所望父母爲哉？故曰"宜寬三"。

《語》云："力求猛敵，不如清平。"此言威生廉也。異時土司襲替，蓋有明爲例者矣。然而例不獨襲替也，事經鞫勘，蓋有夜爲市者矣。然而市不獨鞫勘也，彼且爲聚膻，我且爲附蟻；彼且爲麋臍，我且爲象齒。夫使神龍而可豢也，則幾何而不弄之掌股上也？張兔曰："使馬如羊，不以入厩；使金如粟，不以入懷。"安得如兔者而風諸有位耶？故曰"宜嚴一"。

儈狙之朋，亡命而爲之腹心；罷伍之卒，落魄而爲之爪距。此夫間在外者也，猶未也。我之爲腹心，而且持我之陰以款酋；我之爲爪距，而且張酋之焰以怵我。此夫間在內者也，或以爲中行說，或以爲龠侯信，又或爲尉史，又或爲軍侯，管敢計不至鬥鷸蚌而交漁其利，寧有厴乎哉？故曰"宜嚴二"。

狼兵入戍，則自文成而更定之矣，而後乃稍稍變易也。天下全盛，欤飛林立,小小變動,輒議徵發,是自爲見弱也,舛也;狼之戈鋋,大率朽鈍,爬山梯險,或能束胼,騎步舟楫,皆非所長,而徒使之耗蠹行間,私自潤入,橫行劫掠,舛也;數入内地,窺我虚實,狂狡日滋,舛也;兵無堅脆,練習則精,藉令屢奉符檄,是代之耀其車甲也,芥蜂教猱,可爲寒心,舛也。又有舛者,未老謝病,襲以乳臭,即名"應調",實不親行,而或展轉觀望,偃蹇愆期,傳燧舉烽,若同嬉戲,板楯之功未聞,指股之形漸見,故曰"宜嚴三"。

酉所以易制者,以其地厘彈丸,而犬牙錯出也。今或以南丹而朘削荔波,以泗城而垂涎武靖,它諸斗辟,概遭疽食,逐逐眈眈,攘肌及骨,而獻議者猶曰"無動"。彼豈以大武爲不能遠涉耶,何踆螯也?故曰"宜嚴四"。

夫此七宜者,固皆昔人之所謂平平,而儆費徹桑之士所飫筴也。然由前三者,則可以撫柔浸注,使其人習吾恩而不駭吾吏,習吾吏而不扞吾罔,是名爲寬而實爲嚴府也;而不然者,襲則襲襄毅之威而過焉者也。由後四者,則可以豐基強幹,雷動風行,而亡有虺蜃不掉之患,以煩吾軍吏,是名爲嚴而實爲寬府也;而不然者,則襲文成之寬而過焉者也。然統之,則補偏直漏之術,未可謂本計也。

夫粵之大患五,而傜與酉不與焉。愚嘗溯三江矣,上下二千餘里間,翕然而鞠爲蒙茸也,則患在亡民;營塢絶遠,曾不能相望,則患在亡兵。所在邊隙,蛇蝎盤踞,而吾不能有也,則委而置之于狼;久之而狼不能有也,則委而置之汙萊。于是東借梁而征,西據關而榷,而又不能有也,則幾乎(于)見肘矣,則患在亡餉;鳴角登壇,具曰"矯矯",使援桴革倨而澤麋,則患在亡將吏;道雜而多端,廉恥相冒,賊(虜)來尚可,尹來殺我,則患在亡吏。《詩》亦有言"本實先撥"。夫先自撥也,安問傜與酉矣?且夫等地也,何以腹裏踦而重,邊郡踦而輕耶?等吏也,何以遷徙罪廢,率填之南州之南,往往以資格自限,令人有輕邊吏心也耶?議者謂宜選用勇略、仁惠任將帥者,皆以爲刺史、太守布列州郡,有如永和中拜祝良、張喬故事,是亦不可藉厭難也乎!又謂宜懸不次之賞,下召募之令。撫流亡之徒,授閑曠之地,有如神爵中屯湟中永建、中田二郡故事,是亦不可排夷酋(虜)而省内郡費也乎!

夫此二計者,是謂亡寬名,有寬實,亡嚴名,有嚴實者也,是謂得二計而五利俱至。而直二百餘年來,因循而莫肯留志,何哉?則愚竊爲當塗惜之也。雖然,目前之慮,更有慘於此者。方今亦有以齊侯之政,聞于執事者乎。山林之木,衡鹿守之;澤之萑蒲,舟鮫守之;藪之薪蒸,虞侯守之;海之鹽蜃,祈望守之。縣鄙之人,入從其政;偪介之關,暴征其私;承嗣大夫,強易其賄;布常無藝,徵斂無度;宮室日更,淫樂以逞。此齊政也,如是嚴矣;而或不已,將使白雉犀獒,南風諭乎黃支;賓爟馴禽,北輅積于内府。則豈特精夫姎徒四起而陸梁已哉?此則所謂不宜嚴而嚴,蘄其寬而不可必寬,而未敢深言者也。

擬癸卯廣西武舉録策② 明駱日升

愚讀《書》,至于皋陶"慎乃憲,屢省乃成"之言,然後知聖人得任人之術也。夫聖人之治,固不能使天下之物之有名者盡附于其實,而常操一實以鼓舞于上。是故簡其人必務試之事,置諸事必蘄收于效,使人日夜淬厲而不知倦。夫然則豪杰之士得究其用,雖有浮夸緣飾之巧無所于托,而治功成矣。

古今兵食之政,莫詳于周宣王。今觀其時,鉅而土田墉壑之修平,餱糧輂任之充牣,車馬徒御之攻同静治;細而旂旐、鉦鼓、鞃鍚、牲帛;又細而牛羊、角耳、貓虎、魚鱉之倫。文理精粗,殷然厖矣,乃其整齊將吏之術,可概睹也。韓奕之命戒溫醇,常武之誓命嚴肅,江漢之酬賜優厚,至今讀之,猶有餘感,而况于躬被之者乎!故其詩,一則曰"召伯有成",二則曰"告成于王",蓋責成于天下之心,必如是而始畢也。且以宣王之治,而千畝不籍,則夷釁遂開,功業歇矣。然則聖之省成,其亦有不得已也。

今天下名實繆盩,未易縷指,而其弊莫甚于兵食。且以粤論之,粤之兵有五,而耕兵、弓兵之數不與焉,則衛所、屯軍、募兵、[戍兵、]狼兵之屬是也。此五者皆兵也,而不能得一士之用者,何也?夫衛所之苦于疲殘也,屯田之苦于侵削也,則今天下往往患之矣。所最恨者,惟是伍籍已殘,而隸籍者又半而入于市獪也。膏腴已削,而未削者復轉而入于扣兑也。夫以獪竄伍,弊猶可原。至于

31

竄伍之名，併冒屯軍之實，春秋督課，無異田主，則是以一獪而兩漁屯衛也。于衛則軍，于屯則類田主，而于城守關譏被廬大閱之期，公然而不肯應命，則幾于亡法矣。此則南陽所爲不可問者也。

衛所既不足賴，于是有召募之令。殺手以隸將營，打手以隸哨堡，魚麗唱呼，囂然充斥，覆而按之，化爲烏有。募中之募，庸可盡乎？

楚人之戍于我粵也，自成化間始也；土人之戍于我粵也，自嘉靖間始也。此亦一伍籍，彼亦一伍籍，殘等耳。何事而取鄰之殘，以厚自益耗乎？今夫賈人不難化居而遠徙者，爲重利也。窮年累月托于異國③，龠合錙銖尚不得沾唇，則奈之何而不日越唸也？馬窮則逸，人窮則散，土兵之耗更滋于鄰戍矣。執事之所謂詭籍者，意在此與。

粵之食有五，而絕甲花利之田不與焉，大都額編、屯糧、絕田、鹽利、協濟之屬是也。此五者皆食也，而歲入不勝其所出者，何也？屯田之弊，首固已略言之矣。額編弊竇，更僕之所不能盡也。所最恨者，民自有田而或冒之徭以逭編，徭亦自有租而或假之官以代納。輸者彌溢，而無毫毛之入于公；催者彌急，而令不行于堂署之外。則是一獪而交漁官民也。而又無名之宗饁漸加，不經之鋪墊突出，出納混淆，前後相冒，此則往日所亡，而今日所有者也。

昔者藤峽既平，田土爲墟。其後民漸復業，借狼自衛，給以絕田，上有亡費之利，而下有守禦之備，此所謂耕兵者也。古田府江祖其遺策，堡田遍郡邑矣。狼之魚潰，肇于剝膚；田卒污萊，起于人散。弊亦無異于屯田矣。

楚人之餉我萬餘也，廣韶人之餉我五萬餘也，其議皆定于協戍之初。而東鹽之貿易，則殷中丞之爲也；太平廠之歲輸，則周督府之爲也。貿易之權，制在二省。越賈眈眈，利于私市，百計增直，頗淹期會，江道浮沉，耗息半之。而頃自二三大役以來，司農繕部徵發相續，異時百萬之貯，如澤竭矣。協濟之餉，未損于初；關梁之征，已違其舊矣。西人之梁，已不爲西有矣，而況在東人乎？物盛而衰，亦固其變也④。執事之所謂漏卮者，意在此與。

夫兵與食，宜相爲贏縮者也。軍少矣，而糧不見其有餘；餉少矣，而軍愈見其不足。則豈非以詭籍之病中于兵，而食反爲兵受弊；漏卮之病中于食，而兵又爲食受弊乎？一病兩傷，轉相傳變，安有爲天下阽危者若是而上不驚者？且夫天下之兵，未有不核而可練者也，清隐占、汰老弱，然後澤潞之教可徐修耳；食未有不節而可導者也，去冒濫、嗇無名，然後湟中闢田之方可漸講耳。而吾獨怪四海之大，豪杰之衆，搤擥聚談，而莫與領此者，則無乃任人之術有未盡乎。任人之道辟諸任馬，馳驟合節，跛弊可使千里；緩急失和，則絶塵之足不免于長鳴矣。

世非虞周，安能盡得五臣、二甫之屬而奔走之哉？責成何如耳。愚聞之責成之術有三：一曰"周體悉"，二曰"重委任"，三曰"嚴考核"。

夫人莫不自便其身，而急于膏腴其子孫。今欲奪其必便之情，而望以禮義廉恥之事，則必有所甚利者易之；不然而刀鋸斷斷，猶不可衰止。國初倚重武臣，天下軍衛雄于有司，承平日久，縉紳用事，介胄逡巡，摧折過當，前塗既促，則莫不有輕于其位，而苟塞目前之意。夫使人有輕于其位，而苟塞目前之意，則便文自營，何所不底哉？愚以爲莫若遠爲之塗，而明厚其給，人知自愛，而重于犯法，則侵漁之患息，行間可得而核矣，愚故曰"體悉宜周也"。

且夫縉紳用事，則宜無約結不展之嘆矣。然或毀譽亂之，怨德沮之，左右掣之，猶憚而不敢發，何則？形影疑似之爲害也。夫輸肝動色，鄰于淺中；壯志揚聲，近于生事；摘發糾正，疑于鍥深，不遇特達之契，終淪棄耳。夫敢于清天下之弊而不顧其身，此非可以苛禮求密條困也，略于形迹繩墨之外而後可耳，愚故曰"委任宜重也"。

凡人之情能巧抵于一時，久而事驗，則不可掩。《令甲》以三十一章"修飭群吏"，比三年而上計簿待考，則外而行部，内而六卿、臺省，亡所不糾舉，必書能稱職與否，以胥後令，而今固不無稍假矣。令尉之地輕，既以輕故而恕之；牧伯之地重，又以重故而寬之。則是天下無一人可考也。今簿書較比，絡繹不絶，鉤稽之吏，委曲弄文，迭相掩覆。何以稱塞？曰"有爰書"。何以縱捨？曰"存大體"。大體存于下，則大綱必壞于上矣。如是而求符伍之能清，闕支之不蠹，不可得也，愚故曰"考核宜嚴也"。

嗟乎！天下豈有不可塞之弊，不可任之人哉？法本無弊，以人之不任而弊，乃所謂法自在也；人亦無弗任，以上之不任而不任，乃所謂豪杰自在也。皋、夔不遇舜，則齒于共、鯀；方虎、二甫處五胡之世，亦不可望于功名矣。今士大夫習尚，日趨于靡，因循玩愒之病，入于人之膏肓，不可救藥。雖有公正發憤之士，思一蹶然拔起，力振其憊，而一諑群咻，終于踣躓，故士之善宦者，率以有志爲戒。根本之空虛，太平之未建，皆坐此也。《語》曰："孰知力緩，韋柔楚亂？天下治效，較然晰矣。"昔我太祖起于民間，熟知元末吏蠹，民不堪命。即位之後，事事程實，賞罰鉞鈇，皦然明白。當此之時，令出如風，信如四時，雖在荒陬萬里之外，將吏凜凜奉行，惟懼觸憲。其有誕漫浮淫，名實不相應，而以徼幸于日月雷霆之下，孰敢哉？繇今之道，無變今之俗，其亦幸而不生高皇帝之世也！

【校記】

①《駱台晋先生文集》（清光緒十三年刻本）卷五收有此文，題目無"擬"字。

②《駱台晋先生文集》卷五收錄此策有二篇，本書僅收錄一篇，題目無"擬"字。

③"異國"，《駱台晋先生文集》卷五作"畏國"。

④"亦固其變也"，《駱台晋先生文集》卷五在"固"字之前無"亦"字。

螺陽文獻卷三

論

蒙恬論　明張　岳

　　道理之在天下，周匝密塞，活動無滯。而謂之義者，固曰能隨時處宜，以合乎中也。事之宜在外，制事之宜在心。惟充養素熟，講求素精，執守素定者，卒臨事變，始有以合輕重之宜，適天理之全。不然，則安于偏而不知其全也，拘于輕而不知其重也，庸何以盡義之分量，會斯道之全體，以處天下之大變哉？若蒙恬之死是矣。論者謂其有以明君臣之義，然使不悻然于一決，而後求夫道理之全者以自處焉。則所以關天下安危之數，而明夫君臣之義，必有大于所死者矣。蓋死固可也，死而不足以成天下之事，則不若生而成事之爲愈也。恬之死，其無益于死矣乎？

　　方始皇之崩也，羇櫬于外，無以安天下之反側；扶蘇行邊，無以定天下之人心。奸臣盤據，矯始皇之命，援胡亥以爲君，而置扶蘇于死地矣。即此一事，三綱淪，九法斁，天下之公議鬱而不伸，秦人之國祚傾而難恃，此豈恬草草就死之時乎？恬之言曰："將以見先人于地下，而不忘先帝。"嗚呼！恬之見如此矣乎！蒙氏之仕秦三世矣，則恬固秦之世臣，而非始皇之親臣也。當是時，社稷爲重，君爲輕，秦氏安危，不繫于始皇之死生，而繫于扶蘇之存亡。則恬之死生，不當視始皇爲輕重，當從容審處于扶蘇存亡之時，以決其死生之機也。蓋扶蘇，始皇所定，而且有臨終之詔；胡亥，高、斯所立，而且有黨惡之罪。始皇而在，則帝固恬之君矣；始皇而崩，則太子非恬之君而何？君父之仇不共戴天，遇諸塗不待戈而鬥，禮也。高、斯二豎，違先帝之詔命，殺先帝之冢子，壞先帝之天下，此賊也。

吾爲先帝之臣子，不于若輩之誅而誰誅？胡亥雖正位宸極，然叛其父而戕其兄，天理泯矣，人道滅矣，安有無父兄之人而可主天下哉？況其所謂君者，特二豎之君耳，天下不之君也。極惡大罪，無所容于天地間，是亦賊也。原情定罪，不當置胡亥于高、斯之下，則討賊之師可以興矣！

夫人心之所服者，理也。吾以理而興師，則當以順逆而爲勝負。天地鬼神，昭布森列，無不我乎護持，況彼奸黨之徒，此理既亡，是先失所恃矣，庸何敢我抗？如是，則足以伸天下之大經、君臣之大義，而討賊之舉，焕然大白于天下，不猶愈于徒死而無益乎？恬若知此，則三十萬之兵，足以橫行于天下，聲逆賊之罪，向函關而南，磔高、斯之骨，以正滔天之罪。若胡亥者，則暴其大惡，告于先王，示丁天下，而加刑焉。然後擁立宗室之賢者，以主先帝之祀，則猶可以延秦祚于無窮。恬所以不忘先帝而見先人于地下者，無出于此。奈何不知此義，輕于一決，勇于自信，使大奸盤據而莫移，國脉遂傾而莫支乎？嗚呼！死生大事也，君臣大義也，天理民彝之所在，不可苟也。設不幸舉兵而敗，尤（猶）可以少伸天下之憤，而盡臣子之心，況事在可舉，功在可成，乃甘自束縛而失此機會，惜哉！

吾嘗究恬之心，而推其所以輕于死者矣。蓋拘滯于君臣之義，而昧通變之方，守伏死之節，而不知討賊之道。故以胡亥既已爲君，而興師則爲叛君，不知胡亥不當爲君者也。與國休戚，臣子之義，不知討賊者乃所以盡義也。其言曰："臣有兵三十萬，其勢足以悖叛。"夫始皇崩矣，扶蘇死矣，拱南面而君天下者，乃吾之仇也。所叛者，果誰乎？以討賊之師，反疑爲叛亂之舉，所以卒泯于就死歟？嗚呼！是蓋平時無精義之功，無涵養之力，又不勝一時之憤激，而不免爲血氣所使耳。不然，方扶蘇之將死也，恬嘗勸以請命，請之而知出于高、斯，則扶蘇豈但已乎？是恬蓋已知矯命之爲非，則必不屑于胡亥，而不與之共戴天矣。充此不足胡亥之心，則吾之義氣足以昭然于天地之間，而警夫萬世之臣叛君、子背父者，其視夫決一死以中奸臣之計，而長亂賊之黨者，輕重又何如耶？

夫不知其理之當爲而不爲，吾固無取于斯人矣。知其理之當爲而不能權輕重以出萬全而責備者,亦安能默默于此耶?此吾所以深咎恬無學問之功,而不免爲血氣所使也。雖然,恬固可責矣,然恬之在秦,不足責也。以始皇之暴虐,而恬爲之用,以厚其毒,以滋其惡,其不仁甚矣。又況如秦之暴,輕忠節,重詐謀,無忠臣義士之報也固宜。然則恬之死,其天之所以傾秦乎?吾固因恬之事而極論之,以見夫爲君者不可以不仁,爲臣者不可以不學。

君子不憂不懼論　明張　岳

君子以一心而能一天下之事變者,有理以爲之主也。理主乎心,則情有所統,而氣有所御。天下之事變,突進乎吾前者,萬有不齊,而吾心之理未嘗不泰定而精明也。以泰定精明之心,而遇紛紛不齊之事變,則情足以應之而不紛,氣足以決之而不亂。天理昭融,隨在充滿,視其所遇,皆吾理之當然,而是非得喪之説,一毫不與乎其間。此心此意,固將超然于物化之外矣,尚何憂懼之足云?

大抵人之有憂懼者,生于內不足也。何以言之?天下之理,非吾所有者,終不可得而有;非吾所無者,又終不可得而無。彼憂懼者,以爲非吾所有歟?則堯、舜之治天下,以不得人爲己憂;夫子之行三軍,必臨事而懼。欲無之,不得而遽無也。以爲非我所無歟?則樂天知命,故不憂;知言養氣,故不懼。雖欲有之,不得而滯于有也。

夫其有之固不可,無之亦不可。然則學者將如何而存心,如何而處事,又如何而可得性情之正哉?要之,一歸理之大中而已。蓋聖人能使在己者有不憂不懼之心,而不能必天下無可憂可懼之事。心也者,吾之得自盡也;事也者,激于時之所趨,成于勢之所迫,非我之所得爲也。故因其可憂而憂之,聖人無憂也;因其可懼而懼之,聖人無懼也。憂懼不係乎心而係乎物,非天理熟、道心純而與天爲一者,能之乎?世之人,不知以天理而制乎情,以道心而御乎氣。本然之真,知覺之妙,將爲情所昏,爲氣所汩,憧憧乎往來之私,而不自覺也。故有卒然之臨,無故之加,欲爲之則不可,欲避之則不能,欲從容以處之,又未得其道也,寧不至于驚悸而亂常也哉?如是而憂,如是而懼,于天理也何當?于七情也何屬？豈非以事變視事變，而不素定吾心之天以處之者乎？

吾心之天，原于帝降之衷，具于庸行之常。此天一定，則命之窮通不足言也；此天一全，則數之盈虛不足言也；此天一運，則遇之得失不足言也。君子于此，窮理以致其知，反躬以踐其實，涵養以正其本，克己以滅其私。自一事之合理，以至于事事之合理；自一時之不忘，以至于時時之不忘。而虛靈不昧之心，常爲萬理歸宿之地焉。彼憂懼者，其初蓋出于此心之無所主，故性未存而情先動，志未持而氣先發。情不根于性之本然，是以易發而易衰；氣不本于性之使然，是以易盈而易縮。發而盈也，則喜怒之心生；衰而縮也，則憂懼之心生。是以憂懼也者，出于此心之無主。如此，惟此心之有主也，則性爲情之本，志爲氣之帥。靜而未發也，大本卓然，而全體不息，故其有感而應也，則七情迭用，各有攸當。是其靜也，固無憂懼之潛伏；而其動也，又安有憂懼之固滯哉？命之所禀，數之所遭，遇之所得，固有突出于耳目心思之外者，紛然雜進于吾前，可怨可怒，可駭可愕，萬變不齊。反而思之，非吾之所自致也，而彼何爲至此哉？嗚呼！吾視吾身，無致此之具，而凡彼之自至者，果命也，數也，遇也，亦唯安之而不愧，受之而不辭，尚何致憂懼于懷抱間耶？

雨雹交加，風雷驟至，揮斧霹靂，萬竅怒號，已而雨止風休，品物呈鮮，宇宙之間未有不復其常者。造化之心，固不以其變也而有所損，以其復也而有所加，一誠之運，萬古無終窮也。君子有一時之事變，亦猶造化有一時之雨暘也。雨暘之變，不足以累造化之心，曾謂事變之臨，足以累君子之心歟？吾知素貧賤，貧賤不足以累其心也；素患難，患難不足以累其心也。所欲有甚于生，所惡有甚于死，死生順乎天也。用之則行，舍之則藏，行藏安乎命也。是其齊得喪，忘禍福，一死生，混貴賤，悠悠乎與灝氣俱而不知其涯，洋洋乎與造化游而不知其窮。心凝神釋，塵累皆空，其視世之可怨可怒，可駭可愕，無異草木之飄風，鳥獸好音之過耳。蓋于物我之間，且不計其彼此，而況于無益之憂懼哉？

彼司馬牛者，懼其兄之爲亂，既不能正心克己，以默化其悖亂之心，又不能積誠諷諫，以遏止其悖亂之謀，而顧乃私憂處置之無可奈何，其亦不知命矣。不知命,無以爲君子也!故夫子又告之曰:"內省不疚,夫何憂何懼?"味斯言也,盡其體,可以正已;致其用,可以化人。使牛而能知此,則憂懼之心可弭,而君子之道可盡矣。惜乎牛不能用夫子之言,桓魋卒以爲亂而受禍。嗚呼!魋之作亂,牛之憂也;魋以爲亂而受禍,牛之所深懼也。《詩》曰:"心之憂矣,曷其有已?"又曰:"其何能淑?載胥及溺。"司馬牛之謂歟?

唐藩鎮論　明張　宇

立國之道,莫先懷根本之慮、明輕重之權、決制置之機。不得其慮則因循,或至于養禍;不得其權則倒持,或至于生灾;不得其機則偏廢,或至于釀亂。若此者,非所以抑奪強大,削平僭亂,統一內外,維持上下也。聖主則深根固本有慮,居重馭輕有權,制服處置有機。慮發于未萌,權抑于方動,機裁于既發,是以防微杜漸,惕大圖艱,孽孼不作,而專恣無由也。

愚讀《唐紀》,嘗美唐自太宗參酌西魏、周、隋,而府兵之制遂爲一代良法。今觀其分置諸府,以布列內外,更番迭上,以隸禁衛。總天下凡八百餘府,而在京師者凡五百,則所以明輕重者至矣;隊正火長,各有差等,折衝果毅,各有定敘,則所以固根本者至矣;四方有警,則命將以出,天下無事,則放兵歸內,所以一制置者至矣。

迨府兵法壞,而藩鎮之禍遂與唐相終始焉。考之開元,十道置使,遍于邊陲,而國家無強大之勢;節度之職盡用胡人,而祿山有肆掠之漸。傳及廣德,則將帥節鉞徇之行伍,不問賢否,唯其所請。河東得以殺鄧景山,而立卒雲京也;絳州得以殺李國貞,而推王元振也;行營得以殺荔非,而推白孝德也;李懷玉得以殺王志元之子,而推侯希逸也。吾不意府兵之壞至于如此。

建中嗣之,則李希烈得以自帝,田悅、朱滔、李訥、王武俊得以自帝,掌握在手,一不如意,則相顧而起。傳至長慶,則朱克融縱于盧龍,王庭湊擅于魏博,史憲誠擅于成德,方命自立,天子若綴旒然。吾不意府兵之壞至于如此。

懿、僖嗣之,則李昌國自稱大同節度,王廷自稱西川留後,董昌自稱于石鏡,李克用專殺乎文楚。嗣是昭宣，則號靖難者王行瑜，而殺丞相李谿者亦行瑜；稱爵岐者李茂貞，而迫犯京師者亦茂貞；表幸東都者朱全忠，而授手于蔣元暉者亦全忠。吾不意府兵之壞至于如此。

積弱之後，將推之大壞極亂而無所紀極矣。然而踪迹未敗之先，豈無可制之端乎？吾觀永徽之初，名雖設而職未加重；景雲之際，權雖專而勢猶可及。開元之前，文武迭用，官無久任，職無遙授，權無專領，貞觀故事猶有存者，是藩鎮之可制者一也；廣德之時，安、史削平，河北賓服，子儀一用，諸鎮奉法，是藩鎮之可制者二也；德宗初政，慷慨發憤，罷却貢獻，淄青感動，頒賜錢帛，正己羞服，太平之治將謂可見，是藩鎮之可制者三也；憲宗即位，平劉闢于西川，平李錡于鎮海，楊惠琳據夏州則平之，吳元濟據淮蔡則平之，王承宗以德、棣獻，李師道以沂、密、海獻，烏重印之在橫海又以支郡屬刺史，是藩鎮之可制者四也；武宗用德裕之言，遣重臣往諭河朔，命以出兵，縻以厚賞，若王元逵、何宏敬、張仲誠之鎮，雖素稱跋扈，激厲爭進，李回宣慰，櫜鞬郊迎，卒受澤潞之勛，是藩鎮之可制者五也。

顧慮多因循，權多倒持，機多偏廢，有可制之端而無能制之人。都督帶使持節，一壞于洮河劉仁軌；節度授鉞置使，再壞于幽州薛訥。此則高、睿二君之首蘗也。元宗不守初志，募礦騎于宿衛，置長征于邊境。蕭嵩、牛仙客不勝其寵，而遙制以啓，蓋嘉運、王忠嗣不勝其愛，而兼領以設，禄兒倡亂河北不支。此則元宗不能深根固本以養禍也。

安、史既誅，爲代宗者宜解罷節度，收掌兵權，乃苟冀無事，懷仙、薛嵩分鎮諸州，僕固懷恩得以意而授節鉞，養寇自封，河北再失。此則不能居重馭輕以生灾也。

淮、朔既誅，爲穆宗者宜瓜分其地，以恢舊宇矣。乃謂天下已平，從蕭俛之請，銷兵棄甲，溺于晏安，而崔寔、杜元穎輩，又恬不之省，遂激成克融之亂，河北三失。雖有武宗聖明，無補僖、昭之不逮。此則穆宗不能制服處置，以釀亂也。

況謀臣、策士披露讜諤，指陳時弊，類多可用。在安、史未叛時，則有張九齡之諫仙客也,批禄山也,而張説、林甫募長兵,杜邊將之説已入矣;在安、史既誅時,則有子儀力請罷兵,切陳藩將也,而僕固父子分黨自固之説已先行矣;在河北再失時,則有李泌府兵之議、陸贄關中之説也,而姚令言、朱泚之禍已慘矣;在河北三失時,則有裴晋公之處置李德裕之草詔也,而河北之變已深矣。太阿倒持,威令不振,乃使扼腕下僚者自作《罪言》、作《原十二(六)衛》,悲夫!

雖然,藩鎮之禍與唐終始,固也。推本而論之,人皆曰"開元十三年命將從宿衛,爲亂之始",吾則曰"開元二十四年用李林甫,爲亂之始"。人皆曰"天寶三載,以禄山兼范陽節度,爲亂之階",吾則曰"開元三年,以高力士爲右監,爲亂之階"。知者睹事未見,自知所由來之漸云。

勝可知而不可爲論　明駱日升

帝王聞在宥天下,不聞勝天下。彼豈怯焉而無權,顓務煦嫗姑息,而不競于武哉?知其勝,又知所以勝,爲其所以勝,不爲其所勝。所勝兵刑也,所以勝道德也。爲所勝者,此生彼死,此旺彼衰,若五行之制尅;爲所以勝者,動而不相害,連而不相及,若一元之渾忘。故戰勝不過衆人之所知,非善之善者也。戰勝而天下曰善,非善之善者也。善之善者,乃無智名,無勇功,微乎神乎,無聲無形。雖有仁義之師、和齊之旅,猶以爲至德下薄,不及格也,區區勝負之數,何足道哉?孫子有言:"勝可知而不可爲,不知勝是盲人之智也。知勝而爲之,一霸國之習也。唯知勝而不爲勝,則帝王綦隆之理矣。"此名言也,亦微言也。且勝何自而起乎?

自有血氣之倫,情欲萌生,而争乘其便。争之而得,則爲勝;争而不得,則不勝。由不勝而後乃有勝,要以人人也。我亦人也,我爲其勝,則不勝將誰與耶?彼亦爲其勝,則不勝又將誰歸耶?與而勿受,歸而勿納,則必有忿悁之心,起而與我立敵矣,是我與人長相鬥于亡已也。小則囂凌詬誶,大則流血塗膏,復何所不至哉?是故勝之所起,不勝之所伏也;爲之所成,敗之所因也。甚矣,勝之不可爲也!且夫天下如一家然。一家之中,父將爲勝子耶?子將爲勝父耶?亦如一身然。一身之中，手將爲勝足耶？目將爲勝耳耶？其有以相勝耶？其無以相勝耶？從此觀之，勝非直不可爲，抑亦不可有矣。彼以爲天下之至柔，馳騁天下之至剛，天下之至弱，馳騁天下之至強，則是猶有剛柔強弱見也，猶未能無勝也。夫有以勝爲者，非知勝者也；無以勝爲者，真知勝者也！

昔者，聖人之知勝也：知天下饑而吾獨處腴，則吾勝；天下寒而吾獨處溫，則吾勝；天下勞而吾獨處逸，則吾勝；天下憂悲愆懣而吾獨處愉，則吾勝。據其勝之之權，專而擁之于一人，則天下常處負，而吾亦不得常勝；推其勝之之權，分而播之于天下，則人各得勝，而吾亦不失于勝。是何也？天下皆與我並腴，而孰與爭腴？皆與我並溫，而孰與爭溫？皆與我並逸，而孰與爭逸？皆與我並愉，而孰與爭愉？是故其民愛之如父母，歸之如流水，天下一家，八方重譯，而皆頌之曰"聖人"。夫如是，則可長大順于天下矣！而誰與我勝？此之謂知勝，此之謂無勝，而無乎不勝。

是故有卒如熛，有臣如虎，習流君子，千百爲伍，此可以勝，知而弗爲；乘廣林植，鏊刃鋒戛，皮而丹漆，堅如金石，此可以勝，知而弗爲；樗里主畫，儀秦爲客，嬉笑怒罵，變化莫測，資而行之，迷瞀四國，此可以勝，知而弗爲；西有崤函褒斜之谷，南有江漢之阻，北有胡貉代馬之用，東有淄青之富，地大人衆，蓄積饒多，險固形便，此可以勝，知而弗爲。

然則聖人果無所爲于天下歟？曰："有。"吾聞之，有帝主之爲，有王主之爲，有霸主之爲，有近世賢主之爲。蓋有虞氏嘗勝于苗矣，未嘗以勝爲之也。當此之時，殺一人刑二人，而天下服，猶黯然未慊于志。于是，修五禮、如五器、輯五瑞、建五章之服、作五弦之琴，而風氣和邕，大化浹矣。此帝王（主）之爲也！武王克商，誕敷文命，祀乎明堂，而民知孝。朝覲，然後人知所以臣；耕籍，然後人知所以敬。故曰："載戢干戈，載櫜弓矢。我求懿德，肆于時夏。"此武王之詩也！今夫懿德之求，此王主之爲也。齊桓公之霸也，得管仲俠然而以爲大夫，任政作九惠，而強楚受盟，四鄰賓從。管仲死，豎刁用事，齊國之亂者累世。此霸主之爲也。漢文帝之治，招賢士，納忠言，勸農桑，蠲租稅，壹切與方內休息，雖百金之臺，曳地之衣，嗇之而不肯妄用，當是時［漢］治幾刑措（錯）矣。此近世賢主之爲也！

夫牧野而後，天下無可勝者矣。聖人之不急爲勝也，固也。方逆命而不必于勝，則非有虞氏之治不能也。是何也？聖人無勝心也。聖人以爲天下而尚有可勝之人，國家而尚有可勝之事，則吾治詘矣，而況于勝之乎？況于爲之乎？且以文帝之世，而單于桀鶩，至自謂天地所生，日月所置，言語悖慢不可忍，數擾北邊，烽火達未央、甘泉，此其爲不勝已甚。然而後世之治，有幾文帝之萬一者乎？

古今號最勝者莫如秦，又莫如隋，然秦與隋之勝竟何如哉？蓋天下之勢，兩相得則平，兩相勝則還，非獨人事，抑亦天道然矣！昔夫子繫《易》，思古神武而不殺者，夫既明于天之道，察于民之故，吉凶與人同患矣，尚安事殺？然則不爲勝之道，《易》道也。是故老氏謂之行無行，攘無臂，仍無敵，執無兵。夫如是，其將誰勝而誰爲之耶？蓋勝非不可爲，而亡所事爲也。

夫無以勝爲者，是賢于爲勝，故嘗試論之：三皇不爲勝，亦不知其勝；五帝知勝而不爲者也；湯、武則未免于勝之矣，而歸于不爲；彼秦、隋者，直妄爲必勝耳，豈真能知勝者哉？

嗟呼！三代而後，與其爲秦、隋之勝也，毋寧爲漢文帝之不勝。

春秋論　國朝釋超宏

《春秋》之作，孔子所以正人心也[①]。《春秋》不作，人心不正。作《春秋》其義不明，則人心不正。明其義以正人心[②]，而不先自律以正，則人心終不正。然則[③]《春秋》之義，夫子自以爲竊取其意，斷可知已。三代之隆，治理平章，人懷大順，間有奸宄逆萌，司寇按三尺法，聲罪而討之[④]。夫誰不惕息惴恐，相戒而不敢復犯？此所以享世長久，而無叛亂篡逆之憂也。

迨周室衰，彝倫斁，太阿倒授，鄭伯射王，楚人膠舟，于是崔、陳、欒、寧之屬接踵而起，剚刃于所事之主，如刲豕羊，天子不加誅，諸侯不致討，而紀綱潰決極矣。然尚有南史、董狐［輩］，執筆而起，駢死而争，以聲其義。崔杼肆戮以立威,趙盾致辭以自解,蓋猶知弒逆之名之可畏而不敢居。惜乎所紀止一國一時,至于上下二百四十餘年,網羅列國遺軼,蓋闕如也。嗚呼！舍夫子誰屬哉？秉聖人之道,無天子之權,坐視虎狼⑤、梟獍恣睢殘賊,莫不⑥創懲,不至于率獸食人者無幾,《春秋》其可不作乎？或曰："亂臣賊子,誅戮且不懼,何有于空言？"嗚呼！世豈真有亂賊而不畏誅戮者？上無明君,下無賢方伯連帥,不能以斧鉞誅戮之,則當以空言誅戮之矣。

空言之誅戮奈何？夫子,聖人者也,不待後世而知之,又不獨及門之士知之,當時列國卿大夫,如僖子命子以學禮,太宰致問于端木,類皆尊而奉之矣。後世有行不義,寧爲刑戮所加,不爲正人所短者,況以大聖人所作之經,筆筆而削削,是是而非非,鑒照衡平,一言焉而千萬世之刑書定矣,夫誰不祗畏？縱既死之亂賊不知畏,而未死之亂賊在天下後世者,猶却顧忌憚而不敢肆,則《春秋》信不可以不作也。曰《春秋》之義,非聖人莫[能]明,則夫子任之是矣,而以爲竊取何居？嗚呼！此其所以爲夫子也。

夫子,衰周之布衣耳,抱聖人之道,無天子之權,又無史官之職,而上下二百四十餘年之間,網羅列國遺文軼事,顯微闡幽,筆筆而削削,是是而非非,使亂臣賊子懼,心則公也,迹則私也,理則順也,事則僭也。雖天下後世,以爲事出于聖人,而不敢有所訾議,而孔子不可以不自劾焉⑦。孔子將大居正以正天下,則小不正者亦不敢以恕于其身,若曰"是亦竊取之而已矣"。夫竊豈可以爲訓哉？竊不可以爲訓,而猶且爲之,夫子豈得已哉？

嗟乎！韋布之軀,無天子之命,非史氏之職,緘口閣筆,以免于竊取之咎,誠亦無難。而寧以其身,冒不韙之名,爲法受惡,而不忍[使]君臣、父子之大義,不昭著于天下萬世,此夫子之所以爲大聖人,其用心爲不可及也。又將使天下萬世,知聖如孔子,《春秋》之作,功在人心世道,章章如是,猶不免自居于竊取,使不抱聖人之道,無天子之命,非史氏之官,是非舛謬,尚乃逞其私見,騁其淫辭⑧,以鼓簧後世,搖惑人心,其可勝誅也乎⑨？

夫子他日又曰："知我者,其惟《春秋》；罪我者,其惟《春秋》⑩。"夫知之者,志在討亂賊也。罪之云者，《春秋》，天子之事也，匹夫行天子之事，則竊也，惡得無罪。然夫子欲人之罪之，殆甚于欲人之知之。何則？敢于知孔子，而不敢于罪孔子，亦未[爲]深知孔子者也。作《春秋》之罪，不敢以恕，則作《春秋》之所罪，無所逃于天地之間矣。《語》曰："大器猶規矩準繩，然先自治而後治人。"此之謂也。嗚呼！此夫子之心也。

議

本朝廟制三大禮私議上朱侍郎　明李　愷

伏讀國史，竊見朝廷典禮，義可釐正者，在列宗有其意，群臣不能將順者二言之，則犯不諱之僇。世宗有以道事親之美，舉朝觀望而未改者，一行之則爲紹述之善。夫七廟常典統緒，相傳夏、商、周之廟直列世次。夏太康、仲康，商祖甲，周幽、厲，未嘗詘①而不列也，子孫豈可擇祖考而爲廟乎？

建文承祖之重四年矣，雖其紛更法制，誠皇祖之罪人，成祖訓兵除之，大義滅親，固也。然當成祖未即位之先，建文君猶君天下也，四年以來，其施爲措置雖不足觀，然有一日之君，必有一日之政事，而使之湮沒不傳將來者，何以徵也？高皇帝聖神文武，動罔不臧，今以建文君之紀，貫于洪武之年號，後世疑以傳疑，將無以其過舉者而誣之我太祖乎？且洪武三十一年爾，今曰三十五年，是賓天之後，猶能撫綏四海，統理萬幾，此必無之事，難以示信也。

英宗皇帝嘗憫建文之無後，出建庶人居鳳陽，語太學士李賢曰："親親之義，實所不忍。"賢對曰："陛下此一念，天地鬼神實臨之，太祖在天之靈實臨之，堯、舜存心不過如此。"今復其帝號，以世次序于昭穆之間，令史官修其一朝實錄，仍以建文年號告高廟而追諡之。況成祖當時葬以天子之禮矣，今一列之，不亦善繼成祖未盡之志乎？

按正統十四年，北虜也先入寇，大同失利，太監王振不與大臣謀議，獨挾天子親征，駕行，命郕王居守，師駐土木，虜四面逼圍，遂擁駕去。報聞，人心洶洶，京師大震,皇太后召百官入集闕下,命郕王權總萬邦,既而復命郕王宜早正位,蓋以時方多事,國福長君故也。王涕泣固辭,于是文武群臣交章勸進,然後不得已即皇帝位。當時社稷爲重,君爲輕,與唐肅宗靈武之事一也。使景帝不預登大寶,吾恐天下之事難言之矣,獨不見宋人"靖康之禍"耶?況多難之秋,篤任于謙,選將擇能,練兵主戰,社稷不至于南遷,狄人不得以勒我者,伊誰之功歟?英宗還駕,景帝拜迎,相持而哭,推遜良久,授受之意,昭如日星。

一旦不豫,英宗復位,徐有貞輩乃貪天功以爲己力,首倡奪門,搖動國本。于景帝[12]七年君臨天下之號一旦改除,英宗後鑒其誣,深懷怨悔,未及改正,遽爾上賓。憲宗嘗體先皇鞠子之哀,改庚王爲景帝,謚曰恭仁,康定,不一而足。其言曰:"朕叔戡亂保邦,奠安宗社小既有年。奸臣貪功,請去帝號,先帝深懷憤恨,不幸上賓,未及改正,斯天語也。"商輅贊之爲堯、舜盛德。然而未得稱宗,未饗太廟,歷朝因循,實爲缺典。夫人臣有功于國者,猶得附饗于廟,而況正位于九重之上,內輯億兆,外當強胡,七年之間,社稷攸賴。以德而言,德在天地;以功而言,功在社稷。反不列之九廟,豈爲禮乎?

高皇帝混一之初,即立四親廟,德、懿、僖、仁是也。德祖居中,左右以叙神聖,百年積至英宗之季,九廟之數備矣。憲宗升祔,當祧一祖,孝宗命禮部集議。詹事楊文懿公主于功德,欲祧德、懿、僖三祖,自仁祖以下爲七廟。異時祧盡,以太祖擬稷契,歲暮祫祭,則尊德祖,尊尊親親,明道備矣。尚書周文安以德祖爲周后稷,百年不遷,懿祖而下以次遞遷。當是時也,世數尚存,從文安之説,簡静易從[13];從文懿之説,窒礙難處。

嘉靖十七年,世宗斷自宸衷,奉高皇帝爲不遷之祖,改號太宗爲成祖,復上獻帝爲睿宗,並祔九廟祀焉。此世宗孝親無已之心也。爲人臣者,以天道事其君;爲人子者,以天道事其親。以睿宗列于九廟,于義何取?昔武王纘太王、王季、文王之緒,以有天下。是天下者,爲太王、王季、文王之天下也,故武王得以追王太王、王季、文王也,猶我太祖之追尊四世也。今世宗所嗣之緒,果纘之獻帝乎?抑纘之祖宗列聖乎?纘之祖宗列聖,而曰"受之獻帝",謂非有兩統乎?

此一人之私也，非天下萬世之公也。

我朝之制，子爲天子，其母獨稱"太后"，不稱"后"，不得並嫡同饗，是乃有奉慈之殿，所以明徵也。君臣之分，與嫡庶之分奚殊哉？獻帝本安陸之藩王，曾北面于武宗者也，今偃然居武宗之上，吾恐獻帝在天之靈必不安也。特設奉天殿，一歲五享，祭有常尊，此萬世大道爲公之常經，不容以私意雜焉者也。或曰：以子之言，太祖擬稷契是矣，其如追王之心何？曰祫祭仍尊德祖，尊崇之意依然在也。況世宗以太祖配天。既以配天，又不在東向⑭之位，其可乎？若不祧四祖，以德宗爲始祖，則是九廟之中既有始祖，又有太祖，名與實乖矣。或曰：嘉靖中，議五年大禘。禘者，禘其所自出之帝，祀之于始祖之廟，而以始祖配之。今以德祖爲所自出之帝，可乎？曰"我朝德祖而上譜牒難知"。嘉靖中年，太學士李時議設皇初虛位，以爲所自出之帝，[其誣甚矣。今以太祖爲始祖，以德祖爲所自出之帝]，其義不益密乎？

嗚呼！議禮之家，名爲聚訟，如其禮樂以俟君子，斯禮也，非達乎天人之理者，不能變也；非存乎無我之公者，不能變也；非天子之心釋然，不可變也；非大臣百執事之心釋然，不可變也；非天地、祖宗臨之，孚佑之，不可變也。

位卑言高，罪也。讀史臆見，發憤不已，敬爲門下誦之。

惠邑分疆議　明張　宇

惠[安]縣疆域止此爾。都圖不均，田賦不核，而官空持計簿，肥瘠同科。此逋賦之所以日滯，而濱海之窮民，[日]以亡徙相隨，屬有以也，于是作《分疆考》。

按，縣西北阻山，東南跨海，山之在西北者，縱橫四五十里，舊設有三、四都，十二、三都，十四、五、六、七都，通八都。已而狼虎出没，嵐瘴爲灾，民死且徙，而田輒穢不治，于是絶户之田，官以置屯。而都輒從省併，三合于四，十二合于十三，其十四、五、六合于十七，祇爲十七都，蓋歲遠矣。後土漸夷，人漸衆，田墾幾盡。顧墾田半奪于屯，而屯于其地者，軍三百户，占田餘八十頃，而田之在民者加少矣。

　　山田故沃，溪源通利，隨高下可揠以灌田，田不若旱，田之者逸，而歲又輒可穫，此山田之利也。特其山谷崎嶇，土著人寡，村無十家之聚，或走數里始望一村。而問其村之人，半其軍戶，不則其漳僑居之流民也；又不則⑮其縣之濱海之甿，棄其本業，而田于是者也。故山田稱沃而人少，昔人之併都有以也。

　　獨屯爲邊郡良法，今置内地餘丁田之，歲納細糧數石，即坐而食以嬉，官不得用其力，非祖制也。田以錯于民間，爭訟紛如，而持議者猶謂兵食大計，疑不敢動，豈非苟守尋常，而難以與權哉？故屯在今，宜稍更定其法，或取其力之用以衛縣，或斥其屯之田以紓民，顧其計誠便與否耳，不然徒以沃壤之區，棄之鼠輩之食，亦何益哉？

　　北而五、六、七、八、九、十、十一，舊自爲都。夫此之數都者，山勢平衍，其中輒廣良田、美水草，一畝之田歲入數鍾，沃矣。而村落棋置星列，家百數十爲村，往往而是。而村且多大家，海潮時至，昔人捍之爲田。而海至此爲内港，外無畏于波濤之險，而内時有魚蝦之饒，力餘采之，亦足以贍生，故縣人稱此爲樂土。

　　倭毀之餘，頗異昔所云矣。顧縣之被倭者，在在爲墟，其害不獨縣北諸都爲可隱也。今顧七都上下獨併爲一，其十一都輒合十二三而有之，毋亦其此數都獨有氣力于時，抑或其都之民黠而足智，有以乘隙而售奸耶，故册都圖宜從嘉靖之舊。

　　唯是捍海之田，人雜而頑，埭壞田棄以穢，而崇福寺則其最劇也。崇福一埭，穀有百八十石之賦，而僅以［一］寡子統之，箠楚日加，賦逋日衆，竟之官亦莫能何也，而固且置之矣。以今猶然，過此力愈不支，將盡併其田而海之，則此百八十石之賦，其何托哉？

　　聞之嘉靖辛丑、壬寅之間，俞太守召人領崇福，明與其人約曰："吾以崇福予若，若祇輸吾正賦供吾里甲，而徭役吾且縣編銀差，毋苛也。"以告之人，而又以請院道，得報"可"，今其申文由帖可覆也。倣而行之，革去今之寡子，寬其宿逋，而田以予小民之無田者，不則召豪有力之家，使領其田，而明與之約束如前事，將有樂起而應者矣，孰與恣其壞敗而徒以歲逋坐累有司哉？它若官埭傳埭之屬田之者衆，而埭不以時築，則愚民慮始之難也。夫彼皆其沃壤而輕棄之，賦蓋有難于上供矣，縣可以驅而就也。

華林寺糧七十石，荒埭、荒山一切畝科賦難矣，益之以官租則又難，縣固可以核而減也。不然，則華林又一崇福也，彼固有逃而已。蓋西北都利弊之大較也。

東南諸都，蓋自十八、十九至三十四，咸跨海矣。地無嵐瘴，風氣宜人，人多村聚，而村輒有宋、元舊家，其土風也，而地顧瀕海，田稱瘠焉。田既瘠矣，而溪源又不達，于是民間田者，輒鑿泉以取水。當夏⑯桔槔涓滴之水，以死争之，往往至相鬥訟，鄰不能平，官不能禁。蓋再易月不雨，而泉竭水涸，田遂以灾不獲聞矣。比其歲穫稱有收，而收不及北都之半，蓋有地力然也。

十八、九都、二十五都、三十四都，田差勝南。而二十一、二、三、四、六都，田苦旱，而地差勝于田，一歲一（之）食，麥、豆居半，而地產鹽，人精細布。又其糧少于丁，而丁多者，户輒百十爲常，故其土之男、婦，歲用灑鹽、機紵，時得厚利，不待仰田而生自足，此其凡也。大家歲有田賦，顧幸其籍爲鹽，賦不入，驛不差，徭不編，機兵歲減民賦幾半，而田地之步畝猶得如數，無虛賊，所易供也，不則難矣。

東二十七及它三十一、二諸都，其風土與南頗相類，田不相遠，而瘠地又獨浮于田，一户之賦地居什七，而外鉅海環之，北風吹蕩，沙塵灰飛，而田于其所者往往以没于海，塞于沙。嘗即三十一都之故而知之矣，沙湖滿目，一望或餘數里。問之，皆民受産之故地也。且昔丈量鹹田穢地，一切步畝受糧。今而海矣、沙矣，而糧猶懸其户，蓋其籍之浮糧是也。然浮糧以請于朝而行之，而力能得請者，什無二三。約凡虛賠之糧，蓋都有數户焉。而地存可耕者，土曠人稀，地輒一易再易，而糧歲輸如故，户懸數石之糧，而歲曾無升合之儲。三十一都蓋半是矣，而故此都之民爲最困。于是官一徵糧，民無宿藏，歲竭網罟之技，入海以漁，得錢數百，輒持以于官；不足則或樵炭于山，傭作于人以補之。大抵終歲佗仡,半爲官錢,不勝瘁也,而糧終不得完如式,豈非東南數都之民獨苦耶?故此數都之田,不爲士大夫所趨。士大夫之田數都者,大抵生長其都之墟,而念不忍棄其墳墓、家族者也。即此而都之,闊狹可裁矣。

謂宜請于院道,通一縣之田糧,量而均之,因而(以)籍之上也。顧縣恨無可屬以均之人,而不便于豪右,或撓其議。請先諭縣之長令,各自實丁產之數,實而不以實者沒入之,刻期納之。納畢,則召其鄉之老,互使評焉。而縣擇其一二甚者自量之,有頑不率隱糧而朋欺者令使虛賠之户首而補之,鄉老評不實者罪之,如是虛實均矣。而賦地與田同,肥與瘠同。地與田同,則西施之與無鹽也;肥與瘠同,則瓦礫之與隋珠也。

爲今之計,謂宜取古三等九則之法:田瘠之二,當肥之一;而地之瘠甚者二,以當田之一而又輕焉,蓋均則之道也。或謂驟而更之,物聽徒駭,盍謀以漸而蘇息之。田地肥瘠之數,核而籍焉。正賦如故,而它繇徭役當編,則于海都田減之,瘠地又遞減之或輕之,縱不盡均,而諸瘡疾甚者,蓋漸一二蘇矣,何如空持計簿而苟以取盈爲事哉?故今畫疆之議約,所以當急,無過此數事矣!

惠邑制險議　明張　宇

國無小不可易也。惠當山海之衝,斗城孤懸,曩固蹂于倭矣。城之存而不毀者,幸也,今可以無備乎?于是作《制險議》。

按,縣北幾四十里有白水寨,在鋪之南,亦名"陳同",楓亭之所取道也。由縣北二十里至驛坂,折西北山行十五里爲日曝嶺,西爲東坑寨,山徑盤紆五里,即入仙游,而寨于西南山岳有虎窟界,抵晋江河市,抵縣可三十里。三寨遺址今尚存,而兵戍顧罷久不設。問之,蓋寨以備山寇,時䂩寧謐,固無庸此寨守,空勞縣道爲也。一或寇擾,南北交馳,則豈一區區之惠縣所能當其衝哉?識其名,存其迹,使其後有可舉之故足矣。

沿海城戍,有崇武所。所去府七十里,縣四十里,有峰尾、黄崎、獺窟、小岞巡檢司。峰尾抵府九十里、縣四十里。黄崎、小岞抵府七十里。其抵縣,小岞三十里,黄崎三十五里。獺窟抵縣如黄崎,其至府則海港一潮耳。所千户五、百户十,軍千餘,丁如之。四司官一、弓兵百,兵歲縣于徭户給之。此國制也。所城今戍如故。巡司弓兵,歲十數人予巡檢。巡檢歲收其直,云"薪水弓兵",明示非戍用矣,佗輒名爲"減革銀充餉"。巡檢歲居縣中,無所事事,幾于冗官矣。存之,以供送迎、備役使耳。

祖宗于海置戍,蓋所以護内地,備非常也,今顧以亡用而廢之。夫使誠亡用也,奏罷其官,歲省俸錢數百,其利在縣,而私免薪水之弓兵,利又在民。此亦奚不可者? 今官不敢言罷,而歲第去兵以充餉,非計也。且較四司之宜,有裏有外,有劇有易,而緜縣治視之,則兵何者可罷也?

峰尾、獺窟對峙,南日寨内司稱腹裏,稍易矣。顧峰尾在縣北,黄崎在縣東北,循黄崎入至竿嶼,三十三、十一、二、三、四諸都在焉。而由竿嶼傍輞川,則五、六、七三都舟咸可潮而至也。且輞川去縣僅十里,其循峰尾以入,則八、九、十、十一四都居其傍,稍折而東,片帆而抵輞川海道,兩司相出入,無關限也。陸行相距五十里,兩司誠有兵、有船,而外與南日相聯絡,哨探嚴信,烽堠分明,賊艘入内,黄崎、峰尾犄角逐焉,而南日躡于外,此賊之所以懼而不敢内窺也。今撤戍焉,卒有狂狡之謀,衝潮夜入,突至竿嶼,舍舟襲縣,不十里而至矣;而外又無以躡其後,前有所貪,後無所虞,此黄崎、峰尾撤戍之害也。

出黄崎,蓋小岞矣。小岞北行,南日在焉。其東南則爲大岞,復折而南爲崇武,又南爲獺窟,東接滄溟,渺無限際,蓋與海外夷國一水隔耳。置戍于其地者,崇武所屹然中居,獺窟所北,小岞所南,兩司置戍,兵僅百人,少矣,所恃以爲援者,崇武也。且自獺窟而下,衛有永寧、小岞,而上寨有南日,急而烽火相聞,軍兵互援,制也。今司兵廢,崇武且閉城自守矣。夫崇武固食吾縣之食也,竭一縣之膏脂,以養一城之甲士,豈徒爲保一彈丸黑子之片城計哉? 吾知其不然也。小岞稍内有牛嶼,外稍北有湄洲嶼,兩在海島中,形勢便利,行舟上下,亡論南北風大,舟輒于此藏焉,風濤不驚,或經旬月不去,蓋屢然矣。于是或入黄崎達竿嶼,或緣海澨達埕埭,黑夜長驅,直至城下,縣危矣,故獺窟、小岞皆要也,小岞尤要。而今幸無事者，有船防汛也。船名防汛，去來靡一，船去賊來，吾竊爲縣憂之。

謂宜請之院道，復四司之額兵，明互援之舊令，而且以予之船，使相會哨；崇武食縣之食，聽縣調發，南日、永寧毋以守地自畫，急而飛檄，勉使刻期趨令，遲者罪之。賊泊小岞，則崇武攻其南，而南日揚兵犄其北；賊泊獺窟，則崇武門其北，而永寧耀甲角其南。憲司、閫帥賞罰必信，一聞失事，按律定罪，甚或褫職以去，祖訓炳然，成憲具在。內而黃崎、峰尾，一倣其意行之，即海陬荒村，亦且帖席臥矣，何況縣城之足虞乎？

雖然，余又嘗聞其時之弓兵矣，徭由歲編，人無定畫，且起隴畝之間，使執刀弓之技，用非其能，而官顧強役焉，非其好也。于是納錢巡檢，求免役，或募其土之人代之。其人輒遂與官爲市，兵寄空籍，而縣官不得其力用，蓋昔已云爾矣。

今復戍兵，而弊如故，與無戍同。謂宜如機鄉兵之制，募民之強有力且閑而無田者籍之，教師教之，縣官督之，十年一編，老不任者汰之，巡檢有賣放核之，實罪毋赦，如是兵精足用矣。

土著四巡司，民歲苦寇暴，即縣聯其土人而什伍之，彼所樂也。寇小兵及，其土之人禦之；大寇不支，乃得請互援。如著令銷奸滅宄，爲地方百年計，顧無便于此者矣。

在府團練之兵，歲久不試，何不編之小岞、獺窟之間，予一大艘，令兼防汛之兵用之，使相番休，設時遇有寇警，疾呼而至，一健兒半日之力爾。此之不務，歲耗縣官之儲，無益于縣，且有睨然傲視縣官之心，此非計之得也。

外而輞川，縣稱一都會焉，而近即地置城守，而縣益壯，善矣。顧城無戍，人又不相統一，即賊突至襲焉，而且據之爲穴，以窺縣城，則北都之薪水斷不至矣。曠日持久，與縣相持，而坐（此北）而自困之道也，故輞城遇急，當議守。

預申救荒議　明陳玉輝

夫救荒之策，修之于未然，貴在悉心講求；修之于已然，貴在着實舉行。

本縣原設四坊五鄉，自一都起至六十二都止。後奉調停衷益，割十都至十九都隸鄰縣永豐，今實在五十二都，編戶四百三十二里。其各都各圖或畏水、畏旱，或極貧、次貧、又次貧，或應糶、應濟、應貸，當廣詢博訪。但恐黨保、里役乘是爲奸，朔望延邑中父老之有行誼者當堂集議，于原隰之高下、坊村之貧富略知其概。蓋各都圖之畏水旱不等，各都圖之貧戶亦不等。最坎窞者畏水矣，而其近水而稍阜者，猶可以免于水；高燥者畏旱矣，而其有塘圳稍藉蔭注者，猶可以免于旱。或全戶而貧，或幼無父母而貧，或老無兄、弟、妻、子而貧，或疲癃殘疾而貧，此即當議賑矣；而或戶有富民，家有壯丁，或上有父母，下有兄、弟、妻、子，則猶可以施調停均勻之術。

　　本縣原建和義倉一所，積穀備賑。察得見在倉穀一萬三百六十一石，節經察盤明白，此可以申詳給散矣，然而不足也；察得庫貯原糶穀銀一千九十一兩七錢二分八釐，蓋由昔年倉基洿下，穀皆濕腐，故變糶存貯，此亦可以申詳動支買穀矣，然而不足也；察本縣自理登報紙贖，奉成憲，春夏折銀，秋冬積穀，見在自理登報銀二百九十一兩二錢五分，此可以申詳動支買穀矣，然而不足也；察本縣原奉撫院明文，各鄉都建立社倉，勸令好義士民量出稻穀納倉備賑，見在坊村社穀一萬五千三百九十七石四斗四升，另義民婁世潔折社穀銀二百四十兩貯庫，此皆可以權宜給散矣，然而不足也。

　　若欲動別項錢糧，則本縣額編已定，節奉部文司府嚴催，此實難以轉移，無已，行哀多益寡之術，則勸富民協賑可乎？夫十步之內，必有豐草；十家之聚，必有居積。或諭之以義，或旌之以匾，或榮之以冠帶，庶幾有翕然響應者。

　　第富者或以倖免，報者未必盡富，臨時難以稽察，窮鄉難以周遍。卑縣延問耆老，擇于各都之中恒産恒心，練達足以周知一都之事，公平足以鎮服一都之人者，每都各一人，僉爲都長，令于鄉約所會集里遞，自爲平議，某也上富應賑若干，某也次富應賑若干，某也又次富應賑若干。願賑糶者，爲之平其價值；願賑貸者，爲之補其利息；願賑濟者，爲之破格呈獎。以一都之長與里遞，區別一都之貧富，分柱造冊，卑職親自調劑而均停之，是亦救荒之一策乎！

至于給散之法，若群聚城中，未免叢集滋擾；若沿門逐家，勢又未必遍周。本縣五鄉定爲五日在城及附郭五十里內，本縣先揭示，定期親自給散；其餘路遠者，亦以五十里爲止，定委佐領巡司一員在于道中處所給散。然計口而給，或恐稽遲，先以極貧、次貧、又次貧酌量定數，或全戶則總給，或單丁則另給。要于一日給散，當即了一日之事，無使窮民久候。其領穀之民，預先照册，所列姓名，挨都順圖，次第而入，自至案前領票，赴倉交量，仍印記以防詐冒。本縣及委官親自抽驗，有弊責令倉吏、社長賠償，仍坐以監守之罪，夫誰得而干之。所委官胥本縣量給隨行廩餼，不許干及地方供給。其間果能給發得宜者，注以上考，如或處置乖方，注以下考，申請獎戒，使卑官有所勉勵，庶上有賑恤之實惠，而窮民其稍瘳乎。

竊念本道，留心民瘼，未事而籌，至詳且盡，本縣無能爲役，敢不著實舉行，與佐領矢心竭力，以仰承德意。

博采輿論以裏治平議　國朝陳龍巖

議得思州僻處萬山，地界黔頭楚尾，民夷參半，率皆納糧，喜無猓、犵紅黑種類，猶易感化。唯都坰司後山洞，上下深溪皆苗無民，前任凡遇徵收，必遣土官府差到洞親收，以致濫徵濫派，不可窮詰。

自某受事，即詳爲郡小無政，亟議興革事一案；又爲公議差徭，以甦民困事一案。舉凡從前積弊，如里長管用夫馬、修理部糧柴草各項，頭人執事轎傘、家伙、月柴、月草、月魚各項供應等，頭火耗、票錢、使費、斗頭盤底、淋尖腳踢各項陋規，盡行禁革。通詳兩院司道，各奉批准，勒石永禁在案。刊刻照單，遍諭七里民苗。後山洞苗歡欣踴躍，每年俱赴府堂親納，羅拜而去，亦見彝性易感之一機也。

憲臺鰓鰓然慮教之無其人。查苗夷從不讀書，罔知禮義，今如設立社學，每鄉擇良善秀才，發蒙教讀。凡苗童六七歲以上務令就學，教以孝弟。擇其品俊年青者，准充苗生，雀帶青袍，歲時伏臘拜耀祖宗，則群苗欣羨，心生飯化必易。

且每鄉若有識字年長，稍顧品行，舉爲鄉約，朔望宣講《六諭》。凡有婚媾，不論漢夷，必從父母之願，不許姑舅、兩姨強勒成婚，則彝苗風俗漸移易于不知。此教苗之道，莫亟于立社學、擇鄉約、正婚姻也。

憲臺又慮山川形勝，扼險爲最。查思州險要，生苗出沒去處，如都坪司之老鷹崖、貫墨哨、岑賈哨，黃道司之田石塇，都素司之客樓，馬口司、施溪司之龍門哨、漾頭哨。康熙五年十二月內，奉原任督部院下准某議詳，檄調鎮遠協千總一員、防兵三百名，分布前項汛地各處，或五十名、或二三十名、或十四五名不等。但法久易玩，保無有落落晨星，僅以四五名、二三名在塘塞責者。夫思州防兵，既在府倉領米，則餉銀宜照各府、州、縣例，府官與防弁眼同給散，方能察兵丁之多寡，稽領糧之虛實，塘哨防兵始克如初設名數汛守。今防兵三百名，每月大建，僅領五十四石九斗；小建，五十三石七升。其間兵丁有無如數在府及各汛地方，實難查詰。且同是朝廷經制弁兵，撥守是土，而該弁姓名、該兵名數尚未達部，或一季一換，或一月一換，地方既苦于更番汛守，復難于專責，似非所以熟勞逸嚴捍禦也。

詳乞憲臺題請協鎮守備一員、防兵三百名，常在思州防守，弁兵仍聽鎮遠協節制，不得調換，餉銀糧米，悉照兵丁名數府會弁發，則兵爲實兵，而防非客防。凡有要害，以逸待勞，久于其地，自然四應不難矣。但地方遼遠，誠恐鞭長不及，所當實編保甲，聯絡呼應。遇有苗狆狡逞，塘哨掩殺，保甲隨之；保甲緝拏，塘哨助之。兵民互相臂指，苗狆不敢憑凌。而又請乞憲臺，批仰某嚴行都素司土官速回舊司治馬口司住坐，爲扼險以逸待勞之勢。故制苗之道，莫亟于核實兵、編保甲，責令土官速回司治也。

憲臺又慮害馬之未盡去也，或困極而難驟還。查思州積弊陋規，某申詳盡革在案，唯奏銷田單、協制扛夫、馬夫，屢申未革。七年，幸逢撫院禁革，奏銷田單；八年，復逢督撫兩院禁革扛、馬二夫，民累自此悉蠲矣。

所慮害馬之政，一在于不肖土司私派夫役等弊也。夫上司嘔心禁革，土司仍安積習，額外私派，民苗安爲固然，噤不敢發聲矣。甚有私收隔屬苗寨，幫納得佃,司屬錢糧未經報入正額者,有一印兩官輪年管事,苗民逐年紅儀賀禮,如正供之不容已者。他如娶親生子有派,承襲領印有派,出入過山有派,土舍蟠踞地方,尋事嚼民,收詞私和,武斷橫行,困極難還者,一也。

一在于僞紳、土豪、奸胥、巨蠹也。思州府民苗多淳,獨有前項僞紳結連土豪與衙門胥蠹,表裏爲奸,恫愒官府,魚肉小民,欺隱田糧,占産卸差。官府稍加覺察,則誣謗捏款,或從旁含沙,或挺身反噬。此輩倖免三尺,保全首領,則四方民苗畏之如虎,憑其魚肉,嗣後官府益任恫愒,而莫敢誰何。無耻之士,見此氣焰,輒相效尤,風俗日壞,黨惡益牢不可破,以致困極難還者,二也。

揆其弊端,皆由法度久弛,訪惡、訪蠹之令不行,脇上腋下,長此安窮?合無詳乞憲臺,申明馭土官之法,如有私派,重則申詳題參革襲,輕則作何處分。二官同掌一印,不許輪年遞管。土舍不許下鄉滋事,擅收投詞;藉口茶鹽貿易,勒民壓換米穀等類。訪惡、訪蠹之令,每年務舉一次,審實律究;仍照舊例大書惡人姓名、緣何事、問何罪,榜于府前申明亭,則人知懲戒,不敢爲非。故欲除害馬、救重困、杜侵漁、肅武斷,莫亟于禁土官、土舍之私派,嚴訪惡、訪蠹之舊規也。

憲臺又慮黔省多山,無地可耕。豈山盡石田子遺,無水耕火耨之可問?查思州田多可耕,兵燹以後,人民故絕逃亡,或強被豪右占管,或賤賣隔屬紳衿。如黃道司之茅坡,一里一百餘石之糧,皆係湖廣平溪衛紳衿管種;施溪司田糧多被湖廣麻陽之紳衿、銅仁之衿胥管種。或隱熟以作荒,或任荒而不墾,間有無良之徒僥負錢糧,率多無田有糧之業主,輾轉代賠,一二具控,則隔屬抗悍,不服拘提,窮民何辜,受累無極?至如都坪司之後山洞苗,例田典與人,每年皆係原主納糧,得典之家,白喫籽粒。又有賣田原主躲避差徭,私逃他境,得田之家,轉典他人,私收錢糧,原主不回,無憑質對,以致錢糧無歸者。更有勢豪奸慝,連阡貫陌,田俱成熟,而升合不報,或報無十分之一。若責令報墾,則捏誣造謗,以爲加畝,愚民聽其鼓簧,亦效尤不報者。又有他處民苗,聞思州輕徭薄賦,就居分種,而土豪、地棍凡遇夫差,輒責新民承應,以致新民搬移,田難招墾者。又有往來兵役及客商,假扮營裝,帶刀挾弓,併無牌票,擅討民夫,需索酒食,以致民緣南畝之日少,而馳道路之日多,畏懼遷徙,水耕火耨,益不可問矣。故欲地無石田,民多墾種,莫亟于禁包賠、緝躱避、清欺隱、絕卸差,革往來擅扯之夫役也。

某凜奉憲詢,實抒時艱,不敢隻字浮泛。至于移風易俗,非下吏之所能爲,伏乞憲臺裁奪,另行知照,以便遵守施行。

【校記】

① "正人心也",《瘦松集》卷六作"正心也"。
② "正人心",《瘦松集》卷六作"正人"。
③ "然則",《瘦松集》卷六在"則"字上無"然"字。
④ "司寇按三尺法,聲罪而討之",《瘦松集》卷六作"司寇按三尺,聲罪討而誅之"。
⑤ "虎狼",《瘦松集》卷六作"豺狼"。
⑥ "莫不",《瘦松集》卷六作"莫之"。
⑦ "自劾焉",《瘦松集》卷六作"自列之"。
⑧ "騁其淫辭",《瘦松集》卷六作"聘其技詞"。
⑨ "也乎",《瘦松集》卷六作"也已"。
⑩ "知我者,其惟《春秋》;罪我者,其惟《春秋》",《瘦松集》卷六作"知我者《春秋》,罪我者《春秋》"。
⑪ "詘",《清源文獻》卷七作"絀"。
⑫ "景帝",《清源文獻》卷七作"景泰"。
⑬ "易從",《清源文獻》卷七作"易行"。
⑭ "在東向",《清源文獻》卷七作"正東向"。
⑮ "則",清嘉慶《惠安縣志》卷三十二作"亦"。
⑯ "當夏",清嘉慶《惠安縣志》卷三十二誤作"當憂"。

螺陽文獻卷四

書

與郭淺齋憲副書　明張　岳

　　泉中及敝邑侍教累日，啓益良多，別後惘惘，思念不置。昨諸生有述執事臨行時所示良知孝弟及明德新民之説。良知之言，發于孟子，而陽明先生述之，謂"孝弟之外無良知"，前無是言也，殆雙江年兄以其心所獨得者創言之，于愚心不能無疑，亦嘗面質雙江矣，尚未盡也。子思之言曰："天命之謂性，率性之謂道，修道之謂教。"而又申之"喜怒哀樂之未發謂之中，發而皆中節謂之和"。夫以性道之廣矣，大矣，無不備也，而指其親切下手處，示人不越乎喜怒哀樂已發未發之間，所謂"戒懼"者，戒懼乎此而已，所謂"謹獨"者，謹獨乎此而已。至孟子又發出"四端"之旨，而特舉夫"赤子入井"，"嘑爾蹴爾"，"睨視頯泚"，以驗良心之不容泯滅者，亦可謂深切痛快，無餘蘊矣。學者只依此本子做去，自有無限工夫，無限道理，固不必別尋一二字以籠絡遮蓋之也。

　　"明德新民"之説，往歲謁陽明先生于紹興，如"知行"、"博約"、"精一"等語，俱蒙開示；反之，愚心尚未釋然。最後先生忽語曰："古人只是一個學問，至如明明德之功只在新民，後人分爲兩事，亦失之。"某憮然請問，先生曰："'民'字通乎上下而言，欲明'孝'之德，必親吾之父；欲明'忠'之德，必親吾之君；欲明'弟'之德，必親吾之長。親民工夫做得透徹，則己之德自明，非親民之外，別有一段'明德'工夫也。"

　　某又起請曰："如此，則學者固有身不與物接時節，如'戒慎乎其所不睹，恐懼乎其所不聞'，'相在爾室，尚不愧于屋漏'。又如《禮記》'九容'之類，皆在吾身不可須臾離者，不待親民，而此功已先用矣。先生謂明德工夫，只在親民，不能無疑。"先生曰："是數節，雖不待親民時已有此，然其實所以爲親民之本者在是。"

某又請曰："不知學者，當其不睹不聞之必戒謹恐懼，屋漏之必不愧于天，手容之必恭，足容之必重，頭容之必直等事，是著實見得自己分上道理合是如此，工夫合當如此，則所以反求諸身者，極于幽顯微細，而不敢有毫髮之曠闕焉。是皆自明己德之事，非欲爲①親民而先此以爲之本也。如其欲親民，而先此以爲之本，則是一心兩用，所以反身者必不誠切矣。故事父而孝，事君而忠，事長而弟，此皆自明己德之事也，必至己孝矣、忠矣、弟矣，而推以之教家國天下之爲人子、爲人臣、爲人弟者，莫不然矣，然後爲親民之事。己德有一毫未明，固不可推以新民，苟新民工夫有毫髮未盡，是亦自己分上自有欠闕，故必皆止于至善，而後謂之《大學》之道，非謂明德工夫只在新民。必如老先生之言，則遺却未與民親時節一段工夫，又須言所以爲親民之本以補之，但見崎嶇費力，聖人平易教人之意，恐不如是也。"先生再三鐫誨曰："此處切要尋思。公只爲舊說纏繞耳，非全放下，終難湊泊。"

夫以陽明先生之高明特達，天下所共尊信者，某之淺陋，豈敢致疑于其說？顧以心之所不安者，又以爲出于名公，而不明辨以求通焉，則爲蔽也滋甚矣。故得請教于左右，願反覆其說，使愚昧終有聞也。

外有柬達雙江，亦道此意，更乞照亮。

答聶雙江巡按書② 明 張 岳

[久不親道範，注仰之心無時而忘。]二月中，黄、倪二生過惠安，辱賜手教、新詩及近刻諸書。讀其所爲序説，皆發明親切。尊兄于簿領之餘，而用心于内者，乃益如此。嘆服！

書院習禮，蓋將使學者知舉業之外，有此一段本領工夫。若于此信得及，做得是，日積月累，滋味深長，外而許多淺俗見解，自然漸覺輕小矣。此學不講已久。今聚八郡之士,終日群居,若不就日用最親切處,指示下手工夫,使之有所持循據守,以交相勸勉,漸次有得,而但務爲渾淪籠統之語以詔之,則恐聽者未悉吾意。其材質高者,未必實用其力,先已啓其好高助長之心;其下者,又隨語生解,借存養之目,以爲談説之資。此其病痛面目證候,雖與俗學不同,而其根于心術隱微,反有甚焉者,不可不察也。

昔夫子之教,以求仁爲先。仁即心也,心即理也。此心所存,莫非天理,默而成之,而仁不可勝用矣。此數言者,以夫子之聖、七十[子]之賢,提耳而教之,可以不終食而頓悟者,而夫子則不然也。顔淵問"仁",告之以"克己復禮",而其目在視、聽、言、動;仲弓問"仁",告之以"出門如見大賓,使民如承大祭,己所不欲,勿施于人";樊遲問"仁",告之以"居處恭,執事敬,與人忠";司馬牛問"仁",告之以"其言也訒"而已。顔子所聞者,仲弓不得而與聞也;仲弓所聞者,樊遲不得而與聞也;至樊遲所聞者,司馬牛又不得而與聞也。聖門之教,因人成就如此。

其曰"視"、"聽"、"言"、"動",曰"出門"、"使民",曰"居處"、"執事"、"與人",皆就日用最親切處,指示人下手工夫。故曰"勿視"、"勿聽"、"勿言"、"勿動",曰"恭",曰"敬",曰"忠",曰"訒",真如漢廷之法,較如畫一,使人即此目下,便有持循據守。才質高者,不得躐此;而不及者,亦可以企此以有爲。所謂非僻之心,惰慢之氣,自將日銷月化于冥冥之中而不自覺。此所謂聖門之學也,無他,只是有此實事、實功而已矣。

夫豈在别尋一個渾淪之體,以爲貫内外、徹幽顯、合天人,使人愛慕玩弄,而後謂之"心學"也哉?且就講禮一節言之,如《士相見》、《冠昏》、《鄉射》、《飲酒》之禮之類,不講之則已,如欲學者之講之也,則不但告之曰:"禮者理也,理者性也,性即心也,心存則性存,而禮在其中矣。"必使治其文也,習其節也,而又求之其義也,則必據經傳,質師友,而反求于心,然後有以得其節文意義之不可苟者而敬從之,夫然後謂之善學。顧其中間,自始至終皆以實欲行禮之心主之,爲有異剽竊徇外以欺人者爾。《易》曰:"同歸而殊塗,百慮而一致。"此言理本自然，人不可私意求之爾。既曰"殊塗"，既曰"百慮"，不可謂全無分別也。故心也，性也，天也，一理也。然至論心自是心，性自是性，天自是天，如人之父子祖孫，本同一氣，豈可便以子爲父，而祖爲孫哉？

昔之失之者，既以辨析大精③而離之使異，今欲矯其失，必欲扭捏附會而強之使同，可謂均亡其羊矣。不如且釋同異之論，令學者且就日用切己，實下工夫。如讀書，不必泛觀博覽，先將《學》、《庸》、《語》、《孟》，端坐疊足，澄心易氣，字字句句反覆涵泳，務使意思昭晰，滋味泛溢，反之吾心，實有與之相契合處。如習禮，則《冠》、《射》、《相見》等，用之有時，口識④其節文大義，亦當必求其所謂"不可須臾去身"者。如《曲禮》、《少儀》、《玉藻》中所記"動容威儀"之節，逐條掇出，相與講明而服行之。坐時、行時、立時、拜跪時、獨處時，至應事接物時，提掇精神，常常照管，使其容色無時而不莊敬，動作無時而不節守；少有放肆失禮，則朋友又得指其失而箴規之。如是，雖于學問之淵源統紀未能深造，然就此著實規矩，安頓身心。資質高者，自能循此上達；其下者，亦有以養其端愨醇篤之性，不至于道聽塗說，揣度作用，重爲本體之害矣。

書院告成，諸士子相與趨蹌禮文，所願黽勉以觀其盛，但以衰服，不便遠出。又念尊兄瓜期在邇，十載神交，豈得⑤一再會？別後之會，又未可以日月期也。瞻望使車，徒切馳戀；狂瞽之言，極知無取。然使其相見，則所講論者，大率不過如是爾。裁教，幸甚！

與福建按院何古林書　明張　岳

漳寇久知其必有此。寒舍聚族海濱，力不能遷，因循以待禍，此幾事不敏之過也。然聞此寇，自五月即徘徊于莆、惠之間，若水寨把截嚴謹，地方候望分明，軍衛有司略出百十人，耀虛聲，爲居人倚重，其禍尚可不至此。且聞寇非有部伍行隊也，三三五五，星散搶擄，舍舟楫之長技，登陸走數十里，無敢禦者，蓋承平久矣。然蠹極必飭，豈可謂其飄忽往來，付之無可奈何遂已？

愚意謂此寇腴于劫掠之味，未必肯散，且人多迹露，勢亦未能遽散，蹤迹可尋。大約唯嚴號令，信賞罰，聯水寨舟師，依舊法會哨截捕。此外調福清四澳、莆禧、吉了釣船，晋江石湖、漳州玄鐘船數百艘，給之糧餉，重其賞格，分布哨道，與舟師相幫，蓋此輩海上累與寇角，寇頗畏之。又海濱之人慣水，儘有精壯可用者，恨寇入骨，欲致死于寇，亦樂爲用，但平居患無舟楫，又患官府不爲作主，而不敢動。若募其願行者，授以糧食、器械，分配各船；或就用其地方本船，使與調用船相幫。其器械短，海上兵勢不相及，火器最急，弓弩次之，石子又次之，如鐵蒺藜、泥罐之類，皆不可少。凡此，皆官爲處給，但統領之人頗難。見在管事，未必盡可用，可于緣事指揮千百户中平時素有才略者，許以功贖罪；若家資素厚，罪犯頗深不至死者，許其出私財募人報效，要擒人船若干，方與申明保奏。此蓋數年前，亦有用之得效者。唯恐奸巧之徒，欲緣此爲脱罪計，則又未必有益，徒增一番人情面分，使紀綱敗壞，爲不可爾。分布既定，刻以日期，令其出海。又遣精當有司佐貳，督領民兵，與沿海衛所守城巡捕瞭哨等軍兵，相兼截把澳口，斷其薪水之路。且以稽察各船會哨，先後緩急，令五日一報。賊在海既逼于舟師，欲登岸又阻于各澳，劫掠無得，薪水路窮，勢自衰散可擒。往者既不可追矣，將來之患尚未知所屆，切望留念！

又聞近寇殺人甚慘，別處不可知，敝鄉附近三十都、三十一都，死者近百人。百十年耳目未聞見，痛苦何可言！望委公正有司查勘，死者量與優恤。所費于官無毫髮之損，而一念憫恤之意，足以漸轉呻吟，安生者之心，而慰死者憤鬱於地下，亦仁政一助也。

適得家報，差人回視情切，言無倫次，伏冀裁照。

答林次崖欽州書[⑥] 明張　岳

差人至，黄邦相等事，深領指教，幸甚，幸甚！此事自嘉靖三四年以來，聞彼國君臣乖亂，其故王支屬有遁居近我龍州境界者，因以虛利誘我邊民。愚民嗜利喜亂，易欺以動，翕然赴之，竟不能入其尺寸。而欽、忠、上思三州之人，累歲蒙騷擾之害。前年委緣廣從欽州那蘇隘入交，交人拒追，直至隘外，居民死其鋒刃者三四十人。有王七者，一家四口俱死，其餘爲交人所覆敗而死者不可勝計。

夫國家所以威馭四夷，與吾輩所以保境息民者，自有常道。二者既皆失之，乃曲徇愚民草竊寇攘之智，而欲籠絡左右，以冀他日萬一之徼幸，則曏之諸公，固有誤爲此說于前矣，其流禍至今未已，在今日，又安可不深懲痛絶而必效之？且彼固吾冠帶之國也，內有乖亂，不奔號請命于我，而出于盜賊之計，欲誘我邊民而用之。吾邊民不遵官府約束，爲夷人所誘而欲爲之用，此于法皆必誅無赦。其署置劫掠之罪，且不論也。永樂間，以文祖之神武，太師定興王之勇略，交人再叛再克，而卒不能定。至宣德初又叛，則師老財匱極矣。文敏諸老，追唯仁廟遺意，以不治之法治之。然後湖、湘、江、廣之民始得免于餽饟被執⑦之苦，其休養生息以至今日，皆數公之力也，安可以失策追咎之？

某始至郡，見戶口稍耗⑧，田野荒蕪，財賦虧折，如久病之人，生氣僅屬。蓋休養之久，事力猶未完復如此，不能不爲之凜然悼心，而欽州又爲此輩無故開此釁端。貼浪、永樂、新立數鄉之民，騷動失業者三四年矣，若不爲盜，則流寇與爲盜賊招，以擾我爾。夫坐視吾民之必爲盜與流寇與爲盜招，而曲徇愚民草竊寇攘之智，籠絡左右，以冀徼幸于他日。某之力不能辦此，而于心亦有所不忍也，是故盡吾所以保境息民者而已。

抑又聞之，天下之事，蓋有是非明白，而中間利害復參半者。達識之士，亦有權利害輕重而爲之，以濟一時，然儒者不談也。若此事之必不可爲，與爲之必有害而無利，較然甚明，正當痛懲深絶，使山峒愚民皆知假托徼幸之必誅，帖然相安田畝，以聽官府之約束，是則所謂"以生道殺之"，而非得已也。吾兄曰："且必無誅，以維奸雄之心，而俟機會。"此是非利害兩可之言，願兄無易其出，愚民傳聞，恐將有借復交之名，以飾其草竊寇攘之奸，肆然又號于衆曰："某衙門許我矣！"此州疲民生計，如斷梗浮萍，寧堪幾番騷動耶？設使交人果有可乘之釁，正名興師，而有豪杰之材爲之任事，亦何患于無兵？似不假此草竊寇攘爲之羽翼也。馬伏波、狄武襄之事可見矣。今事未有形兆，而坐設虛談，疑人聽聞，不但非和衆安民之道所先，亦恐"有謀人之心，而使人疑之"。古之略曉兵事者，其策亦不若是左也。願兄愗之重之，毋易其出，匪特欽人之幸，某亦竊有賴焉！

年來苦于足疾，每詠韋蘇州"身長（多）疾病，邑有流亡"一聯，輒爲之慨然發嘆！昨覽吾兄《登天涯亭》高作，警策多矣。但不肖平日所望于吾兄者，願于《論》、《孟》故紙中，尋一個安身立命處，馬伏波事業，有不敢⑨爲吾兄願之也。望照！

黄邦相等罪名，首惡無可宥之理，餘當爲分別。弟後次發去牌面，欲召數人至府警諭之。初無罪之之意，今收回，甚善。但此數人，亦喜亂生事者，能再出告示，諭以禍福，使不至于怙終，更善。

答王檗谷中丞書　明　張　岳

[解户至，伏承教言，備審近日起居之詳，不勝慰浣！]

[真州終非久居之地，祠堂、婚嫁粗畢，似當束裝歸莆。然莆無舊業，而世態紛華，要之珍膳醲味之中，亦當梅蓼一二味存其酸辣，乃有風趣爾。此道不于吾老先生之望而誰望？]

安南之議，士大夫談之數年，然皆出于一種喜功利尚權譎者之口，沉静守道者，[初]不談也。大抵近世學術不明，廉恥道喪，士大夫往往犯"見金夫不有躬"之戒，其所操之術，皆管、商、秦、儀之奴隸所不屑談者，而妄托以爲經濟，自媒自衒。且不論三代何如，孔、孟何如，就我朝成化、弘治[前輩]中，亦有如是習尚耶？孟子曰："我亦欲正人心，息邪説，距跛（詖）行，放淫辭，以楊、墨爲禽獸，儀、衍爲妾婦，闢土地，充府庫⑩，戰必克者爲民賊，而善戰者又服上刑。"聖賢之言，良非迂也。西漢之衰，士大夫柔巽之風，終不足以勝其經術、節行之美，故漢能既廢而復興；東漢之衰，士大夫氣節之高，一變而爲詭激縱横之習，故漢一敗而不能復振。由是觀之，天下之盛衰，不外在四夷，而在士大夫之心術，明矣。

且就⑪今日四夷言之，士大夫果有深謀奇略，能爲國家建萬世之策，亦不在于安南，何也？泰寧三衛，肩項之疾也；河套，腰脇之疾也；若安南，則膚爪之末耳。舍肩項、腰脇，而治膚爪，失其等矣。昔人有"畫狗、馬難，畫鬼易"之説。三衛、河套形勢切近，一言不售，則其術窮，安南遠在萬里徼外，未必便有實事，謾爲大言爾。某守方拘文，自知不足以料敵應變，切恐⑫今之談安南事者，大抵多半畫鬼也。次崖初到此，慨然有勒功銅柱之意。某屢勸以且去孔、孟故紙堆中尋個安身立命處，馬伏波一時之士，殊不足學，今亦知其難，不復出口矣。

某前年八月抵此，將及兩載，多病，兼以吏事素非所長，旦夕俟以微罪訶彈而去，歸卧林下。倘老先生歸莆，得以侍杖履⑬，領誨言，平生之幸也。

未有奉教之期，唯倍加珍攝，以副注望。不一。

延恩閣事答少卿邱集齋書　明張　岳

差人自北回，領手教，而考察之報亦至。鷺沙竟不能免于銷鑠，其命也夫！然世亦有懲鷺沙不敢爲其事，今日與之同敗，而縉紳公論，又在此而不在彼，不可全謂不憑兩三分義理也。

所諭云云，誠有太寒儉處，而付來之物，并入支消皆有之。某經事頗多，非全不近人情者，平日于此老，知分亦不淺。竊以當世路競馳之時，唯有範我馳驅，庶幾處己處人，可兩全而無憾。此事估其木料等項，價一千五百金。一閣之費若是，泉人眼孔，以爲太入時樣矣，而復有云云，亦可嘆也！

歲裏有一書達此老，備道此意。吾兄若有聞，并以見教。不肖亦老矣，棱棱寒骨，死時唯少馬革一張爾！其他自分已定，亦不以爲念也。鄉老先生⑭，不及別啓，會間望爲致意，切不可語外人，恐增紛紛爾。

時公撫治江西，嚴分宜賜建延恩閣。公抑其費，恨甚。集齋養浩以書相聞，答之如此。

答熊提學書　明李　愷

承諭豫章、延平配享，最宜典禮，實爲曠祀。夫晦庵于延平，延平于豫章,猶河南程氏于周茂叔,非若康節、种、穆之傳授。且龜山學于河南,豫章學于龜山。敦頤,二程之師也;中立,二程之徒也,俱配食孔氏。仲素之賢,不遜龜山;李侗之粹,庶幾叔子;晦庵發明"六經"之功,較諸二程工力皆倍。默契獨悟,唯其天分,但溯流溯源,楊之後為羅,羅之後為李,李之後為朱。今晦庵獨食廟庭,而蔡元定父子以上交晦庵,亦豫榮饗。彼二公者,同道、同心而不得同堂,使朱氏而今生也,必有所不安者矣。

愚山公補前人之所未備,而得先儒之心于千載之上者。聖天子方有志于禮文稽古之事,尺疏上陳,當賜俞允,濂、洛、關、閩之門,先生弟子,嘻笑聚會于一堂,不亦樂乎!聚訟之庭,何有疑貳?慰仰!慰仰!

與謝浦城狷齋、呂崇安東泉應甌寧梧岡書　明李　愷

僕不才,祿位、容貌不能動人,但江湖、廟廊之思或亦不敢後人也。耿耿衰素,自念進不能事君,退不能事親,中不能諍友,是思終無能解,而悵悵者將彌甚。故敢于同升君子自獻其愚,重輕吾言,在諸君自擇耳。

方今聖天子聰明仁厚,哀閔元元,躬有宵旰之勞,心唯聖道之執。然教化未洽,嘉氣尚滯者,宣化之吏多未稱也。今之為吏者,小民事至,輒開私門以求盈筐篋,政令煩苛,斤斤求民過失而訶及微細,或專意殿簿,屈節送迎;又有謂吾無取于民,不眩于事而刑法不衷。是故上官闕于循良之薦,未去忘其父母之思。

仲尼有言:"斯民也,三代所以直道而行也。"今郡、縣牧令,古諸侯、伯、子、男君也,縱不能以三代待吾民,亦當以西漢待吾民。西漢諸循吏,巡行阡陌,召耆民問民疾苦,督課民種菽稻及薑芋之屬;民有犯在五倫科,痛自省惕,親臨其家,懇懇告諭,若其家之長老。然禮事長上,不邇聲,稱儉良,上德平刑釋冤,務省徭役,薄修賦稅,故黎甿咸安樂家業,雖有大灾,而不離上使。承命天子者皆若人,而陰陽猶愁,海宇不寧,未之有也。

狷齋、東泉、梧岡同賜甲第、同拜今官、同居鄉省,促膝接杯,豈無訏謨[⑮]?僕前所言者,諒皆三君所無;後所言者,未知皆三君所有乎?浦城、崇安、甌寧,

閩之衝、縣之劇者也，三君當有治政。僕蹇命，後日當居勞邑，願示以爲，則鴻便布惆，察其千里之忠，恕其多言之誚。

答邑侯葉絅齋書　明李　愷

恭惟明公，三載奏績，六事書最，將自此升矣。愷几杖之秋，蒙公凌雲之賞，銜結在中，可無一言以答公乎！

門下篤行好古、博學洽聞，操揮霍萬變之奇藏，玩侮一世之概，大受之器也。宰我下邑，聊展緒餘，凡山川委派、風俗媺惡、鹽米微蜜、戶口盈縮、水泉開壅、奸慝窾孔，推究本末，厚始要終，智以知之，材以行之，獨斷以成之，趙廣漢、尹翁歸復生于今。然門下素志以扶溝、晉城爲準，尹、趙非所願也。

鄙人耄矣，中切彥聖之好，敢效良朋之誼。竊以爲蕞爾之惠，公每治之以賢人之治，強弩射鼷，不遺餘力，心乎愛矣。試盡言之，門下得情之訟，失之太察；抑豪之舉，失之太激；用人之道，失之太果；利民之方，失之太繁；事上之禮，失之太簡；釐弊之詳，失之太苛。是故，三年之間，廉能之譽雖盪暢于閩中，其用力最勞，積慮亦苦矣。

夫克己者貴克偏以就中，養德者不任情以逐物。昔王安石行新法，呂獻可攻之急，程純公見王，平氣而需之，公于事功德性雖無邪，心終涉客氣。客氣則心動，而血氣橫溢，百爲不襯帖矣。

天下事可爲者尚多，希思瞽言，矯偏反正，勿以意氣，蓋其生平而老大有悔云。

復王遵巖諸公叙林尹退倭守城狀　明李　愷

惠孤城新創中不滿千家，遇雨而溃。賊乘破福清攻莆陽之勢，長驅而下，邑中諸大姓莫輒其潰也。時林尹以某某之訟，聞訊解綬。四月二十四日，郡守孫來署篆，諜報急，越日以獄囚庫金，入府募兵，闔邑皇皇，慟聲震天。愷與舉人康惟心、生員張宇、耆民謝有功等哭請林尹，焚香祝天，與之盟曰："一縣生靈，願使君作主。愷雖休廢，敢爲士卒先，苟有攜心，如妻子何？"予拭泪登陴，尹亦奮身視事，以縣丞黃省吾守南門，主簿王秉忠守北門，典史陸轉守東門，訓導蒙説守西門。門置鄉長，夜立巡警，塞津補墜，方有次第。

　　二十六日，倭即至，旌幟蔽野，縱騎突至城下，立斬被擄五人以哄我軍，高喝曰："速開門款我，不然破城而食，必屠汝無噍餘。"言訖，疾馳三騎于城西高阜瞰虛實，返攻北門。倭善鳥銃如善射者，守陴者未喻鳥銃作何物，自垛翹首覘之，無不應聲而斃。僕有天幸，三箭自耳過，而從者李玉鳳中銃而倒。時傷而仆八九人，斃者六七。城卑無塹，賊以布梯四懸，掛垣而上，如履平地。然攀堞，足半納垛中，雙刀已揮，僕兵以鈀頭力遏，倭下梯跌死，即與十金。尹恐不支，服大紅袍入黌拜先師、拜城隍，叩首呼天，爲百姓祈命。守者退避，親執鋼刀以軍法割耳。自辰至午督戰，僕用賞，尹用威，支一時之急。

　　倭臨垛者三四，次日訛言城陷者四五驚，男女環水次以待斃。岌岌將殆之勢，洶洶必變之意，哀哀求死之情，至今言之，猶爲毛慄鼻酸。

　　午再酣戰，倭死銃石下者三十餘人，城上死者不知其數。時有千戶朱紫貴率兵繞城至，尹方對僕哭誓跳城下死，幸而援至，賊氣少衰，而日亦暮矣。子夜，又來攻。賊竭公輸之械，僕盡墨翟之守，鏖戰至旦，彼此扶傷，蓋相等也。所恨者，援兵少耳！

　　二十七日遲明，僕思倭鷙而戇，導之者漳人也。值其黨可攜，姑行反間釋攻計，以須請援之兵。賊邀金二萬，僕言惠貧困，議以千二百金爲定。酋怒，多寡懸絕，攻益急。第中有一酋梗之蓐食，後盛巡道發下李鳳等統兵四十名來援。賊于巳午又攻西門，銃氣薰天，七夫守垛，死于銃者五夫，衆潰，謂城破矣。僕袖金拜賞兵夫用命者，銃手鳳等雖驕，見賞亦奮，連中倭十人，未始退。晚布粉蝶、長蛇諸陣以駭我，僕亦隨機應之。是夕也，惠有久從賊者潛入，訛言"尹縋竄府城"，以惑衆心，僕緝而斃之獄。合邑歡呼，内應外攻之謀以息。

　　夜攻達曙，二十八日困餒，難爲守矣，不得已縋人下城，對通事許之金千二百。金未畀，倭復爲衝車四道急攻城，爲礮捍火炮以待。僕與尹手執刀，足不離城;士女抱磚石以需擲;僕妻爲饘粥以食城守之餒者。

時西城壞裂,城中老幼見僕與尹,斗篷徒步,揮淚如雨,且號且泣,牽裾問計,但知有完城全生而已,金帛豈暇論哉!始集議出金如約,同字立券借庫遺金四百。僕出頤老之金八百兩,倭首肯,申刻二酉分金。夜私縋二百金于城下與酉之詹姓者,捧盤者與之十金。夜有賊來東門獻書,倨甚,高叫曰:"還我三總。"僕戒堤備益急,恐乘吾急也。二十九日,人馬將行,以時日未到,復肆出劫掠。少邇,城射入蒜頭二把、屨二雙,城中砍算盤二段厭之。三十日卯刻,賊遁,魚貫行幾十里。里人何睿甫自賊逃歸,一言倭寇五千餘人,我民從倭者千餘人,被擄者五百餘人,騾、馬、牛五百餘匹,賚貨駝者、緔者、負者難數。時有一騎繞城,語人曰:"我郭四總也,活汝一城之命。"懇之,若有所陳者,三旋至東門,高聲號曰"我同邑石匠頭,築城時受李大人恩遇"云云。始知嚮辰梗急攻以自攜者,此酉也。城外山谷殺死如積,經掠人家,不火亦斯其門楣。林六日夜不坐臥,眼赤腫甚;僕尤過之,每夜走城中,疾呼兵夫登守,徒步沙石,兩腿如痺。

念昔者,游五溪嘗理苗徒,比數日間,見倭攻城,歷覽城之形勝,中似有奇謀者,非凡寇也。倭亦私謂,攻福清一銃三斃而陷一城,惠真勁敵,前者死,後者繼,去福清遠矣。以是攻府城之念絕焉。

嗟!嗟!使時無林尹,則城必不守;使尹無僕,則城守必不固。何者?縣失主令,主吏代者委去,非僕率衆慟哭,擁出林尹,則縣官不盡力,民志不奮,其誰與守?非僕自質妻子于城中,則無以力遏衆潰,其誰不逃?非僕先折檻代薪,妻躬爲爨,烹牛、豕爲飯,則衆不養兵,兵誰與飽?非僕捐資,俄頃措辦,則呼吸之際,安危立變,則城必拔。非僕與尹輕生捨命,隨機應變,則賊無所創,而氣不衰,攻郡城之念未必息。非僕手掀賊媒,而斃之獄中,則內應有主,外圍之謀未必已,則僕與尹同茹危急之人也。

今事定矣,乃云不宜借貸以息攻。夫漢全盛,猶嫁王于單于,適烏孫以宮姬,近事阮督府權解桐鄉之圍,海內所知。僕無位鄙人,權宜出此,以拯危城,何過之有?

柄事者略丘壑淪廢之夫而苛責聞訊解綬之林尹。彼林尹者，律以古人，一介不取之廉，或非其所有，課以捍禦之勛，亦足贖其未明之罪。且年力方壯，才猷亦敏，打鎗刀、理鏢銃，繁費不少，尤之者未見賊耳。古人有言："衆口鑠金，積毀銷骨，市虎成于三人。"投杼起，屢至邑令，若咸誠可策勵，未可以一言棄之也！使尹本無是善，而盛張之以納交，則謂之欺；使[尹]本有是善，且有功于吾民最大，而不能告諸方伯及薦紳有力者，則謂[之]懦。欺則喪其本心，懦則失其浩然之氣，尚得謂之士也耶？

諸翁賜札，夜半讀之，聊慰驚魂，痛定知痛，敢瀝林尹功狀，冀共振揚之。

嘉靖三十七年戊午五月朔後一日謹狀。

與撫院游讓溪書　明康　朗

章江奉別，無何即以制歸。自此伏卧林莽，不敢以名姓通于省府。唯公德尊誼重，久在親炙，而前握省符，今秉節鉞，心雖喜而不寐，迹若疏而自外者，迂拙之分然也。今有地方之急，非一人家門之私，故敢僭爲臺下陳之。

先輩有言，賊至十萬，非藩臬郡縣所能制，今泉州之寇已二十萬矣。昔半爲倭，而今皆爲百姓矣，似不可以尋常寇賊視也。自前督臺持重于上，諸郡縣壅蔽于下，上下苟且，以寇爲玩，不曰沿海殘倭未除，則曰殘倭一夥在某屯聚。賊發至十萬，尚不以實聞；生靈死至數十萬，而不一加惻念。民之冤憤，非一日矣！故賊之所在，從者如市，焚掠之慘十倍于倭者，誠冤憤之極也。且以敝縣言之，去年賊屯五十日，殺擄萬口，今春殺擄亦不下萬口，民廬毀蕩，村落盡空，即今孤城之外，賊壘四結，坐困之勢，朝夕不保，曾有以一言聞于臺下乎？蓋至于今日，則雖欲掩蔽而不可得矣。若再延而不救，則興、泉無民，閩中土崩之禍必不久矣，豈獨城池之憂哉？

明公承久弛積廢之餘，當重大極艱之責，開府秉鉞，振威布德，一二月來風采一新，殘黎翹首而望旌旗數矣。然自古禦寇之策，惟招與剿，威不振而惠可流者未之有也。近當事者，置兵不議，而一委于招，故愈招而賊愈多、禍愈熾。若得精兵萬人，具半年糧，迅發馳至，其勢必可解而散也。

今蔽邑倉無斗米之蓄，庫無一錢之貯，機兵、鄉兵有空名而無實數，是吾泉之兵糧無足恃者。明公雄才大略，勘定禍亂，固在不動聲色之間，唯定計早發，以慰殘黎來蘇之望，以解危城之急，則生靈幸甚！

狂瞽之言，不知所避，伏惟矜宥，無罪至幸！

與尚書黃葵峰書　明康　朗

今春巡歷荊襄，三月中始回至鄖。抱病月餘，疴尚未脫體，信哉蒲柳之姿，非歲寒之器也！

去臘，頗聞吾閩倭寇復至，迨承惠翰，始知勢又充斥。如此，故鄉之人何以聊生？已二次遣人往探，俱月久未回，想必途路有阻，故爾京中或有的報也。

近漢中鳳縣，亦有回民之變，蓋此輩生長中國雖久，而夷性猶存，屢與吾漢民不協，或時為寇竊。有司撫馭乖方，每每激動。自去年六月之後，激而動者屢矣，隨皆撫定。頃有奸民訐之于陝西，撫院批行該道。該道遣兵收捕，機事不密，致其嘯聚，遂乃張皇請兵。

僕時在荊，聞之，以漢中方饑饉疾疫，未可師旅。遣人往撫，而彼中已發兵捕剿，隨遁入西安之盩厔地方，非漢中境矣。大抵鄖陽撫治衙門可以無事，而不可以有事，蓋雖所屬五郡，而荊州、漢中則已不相屬久矣。雖經前院題請申明舊規，官吏襲故，難遽變更。其鄖、襄三府，亦皆空虛之極，一兵一餉無所藉手，但幸相安于無事，則地方之福耳。

楚地實公舊游，其中事體想知之最悉，故私布如此。

與曾龍山論朱戶侯書　明張　宇

日者，不佞謁公，以朱戶侯為請公達之戚將軍矣。戚將軍雅重公言，慨諾其語，不為靳。不佞歡喜亡量，即以報朱君，且賀之曰："戚將軍知君，且拂拭君而用之矣。"

今倭患未平，而西南之苗蠻不時盜邊，爲國家憂，于是開閫、制帥屬以邊務，蓋往往而是。然而，勤勞烈威，聲訖于四遐，則莫若吾閩戚將軍，君得出其麾下，幸甚！朱君踴躍歡呼，謂今方幽囚，無可言者，誠蒙戚將軍辨雪，得隸行間，司旗鼓之役，雖甚駑鈍無用，願以微軀報知己，死亡恨也。不佞實偉而壯之，日以待報。今再閱月，府司閡于文法，發遣朱君，且令就戍所矣，而戚將軍檄書不即下，豈兵事劻勷，遽忘之耶？抑公陳說不力，無能動其聽耶？不然，戚將軍爲人大較，素重氣誼，不悮然諾，今誠未識朱君，公爲先容，寧能諾公而怍之耶？

戊午之戰，島夷以陷福清餘威，介馬南馳，氣吞吾惠而有之，惠人小大喪魄，爭棄城走。朱君念吾惠人，僅奉咫尺之檄，赴危城之急，卒能殺退賊兵，完吾惠壁。于是，惠人始信城可守狀，相與守之，至今老老幼幼眠帖其中，然追念戊午時事，靡不慊然心悸也。蓋又相與尸祝朱君云："今以崇城坐累，謫戍南滇，惠人念朱君不置，相與趨公門下，乞薦朱君，幸朱君稍留，毋遽往！"既有緒矣。而願尚未釋也，其何以塞此城人之思耶？或言戚將軍以督樞臨鎮，貔貅之將，超距之旅，出戚將軍部下者，常獨冠于他鎮，豈少一謫戍之千戶？不知古時大將，其薦拔起家，往往棄瑕錄譽，取罪犯之人而用之，輒能盡其材，與之共功。朱君誠不敢望古，然以今所罪負，急願功贖，使得效于戚將軍，豈無得當于後？其以主者拘閡不可專乎？則今戚將軍居閩，破劇賊，立奇勛，而便宜行令者數矣，肯召朱君，特下片楮之辭，隨檄應爾，孰敢違其令者？朱君在難，力能脫其陁者，今惟戚將軍。士大夫之間，能以其言得戚將軍者，非公又莫可必，不佞故復以請公。平生杜門掃軌，嫌于陳托，士大夫養疴還家，道固當爾。然關大誼，堅守小嫌，依違其意，不即言，或言不力，聊塞責，特鄉黨自好者爾，非不佞望公本意也。

漢劉勝去官告歸，不談時事。杜密非之，謂勝見禮上賓，知善不薦，隱情惜己，耳同寒蟬。密譏劉勝云然，故每還家，謁守令多所薦達。二人操行相反，當時士議，不謂勝賢于密也。公讀古今書夥矣，評隲二人賢否何如？且于己宜何法也，又何用拘拘謥謥而唯小嫌之守哉？《詩》有之曰："控于大邦，誰因誰極？"朱君今日之謂也；又有之曰："心乎愛矣，遐不謂矣。"不佞所以請公之意，尤有合于詩人之義。

外文稿二篇附覽,蓋士大夫間爲朱君作者。公于戊午戰時,京居不與其難,讀其文寧無惻然當日之思乎!亦知惠人所以忠孝愛君之故。言不盡蓄,伏惟垂察,且俟後命。

與林警堂請序家傳書　明張　宇

謹啓,日以先少保傳序屬公,蓋托蔡君道意,繼以身請。公未出部,歸則蔡君傳語,幸俞所請,豈不幸哉!

顧先少保生平,闇然潛修,不急暴世,故世鮮有知者。不肖所傳,什僅可存一二。辭卑身且居下,不必信于人,故從公丐言而行之。今人知先少保以其勞烈,先少保以自視,皆糟粕也。心圖以其心學于古聖者,用則關社稷之大計,匹休王佐;不用則著爲書,以翼朱氏而衍其緒。蓋心自許云爾,而性骨鯁,不苟合。

早歲郞于祠部,用譏(議)禘祭忤張相,又坐選貢再忤,投棄邊徼以去。安南事譁,先少保蓋方守廉也。區區郡國吏爾,持議毋征,威信感悚,竟收不戰之功,以靜國家。由此出入兵中,以至老死開府。凡四易鎮,督撫九藩,凡十二年不內召,今未有久如是也。而督撫大功輒不錄,始扼于夏相也。

夏死而嚴柄國,釁生賜第少估費,十二年又不入其一縷。晚而征苗,嚴氏父子日思危法中先少保至急也。其時,中外大臣莫利代先少保總督者,徐存老又力爲調護,故竟無害而功卒成。今餘二十年矣,苗孽不作,西南晏然不誡,爲一樂區,蓋其功也,而身則濱死者屢矣。先少保竟不一徇也,與屠撫院書曰:"刀鋸鼎鑊,皆古君子致命遂志之地,唯失已則不可。"屠蓋同事于楚,而迫扼嚴氏之時也。

而學不苟同于王氏,力以身辨。當是時,豪杰之士俯首王氏門中,先少保顧一朧儒耳,守朱氏之遺論,與之持衡。隆慶改元,廷議王氏從祀,鄭環浦奏攻其非也,疏引《小山類稿》以聞于朝。其學問大概蓋如此。

初仕行人,諫南巡,廷杖幾死。嘉靖初,徵選臺諫,固辭不就。議者謂與宋儒辭館閣之命同科。平生不治生產作業，身没資微，僑居縣城。而用兵諸方略，則有若疏若行，移在不肖，雖傳存乎，放失蓋大半矣。而存者又恐其不行，故序請之門下，伏惟垂覽，速賜脱稿，不勝幸甚！

與尚書曾見臺書　明陳玉輝

不肖絎綏大邦，綆短汲深，凜凜隕淵是虞，荷台下指南，稍知嚮方，雖甚駑下，敢不勉自跂奮以無負賞鑑。蒲輪有行色，不得昕夕更端請益，而年來一腔情緒，所欲言而未敢盡言者，幸荷知遇，謹陳其概。

玉輝少長閭閻，略知民間疾苦。屈首諸生十有四年，儒家之甘苦、濃淡閱歷幾遍，生民之壯心銳氣銷磨幾盡，自分蓬荻老矣！微天幸而叨一命，父師之所以訓，服官唯諄諄于禮。學校愛小民，受事以來，奉以周旋，靡敢隕墜黌宮之彥。不肖甚温顏怡色，披肝瀝愫，欲以承教下風；或當兩造時，雖理之所甚難通，法之所甚難容，未嘗不爲委曲以全子衿體面。而一二曠達，有不論僉押而突進後堂者；有四日而五次見者；有不屬己事而相續批照者；有角巾、布袍而率然進見者；有父犯罪而跪于下，子衣冠而立于旁者；有弟訟其兄、侄訟其叔，悻然色愠，以爲當責當監，然後全子衿體面者。玉輝方傴僂送一人于東階之下，而又有一人介于側矣；今日方委曲爲了一事，而數日又以他事進矣。凡事而皆從則色喜，十事而有一事之不從，則當堂而遂出不遜之語矣。

縣令雖卑，朝廷之所簡任，百姓之所倚仗，得以三尺從事，如徒隨人肱臂以供人喜怒，民其何賴之有？不肖竊不自揣，以爲有司有提調之責，不可不振士氣，亦不可不培士節。過爲阻抑摧折，使青衿含冤不得自白，此有司罪也；過爲依阿曲從，使士風日入傲僻以蠹食細民，亦有司罪也。故不肖于青衿隆之以禮，通之以情，而間有暴戾恣睢當堂而出不遜之語者，縱不忍繩之以法，亦不得不以法懼之。雖諸友退有後言，以爲縣令官太薄，然自數月以來，彬彬皆歸于正，無復有非禮干謁于有司之門者。持此以爲實學實用，何所施而不可，則不肖雖任怨，而于士風不爲無補。台下以爲然否？

至若田賦，瑣瑣不當以澗清嚴，然明問及之，不敢不言。貴縣自昔事簡民淳，尚義樂輸，甲于他邦。邇來獨蒙逋負之聲，七甲、八甲、九甲遂少一萬四千，使司屢催而屢不前。此何以故也？蓋數年以來新舊相代，而署篆者傳舍其官，劼力微不足以自振，一遇催科，青衿之僕如林，至某都、某圖則曰："此某相公之錢糧。"署篆者噤莫敢問，略加鞭朴，青青子衿遂攘臂脇罵于其門，即縮首維恐遠避之不及矣。此其逋負者一也。

閭城之內，跛戶十居其八，每一人而包數圖，居食應酬之需盡將錢糧侵費，賄結胥隸以爲倚援，臨徵僱募代責，月挨一月，年挨一年。不肖邇爲清查如此一跛戶也，七甲年分包侵數十兩，八甲復然，九甲復然，而十甲復然，則是每一跛戶而侵費一百數十兩，將遂按而追償，敝衣鵠形，儼然一窶人耳。此其逋負者二也。

以今時勢，錢糧無完之日，重以天災流行，數百里内呻吟伏枕，言之令人愴然。台下爲桑梓造福，倘有利所當興，害所當革者，望詳示，以爲不肖司南。

啓

賀襄府册封啓　明康　朗

伏以賢德肇祥，佳胤毓天潢之秀；聖恩錫類，大邦昭金册之榮。位望允協乎藩翰，國勢永鞏乎磐石。喜動漢波，光生南岳。某等撫治斯土，快睹盛儀。官守所限，莫效鳧趨之恭；幣帛遥將，少申燕賀之悃。伏冀睿慈，俯垂鑒納。其爲慶忭，未易名言。

賀督府平寇啓　明莊應禎

電掣雷轟，默運帷中之豹略；風恬波静，廓清海外之鯨氛。望節鎮以騰歡，合士民而稱慶。

仰惟鈞臺，蔚爲時棟，簡在帝心。勛庸昭灼于四方，精神折衝乎萬里。奠夷夏而安攘有道，兼文武而經緯成能。時屬群醜之弄兵，廷咨師言而授鉞。獨抒廟算，聲望震疊于百蠻；誕將天威，節制總連乎三省。六月載服，長驅貔虎之師；諸將受成，直擣鯨鯢之窟。樓船飆發，厲強兵而搖動鬼神；鎧甲雲屯，搴義旗而昭回江漢。聞軍中之韓、范，醜類先已膽寒；集麾下之熊羆，渠魁遂就面縛。執俘獲馘，勢無異于燎毛；草薙禽獮，功有輕于折箠。滌重溟之宿浸，伏累歲之逋誅，皆由制勝于兩楹，故爾收功于一旦。浴鐵袵金之士將可息肩，刀耕火種之民從茲帖席。不唯東人之多福，抑見西土之底寧。

職羈守稽赴，袞烏遙瞻。奉一月之捷書，私同雀躍；佇九天之寵命，優答鴻猷！

上福唐葉相公啓　明駱日升

伏以玉鉉黃耳，方隆鼎鼐之勛；淥水丹山，遽入綸扉之夢。道善息而彌神，學靜觀而始大。細旃篤眷，寰宇瞻華。

恭惟相公閣下，千秋壇坫，八表璣衡。起草未央，早允乎于物望；拜麻黃閣，首應耀于星躔。謂世界儘寬，庸設封畛；業砥柱自許，寧問猜嫌。謇謇精忠，綽有回天之手；休休大度，了無橫海之波。諸凡苦心，悉屬聖鑒。機若有投有阻，道則無黨無偏。乾坤日就于清夷，雲雨遂收于寥廓。匪獨希聖賢之作用，寵利弗居；要以明臣主之遭逢，始終有禮。乃若睿情眷顧，溫旨丁寧。典策輝煌，沐晉錫于異數；光華璀燦，申巽命于戒途。呴沫甚明，麻靈殊渥。久爲山澤之癯，慣作烟霞之癖。

某喧傳歸賦，若爲廟社而興思；喜睹袞衣，兼與枌榆而動色。彤庭痞瘝，料渴想于儀刑；綠野離容，願遄還于帷幄。

開學小啓　明張正聲

彤庭挹彩，時近棘闈之光；錦水揚輝，世傳人文之美。豈陽春必至寡和，抑聖賢猶將有師。乃僭設茵，廣集學者。學問不必賢于弟子，科名重有靳于後生。

天禄石渠,叩老人之杖;風月朝夕,下董生之帷。看雲霞五色相宣,慚咳唾九天而下。賜袍舊宴,多招梓里仙才;聚掞新交,夙貯翰林妙品。

【校記】

① "非欲爲",《小山類稿》卷六作"非爲欲"。

②《答聶雙江巡按書》,《小山類稿》卷六收録有三篇,本書僅收録其第三篇。《清源文獻》卷六亦收録此篇,題爲《與聶雙江書》。

③ "辨析大精",《小山類稿》卷六原作"辨折大精",林海權、徐啓庭點校本卷六改爲"辯析太精"。

④ "口識",《小山類稿》卷六原作"口識",林海權、徐啓庭點校本卷六改爲"日識"。

⑤ "豈得",《小山類稿》卷六作"僅得"。

⑥《清源文獻》卷六録有此文,題爲《與林次厓書》。

⑦ "被執",《小山類稿》卷八作"披執"。

⑧ "稍耗",《小山類稿》卷八作"消耗"。

⑨ "有不敢",《小山類稿》卷八作"亦不敢"。

⑩ "充府庫",《小山類稿》卷八作"充府藏"。

⑪ "且就",《清源文獻》卷九作"故就"。

⑫ "切恐",《小山類稿》卷八作"竊恐"。

⑬ "杖履",《小山類稿》卷八作"杖屨"。

⑭ "鄉老先生",《小山類稿》卷九作"鄉諸先生"。

⑮ "訏謀",《小山類稿》卷九作"訏謨"。

螺陽文獻卷五上

序　上

家譜序[①]　宋黄宗旦

　　自結繩之俗弛，書契之文興，人之因生賜姓定氏，而別其祖之所自出，譜隨以立焉。蓋嘗論之，六經傳聖賢之言行以著，諸史載古今之是非以稽，故後人以之而作則焉。天下至大，以輿圖收之；人民至衆，以版籍定之。矧人之本乎祖，不設譜以志之，子孫孰知其爲始也？

　　余錦田黄氏，忝泉望族，厥先光州固始人也。祖道隆公，爲東部會稽市令。東漢末亂甚，于建康[②]歲棄職避地入閩。初居大尖山、小尖山之陽，後以里匪宜居，隨遷于盤龍山東、靈秀山左右，其地曰"黄田"。有孫迪公，爲袁州判官，嗣是家祚稍振。三傳讚公，爲明州刺史，立家譜，卒葬前曾東山麓。胤是縉紳疊起，代不乏人，而其間之以文名著績，爲世所物色者，有滔公，官至太子中允。奈古譜久湮，世次莫詳，至肅公以孫侍郎，贈奉訓大夫，殁葬後田東山，穴曰"孩兒坐地"；生子忠公。忠生訥裕公，唐僖宗時入爲工部侍郎。而其仲兄毅裕公，産厥女，美德夐人。唐昭宗光化間，閩王王審知聘立爲妃，生世子延均（鈞）、延政。均（鈞）後以時亂稱帝，追崇其母爲后，來兹謁家廟。鋪錦後山之下，因改斯地田曰"錦田"，溪曰"錦溪"，驛曰"錦田驛"，墓院曰"錦田大福勝院"，鋪錦遺迹尚存。

　　迨我皇宋建隆之間，先有履道公，至道之襲慶，則有禹育公，以至郎中、員外、寺丞繩其芳，學士、評事、推官接其武，御史、知府、知州振其響，其餘諸材科目之萌生颺出者，則未易悉數也。故當是時樹厥宅里，表其風聲，左有"取青"，右有"拾紫",中有"甲第聯芳"。噫！五寶出于十郎,漁陽推竇氏爲重;三陳生于秦國,天下以陳氏爲宗。然則椒房簪纓,踵踵于我錦田者,其地之榮,且重何如哉？

予策名時,思媲前美,稽按舊譜,傷已往之失次,虞將來之罔聞,補全則不得,遺略則不敢,聊舉見牒以告我子孫云。

曾小平曰:"匪莪先生輯郡文獻,徵叔才之故實于其裔孫,得宗譜序一篇,雅俚間駁,疑斷殘後所足成。"今考文獻中,又與《家譜》所載不同,不揣略爲參訂。風流物采,變幻難存,俯仰三嘆,僅想其意,誠如小平所言矣。

重修家譜序③　宋黃岩孫

譜何以著？著世所傳也。黃氏之傳世,不自肅公始也,皆闕之而自肅公始,何也？閱世久而譜首毀爛也。毀爛則世次莫稽,雖以迪公之開先,讚公、滔公之繼美,皆闕也。

蓋家之有譜,猶國之有史。史非信史,弗錄也;譜有傳疑,弗載也。宗旦公,直史館者也。以修史者修譜,雖于祖若宗不敢以傳疑者而附會也,所以誌信也。

自肅公至七世紀載皆備詳,八世則公之世也。又僅著其以子顯者,以子若孫顯者,且游于庠而以文學異行顯者,何也？宗支已繁,不可勝誌,姑節取也。夫公之先不敢略者,敬其父若祖也;公之世不復詳者,勉其子若孫也。勉之者何？謂有一節之榮者譜載焉,非是而不傳。修譜亦以示勸也。公之迨斯也,復六世。其繼起之盛,倍于昔也,獨譜牒未備,是有爲之前,而莫爲之後也。夫有爲之前,何可不爲之後也？今于公之成譜,毋庸贅也。八世而下而亦不盡備載者,傳世愈顯,紀其尤著也,從公譜也。然苟有可錄,必詳其爲某公之子孫,某公之幾世孫者,何也？重之也,並重其所自出也。後世取④是譜而觀焉,知其所略者,略公之不得不略也;所詳者,詳公之不得不詳也。

譜系,章也;昭穆,序也。昔所修八世也,今所輯十四世也,可類而推而至于千億世也。余志也,亦公志也。

釋大圭夢觀集後序　元盧　琦

"學佛不能願慤者，每托文章之流以爲放。"此柳宗元氏之言也。夫佛氏之徒固有若宗元之所言矣，間有學焉而不失其願，文焉而不至放，不亦深可尚乎！

温陵恒白圭上人，在郡衲間以德望稱。或叩以外事，則笑而不答；或强之主巨刹，則拒而不受。謂"上人學佛不能願慤者"，非也。

然其興之所適，事之所值，與夫平日之所酬酢，往往見之詩若文。詩簡淡而文古雅，不事斧鑿，直與古人相伯仲。蓋清淑之氣得之所禀，故其長篇短製、奇詞粹語一自肺腑中流出。謂"上人學佛不能願慤，而托文章以爲放者"，亦非也。

顧其所居之堂，匾曰"夢觀"，而併以名其集，則亦有所悟矣。夫夢不生于有而生于無，人孰能無夢哉？但衆人之夢，夢而不覺也；哲人之夢，覺而知其爲夢也。吾聞儒先有所謂夢覺關者，非格物致知之士，未易打透此關。上人學佛而愿，愿而有文章，其于儒、釋二家之道講之熟矣，未審能打透此關否乎？

余試吏于時十年矣，事變紛其前，思慮煩其中，熙熙攘攘，與物俱往，曾不能出一篇，道一句如是集中所云者。然則，余之夢又何時而覺耶？因書以爲《〈夢觀集〉後序》。

至正丙申季夏下澣書于桃源官舍。

清介叟家集序　明張　岳

清介叟，鄉士夫爲曾大父桐廬府君別號也。吾宗自宋、元以前，處而耕于野，出而仕于朝者，皆能自植立以聲其家。入我朝以儒術顯，自叟始。

初治《禮記》，辨析考證，具有成説。復專治《毛詩》，本經據傳，參諸儒議論，而精去取之，視《禮記》有過無不及焉。手澤尚存，丹鉛之法，炳然可考也。作文章，恒不屬稿，而敦雅典實無一語贅。大抵以無詖詞、無險語爲主，發乎情以達意，情盡意彰而後已，工拙不暇計也。

爲太學上舍生，餘二十年始拜官。居官不三年，復棄去。平生所爲，百不一遂意。文章非其所欲自奮者，應酬所裁，竟亦不自珍，故稿多逸。晚年盡斂平生，而歸諸芳社綠野之間。秋稻晚香，冬醞初熟，弱子幼孫，森立左右，白首之樂，宜浩然有以自適者。方且拳拳集古書，立家範，以教子孫而興族人，勤一生而無悶焉，叟之用心可知矣！

有剛烈之氣，有耿介之節，有精核之學，有練習之政，進足以扶名義，成世務，不幸而遇世變，則死忠死孝，亦其所能爲而無歉焉者。顧不克展布于時，而約之爲一家之政，積其不盡餘意以待子孫。叟之志足悲也！

夫叟之書聚，而子孫未能讀也；範立，而子孫族人未能守也。所待諸後又如此，其解顏于九泉否耶？因檢舊篋，得未逸稿若干篇，懼其久而蠹壞益甚，謹次而錄之，藏于家，名曰《家集》。俾孝子順孫觀之，其亦有所感而興也。

正德乙亥季春吉，嗣曾孫岳百拜謹識。

贈東莞君之任九江序　明李　愷

東莞陳子守九江，問曰："政有定乎？吾將矩也。"抑齋子曰："無有定。"曰："政無有定乎，吾將規矣。"抑齋子曰："無無定。"曰："何謂無有定？"曰："昔九方堙之相馬也，牝牡、驪黃亡觀焉，而千里之馬至。是故省機而發，張弛不可度也；驅轂而御，疾徐非所豫也。故曰執方之謂器，通變之謂道。""然則曷無無定乎？"

曰："子不見捶鈎者，失其鈎芒則不得魚。仁愛，郡守之鈎芒也。因天之時，則地之利，均物之性，堯、舜釋是無以得民，其要在身之己矣。是故強之以志，無弗邁矣；守之以廉，無弗靖矣；體之以恕，無弗平矣；御之以敬，無弗穀矣；出之以簡，無弗入矣；持之以憲，無弗敕矣。《詩》曰：'豈弟君子，民之父母。'夫上不親民，而曰民不吾親，猶身蹈瞽瞍而欲民之能舜也。今夫大江之黿，可呼而豢，信不失其常也；繽紛之絲，解而理之而經緯成。故爲而無爲，必有攝也；刑而無刑，必有畏也；令而無令，必有懷也。志銳而求治，迫則棘，其敝也擾；苦節而自信,大重則矜,其敝也苛;寬綽而少斷,則民易,其敝也玩;愁虩而中無主,則多疑,其敝也恤;簡靜而居無事,則近怠,其敝也蠱;守經而行無權,則物泥,其敝也割。是故政舛而毀來,上慢而下怨矣。審是應物幾之融,內剛外巽,中之和;屈身以濟事,智之哲;明義而闇德,養之深。有其名而不有其官,氣斯直;有其政而不有其名,行斯篤;有其道而不有其政,心斯醇。子言之在親民。親者,親之也,故曰如保赤子,心誠而物動矣。"

陳子曰:"然無定而有,謂之方;有定而無,謂之員。方而員,一而變,吾知所以為政矣。"

重修泉州府志序　明康　朗

余嘗覽觀泉郡歷年登科諸錄,自國初迄于嘉靖、隆慶之間,殆二百年,于斯為盛,而舊志闕四十餘年不錄。又嘗欲知一郡生齒之數,則舊志無載,靡所考。至稽邑籍,采風謠則云:"自嘉靖末,寇亂兵興,賦役日繁,戶口日耗,而生民之苦倍于往昔矣。"其籍之存者,類多虛數而已。夫人才由戶口出,人才盛而戶口衰,此豈細故哉⑤?[夫]盛衰之際,得失之迹,此吊古者之所慷慨而歌,好古者之所托始而述,有志復古之治,之所深觀而議發憤而求者也⑥。[而忽焉者衆何哉?]

姑孰靈湖萬公自司寇出守是郡,質直有文,平易而惠。雅意菁莪之化,而士知興起;殫心鴻雁之歌,而民用安宅。于今三年,蓋盛者益盛,而衰者亦有完實之漸矣。于是喟然興嘆,以為外史掌邦國之故,今世史無官,吾為郡長而使志不修,邦之故事不傳,民瘼鬱而不昭,墜賢士大夫之業不述,闕莫大焉。乃謀諸貳守少鶴丁公⑦,遂告諸巡撫、都御史任齋涂公、巡按御史又池王公暨分巡僉事心泉蘇公,[咸以為然。于是]擇鄉士大夫之有文者而禮致之,分主其事,而總裁于尚書葵峰、侍郎小築。二公同誠協力,整齊故事,羅網舊聞,約舊一十七志而為八志,凡卷二十有二,迄五月而[書]成。

朗得而伏讀之,見其綱約而目該,詞核而事詳。山川則究其脈絡原委,城邑必表其年代廢置。户口、賦役之登耗據事直書,而治亂自見;人物、官守之行迹或傳或注,而流品自昭。凡若此類,多發前志所未備。至其不錄去思之碑、生祠之記,以絕詔諛,止浮僞,尤有益於風教吏理。非獨文與事之兼核,古所謂竊取之義,蓋得之矣。其于興衰保盛之政教,豈少補哉?

初,公謬以余與(預)于是志之役,而病未能也。既成,復命以序,故不揣其固陋,爲序述作之意云⑧。

百戰奇法序　明康　朗

夫兵法尚矣,世傳《百戰奇法》一篇,則以古兵法分彙于前,而采史傳所記兵事奇者依彙附焉。法若經,事若傳,凡十卷百條,蓋皆英君哲士、謀臣智將用以匡時遏亂、樹烈當時而揚聲後世者也。雖其設權紓略,出奇無形,不盡依于古法,間有詭于大道,頗與節制異者。至其臨時應變,審敵設機,各盡其長以成能當世。要之乎皆于兵法而得,其奇有足多者,誠戰法矣。

侍御友山蕭君,澄清廣右,雅意亂略,按潯之三日,觀武于郊。時則參戎王子分旄兹土,雍容指揮,境中無事。公顧藤峽之盤阻,黔鬱之泂薄,喟然興嘆,以爲潯固用武之土也。顧諸將所校,行陣列矣,非所以應卒,技藝精矣,未可以謀遠。《司馬法》曰:"天下雖安,忘戰必危。"夫戰法不習,制勝鮮矣,因命王子刻其書潯中,既成,屬余序之。

余唯兵之行以正,而勝在奇。奇,固兵之所不厭也。故善兵者,臨敵發機,應變莫測,譬如鬼神風雷,千變萬化,何啻于百?兹法而以"百戰"名,神明之道,此在人已。廣右之寇皆傜僮雜種,盤薄岩谷,天性輕悍,若鳥獸然,仁不能柔,而勇不能威,蓋自古記之矣。以今觀之,綏之則玩,伐之則遁,而寇愈不止,其法安在?要在將耳,時而擊之,鵰而剿之,折其首而柔其類,此奇之當用,而爲將者之不可不知也。然奇之説,今兵家類多言之,而用者奇效希著,豈奇之難而古法固有所未習歟?然則廣智慮而俾亂略,謂不在是編矣乎?故序公所以命刻之意,以告廣右之爲將者。

李抑齋禦寇全城序　明康　朗

　　嘉靖戊午夏,余在江西,驛聞倭寇萬餘人入閩,掠福州,焚其郊郭,遂陷福清而南也,惠安當其衝,蓋岌岌矣,竊有桑梓之慮焉。既而復云,寇攻惠安五日,不克而去,其城中設施方略類知兵者。余曰:"惠安城始創,蓋極無備。其吏于此者非能壯也,意者李抑齋乎!"或問何以知之?曰:"知其素云爾。"

　　公倜儻奇偉,才略自負。昔爲辰、沅兵備,苗寇橫發,至調兵二省不能誅討。公抵任三月,談笑而處之,剿撫得宜,苗咸畏威而懷德,欲樹銅柱以追伏波之烈,以憂未果。昔之辰、沅之政,試其暫也;今之惠安之略,出其餘也。若公者使久其官而究其用,則其建立卓犖,又何止却一敵、全一城已耶?

　　居數日,鄉人以狀言其事甚詳。蓋方寇之南下也,勢甚亟。其時,林令以事當繁,而掩閣視篆者以城難守而入郡,城中號慟皆散欲走。公集諸父老計曰:"若吾等亦去,則一城之生命殘矣!城險雖卑,人和足恃,欲與諸君倡義同守,上爲國家全城,下爲鄉里保其室家,可乎?"皆應曰:"諾。"乃相率哭于城隍之廟,又相率叩縣閣,泣請林公曰:"事急矣!今民社之主在公,群心未離,猶可鼓也,其爲士民自強。"令感其義,仗劍登城,號令指揮,歃血設守,一如公畫。日未中而寇已至城下,攻西北偏。公散財以結壯士,立賞以購首功,矢石交下,寇不能勝。復造布梯衝車以登,公身與令率陣卒應機却之,斃賊數十人。五日解去,然莫明其功者。又逾年,御史樊公廉知其事,乃自爲文贈之,又令有司以禮致焉。

　　嗟乎!當今海上之難起于東南,承平之餘,文恬武嬉,非可頓改。守城之吏視若平時,敵之未來,晏然不設一策;一聞寇至,倉皇束手,或遁,或陷,多失其守。況乎林下之者,不謀其政而可以禦寇之義責耶!蓋余于吳得錢參政泮,于浙得王僉事德,與公僅二三人耳。然錢、王二君,蓋不克而隕,義著矣,而功不成,並獲褒錫之典,贈之卿秩,蔭以胄監。公義著而功立,章章如是,竟無以上聞者,使非樊公廉得其實,則亦與鄉人忘之而已爾,豈公之不盡其用,遇不遇固有命也？

　　鄉老莊伯珠、鄭天真、薛汝和輩，皆嘗預于義舉者，請余言以序之。夫表揚之典在御史與有司，既皆叙而記之矣，余又何言？昔五季之世，徐州寇發，有能以其官保護鄉里者，鄉人德之，爲之立衣錦之碑，則父老請余之文，其亦衣錦之碑于鄉人者哉！

贈歐陽都閫序　明康　朗

　　惠安東偏，窮海而止，其鎮崇武。國初，以其爲島夷出没之路，設千户所，置官屯戍，以禦外護内，慮至遠也。承平既久，官恬士嬉。軍士貧者操漁舟以自給，富者挾重資以游四方。而官皆世胄，特立者希，平居雜處，名分不施，卒然相臨，猜怨交起。故上下相徇，以偷爲安，黠爲常，所謂教練防守之法廢而不講久矣。嘉靖之末，倭夷乘之襲據其城，焚掠月餘乃自去，城且爲墟。當道始懲創前事，以所官微不足任，乃以衛官守之，然亦未有能舉其職者。

　　隆慶三年，歐陽君以都指揮來署所事。始至，知軍事之苦于困乏，未可以法御也，則清其糧餉，省其費役，正己于上，軍中無復漁者，食足而力舒矣。于是時，其教練嚴其城守，法不苛而威以振，倭常一入，率兵逐之，擒獲若干，餘悉遁潰，邊圉以安。至于優禮下士，輕財重義，皆非武人所及。行之數年，軍政既舉，士民大和，唯恐其遷去也。而庠士莊生敏敬、張生時春等，乃具以合所父老、士民之意，求余爲文贈之。

　　余非素知君者，然其先都閫東田公，則余少時友也。其爲人重意氣，矜然諾，而篤于信義，結士之賢者，而拯人之急，至破千金之産而不悔，蓋自束髮然矣。讀書國子，發憤不得志，乃就例爲泉州衛指揮。歸以語余曰："豈其所好在此哉？顧吾少有文武之志，聊以自托云爾，若生平事業，則付之二子。"無何，長子八山公，以俊才舉進士，歷縣令，日有令聞矣，君方俯首爲諸生。

　　辛壬之間，倭、漳二寇合寇泉郡，脅山民以叛，衆至十萬，官兵不支，郡城且殆，東田公以爲不可力勝，自請出身撫之。諸酋熟其恩信，爭先降者萬數，賊黨潰散，遁入于莆。人謂："公以書生一言，賢于十萬之師也。"信哉！

莆城既陷，余將赴闕，東田公方被援莆之檄，治兵于泉，而餞我于西門之樓。酒酣，余起舉酒，謂曰："干戈若斯，桑梓禍亟，倚重在公，其勉爲計。"公慨然曰："願以死報！"迨余至京師，則聞東田公搏賊于莆死矣。其忠義功烈顯著于泉蓋如此。君始以功蔭襲爲指揮，繼以功能擢爲都指揮。今觀君之治崇，恩信並施，材武而飭以儒術，可謂不負父兄之訓，而克紹其家聲者也。雖無二友之請，猶將言之，故書而歸之，以答諸父老之意，而重爲君期待焉。

都閫名樞，南安人。父深，號東田，爲都指揮僉事，禦倭有功。後死倭難，俞虛江都督爲文祭之。

刻孝經刊誤序　明莊應禎

禎早受外父洪愧齋先生教最深，因獲拜外世祖、安溪學博獵江先生所刻《孝經刊誤》而卒業焉。首叙歷代先聖先儒宗緒而系之以贊，次刻是編傳諸其人，蓋有意于永世矣。夫自迹熄而教湮，于是乎經生學士之師悖而習龐也，率馳騖于世趨而桎狃于聞見，鮮能不受變于俗已。

先生生于元季，當胡俗糜沸，邪說蠭起，聖人之澤幾隕墜無聞，先生獨能排橫議、崇正學，紹明洙泗之絕統，以振胡元之詖俗，諸豈可以移于其習者稱賢哉？

太史公談論六家要旨，班氏詮叙九流，總儒、墨、風、謠，搜羅貫穿，誠恢恢乎其言之也。然至謂儒博而寡要，又豈其深于道者？昔孟軻氏處戰國縱橫，思以其道闢而還之正，顧連蹇諸侯間不得試。今考其七篇，吐昌辭，紹聖緒，書與六籍並，不啻詳也。而其言曰："堯、舜之道，孝弟而已矣。"謂儒博而寡要，誠然乎？

先生發憤數百千載之後，嚅沫溯源，首列聖儒祀贊，而續刻《孝經》，意固以明聖道旨要之攸歸，與邑乘紀其經明行修，居家秉禮不用浮屠，蓋學不詭于道，行不違乎其言矣。謂之彬彬篤行君子，非耶？即其悲胡俗，昌言正學以覺世，爲衛道計，儻亦有孟軻氏之心乎？卒際明興，大道郅隆，首以明經薦辟爲安溪學博士,則先生之敦聖學,聖代之章聖教,可謂千載一時矣。

先生没既二百餘年,其子姓雲礽以儒官起家,纓緌不絶。今八世孫孔學、調良、懷良、進隆君十餘輩,皆有聲學庠,是能世其家者。一日,相與執經蹶然起曰:"君,吾門婿也。論吾世宜莫如君,可無一言以識之。"乃自忘固陋而推本所以昌其辭者,以明刻者之志如此。

獺江,洪鐘號。洪氏世居獺窟,自鐘而後,儒行多稱焉。

見吾陳先生選稿序　明曾承芳

吾溫陵陳見吾先生,以直道節概表重當世,雖厄塞廢退不盡宣其用,而道業、文章巋然一時,學士、大夫咸亟稱之。

余從公游垂十餘年,方欲從公栖遲,相與論文于涵江紫亭山水之間。比余乙卯謝病歸,溫陵公則宛然以死矣,何其悲也!

公之子爾身氏懼其遺緒之弗宣,而懿善之遂泯也,梓其選稿凡若干卷,委序于余。余既受而讀之,因作而嘆曰:"文難言哉! 文難言哉!"夫言聲于心也,文以達之,發舒性靈,宣暢道真,于以經世,而昭軌是宇宙間昌大流行之氣,而直道之所融貫也。

今夫乾元動直則雲雨品物,變化流形,天文彰焉。坤道直方則艮止坎流,四維奠位,地理著焉。人道正直剛大,流行充塞,故經緯萬端,灝淪炳煥,人文之所宣朗也。世衰流失,直道渙而人文漓。孔子觀滄海之橫流,喟然嘆曰:"文王既没,文不在兹乎! 人之生也直,斯民也,三代之所以直道而行也。"蓋嘆斯文之不泯,幸直道之猶存,于是因魯史作《春秋》。《春秋》者,仲尼所以寄其直道而祖述文王之文者也。故直道也者,生斯,斯謂性;集斯,斯謂義;昌斯,斯謂氣;煥斯,斯謂文。世儒競談菁華,不究本始,工雕鏤、崇纖妍、靡嫚綽,郁不由心聲,而昌大剛直之氣亦因以泯没。此余所上下古今慨然有感于斯文之際也。

見吾先生天植其性,狷介方毅,不能與塵俗俯仰。以《春秋》舉明經,一日而屈八閩之士,一時人士,莫不斂衽推高。而于《春秋》二百四十二年之間,褒貶勸懲大義，未嘗不再三焉，蓋有意于斯文而潛心仲尼之直道者也。舉進士，登仕籍，確然砥礪，不為脂韋突梯，聞其風可以廉頑起懦。入居西臺，抗疏開陳治道，秉忠嫉邪，橫遭訕刺排擊，瀕死而浩乎其氣不衰也。及退老于家，杜門謝客，沉酣六籍，討論天人，馳騁古今，其剛毅慷慨之志往往發為文章。

今讀其文，其義斷而裁，其氣昌而達，其體宏而肆。旁羅萬彙，則群玉之藪；本祖仁義，則聖賢之稽；匡世經務，則廟廊之揆；宣鬱暢和，則風雅之度。斯誠直道之經緯，而近世宗工所罕儷也。然先生游宦于世，抗激齟齬，不能少貶，而為言遜。其退而表正鄉邦，侃侃巍巍，又不失為危行，則雖不得盡宣其用而表重當世者，其以此哉！嗟乎！直道不行，命也，時也。而剛大流行之正氣，幸有託于斯文，則先生又何憾焉！

先生諱讓，字原禮，紫峰先生琛之弟。紫峰以《易》學名，先生以《春秋》名，一時學者翕然宗之，世稱"二陳先生"云。

慊齋劉先生語錄序　明張　峰

余讀慊齋語錄、行狀，知慊齋以道德氣節凌駕一世，以故與世迕違，功業、名位不克大顯于時，浩然退居錦屏山中，聚里巷英達，以講明心學，視世之寵辱不足以動其心，真人豪哉！

夫道德氣節，皆性也。善學者，率其真性而已。慊齋自習舉子業，便以"心學"為己任。既登進士，歷縣令、州牧，引躬逡巡下位，氣節軒昂，愈修飾不肯錄錄為趨時態。時方務為卓鷥矯桀之行，爪搔其民以迎合人好惡，而慊齋恬然與民相安，循良古意，時出科條之外，圓鑿方柄，莫能知遇，不得為京朝班列，再遷同知廣平。適為道家言祠官入境，當迎謁，即日假以送母還鄉，解職事西歸，部使者趣留之不顧。及其抵家也，屢檄之就職不顧。已而晉南都郎，署清秩矣，又不顧。部使者竟不愛惜，慊齋遂講學以終其身。此非其道德實有諸中而氣節性成，不可以困頓改易者，其能然耶？

昔在化治之間，士之以道德、氣節立門戶者，天下學士、大夫靡然宗之，如景星、慶雲不可嚮邇,而士負是名者亦斐然成章。即居軒冕,而氣概自別凡品,不幸忤時勢,嬰羅阱,尤顧藉身名,靳毋少損。而當軸者委曲保全,未忍報罷,即罷猶抗其名高,因之以激勵風俗,故兩朝習尚淳雅,士大夫心迹是非明白而無所婡娊也。

當時,道德、氣節章章著者,如王陽明、林見素指斥近佞,瀕九死,乃得全其性命。及天日廓清,近佞誅戮,而二公遂以此成名,躋陟公卿,負重望于天下,天下至今稱之不置。使慊齋生當其時,不爲儒林,則爲諫議,所開導陳説當必有以關係世教,不至留滯州、縣,久淪吏事。弗謁道家、貴臣,其心術隱微與二公一致,用意忠厚,激發以時,位不同耳,當必有闡而揚之,次第其行事,載之史官,竟不使落寞無聞,但與里巷英達相引,爲名高而已。

夫名高于山林,則其重在我;名高在朝廷,則其重在人。士者之特立獨行,固無所待于世以輕重其道,而世不以此重天下之士,卒致困頓,遠名利長往,反謂道德、氣節之士不適于用而棄之,風俗升降,有識寒心也。

慊齋之學,深造性命,洞見萬理一原,語録中嗜之不厭也,余無容述矣。惜夫有道德、氣節如慊齋者,而不大用于時,以行其所學,亦可慨也已,余故表而出之,以俟夫主張世道者擇焉。慊齋之子存爲舉子業,有聲庠序,余愛其篤厚,能傳世也,因其請而書之。

李少峰先生靖邊一經序　明黃　森

《靖邊一經》,少峰李先生所作也。

先生自游泮時,其學以誠爲本。及登進士第,由南司馬大夫擢守瓊臬,副粵西。所至歷歷有聲,率皆真誠之所敷布。繼得囧卿,命入遼,目擊山川險易,察軍政虛實利蠹,慨然欲陳"萬世規"。穆廟時,應詔題議邊宜三十餘條,未殫效用。嗣脱柴柵之外,猶珍巾笥之藏,編爲《靖邊一經》上下二卷。夫一者,誠也;經者,常也,不易之常道也。道不無當,施而不可不溥者,仁也;裁而不可不宜者,義也;節而不可不嚴者,禮也;防而不可不備者,智也;要而不可不秉者,樞也;潛而不可不運者,機也;紫而不可不中者,術也;捷而不可不固者,關也;險而不可不據者,地也;神而不可不爲者,天也。合而言之,誠也。

《一經》之作,誠所旁皇周浹也。余得而展讀之,見其有條不紊,底行可績,皆根極道德之渺緒,安邊長治之良謀。至議築青石之嶺,立曼頭之山,免黃骨之割,備房坑之便,削兩山之口,岫岩、墩堡、隘阨、瀋淵、弓矢、砲礮、設伏、疑援,皆已畢陳而熟計之。所謂樞機、關捷、要術、險塞,于是乎在。且其言曰:"禦虜者,不止青石之一路;固邊者,不在雲島之一墻;屯寨者,不在龍潭、韭菜、鳳凰之數處。蓋有非嶺之東,非嶺之西,柴立乎中央,直進乎天險之不可升矣。"然此特其立言耳,睹其行事,如立敵樓臺築靖邊關,壘石城隘增城堡垣,截狼山而連雲島,浚深溝而引海潮,使胡人不敢牧馬,北虜不能飛渡。此其神韜妙略,非徒厓厓目論已也。或曰:"道以誠爲本,乃有機捷術法、陰伏變化,何也?"應之曰:"兹所謂道術也,知其一而不識其二,守其經而不達其衡,是拘攣之見,曲士之所執也。若發奇先聲,長城萬里,汝固將驚耶!"故《一經》之作,閎于仁而不傷,措于義而不悖,敦于禮而不粗,精于智而不迷,舉于樞而不繁,藏于機而不膠,牢于關而不開,妙于術而不疏,威于險而不恃,達于天而不窮,其古之立言者耶!守臣、疆將采而行之,是定保之獻也。

余又知先生治《春秋》,通《左氏》,其胸中甲兵,沉思要擊,可式以固封守。嘗著有《春秋微義》,知其爲有道謹嚴之君子也,湮溺不傳,惜哉!

康磐峰詩文集序　明林富春

儒者之道,開物成務,經綸參贊,怙冒群生,功用博矣,總之不越乎此心;儒者之學,誠明、仁恕、居敬、窮理、超悟、踐履、塗轍衆矣,總之不外乎此理。心與理一,而氣行乎其中,蹈之而爲道,得之而爲德,建之而爲功,言之而爲文,其本未嘗二也。二而爲之,失其本矣。失其本,則中無主,物得而入之。由是,寵、辱、驚、得、喪、患,而道德、功業、文章無以浩然于天地之間,烏睹所謂儒者耶?

吾邑張襄惠公、康磐峰公,古鄉先生其人也。襄惠之學,本居敬窮理,以溯于程、朱二氏，弱冠即以聖賢自期，故出而道德、功業、文章卓然稱儒宗焉。公後襄惠而興，其學一以誠爲主，而正直寬厚以行之，兢兢然守此心之理，以養浩然之氣。其不詭于聖人之教而無違于道，蓋夙昔然矣。

初游庠序，釋奠先師，公與駿奔之列。余見其親承俎豆，慎而從之，喟然曰："謹獨君子也！"由其微可以知其巨矣。爲文不事梯筏，默諦道詮，雖攻舉子業，而斐然自成一家，襄惠見而器之，是伯仲我者也。

彼二公皆撫治辰、沅、郿、貴間，信矣。當其時，襄惠有南巡之諫而直聲動天下，公以朔國之獄而勁節震百僚；襄惠以交州之師而受款，公以曹濮之戰而策勳；襄惠以忤權嚴而外徙不召，公亦以抗權夏而傾撼群至。其他道德、功業、文章皆于伯仲見之，又豈特位望然哉？

公爲人慎重簡默，沉邃安閑。其氣象如泰山喬華，故其文有峭絕之思；其節概如中流砥柱，故其文有特立之裁；其議論侃侃如剖蒼素，故其文有權衡不爽之度。觀其文，知其心之所存，非苟爲同異而已。故讀《族譜序》而知孝弟之思焉，讀《百戰序》而知封疆之略焉，讀《方遜志祠記》而知剛正之操焉。其贈答敍述、唱酬歌咏，積素盈緗，總之皆根極道德、原本事業，而發爲篇章，粹然一出于正。

公没，求其文以傳，逸于寇，蓋存者少也。日公之子奉所遺文以梓，余拜手嘉足，垂公不朽矣！顧余非能爲公傳者也，義無默請，僭而序之。嗟乎！人以文重乎，抑文以人重乎？有韓、柳而文重于唐，有歐、蘇而文重于宋，慕其人因以求其文，見其文如將見其人，能使百世之下聞其風而起，是百世之文、百世之師也。今之文，類以春華忘秋實，撫字媲句，附《史》、《漢》而居之，古在是矣。然讀其文無由知其人，求其人無當于其文者，何也？彼不由道德，不本事業，而借人之聲欬以自標，豈所謂心之聲耶？公初年亦好《史》、《漢》者，一日輒自悟曰："非吾心聲也！"即棄去，一以吾心之理爲主，而乘吾氣以行之天下。後世誰謂韓、歐之文爲非古耶？故以文知人，襄惠之先見，知言之哲也，公之心聲應之也；以人論文，余儕之後覺思齊之慕也，公之心聲感之也。公完人也！後公而興，有德建而名未彰,功立而文不顯者乎,夫孰信而孰傳之?

張鳳岡存稿序 明郭 良

始余爲諸生時,即從鳳岡張先生游。先生時以所著相抵示,余無以難也。然默已,知其自負云。先生今九京矣。先生之子纂其稿徵余序,且曰:"先人之所未竟者已矣,存者可使汶汶不傳乎?"余既已悲之,則益咨嗟嗟嘆焉,語曰:"長算屈于短造,其先生之謂乎?"

先生家代有聞人,至其少保襄惠公益著。少保公名聞天下,諸緒論具在《小山類稿》中,于今烈矣。先生學一以少保公爲師,多所博百家之語,慕左氏、司馬子長,文辭不及不止,少保公大奇之。督學使者如豫陽田公、鎮山朱公,少許可,試輒置先生高等,嘖嘖有金馬材。

當是時,先生已顯名諸生間。諸生皆謂先生矜文名,乃先生不自矜文名,廩廩退讓,遇士無所敢失赴。士困阨,不責其售,然亦不爲阿娬之行。居常抵掌談天下大事,每振纓高論,如懸河倒囷,而時露其鋒,人無不悚容起者。

歲戊午,邑圍急,衆議棄城潰。先生身親勒于保伍,而盡散其資財饗士,得不潰,先生且絕口不言功也。

已而,林御史議割我縣隸莆陽。邑泉東臂也,割則郡寒而民疲。先生抗辯"六害、八不可",御史不能奪,議遂格。

先生雖翱翔文史乎,然彬彬具有其質,要非空談不務素者,故其慷慨引議,排難解紛,恢特不群類如此。中歲貢于京,交道益廣,爲文日益有名。適余在司寇郎署中,與先生握手相勞,重悲昔人盛年功名,扼腕之間無不志在千里,乃竟不能博一第,而強抑就吏也。夫以先生之才且賢,藉令俯仰時好,撏撦作今人語,即取高第,致位通顯,何所不至?顧先生不以令人語顯,願也,然且強抑就吏,乃志未究而天竟奪先生去。

嗟乎!令先生今而在,無論尸祝于英,即勛業卓犖,雲蒸海內奚難者,而獨以是稿存。觀其所存,蓋亦多蘊蓄而未竟矣。若論其世,濟南諸君子伯仲之間乎；讀其書可考，信少保之後有人哉！余是以論而歸之，與《小山類稿》並傳云。

贈李抑齋先生贊議築城序　明張　宇

歲在癸丑春二月，都御史思質王公開幕閩浙。按部至惠安，檄惠邊海，倭寇出沒不時，宜鑒去秋明、越殘破，諸州、縣先請築城以捍備未然。既詢之薦紳大夫及邑人士，上下惶駭不信。議既定，下所司相地度費，競謂時幸無事，遽不宜內自騷擾。巷聚族語，囂囂出怨言，計幾中撼。時惟抑齋李公力是幕府之議，而慨然以身當其役，覆閱利害，終斷不沮，故計不輟，而城卒築以成。

然宇嘗竊望吾邑勝勢，區區邊徼，四當山海孔道，緩急有變，則錯愕不知所措計，而流俗一切之論，乃不以置城爲便。商算短長，譁然議令，至指公爲好奇迂慮，固有不可曉者，毋亦積安之勢使然歟。國家承平久矣，人情吏治，服習簿書文法之中，慮每狎乎几席階奧之近。一大徵役，駭疑顧望，謂非常所習見，唯恐事之猝然以成，而力若費兩不及支以訕，亦其勢然也。

公處群譁之中，方略籌量獨遠拔乎流俗之外，故當其初議言城可築，築之可以必成，上下牖諭，廣援博譬，卒有以開解其不然之衷，而群彼囂囂之吻，聚議相奪，終亦不能一語訕公而私有所損益。然公自初始事，衆競尺寸以較，基不時定。公偕少峰捐若干步之墟，縱城所界寂若一無所問，人議以爲難。及以盛夏徵役，役者暴炎蒸亢，腰絙纏繩，斲石于懸厓峭壁之墅，輒爲石所摧殺，或往往傷重以去，而議又再譁。公乃陳辭告神，山祇響答，石不復灾，民用以不震怖。而暇且課視東西郊，椎牛醼酒，召犒諸從役者，慰勞鼓舞，人人愜其歡心以退。民既奔走其有司之約束，而公爲鄉縉紳貴且重矣。綜量督勸，又陰佐有司之不及，故民喜于趨事，不知徵召版杵之勞，功遂翕成于俄頃未期之間，公于城役完善，心計卓卓，可道説者其大較若此。

城成之日，宇嘗踵公上下徊眺，四望波濤洶涌，警報日棘，而長長幼幼寢處門闥，相與歌咏以嬉，蓋至是知公功之爲烈也。公以豪傑閑值之材，論議瓌偉，每欲以所長佐國家立功萬里。嘗以材爲廷議所推，備兵鎮筸，而鎮筸推髻鳥語之酉適方跳梁，公以威信感悚守邊將吏，今且刻公遺條餘教以傳，蓋余嘗過沅江，其土夷親與余言云云。

公今偃蹇齋志無所用，獨盡斂其平生，退而老于丘澤巖壑之間，悲歌慷慨，放意爲樂，而胸中浩然之氣踴躍錯出，時時揣論國家大計，救世之思不忘，則尤志士所共概嘆，謂公材具，不盡設施，而此叩公緒餘，猶足以綏庇鄉人，百世而下登陴而原禹功，其亦足以亢公名迹于不窮也夫！

贈張蓮幕擒賊膺獎序　明張　宇

張羅山君官惠幕，當道檄攝巡捕，督備盜賊其職也。屬寇發戒嚴，他山符公長縣，力城守。君以其職佐之，規畫措置，鮮不當其意者，他山公稱之曰"材"。

既而，楓亭之俘逸。俘，狡奴也。君受他山公言，疾擊捕之。他山公居中調遣，君亟投袂起，將兵提戈前行，躡賊與鬥。卒乘之于峰尾之郊，與峯尾人犄角逐焉，執馘驪醜，而賊遂以破，己未之冬臘月也。

去冬，賊方梟熾，閩海環地數千里皆被其毒，上下有土之吏畫疆而守，而躑躅于境外，則群以謂非責，蓋往往而是矣。畏懼蹴踖，嬰樓櫓以自固，而況于楓亭之俘乎？楓亭去惠一驛，屬仙谿。他山公定計出兵，直以大義激眾，而能相機便算畫，懸合機宜，功蓋有足多者。而君特一幕職爾，奮然率先，慷慨赴難，竟佐他山公破賊，與公俱成功。公固帷幄良牧也，而如君者豈不謂吏之材，而又身勤其職者耶！論者不原其然，乃謂寇窮無歸，不擊走困且死，是特其妒功之褊辭爾，而豈真知賊情者哉？

以余之耳目揣之，海外國名號數十，黠莫如倭，以倭之黠而逸必于楓亭，彼豈無間而動者耶？楓亭賊毀之後，墟里蕭條，而狡夷之狂謀踵是焉發。當是時，楓亭人畏賊膽破，不復能謀賊矣，而賊豈無爲訶而乘其罅者乎未可知也，急趨峰尾，循海掠舟，賊似有宿嚮矣，安得以窮寇比？且彼嘗僅十數人之眾，奔馳四踩，莫之誰何，走何患苦而能死哉？雖其逸潰之餘，然其致死一心，畫出無俚，力尚有可爲也，又何所畏而遽走哉？彼皆其不然之論也。其所幸者，特以兵追之急，力絀不勝而就擒爾,此則君之功也。

君以文法起,今官簿書筐篋之間,力宜沛然,境外多故,而君獨以兵破賊爲功,今時吏所少者,而視之于武士戰卒又何如哉？是故兵不必于狼蠻惟其習,將不必于武胄惟其奮,如君是已,然尚有慮而未全者。兵無三屬之甲,倍尋之戟,冬官之政不修,而徒疾驅而之戰也。古之善戰之徒,奔突衝擊,恃有此具,而今僅僅名數爾。羅戈如林,發矢如蝨,不聞搏賊一級,而況陷其陣乎？果然雖矯且健,而豈能以空拳奮哉？余知其必不能也。晁錯氏曰："兵不可用以其將予敵也,器械不利以其卒予敵也。"漢計兵事莫善錯而説云,然其于余言有合矣。君方將兵,而此尤其不可略者。君其毋曰"彼不曉兵,臆説也",而願因以質于他山公。

倭凡二十九人視海,副使邵公將致于軍門,至楓亭殺其監者以逸。時有惠兵監護還報于邑,張君乃率屬往門,生擒十二人,餘馘以獻,無一脱者。

【校記】

① 清道光《惠安縣續志》卷九録有此文,但有所删節,且多有出入。
② 東漢末無"建康"年號,時有"建安"、"延康"年號。
③ 清道光《惠安縣續志》卷九録有此文,題爲《重修宗譜序》。
④ "取",清道光《惠安縣續志》卷九作"覽"。
⑤ "哉",明萬曆《泉州府志》"前序"作"耶"。
⑥ "而求者也",明萬曆《泉州府志》"前序"、清乾隆《泉州府志》"舊序"均作"而求也"。
⑦ "丁公",明萬曆《泉州府志》、清乾隆《泉州府志》均作"丁君"。
⑧ "故不揣其固陋,爲序述作之意云",明萬曆《泉州府志》、清乾隆《泉州府志》均作"故不揣其陋,爲叙其述作之意"。

螺陽文獻卷五下

序　下

石室藏稿序　明劉　會

石室稿者，卓峰戴先生存稿也。

先生早通金閨籍，而嗣後分符東甌，建節南粵，所感遇酬應，豈乏揮染？第其時方尚精旂常之烈，不欲以雕技見長，散軼不存者夥矣。存之，則自《石室藏稿》始。

先生早懸車，厪思風木，時按青烏以卜牛眠。既獲吉于橡林之墟，改窆贈君，乃復修司空圖故事，營佳城于石室山下，精廬居焉。曰"兩山相距，不越莽蒼，嵐霏松栝，先塋在望，百歲後魂魄長依于此矣"，因自稱曰"石室山人"，而間有所屬綴，咸以係之。石室先生既即世，其令子亮采君輩哀而刻之，曰："是唯先子若存聲欤。"以序于余也。

按稿凡若干卷。其詩探奇吊古，則有若海門、岞山諸什；丘壑陶情，則有若片瓦、天柱諸什；賡吟上壽，則有若黄工部、陸別駕諸什。文則與郡邑大夫相投贈，有序、有紀；親舊悼亡，有誄、有章。永思題圖，愴焉春秋霜露之思；解惑屬説，宛矣曼倩、孟堅之致。則先生所爲稿藏之名山者乎。

嗟嗟！今往綴文之士衆矣，有韻無韻，實罔攸兼，如鸒鶂之于馳，駃騠之于飛也。即有兼者，亦有兼體無兼才，澤縻蒙之雕虎，敝帚享以千金，傷調傷雅，讀者不怡悦。漓于今矣，何古之云乎？孰是焉而能無意于詩若文，以爲之詩若文，若今日先生也者。于其有韻者，率陶斯咏，咏斯成聲，口占璆鳴；不韻者，迫斯應，應斯成色，搖筆霞蒸。信康莊之逸馳，中彀良之法馭，不彫不飾，不古不今，一任自然,唯意之達,風噓水上,淪而漣之,是以爲之文矣。此寧與狷狂墨士務華矜棘斤斤欺人者等哉!

蓋先生于爲人,氣禀冲夷,而沉幾有度,溫柔而敦厚,和遠而疏通,以故其用之官而政和,用之鄉而人和,用之文而猶之乎許景先得中和氣。所謂卒澤于道德仁義藹如者,則先生乎,固質有其本者乎。

余不佞,既通籍獲從諸薦紳,後謬知先生,最後兩家復訂朱陳好,與先生有連,益知先生深。夫知其文因以知其人,竊謂先生文一如其人,如此也。

楓亭大會録序　明曾偉芳

辛丑季秋,見羅先生從莆移講于楓林,四郡適中,風動雲集,則東道丹山公實主盟焉。余惠人士匍趨乞教二十有九人,不肖偕以聽命。先生皋比,首以無待而興誨。凡民豪傑待與不待,異耳。

夫學,學以成其爲人也。云爲聖賢疑有待,自身自爲人,果且有待乎哉,且無待乎哉?械樸現前,猶然退怯,凡且更甚。今以先生訓諄諄,止善本身,亦既知之矣,便可當下用功夫,而尚辨若何爲止,若何爲修,是等待也。待于始,必懈于終,病固相乘。

從古聖人無空口學問,烏有身之不修,而講修身者?吾每睹先生身即是學,每每反身自省。有鄉黨自好不爲,而賢者顧爲硜硜,小人不做,而君子反做,未嘗不反覆捫心,爲敝邑士友陳之。

陸象山講《皇極》于荆門,聞者至爲涕下。取其涕者何?則痛惻奮悚所繇興也。然則猛自提醒,實止實修,無待無輟,以不負先生身教,無虛今日此會,是在吾人哉!

萬曆二十九年秋九月,豐城李見羅講學于楓亭禪寺,一時福、興、泉、漳四郡紳士應期畢至。公偕吾邑李于章玉河、曾懋諧良弼、莊君任以蓋、鄭德祚胤、莊芹甫泮、何仲欽職、陳君炟秉樞、莊君秀以蕰、黃夫美龍裳、洪爾新繼芳、莊兆中文彩、黃仲黼裳獻、洪君虞邦益、何伯曙冕、鄭德昌茂槐、洪君諧邦夔、洪君禹濬、莊兆質應期、洪爾瑞圖、莊美甫毓彥、莊人甫毓寅、鄭德齡椿、莊化甫毓英、朱爾章又煥、薛啓朝士遜、潘兆福廷禎、邱肅袞秉鐳、何爾淑維城、潘與靜慈湖，凡二十九人往焉。講會既畢，刊所問答，名曰《楓亭大會錄》，公爲之序，内載問學數條。時已通籍駕部矣，汲引後進，相與遠涉，且躬受教言。先輩造就人材，好學不倦，風何古哉！並采《問答》八則附後。

曾偉芳公問曰："不佞日來專勘'止、修'二事，竊見立命歸宗，萬鈞之力在'止'，乃做法却要'修'，亦臨亦保，戒慎恐懼，豈不是'止'的工夫？顧大段著力不得，'物有本末'以下，是詳示求'止'之法。若非謂'止'有缺漏，方去用'修'，蓋著'止'用'修'，就'修'歸'止'，正所謂'止'爲主意，'修'爲工夫；又所謂涵養工夫直下，在紛紛攘攘中討出歸宿云。'止'得完固，則'修'之手勢便輕，此就成功論之耳。孔子到五十知命，方是天命到手，方'止'得固，後而耳順而從心，方是'修'手輕處，豈有下學之人而遽能安'止'？亦臨亦保，如見如承，即如承亦在使民，如見亦在出門，參前亦在于立，倚衡亦在于輿，而亦即在'己所不欲，勿施于人'。言行州里、蠻貊上見得，而非于一事未交、一物未接時處討歸宿也，故就克己上復禮，就博文上約禮，就下學上達都。從'修'起手做來，步步'修'，步步'止'。論功夫，則'修'爲要；論主意，則'止'在先。畢竟是重在'止'，非重在'修'，此正是'止'、'修'合處。大抵後儒之學，最病在元虛；聖人之學，最妙在平實。故本歸修身，當下便可用功，塗人便可作手。若徒從'止'上討'止'，又且不免涉玄。今云，自天子至庶人，壹是以'止'至善爲本，人人能之乎？而老先生緣何並重'止'、'修'，而專揭修身爲本也？意可見矣。昔云：'纔說性便不是性。'愚謂：纔說'止'便不是'止'。'止'是靈丹，'修'是煉丹法。上仙即有丹，學仙要煉丹，《大學》爲學者設也。老先生幸裁教之。"

先生答曰："僭每謂聖人之學，不爲病後立方，因病立方，未有不因藥發病者。以丈之睿明，頃來東山，過相讚曰：'直從止于至善，看到修身爲本，歸結不省，是何苦心？'可謂直透孔子之宗，不復作二乘解矣。而茲乃曰：'做法全在修、止字工夫，大段著力不得也。'故見謂亦臨亦保，爲文王之所獨能，然則謂如见如承,亦岂仲弓之所独步乎?此固孔子所教以合下的工夫也。更复取譬元家以'止'为丹头,'修'为炼。谓上仙乃有丹学者只合炼,不知不觉又将转而为造诣之极致也。试观一步而定,再步而静,三步而安,四步而虑,五步而得一切,皆知'止'后事。知'止'者,知至善之所在,而'止'之也,而可指之为成炼的丹头,为初学之所未有乎。至于亦临亦保,又自是与在宫、在庙地分不殊,故如见如承,亦合下与出门、使民不作两事,参前、倚衡即宛转见于州里、蛮貊之间。谓必就一物未交,一事未接处,别讨归宿,恐'止'字法门,或不如是。志学即是志不逾矩,盖是先儒成说,然所以必待五十后乃知命,六十、七十乃能耳顺从心者,则功力之有渐次,故进诣之有阶梯,而其合下之旨归于至善者,则斷斷乎无有二三也。又每谓《大学》书成,当在孔子六十之后。天纵聪明,半生磨勘,断以'止'归至善,本归修身,直将虚元、固滞两病痛扫都镯。故高明者,由之固可直达天德,愿悫者守之,亦可无忝。躬修不但为透性之极宗,而虑患防微亦极严而密矣。而来教乃曰:'今若作自天子以至于庶人,壹是皆以止至善为本,人人能之乎?恐不可过有深虑也。'昔儒谓此道理平铺放著,大家商量,最是见得浑妥,盖原是天壤间公共之物,非一人一家之私说也。至于文意之有感世学,徒腾颊舌,不力砥于躬修,又自可当障澜砥石,沉钢鍼砭,不但为鄙心铭佩,诚学者所当永永敬承为世楷模,又无所待于赞也。"

庄生以蓋问:"学问有主脑,有工夫。颜子以求仁为主脑,以'克复'为工夫,而列其条目在非礼勿视、听、言、动,克其非礼,浑然一天,则而'仁'矣。'仁'则形骸撤去,性命流通,洞然八荒,皆在我闉,而齐治均平皆是矣,故曰天下归仁也。此正所谓修己而安百姓,笃恭而平天下,中和而臻位育,自是实理实事也。会中聆蒋兰居先生意旨,以'仁'为天命,虽无声无臭,必灼然觌其头面,至天下归'仁',眼前就是。又将谓性命治平合并而出者,岂超悟之至,果无待于'修'为耶!抑别有奇功捷效自为受享,非末学所可测耶?"云云。

先生曰:"旧作《论语大意》,于此章阐之已详,无待更赘。兰居云云,尚是袭著旧时辨体的家风,故谓必将本体来辨认得明白,即视、听、言、动不复须檢照，自中乎禮也。三十年前，余亦謬作此解，宛轉勘磨，卒有悟于《大學》，而後知也。孔子之'止'歸至善，本歸修身，似是經勘經磨，定著章程以貽天下與來世者也。經綸、性命一手提衡，爲千聖相傳不二門法，故論宗趣，則合下便要歸根，而論造詣，則步步無有滲漏，不然則何以天縱之資，悟學之早，歷三十五年乃到知命乎？豈其于志學時本體尚未見耶？而契乃緣此疑有超悟之法，無待修爲，而又謂別有捷效，別有奇功，非末學之所可測也，則非鄙所知也。"

鄭生茂槐問老師云："百萬金革中了無一事，謂有主而不亂也。試以往事評之，如趙苞之守遼西，爲古今所稱難者，以拒戰而殺母，則指謂弒母。孟氏以不取民爲盜而可受也，其亦有可原者乎？天台方正學則謂：'苞當以城與鮮卑而全其母，然後徐以計攻之。'夫城守，君命也，可擅與敵乎？且曰：'吾徐以計攻之，攻之而得，已爲痛恨，況又未必能得也。'師云：'處古事，又必以身處于利害得失之中。'假設身處其地，其本末始終，當何如辨別而後可？"

先生曰："余每謂'義'無定，在緣時、地、人情，而爲之低昂損益者是也。執一法而言'仁'，則微子爲叛，而箕子非忠；執一法而言'義'，則伍員非忠，而申胥非智。王陵、徐庶之事，更可觀矣。大率徐庶最得，先心依漢室，及母之被獲也，則辭玄德去之，曰：'方寸亂矣！'王陵則幸其母之賢，能保其節之不毀。申鳴，天下之孝子也，及仕而司封疆，曰：'昔余爲孝子，今余爲忠臣。'契不聞斯語乎？知此，則可以斷趙苞之所處矣。于其時，棄城則非忠，殺母則非孝。城全而母殺，是苞與殺母也，亦何以自立于天地之間？此真所謂遭值之甚不幸者也，故不得不爲甚不幸之處。棄疾之事蓋可觀矣。王將殺其父子南，顧棄疾而三泣，棄疾不敢泄也。及楚殺子南，人曰：'可以去乎？'曰：'吾與殺吾父，行將焉入？'遂死之。趙苞之事，亦由是也。謂當質母之辰，以軍政付之佐職，而殺其身以感敵心，而全母其上也。不得已而母殺，如棄疾之嫌于與殺而死之，其次也。城完而母竟殺，忠則忠矣，如人子之分何？方遜志乃不是之咎，而欲爲兩全之處，勢必至于兩病俱觭，有如來簡之所疑也。"

莊生文彩問:"'時習'一章,論者紛紛,究竟不知學爲何學,習爲何事,而'朋來'一段,直視爲聚樂虛境。至于'不知不慍',則又排遣者多間,或厭棄塵情,逍遙物外,總非自得之真趣也。夫學以至乎聖人之道也,天命之性,無須臾可離,'時習'者習此也。人皆可與復性,則人皆可與共學,朋來而樂,僅以滿性中之量爾。此其一味自修、自信,半點精神不著在人上,不知何慍,真徹底性命之實學也。故'時習'者不厭之智也,'朋樂'者不倦之仁也。'不知而不慍'者,遁世不見知而不悔也。先生嘗謂:五十有五章,乃孔子進學年譜。彩敢謂:'時習'一章,乃孔子一生行實也。伏乞裁教。"

先生曰:"五十有五章,歷點進學之階梯,果足爲孔子年譜。'時習'一章,宛然自揭其行實。余舊亦云爾矣,不謂契乃亦知之,故三節書不可執煞作一串看。只要曉得非時習則無由而悦,非朋來則無由而樂,非人不知而不慍則何由而成君子?而又悟見言外旨,知時習之直與天同運也,朋來之直與萬物同成也。人不知而不慍之遁世無悶,不見是而無悶,直與龍同德也,則夫子之粹養固可見,而學問之淵源宗趣,亦可得其門而入矣。"

洪生濬問:"孔門三千,惟曾氏得其宗,故一貫之旨亦自參創聞。然'一'字爲義,沿襲至今,未有定指。訓詁家或以'一'爲心,或以'一'爲理,而世又以蛇足病者。如避却心、理,只以'一'還'一',又似隨人説妍媸者。不知此之'一'與回之'得一'、孟子之'道一'同乎?異乎?至門人不悟,而曾子以忠恕釋之,説者又把忠恕當'一貫'看,謂夫子之道只'一'實心而已。據此則'一'字爲心無疑矣,何當時不云'一心'以貫之,而空提'一'字以啓學者之疑?"

先生曰:"學問若祇爲訓詁辭章設,則當瑣瑣從字面上較。若欲爲身心性命計,則直切當反己以求。釋氏所云'萬法歸一','一'歸何處者,其理亦可味,世之學者果其有意于明宗乎?直切如鄙所説,姑未論及貫,且究'一'之歸于何處也,則孔、曾之授受將有不在書冊間,而在我者矣。"

何生職問:"蓋仁者,天地之心;聖人者,尤人之所最爲靈秀者也。聖如孔子,則尤其靈秀最至,而爲宇宙内之一人,則以倡《大學》之宗,傳俾萬世,有可據依也。古之聖人，或以一畫寫先天，或以天之聰明明畏合于人，或以九疇本天錫，而以人之貌、言、視、聽、思與天、雨、陽、寒、燠、風相呼應。至矣，然畢竟本安在也？修身爲本之本真，孔子摹空拈來，把握在此，使八目井然有條，直邁謨範，上與羲皇同功。故《易》書春也，而夏、秋、冬在其中。《大學》書仁也，而義、禮、智在其中。'本'之一字，真孔聖特達之見，而發千聖所未發者也，然非鐵肩脊漢子舉之莫能勝也。敢請是証。"

先生曰："僭每謂，自昔人大率處順安，常不欲創新立見，經傳雖多述者，十九可以作名者。以余考之，自有文字來，只有伏羲畫《卦》、皋陶陳《謨》、箕子闡《範》，至孔子作《大學》，爲書四部耳。"

又答："李遠希謂：'生止知經世有四局，而不知其會歸于孔子之一學；知作者有四書，而不知其兼總于《大學》之一經。'契能熟服體此，而又緣此推尊孔聖之度越百王，已復揭出'本'字，爲直邁皋、箕，功與庖犧等也，而謂非有鐵脊梁漢子不足以擔荷也。允矣，亦可謂有志者矣。"

陳生秉樞問："孔子教人只是個'仁'。其言爲'仁'，只是個用'力'，故曰'力行近乎仁'。至孟子言'仁'必兼義，言性必徵情，才若是乎群言之也，而辯性者猶紛紛也。且孔子之嘆用'力'，曰'未見不足'，曰'蓋有之矣'。而孟子言'才'，曰'不能盡'，曰'相去倍蓰無算'。試以'才'字對'力'字看，有云即'才'是'力'者，但'力'似以擔當奮發言，'才'似以發揮幹運言，又稍有別。顏之竭，曾之任，果孰是'才'？果孰是'力'？又若到則俱到者。今者老師明學淑教，揭出'修身爲本'四字，大旨隱括盡矣。以愚膚見，非惟勘要透，尤要擔得力，倘不實做工夫而徒嘵嘵然辨止辨修，雖日面質于老師，猶然自隔于千里外也。望賜裁正。"

先生曰："先行其言而後從之，非孔子語乎；又曰：'欲訥于言而敏于行，故揭力行近仁，而嘆能用其力于仁，未見力不足者。'故'力'之一字自就學言，'才'之一字則就質説。才有長短，力無限量，在人之自勵耳。不觀孔子之所以勖冉求者乎，曰：'力不足，中道而廢。'今汝畫孔聖亦何長？惟是不厭。後之學者,類有自畫之心,力之不用,而動諉于才之不足也,誰其諒之?契能有感于朋儕不實進而徒曉曉,然侈口為話,言之徒托也,于學殊有助,請即從身始,毋俾旁觀者又將指而議之曰'此亦徒托之空言也',則此學幸甚!"

鄭生椿問:"會中聆老師'發舜'一段,驟聞若豁然,既退而猶有未盡釋然也。夫舜當歷山河濱雷澤日,眇然一有鰥耳,非有禮樂、政教以約結人也,非有號令賞罰以整齊人也。而所居一年成聚,二年成邑,三年成都,若是乎感召之速。然古今處橫逆者,亦莫如舜,父頑、母嚚、弟傲,歷盡生人變態,其不得于家庭又如此。意者玄德升聞在烝乂格奸之後者乎?非神接意會其聖修之奧與夫過化之妙,固未易以淺見測也。請終教焉。"

先生曰:"不階一命,肩荷乾坤,直以布衣韋帶之士抗開宗教,每謂自孔子始。故轍環周流,席不暇暖,旁皇焉思得英才,與之共明。聖人之學,以為天地生民立命、立心。後有感于虞舜之所居成聚,至二年成邑,三年成都焉,謂何其感移動化之速?豈非其直以己所學者公之人,與人子言依于孝,與人臣言依于忠,故人向其風,感而從化者眾也,居然一孔子居窮之作用也。登庸之後,直以其道廣而衍之,以化被于萬國之間。假令舜終處窮,則開宗立教,樂育英才之事業,知必不自孔子始矣。至于天倫之悖戾,自屬時數之所值,不偶如此也。金石可貫,豚魚可孚,卒于克諧底豫,蓋誠至斯孚未有不動,因緣時節又厥有數存其間也。固不必執內之不能得親,而有疑于孚感動化之速;亦不必疑外之感速,而謂何以有浚井、焚廩之事?皆所謂不揣其本而齊其末也。"

按:見羅,名材,江右理學,入閩講會。凡三山、清源、清漳、武夷、大輪、深青、莆陽、楓溪,遺迹尚在焉。

詩業序　明潘一諤

傳世之業,本乎自得,維其有而似之,詩業亦然。前代業《詩》三百篇,而後漢業樂府,魏晉業古風,唐業歌行律絕,概未有不如此而臻盛者。入我朝,輟四聲之詩,為八股之文,士通一經,即守為本業,若畋馳織坐,鈞俯弋仰,職勿敢歧。

其中業之精,若向顧諸先正嚆矢于前,某某等群喆葳蕤于後,科不一人,人不一格。逮茲新貴摛藻蔚起,苑囿如雲,洛紙競踴,可云盛矣。

北歸之暇,余得寓目而評之,大抵性情峻潔,皭然不滓。蟬蛻塵外者,其業净,靈心獨繹,以意逆志;婉入諷出者,其業慧,雅音亮節,出于天然。若風連木唱,非有安排而自成聲文者。其業化工而不入綺語障概,體製雖與前代稱詩不同,而洋洋乎、鏘鏘乎,揚風雅,寫正變,其爲必傳之業一也。

《易》曰"修詞立其誠,所以居業",又曰"富有之爲大業"。夫修省其詞,不詭不浮,一本乎自得,維其有而似之,則雖莫大之業,可以居之而不疑,是非徒詩也,而詩業亦然,余故取以命選,且與同是業者引伸之。

惠安續志序[①] 明張 迎

聞之邑有志,如國有史,何可廢也?惠亦一國之故,然自有邑五百年,而先襄惠始志;志後又且八十年,中間兵戈水旱之變何事蔑有,而一編未續,由嘉靖來至于今寥如也!

不佞異時者見二三長老談説嘉靖初年事,如談太古。考前志之創,非其時耶?乃今讀所論著,其于吏治、士風、民生、物力之興衰善敗,一何反覆咨嗟,又若不勝化、治[②]之思也者,此其故可維(推),而其致極惋切可念也,況今日乎!山川無改,氣化遞遷,淳解樸散,人事受之。如使作者之志,來者有贖(續),吾恐令人正襟仰屋而轉思嘉靖之無從已。一往不還之勢,是宜厪楊侯之凛凛矣。唯茲續志之成,正當報政之日,防淫侈而救彫敝,侯亦既殫厥心。其于此志,得毋亦有反覆咨嗟如昔人者耶?

若夫志之具體,史也。史家義兼衮鉞,而志之義不必盡史也。蓋載筆者黄君曰:"余所謂述故事,整齊其世傳,非作也。"夫言之也,史遷之言也,雖然而一國之故具是矣。

駱台晉文集序 明莊毓慶

故憲副、贈光禄卿台晉駱公,一代逸才,斯文宗工。自爲諸生,穎悟懸解,不爲訓詁墨守之學。掄兩闈魁,制藝窗稿③,名高郢中,紙貴洛下。厥後督學江楚,棫樸芃于東南,人倫推爲水鏡。斯亦文士之用,而儒效之彰著。已而,公先後爲儀曹郎,暨司郵督蘇,守功令,裁冒濫,遠饘垢,風裁峻整,所至聲績藹然。

其自江右歸里,戲彩慈幃,依依膝下者逾一紀。[時]相國李文節、葉文忠嘗于南都,知公最深,咸願推轂,公終不以三公易菽水之歡。久之,養終服除,無行意。屬奴酋發難,徵調驛騷,趣治裝赴闕,其年友尚寶張禮卿爲歌驪郭外。公酒間慷慨,憂先國恤曰:"苟可爲公家效一臂力,雖捐軀靡悔。"禮卿壯其意而異其言④,乃《無衣》賦就,竟以夷變隕命,庸非讖耶?

公忠孝大節,磊落不可掩如此。家居歲久,治圳築室,不厭纖細,履屧之間,皆稱其任。雖几筵⑤奧窔,皆爲經久百年之計。咸以公精於治生,孰意其綜理密而計畫周,不畢知于國,而以運甓消壯懷也?故人知公爲制義名家,而不知其嫺吏事;人知公將母善養,而不知其屢靡鹽;人知公爲身殉國事,而不知其精忠出悃誠。丈夫遭時遇主,凌烟、雲臺之上,身名俱泰,不則馬革裹尸,宣力疆場,猶不失英雄氣色。若仕無伊、呂之助,遁乏箕山之節,老死牖下,甘與草木同腐,何云鬚眉男子?公挺身敵王愾,不欲蹈文士無用之誚,雖勳業未盡遂,而以死勤事,亦不負出山本願矣!

余所見公生平諸撰著,皆超逸軼宕,不依傍門户。惜遺失西川,存者什伍,殘珪斷璧,猶足稔經濟、忠孝之一班,而余獨論公之大者云。

京邸費用序　明陳玉輝

留都素稱屯十萬,或曰:"今又廣十萬矣,士大夫一履其任,捲握之物可富十世。"

余初知吉水,同年友李函初謁一兵尊,李曰"此故南屯臺,今出爲備兵使者"云。余詢所以,李曰:"以巡屯故,倘年丈將來在南,毋巡屯可乎?"余笑曰:"巡屯何病,當爲數百年來澡此惡聲爾。"

歲庚戌預選南臺,年友孫瀟湘偶談屯政,輒皺眉深嘆脂膩污人。余詢所以,孫曰："十五年前，鄰舍有某縉紳巡屯三載，膏田、華廈幾遍邑里。臨歿屬諸子曰：'吾窖中藏金三萬有奇，皆屯之波餘，若輩可均分之。'及發窖，果然。"余笑曰："在人爾，蓮生淤泥之中，何嘗染于淤泥。"

癸丑春，余受事才兩月，以次及將有屯馬之役。請告不允，以秋仲蒞任，接北直巡屯。例上章請改一年，奉旨著爲令。孫瀟湘過余，笑曰："一舉而減三之二，此後不復污人矣。"余曰："未也。法行有漸，吾將減之又減乎？"蓋視事歲周，陋規以次盡蠲。報滿戒行，代者爲孫瀟湘。余觴之曰："君可無復皺眉矣！"相視大笑而別。

挈家出石頭城，故事，當乞靈于江神。余再拜昭告："臣今日行矣，屯中如持一文錢束渡揚子江，江覆之；西渡鄱陽湖，湖覆之。"孥先從鄱陽湖渡，余報命竣，南歸從楊子江渡，俱獲濟。舟中岑寂，發篋營書，偶展京邸用費數目，走閱一遍。自一二年來，京中服食之需一印給于俸薪，問饋斤斤節縮，計入里門，槖中可餘千金。客曰："是爲暴富兒矣！"余不覺頳顏汗下。吾嚮者質諸江神，不持一文錢渡江，得無食言乎？客曰："非也，而嚮者尚爲屯發也。夫俸薪實朝家所以養廉，問饋交際之所不廢。節縮之餘，歸來創蝸舍數椽、塏田數畝，懸車之日，優游以娛餘年，奚爲而不可？"余唯唯，錄以貽兒子只作如是觀，無庸勞百歲後諄諄發窖矣！

續修惠安縣志後序　明黃士紳

按舊志始嘉靖庚寅，迄今萬曆壬子，舊有建置、山川、潮汐、風物、學校、水利，不以時變者，仍襄惠舊，餘諸條目，則因其同異而續之。僭爲之識曰：江淹有言："修史之難，無出于志。"伯禹奠九州、澤雷夏、略隅（嵎）夷、瀦彭蠡，則壤上、中、下錯，而濟河之絲織文、海岱之絲、枲、鉛、松、怪石、麻（淮）海之橘、柚錫貢，與司馬子長之年表以貫歲月，八書以紀政事，世家、列傳以志公侯，士庶而魚鹽、薑桂、瑇瑁、纑絺、筋角以志殖貨，靡不犁然，而政俗有考也。

惠居閩海，須彌大千耳，歷宋以來，舊未有志。襄惠張公曰："惠亦古侯國也。上觀天文,節星辰之變;下溯山川、圖里之宜;中攏人物、謠賦、草木、蟲魚之蹟,大都伯禹、史遷厥志備矣。"第山河不改,歲序遞遷,則其户口則登耗矣,則其田賦則贏縮矣,則其人材則興替矣,則其風俗則隆汙矣,且也官師、科目、紀法,因革利病事日彰而簡日缺矣。然而,政在方策,要歸人存。邑之政今昔殊,方所賴吾製錦者按籍操瑟,而輕重布之,標表而甄育之,則可培養宇縣之脉,斡旋造化之紀,而萬化生身千古色澤矣。

余邑大夫楊公縉銅兹土,政通德翔,士嚅民謳。一日閱襄惠志,念欲纂修,適承臺司旨,謀廣文曾先生,命紳續之。紳讀先太史遺書,自知至愚不肖謬從襄惠公後,見諸縉紳長老之觀時策,務達志居珍,皆有裨于世風人紀,亟收之曰:"後來可用以興。説者猥云'今山不及古山之高,今月不及古月之朗,今人不及古人之賢'。夫不聞之,禪家有水皆食,月無山不帶雲,雲蒸霞變,日月新焉,景色一耳。川移谷實,終不以其故改性,人亦宜然。百世一聖,代不數幾,羹墻步趨,克念可作,古今人安在不相及也?"

紳從襄惠公後,自知至愚不肖,謬膺重任,執簡徬徨,亦惟是乞靈襄惠,印襄惠心,章文考獻,勉圖稱塞,其何敢過自批根以湮休烈?昔尼父藻鉞《麟經》以補《詩》亡,又筆《孝經》以成《麟經》之志,文成,衣縫攢縹,向北辰告備,蓋法戒凛如也,乃《家語》稱尼父"見人一善,忘其百非"。紳愚恪守尼父家法,印纂前修,頹幾方來,而范曄之于魏嚚,孔明之于陳壽,則誰譽誰毁,尼父見先矣!

菊言序 _{明王忠孝}

説詩者于興體則置之,謂是觸物興思可意得,而不可文求者也。間參質前疑,謂古人定當有意,既極吾思之所詣,河源嵩頂幾幾乎至焉。究是以自喻于作者之志,未知其然,其未有然。致齋居士《菊言》,興也。吾一再咏之,豈大有感于當日之情事,悲中谷之蓷而慨園桃之實者!

夫情與事會,意與⑥物遭,傳神者筆見楮而忘筆,叩鐘者杵聞聲而忘杵,故知因事借物,寓規諷于唱嘆,寄興觀于天喬,風雅道喪,孰究音旨?而乃今于居士遇之,且興體不見于章,而見于什,又自居士始。而惟余言之其然,其未有然,以質後之説詩者。且夫人學問、才思或遲之年歲,或歷之境遇,太上則授之天生而具之也。居士年少,生而一無所否者,吾獨怪其霜月淒清之下,秋香滿院之時,別筵乍開,一杯引滿,忽焉動凋瘵之思,極征求之困,確確乎禍福利害之倚伏,凛凛乎盈虚消息之循環,反覆叮嚀,一篇之中三致意焉。

韓昌黎有言,"仁義之人,其言藹如也",豈其授之天者?厚根之性者深,故其發之于言也,寄托諷刺、慈祥愷悌有如是也乎?杜子美讀元次山《春陵行》、《示官吏》二首,曰:"不意復見比興體,制微婉頓挫之詞,感而有詩,簡知我者,不必寄元。"愧余不能詩,安知世無少陵其人者?讀之而感,感而咏唱,予和汝相與正告于天下,後世之爲邦伯、良史者,寄不寄非所論矣,是余之所以言《菊言》之詩也。

若夫霜蕤寒馥,浮動筆端,如蜂造蜜,花色不壞,如月照雪,雪態倍妍⑦。優孟能擬叔敖之生,而不能生叔敖,居士則既生之矣。且優孟抵掌笑語,歲餘乃僅像一叔敖,《菊言》數種,使人見千百元放也。余既撫掌,菊亦嫣然。

菊言後序　明王忠孝

菊之爲卉,其氣肅以清,其品幽以貞,故序宜秋,而于人宜隱。古之逸者,當夫運際中零,人懷潛德,感物序而宣憤懣于霜畦,看屋梁而接晤言于閬苑。余既一二見之矣,未有出其精神面目,同其苦樂啼笑,悠然興會,遂累篇牘,使讀之者恍聆寒馥于筆墨,把霜葩于字句,如《菊言》之爲詩者。夫菊亦何幸而有斯言哉?

吾以是論之,當芳菲競奏,發付過多,亦盛爲造物費,覺久而厭之也。于是,蘊蓄頓含,草枯木落,然後鍊霜爲骨,縮金駐顏,借風以堅其操,分月以侶其孤,以全力畀之菊也。

今三尺之令與七寸之牘上下求應,迨其後適以移氣體而長子孫耳,造物者亦久而厭之也。于是,世異事殊,然後有特立獨行之士,匯其氣于水,濯其神于秋，放懷海山，留情花卉，是亦有以全才畀之斯人者。蓋其氣其品，爲屈爲陶，相往來于寥廓之外，幽情單詣，不可以尋常篇什求之者矣。菊亦何幸而有斯言哉？

抑吾又有説，黄筌寫生，花木翎毛，皆有生氣；顧之貌裴，見者定覺益三毛。今所貌皆不可見，獨其言存耳。

居士以言貌菊，而余復言菊。之所以言菊不凋，則《菊言》不朽，而余言庶藉《菊言》以不朽也乎？因題其後。

惠風序　明張正聲

能不以詩觀詩，而以風觀詩，始可與言詩。夫聲非氣，而不可詩（謂）聲之不本于氣也；氣非運，而不可謂氣之不關于運也。清廟、明堂之章，與騷人、游士、征夫、思婦之什，並繫《三百》。漢人采《黄鵠》、《白頭》諸篇，與《朱鷺》、《靈芝》偕爲樂府詞，率皆以風觀詩者也。由是言之，雅、頌皆風也。秦之風伉，魏之風褊，鄭、衛之風淫，讀之者無不欲神推力挽以還于《二南》之世。詩至唐極盛，而天寶之風黨，大曆之風浮，貞元之風蕩，元和之風怪，則去之將愈遠。然則《二南》以後無風乎？曰：“非也。”其在我明，有明之風；其在我惠，有惠之風。明風不負于唐，惠風不辱于明，猶之《楚騷》式周，漢頌寫楚，此《惠風》所以選也。

溯自我明二百八十餘年，亦可當西周、前漢之一代。其間風雅之變不可殫述，大約青田倡其前，元美豐其後，空同振于西北，于鱗被于東南，渢渢乎，轔轔乎，跨古人而上之矣。惠安海濱小邑耳，而竟此二百八十［餘］年，冠裳輩出，倫物獨先，修文、行勵、氣義，蓋幾經逆璫、權相、亂賊、叛將、強寇，變態萬狀，卒能浩然有守而不挫其節者，風之醇厚不可泯也。故其著之篇章，大約皆典雅而宏麗，清真而悠暢，雖運際式微而遒勁之氣猶存。惠風如此，［則］明風可知。

噫嘻！天老地久，文章主之耳，文章足以維氣運信也。雖然，文士立言，先立于可以立言之地，相如之竊妻、揚雄之嗜酒、班固之諂竇、馬融之黨梁、孔融之簡誕、王粲之輕丑，以至靈運文傲、沈約文冶、江淹文急、謝莊文辟、湘東文繁，論者猶致疑于其人，而彈糾于其文，況才不如之數公者乎！東坡教人曰："熟讀《國風》與《離騷》，則曲折俱盡。"是可以論世而采風者也。

古文律序 明曾璟

古者兵、刑皆有律，作文亦然。此唐音取以別于古者也，文則概之曰古而已矣。然余以古文源流雖具本經史，而約而斷之，亦自有古律二體。而律則必自韓氏始，何則？三代尚已，先秦、西京寓體性于一氣之中，而事意相生。逮東都稍嚴，結束于部伍之殿而邊幅未整。今讀其文如出土古寶，光彩射人，砂綠相鮮，而瑕釁班駁猶終不能無。至韓、柳以來則不然。章稱篇，篇稱句，句稱字，兢兢焉若恐有一瑕釁，以爲完物之玷者。故意必經以則也，詞必法以廉也，格必矜以栗也。其爲篇也，如帛之有幅；其爲句若字也，如衡之有鈞。幅定則可量，鈞立則銖兩有不自爲焉。兹所以唐之律非獨詩也。

夫古人非無律也，然必若此而後爲律，雖古人亦有若未遑者矣。故文自六經以逮漢詩，自《三百篇》以逮魏，未嘗無法而不至若後人之所謂法也。辟諸大禹誓師，咎繇爲李，未嘗無律而不至若近代之律之絞也。

嗟乎！古之律適足以是爲古，而今之古亦歸于律而已矣。然則，由今之世反古之道，不可乎？曰："安可強也？"古之時也，質其文之品目也己而簡；今之時也，著其文之品目也人而繁。簡則詞自法，繁則非以法裁，詞將不勝其獻酬之敝也。

夫詩之有律，使人不得盡其辭，故殷尚罰，則詩文皆明潔，律亦所以還質而古也，豈必與古悖哉？今故斷自韓愈氏至昭代，得諸體若干篇，名曰《古文律》，得以考古文所自變焉。

爲潘如虛僮元子序詩 明曾璟

詩有音，古被之管弦皆詩，《詩》三百皆樂。詩有法，若巫步祖禹，雖神氣大小而其趨一也。吾友潘使君紀綱之使曰："元子者，吾里人，能通《道德》諸經。

爲人祈禳,復能絲、能竹、能演傳奇,而亦復能詩。"

他日,使君宴集,探韻府,刻燭分賦,元往往從旁竊吟,已使君見而異之,因教以唐人律、杜律,元每熟誦。于是從入蜀、入郴,則而主作,而元子亦效焉。間以請余,余謂:"元子其知音乎,而法亦有所本矣。"

吾嘗對人誇,吾里雖街巷僮豎無不曉文字,通詩書,正可方古斷竹擊壤周二南,果非大言也。若潘使君者,尤可不謂元之康成乎哉?因抵掌嘉而題之,而使質之而主。

程墨治初序　國朝陳龍巖

螺海東有嶼曰竿,朝蒼暮紫,爲余祖里左門。夏盡秋來,候潮其上,時夜將半,見鬱鬱熊熊如素練、如車蓋,融如陵阜,散如雨花,殷鏗之聲,振越林谷。余顧同人曰:"此初氣也,稍選而滿矣,稍選而落矣。落固意盡,滿亦駸駸,有罷流歸壑之勢。譬之花然,生意字窣在初菩,不在爛熳也。"

年來,龍蛇起陸,展轉抱生,一在瀁森滄溿間,涼飆欲冰,饑腸如筋。夜輒起,步江皋觀海,初氣無異于向之竿嶼,而金石、圖書剽掠烟燼。念李易安之記,不禁潸然。嗚呼!安得鏡源瀾于尺幅,問藝苑于水濱,以觀海者觀文哉?

戊子歲,武露、文露相繼迭興。今春,余鼓棹桐江舟中,遍羅諸墨,未至者惟兩粵、豫、滇、黔五國。欣賞浹旬,恍若練蓋陵雨,蔚起爭奇,而皆與初之氣遇。卓吾先生云:"文者,治之極而亂之兆;質者,亂之終而治之始。夫人當流離凋弊,萬死一生,不惟峻宇雕墻、綺紈甘旨蕩無復存。即平生糟粕、餕飣亦了不能記憶。欲尋粉本,已付諸剽掠之狠手,烟燼之劫灰矣。故登壇捌管,概瀝腸腎。其綽然悠舒者,則奔車軼馬後氣續神定,自露春容也;其約焉居要者,濫觴致敗,更爲正始,向之連編累紙與服物采章俱鼎也;其敵麗彤煥者,如唐人早朝應制,無非雉尾龍鱗、建章閶闔之句也;其娟娟滌滌不帶帝虎陰陶餘習者,原燎薪焰競思冰雪也;其含悽帶妍痛定思痛者,李龜年談天寶遺事也;其嘐嘐堯堯者,開國之朔,氣節、德業、文章咸尚嶙峋,故邀富貴不博朝露之榮,御家邦鮮有食肉之狀也；其曲折頓挫疑斷復連者，古人作樂府，每一段義終則于瑟上解一柱，遂繫以一解、二解也；其披文相質古處未渝者，亦猶路鼖出于土鼓，篆籀生于鳥迹也。抱其初氣與天者游，寧質無文有治無亂神哉！"卓吾氏之言，竊于諸國風會券之。昔人指宮闕、衣冠、人馬、車乘皆吾畫本，寧必如李易安唏噓聚散，斤斤牛棟爲哉！

雖然，余有祝焉。幺荷鷇卵，此際莫大生機；月落烏啼，其間自有平旦。向也骸析子炊、蛸清草擗、險篁叢箐、路絕行踪，伊何長夜之漫漫？請提始旭，無墜幽晡，則蘊行能而抒國華，文運如是，氣運亦如是。余且手是編，海上大噌小吰，與鬱鬱熊熊者敵，無使東海波臣孤傲潮聲也夫。

獺江新考序[8] 國朝洪　崑

惠安邑治東行三十里，至海濱望之，宛在水中者，獺江也。周圍可五六里，四面環水。水之外，北繞青山、崇武、大岞、小岞；南繞關鎖、岱墜、祥芝；西有石橋七里許，即通郡邑道路者；東則汪洋無際，可通臺灣、澎湖暨日本、琉球諸番，蓋中國東南隅邊地也。唐、宋、元間，居民稠密，皆事于通洋，遂爲舟車輸運津頭。洪武初，惠設四巡司，于是[9]獺有司城。而當明之世，人益衆，家益富厚，户口計萬，無有[10]貧乏[者]。士庶[之]家各置巨艦采捕，環江而陳，帆無間隙，[蓋千數也。]然自唐、宋、元時，居民至明已幾易姓，[無有存者，]聞皆爲波臣所奪，豈金錢之途廣而訴書之澤衰乎？

明季，俗尚奢華，僭侈逾分，吾意極盛之時，即胎極衰之機。《易・乾》之上九曰："亢龍有悔。"《坤》之初六曰："履霜堅冰至。"可不慎歟？國家底定太平[11]，日月照臨，車書臣妾。乃有故明[12]鄭成功，受封于隆武，賜國姓，亢(抗)命不臣。沿海一帶輸其軍餉，吾獺與焉。廷議曰："今者不能屈成功，而沿海賚盜糧，滋國憂也，重民困也。"乃下詔遷移，判分界限，獺遂爲界外。山川荒蕪，荊棘叢生，[吾]獺之人，流離失所，父鬻子、兄鬻弟[者，不可勝數]。故雖挾千金而一死暴露，雖富田宅而每食餐風，疇昔晨歌夜舞，繒彩絲羅，回首已成[13]灰劫。

自是而後，成功東渡臺灣。既死，其子立，與三王⑭倡亂，剪刈芟夷，蠹我黎庶，東南半壁之天下騷然震動。傷哉！獺也，復重之以兵戈，饑饉薦臻，幾無遺類矣⑮。天心厭亂，諸王削平，成功之子亦死。我靖海將軍乃入臺灣，鄭之左右奉克塽以降，一時稽首來享⑯，連艘西向，識者觀之，謂天命有歸云。

計自壬寅至癸亥，蓋有若年，江天肅清，展界令下，人享昇平之樂。獨吾獺歸故鄉者，百無有一⑰，即今雖飛鴻之既集，然登高而望，前云⑱萬家烟火者，今徒碎瓦頹垣矣；前云巨艦環江者，今徒風烟雲水矣。盛衰異數⑲，一至于此！

吾聞十室之邑，必有忠信。[吾獺]前此數百年中，豈無忠臣、孝子、義士、高賢，足以風士類者乎？豈無貞婦、烈女、名閨、賢媛足以型女流者乎？又豈無韻士、技人、游俠、僧釋，足以扇仙客、騷人者乎？今皆湮沒不傳。其姓氏藉令獺中，代多聞人，搜羅博采，詔告將來。行見儒雅之林，文各樹一幟，言自成一家，豈如今日人往風遙？其前踪去迹，竟與昔日金錢同歸于盡也哉？

崑生也晚，不能明已然之事迹，每嘆獺之無誌。家君嘗語予曰："吾獺名賢，惟我世祖希聲公品行最著。張凈峰修邑乘，慕公爲人，三致意焉。歷傳多著書作相踵，萬曆間毀于寇。其後，祖父又多購積，爲盜昪去城南，投之海。"嗚呼！我家之不幸，抑亦獺之不幸也。間嘗考諸邑乘，獺之人物、古迹寥寥罕見。夫號後生而使前人俱廢，居其地而令山川不名，余甚惜焉⑳。不憚才寡，著爲一册，約其品概，細分條目，其間訛謬闕失者，俟異日增益考正。

先是，余與吳君希然登高而望，謂地形名獺，絶不類是，思以易之。既而憶希聲公稱"獺江先生"矣，崑則何敢？于是，實考其新，名仍其舊㉑。

任學坡駢體文序　國朝黃瑞鰲

名士數奇，饒有窮愁資著述；才人易老，赢來歲月富文章。揚子雲載酒亭中，《法言》傳世；杜少陵浣花溪上，詩史絶倫。苟垂盛業于名山，奚必文人早貴；况裕詞源于學海，何妨大器晚成。

任生學坡，淮右名家，江東碩彦。竹馬鳩車之歲，夙慧擅乎長孫；請纓奪席之年，家學紹乎伯雨。饑唯煮字，肴六籍而饌百家；服頗好奇，裳芙蓉而衣荷芰。廿年刖足，三度折肱，論厥遭逢，既傷梗塞。觀其身世，尤嘆萍飄。石曼卿未葬之棺，更饒其二；張文昌欲盲之目，不遜其雙。范丹甑屢生塵，司馬家徒壁立。是以憫時感遇，都入嘯歌；寫怨言情，積成卷帙。一肚皮菜根滋味，化成玉版之香；滿腔子塊壘肝腸，幻作銀毫之彩。宜乎賦追六代，詩躡三唐，古文入韓、柳之藩，時藝嗣嘉、隆之響。"玉關羌笛"，旗亭歌發雙鬟；"孤鶩長天"，高閣句驚四座也。

今者言省大阮，偶過中都。值我鄉人珍伊國士，爰謀剞劂之費，用增梨棗之光。詩富千言，既品題于郭泰；文盈百軸，復鑒賞于彭宣。獨餘駢體之章，未得簡首之弁，遠縅尺素，謬索蕪題。展卷微吟，一片宮商聒耳；啓函審視，千行錦綉盈眸。游山重水複之中，似倩麻姑搔癢；玩花笑柳眠之致，如逢仁裕浣腸。以徵實爲翻空，雜端莊于流利。鏤金錯彩，依然秋水芙蕖；佩玉鳴鸞，仍自春風楊柳。洵所謂熏香摘艷，驅濤湧雲者矣。

不佞久荒舊學，濫忝名城。聞姓字于六年，識眉宇于一日。宰非言偃，快瞻子羽丰儀；士是任棠，幸惠龐參薤水。擊節一通，廢書三嘆。嗟乎！文章憎命達，早年雖見哂于甘羅；富貴逼人來，此日尚追踪于東野。我之懷矣，君其勖哉！

引

獺江先生孝經贊引　明洪進隆

古之言孝者，無過于孔子者矣。由孔子而上，若堯、舜、禹、湯、文、武、周公以來之聖；由孔子而下，若顔、閔、思、孟、周、程、朱、張以來之賢。一"孝"相傳，靡不統貫于孔、曾一時相與問答之一經。是經之所繫，厥惟重哉，雖與六經並傳可也。自經殘道裂，乃有浮屠氏教誣親以有罪，行私以徼福，其說至陋也。近世多宗之，而元尤甚。夫事親如孔、曾，可以無譏矣；爲人子得如孔、曾，亦可以止矣。後之事親者，不吾孔、曾相傳之孝是師，而靡然誦法浮屠，不亦惑乎！

先人獵江，睹胡俗之邪詖，懼聖道之湮晦，遂取宋儒朱考亭《孝經刊誤》刻之，而明其爲非兒童記誦之書，足以覺羣迷而扶世教。《釋奠儀式》、《經筵節次》凡二篇，所以用夏變夷，示人子以軌範也。

　　明室龍興，設學校，旁求儒雅，以闡大猷。先人以明經被辟，九載安溪學博士，興學作人，紀在邑乘。嗟乎！先人所學，雖莫有大，然實吾惠文獻之傳矣。去今一百餘年，笥笲在獺窟者，煨燼于兵火，惟此刻先興寧學博伯杲收藏幸存。自今觀之，博考載籍，采摭羣言以立贊述，敷暢厥旨，堯、舜、禹、湯、文、武、周、孔以來聖賢相傳之孝爛然復明，然則先人所明之經，概可知已。假令是經之贊盛行，浮屠氏之教當泯滅漸盡矣，又烏有浸淫于今日耶？

　　昔孟子距楊、墨，程氏排佛、老，彼皆爲聖道、世道長遠慮也，然猶在戰國、有宋間耳。先人之所邁值，何其幸也！方其所生之時，所處之俗，則與鄒、洛兩夫子殊矣，乃不惑于夷俗而篤信乎正道。若先人者，孟軻氏所謂豪傑之士歟？抑居近考亭然也。好古博雅君子，與先人同志，亦或有取于斯云。

山史小引　　國朝陳龍岩

　　往者岵老締余交，雲寮鑑水，不知月銷幾兩屐齒？閬生與長頑駿汝未丱也，各無竹馬裲襠之習、學詩、學字、學古文辭，閬生風氣迺上，兼擅畫師，吐納風雅外，別爲溪壑、嵐巒、花卉、翎毛、仙佛、人品，傳多少生面，而駿汝瞠乎後矣。

　　閬生先駿汝幾脫穎三年，山留丐詩，待詩成颺去。駿汝甫脫穎，遂即息影便房，侍岵老社伯，珥筆瓊樓之畔。嗟乎！詩豈可爲乎？岵老父子爲詩，而天奪其父；寒父子爲詩，而天奪其子。古來作賦滄洲，多邁奇厄，詩真不可爲也！顧福命之厚薄，亦視乎詩力之淺深。

　　岵老祭酒詩壇將三十年所，乃能致身中秘樞曹，年雖不昌，猶及知命。閬生出而劇九苞，吐歸昌固也。余半世勞薪，矢音齦齦，大率成于窮愁牢落，駿汝又從而學之，頌橘、賦鵩烏能永年，西河之恨，或者詩力之未深歟？

　　今讀閬生《山史》警句，一曰"賓品還能旌竹柏，借籌相與畫園畦"，一曰"受書從此銷壘氣,屠肉他年割不平",因憶駿汝卯年賦《餞春》之詞曰"半點紅花成古今,一株孤烟無起止",《客秋咏晚菊》曰"可憐數朶豔,孤負九秋天"。則清廟明堂、寒烟衰草,氣象迥然不侔,詩自先讖之,于人乎何尤?

募修明倫堂引　國朝朱兆綱

堂以"明倫"名,始自孟夫子推原古昔建立學宮之意,而紫陽氏遂書以額其堂,無非以學術誠偽、人心邪正、教化盛衰、風俗淳澆,無一不自綱常倫紀先致其辨,故世而治也。曰:"彝倫攸叙,否則攸斁。"古者帝王喜其叙而懼其斁也,爰不得不汲汲焉明之,蓋欲使置身于士君子之林者明之,使天下後世共明之,且以勉夫人之忠孝出自性成者,由之砥礪堅貞,稍逾閑檢者之有所惕息,而不至滅裂名教也。此非得在上者之示人以方,諭人以旨,引之以聖賢之域則不可接。

惠學肇自有宋,先在邑城之西,次遷于皇華驛左,再遷于登科山之陽,最後遷于縣治之東,年代邈矣,毋復詳叙。惟明倫堂初建于聖廟後,起于洪武四年邑侯羅公泰。至永樂十年,有張公桓嫌堂隱廟後,氣象未豁,改建于廟西高垇之處。嘉靖三年,萬公夔以學廟兩門參差異向,大加改正,悉撤舊材而易新之,即令傾圮就仆,巋然僅存規模之一席也。崇禎之季,有姑蘇趙公玉成負海內重望,另構講院于聖廟東偏,顏曰"文發"。朔望集紳衿講論其中,問難反覆,務闡朱、陸異同之秘,一時道學昌明,文風翔洽。凡學宮之內,若殿、若廡、若堂、若祠、若閣、若齋舍,靡不犂然一焕。撫今思昔,盛事猶如在目前也。

國朝文德覃敷,遠跨前代,奈地當濱海,滄桑疊見,城內廬舍至不能保有數椽,昔人所云學宮鞠爲茂草,殆有甚焉。順治十年,郡丞彭公清典來視邑篆,舉學宮廢墜,重加修葺。甫閱一歲,縣城復失守,向之經營補綴者仍遭蹂躪。甲寅之變,城墜邑墟,俛失俛復,蔓延者六載,駸駸乎天壤,莫可如何矣!

康熙二十三年,融山施先生適秉邑鐸,拜謁之下,悽悁不能已,謂食可無肉,坐可無氊,而必不可使我夫子廟貌日受凄風冷雨剥落之慘。于是大呼之,署邑晉丞劉君永蒼協力共襄。先從事于聖廟,自大成殿下及兩廡、戟門以及啓聖、名宦、鄉賢三祠,朽者實之,斜者正之,漏者增補之,塌者版築之,汙濕苔侵而文采沉湮者,伐石、陶磚粉飾而丹堊之。費廉工省,不動民間一緡,几筵棂桷輪奐陸離,先生可謂有功于聖人矣。

獨明倫堂併堂後朱文公祠、兩房齋舍工程浩大,前曾有估修之議,竟爾中止。會邑大夫徐公至,首倡割俸,毅然謂是舉毋容緩,且命施先生屬綱一言。綱肅容正冠,躍然而起曰:"是何文運之有待而興耶?"夫士人服習詩書,所講究者不外綱常倫紀之理。此理一明,則吐爲言論,精光便可貫于金石,蘊爲德業,名節自不愧于衾影。抒爲經濟,寰宇有親長和順之休;著爲勳猷,國家享正直充塞之福。蓋以扶植人倫者,即以之振興文教,其道無歧致也。公之欲亟修是堂也,其殆示人以方,諭人以旨,引而之于聖賢之域也歟。況是堂定自永樂,新自嘉靖,世隔一代,年幾三百,其間鳴琴調鶴、文采風流不乏宰,而偏留之以俟今日,謂非先聖在天之靈,有所特注焉,當不若是。今聖天子崇尚文學,首重興行,而蕞爾一邑,能承孟夫子推原建學與紫陽立表之意,以仰答吾君,揚休命而肅群材,事孰有大于此者乎?行見海濱鄒魯,學術以誠,人心以正,教化以盛,風俗以淳,未必不在此明倫堂一舉基之也。顧念斯堂蠱壞已極,修之與建所爭無幾,竊恐一人之清俸有限,而邑中紳士寥寥心銳,一朝力憚,半途工停材缺,厥成莫告,猶之乎弗修也。若然,則就惠言惠,隘矣,拘于墟矣。

夫不有籍繫聖賢位處其高以主張世道者,其可默不上聞以徹惠生光乎?堂不僅惠有也,倫之當明不僅惠也,以堂屬惠可也,以堂屬明倫而不區區專屬之惠可也。爲惠修堂以起衰救弊焉,大人事也;爲惠修是堂而因以勉天下之有倫不可不明,尤大人事也。移時厥堂報竣,端人輩出,沐潤澤而歌德造者,當曰微大人之力不至此,又不能無厚望爾!

續憶梅吟引　國朝朱兆綱

物之以香色列吾前也,自世眼視之概可愛也,概愛則濫;自道眼視之概可空也,概空則槁。若夫不傷濫,不墜槁,一切艷姿濃馥,繽紛奪目,漠不關情,而專取一物焉，爲之心曠神怡不能已已，則又疑于癖。獨是彭澤、濂溪各有專好，古今未嘗以癖目之，豈非以其韻格性情確乎相肖，故遇之如同心勝友，相須甚殷，而不在區區香色間也。

我邑父母寄庵陳先生之于梅也，向官于吳門作《憶梅詩》三十首，旋作《見梅詩》三十首，是梅固以先生爲彭澤、濂溪矣。及今官螺陽，復作《續憶梅詩》三十首。先生其真以梅爲同心勝友，一似離久愁生，有懷難訴，臨風忉怛，遥寄相思，尤過于彭澤、濂溪乎！

先生示余詩兼手牋云："簿書手版，碌碌泥塵，雖有佳景，且不暇流盼一顧，何能復憶當年？無如雨齋獨夜，惜芳辰之虛度，不覺舊游勝地兜上心來。"噫嘻！"半夜窗前十年事，一時和雨到心頭。"天涯游宦大約相同，至別事都捐，惟于一梅迴環不舍，覺此外更無可以縈我之懷抱者，謂非與梅之韻格性情大相酷肖而相須甚殷焉，當不若是。古人咏梅佳什，如和靖"疏影暗香"之句群推祭酒，乃王晉卿薄之，謂"杏與桃李皆可用"。雖立論過刻，特就梅言，梅即極工緻，亦梅自梅，而我自我，其旨趣亦索然易盡。

今讀《續憶梅詩》三十首，不盡言梅也。而梅之標芳披潔，掩映于山阿水湄者，直從懷思，宛宛生動。且自東至咸凡三用，尤難措筆，曾見古人咏梅有此乎否耶？雖然，先生之于梅而流連繾綣也，爲梅乎？抑爲吳門梅乎？吳門梅甲天下，夭嬌離奇，一望數十里，其縈先生之清夢也宜矣。然而瘦冷瓊枝，天南不乏，觸處有梅，皆堪晤對，乘雁不多，雙鳧不少，又何必吳門而始愉快？

余知先生之意在梅，而不僅在吳門之梅也。猶記曩邑署中有"見梅亭"，又西郭外高士峰曾有雅人劉子敬種梅數畝，一時稱盛。見梅亭近圮兵燹，高士峰亦兔葵燕麥動摇春風，坐使雪骨冰魂沉淪于瓦礫荊榛間。此無異乎洛下興維揚之思，長安來隴頭之贈，則今事變遷爲之也。

吾願先生重構是亭，四面多植梅花，而高士峰舊時數畝令人廣植百餘株，雖不能與吳門頡頏，然以是作吳門觀，未爲不可。移時，銜霜茁玉，幽芳襲人，禽鳥來親，鳴聲上下，召余把酒問梅，再作《見梅詩》三十首，余將賡而和之，勒諸梅側,以見先生之雅趣不凡也如此。時和年豐,莠芟禾茂,旁及于蒔花治圃也如此;抑且素心内守,晶光迸溢,纖塵微埃屏絶殆盡,令人見梅如見先生也又如此。河陽花縣不幾徒矜濃艷,漫無取擇也耶。

唐元稹爲翰林,承旨退朝,行廊下,初日映九英,梅隙光相射,積有氣勃勃然。百僚望之,謂"腸胃文章,映日可見"。先生腸胃直日映九英矣,癖云乎哉?

藕亭集小引　國朝林之燹

今而後知詩之道通于兵矣。王山陰曰:"兵者,惡人之死,欲死之以活人者也。能求活于死之中,則可以活人,而常使之不死。"余以爲知此道者,不唯可以制勝天下,即詩文一道從此悟入,思過半矣。

客冬歸自都門,觸緒成吟,興到奔會,所作皆從湘雨湖風、燕雪吴月中來。春游輪山,珥筆記曹,每與主人尊公談兵,咄咄逼人。公不喜兵書,然用兵以意暗合孫、吴。及與論詩,多即席分賦。公亦未嘗沉酣李、杜,隨其咳唾珠落,有詞人索想所不能到者。故觀其持重整暇,即詩之正格;相其出奇閃忽,得詩之變體。以是知旌旗摇曳,鼓角喧鳴,無非詩譜。公起余矣,乃覺嚮之吟于湘雨湖風、燕雪吴月之中者,皆淺于詩者也。

歲行將盡,偶檢筒稿成帙,紀曰"輪山近咏",從其地也。攜歸正值除夕,將效賈島取酒脯祭之。時壬寅之臘月也。

【校記】

① 清嘉慶《惠安縣志》卷首收有此序,題爲《張少卿原序》。
② "化、治",清嘉慶《惠安縣志》卷首作"成、宏(弘)"。
③ "窗稿",《駱台晉先生文集》莊毓慶手書原序(清光緒版)作"窗草"。
④ "異其言",《駱台晉先生文集》(力行印刷所翻印版)作"愛其言"。
⑤ "几庋",《駱台晉先生文集》(力行印刷所翻印版)作"幾度"。
⑥ "與",清道光《惠安縣續志》作"而"。
⑦ "倍妍",清道光《惠安縣續志》作"倍鮮"。

⑧ 清康熙年間,惠安獺江人洪崑作《獺江新考》,未刊。原稿在抗日戰爭初期被毀,幸他人有抄本保存。本書所收此文,乃爲《獺江新考》的開篇,給予標之爲序,并有所增删,删多增少。

⑨ "于是",《獺江新考》無此二字。

⑩ "無有",《獺江新考》作"均無"。

⑪ "國家底定太平",《獺江新考》作"國家定鼎"。

⑫ "故明",《獺江新考》作"前明"。

⑬ "已成",《獺江新考》作"先成"。

⑭ "三王",《獺江新考》作"四王",即其所指:福建的靖南王、雲南的平西王、廣西的女王、廣東的尚王。

⑮ "幾無遺類矣",《獺江新考》作"人無遺類"。

⑯ "我靖海將軍……一時稽首來享",《獺江新考》作"廷議曰:'天下太平,而海氛未靖,卧榻之側,豈容他人鼾睡?'乃復下詔招撫。成功雖有孫繼立,才更不逮乃祖,一時稽首來享"。

⑰ "百無有一",《獺江新考》作"百無一二"。

⑱ "前云",《獺江新考》無此二字。

⑲ "盛衰異數",《獺江新考》作"盛衰易變"。

⑳ "崑生也晚……余甚惜焉",《獺江新考》無載。

㉑ "既而憶希聲公……名仍其舊",《獺江新考》作"既而吾祖希聲公以品行、文學聞,時稱'獺江先生云'"。

螺陽文獻卷六

記

鋪錦記① 宋黃宗旦

[龍啓二年]甲午十有一月朔,越七日癸丑,車駕幸于此祠。家廟置酒召姻舅飲,酒酣,上戲曰:"太陽俯照秀溪,山後徑前蹊乾不乾。"克濟公正色颺言曰:"願彼麗天恒在午,并乾九有八荒間。"帝喜曰:"尚賴群辟。"終宴,極歡而罷。時夕陽西下,帝宿于離宮。

次日,駕幸靈秀山,見峰巒峭拔,狀似美人,詔改號曰"美女峰"。又覽[諸]形勝畢,駕回,獨羨是山之美勢巉岩,偃伏盤蔚②,嘆曰:"地靈人傑,不其然乎!"又見第宅周迴,甲乙翼翼,增以阡陌,飾之錦綉,以爲雖花錦之地,不足以勝之,故以"錦"字別名里曰"錦里",驛曰"錦田驛",居曰"錦第",溪曰"錦谿",墓院曰"錦田大福勝院"。君恩優渥,家塚增榮。斯日也,盤桓游宴之間,唱和不絕。

晚,帝入宿。至次平明時,見金風剪剪、瓦霜稜稜,帝曰:"錦田之地如斯時者,暫乎?常乎?"克宗公奏曰:"兹地極濱,遇秋之日,如城郭之遇冬也。"帝嘆曰:"小民得無愁苦之聲乎?"于是下詔:"凡濱海之居民房屋,許用瓦粘。"而濱海獲以粘居者始此。

然斯時也,于山之上旁築御道,結彩山,設帝座,置離宮,鋪錦于田,剪彩于樹,窮極華麗。觸目之間,令人不覺有折屐齒處。至于山石之巔,則刻有萬歲龜、千年鶴、鍾馗拊鹿驅鬼于上焉。不特是也,鐫字于石,則前有"通帝座",後有"巍是天",左有"過處"便是。山右有兩峰,之間又是嶺。至于山勢崎嶇,行者多困而躓,則鍥書于山曰:"凡登山有道,徐行則不困,措足于平穩之地則不跌。"而其他盛事則紀于碑碣之間者，不贅言也。

噫！游幸日也，東則有衿佩煌煌，文雅雍雍；西則有兵衛森森，旗旄閃閃。結綺散彩，千載殊逢，故筆之爲子孫道。

訥裕侄女，爲閩王審知妃，生子延鈞稱帝，來游母家。黃氏自楚國而下，金紫爛焉。叔才此記，追揚先美，以垂後襮，而吾惠"錦田"之號，亦于是有徵。

通濟橋記　宋黃時亨

邑東南三里地名"雙溪"，源出龜湖之南，流匯龍山之北，環抱邑治，行人于此問津焉。常病于潦濟，議欲橋之。以石遠難致，屢舉屢輟。

丙午秋，祥光夜現于溪之南，有異人指曰："造物隱其珍于石峽之陂，水涸石出。"匠者得之，遂鳩工。緣槖製橋七間，長二十餘丈，始于己酉春三月，冬十月訖工。豈非石與橋會，役省工倍，天相而人樂歟，不然何其成之速也？

頌之者曰："願拓津梁心，爲濟大川用，使天下蒙福，萬世永賴，又豈一橋所能囿！"是則可書。

仙游縣尉廳思賢堂記③　宋黃岩孫

仙游尉廳，在縣西南數十步。屋壽且數百年，廣不至奢，狹不至陋，規模、位置整整可觀。樓曰"大隱"，可以面溪山；軒曰"梅竹"，可以羅賓友；亭曰"環秀"，可以娛觴咏。有堂介乎其間，粗完④可喜，書冊橫陳，花木群揖，公暇藏修必以是。前此未有名之者，意必有所待，余因榜之者⑤"思賢"。

有客來詰所以，曰："尉職警捕耳，事至俗，官至卑。以至卑且俗之官，而馳志于至高至遠之域，得微欺我歟？敢問子之所謂'思賢'者何居？"余且愧且笑，對曰："客何以言之陋？士方脫民畝，齒吏行，俯首就一尉，誠卑且俗。然事俗而不自爲俗者，學充于事也。官卑而不自爲卑者，人大其官也。故有都三公而飄忽如烟埃者，亦有屈一尉而震耀隨日月者，顧樹立何如耳。客亦嘗聞昔之尉斯邑者有二賢乎？"

邑舊有學，日就圮，士失所業。咸平中，段公⑥全易東南隙地，新而大之。作孔子廟，按《三禮圖》爲七十二子像。役既畢，率縣令備三獻告成，且碑之侈其事，士歡曰："官于此者未有是！"用大勸始，盛有儒雅。至今論者起曰段尉云。蔡君謨弟兄生農家，幼未知學。凌公景陽一日拔之群髫，延之公廨，與子弟齒，兄弟日進學不已。去之日，復以屬之守，實于學督課之。後接踵登上第，而君謨卒爲慶曆名臣，繫一尉教誨之力。

夫尉以警捕爲職，止于警捕而已，今也立學以教民，挈民以就學，切切然若不逮，可謂不局于其職者矣。彼局于其職者，以繫捕爲威，以發擿爲神，以一切治理爲功，至于興學化民之事，則曰"非其職"⑦。二公不局于其職之中，而行其志于其職之外，可不謂賢乎哉？殆不可與卑且俗者概論也。

昔常衮使閩，以文辭進郡縣小民，而首得歐陽詹；文翁治蜀，修學宫，而人爭爲弟子員。余謂段、凌二公之舉實似之，特位有崇卑，故所施有廣狹耳。然二公初筮之所施，已晶熒炫耀如此，使推之一州、一路，其功豈在常衮、文翁下哉？

余職警于此，視二公無能爲役，深恐先賢之名久遂就埋没，故以名堂寓其德，難華高之思；復記其所以名堂之意，俾刻焉，既醫余之俗，且洗客之陋，又以詔後之官于此者。

寶祐四年十月三日記。

游菱溪記⑧　元盧　琦

惠安之北鄉，其泉石林麓之美，獨菱溪爲[最]勝。菱溪源甚遠，惟余之所嘗游者爲尤勝。溪之上兩峰對峙，皆蒼翠可愛，嶵嵬崒嵂⑨，狀若相敵而不相讓焉者。一水出兩峰之間，或淵瀁黝黑，莫測其底；或淺僅没膝，瑩徹靜幽⑩，魚之往來可數也。溪多石，水觸之則滂湃有聲。其最巨者離列水中，相距咫尺，水束而過，過則帖然，凡幾曲折[出]而抵于驛道之衝。

宋治平中，橋之以渡，即所謂"永濟橋"者。水由橋下流注⑪，有山橫截，其流水復曲行疾逝。自此以往，余亦未暇究其所窮也。余外館烏石山下，溪出山之背⑫。曩余來訪親舊，愛溪之勝而屢游之。然信宿即出⑬，不能久留也。

　　至元己卯初夏，余與莆田大方君⑭同寓烏石精舍，每日未晡，主人輒相命以出。出則[之]菱溪，至則沿流上下以釣得魚則歸⑮，歸則月出東山矣。故一月⑯率一至焉，雖風雨亦往，然猶以爲未極其趣也。

　　五月末浣，不雨不晴（暘），主人⑰野服芒履，客亦如之。一僮携釣以從⑱，一僮肩酒雜以肴果⑲，始由永濟橋則（側）披榛取道以達于溪。主人把釣立于翠蔓青樹之下，倦則與客列坐石上，命酒小酌，酌罷即釣如故。頃之，步且前，石愈奇，水愈清，地愈奧，意愈適，而魚之嗜餌者，亦數數獲之。于是，爽氣憑凌（陵），煩襟飄灑⑳，雖屢酌不醉也。已而復得石橋數間，盤桓久之，溯此而上，計當猶有佳處而日入矣。噫！主人生于斯，長于斯，且將老于斯。余與方君[皆]客也，水光山色不可奪而取分以去也㉑！雖欲恒賞茲勝，其可得耶㉒？

　　昔柳儀曹以事謫南州㉓，久且不復，其境之最勝者，若黃溪、鈷鉧潭等處無所不游。游[輒]爲之記，所謂雄深雅健之文，皆于是乎得。今余才不見用于時，文不足示于後，姑書此以記歲月云㉔。

永春學記㉕　元　盧　琦

　　泉[郡]之西百三十里㉖置永春[縣]治，[縣]之西五里置學。稽諸邑乘㉗，學[舊]在縣東。宋大觀迄紹興，凡再遷而後定。

　　元至正十二年壬辰春三月，余始莅縣事，即謁學。教諭高仲舉及學職陳龜等進而言曰："是學自至元內附以來，前後累政，咸有功焉㉘。然歲久屋老，隨葺隨壞，宜更理之。顧租入之薄㉙，猶不足以供祭祀，贍諸生㉚，如營繕何？"余喟然嘆曰："彼釋老氏之宮布滿天下，在在華麗。今天朝右文，而聖人之居卑陋若此㉛，矧余[來]，方欲以教化理斯邑，而學又教化所[自]出，尚得辭其責乎？"于是，邑之好義者若陳惟孝等，相與謀曰："令方有事于學，吾黨當協力相之，以速于成，毋俾令獨勞也㉜。"

居無何,粟盈于倉,楮積于帑㉝。是年夏六月,首作戟門五間,高與殿稱。距戟門四丈有奇,建櫺星門以臨通衢,與戟門稱。戟門之左爲小屋,祠護學其中㉞。左㉟爲亭,因故址而加崇焉。亭舊名"思樂",今易而匾之曰"光霽"。重修㊱明倫堂暨左右四齋,柱之腐者易之,棟之撓者更之,俾可[以]久。堂之東西各有庫,西以藏經史,而學官之私居鄰焉;東以藏祭器,而魁星祠密邇焉。堂之西構儀門,與兩廡接,爲間㊲如戟門之數。儀門之外㊳,鑿地爲池,甃石以潴水,而跨(橋)其上,環以欄楯。仍繪先聖及從祀像,而并華其殿。由殿而廡,由廡而門,悉加丹堊。

十四年甲午夏五月,安溪[縣]寇作,六月侵我疆,官署、民廬咸毀于火㊴,而是宮巋然獨存。既而義旅聚于斯,官軍寓于斯,栖兵于齋,飼馬于亭,穴垣而蹂,斧戶而爨,所不免毀者竟存于庠第㊵。余方與戈甲卧起,弗暇顧也。

十五年乙未春三月,寇平,民獲休息,乃復召工傭補頹弊㊶。戟門之外砌石爲庭,而種樹于其側。櫺星之外,築墻二十丈以障其前,[闢]官道而廣之。徙興賢、省元二坊于道之左右以相望焉,蓋至是而役告畢矣。又以士之無以爲養也,復勸陳光輔等捨田若干以廩之。[以]祭器之未具也,復範簠、簋,製籩、豆以用之㊷。

秋八月上丁,祀克如禮。[禮]闋,宴于堂上。群賢具在,教諭鄭大同及邑士顔寧助等請曰:"某等董役于兹,與執事相周旋,殆相(將)四載,中更禍亂,尚賴先聖在天之靈,獲就緒矣。今者釋干戈而執俎豆,捨甲冑而被衣冠,雍容揖讓㊸于禮樂之地,顧非幸歟?願記之,以示來者。"

余聞之,學,所以明人倫也。夫人倫有五,君臣乃(爲)五倫之一,所係爲尤重。聖人教人爲學,不過欲明此而已㊹。永春承平日久,民不習鬥,寇[始]乘其無備而掠之。邑大夫士一旦㊺忿而起,慨然仗義興兵㊻,爲國家出死力。其細民亦往往用力(命)于鋒鏑之下而不暇恤其身,以攻則克,以守則固。寇分道闖吾境,大小三十餘戰,而竟不能入其尺寸。蓋民心之分,不可一旦(日)廢。故能臨危舍命,有不待勉而爲之者,豈非平昔服習聖人之教而然哉?然則學校之設,其有功于世大矣。

今百里寧謐,而吾與君得以相安于無事,寧可忘其所自耶[47]！諸君[48]第以營繕之顛末求余文,而不知余之所記,殆有重于此者。土木云乎哉？輪奐云乎哉？衆咸曰"然",遂書于記[49]。

張氏草堂記 明洪 鍾

惠安之東南皆濱鉅海,有地隆然而號曰"龍山",下多名族大家。溪流夾護于後,田疇衍夷于前,清河張彥宗氏築讀書室而居之。

彥宗之言曰:"古人之學可知之矣。學不外乎事,事必原于學,以灑掃應對爲性命道德之寓,以格物致知爲修齊治平之端,體用相須,交致其力。學爲有體之學,業爲有用之業,及其至也,才皆有用之才。仁足以成己,智足以及物,人咸仰之。我非不欲學此,而未之或逮也,惟格物致知以養此心,惟言行忠信以存此心。六德、六藝之文溯其原,五經、四書之蘊提其要;考古今之成敗,察義利之依違。日與聖賢相對,得有以自樂;凜如神明在上,得無非僻之干。我今應時需,然夙昔致知之心,尚戀此書室者也。若夫操觚吮墨,媒爵秩而貿軒裳,事不求諸心,馹賈其心弗顧也,言不顧行,夷虜其行弗恥也。窮居無以獨善,得志無以及民,悉歸于無用者,其于學之高下何如也？"

獺江洪希聲聞是言而壯之,遂次以爲序。

一峰書院記[50] 明張 岳

故翰林修撰一峰羅先生,初入仕即上疏數千言,論大學士李公不當起復,落職提舉泉南市舶司。未幾召回,守貲南都,即浩然棄歸,天下既聞其風而高之。比歸,杜門講學,不以世事屑意,而尤嚴其節于辭受取舍[51]之際,俊偉明白,必欲得其本心而後已,故久之而天下益信服焉[52]。

嘉靖己丑春,按察副使萬安郭公持平巡歷至泉,以先生嘗謫居于是也,而尸祝之典未舉。維時郡守顧侯可久以入覲去,乃謀別駕李侯文、節推徐侯岊,得城北叢祠一區，請于巡按御史聶公豹，斥去昏淫之鬼，因舊材稍易蠹壞，悉以堅良。以三月朔日，率郡之人士，奉先生神主而舍奠焉。既又治其齋居、講堂，下及庖湢之屬，凡爲屋四十間有奇，擇士之有志者居之，延鄉進士王宣顓職其教。是夏，顧侯及晋江大尹錢君某㉝至自京師，則教士續食之法，講求益備，而書院之傳可以久而不廢矣。

夫以先生風烈之盛，去之千百載，聞其風者，猶將低徊嚮慕，不能自已。而況神靈精爽，睹臨兹宇，登降出入，如將見之，有不反身警惕，求無愧于先生之心者乎？孟子曰："無爲其所不爲，無欲其所不欲，如此而已矣。"而推其所爲所欲之類，至于穿窬同科，夫士者之不爲穿窬必矣。孟子復云爾者，幾微審察之間，一有未至，其陷溺必至是爾。是故人苟得其本心也，雖嘑爾、蹴爾之不受。乞人、行道之人之心，與不受千駟萬鍾者無以異也。如其苟焉，以遷就于功利而已，則桓、文之所以挾義而霸㉞，良、平之所以挾術而謀，亦何以異于穿窬者哉？此其得失，必有能辨之者。先生所以寧終其身困約，而不肯少貶以徇流俗［者］，其不以是歟？

世或言起復之事，李公入疏辭者十七八矣，最後乃屬先生。先生辭不宛曲，若有負李公者，是不然。夫事之不得乎理而冒爲之者，使出于庸人與小人，中材以下皆得以指摘而議之。惟其不幸出于賢者，復有賢者爲之諱其失而回護之，則是非反易，人心無所折衷，其流弊可勝言哉？嗚呼！此先生之所深憂也，亦惟求得其本心而已矣。故并述之，以告吾黨之學者。

惠安建城記㉟　明李　愷

今上御極三十二年，癸丑春三月㊱，提督軍務、巡撫、都御史王思質公秉鉞莅閩，集諸大吏議曰："去歲，倭寇入溫、台海郡，黃岩城闕殲于寇。按閩地圖，長樂、福清、惠安三邑濱于海，國初立墩置堠，羅密如堡，［倭與虜同備。］今聖天子命余璽書，首稱邊檄（徼）要害，度可城城之，以衛民銷禍于微，慮患至深遠矣！"于是㊲，分守參政王君宗元、分巡福寧道兵備僉事汪君垍、［兼管海道］屯田佥事徐君光启，合谋同声，巡按御史赵君豸之会文，各为疏请，天子可其议⁵⁸。思质公乃宣上德意，责省臣以出资金，责宪臣汪君珀专考工课。

徐君躬历三邑，冲风蒙雾，略基定制。冬十有一月过惠，诸父老言曰："邑东南跨海，劫戮频仍，宜城，但土瘠民罢，不逮于清、乐远甚⁵⁹，奈何？"君乃恳乞于省［裁通判孙君继禄，原议之余，酌推官袁君世荣同估之数，］得金万五千七百有奇，以授县令俞君文进。俞君以金封输于府，太守童君汉臣掌其目，同知艾君儒、推官归君大道量工命日。俞令分俵之，于是民志欢悦，民气充踊。

甲寅二月初，都长、里正均财画界，相观以励，工执干绳，匠操錾错（凿），开山伐石，扫地⁶⁰作址。方春零雨浃旬，丁丁以筑，泥实土坚，伏牛之石，其下如磐，令以积分之法刻日督之，不趣（趋）以来，至创为辇辁，除道转石。分守参政熊君洛、巡海副使卜君大同后至，共襄厥事⁶¹。

城轮员之数，以丈计者九百八十有六⁶²；高下兼垛之数，以丈计者丈有九；垣厚薄之数，其下丈有二；雉堞之多，以数计者千八百七十有五。通行者为门，门有四。空其穴以溜者为涵，涵有七⁶³，暴雨山水溢出，龙津顺之。杀其涨者为关，关有二，上汇山水，圈门二；下并汇城中水，圈门三。门为楼以壮形势者四，为窝铺以避风雨者十有二。

惠，小邑也，析置于太平兴国间，以警议城，屡议屡罢。先邑少保张净峰请城之不果⁶⁴，今也经始毕役。自春徂秋，六七月⁶⁵之间树旷古稀奇之烈，遗我子孙逸居之利。峰峦增高，骈巘孔固，官无追呼⁶⁶，民冈烦瘁，非有体国之忠、经世之猷、救时之念、敦大明远之规，其孰能之？昔孙叔敖城沂（圻）三旬而就，不愆于素，今之善使民亦若是哉！

粤若混沌初分，天地万物，咸有亏缺。黄帝、尧、舜数圣人，生于雍、冀，渐次治理，以及于齐、鲁，而后以位以育。闽、瓯越在荒服之外，周、秦以来未齿于冠带。汉武以往，始列侯置守，沟渠、城郭、文字、政刑日亲（新）月盛。今扬州之赋，与《禹贡》所第下下者异。历代谊辟良吏，搏节弥纶之道周也。兹三城之成也，圣天子在上，贤公卿在职，念蕞尔之邑为之御灾捍患于世世，［与禹抑洪水，周公兼夷狄、驅猛獸,爲生民立命一而已矣。]參輔化育之功極全大備,雖遐陬窮壤,無復滲漏遺亡,豈若霸者小補之爲。古有見舞韶箾者,嘆虞之德蔑以加;睹河洛者,思禹功之大。惠城峻不可[以]入,堅可以守,眠且帖席,老老幼幼[涵育]于其中矣。大君至德如虞,而諸公勳名可以比禹、稷。被之一方者,放之天下者也,惠之民不可于萬世仰而思乎?

王[思質]公,名忬,太倉人;趙[玉泉]公,名孔昭,[邢台人;汪君珆,]休寧人。德位他時當紀之太常,兹鏤之珉石,貽永久也。愷迂拙不文,叙其始卒皥皥而不庸,猶夫民焉。謹記[67]。

立朱文公祠講堂記　明莊朝賓

文公先生從祀孔子廟庭矣,而此又祠以祀之者,古者鄉先生可祭于社者,即其鄉而祀之,仕而著有功于其土,則即其所仕之土而祀之,然皆係于一方,而未必通于祀典。乃有不以其鄉,不以其所仕之土,而特作文廟如今惠人所祀于文公先生者,尊其道以爲學者宗也。

先生後濂、洛而興,以繼往開來爲己任,殫生平以肆力于學問,即其探討之勤,研究之精,似與超絶穎悟者異趣。要之,致一會通之地,固有洞徹本原,而非爲聞見誦習之末者。學者未窺其奧,乃以所向趨意旨與陸子静異,遂謂陸專于尊德性,而朱專道學問。夫德性、學問原非二事,而下學上達,機固融通而類相長者,豈可以二之而爲專門也?

蕭侯學溯淵源而推之以敷有政,則此崇尚儒術以風厲人士,其以昔所聞于先生,亹亹而卒業焉,以日叩聖真而登之于閫奧。則是祠之立,于以崇聖學,定士志,而俾國家以實用之方也,功顧不偉歟?

會黃君繼儒、鄭君應章以職任在典學,交相勸率,惠彬彬多士矣。于是,嘉侯之政之知所先也。

重建登科書院記　明莊應禎

山川清淑之氣,盤礴鬱紆,毓秀孕靈,鍾而爲奧區,則必有名人托迹于其原,以洩山川之秘。而尤司牧茲土之賢者，從而表章之，以標其勝，斯并有聞于世矣。嘗稽之載籍，衡岳、五老，天下之名山也。白鹿洞、岳麓書院，皆因昔名賢潛修于峰下而肇建之，歷代沿創，逾千百歲而名不磨。入我朝則增拓式廓，光昭人文之賁，與衡岳、五老相輝映。由此言之，山靈人事殆有相符應者乎！

吾惠登高山，枕縣治西麓，蓮花瞰其左，錦山聳其右，文筆諸峰環峙于前；青林翠岩，蜿迤明秀，實邑勝處也。宋盧瞻讀書于上，以八行舉。嘉熙間，邑令鄭清子創建登科書院，寖後院宇湮圮久矣，頹垣圮址，隱見荒榛野莽間。覽勝懷昔，所以鼎新之夫固有待歟？庚午歲，郡少伯斗野李公攝縣事，謀經始之而未就，乃捐金留之帑，其崇尚之意蓋宏遠矣。

今邑侯筆山劉公，以名進士來宰吾邑。初至，莅其地，睹名迹鞠爲荒丘，輒愀然慨于其中，然時有政務，未遑也。治閱三載餘，政舉廢興，士悅人和，哀然績用有成。戊寅春，率寮貳相周原，度其陰陽協吉，乃遴三尹王艇湖君才，界之董其事，庀材鳩工，營建堂廡，繚以周垣，罔擾于民，成于不日，而規制奐然一新。行且增舍，聚生徒爲肄息之所。其視白鹿、岳麓之建，殊代同謀矣！

想昔盧氏之藏修于斯也，頤神澄慮，湛然自適，間以獨得之趣，寫情于掞藻抒英，以發其胸中之奇，得之山川之助，蓋既多者。惠之人士，得相從于其間，能用志于內，即山川之勝，覽昔賢之迹，必將油然而思奮乎！然則，劉侯之重建書院，固所以啓佑我後學，興高山景行之仰，以踵美前修，其嘉惠至意，固與茲土垺峙也。

邑諸縉紳、庠序縫士，咸謂宜有記，謬以屬余。余不佞，因溯往昔，叙廢興，爰搦管書之，以志重建歲月云。

戚南塘平倭全惠記　明曾承芳

明興一統，薄海內外，罔不臣服。倭，古日本也，黏張島外，叛服叵測。高皇帝從劉誠意，詔斥其貢，而閩、浙相與密邇，命湯信國經理東南，通番下海之禁，其載諸令甲者尤嚴，聖謨詒遠，疆宇乂安，蓋今百八十年餘矣。

近而法圮，倭船至者往往竊稱入貢，探吾勁弱，內地奸萌復重結而向導之，于是倭寖爲患。至壬子則浙直雲擾矣,乙卯遂患閩,戊午破福清,繼而寧德、福安破,繼而永寧衞則又破矣。

吾惠孤城,當南北寇衝,城累卵矣。寇蟻集于吾閩,且億萬計,頻年徵召客兵,糜費不貲,竟未能向賊洞發一矢,而剽掠之禍視賊過之。

壬戌秋,南塘戚公方參戎浙中,提所部義烏兵來援,所過秋毫無犯,民大喜。公至,憩甲相機七日,遂攻寧德賊,破之于橫嶼。季秋,攻福清,不崇朝而摧白石、牛田諸營,又破之于林墩,賊數千殲焉。

公以賊平去閩未幾,冬十月晦,倭又陷莆城,長驅蹂石、崎墟、平海,環閩大震。巡按李公告急于朝,且疏三華譚公及公名以請云:"非綸、繼光二臣無以解燃眉。"廷議從之,留公總戎。公躍馬馳至,則寇已舍興化出渚林矣,公一鼓破之。其餘孽宵遁入海,公又遣兵破之海上。

癸亥冬,新倭又熾,疾抵仙游,環列萬壘,相持五浹旬,城幾不支。公率精兵從間道入,寇望幟而遁,麾兵乘之,斬馘殆盡,城賴以全。余方與鄉大夫憲副李公、太守張公登陴,聞報相嘆曰:"有是哉,公功之烈也!惠與仙游相唇齒,數月來非公爲之保障,吾屬無遺類矣,是惡可忘!"乙丑秋,邑侯蕭君至,遂拊循其民,救凋殘,布新命,與民更始,民益逸豫復其初。然非公爲保障,惠何以得有今日也,則又惡可忘!

是冬十一月,適與巡撫何公平漳賊凱旋,歷惠安,民歡呼,挈壺漿以迎。余亦從諸大夫後出郊勞公,而公從容語余以善後之計:以爲狙詐狼貪,時拏舟載方物、戎器以窺我,間得間則張戎器而肆侵掠;不得,則陳方物而稱朝貢,故屢貢則屢寇。倭貢不絕,則倭之患未可卒弭也!公爲之慮若此。而余間以復公,則以公所將兵卒、公所練義烏諸弟子固難常集,而統之者不必皆公,則客兵之變猶昔也,故不若土兵便。然土兵今既練矣,有司苟能核實其法而行之以信,必使習于攻戰衝擊之法,一如公所部兵,則閩自足以修戰守,而客兵可漸去矣。公以余言爲然,亟令諸將倣行之。

吾惠諸里老以邑不忘公之意,謀勒石以旌公。余因叙其大較,用塞諸父老之請，且諗後來之當事者宜效公云。

泗州尊經閣記　明張　宇

　　學宮制遍天下，內以藏書有尊經閣，則豈不洽文治而斌斌哉！顧閣或有或否，或有復廢，或今創，其有責在郡國吏。吏不得良，雖其夫子之宮慢視之矣，況閣乎！舊無閣，今有閣，而閣之觀視他郡國有過無不及焉，則吏之作學可知也，蓋吾泗州是已。

　　泗之學宮如制，無有所謂閣者，有文會堂。而堂居窪不得善地，其制顧又隘也。部使者臨泗，泗之人士輒號于部使者，誰能閣吾泗州，厲吾學徒，使吾泗士毋陋列友邦而斌斌稱善國乎？顧坐力詘縮不爲也，而今侍御德興舒公始檄爲之。舒公言曰："泗蓋帝鄉，泗士其帝材子弟也。泗不爲閣，則誰而爲閣者？"州太守陳公任其事，于是泗州始閣，蓋文會舊所也。基築視舊高，榱幾尺，楹幾間，則陳公之所爲拓矣。

　　方閣之未作也，泗士可數百輩，矯首咨嗟，若家未堂。閣成，翬飛鳥革，巍如煥如，牙籤、錦帙，且爛盈閣，富矣。經蓋獨尊，故名士閣游也，有不奮趨迅力，庶古所謂經明行修之士而勉毋怠者乎？

　　洙、泗之間，從游三千，七十二賢最著，以彼其材至衆矣，夷猶講誦，終其身不倦。夫子授門弟子何等也？《詩》、《書》執《禮》，雅言存焉，《易》贊《春秋》作，門弟子不必盡曉。夫子以傳之人，口授其大義，人蓋始尊經矣。孔子没，七十子喪，而亂經者紛如，刑名則亂，縱橫則亂，荒唐則又亂。秦坑、漢嫚不惟亂經，而且廢經，經孰知所尊者？群儒區區補葺，扶而守之，又訓詁而傳之。訓詁學興，分文析字，煩言碎辭，不必盡得經意。謂經不知尊，固不可。宋儒淵湛其思，其說經理，旨故邃也。繭絲牛毛，不極要眇不止。經于宋儒愈尊名物數度，而漢人蓋詳矣。制今從宋注疏，廢不以理，經又衹挾其一而已。經生學子，皓首一經守家，章句以老，如法家言，試之它經，愕不知所置對。注疏不曉，謂何語也？力殫于專門，而慮遺于稽洽，豈不謂尊而不該哉！《樂》學闕矣，六經五存，飭身計國之事，備在其中，博學詳說，蓋所以爲用也。國家將策大計，動經義，不博習則慮閼，不可以應卒。余故謂閣中書士，宜兼肆毋固，以益其材。

世儒高論，輒矜心學，而薄聞見。求經于經，彼謂文義牽制，卑不尊也。心有尊經者在，何外求經？信斯言也，必道心乃可爾。顧上智不數也，輒以道心懸定天下，曰無學而經存，可乎哉？聖人之教無之，顏氏喟然之語博文先矣。好古敏求，夫子蓋自命云云，則斯閣可少哉？第尊以實，毋苟矜名；又尊以行，毋言靡靡浮也，斯謂善尊，其在我泗士矣，余故以豫告之。

閣始萬曆丙子之仲春，成以其年孟夏。役鉅成速，而民不擾，太守善體侍御之意，古良吏也！書之以方吏在他郡國者。謹記。

重修曾爐寺記⑱　明陳擧賢

曾爐派出于紫雲。紫雲舊多名僧，此蓋其別隱修真之地云。兵燹後，寺幾廢。茲重過之，則槐竹葱蒨，香花紛郁，而諸禪房亦稍稍增葺矣。問之主僧員晤，曰：「惟茲寺田，兵後存者三之一。其後一者又多迷失，僅存十之七，又奸佃據之，餉額在寺，法重僧逋，故寺幾廢。嗣後，葉、劉、鍾三憲⑲，稍寬撫之。迨今，憲蘇⑳又爲法，其豪據者，盡以歸僧。幸年稍稔，故得以其羨及抄化所得者修之，以奉香火。是惟諸憲㉑檀施之功，宜千歲壽㉒。」

嗟乎！佛法歷千劫不磨，乃亦患苦如斯耶㉓！往朱子簿同安㉔，《憫梵天寺僧》詩云：「輸盡王租生理微，野僧行乞暮來歸。」于是頗爲計。寺至今幸存不廢，則朱子力也。夫天之大無外，王者之道亦無外，乃今不能爲地而猥以外教虐待之，此其于天、于王者之意，謂何甚矣哉？其異于子朱子之用心也。若葉、劉諸當道，則庶幾今朱子哉㉕！

茶罷，員晤邀余記。［余］遂爲述㉖其所以廢興者，兼志往來。時萬曆十四年。

張襄惠鎮粵樓特祀記㉗　明駱日升

少則聞余鄉張襄惠公之倡明學問也，蓋與文成王公同時。當是時，"致良知"之學滿天下，學士、大夫破舊聞而驟見本體，群以爲解縛雙脫矣，而獨襄惠公弗是也。

始見文成公辯論往復，不肯詘其下。陽明高第弟子雙江聶公，素與公底勵，語公誠豪傑，顧無奈舊聞纏擾，何也？公笑曰："吾尊吾所聞足矣。"蓋當文成之世，能爲程、朱氏左袒者，惟公與泰和整庵羅公兩人而已。而久之，則學者率好言本體，而不言工夫，纔拈及戒謹恐懼，即指爲外道，甚則口慧語綺，而不掩于實。于是"致良知"之說，又始行而中變。而迨今上皇帝采輿議，俎豆文成于學宮，則其學愈以大明于天下矣，乃識者猶然有力行寖衰之懼焉。夫聖賢之教人，猶醫者之療疹，隨病立方，寧必有定法哉！周衰文勝，士溺于百家見聞[73]，故孔子誘之以約禮。戰國之士，轉而入楊、墨之偏枯，故孟子反之于仁義。當宋儒分更分漏之後，知行動靜，種種歧爲二見，微文成則終無合併歸一之日。然得其言，不得所以言，則本體之說亦遂能誤人矣！孰謂襄惠公之學而可少哉？

公之學起基于收心定志，而敦于君、父、朋友之倫，語默進退，莫不有法。其爲人嚴正簡重，不事華飾，所爲文亦不務險怪，而議論宏壯，詞氣渾灝，亦非單薄纖巧之技所可倫也。

當武皇帝時，公仕爲行人，諫南巡，杖闕下。已出郎署，督學粵西，改江西，降提舉，最後總督兩廣、湖貴，躋九列，而不能一日其身于朝廷之上，先後遭値柄臣，如貴溪、分宜，皆忌公正直，而終不相入。其功業在楚、在粵者，如剿叛苗，撫安南，至今長老猶以爲謳吟，然終不能盡公之用之萬一也！

余巡柳州，見一碑記，公督學所至，輒與人言"誠明"之學。嗟呼！"誠明"之與"致良知"，豈有二乎哉？誠者，天之道也；誠之者，人之道也。人心之有知，非人之所能爲也，天也。天故不容僞，天下之至誠，未有誠于此者也。是故不明則不可謂知，不誠則不可謂良，自"明誠"之與"致良知"豈有異哉？古之人，惟見以爲同，則不敢強異；惟見以爲異，則不敢苟同。下手得力之處，別自有在，則亦不肯俛焉而迴轉于人。是以氣力厚而操持固，不似今之人依違玩弄于同不同之間，假托圓通而漫無結局也。

公豈非其人歟？公征柳州傜，爲馬平除百年之害。事寧，因築柳北郭城屬之江，而建樓其上曰"鎮粤"。後人思公，即其處祠之，春秋饗祀，迄今且五十餘年，而麗牲之碑，未有紀者。余再經祠下瞻拜，低徊不能去，因爲紀立石刻之。蓋將與海内有志之士尚論公學，而共厥嚮往，非獨爲一方父老之思而已也。

公名岳，字維喬，官階、實行詳見《廣西通志》中。長子宓，以恩爲慶遠知府，祀名宦。仲子寯，中甲子順天鄉試。有孫曰迎，今爲南京吏部文選郎，與余善。

陳侯重修碣石永濟橋生祠記　明駱日升

我邑侯會稽陳公涖邑事之二年，既以蒿目殫心，爲吾民修敝起廢咸有緒，而會碣石橋圮于雨，石梁没入水者若干丈。橋去邑二十里許，爲閩南軌迹必經之地。侯首斥贖鍰鬻田，鳩工伐石，程物繕築。俾諸生吳貞元輩董其役，告成事有日矣。父老、子弟道斯橋者，咸徬徨履視，謂侯諸役一不以煩民，且邑市中龍津橋同日俱圮，不半載先後砥平。其拮据如此之勤，而利濟人往來如此之大也，不可不祠于其地，則詣余請勒石記之。

余少讀侯制義，遒勁醲郁，不啻若東南美箭，而後乃今悉侯之所以治辦也。史傳稱"廉吏折轅車，布被囊，刻厲，人所不堪"。侯齋中冬月，至不辦一絮，此與古何異？乃色笑輸人，從容盡下，更不勝娓娓也，斯廉者所難矣！往歲祲，侯度民且轉死，亟餔之；又請諸吾黨之周悉人隱者，與粟分賑，貸其里，里無虛户，而户無虛餉，幸全活至今。稍閒，則修學宫，新廟貌，較羔雉，禮耆碩，清浮淫，幾不遺餘力。民所爲舞蹈詠歌，而祠侯于橋之旁者，實備此意，不徒第以橋已也。

孔子曰："斯民也，三代之所以直道而行也。"夫民方仰上以生，寧復愛其情，故一日而去乎其地，則思而祠之，示想像也。在其官則口爲之碑，以沐浴盛德，厲揭恩波，欲有傳焉，而不使或遏佚，因而寄之利害興除之所在，習而親之之意也。夫習而親之與想而像之，是皆出于斯人之不能自已，非有所要結迎合，其斯謂古之直道也。侯方今奏最上主計，而前是大中丞袁公，疏薦侯治行高第，宜余郡第一。然則侯名位將從玆起，吾民之想望風采詎有窮時，舞蹈詠歌，余可復遜長老、子弟哉？因不辭而爲之記。

侯名淙，浙會稽人，以萬曆癸丑令余邑。

修惠安學泮池記　明潘一諤

惠學有泮，宋淳熙中周公震始爲之。入昭代，歷陳公永年、魯公穆、萬公爕，凡再徙地，一改鑿而始爲今泮，語詳邑志中，而更新大備，則今安成鄧侯，始煥然有成云。

先是，泮之始作，制儉以樸。歲久時異，泥堅于壚，溝鯁于淤。初之渙渙者，幾類硯吻之乾，其則荒若壞岸者有之。鄧侯至，既已主盟在玆，愛士會文，凡所以造于學者，鼎鼎不忘。嘗以朔望履泮上謁，愀然徬徨，顧謂學博林君、李君、蔡君曰："嘻！力詘至此乎？夫學以泮規，泮以水液，故龍憑淵則飛，風行水則文。君子有澤，斯其淑遠朋友麗澤則其悅習。比物觀象，厥義斯在。且有頑其石，何以示潤？有窒其梁，胡以勸登？以吾之至是邦也，聞先正道德、功業、氣節、文章之匠，相踵不乏。欲極其盛，寖熾寖昌，雄跨中原，震橫千秋，必泮焉興，其勿可緩。"三君同拜謝："某等久懷此心，且諸生前後上記，謚當如是。實留其勝，以待明公。"

公乃立振筆製序，頃刻千言，宣告紳袍及諸士子。謂林君："力主其要，諭我子弟勿騷勿勩。凡百經費，惟余是任。"謂李君、蔡君："君善形家，煩主經畫，臧而後動。"已乃與三君親步巘上下，相其流泉，循尋故道，具得曲折。遂以吉日，盛服告神，割俸鳩工。召諸生會集計事，囑楊生某董役，張生某會財。濬淺爲深，廓窄爲敞，更庳爲隆，易麗以精。自丙寅十二月至丁卯二月，凡兩閱月而告成事。復以水道之久而且堙也，置人以典守，購田以給直，刻石而表道，藏籍以備考。凡規制，既綢既悉，務可永永。蓋自明興二百六十年，而惠泮之制，始盡善于今日。于是三君與諸士咸相賀，造余謂："斯盛舉，不可無紀。"

余惟事關育才，非徒循故事之難，而中心樂之之貴。昔魯人樂泮之有水，而魯侯能色笑以樂其樂，故爲之頌，至今爲烈。今之宰，古之侯；而今之閩士，猶號

"海嶠之鄒魯"也。是泮之作,侯欣欣爲人士施惠,銳力一意,毫無勉強。育莫此厚,樂莫此至。侯之德澤因于心而續托于泮。泮長流,則侯之德長在,其紀侯者,不已大乎?乃作頌曰:"泮之未作,有泮旹如。泮之既作,眉鏡以舒。有芹青青,有泉既馨。出自山下,習科以盈。有梁如軒,有石如墻。履之允升,追琢是虔。泮鱗潑潑,貞珉揭揭。文教既興,武靈亦發。昔稱泮修,淮氛攸服。今我海邦,無反無側。爰藏爰修,爰游爰息。匪直科名,長發賢哲。"

鄧侯,諱英,己未進士,江西安福人。林君,諱齊聖,壬子鄉進士,莆陽人。李君,諱廷試,粵東三水人;蔡君,諱時馨,延平人,並歲貢士。

雒陽公館記　明陳玉輝

雒陽舊無公館。創自今何?邑父老也。館屬于公,創自父老何?生祠也。生祠而命之以"公館"何?侯不居其伐也,蓋嘗聞輿人之頌矣。

邑土瘠,半爲斥鹵,重以涔㬮爲虐,里多愁嘆之聲。自侯爲邑,廉平不苛,殫精興釐,詢疾苦,禁淫衮,斥積役,慎出納,修學宮,禮髦士,廣儲峙,立津梁。其最大德,當夫疫癘流行,餓殍播野,侯寢食不寧,中夜繞榻,唏噓流涕;單騎走遍村落,起垂絕之溝瘠,而次第賑之,所全活不可勝計。其以爲慈母,吾儕小人孺慕靡極,將以雒陽爲畏壘,世世尸祝之。于時糞鍤方興,應者不鼓而舞,釀金飭材,陶甓伐石,不浹旬而祠成。侯蹙然曰:"令奉職無狀,兢兢對責是虞。夫是役也,其誰非父老之膏血胼胝?吾每聞父老出一錢,役一日,如膏血胼胝之在躬,胲之則痛,勞之則楚,毋乃重吾過,安用祠之?其庚爲公館可。"

諸父老皇皇不自懌,過而謀陳子:"生祠非自今始,昔荀勖令安陽,邑爲立祠;陸雲令浚儀,百姓圖形像,配食縣社。此兩公者,皆以循聲著,生而尸祝之,何獨我侯固辭?"

陳子曰:"余聞之楊公,昔楊瑒在官清白,國人將爲鏡石,瑒竟固辭。諸父老將竊附于安陽、浚儀之百姓,侯不居其伐,其爲楊瑒乎?《易》之《咸》,主感去心而咸何?大都有心之感,感必易渝。《咸》虛其位于四,著其義于五。五曰

'咸其脢',脢則無心之感,動乎腎腸,滲于肌髓。譬磁石運鐵,春霆發蟄,蓋有神焉冥注于其間。余觀侯沉静冲約,蕭蕭一署,無異寒齋。盟心而行,未嘗求知當道,于世味、名根都淡。故家視邑,子視民,勤以暨之,絶無雕鏤刻畫之迹,蓋于《易》得《咸》道焉。真誠所格,甘澍可以應零,猛虎可以度海,何況血氣心知之倫,沐浴湛闓,未有不慕義而共尸祝之者。侯縱不居其伐,余固已觀其所感矣。雖然,錐江以北,車塵馬足馳驟,士農商旅之所鱗集,侯以歲時入郡,道經雒陽,停驂少憩,對桑下之嬌雛,哦花村之明月。諸父老獲望顔色,一切利病、苦樂,畢達于階前盈尺之地,藹若家人父子。然于以較夫展拜祠下,仰瞻榱桷,俯睇几筵,徙徛徊不能去者,不更真切愉怡乎哉?《緇衣》之章曰'適子之館兮'。夫適子之館,其爲尸祝也大矣!"諸父老唯唯,遂紀顛末于石。

中憲大夫卓峰戴先生思德祠記[29]　明陳玉輝

夫祠,志思也。惟思故祠,惟德故思。惟有德于里甚厚,故歿千數年後,而思彌殷殷不置,則先生于崇宜有以祠乎?

崇,先生故里也。自先生往,當道已採賢譽而袝于瞽宗矣。而崇人更殷殷思不置也,醵金創祠,將子孫世尸祝之,過而屬記陳生。蓋嘗觀人情矣。負重喘息者,解其半猶脱然喜,而況弛其負而休之者乎?疾痛呻吟者,得暫安噲然卧矣,而況藥其疾而瘳之者乎?

崇業海,海故利藪。自竭澤苛稅,而斁蛋困;自豪狙利估貨,乘颶而攖刵之,而海舶困;自東事棘,郡國籍操舟度遼,而諸籍當行者困。而愴然怵然,爲之請蠲,爲之戢下人,爲之免征調,夫誰之力?則皆先生以也。此之樹德,奚啻弛其負而休之,藥其疾而瘳之者?

余聞先生有至性,痛贈翁不及鍾釜之奉,摧慟幾絶,以侍太安人白顛孺慕。由西曹出守東甌,備兵嶺海,拳拳爲公家愛養元元,則以梓桑之敬,棠芾之陰,樹德于崇,特其餘緒。夫純孝所感,雪芝且爲標祥;湛闓所孚,禱祀且爲蠻應。何況枌榆之鄉,已嚮其利,何獨無尸祝之思,而出畏壘之民下乎?

嗟嗟！先生歿方十餘載，崇之風景日遷，狐鼠縱橫，斥鹵蕭條，喘息呻吟之狀，令人盱衡搤掔。儻有解其半而與之暫安者乎，亦所忻願，安敢遽望于弛其負而休之，藥其疾而瘳之者？而回首當年，弛其負，藥其疾，惟先生然也，則殷殷之思，奚有已時？夫祀之礿宗，所以章教厲俗，鉅典也；祠之楡社，所以戴德志思，興情也。余故勒之貞珉，令後之尚論者有所考焉。

先生諱一俊，字惟宅，嘉靖癸丑進士，歷官比部尚書郎，溫、雷二州太守，廣東按察司副使致仕。

楚鎮山川形勢井廠記　國朝駱儼

滇南山川，皆發于西北，匯于東南，而形勢定焉，人物產焉。山川之在東南者，若金馬、碧鷄、太華、昆池、煥文、雲龍、玉筍、撫仙，其名勝也，代多人傑，皆地靈積厚所由鍾也；山川之在西北者，若點蒼、洱海、鷄足、江甌、雪山、寶蓋、金漾、潞滄、六詔，其名勝也，代不乏賢，皆彝多漢少所自來也。若楚屬山川，魯魁、哀牢扼于肘腋，蒙番、猛緬環于臂指，雖有龍川、鳳嶺、紫溪、金江之勝，然地當衝要，土瘠民疲，殷憂時切于懷耳。

按《輿志》：環滇皆彝，凡四十種，而處于楚、姚、蒙、景四郡者十七種，居深山窮谷，異言異姓，出沒靡常，如鳥獸類也。物之所產者，楚之黑井、琅井、阿陋井、姚之白井、景之大、小等井，以及楚之永盛、石羊、馬龍、土革喇、姚之惠隆，蒙之西窰等廠，課額甲迆東，十之八九是所產之物，又豈不他郡若哉？

總之，山川者，生人、生物；形勢者，衛人、衛物。滇之人物多在東南，形勢多在西北，今制提軍坐臨乎大理，亦以西北重也。然非威楚扼其咽喉，不幾治外而忘內，治遠而忘近哉！莅斯土者，誠知威楚形勢之不可築斯城而高，鑿斯池而深，金湯之固，與山川而俱永，是則余之望也。

張郡侯喜雨亭記　國朝林之濬

惠爲邑，當溫陵、莆陽南北孔道，東臨大海，西則群山叢峙，地多磽确斥鹵，无深溪大川以通舟楫，爲百货之所不聚。民生其间，尽力于南亩，竭终岁勤动，仅足以餬其口，无可爲储峙者；稍遇水旱之灾，则嗸嗸然仰榖于他邑。以故泉郡所属，唯惠邑称最俭焉。

雍正甲辰岁，邑二麦不登，菽又大歉。夏禾已垂垂熟，民望以稍安。乃五月初旬，飓风大作，震动冲击，竟亩无颗遗者；海滨则扬沙发屋，凡所种地，悉壓爲不毛荒野。秋继以旱，于是每岁所恃以爲食者禾麦、甘薯、麻菽之类，举无一熟，米价腾踊，而民始流离转徙，大不堪命矣。

莱阳张公，以刑部郎奉特简来守是邦。下车未匝月，备知惠民疾苦，迫于岁除，怵然不安者久之。献岁即亲赴会城，请于上宪，运臺郡之米，平糶于惠。米陆续至者餘两月，而米价平矣。公自会城归，途中所遇惠民播迁他邑者，即损货计口以给，谆勸回籍。至惠邑，饥民塞道求济，公皆如其意以给之，而民稍安集矣。

然自十一月不雨，至今岁三月。公每到郡，步祷于清源山，而时雨降；公来惠邑，祷于邑之城隍，时雨又降。公念滨海之民饥馑尤堪（甚），凡鬻儿卖女，皆加惠以米。因巡于惠之輞川、崇武，见雨泽未沛，祷于崇武之社，而时雨乃大降，一邑霑足，麦以有秋，民于是欣欣有起色。公又劝邑之有餘者，相继出赈将阅月。是时，早稻已登场，民乃平复如初。公以实心行实政，不沽名，不矫激，而天人感通，至于如是。惠民之得以更生者，皆公之赐也。因共建喜雨亭，俾某爲文以纪之。

公莅郡未一岁，凡所举行，皆切中一方利病，公岂独私我惠民哉？触于其外，而动于其中，不能以已者，诚之所将，天且不违，有以知公之所存远矣。昔富郑公自喜青州赈饥，全活数十万命，爲胜于二十四考中书。公勋名富贵，他日与郑公等。吾知其所喜谈乐道者，犹在我惠邑也。我惠邑之民，子子孙孙尚其时思所以报公哉！

重修雷州府学记 　國朝莊承祚

雷之郡学，缮葺在康熙庚辰。岁去今十二，子未再周，而榱桷朽败，垣壁飘頹,兩廡及戟門尤甚。

余以康熙癸巳莅海康。海康,雷首邑,附于郭,登堂而愀然者久之,詢其傾圮之速,喟然一發一愾也。曰:"壞學宮者非颶即蠹,其一至于此者乎?"夫雷瀕海,海颶之起,拔木飛石,何有于學宮?又地產木,外堅內脆,作棟梁不十載而蠹內蝕之,敗糜無存,屢興屢廢,勢作固然。獨念學校為興賢育材地,方今翱翔芹泮者能不競馳夫聲華之勢而自植其四維于弗墜焉否也。士習之壞也,胸臆間蓋亦有其颶與蠹焉,以自搖撼而剝損其良,日趨靡敝,莫之救正,學宮其小者也。

劉君注司郡鐸,慨然與余謀新之。府憲趙公,雅意作人,檄三縣修治之。匪伊朝夕,余獨引為己任。劉君董其事,精詳不耗。正殿略補罅隙而已,戟門則重建焉。至兩廡木石之費尤浩,皆次第以舉。工興自癸巳冬,迄甲午六月而竣。士者,民之望也;郡學者,旁邑之倡也。今者郡士入學宮,煥然一新矣。誠觸興廢之感,爭自樹立,不濡染于耳目,堅砥名節,經明而行修,楷範旁邑,以為庶民率,則人心之颶與蠹可胥去也。噫!此學校之所以不廢歟。

周瑜城記　　國朝黃瑞鷟

陳壽《三國志》載周瑜,廬江舒人。紫陽《綱目》紀孫堅從軍于外,留家壽春,策年十餘歲已交結知名舒人。周瑜與策同年,亦英達夙成,自舒來造,推結分好,勸策徙舒,推道南大宅與策。合觀二史,瑜生于舒,有足徵者。

余閱《舒志》,知有故城,未暇往。一日,行部憩凈梵寺,見有公瑾木主,詢之老僧,曰:"此公瑾故宅,後改為寺,因祀之,即邑志所載周瑜城也。"余覽其遺址,雉堞已廢,壁壘猶存。登高而望,河水縈帶,群山糾紛,其形勝一大觀也。遐想當年于此講武厲兵,龍驤虎視,進欲毗輔吳主,併吞蜀、魏,囊括四海;退欲保守江東,三分漢鼎,俾孫氏南面稱孤,其雄才偉略、雅量高致,卓乎一世之傑也。乃抱猷未展,齎志早終,周郎一去,吳祚日衰。曾幾何時,樓船下而王氣收,鐵鎖沉而降幡出,孫氏之河山既付之司馬,而公瑾之城郭亦變為梵宮矣。女墻盡覆,夜烏空啼,宵柝不聞,晨鐘自響,美人之妝臺安在,牧馬之舊市已墟,殊令人俯仰興懷,不勝今昔之感也。

嗟呼！三國人材,瑜、亮並稱,而千載論定之下,輒謂瑜不如亮,豈以亮王佐之才超越管、蕭,伯仲伊、吕？而前後《出師》二表,程子稱其與《伊訓》、《説命》相表裏,瑜固未可同日而語耶！雖然,方曹操之破荆州也,威震四海,吴之諸臣議欲迎之,獨瑜建拒操之策,力排衆議,運籌決勝,瞭如指掌。當是時,先主爲操所破,遣亮詣權求救,亮説權命將統兵與劉豫州并力拒操,瑜乃以精兵三萬人詣先主,大敗操軍于赤壁,乘勝克捷,江南悉平。是役也,雖亮説權爲之,而主其議者瑜也,豈非英雄所見略同乎？

不僅此也,張昭薦亮于權,亮不肯留；蔣幹爲操説瑜,瑜不爲動,此其忠貞同也。華歆遺書于亮,勸其稱藩,亮遂不報；曹操下書孫權,責其質子,瑜諫勿遣,此其節義同也。亮渡瀘水,出祁山,鞠躬盡瘁,死而後已；瑜救甘寧,戰曹仁,身當矢石,視死如歸,此其委身報國同也。李嚴見黜于孔明,聞其卒而病死,至有後人不能之痛；程普不睦于公瑾,繼敬服而親重,至有若飲醇醪之譽,此其盛德感人同也。誰詔瑜與亮不可同日而語哉？

仲謀稱公瑾有王佐才,昭烈得孔明如魚得水,亦稱公瑾文武籌略,萬人之英。由此觀之,瑜誠亮之亞匹也,余是以記故城而論及之。

碑

惠安縣漏室碑　宋謝起宗

惠安爲邑,已百七十有六年。所更邑長,亦六十有四政。類不暇恤挈壺氏之事,民間生子者諏時于野巫,夜半行人或致疑于四鼓,夙興之勤無所于稽,授時之道有慚他邑。

紹興二十四年三月,福清林仲俞始尹邑事,未浹辰間,百廢具舉。惟是午夜鼓人失節,一日語同僚曰："今早晚銜率謹時而官無其拘,縱得之晝,復失之夜,不可謂政。"會建安日者張仁能其事,遂使營□,陶土爲壺,揭木爲籌三十有八,以驗晦朔弦望、遲速出沒，無毫釐差。創于蕤賓之吉，成于夷則之望，闢廳事東廡以實之。同寮相與觀焉，僉曰："天地相去凡八萬一千三百九十四里，周天凡五十一萬三千六百八十七里，日月循環，冥寞難測，皆不逃于茲漏之涓滴。嗚呼，休哉！"乃屬菱溪謝起宗書于石。

起宗併請銘曰：

陶工揭木，注水其中。水之增減，天地攸同。誰不知時，伊廳事東。六十四政，因循俟公。昔諏且疑，今焉雍容。吁千百年，自我折衷。

副將軍紀公德政碑　明駱日升

上在宥四十有五載，威德遐邕，方內粢寧。惟是扶桑之塢，候月觀風，頑弗即叙，當事者惟分部置帥爲兢兢。于是秋浦紀公，奉璽書以副將軍參戎事，盡護南垂軍，即清漳而填焉，制也。越明年，政通人和，歌頌並作，所部什伍請立石，以勒公不朽。而會金門所軍吏白君敦實，不佞姻家友也，則謂："不佞世家海上，喜談兵，樂道人之善，宜有言。"不佞敬諾客，公在事踰年耳，何遽祝之于畏壘？白君之使前致辭："公隆準鳳晴，有威重，性夷易，不樂爲拘束（束濕）。治軍書稍暇，輒從容嘯咏，緣飾以儒術。然而轅門之內外斬如也，號令明，賞罰必，壅寓之患息，朘削之風革。以歲之不易，瘴癘見欺，人死以谷量，公捐貲召醫，出藥餌與方，全活之無慮數十百。我人見公如見父母，碑則惡可已也。"

余惟古之名將，與士卒最下者同苦甘，士未食弗食，未止舍弗舍，疾病羸弱皆躬爲拊之，故能得人之死力以赴蹈湯火，雖爲國家死亡所恨，故曰蓄恩不倦，以一取萬，豫附焉故也。彼貴不省士，猥云成功，天幸耳！公殆有古人之風乎！

今夫漳鯢窟也，嘉靖間蓋屢訌矣。張璉起，豫章震動，吳平、魯（曾）一本遞雄，交廣螫焉。當是時，童牛山之木，不足于艨艟；傾列郡之藏，不足于糧餉。暴師經年，曾不得要領，何以故？有逼而驅之者矣。一本之上書幕府也，其辭絶痛，大略謂："獸不窮不逸，魚不枯不泣，令官寬我，我庸詎至是乎？"斯言也，當路且以爲刺心。此已事之鏡也！

今天子神聖調化，瑟倚鼎鉉，張恬愉之鵠，厲貞廉之風，通闓懌之路，股肱有位，莫不夙夜孳孳，務稱塞明詔。乃公在事，一意以勞來得民，千喁而唱和之。南溟而南，其少甦乎？假向者吳平、一本葦，將安所置喙焉？客稱公惠周澤渥，顧不至貶尊。夫民張則弛之，弛則張之，威克厥愛，古固有成言矣。要以里父之愛其子，時而加諸膝，時而賜之杖；不幸而有疾，藥必瞑眩，寧直頉頉呫囁者之爲，其心何日在子耶？《易》之《師》，取象于地中之水。夫地之于水，浸灌相得，勿可使淫；流漫衍溢，勿可使無統；窮極奔放，淳潴洄洑，勿可使激且遏。大將之于下，亦若是矣。故曰："君子以容民畜衆，吉莫大焉。"斯其師貞之丈人也與哉！王三錫命，夫將在師中矣，碑則惡可已也。

公諱元憲，字起家，萬曆甲辰進士，至今官，南直貴池人。

【校記】

①《清源文獻》卷十二和清嘉慶《惠安縣志》卷三十二均録有此文，前者題爲《閩帝游靈秀山記》，後者題爲《靈秀山記》；清道光《惠安縣續志》卷九亦録有此文，題爲《鋪錦記》，但有所删改。

②"盤蔚"，清嘉慶《惠安縣志》卷三十二作"盤鬱"。

③清道光《惠安縣續志》卷九收有此文，題爲《思賢堂記》。

④"粗完"，《清源文獻》卷十二在"粗完"兩字之下多一"潔"字。

⑤"之者"，《清源文獻》卷十二作"之曰"。

⑥"段公"，清道光《惠安縣續志》卷九作"殷公"。

⑦"非其職"，《清源文獻》卷十二、《惠安縣續志》卷九均作"非吾職"。

⑧清嘉慶《惠安縣志》卷三十二、道光《惠安縣續志》卷九均收有此文，前者題爲《馬山埭記》，後者題爲《菱溪記》。

⑨"崴嵬嶧嵷"，《圭峰集》卷下作"崔嵬嶧嵷"，《清源文獻》卷十二和清嘉慶《惠安縣志》卷三十二均作"嵯峨嵯嵥"。

⑩"静幽"，《圭峰集》卷下作"凈幽"。

⑪"流注"，《圭峰集》卷下和《惠安縣續志》卷九均作"徑注"，《清源文獻》卷十二和嘉慶《惠安縣志》卷三十二均無"流"字。

⑫"余外館烏石山下,溪出山之背",《圭峰集》卷下無此十二字。

⑬"即出",《圭峰集》卷下、《清源文獻》卷十二均作"即去"。

⑭"余與莆田大方君",《圭峰集》卷下作"予與莆陽人方君"。

⑮"至則沿流上下以釣得魚則歸",《圭峰集》卷下作"至則沿下流以釣得魚以歸"。

⑯"一月",《圭峰集》卷下作"夕"。

⑰"主人",《清源文獻》卷十二作"三人"。

⑱"一僮携釣以從",《圭峰集》卷下作"一僮釣竿以從"。

⑲"肴果",《圭峰集》卷下作"肴蔌"。

⑳"飄灑",《圭峰集》卷下作"瀟灑"。

㉑"水光山色不可奪而取分以去也",《圭峰集》卷下作"山色水光不可奪取分而去也",《清源文獻》卷十二作"水光山色不可奪而取分而去也"。

㉒"雖欲恒賞兹勝,其可得耶",《圭峰集》卷下作"雖欲常賞諸勝,其可得乎"。

㉓"昔柳儀曹以事謫南州",《圭峰集》卷下作"昔柳子遭事謫南州"。

㉔"姑書此以記歲月云",《圭峰集》卷下作"姑書以志歲月云耳"。

㉕《圭峰集》卷下收有此文,題爲《重修永春縣學記》。

㉖"百三十里",《圭峰集》卷下作"百二十里"。

㉗"稽諸邑乘",《圭峰集》卷下作"稽之邑乘"。

㉘"前後累政,咸有功焉",《圭峰集》卷下作"前後累政",下無"咸有功焉"四字。

㉙"顧租入之薄",《圭峰集》卷下和清乾隆《永春州志》卷十二均作"顧學租薄"。

㉚"贍諸生",《圭峰集》卷下作"贍師生",清乾隆《永春州志》作"贍書生"。

㉛"卑陋若此",《圭峰集》卷下作"其陋若是",下還有"吾徒得無恧乎"六字。

㉜"毋俾令獨勞也",《圭峰集》卷下在"以速于成"之下無此六字。

㉝"楮積于帑",《圭峰集》卷下作"楮羡于帑矣"。

㉞"戟門之左爲小屋,祠護學其中",《圭峰集》卷下在"小屋"之下無"祠護學其中"五字。

㉟"左",《圭峰集》卷下作"右"。

㊱"重修",《圭峰集》卷下作"遂及"。

㊲"爲間",《圭峰集》卷下作"爲門"。

㊳"之外",《圭峰集》卷下作"之内"。

㊴“官署、民廬咸毁于火”,《圭峰集》卷下作“官署、民户毁于火”。

㊵“所不免毁者竟存于庠第”,《圭峰集》卷下作“所不克毁者僅廟”。

㊶“傭補頹弊”,《圭峰集》卷下作“補頹”。

㊷“復範簠、簋、製籩、豆以用之”,《圭峰集》卷下作“復範簠、簋、籩、豆以用”。

㊸“揖讓”,《圭峰集》卷下作“揖遜”。

㊹“不過欲明此而已”,《圭峰集》卷下作“亦不過明此而已”。

㊺“一旦”,《圭峰集》卷下作“且”。

㊻“慨然仗義興兵”,《圭峰集》卷下作“慨然興義兵”。

㊼“而吾與君得相安于無事,寧可忘其自耶”,《圭峰集》卷下作“吾與君等相安于無事,其可忘自耶”。

㊽“諸君”,《圭峰集》卷下作“諸君子”。

㊾“遂書于記”,《圭峰集》卷下作“遂書記”。

㊿《小山類稿》卷十四和清乾隆《晋江縣志》卷十六都收録此文,前者題爲《一峰羅先生書院記》,後者題爲《張岳梅石書院記》。

(51)“取舍”,清乾隆《晋江縣志》卷十六作“取與”。

(52)“益信服焉”,清乾隆《晋江縣志》卷十六作“愈信服焉”。

(53)“錢君某”,清乾隆《晋江縣志》卷十六作“錢君楩”。

(54)“挾義而霸”,清乾隆《晋江縣志》卷十六作“貪功而伯”,《小山類稿》卷十四作“扶義而伯”。

(55)清道光《惠安縣續志》卷十一收有此文,題爲《新建惠安縣城記》。

(56)“三月”,清道光《惠安縣續志》卷十一作“正月”。

(57)“于是”,清道光《惠安縣續志》卷十一作“于時”。

(58)“各爲疏請,天子可其議”,清道光《惠安縣續志》卷十一作“各疏請,天子曰吁!中丞訏謨,司空慮事。議上如初。三邑士民戴如天之仁,懼舉嬴之詘,皇皇焉,疑且信也”。

(59)“但土瘠民罷,不逮于清、樂遠甚”,清道光《惠安縣續志》卷十一作“但土瘠民疲困,猶不逮于清、樂甚”。

(60)“掃地”,清道光《惠安縣續志》卷十一作“插地”。

(61)“分守參政熊君洛、巡海副使卜君大同後至,共襄厥事”,清道光《惠安縣續志》卷十一作“八月戊戌,鉅功告成。今都御史李公天寵、御史胡公志夔,風采震盪,適稽成迹焉”。

㉒ "以丈計者九百八十有六",清道光《惠安縣續志》卷十一作"以大計者千八百九十有六"。

㉓ "涵有七",清道光《惠安縣續志》卷十一作"涵有六"。

㉔ "先邑少保張凈峰請城之不果",清道光《惠安縣續志》卷十一作"先是邑襄惠張公岳請城之不果"。

㉕ "六七月",清道光《惠安縣續志》卷十一作"六、七、八月"。

㉖ "追呼",清道光《惠安縣續志》卷十一作"迫呼"。

㉗ "謹記",清道光《惠安縣續志》卷十一作"嘉靖丙秋記"。

㉘ 此記原立爲碑,現無存,明釋元賢《泉州開元寺志》"碑記"有收錄。

㉙ "三憲",《泉州開元寺志》作"三大人"。

㉚ "憲蘇",《泉州開元寺志》作"蘇大人"。

㉛ "諸憲",《泉州開元寺志》作"諸大人"。

㉜ "宜千歲壽"前面,《泉州開元寺志》多加"諸大人"三字。

㉝ "耶",《泉州開元寺志》作"哉"。

㉞ "簿同安"下面,《泉州開元寺志》多加一"時"字。

㉟ "若葉、劉諸當道,則庶幾今朱子哉",《泉州開元寺志》作"若諸大人,則今朱子哉"。

㊱ "爲述",《泉州開元寺志》作"爲記"。

㊲ 《駱台晉先生文集》卷三收有此文,題爲《張襄惠鎮粵樓特祀碑記》。

㊳ "百家見聞",《駱台晉先生文集》卷三作"百家兄臨"。

㊴ 清嘉慶《惠安縣志》卷三十二收有此文,題爲《戴公祠記》。

㊵ "自",原作"曰",據《三國志·孫策傳》改。

螺陽文獻卷七

傳

余畏叟公傳　明張　岳

先生諱福，萬祥其字也。登進士第，仕至二千石，歷撫州、平陽、九江三劇郡。擠于權勢，左遷同知，又歷寧波、太平，致同知事居家①。而職二千石最久，績最著，最有聲。鄉人稱之，猶從其初官曰"太守"云。

先生幼有至性，八歲失所恃，事繼母以孝聞。甫十四，入邑庠。郡大夫以公事至，謁學升講堂，奇先生宇貌，訝其衣服不飭，衆以繼母對，先生諱之曰："家貧耳。"大夫初奇先生有遠大器，而不知其識度本如是，愈加奇愛。

永樂乙酉，舉于鄉。明年第進士，太宗皇帝以盡忠國家許之。蓋先生以氣概自負，耿耿形于色，可望而知。奉敕還鄉讀書，未幾起爲行人。奉命使交，宣達有體。交人悅之，餽以金銀貨寶，悉却不受，交情②大服。使還入對，具述使事及却金，上曰："餽贐之金可受也，何故却之？"先生頓首曰："臣受命出疆，國家榮辱攸係，而以貨易守，彼謂使臣可貨也，國家何賴焉？臣恐死無解四夷之侮笑也，故不敢受。"上由是深嘉之。凡有使夷③之事，必以命先生，或正或介，皆能稱旨，而上注深矣。

庚寅，車駕幸北京，仁廟監國，先生適巡緝南郡，以權要朱主事不法事④，具啓致法司。擬謫先生戎（戍）籍，先生令家人愬冤行在。上覽奏曰："是非使交行人耶？朕方欲用之，安得有是旨？"遂取詣行在，親鞫之，果得其情，[遂]命復先生職，反罪朱，所司皆置重辟。時上怒不可測，先生爲叩頭死請，乃從輕典。先生之仇，自此立矣。其後，以年勞擢撫州。丁外艱，服闋歷二郡。左遷同知，又歷二郡,遂致仕。

先生方介志以忠誠結知人主,不能媚事權貴。仇人稍稍復用,于宣德之末,連結部院,相與伺先生隙而擠之。先生方與異己者爲敵,以故歷敷五郡,積二十餘年不遷,竟中飛語坐貶。其自九江左遷寧波也,素不善先生者,謂其重聽廢事。參政饒禮抗聲折之曰:"余福耳重聽,其心固聰也。與世徒有耳者較,孰輕重者⑤?"凡以好惡爲先生毀譽[者],若此類。先生能自堅其守,不爲威惕利疚,故卒完其晚節以歸。居家和易執禮,若未嘗有位者,鄉人莫不加敬。臨終,立諸子牀前,歷叙生平。既而曰:"是何所在也?"曰:"正寢。""有婦人乎?"曰:"無。"遂瞑目。諸子亟請曰:"將無遺命乎?"曰:"無用浮屠。"士大夫聞之,嘆曰:"余先生亡矣!"吊者、執紼者、賻者,相屬于道。

張岳曰:余家[舊]藏《寅賓堂詩》一章,先生爲吾世祖經歷公所賦。其辭甚偉,余幼能誦之。邇謁先生家廟,閱家乘,日接前輩長者,聞先生事甚偉,使交爲尤偉。吾邑有登科、文筆諸山,靈秀輸委,百年來惟先生一受之,繼先生後又不多見,先生其偉人哉!是不可使無傳也已。

少保襄惠張公傳⑥ 明李　愷

襄惠張公⑦,諱岳,字維喬,別號净峰,唐文獻曲江[公]弟嶺南節度使、殿中監九皋之後也。六世孫崇紀入閩,子瀾爲漳州刺史,始立族張坑。入我朝⑧,曾祖桐廬丞茂、祖萍鄉令綸⑨。父英德令慎⑩,有聞,弘治壬子十月,鄭淑人生公于外家霞庄之舍,宅有祥光。茂公卜其庚甲曰:"是必亢吾宗者!"爲人沉毅朴古,慕古賢豪,志匡天下。正德癸酉領鄉薦第一,丁丑第進士,愈發憤,爲學友陳紫峰講《易》。

武皇寢疾,公上疏言:"當以九卿輪直嘗藥,獨與内使處,非防微之理。"奏雖寢,廊廟肅然趨之。日南狩,公爲行人,同諸司諫⑪,下獄,暴烈炎中五日,杖于闕下幾死,謫南國子學正。今上即位,召還,以優忠賢恩數升俸一級。

壬午,丁外艱⑫。三年赴部,部懸科道之選以待,公力辭不受⑬。乞留都,武選員外、祠祭郎中。叔季士熱中競進,公于功名獨退一步,與宋大儒辭館閣命不赴者同。未幾,丁母憂[14],愈尅勵,去英邁,就平實,學養愈精粹。服除,補主客司郎中,升廣西提學僉事。壬辰,調江西。粵西以質勝,從容與之講解文義。豫章"良知"説行,專責之,守傳注。以歲貢生例詘,落職廣東鹽課提舉。

初,公爲禮曹郎,禘祭之議紛起。元相張公璁欲遷合,以某祖爲所自出之帝。議既定,宗伯李公時問公,公曰:"以皇初祖立位,精禋所格,必有得姓受氏之人儼然陟降者。"李韙公言,翌日于朝房將入奏,亟以語張不可以原議。上内批設皇初祖位,如公言。張于是始忌公,令王祭酒致公門下。謝不往,亡何,出公廣西,乃卒坐是貶云。

歲餘,轉守廉州。廉天涯荒徼,公煦煦字之,爲減里甲之務,嚴采珠之禁;時巡郊野,勸民墾穢浚川;又改學宫,立課程以振士風。公嘗自云:"吾莅廉三載,不持一珠,仿漢吏教民耕讀,庶幾無愧。"厥官,廉人祀之焉。

適皇太子生,頒詔外夷,以安南久不貢停使,將觀兵如永樂故事。侍郎唐公冑疏諫,上怒,褫其官。公以遠吏奮筆,條"六不可征",將繼疏之,貽書朝堂,反覆難詰。斯舉也,内閣夏公言不體宣皇帝與楊文敏止戈之誠,而雲南撫臣汪文盛復迎其意,炭炭乎殆已!莫登庸氏綱知,嘆曰:"天朝猶有一張廉州,不欲滅我族類。"因上表請皐。聖朝憬悟,命尚書毛公伯温視師勘實,與張公經合謀,奏乞公以浙江參政移官入廣,專經略安南機宜。公乃建畫,謂:"若聽其降,當存大體,揚國威,折奸萌。"其詳具在督府帖文、書疏中。莫氏入鎮南,密遣人瞯公在行,歡然璧槩見,受都統制歸。邊塵不驚,元氣不篤,是天相我明,故置公于萬里了此大事。事竣,文武吏士翁萬達輩蒙殊擢,公亦升級,錫寶鏹。既又征崖黎,檄公主中軍,肅令訏謨,諸軍斬黎二千餘級。絡山袒呼,欵者數倍,州人德公,生祠之。上功賞公功,猶降交然。

壬寅,拜公僉都御史,撫治鄖陽。逾月,轉江西巡撫。上持本下,語内臣云:"是曾有功者。"公入江西,一意節紓財力[15]。嚴上相介溪賜樓,公奉敕供費如式。所司猶重復以請,公曰:"是皆非元老意。"批却之。事聞,介溪與公書曰:

"足下,伯夷之所築也!"時頗有誚公隘者。公復之曰:"寒骨稜稜,只欠馬革一張,其他自分已定,毋庸念也!"是時,朝野咸以"當今一人"屬公,幾其殊遇。祖(但)公所存積仇之干鏌,雖藏鋒戢芒,餘光猶能燭天,忌者終不肯援公以升于朝。

乙巳,[粵寇稔亂,]遷總督兩廣、右副都御史。征封川捷,升兵部右侍郎。奉旨集土、漢兵征融懷、馬平,克之;躬至柳州,進圍魚窩諸寨,破之。魚窩天險,國初四攻不克,公督戰抵寨下,將士猶恐師老持狐疑。公以危辭激副總兵程鑒,諸軍冒險用間,卒毀其寨以歸。乃爲分屯築郛,官民琢石紀勛。

未幾,以刑部侍郎召。御史徐南金奏言:"公忠純果毅,有古大臣風,留征賀、連。"功未奏,戊申秋,復召爲兵部侍郎,升掌院事、右都御史,人謂公志大行矣。越三日,乃復以原官,總督三省軍務征苗。

公勤勞于外二十年,不得一日居內,而東西南北運籌秉鉞。愛公者,謂是舉"似宋韓、范,不容中朝,出撫元昊"者。公無幾微慍,即就道。駐黔中,察苗情向背。庚戌正月,開府于沅,決意用兵。土指揮田應朝嗾吳黑苗、龍許保聚衆攻印江。庚戌春,破石阡,明旨切責,朝議譁甚。公持之愈堅,上表謝曰:"元和伐蔡之役,竟成于獨斷。"又曰:"若此賊不平,臣有何面目可奉敕書以對。"吁,壯哉!乃以計擒應朝,斃之于獄;集兵十萬,三哨滅獼撫順。春撤之,而宣慰[冉]玄復嗾吳黑苗等寇思州,欲因以去公。詔奪一官,議又再譁。公力持不變,懸重賞,卒獲許保獻之。復以計誘吳黑苗,擒之以報⑯。病革,且懇疏,言"總督不可罷,遺湖、貴五六十年之安"。是舉也,狼胡載寠,良工獨苦,惟公性靜量宏,猷算允塞,故始卒奏俘,而蠟爾之烈可鑄銅柱。

壬子四月,星隕西南。十二月二十四日,公應之不起矣。遠近請祠尸祝。

公讀書不事章句,博通墳典,語古今人物事,貫穿有條理,而筆力雄渾,新意叠見。弱冠,提學姚公謨以宋岐溝、富平策之,下筆滾滾二千餘言⑰,勁氣卓論,如大將出師,萬騎森列。公後久握重兵,説者謂是策爲之讖。

凡論心性義理,一以程、朱爲師。爲行人,過浙渡江謁王陽明,講"明德親民"之旨。陽明曰："明德之功只在親民,後人分爲兩事,非也。"公瞿然曰："'戒懼'、'謹獨',皆是未與'親民'時工夫。如公言,又須立一親民之本以補之乎?"陽明不能屈,公揖而去之。其《答尚書聶雙江書》,辨王氏"渾淪籠絡"之非,而欲其逐一體認于孔門求仁之訓,知行體用、持敬分殊合一之理,證據真的,聽之使人歆悟。

是時初仕,未有宦責,志欲著書,皋比北面其徒,倡正道于東南。迨入廉州,值安南之役,乃慨然以身當其責,故志爲所掩,不以道學勝也。愚嘗論公四十歲以前,欲爲程、朱之事以蓋生平;四十歲以後,累膺閫寄,馳驅征伐,鞠躬盡瘁,竟以韓、范勛業終焉。

公狀貌峭聳,高奇有威,[即之如玉,]撼之如山。凡所注厝,中有一定之見,不言而酌于衆論,振衣于千仞之岡。動不趨時,故不爲柄臣所喜而淹于外。亦不爲激言矯行,故濱險不危,卒行其志而保其身。淡于利欲,事親孝,友于兄弟。好積書,囊無餘積。不事生産作業,既貴,猶茹糲、衣素如寒士。然其至行,足式里閭者衆也。没後,三省總督胡宗憲等上公功。本兵覆議,天子曰:"吁!惟此純臣,以勞定國,以死勤事,可復原官,贈宫保。"遣行人諭祭葬,諡曰"襄惠",特恩蔭子宓。

所著書有《小山類稿》、《聖學正傳》、《恭敬大訓》、《惠安志》、《名儒文類》若干卷,藏于家,侄宇編梓以傳。冢子太學生宓,以傳屬愷。公他日當列世家,太史文之,謹績實以竢云。

冤士蔡石亭傳　明李　愷

余竊謂:"文人才士,天地清淑之氣毓而生之也。既生之,呵護之,畀之成立,天之心也。而乃使之蒙不可白之冤以死,似天自生之而自妬之耳。"於乎!天乎!友人石亭之死,隔一世矣。余西隤之日也,不爲之傳,其誰知之?

石亭,蔡姓,信名,字寶夫,別號石亭,惠安人。父文恭,母楊氏。性姿穎異,少長日會記誦五千餘言。十七歲偕余充弟子員。余于時文馳騁宕蕩無端緒,彼獨好深沉之思，構一篇按古爲度，新意壘（疊）臻。

正德乙亥，同師謝孚齋公，嘗獎余氣豪而云信奇難及。余矜不肯下，每得石亭手筆讀之，輒憫然自失，以爲繼張襄惠公大魁之後必蔡子也。

蕭廟之初，弘正靡麗，軟熟之風未除，石亭四舉于鄉，竟以軋茁見遺。弱冠後，讀書終日靜觀，了一全部，卷帙雖繁浩，問之皆能説其要旨。該博妙悟，溫陵一時白晳之徒，舉出其下。惠一二故族子弟，望其風而不可企，嫉其勝己也，以爲閩雪而群噪之。

己酉歲，復不薦録，皇皇然游莆中，將擇名儒事之，以利進取，不遇而歸。

越年丙戌，莆林秋英者，近邑故族黃氏庠生楓伯喬者延之西塾。石亭慕自莆也，謀劉君大誠，致之庠齋，與之爲會，余同卿弟慎輩從之者若干人。未幾，蔡與黃以膳師小失，嘖有煩言。楓既忿忿，復以閨閫悍鷙亂志，六月念七日夜，月上齋房，微行逸去。七月三日，以布裙掛松枝縊于盤龍山下。未死之前，楓友黃子璽、胡子文冠與楓父清甫書，道楓數日心性煩錯，可急召回鎮定之。手稿存也。時楓尸暴于蔡堂外，議洶洶，聲言楓父將于劉、蔡二生甘心焉。二生恐投于縣獄，謹避之。

楓實自死，非蔡謀之也，冤哉！蔡氏饒于財，訊之者不無意焉。信父會刀筆以理直，不欲以賂免。忌者暗中之以蔡，帖入不至，遂羅織而深其獄。石亭三木之日，群黨得志，言其冤者面叱之。公正耆老余士仁談及蔡冤，泫然涕下。本末曲折，皆有證據，愈叱愈發忿，至死不貳。

弟慎亦以訟同繫獄。繫解，蔡、劉獄成，學校列名辨蔡虛誣，上人乃蔽而不察。大誠者，議辟而後釋，耋年病，將屬纊，呼其姪靖夏，語之曰："蔡實夫冤死矣！余正而斃矣，唯石亭之冤，驗尸而風霾者三，雷震伯喬之棺者一，天之示人顯矣！而有司無于公之明，朋友無金藏之壯，憸忮者慊范雎之報，謂之何哉？"

石亭久繫，嘗著《籲天集》以自哀。其詞曰："所恃者耳，耳多聽亂；所恃者目，目多視眩；所恃者心，心難通貫。遂令夷齊、盜跖同傳，天地變換。"兄禮之京奏冤，爲賦將之。其賦曰："君不見子規嶺頭路接天，是汝魂消難捨處。又不見揚子江心巨浪高,是我滂沱眼中雨。黯淡無風也作威,世上人心險如許。望郎雲霧午不開,事屬官家未得訴。"痛憤之極,悽惋之至,可以觀矣。獄中曾爲人作《七子度關賦》,字句、體裁,宛爾騷音,美而愛。知子而憐者,誰耶?《籲天集》,余閑得盡讀之。瀝膽披肝,慘愴懇切。憂思怨慕,如悽風苦雨,如孽子孤臣。泯泯此生,恨恨千古。自然成聲,自堪下泪。悲夫,惜哉!

傳成,存友道也。因以警世之聽讒不察,聽獄不聰者。

洪門節婦陳氏傳　明李　愷

惠龍津之傍有節婦陳氏,鄉進士洪輔隆君妻,學博省吾公婦也。

輔隆君弱冠登戊子劉汝楠榜。上春官,閩灘湍舟蕩,昏眩不克行,歸而讀書小樓,足不履地。越三年病,漸不治,陳氏籲天以身代,遂竟負才天。今庠生邦俊,生甫三歲,陳氏哭絕,水漿不入口者累日。斯時也,充其五內分裂之痛,殺身從死于九泉,何恨乎?乃能受大母之諭,猛然悟曰:"死節易,死而孤孰與存?非吾夫子志也!"于是茹苦守貞,稱"未亡人"者二十有三年。中間勤以殖家,嚴以訓子,經翁省吾公之喪,承大母陳之服,皆經紀有度,存歿如禮,賢可知也。

省吾有四子,二子既冠,先輔隆君逝。其弟娶,亦夭而嗣絕,非陳氏忍一死存邦俊,育以蜚聲士林,則豈惟詩書之澤斬,而如綫之祀誰其尸之?

去冬遘疾,兒進藥,斥去,嘆曰:"子其勉之,吾將報汝父矣!"其于遲速死生之際,明白靜定,若聞道君子者然。夫以一婦人也,既能養其呱呱者以繼夫之業,而終不渝所守以揚其名。

洪氏三大喪,有冢孫爲之主,婦德之繫于人家盛衰也如此。氏死之日,鄉人士以疏請于學。余比屋以居,有世講之誼,敬組其實,俟觀風者采焉。

孝行傳　明朱一龍

洪生岳申,吾惠人也。祖杲,官興寧訓[導]。父性良,邑庠弟子,好古力行,有徵君風。生其仲子也,幼純樸,動止語默,不隨凡兒以嬉。長習舉子業,勤學能文，年十九有室矣，猶日慕父母。

一日，父暴遘心疾且殆，生迎醫視藥，爲廢沐櫛，夜籲天跪而請曰："申聞親病者股可以藥，且受之父母者宜用是爲報。"遂自割右股，投之粥以進，不移宿，父疾愈。後數日，母林氏亦勞苦病劇，生祝天如前，復割左股藥之，母病隨瘥。

生兩割股，家人俱未知。良久妻見其雙足有血痕，濃漬巾布，問之，嘆曰："然。是不可聞于親，恐傷親志而重之憂耳。無使人知，將謂我爲名高也。"居閱月，族人知之，爲書其堂曰"宗族稱孝"。鄉人欲陳于官，力止之，曰："無以好名累申也。"余以其事關世教，不可泯，乃采而述之。

論曰：夫孝至割股難矣，洪生兩行之，異哉！我朝洪武間定議禮制，人子遇父母有疾，醫治弗愈，不得已而割股、臥冰者，聽之，不在旌表之例，蓋不以所難責人子也。乃洪氏非欲自表孝心惻怛，苟可以生父母，何愛髮膚？膚且不愛，何愛于名？此真西山先生所謂"非有所爲而爲之"，故傳以著，且使私貨財而不顧養者惕焉。

邑侯葉絅齋傳　明吳天成

葉春及，字化甫，廣東歸善人。隆慶中，以舉人署福州教諭，率諸生習禮修古，郊迎不降屈。本道陳紹豈見而銜之，後知其爲守禮也而謝之。郡守邊維垣特材公，凡兩委公署永、福，一署連江，俱以非職辭不赴，竟莫能強。

庚午，遷知惠安縣。抵邑，一惟祖制是遵，出騎一官馬、驅從三數人，不知者以爲尉也。盡與其兵皂匯值，責勿受勾攝錢；延諸父老訪圖籍，問所疾苦；清册弊、均徭役、革羨餘、毀淫祠；開鳵鳩垾，以均水利；請減入飼寺田租；計漁家現業，攤其課累。民至今便之。聽訟嚴而不苛，豪右置如法，不敢干以私。邑當午道，不能飾厨傳睆上官色，即在兩臺使猶然，竟無所獲鷖。則雖其時然哉，抑亦公鄰鄰濯洗也。五年，邑大治，遷賓州知州。邑軍民詣闕留之，報聞，乃共碑之南北郊，而于齋宮祠焉。

初，公之西遷也，以疾辭。當道者以其傲不謁己也，交章劾之，遂削籍歸耕羅浮二十餘年。復以四川巡撫艾穆薦起興國州知州，復起鄖陽府同知。時襄邸與鄖人爭卑梁，數構不解，公至竟爭得之。

遷户部員外，轉郎中，監崇文榷稅，敕下無敢名一錢，諸閹歡來不顧也，所省稅巨萬，竟卒于官。卒之日，商千人木魚梵咀載道，祈公超度云。復立碑分司前，胥夜仆之。商人哄胥爲再立償之，乃崇祠祀焉。

公時與其侄司馬夢熊及海中丞瑞聲望高于嶺表，而文章高古，有良史風，時論並稱之。所著有《應詔萬言書》、《惠安政書》、《肇慶府志》、順德、永安諸縣志及《絅齋文集》諸書傳于世。

葉公恩德在惠，去今二百餘載，甘棠遺意，父兄故老，往往樂道之。可知爲政者一念及民，雖百世尸祝焉，況身被其澤者乎？至其守分之嚴，嘗考《廣東新語》，公教諭福清，臺使者委署連江縣，辭曰："洪武十四年，禁有司差遣學官，則學官教諸生外不當與矣。景公以旌招虞人，殺之不往。學之于縣，豈特旌與皮冠哉？職欲附于虞人之義。"與傳中所載相合。然則有爲有守如公人品，豈易得之三代下哉？願相與寶此傳，勿失也。

林烈女小傳　明吴天成

吾邑節烈，舊有諸生陳文鋊妻姚氏者最著。先是舊令仁和鍾中丞爲請于朝旌之矣，其後二十餘年乃又有林烈女云。

烈女，崇武林毓女也。毓之先漳人，軍于崇，乃遂爲崇人。毓在戍伍，業估闤闠間。女一嫠人人乎，而肫肫有至性，恭事柔婉，勤于女紅織作，不習爲容。所居湫隘，終年跼處，不一闚户外，鄰嫗或未之見也，于是咸稱林氏女"賢女"矣。既許婚同里李正崑子曰長者，女及笄，委禽有日矣，乃長以天中節競渡溺于海。女聞之，痛踴幾絕，圖巫化其軀爲精衛，銜西山木石填之也。家人持之力，無可奈何，則自矢稱"未亡人"，伺間待盡。

適有祖伯喪，偕其母臨之，道邇李氏居，則令人呼其夫妹，密語之："吾與而兄同歸且有日，爾其善事二尊人以代二兄也，長與阿姑生死辭矣！"慟而別。

既歸，登其小樓以觀滄海，望大波澐澐，即泪涔涔下，摧肝傷魄焉。無何父母憐其少也，爲議婚將嫁之，不嫁也；或意其所議爲不足依也，乃更議將嫁之，又不嫁也；則令其所親諭之，強之，或武怒加之，竟不嫁也。一日媒妁議于堂，而雉經馘于内，于是林氏女死矣！時萬曆庚寅仲冬十有一日也，年十九。里人哀之，千聲痛盡，咸稱林氏女"烈女"云。邑令羅繼宗爲之釀金，夫婦合窆之，而請碑其事于晋江李太史。余因摭其慨烈于小傳，俾觀風者采焉。

　論曰：余讀《曹娥碑》，于競渡事蓋悲之云。夫娥之事，不以波戲沒耶，乃女之視夫，猶子之視父矣！夫女綠窗宴陋，非有中閨之訓，書史之授如姚氏者也，乃竟亦能此。命薄于春冰，而義凜于霜日。余嘗東極于海，睹其地砂磧不可耕，蓋稱瘠土矣。其民勞以思，則善心生者乎，乃又奚煩書史矣？以女婦不書史而烈，書史可知也。然邯鄲淳之碑曹娥也，猶曰"隱于下，鄉莫之有表"，則喬松深谷自昔所嘆，獨今日焉已哉？

林前峰先生傳　　明駱日升

　林公繼喬，晋江人。其先本九牧之胄，有永玉者生璇孫，璇孫生允宗，稱長者。允宗生贈公挺秀，爲公父。母陳宜人。始贈公學古修業，不治家人産。既久困諸生，則謂公弱齡秀發，私自喜，授公《毛氏詩》。比公十五歲，而贈公歿，就外傅，改授《尚書》，補邑諸生。又四歲，餼于庠。旋丁宜人艱。隆慶庚午領鄉薦，萬曆癸未乃謁選，得直隸新安諭。

　新安士斌斌受矩矱，用薦最，遷廣東海陽縣知縣。縣當潮孔道，吏務叢委，公戴星出入，一不至惰窳。有以事相仇恨自賊殺者，競藉爲奇貨，公輒自簡驗無枉，其餘橫剽之人，悉置之法無所貸。官市物不殊價，徵徭賦不復置奇羡。嘗權廣濟橋某司理，以受署句稽至，卒取册，公顧左右立呈上，蓋已當上供之數，傾帑出矣。有淫僧見訟，計致金五百，伺公閑，未得請，則復增二百，公覺之，大怒，論如律。某上舍以事入獄中，公爲直其冤，心念之，將之京，用厚幣爲公贐，公遽却之曰："申冤，令職也，吾不任若德，安用是市我爲？"在邑数年，称大治。

前后台使者交荐公，擢湖广均州守。既至州，祗慎如潮时。州有太和山，中贵人奉祠事，使客络绎，公为节烦劳，调供亿，民不扰，而宾至如归。持法平恕，民德之，至有"逢某官则死，逢林守则生"之谣。岁大祲，画筴勸输，赖以全活者数万人。盖公实心为民，不旁结所厚为游扬，而口碑载道，处州邑皆然。至其秉清白，始终不渝，则沾膏自润，及时为子孙生产计，毫不入其怀也。晋南京刑部广东员外郎，转郎中。

己亥，升思州府知府。播贼煽乱，朝命督诸方面官甚急，公不择日行，兼程至辰州，疾作，复力疾驱至沅州，卒，得年六十有二。

公为人无崖岸（略），而胸中泾渭自明；与人交，切偲直谅，洞见肺腑，未尝訐（计）人过；服官爱人，有可为救过者，不惮为之地；同官中或非意相加，公但务恭谨不为动，其人卒自愧，益亲公。公质行不以其在官、在家起非间，而于遗子孙尤厚，则所谓秉清白不忝家世是矣。

公有丈夫子二，光翰、炳翰，俱诸生，攻苦力学，方隆隆自（有）树云。

骆生曰：昔余与公官留都，知其人斤斤绳尺。居久之，过潮州，潮人见余辄询公，乃知潮人称公"林佛子"也。余曩犹浅之乎知公哉！今世吏愦愦者不必廉，廉又多壮厉蠡气。廉与恕如公，何可一二见也？故为之论述如此。

伯惠州教授三阳公传　明陈玉辉

三阳公，讳思敦，字惟复。少最聪颖，入泮时髮纔覆额，谒主司，阃高几不能踢，幕尉搦之上，曰："谁家儿秀发，若是早乎？"甫冠，病羸，伏枕六载，督学两校泉郡，皆不能就试，以为固避也，而遂削籍。报至，举止自若。亡何，病痊，督学朱公试第一。

少受业兄南阳公，五经淹贯，一以考亭为鹄，旁涉百家。尤好《性理》、《纲目》，手自摘录。里中庄方伯公，素雅重，令诸郎北面之，每一横编讲解，则采摭《或问》、《大全》、三注及《蒙引》、《存疑》等书，字比句栉，脉络敷畅，宗旨该括，聽者無不朗朗心目間。

晚歲貢大廷，分教寶應，諸人士喜得賢師。明府吳澧州、寮長晏鬱林，相視嘆曰："吾儕挹公器度，頓消鄙吝，何況諸士在春風化雨中乎！"五載，轉景寧司教。僻壤人文樸楸，青衿不滿九十人，公爲飭治學宫，立規條，嚴課程，月試其文，高下之，士廩廩奉約束。景寧在萬山中，常苦嵐侵，病瘧閱年，自揭密箴于屏間，妖壽不貳，修身以俟之。

居五載，遷惠州府[教]授，挈家歸里，日與戚友過從談故，遂不復赴嶺東，雖空槖愉愉如也。未幾疾革，兩手端捧正襟而逝。同社聞之，曰："惜也！此吾里中忠厚長者。"

潘太公傳　明劉　春

潘太公，輞川人，諱才參，字應立，別號耻先，自以不治生產而困負先人，因號焉。性拓落，好爲義。少業儒，涉經史，諸書皆窺其意，授以牘無不纏綿能言。

父德甫公，期公甚。德甫公没，會兵燹亦作，竟以是徙業而稍游于賈人。顧復不善持籌，而獨日與其豪少年舉棋搔髮，列空肆，即命棋，不復省他事，人不知公貨居也，公亦不自知其貨居也。有貿易者問取，則命自取；問售，則命自售。即有佯持去嘗之竟負之者，終不復能校。或調公"人賈于廛，而若賈于枰哉"，公笑不答，竟坐是困。

公雖困，其爲義益甚，日治膏劑給病者，所全活無數，竟無所責謝。有同安行旅遺槖于道三十金，公守之良久，遺槖者還索故處，乃與之，請獻三金爲謝，義弗取也。後又有亡五金者，悉卻謝而以歸其人。嘗言："不有博弈者乎？無故而獲其耦者，耦亦還獲之。"其赴義明得失之理，不苟取皆此類。

性尤篤天倫。先是有鄰舍負官屋直者，責德甫公代輸直，不服，有司庭笞之。德甫公強從，恚成疾，公奮不顧，具訟臺使者，事得平。有伯父瞽，廢不能衣食業，公爲將養喪葬備拮据。從子若從子之子不能室者，公至鬻所居室爲納之；又嘗鬻其女奩，嫁從兄弟之孤女。凡祖父母、父母之封，獨封之；祖祠宇之圮而當鼎者，獨鼎之，不問伯仲諸族人，伯仲諸族人無以間也。

居恒扼腕兵燹之變，嘗與父老議築城守，度基址。少年相與聚竊笑"奈何量天"？公謂"天公可量，而地寧不可壘耶"？竟決策成城議。

鄉西走法石，潮與人爭道，行人告病，公募造小梁。而故巨梁，則繕扶闌數百尺，每臨流重綸，停舟繫纜，風景熙然；即有風濤相挾，肩摩過之，如從平地往來，遠近稱便，鄉人誦之焉。

公既長貧，而獨私喜有子民直君，嘗進膝前摩其頂曰："幸若在，吾何患久窮約！"每邀經師及里中才子弟，與相切劇，社必治具，必爲第其工拙高下。亡何，民直果屢試有司高等。又明年辛卯，舉賢書。又若干年，令成都，則公貽書成都曰："若毋以我甘脆爲意，吾長貧，生平于此矣，豈以今日而有不堪以憂？若無亦束修砥礪，使下獲上信以榮施而父，不則徒謂爲貧而有他視，又不則亡疏氏之訓曰'夜校橐中，以遺何人'，謂我願之乎？我向何以遺若哉？"故民直君遂著廉能，中丞臺若御史臺交推轂，本公志也。

歲壬寅，上建儲覃恩，有行誼高年者賜冠服，邑具以公應。

公于鄉既齒且寵，每少年聚弈爲戲者，望公出，輟引匿，公亟呼，與角一再場。倦，則從局外觀說，占勝敗，拍少年臂，徬徨不能去，曰："吾所好也！"其坦易如此。年八十，終于家。

民直，諱一諤，廩廩循吏，與余善。

合州知州朋五黃公家傳　明黃元亨

文惠公，字仲晉，朋五其號。父諱屛，儒學訓導。母鄭氏。公少有至性，父歿，歲時祭祀輒流涕。事王父母、母以孝聞。

吾宗有樟林祠田，建自始遷之祖，有勢宦謀族人獻之，既又圖其祠宇地。公年甫弱冠，率族力爭，勢宦怒，速之訟，會巡按出其門，同事者懼，願納田得免。公執益堅，囑巡按用重典，被逮至柏臺，訴曰："某今日爲祖宗被陷，大人不爲伸冤，是將使後人不敢爲孝子慈孫也。"壯其言，釋之。

歸，益發憤讀書，聞郡城鄉先生楊公溥善講學，往師之，潛心講究，貫穿經傳，所作文輒矯矯不群。楊公奇其才，以女女焉。

　　萬曆壬子舉于鄉，勢宦歸我樟林田。天啓壬戌銓期至，不就。再試禮部，戊辰，授四川合州知州。州故富饒，公厲冰蘗操，俸外不苟取民間一錢。莅事勤敏，尤明于讞決。州有權貴人，父子濟惡，閭里以目。其子夜過友家飲歸，至僻地，仇者刺殺之，亡匿無主名。其父訟于州，以爲其友殺之也。公細鞫察其冤，力辨之，權貴人恚甚，求以事撓公。有爲公危者，公曰："吾終不忍枉民命以保一官。"上憲批駁再三，公始終白其冤，活之。亡何，竟爲權貴人所擠落職，州民攀號詣上官乞留。于是，殺權貴人子者出，大呼于市，曰："殺某者我也，奈何惜一身之死而使吾州失父母之依乎？"遂詣獄伏辜。當是時聲震西蜀，當道奏請復原職，匾其署曰"西蜀循良"。尋內升，未行，卒。

　　嗚呼！公生平以氣節自負，當祠田見奪時，家祚浸零，獨以一人倡義力爭，濺血柏臺而志不懾，祖宗數百年血食賴以不墜，非所謂有志竟成者耶！雖其名位未甚光大，而吏治廉明，功在一邦，亦卓卓可紀。使假之年以達其道其事，功可勝述哉！

憲副卓峰戴先生傳　明曾　璟

　　起海濱而遠近誦義，存沒俎豆，豈徒以其圭組也哉？先生去茲二十年矣，而所至之人思焉，邑之人思焉，鄉之人思焉。思故祠，祠故久，某所以傳也。

　　按譜：先生諱一俊，字惟宅，別號卓峰。先生自光州入閩，轉徙居漳，後居惠崇武所。

　　太安人將舉先生，有異夢。既而簡重端凝，酬對如響。總角補邑諸生，試高等。嘉靖壬子舉于鄉，明年成進士，擢比部，是時年纔二十三。歸里時纔三十八。中間專城中甌、副臬嶺表，游宦僅十餘年，而優游綠野者四十年。吾邑紱冕之早，林泉之樂，必推先生。

　　當先生之起家比部也，人謂少年，易之。顧究心爰書，所讞決事事淑問，大司寇夢山翁公與大宗伯季泉孫公咸加器重。而東甌當辛酉海上之寇,歲又大旱大潦,先生出守,適值多艱,所撫綏安集、祈年召豐、禁奸民毋敢航粟餌盜,甚有異政。會防夷籍諸漁艇,守謂:"兵自有戰艦,奈何虛奪民生業?"悉白,還民如故。

明年,閩寇巢流江,趙巡撫提重師屯境上,甲粟之費取于郡。先生外倚辦而內戢寧,民不知兵。而當寇未至,亦已豫敕繕險峙糧以待矣。故他處繹騷,而先生之部獨晏如。趙大嘆服,將條東甌功狀第一,既不爲意,亦無所報謝,竟閣不行也。所爲政雖務寬大不苛,然持正守法,擘斷凜凜,毋敢以私干者。遇事顛抄立洞,族□隨解,故雖百責蝟起而多暇日。每延諸弟子獎誘之,有"庭中閑五馬,門外謁諸生"之詠焉。

其在嶺表開布恩信,柔徠黎獠,五嶺之民賴以無患。是時治聲日起,然以守甌時賫捧入京,失貴人意,而又軍興之時,當事有所朘求,悉爲裁縮。坐此二憾,尋有雷陽之命,未幾還里,人咸爲扼腕,先生獨怡然,奉太安人板輿爲樂。即有議起公者,輒以太安人辭。

太安人性貞嚴,事之曲,得其嘆,内外事咨禀後行。太安人病,藥不假僮,寒無交睫。比居喪三年,足不入閨袵。每痛贈公食報不逮,焚黃摧慟,客爲涕洟。方在堊室,有芝產室中,黃章素理,采而復生者三,人謂純孝之感云。每詔兒曹:"吾事爾祖母,自毀齒至今,未嘗片語欺,小子志之。"有同祖弟,少失怙恃,己子撫之。

居家斬斬,不威而嚴,室無妍御,坐無狎朋,四壁圖書,終日正衣冠匡坐,偃室不至。然公事未嘗不侃侃條大議,邑大夫每諮焉。

而先生鄉人則又爲余言:"先生施德于鄉,三事爲最:其一,崇澳故業海,念漁子貧,不忍他視,請于官,歲蠲數百金;其一,賈舶或苦颶風,豪狙喜而乘跆籍攫奪,先生禁戢,莫敢犯;其一,朝鮮告急,籍舟子渡遼,哭泣載道,獨崇以先生言得免。"捐館十載,鄉人祠之以此。而前此邑父老、子弟既相與上先生之誼于郡邑長及督學使者,獲祀于瞽宗;聞溫之人亦像公于江心祠,至今乞靈也。桃李不言,下自成蹊,其先生之謂哉!

所著有《石室詩稿》二卷、《葬書》十二卷。子四人,長中書公、仲上舍公、叔子孝廉公,皆與某善。孫時舉與某同籍。

曾生曰:"某嘗問見思于今與思于昔也孰難?"一人曰:"昔難。彼時風俗淳樸,愛民睦鄉以爲常事,己不任德,人不知思。今世若焦,焦斯望,望斯説,説斯思矣。然則,豈非今之見思易而昔之見思難乎!"一人曰:"今難。夫昔人不感思,非忘之也;今人不忘思,非感之也。居今之時,德必依位而立,感必隨世而生,故碑碣雖美,半出不情,思于何有?然則,豈非古之見思易而今之見思難乎!"以某觀先生之世在今昔之際,人之思之無難與易,則直道而行,古今一也。崇武人太息曰:"先生賢,今日愈知先生賢,崇之風景與先生時大不侔矣!"夫若是,安得不傳先生也哉?

劉貞達公傳　明曾　璟

劉君貞達者,吾友也。昔者,余嘗以文社之閑過君青藜精舍,悦其清樾澄沼、曲徑迴廊,歲數至而未飫吾興。頃與君之長君執侯同舟南歸,加暱焉。方約再從君父子爲留連盡歡,而君已長避客去矣! 余既哭之,而挽以詞曰:"諒仲統之樂志兮,亦安能挾其名園以相隨?"蓋惜之也。又見子馨風韻雅致,能如仲統之賢,非徒如世俗以安宅清齋爲豪舉者也,乃據行狀復參余所知而爲之傳,曰:

君諱芬,字子馨,爲觀察望海先生長孫。年十九受知于江右熊思誠文宗,拔冠庠中,補既廩,是後每試輒前,旋以明經擢州倅,未仕竟病卒于家,年四十有六云。

君爲人明敏,多才謀,甫垂髫即練于典章。遇煩劇心開,不喜爲枯槁閴寂之行。獨其遇佳山水,雖極幽僻,爲枯槁閴寂,人所宜者,君顧亦樂之,携篋置帙,選棲殆盡。即非所棲遲者,烏履亦渠渠必經。其謝去諸生而之京游也,實慕尚平之五嶽、耽班氏之兩都,大概以駘蕩牢騷,敞舒迫仄,寄其胸中之所適。與人交游,艱阻肯奮袂出力,可告以緩急,尤能折節深就切劇。

方君始生時，望海先生擢御史臺，而叔祖憲副公接踵競起。既生長貴盛，耳目烜䟱（赫），又早負籍甚才名，人謂"君或有伐以憑人，不意顧挹損過寒士"。由是人以遠大目之，則又能豐交際之節，美嘉招之具。投轄如陳驚座，顧曲如周郎，科頭重陰如王右丞，評文析義如梁園鄒下，金昆玉友會集如謝家阮氏。消歌雅謔，超然神理，留髠醉白，歸之名教，以故一時耆碩名俊及好事高君誼者，赴之若輻輳。然君之所以寄情于臺榭，盡歡于朋友者，則非徒放浪而已，蓋以其尊人靜公志尚濠濮，居止俱在園亭中，故曲爲之承歡養志。凡良辰美景，必爲靜公醊醇擊鮮，觴詠盡樂。與靜公游者，必迎與俱，結以殷勤，冀其常至。靜公即世之後，匾其堂曰"岵瞻"志哀慕。歲時效安仁板輿，猶事靜公焉。及疾革，惟以不獲將母爲痛，此則君百行之先者也。

君善病，後雖遺落世事，然于二子庭訓無虛晷，故執侯既登賢書矣，猶課之加謹，每飭以科第尋常，勿事矜耀，聞者韙之。少年骯髒爲氣，晚乃悟守雌隨順之道，嘗謂人曰："此生大約可知矣！吾嘗有食噎之症，尫然戍屑（削），能進飯即喜，知無病之爲樂也。嘗遭家不造，外悔疊至。轉盼間，今亦何在？知萬事之爲幻也。然萬事固幻，而無病有病，今後之永寐，則身其果真耶！"

使君而有知，得毋與桑庖、漆園相逢而一笑乎？形影雖徂，園池繚繞，昔人有登山而謂百歲後魂魄相依者，有一樹、一石猶作記，誡子弟護守者。彼皆名德，而游迹關情，一至于此，顧不知貞達之達，視昔何如？夫余既爲貞達傳矣，而貞達之風韻雅致，或有非余筆一時所能悉者，則或待清風明月之際，望青黎烟景而更想憶之。

庶貞達被府吏陳雍圖奇貨寢閣案驗，仍赴訴控，臺批府查審時，葛弘太守大怒曰："一匹夫敢起而議朝廷是非，何異中州蝸槁戰柯蒿爲螻蟻笑也！"公泣以情告，守曰："小民何不孝弟奉公？"公曰："凡物不平則鳴。"守曰："自專者灾及。"公曰："罔民何可爲？"守怒，遂致之刑。公昏眩幾斃，復號嘆曰："有官守者，當爲民主。余觀太守，爾心山川，爾貌桎梏，爾視鷹鸇，余亡矣，與爾生死辭矣！"太守聞之，乘怒重笞，欲盡其生。嗚呼！所未斃者殘喘耳。顧乃顏色不變,骯髒如昨,嘿而思之,謂公"視死如生,想必有激于大利害而爲者,是亦宇宙間有心奇男子也"!于是側身伺其言動。時公昏倒,燥熱,不禁以手麾皂人求水,太守曰:"某麾曷故?"皂以實告。守曰:"此血氣内攻也,與水必死,散以酒得甦。"更置諸獄。獄中飯藥款費殆盡,兼飱並服,凍餒侵于身,而中懷嶔崎歷落之致猶存。嗚呼!如公,所謂良金百煉不失,美玉百涅不渝者乎?

既而獲免,路過洛陽,仰天嘆曰:"男兒生于事無濟,死則葬江魚腹中,誰復搶頭獄犴,屈辱萬狀,使刀筆吏弄其文墨耶?"遂書囑以遺其子,曰:"生寄死歸,生無益于時,死或有補于後。昔屈原赴湘,葬于魚腹;史魚尸諫,名勒不朽。余死而使吾郡中薦紳先生之髣髴而來往也!"

誌

洪恒端公谿除閩省海鮮傳誌　明康　朗

聞之誌也,所以揚其人之美,而名著之後世者也。而況我公之行節素著,故老所傳,家乘所紀,朗又安敢忘哉?

公生而狀貌魁梧,氣宇昂藏。其事親克孝,嘗侍父病,濱危籲天割股,用是以延親壽,邑人誦之。居鄉,别男女、序長幼、等貴賤、比閭族黨,薰其德而化者,蓋恂恂如。

至都邑利害,輒壯激憤發,以身擔其任,成于天性然也。時朝廷有海鮮舊例,閩地濱海,漁舶所集,並進珍饈,失時者法有厲峻。而奸胥倚法,諸上供悉額外催取,海島之民患之,蓋險于風濤云。每丁是役,積產是荒,至鬻男女以貸。又有市舶司太監董捉其事,海輸罄矣,腹猶未飽也。時漁民遭厲刑者不數萬命,悲聲四聞,唯願以死隨波臣耳。而吾惠八澳創守尤劇,公目擊愴心曰:"余生也微,上不獲列公卿,次非邑薦紳,欲議去積惡之弊科,不貽譏蚊負耶!顧大丈夫生不能爲世除害,雖老死牖下奚裨乎?"于是仰天大號,矢志力除,乃盡捐家產,爲走千里款,匍匐上控,與族内士宦、諸澳漁民,以其事聞之當途。當途哀而憐之，訊詳除豁，大事其有濟乎！書訖，遂投橋下。忽一漁父急駕小艇拯草（救），徐問其故。公告之情，漁父叩謝曰："余僻海濱，受害莫控，以公之膽識，起而除弊，活數萬命，今日若葬魚腹，大事去矣。俟而遇余，此天所以留公，以有待也！"公嘿然久之，而慷慨道曰："中材之人，事有關利害，莫不撫臆圖成。況大丈夫爲萬世立功，而徒付之一死耶？且吾嘗謂：'趙宣子本紀，死易立孤難。'"復是不顧家，再赴院控，時遇鐵木按院審究上聞，遂豁之，萬民迄今頌德不衰。

夫以公盛德大業若此，不知視搦管操觚，偷活富貴者何等耶？朗于是想公之爲人，殆有忠孝節義遺風于世，未易一二指數。割股事父，孝也；豁除海鮮，忠也；初終冒死不顧家而德業竟成，節也，義也。

公名儀，字恒端，獺江先生後裔。朗于是爲誌。

錄

户部主事周蹟山罪錄　明李　愷

《罪錄》者何？終蹟山子之志也。臣之于君也，子之于父也，東西南北惟命是從。蹟山子之事君也，何獨不然？故爲之著《罪錄》。

嘉靖二十年春正月，河南道監察御史楊爵上疏，極言時政。爵，陝西富平人，天性孝友，爲御史，以疾家居，朝自推糞車，妻午饁之，其清節聞天下。庚子，詔起之。正月甲子⑱微雪，群臣上頌稱瑞。爵感憤，言大臣安危利灾，因論翊國公郭勛擅權、大學士夏言不宜居相位，崇道教、興土木數事，足以失人心而致危亂。時自太僕卿楊最以直言死，中外杜口。爵疏入，中興第一。上覽，怒，下之詔獄，疏留中。二月壬申，京師暴風作。上深居，每讀爵疏，震怒擲之地，遣內臣微伺，爵無恙，特旨下錦衣衛，鎮撫司復杖之，重枷爵。風暴作二日，京師呼爲"楊爵風"。聞者冤之，無敢訟之者。

四月辛酉，九廟同灾，毀成祖、仁宗主。辛酉夕，東北方焰灼天，觀者震愕，有火球從空中落，繞奉天門。夜火自成祖廟起，延列聖廟。風猛烈，從官不能救,六主抱入,二主焚于火。甲子日,上躬告南郊。乙丑,告北郊。丙寅,安列聖主景神殿。丙子,下詔停大工,許大臣自陳。各官陳條政事,時給事中戚賢等上疏剴切,大臣餘各以彌文言事。楊爵繫再月濱死,無敢論及之者。

庚辰,户部主事李時春應詔陳言。時春,河南光州人,疏言用人理財,正直剴切。上覽,怒,留中不下。

五月戊子,户部主事周天佐應詔陳言,訟御史楊爵冤,[奏]爲奉旨陳言,乞宥諫臣,以光聖德,以回天意。

天佐,字宇弼,少讀書,貧苦,並日而食。乙未,奉詔歸娶,軀幹小瘠,平居恂恂,篤信日深,念草疏將上聞矣。妻問之,亦不之告。戊子早朝,自捧疏入,出始語其友鄭一鷥。己丑,余偶至其家,談笑移時,絕不道盡言事。蓋忠耿由天,故動定從容,死生不惑志云。

庚寅,下周天佐于詔獄。上覽疏,怒甚,疏留中不出。庚寅晡時,内臣傳旨:"廣東司主事周天佐鎖綁你衛裏,實切打六十棍,牢固枷囚。"天佐是早收整書卷,青衣、小帽待罪,無一語及家事。軍校綁之,索痛入骨,天佐語之云:"上疏時自分已死,綁不敢亂[19]。"

壬辰,杖主事周天佐于錦衣衛,奉旨實切杖天佐。東廠内臣監杖五棍,易一校,比御前者不減。天佐從容解衣就杖,至二十五棍呼云:"皇天犯人,天佐何罪?"至三十棍又呼云:"祖宗犯人,天佐何罪?"旁觀者泣下如雨。軍校私語云:"此人人小心雄!"左順門内臣嘆曰:"六科十三道,無一人啓口救楊爵。而户部主事能救之,名曰天佐,真天佐也!"癸巳日中,主事周天佐卒于獄。

天佐繫獄後,一夜風霾大作。將絕也,目獄卒欲語之,口不能出一聲,既而呼父母、妻子。終,慨然曰:"吾昇去矣!"絕時,手猶執杻具,足猶在枷床。楊爵私涕曰:"哀哉!子生極南,我生極北。子以救我殞命,庶幾來結再生緣也!"

甲午,錦衣衛奏周天佐死獄中。丙申,長隨内臣傳旨:"周天佐錦衣衛會勘驗明白,著地方領出埋了罷。"丁酉,乃出屍于詔獄之水門。

前數日,余偕鄉人鄭一鷥各出款[20]預賻之棺衾如禮。屍出,面黑不腐,有血水在喉中出，遂于錦衣衛後衢爲蓆篷斂葬[21]。是日也，日色黃白無光，知與不知皆爲流涕。妻吳氏哭之，絕而復甦。

士大夫聞有遺腹喜，既而又生女。友人李愷揮淚序始末以貽其家，復爲詩十章以吊之。

季夏望日記。

譜

自誌年譜　明張　鑛

余以壬寅之冬困于床褥，輾轉夢覺，追念昔今，不能自寫形照，留諸墨迹以示後昆，幾令畢生歷境，升沉菀枯，悉付湮沒，乃支床泚筆，聊次梗概，不言文。

父贈侍御，晉廉憲，豈凡公。舉余弟二。幼頗慧，祖贈廉憲玉琳公輒器許之，父期以遠大，課督最嚴，字曰珊夫，寶而愛之也，與伯兄孝廉公鐸同就外傅，同歌思樂。

時丙午，余方總角，文宗豫章饒公擢出灌伍。明年丁未，得駕貳師，食大官饌，文宗思誠熊公手持余卷，特加擊節，以爲宿望不意得之髫年。余同伯兄到省謁侯，即携入書院，以他郡最卷盡付翻閱，時蒙青藍之譽。己酉錄科，領賢書。庚戌落第，抵家丁內艱。父義方益嚴，謂："析薪有荷，其自曾祖僉憲公峰而上，高祖贈都憲英德公慎，玄祖贈都憲萍鄉公綸，奕葉家聲，俱于汝是振。"無何，讀禮未闋，叠歌《蓼莪》，乃蒿之所以號也。

越丙辰，公車偕叔戶部公兆璋、兄海豐公鏘同試會闈。兄掇巍科，余亦逐隊，以需次旋家。

丁巳，謁選得楚之湘潭。邑號繁刁，人戒畏途，懸缺閱載，楚撫按至，索人于銓部，其棘手可知。余抵任，漸次就理。知南漕二糧爲此中最苦，向僉解里甲，民疲不堪，改爲官收、官解。又造設官艘，調遣飛輓，得不愆期。其郵亭六道交衢，通長沙、衡州，隔在江干，醴陵驛官隸湘潭，錢糧屬水，而陸支應又艱。余隨時調度，量地遠近，又多養官馬，使行旌無滯，郵丁不嘩。時有一中官假道，徵發頗急，人爭駭竄。余前途通刺，令其弭節先諭，次發輶軒，而信邁者式遄矣。然左推右挽，我事孔庶，蓋夜不視枕，而衣不釋帶者屢屢也。

邑多宿莽，下通衡水，上通洞庭，其取人于崔苻者不時見告。余設法干揖，消孽未萌。奸宄既戢，獄訟亦稀，間有對簿，余平情判決，人亦厭心而不見其有留牘也。

分闈校士，選拔阮五公、熊漁山若而人，在戊午之役，而辛酉以覲行矣，考成奏最，馳贈父母。壬戌遂得西臺之命，假歸宣綸。癸亥應召，甲子授差巡城。時魏焰政（正）熾，莫敢向邇。余抗二疏論列，詞頗侃直，□□戒心，而旋亦以余行告矣。其疏稿俱佚，併前後論奏兵政時事諸疏已頒刻《皇明實紀》者一概散失，古焚諫草，是余之初心也。

奉身居家，冷眼三載，當亢而潛，豈曰處錞爲福哉？丁卯，趣裝上道，聞熹廟賓天，烏號有泪，征斾不前。戊辰改元，逆璫就誅，余旋朝，疏劾媚璫若干人。奉旨，"這疏論媚璫情狀，詞嚴義正，可稱讜論"；又薦大臣、臺省若干人，俱得旨，而中州之差命矣。至即糾一司屬之媚璫者，官方凜凜肅徐，而撙節驛費、禁革加緒、釐正士習，皆振飭其大綱，于狐狸之奸置勿問也。有等巨猾，倚恃吏承，凌制下僚，輒稱"通家窩訪"，爲蠹窟穴已久。余廉而坐以重罪，則豺狼風清矣。

己巳，復命舉劾，改差黔中。值安酋初靖，人民寥落，畝籍混移，余招徠之後，即行清汰，設法十二條，刊鐫成書，欲垂永久。未竣事而轉粤憲，辛未、壬申治高州。高州萬嶺叢雜，各屬又半負山海，梟獍竊發，余嚴保甲，計擒捕，獲巨盜六七人，而置諸辟。時有制臺在，未及詳聞，而制臺嘉其能，不謂其擅也。

癸酉，晉參浙藩，分治金、衢，水陸舟車費多浮羨，余極力節裁之，編甲戢奸，地方靜晏。乙亥，晉楚臬，流寇屢犯，功罪參錯，多屬欽犯，人懷疑畏。余披搜宿牘，條奏成讞，俱報可；即有平反，亦得俞旨，而南國無不結之案矣。丙子，晉蜀右轄，經紀西川，各屬官評，手自裁定，吏治亦一新也。戊寅，調參江右，治瑞州，仍攝藩篆。余劑酌糧額，挈舊抵新，民力得紓；又推給宗祿，無虧國課。提己卯場務方竣，即疕覯事，以遷秩淛臬。

過家，庚辰在籍，逡巡五載，而甲申之鼎沸變矣。天崩地坼，支廈無力，一意掃軌，概不敢以竿牘混于偃室，敝冠苴履不足起人敬畏，余亦心甘焉！而莫之校也。龍蛇任運，牛馬隨呼，泘經蕩析，家殖凋零，而饘粥之銘遂不得以如願焉。

夫升沉殊狀，菀枯異形，此代謝之理，何足深怪？惟是百年一瞬，白駒過隙。憶象勺之事，如睹目前；溯榮華之境，若接電光。車塵馬迹，幾遍寰區，而蟄伏止一繭室；流水坎止，許多閱歷，而白雲忽變蒼狗。世事滄桑，人情羹沸，使我垂髦之年，徒存碩果，奄奄餘息，未知論定。何日而回首前度，俯瞻榆影，真黃粱一夢間也！楚國臺榭，吳宮花草，臨筆可勝泫然云。

【校記】

① "居家"，《小山類稿》卷十六作"家居"。

② "交情"，《小山類稿》卷十六作"夷情"。

③ "使夷"，《小山類稿》卷十六作"四夷"。

④ "不法事"，《小山類稿》卷十六在"不法"之下無"事"字。

⑤ "孰輕重者"，《小山類稿》卷十六在"孰輕重"之下無"者"字。

⑥ 《清源文獻》卷十五收有此文，題爲《資政大夫右都御史贈太子少保襄惠張公傳》。

⑦ "襄惠張公"，《清源文獻》卷十五作"少保謚襄惠張公"。

⑧ "入我朝"，《清源文獻》卷十五作"入我明"。

⑨ "祖萍鄉令綸"，《清源文獻》卷十五作"祖鄉進士、贈都御史、萍鄉令綸"。

⑩ "父英德令慎"，《清源文獻》卷十五無此五字。

⑪ "同諸司諫"，《清源文獻》卷十五作"率其黨諫"。

⑫ "丁外艱"，《清源文獻》卷十五作"奔贈都御史、英德令慎公喪"。

⑬ "公力辭不受"，《清源文獻》卷十五作"公入，乃力辭不受"。

⑭ "丁母憂"，《清源文獻》卷十五作"丁林鄭淑人憂"。

⑮ 《清源文獻》卷十五在"財力"之下尚有"里甲、驛傳，經常之法，民到于今誦之。于省當國講學士大夫，一以禮處，不爲苟徇"三十一字。

⑯ "復以計誘吳黑苗，擒之以報"，《清源文獻》卷十五對此事有詳細描述，曰："惟黑苗

渠魁朝命購之急,諸同事者畏其難,各遂自倚幽陰,謂'不若以購費圖,別謬巧便'。而朝堂爭私者,或不無互持慾恧,震驚聽聞。公先爲冉玄之刼,又遲疑未下。斯艱危之會也,公屹不爲動,不復用兵,惟督責諸將吏捕之,卒以計誘其黨擒之以報。"

⑰ "二千餘言",《清源文獻》卷十五作"三千餘言"。

⑱ "甲子",《清源文獻》卷七作"戊子"。

⑲ "不敢亂",《清源文獻》卷七作"不敢辭"。

⑳ "出款",《清源文獻》卷七作"出資"。

㉑ "斂葬",《清源文獻》卷七作"殮之"。

螺陽文獻卷八

行　狀

敕封承德郎南京户部雲南司主事
先考肖坡府君行狀　明莊毓慶

不孝白癸丑予告,侍府君三載餘,丙辰拜命松江,久之逡巡未欲行。府君促治裝,曰:"孺子行矣。上從田間畀汝劇郡,且松非無事時也。吾食飲幸未衰,若即戀傍檐榆,效舞斑末節,奈公家忠計何?"不孝唯唯,因乘間請以春明一往邸中,視孺子治狀。府君蹙然曰:"汝大母春秋九十六,高矣。吾日夕非女使數反寢不安,汝精白一意,爲天子拊黎元,勿老人是念。且汝不聞乎,子之能仕,雖有離憂,其志樂也。"

不孝既不得請,驅車入吳,孰知離家甫五月,而府君遽不起也!所爲王母萬年之祝者無已時,而吾父溘棄世也。嗚呼,痛哉!

府君諱以薦,字君晋,别號肖坡。先世聚族榭内村,六世祖廷愛公始徙上田之霞曾里。曾祖省齋公璋封承德郎、尚寶司司丞,多厚德。大父爲大方伯石坡公應禎,諸宦迹嬿行,具大司馬吳容所公誌,與觀察使劉筆山公所爲狀。生四子。長即府君,少端嶷,不妄嬉笑。稍長,器度汪汪,夷退無競,一屏紛華綺麗之好,阮千里之渴飲獨後,桓車騎之不喜新衣,其天性然也。

王父自袁州司理陟秋官郎,擢府丞,府君俱從。十七遣歸,娶母黄氏。癸亥,黄母無禄,復娶母陳氏。時王父母留京師。府君歸,則持家秉,百凡綜理,中外諧緝,人無間言。甲子,補博士弟子員,發憤下帷,與邑憲副王公約、同守盧公居安輩五六人結社對壘,茧聲黌宫,學使者胡公以德行旌,尤加優異。丙子秋試，幾得雋，屢數奇不獲預解額。己卯，丁王父艱。府君内睦族姓，外禦群少，道劑剛柔。鬮分諸弟財產，均平如砥，未嘗以家督厚自予。至器物獨取其舊者，曰："吾性固安之也。"

府君自四十餘即絕意仕進，丁亥，遂上書學使者，謝弟子員爲自適計曰："余髮種種，恥與年少角長也，豈其戀戀青衫爲沐猴之冠哉？"或謂：府君年強子幼，門外之事亟賴衣冠，宜強留。府君笑謂："始與王、盧諸公約，以四十五不遇當挂冠。今加二矣，不可以爽信。"其安于靜退類如斯。府君雖謝制科技，居恒未嘗不展卷，銘其警語于壁，所居屋宇殆遍。喜觀卜筮、星曆諸書，談多奇中。好從野老談稼穡，課陰晴。或陶情酒弈，散步岩泉，以消永日。餘非其好也。

始，祖廷愛公以世蒸嘗未備，首推田若干，秩有常儀，用無匱祀，以及賑困急、修橋道、掩骴骼，爲德于鄉匪一。而府君爲善無近名，絕不爲崖岸表襮之行。不孝領鄉書成進士，用覃恩封府君南京户部雲南司主事。時王母八耋加六矣，府君與仲父宗坡公俱年逾耳順，朱紫皓龐，戲彩稱觴，斑白滿堂，孫曾繞膝，里黨羨之。

府君自王父臚仕，遠迹公府。王父轄東粵，粵人有宦吾土者，傾心相待，府君曾不一濡足。暨不孝應公車，遂卜築郊外，枕平皋，面方塘，松柏長青，槐柳暖翠，有亭名"晚芳"以寄傲。日與里父周旋，里社鄉閭之會，東皋南畝之間，杖履嘗周。郡國大夫干旄時過，則深自杜匿。鄉飲酒延大賓，虛左府君者二十年。

王母中年患嗽疾，府君減餐籲禱，至誠所格，宿疾立解。晚居外郛，問諸王母寢膳者接踵，數日一入子舍侍顏色。府君外爲鄉人父，入而修子弟之職。孺慕之懷，撫子姓雖昵，必以義宗人；或以事質直，取府君片語立決，無後言。知臧獲有欺，必曲爲涵容。一袍十年，凝塵滿席，湛如也。庭階户牖之飾，取其完屏；凡器用之節，取其堅；花卉果木之觀，取其具而已。聞士大夫清儉素風，輒喜溢眉宇；見繁縟布置爲豪舉富貴容者，不樂也。老氏致柔之旨，武侯淡泊之訓，實允蹈之。間書壁曰："勤謹爲立身行己之方，節儉即錫福延齡之道。"人以徵其素云。

府君楷書端勁如其人，至老猶自書刺，長篇短牘，無半畫跛踦。

冬至前，忽忽思爲雲間游。臨終之夕，猶眺覽林皋。客有徵雲間近況者，爲愀然泣下。府君生平未嘗抆淚向人也，嗚呼，痛哉！

府君有二囑：丙申之囑，重宗祧而明長少；甲寅之囑，憐少子而計深遠。慶視之，皆治命也。參酌二囑之間，以溥鳴鳩之愛，庶可以無違命矣。

府君享年七十有六，先娶母黃氏，繼娶母陳氏，俱贈安人；娶副室母陳氏，封安人。子三：長即不孝毓慶，直隸松江府知府；次毓序，邑學生，俱母封安人陳出；少毓祁，婢楊出。不孝等將以己未年三月初八日，奉府君與贈安人陳母合葬于御坑之原，謹泣血勒其遺事如下。

累封文林郎南京湖廣道監察御史先考遷東府君行狀　明陳玉輝

不孝奉先慈之諱，歸以旅。歲冬初，除服。念府君年高，菽水之歡，何如企佇？望雲依依，未忽就道，乃府君趣之出也。至厲聲色孺子而謂："余耄乎哉？余雖耄，行不杖，立不跛，神明之用不衰，安用兒女子之戀而忘國恤爲？"不孝唯唯，蓋自春至秋裹徊，竟不戌裝，天降鞠凶，木欲靜而風不休，嗚呼，痛哉！日月有時，將窆矣，抆淚爲之次其生平。

府君有志操。大父後軒公，少失怙，諸昆仲臨以嫡，析產獨縮，而又素發難端，困之官于大父，口吃幾負詘。府君才總角，投袂歷階而上，具陳失怙見壓于嫡狀，讞者至爲太息淚下，諸昆仲咋舌相戒："夫夫也有豎子在，未易與也。"大父以被齗，故產日落，府君傷窮約無已時，安能鮑繫佔儜爲業，而餬口外表家，歲受若直供二親、二弟、一妹。外表家溫，不識窶人作何苦，與之直常愆期，家爲輟炊者數，欲言囁嚅，向隅陰自發憤："丈夫子窮則窮耳，何至仰人鼻息，無能爲資身之策？"計歸而射時居積。不數年乃饒，歲時上二尊人觴，不乏甘滫。

吾宗分派日衍，筐筐宴會日隆，府君嘻嘻華滅根敗道也，遂徙塔山下，披榛剪棘，創廬一區，東皋數畝，擁帶潮汐。未幾，島夷內訌，廬舍灰燼，隴畝萊蕪，囊所居積殆盡。時倭掠輞川，積骸盈野，伯父石室公被鹵，以不能輸金榜箠濱死。府君貸數十金，間關往贖，陷伏中幾嬰白刃，賊酋義之獲免。

倭平，徙鼓山之東，距塔山僅數武。里故多豪，嘗以睚眦洩怒杯酒間，府君每宴會輒婉辭。壤地同豪每求多堙圳塞源，率十數無賴伐門，府君倉皇登屋避之。或謂彼豪何厭之有，不如早從事焉。府君仰天嘆曰："彼主我羈，長木之摧，無不摽也。何如以語難格鬥之力？"退而力本勤生，以質造金矢之費轉而延師誨子，遂益自攻苦居積，視曩昔更倍。

不孝少時，初能誦說古先讀，學舉子文，有會時竊擬構，府君大喜，謂孺子可教也。趣從塾師游，月凡兩試三義，攜醑往勞，屬塾師斤削而甲乙之，竟日始返。當是時，不孝最喜班、馬、莊、列諸書，所爲發之篇章，荒唐莽蕩，幾于覂駕，府君大患之，令誦法關閩，浸斂歸實。蓋自總角至既廩，無日不督之程，禁不得預戶外事。

辛丑登第，受牒文江。府君進而訓之："此古吉陽也，多有道君子，惟清、惟慎、惟勤，惟豈弟君子，民之父母，無以家爲念，爲先靖隱公羞。"癸丑于役南都，以次及于屯圍，府君又貽書遠訓之："此祖制也。談者率揘挈，祖制難復。夫天下事豈異人任，惟夙夜冰兢，惟一意拊軍餘疾苦，無以家爲念，爲先靖隱公羞。"不孝凜凜，奉以周旋。

令文江時，府君兩至邸署，問治狀若何。不數月，即趣駕歸，曰："吾不能忘海上之樂也！"麗海編戶，世耕漁爲生。初僅一二黠徒投閽右門下，轉瞬連阡，群而效之，門幹十家而七，蟠結虎噬，所摧壓靡有不齏粉者。府君間行隴上，遇此輩聯翩躍馬而來，即迂道遠避之，嚴敕諸子姓平頭以應門爾。奈何應門之外又有門幹，初僅利其數金，任咆哮不問，及衡決則又以體面故力爲掩庇。夫焉知我輩之體面，皆窮民之皮骨乎？海東地毛刮盡矣，汝等無納門幹，自損陰隲爲也。

里少年欲攘鄰翁善田，誘其子蒲博立券以售府君，願以十之三壽。府君怫然曰："安有子行錢而父勿使預知者，而以我非爲人哉？夫夫也窮年胼胝，數米而炊，銖積寸累，以有此不腆之產，一旦挾券畢收之，將令彼槁死溝中乎，狗彘豈食其餘？"少年懼，請罪。鄰翁持金來遺，又辭謝。府君嘗謂："處約與處豐異，處豐宜廣，處約宜嗇，吾再徙，再廢產，竟從嗇起，亦所處固然。嗇則无妄交，可以寡釁；嗇則無濫費，可以養財；嗇則于身無縱肆，于人無忮求，可以養心田。"故老氏謂之"重積屏閑"，揭"安分身無辱，知幾心自閑"二語以自警醒，亦足徵其素云。

不孝自文江量移後歸省者三，最後則以讀先慈之禮，嘗隨杖屨，蓋侍養可九載。

丙辰以再考，封如今官。迎璽書郊外，府君出筒中冠袍服之，矍鑠焉上，時年已九十矣。召微時諸父老飲盡歡，顧奚童取吾褐衣來，即又褐衣行市中。市中人喧言："封公至。"已窺其被褐也，即竊相謂曰："封公不錦而褐哉！"

不孝以伏臘上巵，府君輒歙歟長嘆："吾及親在，負米而心樂。今父母往矣，回首負米時髩髴如昨，而縱以鍾釜之俸，足奉我者乎？饔肉、卮酒僅展松楸，吾安忍下咽？"爲今秋初度未曙，盥櫛展拜先祠，遍謁諸戚友上壽者，已謝客，還內猶作蠅頭書，一疾溘然長逝。

悲夫！悲夫！府君不飾邊表，信心直往，然周折宛密，一以繩尺爲衷，或有不快于心，衝口而發，底蘊立盡；然既發消釋，胸中了無掛礙，杜門簡出，落落寡諧；然就與之謀，輸瀉傾竭，片片肝膽。守雌處後，循墻而走；然事關骨肉，發憤直前，即赴湯冒鏑不辭；不綺不蓋，冷淡家風，然尊師敬友，贄節修脯，供具俱從腆。至謂淨土非遙，廣開方便，即是福田利益，居恒戒子孫無徼福于緇流，則又脫然于因果去住之際哉！謹泣血勒其遺書，惟名公先生采而賜之銘。

長頑孝廉陳駿汝行狀　國朝陳龍巖

小兒年甫二十二耳，蜉羽槿華，何行可傳？但自墜地迄大歸，良摯遜敏，頗有當于先師朝聞夕可之訓，不忍使就汶没，姑抆泪識其概。

兒諱孫惠，字駿汝，近得雋，自號吴水。先侍御第五孫，不肖長子也。未生時，莊赤雉方伯夢過寒門，張燈爛熳。生而修顱炯眸，高顴闊顙，私以青箱期之。五載就師。六歲坐之門限，小凳作榻，授《滕王閣序》，二遍成誦，亶亶無片字脱；再授《連昌宫詞》，則淫泆唱嘆，聲韻悠揚，甫卒讀便成誦矣。不肖詫甚，方引自教。夏暑，家五弟納凉巷陰，把閲《春秋》，兒繞膝扳書呼"五叔教我"。家弟略爲解説，明後日不肖拈齊桓公"正而不譎"令作破承，小起便作"小白仲父遺事"，擅掇用入，縱横無範。

十歲應童子試，取名鼐佐。松陵趙介存老師取覆再三，唤入内署，案頭題乃《其子趨而往視之》，中比以"舜躬耕、禹胼胝"發議。趙老師謂"龍文飛兔，已見一斑"，拔前茅。十二歲，甲申，明宗藩朱郡伯拔吊第一，未覆試而鼎革。是時，兒已熟讀《詩》、《書》、《易》、《禮》、《離騷經》、《人物考》、《綱鑑》、《詩歸》、《四大家》、六臣注《文選》，漢、魏諸書數遍矣。丁亥，辛郡伯高取，覆試時，閲文者爲江左邵旭如、令如昆仲，將擬第一，海氛正熾，衡文不果。巡每省，其私見兒手録古文數百篇，丹黄評次，各有弋獲。復著古風歌行數首，皆遠窺漢魏堂奥，近亦探弇州、歷下間。

戊子開科，郭礎卿父母試，列前茅，評語有云："此子後日當以詩文名家，不僅制義見長。"道試弗售，廉纖觳羽，漸有摩霄之具，而尚因頓一衿。卜于三山關夫子祠，得無當再命名乎，神示籤有"更將方寸好修持"之句，乃悟先嚴歷官清白，惟留方寸爲子孫耕穫地。初以"惠念"名兒，名從心也，宜返乳名，神其教我矣。

己丑，邑侯劉赤坡拔第一，刑尊張永思攝府篆拔第一，文宗閔斐卿拔第一。導迎時，贈彩金湖管，曰："若才當掇三元，吾贈若三管，爲他日券。"觀者溢衢巷。仍批附諸生一等五名下補廪。庚寅春補增。夏，媳李氏產亡，悼亡之痛甚于潘岳。冬補廪，再受室許氏。

辛卯，不肖入雍卒業，措供斧資，室罄愈懸。兒拮据當門，或停午始餐，或充粥荳芋，蕭然無求，嘗自詠曰："閉門成小隱，得句慰朝饑。所學務見全，書旁搜祕典。"爲弟口授，靡所作輟。夜篝燈，唔咿東壁，餘光耿耿，達湖干亭畔，斗轉參橫，聞者嘆："陳氏二少至今猶不寐也。"

壬辰七月，舉男孫宮。八月杪，不肖都回，兒稍息肩家計。十一月，男孫宮亡，暫有嗽疾。甲午，安邑邢欽之父母下車，彙考前茅，一見許以"國士"，煦沫獎借，罕見其儷。

燈節後，余北上廷試，兒偕二叔及弟送別北郊，荒檐夜宿，父子、兄弟剌剌達旦不休。嗚呼！豈知兒爲終天之訣哉！繼室許氏虛羸奇病，支離床簀，兒擁書扇藥，鬻典衣珥，乞靈巫醫無虛晷，尚復殷勤誨弟，銳志蜚鳴。人非百鍊鋼鐵，能堪此磨挫耶？

孟秋，携弟入省，囊無餘蓄，珠桂之需，弟鬻衣服以供。首場十二日，本房太倉盛幼瞻老師擊節其卷，上于兩大座師，幾乎問鼎，後僅第十一，冠房。劉公愚大座師有"末篇竟可冠場"之評。

刻程，當榜未放時，兒兄弟馳歸，次南臺揭鄉親數金，令小奚入省贖衣。兄弟二人負笈登舟，風狂柁折，輿子號呼。泊舟島嶼時，有憐而進飯，夜三更乃渡，沿途稱貸，至不宿飽。還家未數日報至，兒無矜色，抵三山晉謁盛老師，教以立朝居官梗概。詎意旋里未浹旬而病作，稍痊赴郡起送。次日病復作，自郡輿歸，惟念不肖未回，囑弟孫念克孝，被間懸腕，書口占二首："抱病誰最苦？最苦是冬宵。聽盡鐘聲過，寒雞未報朝。"又："辰來猶自可，午後覺難支。一心頻驚顧，又恐暮鴉時。"自訝悲酸，再足一首："神龍終大發，伏氣數日爾。今我雖癯然，無乃亦如是。"易簀先辰，呼弟長嘆曰："雕弓誤作蛇弓影，洛陽主人爲酒債。"十一月初八日辰時，不待不肖歸而逝。

嗚呼，痛哉！兒少有成人長者度，不計敝衣惡食，一意讀書，雖節序臘蜡，燈夕花朝，弗離芸帷，見樗蒲戲不啻猪奴斥之，家宴不過數杯而起，處聲華綺麗之場泊如也。居恒言志，惟稟"士先器識而後文藝"一語。楷書學文休承、壽承，行書學衡山，近行楷則駸攻顏、米、趙王子諸家矣。少多病，七八歲家母猶抱懷間，足出懷幾許。後稍岐嶷，不肖課藝，偶疵過施夏楚，母苦解得脱，兒不顧階序遙深，飛跑而下，祖母呼孫，相逐持泣。今遽舍祖母若父母而去，哭子招魂，行路酸鼻，垂白祖母，老淚闌珊，不肖當此，其何以堪？

次兒惟兄是師，口講手畫，冰涣理怡。壬辰秋，不肖北歸，聞次兒酒過中夜，起撻併撻兒兄教不先，次兒叩頭出血曰："罪原在兒，安可累兄？後願焚罍毀楹，凛循墻之命以自新也！"不肖乃釋。兄弟提携，如比翼鳥，如連理柯，一旦柯析翼分，弟日涕泣上奠，夜則夢寐見之，不肖當此，其何以堪？

染翰拈韻，或有所忘，訊兒立對，即至傍架檢書，按圖品古，灌花種魚，瀹茗滌器，一一皆兒代勞。今呼之不應，琴書冷落，不肖當此，其何以堪？

兒志非溫飽，履決衿捉，夷然不較，年有著述近宮詞百首，幾欲與龍標、岐公抗席今古，竊謂可竟先嚴未了緒，乃車方出而軸折，弓欲張而箕摧，不肖當此，其何以堪？

晨昏繞祖母膝，慰藉定省，覓棗啖飴，無異童稚。事伯叔猶父，處兄弟、朋友一片天真，不徵色臧獲。今辰移午錯，老母恍惚見孫來前，伯叔、兄弟、朋友談及色變，臧獲感泣，百身莫贖，不肖當此，其何以堪？

辛卯迄今，不肖三載滯都，過庭日稀。今秋至鎮江聞兒捷，柘浦得兒訊，三山聞兒病，邑北門聞兒歿。廿二載鞠育，十餘載教訓，一旦溘然，不及面訣，不肖當此，其何以堪？

嗚呼！兒今已矣。家業單寒，飲食失時，釀成膈疾，媳病纏綿，典鬻療醫，匏渡幾覆，旅腹不充，不肖何心，能不爲巫峽鳴猿聲隨腸斷哉？

嗟乎！廉吏可爲而不可爲，殆信然已！兒初以媳病爲慮，迨病革洒然無挂，視半世英雄分香賣履者，何如？白樂天云"海上不是吾歸處，歸即應歸兜率天"。兒何人斯？敢希斯語。但按家仲兄及友陳乃羹，先是夢乖，雖非仙佛度劫，意亦釋云宿根者。兒幼開篇讀《滕王閣序》，今讀者、作者壽命正略相等，徒使譽兒老子淚斷天枯耳！

弟孫念子范繼之謹狀，以求名椽爲壙石張本如此。

行　實

弟生員文鎊妻姚氏節烈行實　明陳　鍔

　　姚氏，晋江澄江里人，鄉進士、知縣居易孫女也。父應夢，郡庠生，見文鎊異而許婚焉。無何，父即世，姚氏方五歲。母黃氏鞠之，性端警敏異，教以《列女傳》諸書，通大義。

　　長歸文鎊。鎊才質雋穎，士類器之。值家事中落，姚氏茹淡，躬織紝，具漿瀡以佐之；奉慈姑孝養備至，務得歡心；處妯娌無間言，視侄女若己出。于是，鎊無内顧憂，刻志劬學，遂遘勞疾，巉然骨立。乃勸就别室，尋醫診治，湯藥必親，五閲月無懈，籲天祈以身代。而鎊卒不起，即自翦髮與所訣詩内鎊柩中，語人曰："吾不難即死。縈姑老矣，方哭其子，又哭其婦，萬一傷生，謂婦道何？君嗣未立，吾辱九載巾櫛不能舉。"一日，朝夕之奠，謂妻道："何乃忍少須臾，強飲食，寬姑憂。"囑其夫兄嫂供菽水，日上食如儀。尅日屬纊，距鎊死日近五旬也。

　　前三日，促治棺衾，一切從儉，簪珥系縲分惠家人，唯均田廬籍付夫兄。先壙戒宜亟治，自製文哭奠。奠畢，拜辭家廟及諸族鄰，男女尊卑，少長曲中，禮節不少爽，而精神雍容不亂。乃沐浴更衣，焚香告天曰："妾不孝，不能代夫終養，罪願以己不盡之年益姑壽，俾康寧無恙；妾薄命，不能延夫血食，罪願天佑伯氏多男子嗣，夫後祀續不絶，妾死猶生矣。"已復別姑，哭盡哀。家人環哭不爲動，遂掩户自經于鎊之柩旁，時年纔二十有四。

　　嗚呼！若姚氏者，從容取義，慷慨成仁。不憤不激，一念可貫乎金石；不詭不隨，百折竟回乎砥柱。至于戀姑之孝，置後之仁，達生之知，逮衆之恩，克家之儉，男子意慮所不周，處置有未宜者，姚氏以婉娩一女流兼之。不佞目擊其事，憫弟鎊夫婦之死，莫已好德之衷，敢摭實以告諸大人君子。

螺陽文獻卷九

祭　　文

祭柳州侯文　宋黄　翰

世傳不朽,文學詞章。惟公之文,駕韓蹴張。雄深雅健,實比子長。

民思無斁,政事循良。惟公之政,祖龔述黄。深仁遺愛,實媲甘棠。孔門四科,達者升堂。公兼得之,光于有唐。天才俊偉,議論慨慷。交口薦譽,名聲益彰。要路立登,臺省翱翔。擢列御史,拜尚書郎。時將大用,器博難量。譬如八駿,奔逸康莊。追風掣電,萬里騰驤。亦如利器,鏌邪、干將。直視無前,其鋒孰當?

不慎交友,玷于韋王。群飛刺天,讒口如簧。一斥不復,困于三湘。譬如鸞鳳,不巢高岡。栖之枳棘,六翮摧傷。亦如巧匠,睥睨觀旁。縮手袖間,善刀以藏。一麾出守,惠此南方。龍城雖遠,毋敢怠荒。動以禮法,率由典常。

公無負租,私有積倉。居處有屋,濟川有航。黄柑綠柳,至今滿鄉。修夫子廟,次治城隍。農歌于野,士歌于庠。孝弟怡怡,弦誦洋洋。生能澤民,死且不亡。春秋享祀,旱潦祈禳。四百餘年,血食不忘。

翰幼學公文,久服餘芳。遺風善政,凛若冰霜。目想英靈,如在其傍。桂酒清旨,肴蔬雜香,拜獻蕪詞,公其來饗!

祭學憲陳紫峰文　明張　岳

嗚呼紫峰,一世人豪!有蟠屈萬古之心胸,有瀉落長江之辯論,文足以籠罩百物,氣足以旁魄宇内,不但今世之所希,雖古稱邁往之士,抑①或難之。至于孝友天性,造詣深醇,飭躬砥行,慕義強仁。有避世之深心,而非玩世;無道學之門户，而有實學。非特邁往之士所難，雖世之號爲講學君子，或未能以無歉于兹。方其擢第大廷，服官比部，群公斂袵，士友傾心，謂瑚璉之器，宜亟登于清廟，乃卷而懷之，以自輝媚于山澤之間。一丘一壑，一觴一咏，遺落世情，逍遥物外。夫其學問之成諸己，固已涣然而自得。[其]出處去就之際，又峻潔光明而無疵。尚論人豪，舍兄其誰？

嗚呼紫峰！自昔豪傑遁世，類多有托。故步兵長醉，五柳耽詩。兄嘗評論人物，至陳元龍、孔文舉之爲人，慨然嘆[曰:]"廣陵之樓百尺，北海之罇不空，人生如此足矣，擾擾何爲？"此正德末年也。其高風遠韻，殆將翺翔千仞之表，奚止樓坐元龍，罇湛文舉而已耶？某之交兄，實自丁丑。京華雪夜，古寺疏鐘，舉觴相詶，無叩②不鳴。兄惟我師，豈云其友？·別十年，尺書再通，尚冀他日，言宴從容。去歲之夏，次崖書來，以兄訃聞③。開緘失聲，手足如墜④！

嗚呼紫峰！兄果厭世而長往耶？郢人既逝，吾無以爲質矣！隻鷄斗酒，其能有以酬宿草而寫悲腸也耶？尚饗！

祭始祖宋大師文肅公墓文　　明李　愷

嗚呼始祖！其生也鍾山東之秀氣，其出也膺宋家之碩輔。巍科早掇，崇寧、宣和之間爲校書郎、爲直學士、爲翰林學士，文章氣概已鳴天下矣。繼贊高廟，力叱苗劉之凶，具臣靦顔；立草鼇龍之赦，四方傳誦。扈蹕定策，讜言憲行，靈祚倚之。已而進秩資政，提舉洞霄，開國食邑，天子于公，眷注猶隆。

公年且未艾，離鉅野之故鄉，卜居泉南，構地結廬，蓋賜恩上下，觀山玩水，寓物賦詩，其用意深矣。剛貞雅亮，毅然正辭，播于聖皇之稱劄；復辟秘謀，實出孤忠，見于雲龕之儗表。公其一代偉人哉！

愷嘗評公人品，不在韓、范、富、歐之下。而南渡以後，閩中伯起、俊卿諸賢，未之或先焉。繄公名實，稽諸謚法，太常張闡、葉夢得諸臣議以文而重以敏，其于公也，不爲盡掩其生平矣。傳至寶慶之中，賢大夫魏了翁乃奏覆議，鄭清之、蘇極皆佐輔元老也，率屬定論，改諰易黃，謂敏不足而易以肅。公之譽望勛業，徵于國是，浹于人心，殆與有宋相爲終始者。錫葬石鼓，薦車明器，天子所與。啓攢引掩，都承旨范宗尹護其事。告安兆域，騎都尉王大寶主其輓。生榮死哀，輝光泉壤，夫斯原不亦大乎！

其時，爲公之子伯玉、古愚諸公，守墳豈無其户，報劬必有其所。今也荒碑斷碣，宿草不除，麥飯不致，侵于奸豪，混于牛羊，雍門之歌豈其然夫？嗚呼！漢寝唐陵，松楸弗掃，墓祭非古，寝微寝滅⑤，豈惟李氏哉？然過闕里而起敬，睹峴山而興嗟，矧水木本原，霜露濡降，我後人憤丘墳之見敚，懼精爽之震驚，行祭告于久曠，是固情之不能以已，而禮之不可缺者也。

今距宋將五百年矣，前朝賜隧之區，先相藏骨之地，表而樹之，僅一見于今郡侯方西川，而⑥丘墳生色，精爽如見，太師有神，稽顙地主之澤于九京矣。

愷弟兄丁酉之冬叙譜合族，謹以特牲拜公祠下，而登穴以祀自今伊始。嘆仲翁之遺墟，想聲容之莫睹，尊卑在列，俎豆在庭，庶其僾而享之！

祭王遵巖先生文　明李　愷

嗚呼遵巖！子輿所謂"豪傑之士，雖無文王猶興者乎"！吾泉清源、紫帽靈粹之氣，五百年來，一鍾于虛齋，再鍾于遵巖，今其往矣，海内其復有斯人否耶？

公禀資秀穎，弱冠登第，詩文體裁，必宗秦、漢，學班、馬，摸擬曹、謝。製郊廟章什，撰東粤試書，遂稱才子于天下。既而盡棄去，專敦曾子，固温厚典雅之作駸駸似之。中年乃好深湛⑦，獨出新意，而不甚修詞，又與曾氏異矣。少居京邸，友李伯華、唐應德諸君，談空吐奇，俯視今古，以功名無足爲者。既而自司封謫外，乃折節與念庵、龍溪講"良知"之學，力削浮夸，鞭辟近裏，隱然成德，而所以自期待者甚不凡也。

嗚呼！遵巖道方進而未止也，養潛積而將粹也，藝洞貫而成章也。年近始衰，正焕然自足之會矣，云胡溘爾而逝，豈天亦妬才，人皆媢彥？所謂賢者未必壽，而千古獨吊乎沉、湘歟？公内介外和，元相桂洲在諫垣，亦嘗忘年慕王子之高矣。一見柄用，耻爲朱穆孤真之節，寧爲其所嗔而不入其黨。天性好善如貪，薦引名流，無論顯晦。家食事親孝，友于兄弟，睦于族人。尊師親仁，周窮恤匱，其所操履勁效古人。而好議論人者，每搜其點檢偶遺之小疵，指摘其僕御無心之細故，欲以污其生平。噫！末矣。君子立己，自信于心，無愧于天，忘其毀譽，齊其得喪，是謂無所爲而爲之，誠苟于心有歉，則于天有戾，舉國然之，君相喜之，是亦僞也已，老成不云乎，"知我者希，則我貴"。求遵嚴于形骸之外而知其不可及者，豈可謂盡無其人乎？

愷交公也晚，悼蘭苕之隕，嗟叔季之偷。北斗徒瞻，西方有涕。夜月屋梁，如或見之。

祭康磐峰中丞文　明李　愷

嗚呼磐峰！少也聰悟，習爲文章，微詞之中隱有粹理，亦有質性，惇厚之中挾有勁氣。方逾弱冠，遂掇巍科，外視博野⑧，內涵剛明，稱大氣焉。

嘉靖之季，國有權臣曰武定氏，附會大禮，寵儗桂、張，橫似霍、竇，言官伏闕而逮之獄。斯時也，翔國之勢焰猶爍，一人之眷注未衰，司冠（寇）旁皇，陝曹被繫，乃遴衆薦公讞理大獄。公以死生處之，情法皆得，無枉咎繇之執，暴大憝于市，而郭亦尋斃，卒正夫天曹之罰，是以小臣而輔聖天子之義者也。迨撫鄖、鄧，藪林細醜偶有嘯聚，部議剿滅。公讀堯弻輯綏之奏，體元傑建閫之忠，懲五季李特之亂，而以去就行之。流民不殺，天德斯存，葽錦太甚，毋悔毋辯，是以大臣而全聖天子之仁者也。嗚呼哀哉！大獄艱危，公有倍于擒王之勇功而不自頌，天下陰受其賜而忘之，大節皎皎然，雖與日月爭光可也！撫治之寇，公自是其是，人是公者什九，而媚者非之。

穆宗之初，頌公者交剡以騰，無援紲之，不容何病，不亦將終君子乎！

懸車歸來，以《易》學傅其子，以家事付臧獲，松菊叢中，悠然獨趣。歲未古稀，天不憖遺，不畀之收旋轉于桑榆，不亦謂之有命也耶？然余又有言，公周流于藩臬之間二十餘年，而家不益，閑居與弟崧陽公相友，淡如也。小務不親，城府不入，廉靖之風可以勵世也。文宗漢氏，七言詩鬱有唐音；練達國體，明于天文,善觀星緯,察其灾祥,敦篤之學足以立名也。

余不暇縷書詳述其偉烈鉅行,竊取稱天,以誄之義,合謚"忠毅"。蓋其生平與論攸同,國是不悖,非虛加之也,庶他日史官爲公立傳,聊備采錄耳。

人生一世,期頤旦暮,富貴浮雲,雖死無遺恨,是爲全歸。予于公執其手,視其殮,泪潸潸下,嘆龍山下復有斯人否?若公則生順死安,亦何憾矣?

長兒晋賢聲篤行,于父有光,靖克自樹,諸孫岐嶷。死後未食之報,天于公且未靳也。

於乎磐峰!有牲掩豆,有酒盈尊。姻婭婚媾,友朋弟昆。有從之涕,不溢之文。

祭室安人連氏文　明康　朗

惟安人以慧婉之姿、端靜之質少嬪余家,修其婦德,敬順不貳,以訖終命,距生之年僅二十有五。傷哉夭也!豈數由天定,將命由人興耶?

安人始來嬪,而余即奔歷宦途,艱辛困苦,千百其狀,惟安人是同。惟昔始仕,從事司馬,即安人從而北也。余困衣服、居室不能備,僦居皇城南安福巷中,忽夜雨暴至,水浸其屋三尺,室盡圮,篷室席户以居,安人言笑自如,無憾也。然自是遇疾雷甚雨,或聞夜中頹壁聲,則驚悸不能寐。安人質脆薄而朔氣勁,不耐其習,食飲日減,容亦日羸,載育二子,長爲士晋,次又夭死。

辛丑,國有大獄,余爲司寇郎,執其平而中情叵測,朝野震懼。余自分不免,安人驚憂成鬱,如是年餘。迨中外傳聞,危疑相恐,余夜趨闕門,安人執余手慰別,悸益甚。獄亦卒定,余得遷浙江僉事,安人始色喜,病稍除。以八年于外,思欲展其父母舅姑,遂以嚴冬輿陸,行萬里不困,癸卯春抵家。復育二子,從余之浙,即以痘亡,安人悲不可釋;又以姑衰勞,每語及或至涕泣,思歸益甚。

是年,余以事當赴闕,而弟朔亦至自京師,安人乃日治南北裝,既定且行,忽對余流泪曰:"余裝中不可無君之衣。"遂請豸衣二襲置其裝中,且入厨爲余治途間物,並召僕從甚悉,至晡乃別。

故鄉饑盜大起,安人復不寧居,徙避城郭中,宿疾漸作,十月八日乃還。十有七日舉一女,二十日辰刻疾大作,知不可起,即請姑語以後事,言訖而終。

悲乎！痛乎！余生平辛苦,惟爾備知,爾今既徂,余復何爲？追想別言,已爲訣録。始余嘗語安人"以神清而短内,性孤潔非壽徵",安人應聲曰："妾本孤女,托食諸父,孩提呱泣恐死矣。今幸事君十年,荷國褒命,繁華世故,自分已厭,死亦何憾？"是春按嘉禾,遇一卜瞽,能察聲知祥。余至卜,曰："異哉！遇《困》之九(六)三,入宫不見于(其)妻則凶。"厥兆伊何,余雖不信,而心常惑之。迨余以十月還浙,遣迎安人于家,僕未入,訃已先聞。由此觀之,殆有數乎！生同苦樂而没不執手,豈爾固有神,預請衣以爲離合乎？子弱而舅姑老,爾所留念不置,今安知乎？悲乎！痛乎！亦有憾乎,無憾乎！夫屈伸變化,魂無不之。魂無不之,匪我烏依。靈其有知,尚來饗之！

祭獄厲文　　明蔡　信

人之有生,魂神魄體。用物精多,魂魄愈勵。没而有歸,乃不爲厲。其或無依,反能作祟。鬼猶求食,弗可餒已。嗚呼！吏或慘于刻木,人咸威于畫地。四門之内,大非⑨人世。一日之間,氣候頓異。或殞于箠扼,或殞于病瘵,或殞于寒饑,或殞于經縊。上靡擇于烏鳶,下靡擇于螻蟻。思樂國于髑髏,冀得請于上帝。

嗚呼哀哉！孰無父母？孰無兄弟？執手牖下,得正而斃。爾死于兹,守于禁隸,狐向丘首,鳥回鄉視；爾死于兹,天涯海澨,遠近雖殊,隔絶同理,三日而殯,取速爲貴；爾死于兹,文移留滯,屍蟲出户,五有三四。恨厭厭以長齋⑩,魂飄飄而遠逝。素路言還,薜荔叢翳。月旦出游,狂犬啍噬。舊鬼煩冤,新鬼睥睨。大鬼揶揄,小鬼怙恃。露形于危垣、圍棘之傍,雜聲于木柝、金鐸之際。風力悲兮草悽,月色苦兮霜悴。四山之寒木如慟,四壁之秋蟲如嚏。怨魂無寄,率寄于是,疫染凶年,實自此始。

嗚呼哀哉！時惟孟秋,陰氣用事。鬼亦乘時,東西突墜。忍待桃茢,躬效蜡祭。孰謂不靈？有感則至。呼朋引類,同來食氣。死而無冤,義也自制；死而有冤,命也自委。栖于冥漠,各安靖止。

祭謝志望死倭文 明莊應禎

嗚呼!古稱無求生以害仁,寧舍生而取義。何衆庶之馮生,而烈士之殉志。若君今日之死,寧不凜凜其有生氣!

君毓德名閥,鸑鷟鵠峙。天植拳勇,神惎患智。既頡頏于辟雍,更決拾乎弧猩。

島夷匪茹,鞠凶怙懫。狼奔豕突,螗張蝟沸。渦蔓吳淛,井闉刊焚。繞掠四明,居民震悸。君慷慨激衷,麟齗烈眥。赳赳鷹揚,眈眈虎視。誼急解紛,貞圖敵愾。誓鳩武旅,分囊饗糈。慕冉有之用矛,效嗣業之割臂。一鼓而超距爭先,再呼而左袒皆至。鏌邪電激,千旄飆逝。期滅此以朝食,縶千奴于一縋。臨山解圍,膽喪鯨鯢。鯉浦摧鋒,魄奪魑魅。議守巾嶺,力扼要隧。掘坑設伏,翼張棋置。前後捕斬,力遏凶鷙。使益之以犄角之援,而繼之以樵蘇之備。則戈回白日,威揚鐵騧。豈不足以殄妖氛于海服,而樹銅標之赤幟?顧狡夷紛沓而竊出,我援環顧而却避。餉絕勢絀,矢盡力匱。猶躍馬奮呼,挺身彎弩。辟酋懾慴,三戎就殪。乃叱家奚之泣告,雖九死而不貳。痛臧洪之同日,撲睢陽乎一致。首碎茂原,而精忠可以薄虹蜺;身橫草野,而貞烈可以動天地。山雲黯淡而失色,谷風悲淅而慘悴。遐邇哀號,大小垂泪;朝議恤典,降恩特異。賞延后嗣,祠宮孔閎;王猷以光,寵錫斯備。

嗟乎!倭冠(寇)不靖,煽虐孔熾。日扆南顧,設官增吏。孰拯其溺而救其焚,徒食其祿而居其位?乃若君不階一命之寄,不授尺鉞之畀,而散貲募兵,以身殉難。其真庶幾乎,成仁而取義。視逗遛奔北者,當杜門齰舌死矣。寧可與君之臧獲,並論而比議。

追溯本源,實翳文正公之遺。公翊輔四朝,勤宣三事。勛昭旂常,祚錫胤世。堂構相仍,弓裘不墜。報國承家,忠孝攸萃。則見子之死,即見公于九原而無愧。某等辱交尊甫,知君國器。身死立名,古之忠毅。臨風灑辭,君知我意。

用藉威靈,亟殲醜類。没爲明神,生爲壯士。千載苾芬,幽光永賁!

祭烈婦文　明曾偉芳

嗚呼烈婦!吾不知其何如人也?邁女流以自許,振古今而爲心者乎!想其抱玉深閨,動貞于一,日月在臨,鬼神在質。故于死生關頭,剖析明白,以十九之青齡,爲五旬之締結,鏡破鳳分,從容成節。何羨乎赴義之士,感慨以爲烈也?

嗚呼烈婦!吾不知其何如人也?不讀古書,六籍通神;不見古人,三代完身。乃開清源之古,乃拂紫帽之塵。山川草木,倏爾維新。又何羨乎清(青)雲之上,空垂竹帛之名也!

嗚呼烈婦!吾不知其何如人也?嚴服靚妝,海嶽歸魂。夜分一索,萬古絲綸。繫皇家之四維,續宇宙而千春。又何羨乎溝瀆之匹婦,執小信以爲徇也!

嗚呼!溪流有聲,霜雪交至。月色梅花,天精地粹。愧余不能,爲之誄也。

祭東喬駱封君文　明吳天成

萬曆丙午陽月,封廣西提刑按察司、提督學政僉事東喬駱老先生卒。不肖孤吳天成等,以外艱伏在草土,未能匍匐唁也。兹中冬朔有某日,始能率弟某以清酌庶羞奠于老先生靈几,而將之以辭曰:

嗚呼哀哉!天成等不天,遽遘凶閔,乃先生亦溘然遽爾騎箕也,則寸心萬折乎!

先生與先君爲入泮同時交,稔知先生終長者,雅以經術,爲人士師。及貢,復爲南國諸郡名師。作人勇退稱于仕,守貞亮節誦于鄉,則賢人賢人乎,非質其內,烏能如是?先君既望袭,天成等冀得奉先生與爲洛社歡,而猶未得也。則謂先生方康,豫期與令子歌《白華》、《南陔》,長壽大年未艾耳,乃不意天成等之忽有是秋,而令子之忽有是冬日也。

嗚嗚悲乎!痛唯先生與先君同降嘉靖辛卯,生相若也;先君近病痰,而先生同病相憐;先君以秋仲歸,而先生亦以是冬告逝。天成二孤以試事奔赴不逮,而令子亦復愴摧不獲視飯含也。事事相若矣,所能若者,惟是我諸孤豚犬耳,愴焉有先君之思，何能不于先生是感，寸心固萬折乎？

嗚呼！先生之學，即不獲盡用于時于身，然而及于其後之人。文則闡而爲經國大業，政則衍而爲藩屏鴻施。既已有子，可以不死；既已有聞，可以長存。先生有道達生，固可自慰。惟所謂"樹欲靜而風不停"云者，則先生之子，所不能自解于先生，而天成等不天亦竊同爲先生令子惻矣。神之聽之，或以慨于斯言。

祭故夫洞如文　明戴　雲

於乎君子！爾年何幾而遽云亡？爾德何損而命是妨？行雖惇惇，志實昂昂。方期吐氣干霄路，豈其賫志而爲赤松之徜徉？妾逮事君子十載，相將環珮罔愛，甘苦共嘗。嗟我君子，數厄不良。既按劍于顧盼，乃流酣于詩章。自是咏歌可不朽，何必操竽與世逢？

於乎君子！世既不遭，年復不長，纔抱恙疾，方謂君子善攝則康，豈期不四日而轉劇，不七日而遂不臧！變生望外，不勝徬徨。七魄俱喪，三聲斷腸。嗟彼有蒼，胡此降殃？而母既耄，昏晨誰望？而子猶稚，提攜誰當？顧影自憐，涕隕空房。孕子未剖，呱子在旁。有懷誰訴？有事誰商？半生未了債，獨我躬是！

嘗言："念百結，痛焉如瘡。"恨不得一死以偕往，又何愛餘生之不亡？于是，鴛鴦折翼兮，何日共翔？雲山永隔兮，相見何場？憶妾卧病兮，君子侍牀。君調湯藥兮，憐我糟糠。妾身猶在兮，君子茫茫。死無遺囑兮，我心慘傷。勉承夫志兮，撫孤以昌。俟孤既立兮，妾將從爾于白雲之鄉。對靈前而獻醑兮，神恍惚其如狂。於乎哀哉！尚饗！

祭夫文　泉州府學武生何弌吉妻。　明張　氏

痛吾夫之倏逝兮，阻隔陰陽。悲吾夫之永訣兮，一別參商。慘分飛于此夕兮，掩鸞鏡以無光。誓波瀾而長嘆兮，類黃鵠之悲傷。

揆吾夫之初度兮，本岐嶷而異常。追舞象而靡瞻兮，乏鯉訓之周詳。資荻

教于慈母兮,荷憐愛于萱堂。性率真而坦直兮,苟好學之無荒。任衆口之謠諑兮,亦自表夫孤芳。

卜成婚于弱冠兮,幸門戶之相當。冀舉案以偕老兮,恒相敬而不忘。爰勖君以勵志兮,爭拔幟乎名場。書不成而學劍兮,射蓬矢于四方。冠全軍以破的兮,譽首重乎膠庠。思立功于千里兮,庇嘉耦于鳳凰。

胡采薪之微恙兮,莫救藥于膏肓。享晉袁中郎之歲兮,控鶴馭以高翔。鵑聲斷而泪隕兮,素闈闃其淒凉。感兩髦以自誓兮,擬裂頸而屠腸。憶廿一爲君婦兮,恨失望乎瓦璋。匪螟蛉之克負兮,奚仰答于姑嫜。且苟延夫殘喘兮,盼此願之能償。嗟二子之藐藐兮,用似續乎馨香。有姒娌之可托兮,奉慈姑之羹湯。不了事其亦已兮,笄雖磨而不妨。羌剸金以作骨兮,潔余志于冰霜。

對靈輀而晝哭兮,灑斑竹夫江湘。設道場以從俗兮,伸丹悃于桂漿。望吾夫之降鑒兮,靈翩翩其來嘗。早相從于地下兮,賦同穴之一章。

哀　辭

陳節婦哀辭　明張　宇

節婦陳氏,孝廉洪省齋君妻也。

節婦生十七年,歸孝廉君。幾年孝廉君對公車,幾年舉一子邦俊,又幾年而孝廉君病不起矣。子邦俊方腹抱中,節婦擁邦俊而泣曰:"傷哉!未亡人忍不從君死哉。"

余貌諸孤何乃含哀致毀?齧荼茹蓼,撫邦俊復以儒興。迨歲乙卯,節婦以天年終,蓋後孝廉君二十四年,年四十有六云。

方孝廉君之没也,父母春秋高矣。孝廉君又繼伯、仲氏以亡,僅一五齡孩弟與方腹呱呱之孤在耳。人不謂孤長有成,父母洊遭三丈子喪,尤傋傋然老傷也。節婦上奉舅姑甘脆,下哺孤而長,誨之令當户而奉洪氏蒸嘗。嗣孝廉君詩書之澤,孝廉君父母恍若見子之在也。

越十許年，孝廉君之父捐館，又一年而季弟又殤，節婦益拮据，與老姑泣守相依，蓋自歸孝廉君家，其更死生禍變多矣。愁憹煩冤，矢志不衰，居常一切，斷粉黛，屛華飾不御，謹持葳蕤，日挶門守舍中，步武趨蹌，漸漸自閑于禮，閫以外，不一闚面咳聲。嘗自訟曰："未亡人固宜爾也。"乃歲時交問于諸姒，非其人不狎昵，而獨雅善余女叔氏、女叔嬪。

洪長公昶于孝廉君爲族父，長公早殀，而余女叔寡，洪殆五甲又無子，較節婦尤苦矣。女叔困久益烈，貞純潔懿，焦瘁萬狀，母畜長公諸弱弟如己子，節婦私睭冥覯，已扼腕慕之，故結袿特厚云。宗人輒詫曰："張、陳雙節，蓋匹之也。"以余觀女叔不幸無子矣而老壽，節婦幸哉有子矣，年不及耆，溘焉抱病而死，不知天之報施何于節烈輩酷且嗇也？

悲夫！立節豈易易哉。衛共姜守義，仲尼錄之；《國風》紀伯姬全婦道，《春秋》特謹書之。嘗謂："古昔敎化熙洽，姱節嬬壼宜無難者。"及觀《詩》、《春秋》上下數千祀，捨二氏外不少概見，何哉？豈其嬬節之難，抑或閨閫兒女之事湮滅者多，仲尼無繇睹記歟？然以《詩·二南》，其咏女德閫政鑿然詳矣。當時陳詩觀風，往恒采肆于樂官，而節烈風軌不存，安在爲陳勸也，豈非難哉？由今觀節婦屹屹千祀下，其大較可配姜姬矣。慨《麟經》弛筆，乃泯閑風謡，今不復采以上聞，令節婦身名就滅，余輒哀之。乃臨視屬纊，酹酒哭幃，而矢以詞曰：

宇宙之廓兮，古今之長。緬閱四方兮，覽載籍以下上。讀《柏舟》以自廣兮，遐把令女之遺。令女方截鬢而刵劓兮，孰與名立而形不虧？余獨三嘆節婦之烈兮，白璧琢爲肺腑。居貞一而不貳兮，肯以錦黻自浣于塵土。豈難一死以殉君子兮，疇爲撫孤以興宗。矧茲呱呱之綫緒兮，乃君家烝嘗以爲托。堅大誼以獨斷兮，即忍死而有待。步庭闈而結桂繪兮，又服玉璘而佩猗蘭。共伯姜兮歌衛，紀伯姬兮尼父僅存。以彼風敎之熙洽兮，晨星猶寥寥而若渝王澤。迄今千祀而竭兮，寧不艷節婦大節之馨芬。吁嗟節婦兮，瀾波之楛。胡棄此而奄逝兮，長俾兒號喺笥之綦。烈火燬璘兮，繁霜摧其蘭芷。殊物繇古鮮存兮，于節婦乎奚疑。翩節婦之姱修兮，羌殉葬爲自得。吊空堂而魄杳兮，泪交頤其何益？

睠輓今之頹綱兮，佇蕙帷而太息。跪酬酒而陳辭兮，亦聊比響乎風詼。

誄

封文林郎監察御史峙峰曾公誄　明張　宇

公姓曾氏，峙峰其別號也。公少穎異，負奇氣，讀詩治舉子業，以材馳騁逌巡校序十數年，不得志棄去，轉以其業教子弟進士爲御史，公用以御史貴封文林郎。

當公之少爲學也，時諸老生抱守傳注毋敢變，其于篤信之功信有餘矣，而間亦病其爲固。公于傳注涉獵貫穿，旁該百氏，盡通其大指，尤獨能以自得之學肆于文詞間，閎博偉麗，有足喜者。第其氣高，不肯習爲尺寸以逐時好，故卒齟齬以窮。

爲人直性坦夷，牆帷不施。遇人亡少長、貴賤，歡游忻忻如也。晚被冠服，稱封君，貴矣！悉屛其所挾爲，與衆混迹丘澤岩壑間，呼朋引侶，觴咏談笑，資以爲樂而已。勢利所在，蕭然蟬蛻。性尤不喜事諸貴人，時一接之，氣象傲倪（睨），不降體以瓦合，其中固多所不屑者。而推公始終大較，恢廓跌宕，志行矖然，蓋古所謂"獨行之士"哉！

家大人少嘗同公習筆硯，宇愚無識交好公諸子間，又辱與御史婚，于公有深敬焉，而又深慕焉！乃于公没，髣髴其生平而爲之誄。

維曾之先出自姒禹之後，國號鄫。其後國失，曾別爲宗。參氏父子爲孔門高弟。去千百載至宋，南豐以文，魯公爲相，同時以名顯天下，而曾始大震。魯公世居溫陵，遷惠安梁山兜者祖沂也。去公六世，公子御史立朝，風采鬱然，負當世之望最重。溫陵之曾謂不自公父子發之，吾不信也，公其可無恨。誄曰：

曾禹之苗，鄫始造封。去國受民，參亢厥宗。後闃千載，宋氏始興。魯公相顯，鞏以文鳴。公系溫陵，魯公派遷。逮于公身，六世其延。公傳家學，奮身以儒。豪氣縱橫，耻與凡俱。迂儒泥古，公脫羈勒。公所發攄，惟所自得。人語謂公,盍貶少卑。蓋世方靡,文亦如之。公抱遺經,笑而不應。走與眾角,鑿不謀柄。人又語公,其昌可止。公曰老矣,吾付吾子。讀書講藝,公教子守。父子之間,自爲師友。子登王國,迴翔天路。帝嘉曰材,予官而父。公拜稽首,臣罔事事。冠袍革舃,侈矣上賜。人爲公貴,公不自多。幅巾杖屨,投老山阿。酌我寒泉,蓺我芳菊。一醉灑然,嗤彼衆逐。彼之逐矣,溢猶未休。孰與公多,偃仰林丘?嘻唯公初,學莫與群。既貴而封,尤擯垢紛。終始大較,磊落奇偉。其志其行,有源有委。公今不作,善人其亡。唯公望重,而存者長。公縈我懷,表此風俗。薦誄暴幽,長歌當哭。

【校記】

① "抑",《小山類稿》卷十五作"亦"。

② "無叩",《小山類稿》卷十五作"無扣"。

③ "訃聞",《小山類稿》卷十五作"訃告"。

④ "如墜",《小山類稿》卷十五作"如隮"。

⑤ "寢微寢滅",《清源文獻》卷十七作"寖微寖滅"。

⑥ "而",《清源文獻》卷十七作"焉"。

⑦ "深湛",《清源文獻》卷十七作"深思"。

⑧ "博野",《清源文獻》卷十七作"朴野"。

⑨ "大非",《清源文獻》卷十七作"便非"。

⑩ "長齋",《清源文獻》卷十七作"長齋"。

螺陽文獻卷十

誌　銘

奉政大夫江西按察司提學僉事紫峰陳先生墓誌銘[①]　明張　岳

正德丁丑，天下士群試于禮部。將揭曉，《易》考官尹編修裏持一卷語總裁大學士靳公，以爲造詣精深，出舉業谿（蹊）徑之外，宜置首選。公爲反覆數遍，曰："信然，必出陳白沙門下。不然，則蔡虛齋，他人不能爲此。"然竟以程式格之，置次本。經比折（拆）號，乃虛齋門下高第弟子紫峰陳先生琛也。是時，先生傳虛齋之學，已有聲。諸考官皆服尹公爲知人，而先生聲譽，一旦愈[以]暴顯。士大夫無貴賤小大，稱理學者，必曰陳紫峰云。

釋褐後數月，授刑部山西司主事。以母老，乞改南都，得戶部雲南司。[已復]調考功吏部，又以母老乞歸養。戊子，大臣有薦先生有用之學，不宜在散地。下詔徵用，辭。又一年，即家拜貴州按察司僉事，提督學校，俄改江西，皆力辭。由是每有文學清署擬議用人，必念及先生，而知其必以親老辭，竟不果用。

始，虛齋先生以深微踐履之學教人，及門之士，率常數十百人。能得其言語者有矣，未必得其精微；或能并精微之意傳之者，其[于]反躬踐履，又未必能如其所言。至出處去就大節，其能悉合于義，無愧師門者，益鮮矣。先生資稟明邁，閉門獨學，不苟同于人，時輩未甚識也。虛齋一見其文字，以爲絶倫，亟詣所館，屈行輩與爲禮，先生辭焉，遂以師禮事虛齋。其爲學先得大旨，宏闊流轉，初若不由階序，而其工夫細密，意味悠[長]，遠非一經專門之士所能企及。其淵源承受之功，不可誣也。

始入仕，郎署刑、户二曹。人或疑先生儒者，刑名、財穀非其所長。先生莅官勤謹，夙夜弗少懈。其在户部，嘗督船税淮安，嚴水閘啓閉之禁，以革私弊。小舟舊不由閘，從旁梁往來者，悉弛其征，人大稱便。而漕院之撫淮安者，微欲有所干撓。先生移辨甚力，曰："正額不虧，而多取贏餘以爲功，吾不忍爲也。"其人愧屈。考功居閑無事，益得肆力于學問。學者造門請業日踵至，淺深高下，各就所長告之，皆有以自得也。會上兩宮徽號，例得封贈。先生曰："吾持此歸，足以慰吾母矣！"于是乞終養。

既歸，足迹不入城府，不通達官貴人書問。即所居旁闢一室，朝夕偃仰其中②，静觀天地萬物消息之變，以及世之興衰治亂，世態之炎凉向背，或迺然發笑，或喟然太息。先生不以告人，人亦莫能測也。其興趣所至，時或縱行田野間，與田夫③野叟談叙風俗舊故、桑麻節候爲樂。發爲詩歌，往往自在脱灑，超乎浮滥（塩）之外。其論事是非得失，侃侃不阿。與人交，藹然可親，愈久而愈不可厭。其出處大節及爲人如此。虚齋既殁，所謂無愧師門者，先生一人而已。

歸養若干年，太夫人以壽考終，先生年幾六十矣，執喪如禮。後十一年，先生亦終。士大夫聞之，識與不識，咸爲太息。有司爲祀于學宮。

嗚呼！先生既有以自信，無待于外，則官資之久近崇卑，事爲小大，俱不足言。余獨記其督税一事者，見儒者之用，小試如此。設不退而爲親，必進而有爲于世，其事功可勝述哉！所著有《四書[淺説]》、《易經淺説》、文集若干卷，傳于學者。

先生字思獻，紫峰其號。先居晋江青陽山。元延祐間，始祖若濟、碧溪④始遷涵江。曾祖保，祖福，考體成，三世皆有隱德⑤。至先生貴，乃贈考承德郎、南京吏部考功司主事。母吴氏，封太安人。[生成化丁酉十月十六日，卒嘉靖乙巳閏正月二十二日，]年六十九。配王氏，封安人，鄉進士一臞先生宣妹。一臞亦虚齋高第弟子。子男三：長敦履，[娶張；]次敦艮，[娶潘；]次敦豫，[娶曾太守仲魁女。女二：謝道夫、柯華新，其婿也。孫男三：長復，次徠，次未名。孫女三。]

敦履以公遺命，將以戊申冬十月某日，祔葬于秀林山承德公兆，西[山卯向。]先期來徵銘。余與先生同年進士。先生改官南都也，余方爲行人，祖餞崇文門外。先生臨別告曰："《北風》雨雪之詩，吾兄得無意乎？"余不能自決。俄南巡事譁，余繫杖瀕死，以是有愧先生。銘曰：

道宗先覺，學異專門。精詣洞觀，貫于本原。鐘鼎非豐，菽水非貧。求仁而得，時哉屈伸。一臥廿年，衆望方殷。天不憖哲，遽爾乘雲。涵江紫帽，流峙高深。英爽飛沉，千古來今。體魄所藏，山曰秀林。父母在兹，式慰孝心。

惠州府通判黃公墓誌銘　明張　岳

余讀古《循良傳》⑥，咸以平易爲政，孜孜牧民不倦，若何武、朱邑，所至無赫赫名，而去後恒見思，彼之感民，誠有以也。今觀惠州通判晴溪黃公，縝密確實，焦勞捍民，竟卒于位，而吏民哀傷思慕，十數年猶不忘，蓋亦其人耶！因受公外孫舉人陳堦狀，而叙次之曰：

公諱春，字伯熙，晴溪其別號。家世惠安之雙溪。曾大父諱長生，大父諱鍾，以壽賜冠帶。考諱潛，號忍軒。妣鄭氏，霞莊德興丞欽女。繼妣王氏。

公幼警敏，六歲遭鄭孺人喪，即悲號若成人。十九補邑弟子員，弘治辛酉領鄉薦。肄業太學，益刻苦覽究，窮極領要。發爲時文，根據驪括，儀度斬斬，學者稱焉。正德辛巳，授廣東惠州府通判，職捕盜賊。公才優于繁劇，有應變濟務之用。又蓄問學，多淹歷，一出之以平易惻怛，日籍籍起治名，上官獎勞相屬，且奏其最。郡饒險阻，盜廋其中，積逋暴抗。公即廣詢要害，規畫方略，以次追捕。襲博羅盜張五營，盡俘之。河源賊李文昌憚公威聲，遽求款服。時有龍川盜謝榮宗者，兄弟七人爲之魁，勢甚猖獗，乃命文昌往捕自贖。公親督民兵挾輿夾攻，盡馘其兄弟，而散其衆。凡三除巨寇，闔郡乂安。公皆周旋行陣，跋涉原野，芒屩杖竿，步履上下，更閱寒暑，不憚勞瘁。繼追興寧逸賊，乘夜進兵，暴雨大作，遂以嬰疾卒于官舍。郡民聞訃，臨哭者溢于道路。

既十餘年，余按部過惠，民尚思念黃別駕曰："是能綏我。"蓋公之確實得之天性,而學能成之,不爲矯矯異俗,亦不能翕翕趨時。其持己蒞政,必盡所當爲與所得爲,不因以炫名射利。人所歆艷者,獨隤然自遠,若將浼焉。故其所就,雖限于天,未及光大,而功在一邦,亦卓卓可紀,感在人心,至于今未懈也。嗚呼!若公者使假之年,以底成績,其去古循吏何遠哉?所編著有《原岐叢采》、《助化拾編》、《一源》、《天付》諸書。其文有《晴溪稿》。公既卒于官,道遥子稚,多逸不傳,又足慨也!

[生于成化己丑十一月十三日,卒于嘉靖癸未九月十六日,]享年五十有五。配潘氏,[上舍生全之女。]繼娶[仙游]陳氏[,後公卒]。子男二:長玉砎,[潘孺人出;]次玉砆⑦,[側室李氏出,]補邑庠生。女二:長適翁源知縣陳煇,[外孫堦,領甲午鄉薦;]次適張銘[,俱潘孺人出]。孫男一[,曰坤]。

公先卜御嶺西溪山爲壽藏,今嘉靖二十七年戊申十月二十日始克襄事,玉砆來乞銘。先淑人于公爲內表兄弟,岳爲甥行,知公爲深,是宜銘。銘曰:

氣和色溫持其躬,仁者必勇試芒鋒。夷厥險阻哀其凶,摩揉震駭德威隆,胡嗇其施中道窮。井里晏起思不忘,有竁其室歸厥藏。食德未報後永昌,有欲知者徵斯章。

龍川江君墓誌銘　明吳天成

君諱贊卿,惟誠其字,別號龍川子,世居五公山下平江里,乃又自號六公山人云。祖盈南,唐檢校尚書,數傳至祖,以貲雄邑中。而君之父四榕君,慷慨恒佐公家急,授冠帶,凡圖里河渠諸大興,靡不倚辦而共碑碣之。有丈夫子八人,君行伍,而英敏倜儻有父風。其爲諸生時,雅引孤寒士同業,而自衣食煦字之,乃君練于制科技,士無不翕然賢豪推君者,以字書拙,數白戰不利,則日夜陳篋簡練,攻爲古文詞,而更明習當世之務,抵掌開濟津津矣。

嘉靖末,倭日苦閩,君乃亟爲桑梓計,曰:"度是間形便,無如輞川者。此焉不城,縣城孤壘耳。且盡一郡,何足以容一邑之衆?吾因山于有障,因海于有隍,因千家聚于有旅。分十三都之民以據其中,而爲椅角,邑有急援,饟可從海道入于計便。且千貲損百,百貲損十,功可立就。而千百貲又無大損,詎不可爲也?"彼中豪以堪輿謀撓權,君乃爲文《難父老悉其城不城利害狀》諭之。文多不具載,而自佐以千金,城遂成。

隆慶中,三省會師蕩曾寇。邑治橫海戰艦,日役數千百人,晝夜立泥濘中凌寒幾頓矣,君乃大爲酒粥暖勞之,衆藉是無僵。

邑令葉絅齋甫下車,折節于君,所咨詢圖籍、更縣、册課諸大政,多自君出,民尸祝之。既得葉令,則殷誦江君義焉。然君雖受知令長,一無所私涅。會有惡葉令于直指者,謂日與諸生爲酒游,咸大懼。君第不懼,之郡城從葉令山游,益豪飲。直指亦知葉令廉,諸生無所私涅,謂譖人也者而已之。葉令遷去,則雅謝江君能相贊也。

其客越道出虔州,虔守葉龍塘賓之。而粵開府洋山凌公,則辟君爲咨議,羅旁之役,凡類碼征剿、建置擘畫咸祭酒于君。君式相之,功成雅不欲以武功致位,仍稱布衣焉。

羅旁平,君遂受田東安,且私謂終當瀛博矣。亡何瘴發,閩人僑寓者多,君奔走爲治醫藥、葬埋具而身自不免。東安令蕭元岡趨視之,泣曰:"方圖共啓新邑,何遽至是耶?"君警敏泚筆,數千言立就,陳切事情如晁、賈。然文多散逸,存者東游諸作,具《東安藝文志》中,鳳文麟采,現世者希矣。

有節俠風,急人之阨甚己之私,一無所希報。在粵時嘗爲書乞米縣官以贍客,粵人嗤之。而自其家居以迨客粵,賓客填門塞戶,了無難色。夫魯仲連、孔文舉,余生不能覯睹之矣。今世上齦齦托繩墨,詎謂有斯人哉?

卒日,粵人士傾都出殯之。山人姑蘇呂仲雄哭幾殞,而舊令葉公以走舸至,典軍使者、今丞相瀔陽趙公,則爲之致郵輀送歸焉。兹其親若友以三月某日會葬君于五公山西麓曰虎碇山,東眺輞川城,下即君所常讀書處也,君魂魄固依于此。銘曰:

超逍遙,擬瀛博。誰首丘?伊相國。龍之塾兮虎之谷,城郭歸兮神以鶴。兹山永錫公爲六。

封廣西提刑按察司提督學政僉事東喬府君駱公既封恭人郭氏合葬墓誌銘　明駱日升

於戲！此吾父僉憲公暨母郭太恭人之墓也。吾駱上世，譜不著所繇，斷自十一世祖必騰公。公生宋淳祐間，居福州。宋亡，避地今邑雲頭村。生孚仲，復徙玉埕村，五傳至邦輔公。邦輔公而上，世業儒。邦輔公俶儻，務豪舉。伯堅公，其次子也，益攻苦沉浸，以行決句釋誘後進，學者稱"霜崖先生"，是爲吾祖。祖娶于李，生吾父，[生]十歲而孤；又值邦輔公爲鄰所構陷，起大獄，客死道中，闔門皆破產；伯子堯章又戇不事事，[吾]父至廢書，艾薪供饘粥。少文弱，負薪輒僵仆，同侶拖之，乃能行，行且哭，哭至伏地不成聲，行路聞之皆流涕。外祖陳東樓公哀憐之，招贅婿，使復就塾傅。年十六，補諸生，更自爲塾傅。旋合卺，是爲前母陳。歲乙卯棘闈，晉江令錢公之選得父文，大奇之，爲主考所抑，自是屢試輒高等，受饟，[獨困于場屋如故]。

嘉靖末，倭躪閩，人死以谷量。王母與前母、母所生子男女相繼歿，僅遺幼女莊氏姐。是時，伯父堯章之子日烜，亦幼孤。吾父左手引日烜，右手挈姐，賊來跟蹌走，陷入海壖漭淖中。追且及，會有三少年奮楛大呼，[返]擊賊，賊以故棄去。[吾父既以出于阨，遂]逃之郡[城]，旦暮匄貸親友間。[居]久之，娶吾母。[當]是時詔書大出兵[逐賊]，賊寖平，人歸海上田漁。

穆廟初，歲比登，吾家獨以書坐困，亡何父母皆被病，簪袂盡出粥；一破屋，雨至則井竈滂沱，釜鼓匡牀半沒水，鄰嫗啞啞，乃公自萬卷千間，請莫愁天漏。

蓋[又]二十年，而父始貢，入京[師]除潛山訓。[不再期]劉汝國盜起，[入]鄰邑，父攝縣，以擒魁渠功膺欽賞紀錄。督學御史詹公[事講]，上薦書可六館。有司安慶理張某檄父取縣贖佐郡費，父應曰："今人饑，百姓皆從賊，諸道兵並輳，糧糈不具，惴惴焉禍至之無日，顧安所得贖？今所解教官齋夫耳。"張怒，申之巡江御史[陳某]，注劣考。父愬之當路，僅得白，竟轉歙縣諭。三年，轉邵武教授，又[三年，]轉安南衛學，而用某南禮部。秩滿，恩封主事歸矣。

199

父端謹有度而遲,不褎衣不出户;長途草野,不冠履不行;遇事往復迴翔,非十全不發。至綢繆故舊,綜理人倫,未嘗不淋漓周折也。淮南饑,科臣出賑,委父分行縣,自捐俸與公賑並施舍。在歙日攝黟務,安静得民。邵武餼金,舊皆學官自追放,寖致乾没,應餼者或不時得餼,徒以師席故不敢言。父至,歸之縣學,使者是之,著爲令。尚書王恭質公,嘗稱父"大雅君子"也。延致其家,教胄子,父所至卓然有聲,張某蜚語不爲害,亦公爲之道地云。

吾母百奇郭廉夫公次女,平生不肉食,先後相父葺先祠、襄二祖墳墓;日烜父子再世孤,爲燠咻婚嫁;孝事外王母訖大事,諸姑姊妹之子猶已子也。某猶[記]偕計時,一僕竊吾資,吾倒囊欲視之,母亟操囊末曰:"今出囊,令渠何所施顔面?汝輕人廉耻至是。"歲甲辰,吾參東粤藩,瀕行,母呼某:"我在汝父宦邸十餘載,汝父對諸生不容易隻語,汝口何喃喃也?"吾攝藩馭吏頗急,敕解户不得持零星入兌,支必如兌數,揭示通衢,見謂不便同事者。父聞之亦曰:"是將招怨議,不久矣!"於戲!非父母莫知子,不孝硁硁,不奉父母教言,以此躓罪也夫。

父諱廷煒,字道章,別號東喬。[生嘉靖辛卯,卒萬曆丙午,]春秋七十六。初封南京主客司署郎中事主事,繼封廣西提學僉事,覃恩加四品服色。母[生庚寅,卒甲寅,]春秋八十五,叠封如令甲[,後父卒九歲]。於戲!吾父母長棄我矣,痛哉!

子一,即不孝日升,[娶莊一煜女。]女四,[長即前母所生姐,適鄉賢莊公鵬曾孫轍,次適諸生張楠,次適鄉賢户部主事謝公寧曾孫子登,次適舉人郭震之侄有執。]孫一,奎曙,諸生,[娶諸生郭世選女。女孫三,長適諸生莊愷,次適同卿李公慎曾孫諸生士實,次適進士張鏘子溥。]曾孫三[:長奕,聘御史劉公曾孫諸生芬女;次洞,聘李士實女;次始生。曾女孫一,亦尚幼。]

萬曆[四十四年冬十二月]甲寅,合葬惠安縣一都上埕山。山有父封土,松桂皆手植。每對人[曰]:"此我幼時負薪處也,我歿必葬[我]此山。"今兆本父志也。西一塋不數武葬前母,自有誌。於戲!古不銘親墓,方毀不忍銘也。哭

不佞,言不文,況文乎?雖然,微不孝,誰知吾父母者?吾銘之篤于致吾毀也已。辭曰:

世人爲吏我知之,賢否高低視其訾。黃金筐篚足大力,危冠長劍空爾爲。圻南司理威如虎,眈眈食人誰敢迕?學舍齋厨復幾金,廣文寒酸應如許。我家大夫君子儒,豈學世人卑(畢)疵趨?當年不作真令尹,晚去封章映繡襦。吁嗟萬事總滅没,唯有高名長不紲。歸矣雙雙掩夜臺,白石青山護此室。

累封文林郎南京湖廣道監察御史遷東陳公暨配累封孺人鄭氏合葬墓誌銘　明張　迎

萬曆丁巳,陳封公遷東稱九袠之觴里中,屬余言,迎不佞,惡能言?約略公之恬淡,有合老氏之旨云爾。

居二年,封公無禄,于時厥配鄭孺人先三年卒矣。冡子御史君公除,久戀未忍發,得以奉公終。至是合窆有期,銜恤手述以視余,曰:"悲夫!閭井閨闥之行,無能越家若鄉而有聞也而已矣。無徵不信,唯子之習之,願志一言以信來者。"迎不文,惡能言,然謂不習又惡乎辭。因受君所次,强半囏難起家事,語絶痛,作而曰:"嗟乎!此仁人孝子之思也。"

吾惠安之南,陳遷自莆涵。宣宗朝,有直臣御史陳濬者,于公爲高大父父。濬公三傳謹獨公顯,以學行稱。顯生後軒公至鳳,則公父也。父故孤孼,擅室者不令至速之訟,吃無所置對。公蒲伏前,反覆自直甚苦,聽者爲心動,罷遣之。公年蓋甫髫耳,然已無救于殖之落。迨公少長,則二垂白在堂,弟妹纍纍,待命一冷突,公遂不能終守一編,轉徙依中表居作爲活,世無皋伯通,公亦遂棄歸不顧。歸而射時積著,用稍稍饒,則又曰:"吾宗汰,汰將不堪。"脱身之塔山下,篳路籃縷以居。頃之,而暴客起海上。伯兄爲鹵,公義不反顧,蒼黃勾貸,得少金錢,崎嶇白刃如林中,冒死請贖,卒以其兄跳而免,首相賀頭顱無恙,次視田廬如區脱矣。

值先所娶方又隨歿,則又大困。里有舊族鄭翁君實者,才公以女女,所謂鄭孺人也。自孺人歸于胥鼓山之東而遷焉，蓋"遷東"之號以此。

公日治氾勝書，孺人不憚躬皸瘃，從公操作窮晨夜。已而御史君生，嶄見頭角，數歲而經用益饒，不憂餒矣。人謂公"見苦爲生，難也！今望且奢乎"？而孺人庚操君急。君少嘗從群兒飯牛捕魚者嬉，孺人愀然，此吾犢吾兒過，兒如此者，何以稱先御史家兒？爲鄰嫗聞而竊笑之也。孺人恚甚，殊一指以殉曰："所不以兒克肖者，有如此指。"公亦大傷孺人志，立趣君負笈遠外，君自是感奮，必有以報母。而公輒時時策一蹇，以米蔬薪炭踰蹢來，勞苦塾師有加禮，以故君得淫于學。其學日博，文日益有名。

久之，餼于庠，舉于鄉，連舉禮部，繇文江令察廉拜南牀，公與孺人再命，以至今封。前後所敕二事，凜凜大旨，與鄉稱"御史家兒"者不異。君凡二需次一報命，以間進一奉歲時，權公與孺人，顧見衣食稍異貧賤時，忽相對泫然意悲，蓋傷父母之不及見云。當公居約齗于豪，或曰"無畏"；公第忍詢謹避之，豪始謂公"孱人"也。及是，乃知公真長者。而公不色，德固自如。即孺人追念往事，自云比之"飄風覆瓦"，不色怨，固亦自如。至所持而寶者曰"勤"與"嗇"，則終二老人之身毋倦色也。其亦謂憚人之哀，不可忘乎！不然，夫豈不知有世俗之償也而自苦爲？公嘗書屏間，有"安分身無辱，知幾心自閑"之句。而君之述母孺人也，又有曰"禮嚴一飲一食"，曰"夸毗子不可作緣"，凡此皆名語，而慈訓有嚴矣。御史服官中外，所至建竪奉公憂國之念，家食彌篤，乃今真稱先御史家兒也，本公孺人之教也。

公諱霖，字叔望，享年九十有二。孺人享年七十有三。子男三：長即今南京湖廣道監察御史玉輝，次玉簡、玉瑩。女三，孫男十二，曾孫一。葬以己未十月，墓在餘甘坑之原。方亦贈孺人，以先葬鼓山，不祔。

張迎曰：余生晚不及公少壯時，第論耳目所經，公所須于世亦僅僅矣。餘不能半合，食不肉，取少果蔌，衣不采，無間左之故，無附離之僮奴。聽其言，質而不浮，類有道者。身頎而長，肩堅而聳，神清氣恬。吉水鄒南皋先生目之"瘦鶴"，近是其相貌，亦復類其爲人。未卒前一月，望見公凝立風檐下，輕裕單衣，

不杖不跛,可七十以上人耳。夫修身千二百歲者,今誠不知何狀,要以高朗令終若爾者,于乎鮮矣。銘曰:

　　古有鴟夷,三徙而成名。孰三徙而名？以子成。亦有斷機母教高千古,孰殊指而厥心更苦。巖巖侍御,朝著聲施。匪賢父母,斯焉取斯。樹禮必豐,信如左券。潛德之銘,來者有勸。

尚白居士自著墓誌銘　明莊毓慶

　　尚白居士誌者,居士自爲志也。居士夙慕白太傅風節,自以才名遠遜前修,獨達生一念師範其萬一也。

　　居士諱毓慶,字徵甫。幼病痘,手足爲傷。長好學不厭,年十九補弟子員。丁酉登賢書。辛丑成進士,改直隸松江府儒學教授。甲辰陞南國子助教。時座主劉嶠公爲祭酒,有道義之契,與少司空董崇相、前紹興守陳元凱爲莫逆交。丙午陞南戶部雲南司主事,冬権稅水西,賈旅便之。丁未冬,齎元旦表入賀。戊申筦庫務。尋陞江西司郎中,大司徒鄭鳴見公深器重之,業薦爲學使者,而長沙之命下矣。居士時年三十九,心尚氣銳,慨然以維俗蟄蠹爲己任,政令畫一,吏民畏懷。先是留管交盤不清,吏役鼠竊弊之。事露,前後司筦五六人概罹吏議,居士坐奪俸一年。

　　壬子入計臺省,姚宗文、商周祚等僉舉卓異,居士先以濫取贖金不奉行,忤驛傳道王士琦。琦適攝臬上計,嗾吏科翁憲祥以糾拾及,遂束裝歸矣。既諸公謂廉吏不宜調,奉旨留用,後謝病予告。

　　居士雖綰符綬,而泉石之興不衰。自其齎捧上京,衝寒登嶧山,冒雨入武夷,蕭蕭有物外之致。既病免家居,悅輞川山水,結廬蓮花峰之麓,嘯傲湖山,遠囂城市。

　　久之,鳴見公爲冢宰,起知松江。入松覆定董其昌焚燒之獄,物論稱允。松舊游也,晨夕經畫,欲變舊俗,而太公訃至,釋縗赴闕,病困客邸幾一年。復補順德郡,淳樸治數月,諸務畢竣,至經月不訊一事,浹旬不答一人。迨轉東粤臬副,又以祖母洪憂歸。

居士通籍匝兩紀,彊半家食,繫虎符者十二年,三郡三歸,服闋經年,欲行無資,親知勸勉就道。至京補蜀之守東道,兼管上下東兵巡篆。逾年加參知,如清冒濫以蘇驛遞、設巡緝以靖江洋、禁夫馬加派以寬民力,地方嘉賴。

□疾痛連□,支離困苦。戊辰轉湖廣按察使,彊勉入楚,冀一當以酬夙志。久之疾良已,如定郭欽臣殺人之□,□□□侵欺坐贓之訛,發衡守韓作楫之貪,正□孽吳敦寬橫惡之罪,皆事干題奏貴要,竿牘紛紜,旁觀咋舌,兩臺風靡,居士不為動。遷延兩期,始移右轄西粵。時仰天而嘆曰:"吾通籍卅載,不附東林,不入魏黨,不冒川功,同輩踵接三事,吾踽涼孤踪,朝不坐,燕不與,公卿、臺諫終無有知而援之者,勛業固有命耶!"

久之,以計典報罷,復以他事削籍,居士悼勛業不遂,無辜被譴,曰:"吾如此身世而婚宦者何也?"又曰:"吾四十之外窮欲死,五十之外病欲死,六七十之外愁痛悶欲死;兩載楚臬,守正執法,而竟為權奸擠陷,固前生夙業耶!死當以三衣一鉢襲棺中,誓來世為僧,懺除宿障爾!"

居士自垂髫讀書,跂慕古名臣風烈,嘗製軸祀之。每尚論先正忠孝之節,臣主知遇之盛,扼腕抵几,嘗欲以一事報朝廷,了汗青一幅之志。即徜徉世外,挾符載草堂之侍,唱白傅楊柳之詞,壯志逸韻,屢形寤想,而百端齟齬,塊壘胸中,為憐才者所憫。初號"赤雉",而性急多忤,改銘韋為箴,晚自稱"澹園遯叟"云。退閑逾一紀,不謁公府,不事請求,杜門觀史,親知熟識外罕見其面。後進輕薄,惡少侮辱,居士夷然甘之曰:"□真耐辱,吾以自寬矣!"平生于佛書不求甚解,而築庵延僧,結托來因。居恒無私財,自筮仕逮家居,什九仰給借貸,親朋、僮僕皆得至其卧內。自云:"衽席之外,無不可對人言。"又云:"平生行事,有不畏天命而怕人知者。"

星沙有《帥潭留牘》,雲間、邢州有《一班集》,守東有《管窺集》,總臬有《末議》,先後家居有《讀史班見》、《山居雜著》、《野乘紀聞》諸書。自長沙病免有《讀史摘抄》,共一百十本,逐年增益,欲待成書,繕刻傳世。吾勛業雖不就,欲百世後知有"溫陵書厨"也。

居士世爲惠安霞曾里人。墓在青山之麓，夙與山妻不諧，生既無歡，死不同穴。居士生隆慶壬申年六月初七日寅時，年七十有六矣。生平酷愛隆平翁《自贊》一絕，乃依韻爲銘。銘曰：

劍履何曾到集賢，姓名亦不記凌烟。三衣一鉢隨將去，留待來生結净緣。

宫詹樸園周先生墓誌銘　國朝釋超宏

先生姓周，諱廷瓏，字元立，號芮公。所居第側別業，有樸樹連蜷偃蹇，先生晚歲曰是類我，因自稱爲"樸園居士"。

先生，銀臺台石先生仲子。年十九膺鄉薦，明年成進士，由鎮江推官擢吏部驗封主事，歷文選郎中，以終養引還⑧。復起爲舊官，晋詹事府詹事，兼翰林院侍讀學士、太常寺卿，提督四夷館本寺少卿。予告，春秋六十有六，考終于[私]第。

先生神穎天授，風度凝遠。髫齔之年，銀臺公即知爲國器。妙齡登第，瑄炎方虐，不願拜官。烈廟龍飛，始爲潤州司李，摘伏雪冤，罔不明允。至事關國大計，如漕河鹽屯、議防議援，侃侃碩畫，當道韙之。兩分較棘闈，所得士，吴中如吴公偉業、葛公樞青，齊如張公戀熺等，皆英俊名流，海内服其藻鑑。

公初擢驗封，思澄清銓地。時題授冠帶，冒濫特甚，公抗疏力陳其失，蒙旨褒諭飭行。然冠帶請托，恒因貂璫，殿閣給札，多屬沐猴，亦以此失當事意，繇封司歷掌選，鑑空衡平，清慎終始如一。

有陳啓新者，以武舉妄陳時務，驟膺宸眷，添注吏垣，議廢科目，罷推知行取。公疏駁⑨其謬，事竟得寢。而中貴權輔，以公素不詭隨，索瘢陰中，因引疾求終養。旋奉温旨，而公歸志已浩然矣。逮都城傾覆，烈廟升遐，南都淪陷，隆武⑩立閩中，時在草昧，典故莫稽，輿論推公以原官晋秩起用。公勉赴新命，絕竿牘，抑競進，不以造次，稍玷平生。然時政出多門，事多齟齬，乃疏乞閒秩，得予告還里，而閩疆已不可爲矣。

[公]烈廟予告時，銀臺公尚無恙，衣錦承歡，鄉里羡爲盛事。世變後，銀臺

公捐館，已躋八秩，哀號如孺子慕，撫[諸]孤侄若己出，蓋孝友其天性也。

公才識明練，敷奏指畫，動中機宜。至于一觴、一咏，文雅風流，連章累帙，菁華霞舉。分其牙後，尚有餘芬，使得盡行其志，當在謝太傅、李鄴侯伯仲間，而長才短馭，則時之爲也。

晚年至心白業，樂與方外道人法喜之游。二十餘年，息機關楗，視金紫如疣贅，屬纊之辰，恬然坦化，則所養可知矣。

公二子皆英姿駿發，文藻陸離，勃窣有時名。將以某年月日葬公于郡治附郭東羊角山。宗滉以某久從先生游，晚益相得，其窆也，不請銘于名公巨筆，命朽衲爲之誌。意先生地下不以爲嫌，某愧非其任，義不敢辭。銘曰：

圭璧拜孚[11]天廟器，丁鏌游刃別犀利。它以仁慈清嘉肺，衡平鑑空弊六計。驊騮遭迴絀短轡，陽烏彈隕天地閉，攀髯無階潛潸涕。嘉遯自貞丘園賁，灰心寂寞從所憩。翛然長往玄扃閟，亹亹慶源垂後裔。

神 道 碑

嘉議大夫吏部右侍郎認齋余公神道碑銘　明張　岳

公諱祐，字子積，別號認齋。其先自歙之篁墩遷鄱陽清泥。高祖浩，又自清泥遷[仙]壇，別爲方山余氏，而二族俱以繁衍。曾祖企周；祖泰，福清知縣；父瀾，以公貴，贈承德郎、南京刑部主事。母吳氏，贈安人。

公自幼穎異，始入小學，即慨然有求道之志。聞餘干胡敬齋先生居仁潛心踐履，徒步往師之。先生一見，謂其器可以遠到，以女女焉。公學問溪徑，啓發于敬齋者最早。

成化丙午，領鄉薦。登弘治己未進士，授南京刑部貴州司主事，轉廣西員外。

正德戊辰，勳臣有爭襲者，公嘗署其案，忤逆瑾劉瑾意，落職。瑾誅，大臣以廉正執法薦，起家知福州府。愛人恤獄，事先大體，不以耳目摘發爲聰明。鎮守內臣豪買市物，不與之值[12]，又以白金二百兩強府令爲市，改機若干，公入其金于帑。民以不予直,訴者十百爲群,涕泣慰遣之。將以狀聞于朝,鎮守懼,稍戢,求以事撓公。公行素高,媒孽竟無所得,則謾爲好言曰:"余知府好官,但好官亦無庸慢我。"

會遷山東按察司副使,始解。丁父憂,未上。服除,補山東整飭徐州兵備。南京進貢,内臣多挾商貨,索夫馬價至數倍。知州樊準白公,公命詰其私貨入之,誣逮錦衣獄,謫廣西南寧府同知。稍遷韶州知府,投劾去。

今上登極,詔復副使。陞河南按察使,屢與撫按兩院争可否。平反冤獄,按黜巨贓以數十。當其據理以争者,辭氣棘棘,聽者至不能堪,乃因考察横中之。其劾章有"心慕乎古,氣失之偏"之語。公聞之笑曰:"偏則有之,慕古吾豈敢也?"坐調廣西按察使,遷湖廣右布政使、雲南左布政使。以太僕卿召,未行,轉吏部右侍郎。

公自調廣西後,公論益以明白。當國者知公剛正可大用,故三任皆未久而遷。吏持報[13]至,公已不及聞矣,嘉靖戊子某月日也,享年六十四。

公學務有用,不事空言,發端于敬齋,而推其本原,以爲出于程、朱。故于程、朱之書,尤究心焉,微言精義,多所自得。其言曰:"程、朱教人,拳拳以誠敬爲入門,學者豈必多言?惟去其念慮之不誠不敬者,使心地光明篤實,邪僻詭譎之意勿留其間,不患不至于古人矣。"其時,公卿間有指"主敬存養"爲朱子晚年定論者。公摭朱子初年之説以折之,謂其入門功夫,非晚年乃定。又輯朱子書之切治道者,爲《經世大訓》。其論及文章辭翰者,爲《游藝録》。見其學之備體用,兼大小,非近時所謂單傳妙訣者可擬也,其篤信如此。蓋公進欲以其學施之天下,退欲著書立言以垂後來,不幸皆未及成就。其餘緒之見于世者,公不自以爲至也。

好善嫉惡,出于天性。所交游皆賢士大夫,而于莊渠魏公子才尤善。人有過,不能忍,當面斥之,而退無後言。有以其過攻之者,欣然樂受。人以是信而重之,推論當世正人,必及公云。

先娶胡氏,敬齋先生之女,逾年而卒,贈安人。繼娶劉氏,封安人。子男三:長烋[14],次煥,次烇,俱側室出。烋、煥,邑庠生。女一,適劉時澤。孫男一:圭。

曾孫男一。

公素清貧,歿後無以爲葬。越十四年,爲辛丑六月壬申,始克葬于縣治東之利陽鎮,劉安人祔焉,墓石未樹。又三年,爲甲辰冬,門人張某來撫江右,乃叙公世系官閥,與夫學術出處之關世教者,刻石墓道,繫以銘。曰:

學宗程朱,如射之正。一言以盡,曰"敬"與"誠"。前哲既遠,異説震驚。群聽方瞆,公心如醒。剛明邁往,期一廓清。仁聲義色,方矩直繩。推以臨政,物莫之攖。公所獨持,公所力争。如有降監,寧畏譏評?鎮海⑮萬里,少宰上卿。甫命而仆,視天懵懵。番水上游,鬱鬱佳城。學術尚論,千載作程。

墓　表

行人司行人贈監察御史詹君墓表　明張　岳

武皇之將巡幸,尚内畏兩宮,外憚大臣臺諫,有時騎馬至東西華門,閽者伏馬前諫不可,爲回鑾者屢矣。

丁丑秋七月,始馳一騎,從近幸數人,徑至南海子,都下洶洶。部院臺諫詣海子,跪門請回蹕,上遣從者慰遣,示以回期。至期,衆又欲往。大臣有爲鎮静之説者,揚言:"古天子以四時巡狩,况南海子邇京師,祖宗時常臨幸。上一出即洶洶如是,徒摇人心,不如無往。"衆乃止。是年冬,幸宣府,明年幸大同,又幸榆林,則莫敢有諫止者。

是時,宸濠逆械已成,以重賄賂左右嬖近,蠱上南幸。傳者謂濠將以輕舟伏甲卒,迎駕江上,變且不測。

己卯春三月,戒行有日。吏、禮、兵、刑四部及翰林院,先具疏列名詣闕下,伏留甚懇。上怒,罰令跪門五日。已而行人司繼之,大理寺繼之,工部主事三人又繼之。上愈怒,褫繼上疏者衣冠,械鐐手足下獄,亦罰跪。四月九日,杖之于獄中。越五日,又杖于闕下。余時備員行人司,同僚上疏者二十人,其七人杖死,而詹君敬之與焉。

敬之爲人，開爽磊落，長身美鬚髯，熟于世故。每論天下事，掀髯抵掌，明切如丹青，其科目資望，又獨先同僚，衆莫不推服之。聞其死，又⑯爲之痛悼。

初，上頻歲巡幸，無諫者。而南巡即群伏闕死諫，頗爲感動，故自敬之輩死後，竟不言南巡事。已而宸濠逆械發覺，詔遣勳戚重臣往鞫之。濠遂發兵反。上震怒，召大臣議出師致討，而濠已就擒江西。當是時，都城內外，籍籍言幸不南巡，如宸濠江上謀遂，或四方莫知乘輿所在，訛言相煽搖，其爲變豈可遽弭哉？

今上即位，首詔贈敬之與同死皆監察御史。蓋以未官言路而死諫，故卒以所能盡職者官其志云。父、母、妻皆贈如敬之官，賜祭，錄一子入太學，皆異數也。

國家養士，百五六十年，祖宗列聖，優假成就始終。正德間，權奸繼起用事，士大夫屢起與之抗，或列名，或獨諍，雖貶黜死亡，而志⑰不少挫。最後變起宗藩，連結左右嬖近之臣，謀深而事秘，非諸公舍一死以諫，人心蓋岌岌矣。古人有曲突徙薪之喻，若敬之之死，謂非繫天下安危成敗耶⑱！

敬之死時，年四十四。其再從叔父瀚方爲刑部主事，亦以諫受杖，幸不死，爲經紀其喪。主事君今爲浙江左布政。而敬之所錄嗣子曰貞，亦授南京光祿寺署丞，謂余與敬之同官，又同事，知其狀最詳，以墓道之表見屬。

嗚呼！敬之平生爲人，故太史石潭汪公銘之詳矣。余獨懼後世謂敬之止于一節死諫，而不知其所繫天下安危成敗有如是者，故特爲書之，使後尚有述焉⑲。

大理寺評事贈太常寺丞石峰林君墓表　明張　岳

正德己卯春三辛亥，武皇將南幸，中外訩訩危疑，廷臣交章諫。上怒，責先諫者跪外廷，待五日罪，止來者勿敢諫。丙辰，行人司奏繼上，上愈怒，群捽去，下詔獄。翌日，大理寺闔寺繼之。又翌日，工部屬三人又繼之。上讀奏怒，如行人司加甚，命鎖項，械手足，暴廷中五日，復繫詔獄，待後命。

是時，余備數行人司，同年長樂林君質夫爲大理評事。質夫長余十餘歲，稟素癉,繫械出入,神氣閑靜,無異騎從出入棘署也。越四月壬申,杖于獄。又越五日丁丑,杖闕下。質夫兩臂無完肉,流血漬街砌,竟杖,息微微弗續,舁至同年刑部主事鄭君與聚舍遂絶,就殮焉。余時臥瘡,不能視質夫之殮而親見其死狀,爲之伏枕流涕累日。是夏六月,余謫南京國子監學正,便道省視,乃携質夫喪偕行,至延平,付其子逢春歸葬。

質夫爲人,忠孝沉默,心事瑩明,無一不可質諸鬼神。其事親居家,孝友恭儉,與人信。詳刑謹細,不以一字苟喜怒于人,可謂賢者。當質夫未死時,士大夫知質夫者,大率謂其清修雅飭,爲善人而已。及其勇于赴義,臨死生而志不懾,氣不衰,然後知其浩然有烈丈夫之風,非止世所謂善人也。黃後峰伯固于質大分素淺,在獄中熟察其所爲,私謂余曰:"吾取友幾遍天下,乃近遺質夫!"蓋將委心焉。然質夫死未幾,伯固亦死,天于賢者,氣數何如也!

今天子即位,贈質夫太常寺丞,遣官諭祭,錄逢春入太學,授光祿署丞,轉九江府推官,陞署正。逢春嘗以墓表屬余,久之未能作。甲辰冬,余撫江西,逢春由九江[20]將之光祿任,謁余別,復申前請。

嗚呼!同質夫時諫者百數人,械繫詔獄者三十七人,死者十一人。自己卯至今二十七年,械繫所存二十六人者,唯余強顏苟祿而已。霜雪雨露,無往非天,甘苦堅脆,萬物各以其生質受之,爲變不齊。然莫非天之道也,于天乎何有[21]欣戚?質夫之全歸,與逢春之成立,皆可以自信而無憾矣!故書以授逢春,使歸刻之石,以示後世之欲知質夫者,且慰九原之志云。

質夫,名公鬴,別號石峰,死時年四十四,墓在長樂縣某鄉之原。配某氏,子一,即逢春。

嘉靖甲辰小至日書。

文林郎陵水知縣許梅麓先生墓表　國朝黃瑞鰲

自舒城西南行五十里曰鳳凰冲,山縈川匯,有土隆然,是爲梅麓先生許公合葬之墓。

公諱明章,字公斐,一字緯蒼,晚自號梅麓,其配方孺人也。許氏本唐睢陽太守遠之裔,後遷于歙,復遷于舒。明初,有諱榮者練鄉勇拒賊,舒人賴之,累官驃騎衛上將軍,改授廬州府同知,列于祀典。七傳而爲贈知縣諱大志,以純孝稱于宗黨,娶涂太孺人,有子二人。公其長也,生而穎敏,讀書數過即成誦,終身不忘。爲邑諸生試屢冠軍,並十九人餼,所爲制舉義,每一脫稿,人共傳抄。領順治甲午鄉薦,戊戌成進士。

公經術醇深,外和平而中介特,遇事揣始見末,慷慨無所回撓,一切目探耳取,唯阿迎承之術生而不解也。險遠瘴癘地與夫閑員冷局,仕宦所憚,不樂爲者,公更踐其間,輒用以見材,略起聲名。其居陵水也,拊循疲瘵,剔求弊端,務得其根株窟穴,芟夷而掃室之。邑田稅僅千餘金,而所征羨耗幾侔正額,以故民困不得輸。公與民約,正供外不溢一文,使民自權輕重,主受者莫得爲虐,民皆踴躍,輸恐後,于是連歲積逋,期月而理。

時海禁嚴,當事數出巡視,所至供億騷然。公于將至,越境迎謁,爲言陵民愿,無敢干禁者,脫有之,縣令請以身任。當事爲不入境而返。而省郡諸公人往來者,多狐假邀索,日費無度,公計口授之,數口即遣,公人亦唯唯曰謹如命,視昔省三之二。其愛民惜費事皆類此。至修葺城垣、興起學舍,于所當費,固不靳也。民或有訟,數語剖判,皆自輸情實,願釋憾如初,重或撻遣而已,恩信所孚,窮山邃谷、黎人異種、奸胥所恃爲逋藪者,下片紙追索,應期而得。

尋攝崖州事,亦以治陵者治之。崖武弁驕縱群卒,恣苦其民。公請于各憲飭厲禁,犯者皆置諸法。弁恚甚,謀所以恐公,乃嗾其卒擐甲執兵,鳴鼓郭外,若將向公者,顧公方坐堂,從容理事,畢則退而鼾寢。弁偵知之,惶悚技窮,歸其罪卒伍,而自率偏校踵門者再乞勿上聞,自是遂戢。崖民喜曰:"真吾父母也!"陵民聞而嗤曰:"固吾父母也,于爾何有?"

在邑三年,治爲粵東最,內擢有日矣。以拂上官意見沮,遷德州管河同知。長才短馭,時論稱屈,然公處之自若也。僦屋以居,飯蔬羹豆,日爲二子解訓經旨，德諸生以文質者一一抉其類而揣其嬔，并其人異時窮達，如持左券。

會黃河數崩潰，總河疏請築堤清河桃源間，檄山左以夫赴役，公送徒河上，身同甘苦。是冬沍寒尤甚，夫持畚挶立冰雪中有斃者，以故多亡歸，獨公所屬，依依不忍去。總河羅公見之駭異，具詢履歷之繇，扼腕太息，需堤成，將疏薦之。會羅移官他省，不果上。未幾，公亦引疾乞歸，不復出矣。

其孝友敦篤，出于天性。少孤，遭流寇亂，方侍母疾而寇猝至，母命之避，公曰："母在此，兒安往？"有頃寇至，執問之，具以情告，皆感嘆稱"孝子"。母殤，手營窀穸，乃避之里之龍河砦，寇又襲破之，夜半倉皇走。及門，值族嬸母疾不行，公挺身負之，奪門而出；又族姪女呼號求援，公亦携之間行，各歸諸其家，無德色也。撫幼弟于兵問，辛勤備至，積餱穀為完娶，分俸餘為買田宅。弟夫婦皆早世，又撫其四子一女，婚嫁皆如禮，益割己田分予之。平生不畜妾媵，不事干請，與人交情摯于文，久而彌篤；人或負之，亦不與校也。

初娶于朱，早殀。乃娶方孺人，文學承乾之女，母有女節，擇婿得公，家甚貧也，而公已名于時，學者爭延致為師。公既出，百需皆倚孺人。而公于家事落落然不甚措意，孺人佐之以勤，持之以儉，能使事皆辦治，而銖積寸累，化約為豐，不待公貴，家亦稍稍起矣。體公所以愛弟者，而含宏卑巽以宜其娣，慈諸姪與己子，不見其有異，人尤以為難。

公產不及中人，而好行其德，嘗哺饑無食者，療病無藥者，甦寒凍而僵者，殮死無棺槨者，坎薶其葬無所者，經紀其壯無室、老無歸、旅無告者，設館授餐以待姻族子弟之來學者，孺人皆力贊之，洵與公齊德矣！

子州同知登運、江陰縣學訓導登逢，皆孺人出。孫邑庠生俊、國學生伸，運出；國學生健、邑庠生入國學代、國學生何，逢出。公年六十三，孺人年八十，葬以己亥十一月二十四日。

將葬之二年，登逢謁貴州督學嘉定張公日容于京邸，為公、孺人墓誌銘。余苾舒以來，代從余論文，每拜而請，謂志銘之刻既藏諸幽，乞表墓之辭以揭之原。雖不文，其奚庸辭，謹敷略其大者如此。

墓　碣

宣義郎湖廣按察司經歷府君墓碣　明張　岳

嗚呼！經歷府君之葬于是百二十餘年，歲月滋遠，碑表未立，不肖大懼先人盛美遂至失墜，無以示法後世。顧府君官階，于含（令）式得立碣墓前，敢敬題其碣上之額，而繫其下方曰：

府君諱祖，字彥宗，以字行，系出唐始興文獻公弟殿中監之後。唐末，有崇紀者，始入閩。其子瀾，字清溪，爲王氏漳州刺史，居錦田，後遷延壽里香山下，代有聞人。至府君大父性恬[22]公，仕元爲昭信校尉，泉州翼百戶。生考景壽公，以至正丙申五月十日生府君。

府君生十三歲，而祖考相繼淪喪，無旁宗族，獨奉母孺人煢煢以居。是時國兵初定閩中，改元洪武，法令嚴核，繩吏之法尤峻。憚應役者，邀府君斬右大指以自絀。府君疑之，入白孺人。孺人不可，語府君："盍去之？法可避，指斬不可復續。"府君遂避去。未幾，斬指事覺，詔逮捕戍邊。犯者告言："張某始與某輩約如此。"并逮府君。久之，不能得也。會天變肆赦，事解，府君乃歸鄉井。

自昭信公没，張氏益衰。府君一去，室中空無人，至繫馬檻牛，毀斗桶以爲薪者。府君歸，默然[23]也。念非力學，無以樹門戶，于是折節讀書，業儒者事。建議者謂吏非有恒產，故不自愛而輕犯法令，民田八頃以上家，擇子若孫一人爲吏。詔可。或言府君家有田八頃者，縣檄府君，府君執卷奮曰："吾而吏耶？"麾其檄弗受。縣言于按察使者，以其檄來，府君往，固弗受如縣。使者熟視之曰："君，我輩中人也，毋辱于縣。"遂挾以去。

積年勞，注選吏部，得留守知事。出爲湖之安吉丞，清勤自持。秩滿，考功閱功簿，命（令）丞得滿九年無過者若干人，以最轉湖廣按察司經歷。行至吳橋縣卒，旁唯一子，扶喪歸，時永樂己亥四月十日也。

嘗聞父老言：國初吏于官者，遠或數月，近一月，率拏繫以去。家人夜中聞疾驅聲，輒相顧驚愕，見舉火，以爲兵吏至也，各鳥獸散不止。府君吏憲臺，夜中從數騎歸。未至里許，家人遥見烟光大驚，徬徨出走。府君入門，徐呼之，乃稍稍至。喜極而悲，相顧而泣。蓋不肖嘗見鄉人墾蔬園，下有頽基破甓，問之，曰："噫！某人故宅也，昔吏也。"又見鄉人配丁從戎，徵發及孺稚，問之，曰："噫！某人子孫也，吏而戎也，斬指而戎（戍）也。"噫！彼其多行不義，禍其身，而餘殃及其子孫耶？抑無以致之，悉遭其時然也？府君非其時耶？能以功名終，再振厥家[24]，重興基業，而卒異于彼者，必有以也。

府君嘗恨[25]業儒弗遂，而心獨不能已。仕宦所至，必親友其賢士大夫，講究磨勵，故其行事，根于義理者最多。顧名位弗融，澤未究于生人，世罕有知之者。其辛勤一生，以煦育覆庇我子孫者，又以寖遠而將忘之。夫世之知不知，府君無與爾也[26]。若子孫而或忘父祖之艱難，既逸，乃誕乃諺，家所由以衰也，可不懼耶？

墓在本里西埔山。吳孺人從其子別葬于調馱山一，以王孺人祔。四子皆有子孫，至曾元（玄），能上冢者約千指。故爲書府君起家所以艱難者，刻于碣以示之，使歲時伏謁，拜而讀，讀而思，有不惻然以哀，感奮而思光大者，非府君子孫也。嗚呼，念哉！

塔　　銘

塔銘自撰　<small>國朝釋超宏</small>

如幻道人，名超宏，姓劉，泉郡惠安人也。父潮州府學教授，諱佑。母陳氏。道人生于萬曆乙巳年十月廿三日寅時，幼習儒業，十九爲諸生。二十七嬰劇疾，知四大匪堅，生死事大，因閱《維摩詰經》，益信有宗門向上一着，遂興出塵之志，喜從方外游。適本師雪峰亘和尚往還黃蘖，道由惠邑，邂逅瞻拜，便蒙激發，于是矢志皈依。尚羈俗緣，荏苒歲月，世情愈澹，及逢改革，下令薙髮，慨然曰："時節至矣！"乃禀辭雙親，捨妻子，從徹際大德，脱白于本邑平山寺。

俄戎馬生郊，所在鼎沸。及途次稍通，乃卷袱趨漳，依本師于南山寺。本師命居侍寮和尚，歷住泉郡承天、延福、會城之芙蓉、雪峰、慶城，道人執侍十載。丁酉歲，于慶城蒙囑累，慚愧于法實無所得，于是隨緣放曠，栖托不定。

歲乙巳，南邑蘇家諸檀樾，延住本邑雪峰寺，亦真覺禪師舊刹也。與衲子數輩，栽田博飯，矢志終焉。距雪峰二里許，有慧泉古基，檀樾蘇君爾源重建精籃，復延住止。于是盤桓二刹間，迄今十有四載。

歲戊午，道人春秋七十有四，念曉露春霜，光陰無幾，門人明蘊等預爲建塔于雪峰西偏。自揣生平，福慧微薄，生無益于時，死當無聞于後，不可假手他人屬筆，虛飾悟由，貽譏有識，乃自述入道因緣始末，俟順寂之後，與此皮囊同納塔中，則此生事畢矣。銘曰：

撞出胞胎，一場戲事。來何所從？去何所至？地水火風，偶然合離。是生滅法，互相根蒂。［根蒂］剗除，生滅滅已。不生滅者，廓然無際。梅山之陽，窣堵軒峙。藏此幻軀，千齡永閟。堂堂法身，正眼孰覷？逼塞虛空，如是如是。

薙髮之命既下，公同邑侯趙介存、先輩王愧兩就平山。趙復贈金，公却弗受。自是坐三十二夏，禪理大進。《通志》載，公預知逝期，自爲塔銘，端坐而化。其徒明蘊作公《行狀》，亦謂預命建塔，留所知與訣。今并存之，以補是篇首末之詳。㉗

科山寺海會塔銘　國朝林之潛

科山在惠邑西郭。其上有佛刹焉，僧寮數椽，殊非叢林之比。然師徒晨夕梵唄不絕聲，往來行腳接待者無虛日。凡惠之寺，在山者指不多屈，而科山爲最；凡惠之僧，寺居者亦指不多屈，而科山寺僧爲最。蓋其門風淡泊，大約皆質貌樸愿，而志氣專壹者始得以嗣其派，開山至于今六世矣。

余家城西，幼時即識正慧禪師，長身古貌，木訥寡言笑，于世相泊如也。稍長，又與其師兄之徒印碧師交游，亦相貌端嚴，守寂無華。余心識門風高潔，有若是其不苟者。

科山既附在城西，其高又不過里許，每春秋佳日時一再游，與慧師、碧師相晤，語甚習。然余自癸未歲別去，餘二十年未嘗造寺。及還里，則慧師已示寂三載，而碧師主寺事亦退院，將老矣。余移居郡城，偶一到山，則山門聿新，其中爲佛殿，後爲僧樓，皆拓而葺之，堅好視曩時迥異，蓋慧師在世與碧師所拮据而構治者也。竊嘆浮屠氏稍能自立，其成就有可觀如此，相與慨慕者久之。碧師乃以慧師塔銘爲請，余誼不得辭。其塔名"海會"，三世合阡于此，因次之銘。曰：

　　佛教有爲法，皆歸夢與幻。何況身後骨，福利孰取辨？譬彼空中花，鮮萎隨所見。唯是後之徒，桑下豈無戀？墨食從二人，告遷得安奠。三世會于是，法席本同貫。亭亭孤塔中，曾記本來面。燈焰照科山，刹竿俾永建。

【校記】

① 此標題，《小山類稿》卷十六作《江西提學僉事紫峰陳先生墓誌銘》。

② "其中"，《小山類稿》卷十六作"其間"。

③ "田夫"，《小山類稿》卷十六作"農夫"。

④ "始祖若濟、碧溪"，《小山類稿》卷十六無"若濟、碧溪"之名字。

⑤ "三世皆有隱德"，《小山類稿》卷十六無"三世"二字。

⑥ "循良傳"，《小山類稿》卷十六作"循吏傳"。

⑦ "玉砆"，《小山類稿》卷十六作"玉玞"。

⑧ "引還"，《瘦松集》卷二作"引退"。

⑨ "疏駁"，《瘦松集》卷二作"痛駁"。

⑩ "隆武"，《瘦松集》卷二作"隆武帝"。

⑪ "拜孚"，《瘦松集》卷二作"尹孚"。

⑫ "不與之值"，《小山類稿》卷十六作"不予之直"。

⑬ "持報"，《小山類稿》卷十六作"侍報"。

⑭ "長焘"，《小山類稿》卷十六作"長焦"。

⑮ "鎮海"，《小山類稿》卷十六作"滇海"。

⑯ "又"，《小山類稿》卷十八作"尤"。

⑰ "志"，《小山類稿》卷十八作"氣"。

⑱ "謂非繫天下安危成敗耶",《小山類稿》卷十八作"謂非繫天下安危成敗者非邪"。

⑲ "使後尚有述焉",《小山類稿》卷十八作"使後有述焉"。

⑳ "由九江",《小山類稿》卷十六作"迎九江"。

㉑ "何有",《小山類稿》卷十六作"奚有"。

㉒ "性怙",清嘉慶《惠安縣志》卷二十八作"性祐"。

㉓ "默然",《小山類稿》卷十六作"默默"。

㉔ "再振厥家",《小山類稿》卷十六無此四字。

㉕ "嘗恨",《小山類稿》卷十六作"嘗自恨"。

㉖ "無與爾也",《小山類稿》卷十六作"無與也"。

㉗ 明蘊所撰《行狀》,本書原無錄。

螺陽文獻卷十一

贊

魁星圖贊　明黃克晦

維魁麗天，秉文于斗。握機持衡，橐籥萬有。維靈故（孔）神，與龍爲友。象羅厥胸，觚操乃手。亦云喉舌，代天出口。降鍾我人，生民之秀。詞若雲蒸，思若泉瀏。維秋維春，居榜之首。具曰入斯，昊天則受。我儀瞻之，靈其左右。

題莊陟西像贊　明孫幼孜

頎然一人，春風其面。莊莊乎士也，而君子之三變。諦視之似有思者，祖武是纘；似有憤者，揮戈筆研；似有喜者，樹名以實，貽謀以燕。

噫嘻！吾前見君于吳山茗水之間，是形之真。今見君于夢寐恍惚之內，爲形之幻。茲乃見之縑緗紙素之中，僅形之舒卷。其以真之爲幻，何必影之爲戀戀輾轉乎？蓋君以不形形，余亦以不見見。故夫草元者，奚疑乎世人心迹之判？

達摩贊　國朝釋超宏

金陵殿上，輕犯逆鱗。少室山前，強分皮髓。道是安心已不安，往往事從叮嚀起。雖然一花開五葉，也是可已而不已。累他無限好男兒，至今拖泥又帶水。

自贊（節錄）　國朝釋超宏

這個和尚，殊無伎倆。骨瘦皮頑，頹然天放。閣起拂子，拋却拄杖。明眼人笑他無衲僧氣息，知音底道他①少知識模樣。若依山僧自評自斷②，則心已灰，口似磉，只合楊梅山中，雪峰岩裏③，咬鐵釘飯，嚼木札羹，夢不到寶華座，消受人天供養。浩浩説法遍諸方，令人轉憶西山亮。

銘

小山石鼓銘④　明張　岳

厚重少文似勃，沉静寡言似光，守節堅深弗可奪⑤似黯，兹唯净峰張氏之石鼓。

覓濠齋銘　明曾　璟

昔有觀魚，其樂陶陶。我尋其處，于此池皋。莊我惠我，魚我我我，倏不知作何觀也？則以之覓濠亦可。

文

禁賭文　明陳　濬

夫惟君子，玩習青編；夫惟小人，學賭銅錢。習之者若飲醇醪，聚之者如會群仙，好之者終朝不食，樂之者徹夜不眠。貧戶難存數椽之屋，富家易消百頃之田；士子必妨棘闈之舉，農民有誤秋收之年；商賈爲之而歇本皆空，軍餘爲之而穿窬相纏。此真牧犢奴之戲，誠非起家子之賢。

輸錢易于墜地之速，盤本艱于升天之難。一身汗如水濕，兩耳熱如火燃。入場之喜，則需茶索酒；到家之悶，則絶火斷烟。妻呼寒而不顧，子啼饑而不憐。拍肩執袂于俗子，似同氣合；接耳交頸于小人，若膠漆堅。坐則精神恍惚，卧則夢寐倒顛。每旦披星而出，日晚帶月而還。空教白髮倚門而望，徒使紅顏舉案之虔。家計從兹而失墜，産業由此而改遷。觀其行固不足恤，視其窘真若可憐。

刑法禁之，恬然不畏；父兄責之，公然不悛。甚至盜偷他人之財物，私竊自己之金鈿。受萬千之罵詈，犯八十之罪愆。

盜賊之漸由斯而起，性命之危終不可延。若黃細弟因賭至盜，已死于獄；侯祖生因賭行劫，亦喪其元。輕薄之態人人憤怨，"散仔"之名處處流傳。告發官司，千般苦楚；貽累父母，萬種憂煎。誨爾子弟，慎勿賭錢。嗚呼老矣，是誰之愆？

招撫流移文　明李　慎

照得遼東舊稱沃區，賦薄差輕，民懷樂土，得所之念，無有棄井離業之人。邇來兵荒頻仍，橫征肆出，故有移甲戶以就乙戶，逃河東以就河西；或投招集之軍，或詭寄籍之戶；或避住村屯而巧脫其差，或潛入臺堡而暗幇其役；甚或有游方趁食，瑣尾流離，不勝慘苦者。就以所見海、蓋二州言之，以蓋州之人移居海州之地，蓋來索差，則曰："我海州某戶之籍也。"海來拘役，則曰："我蓋州某所之軍也。"然終不能逃鄉副長及鄰右之真見，故每受其騙害欺侮而不敢言。至有終歲勤動不能一日息肩者，豈其情盡樂乎？

夫亦以欲歸回業，則本百戶旗伍之人，必索累年拖欠之差；衛所掌印管屯之官，必究連年逋負之罪。業未就而禍已深，生未安而身就斃，故寧捱苦以待盡，毋寧回業而被害不已。此固全遼之積弊，而今復、蓋三衛尤有甚焉。

雖經設法招撫，未臻實效，合再通行各該城堡揭示曉諭。但係異衛人民，著令各回鄉土，徑赴各該掌印官處，填給復業由票一張收執。應歸行伍者，收糧征操；應務農業者，趁時耕種。有原田者給以原田，如無原田即另查給。有手藝生理者，任住城堡作活。其以前拖欠錢糧者，盡行蠲免，見耕田地候三年之後，家給業成，方與起科編差；無力者，官給牛、犋、種子，衛所官旗不得生情迫害。所在衛堡挨查解發，不許鄉副長、屯頭及勢要役占不發。其久住成家難以遷徙者，許就本籍認差，或就近衛所應役，各給紅票執照。其有犯該徒杖以下罪名，不拘已結、未結，悉令饒免。至于各衛經歷司寄戶審果關內之人，或經商久住不願歸者,或充軍故留不得歸者,或故官、故吏及問革不能歸者,方許報收入册。若土著之人及關内永遠充軍并爲民各有著籍者,不許冒投冒收。如指揮一年内能復一百户,千户能招復至二十五户,百户能招一十户者,及各減半者,獎賞有差;如一年招不得一户者,遞加飭戒。每月終,掌印官將有無招撫過人丁姓名、數目呈報查考。如流移之人,執迷不行復業者,查出押解著伍當差,仍以逃軍、逃民治罪。如此,則威惠流通,生齒漸復,而版籍亦鮮漏脱之弊矣。

開墾荒田文 明李 慎

照得遼東入關以裏,河東、河西之内,極目所至,無非田地。雖土沙鹹薄者固不能無,而土脉肥饒可以耕種者亦多。但以連年頻遭灾虜,軍民逃亡過半,以致邊腹田地半成荒丘,粟米無出,公私告匱。古者以地闢民聚,藏兵于農。今因田荒而遼,且無兵矣。此開墾荒田之説,尤爲地方之最急者也。

及今不圖,則田日以荒,不惟無以濟目前之急,其將來意外無窮之患,又何可勝慮耶?然必求處處而盡墾之,則有可墾之地如此其多,安得有可墾之人如此其衆耶?且熟地尚苦于耕種之無人,而荒田又何及之?其中,除見在成熟及有人佃種納糧等田地之外,及水衝崩壓,人力之所不能開耕,坐址迫近邊墙,人力之所不便墾種之外,通將原額新增屯田、科田、民田,但係丁盡户絶,無人承管拋荒,相度可以開墾者,盡數踏出,造册明白。何者堪以開墾若干處,何者易以開墾若干處,何者難以開墾若干處,何者坐在遠若干處,何者坐在近若干處,何者坐在各屯堡比連若干處,何者坐在邊臺鋪舍若干處,踏勘既清,分耕有法,又不可泛用無功,廣圖難成。

堪以開墾,易以成效,坐在近者及屯堡等處之田,倩調各哨步、騎軍或屯堡舍餘餘丁,隨其併力開墾。有堪以開墾,又易以成效,但坐在遠者,有難以開墾,尤亦在遠者,則以次招集各處流寓之人及新招復業無田餘丁之人,設法分給,或出示聽便有力者給之。坐在路臺、鋪舍等處,則聽瞭望軍丁,或添搭草房,招夥住集,任意開墾。虜至,則歸入臺圈,甚便。

以上隨人耕完數丘又耕數丘，各夥耕完一段又耕一段，自近而至于遠，由腹而抵于邊。其自能辦牛、犋、種子者，固無煩費于官府矣；其貧而無力者，俱官給以牛、犋、種子、農具，或行各衙門將各犯罪官犯照罪輕重量罰牛隻，或暫于無礙官銀處買給耕。所在有馬官軍爲之更迭防範，隨其所得糧石、草、豆盡數與其所墾之人。

糧未起科，官未收租，待其三年成熟之後暫議，酌量輕科，子粒送貯。各衛所城堡有倉厫去處，除照時價變賣，正數以補所費官銀，餘數收貯別用。

專一責備各該管轄衛所官司，處置得宜。每遇春初土脉融和之時，用心催趁耕種，務臻實效。一年之中，各地方報計墾若干畝；二年、三年之中，又報墾若干畝。墾多者行獎。

各地方之官似此，遲以歲月之久，田地暫得開墾之利，米穀有積，生齒加多，倉廩充實，軍需有濟，民又得以其餘力，暇日講武從戎。傳所謂十年生聚教誨，居則爲比閭族黨之民，行則爲伍兩軍師之卒，而全遼亦豫有賴矣。說者以爲此空談，言無實用，然相度道理、法制，亦不過如此。古者寓兵于農，亦以此法行之耳。

呈寢議割地建縣文　明張　宇

呈爲乞遵祖制，存封疆以綏罷民以靖地方事。

某自十一月伏見府檄下縣，稱林御史奏乞惠安改屬興化府，興化府申乞楓亭立縣，析莆田二十五里、仙游二里、惠安北十五里共成新縣。某等訪之人情，酌之時勢，二者皆所不便，謹列上呈，用備采擇。

自昔建郡立邑，皆因山川形便，與其人情所宜。惠禰邑也，緜宋太平興國析晉江東鄉之十六里疆域爲一小縣，歷元及今幾七百餘年矣，一隸于泉州。而興化轄屬莆陽、仙游二邑，不聞病其爲小，欲拓而大之也。今以倭患之故，便用藉口，欲務夸更。以某等之愚，度之二者，均不可割。割之，于惠有害，而興化未見其益也。

先自割縣言之。民受事于泉州,地近而便,去興化近者一倍,遠者再倍。倭毀之後,民情憚于奔走,害一也。

泉州爲惠治屬,惠之人童而游焉,長而習焉,故上下之體勢,樂于相安。驟移而之興化,愚民至府,勢孤力微,吏胥狡猾,挾官府以臨之,爲刀爲機而惠安之赤子半爲魚肉,害二也。

改屬興化,而錢糧、獄囚、行移繫籍于泉州者勢非二三十年,難與俱改,是必兩屬而後可爾。莆爲新郡,泉爲舊邦,送往迎來,一邑而供二府,害三也。

莆陽以城陷,自解權時,科派必多,取辦于惠。因循日久,遂成定制,害四也。

惠安驛銀不足,仰給于泉之各屬者,歲四之一。巡司弓兵亦如之。今一改革,在泉必曰"非我屬也",靳之而弗與矣。不知興化能處給如泉乎?吾知其不能也,害五也。

歲苦倭暴棘而請救于泉,本道移檄,朝發夕至⑥。興化遼遠,不相聞問⑦,而泉⑧則曰"非我轄也"⑨。惠孤城,力難獨完。賊狡,窺見此隙,且愈生心,害六也。

是謂割縣之害。而割圖以立縣,尤有八不可焉。

今民之困甚矣,省冗官,去閑務,撫養生息,與民相安,尤懼民之不聊生也。今一創縣,設官分職,民重增此一縣之費,固非期所以息民矣。然其費猶在後,尚未論也。較其近,則城池之築,衙宇、廨舍之立,謂將以給之官,則官之帑藏既竭矣。將欲責辦于民,吾恐非今之民所能堪也。時詘舉贏,不可一也。

割三縣合成一縣,莆割里二十五、仙割里二、惠割里十五。如是,楓亭爲四十里之縣,亦庶幾矣。惠安僅二十里,則視楓亭,僅得其半。況復倭後,邑里蕭條,丁糧消耗,邇而奉例省併,則彼二十里者止可十里。古人裒多以益寡,今欲損寡以就多,圖里不均,不可二也。

惠地西北倚山,東南濱海,斥鹵不生五穀,民業漁鹽末作以就口食。今若割十五里以去,則近楓亭而便于割者,皆其西北之腴。而此之僅存者,特其棄餘之海地爾。肥瘠不均,不可三也。

惠米額官民通萬八千,官米不差者六千,實差民米僅萬二千有奇,今割其半,則存者可得六千而已。一縣之中,歲有官吏之祿、有師生之糧、有院司之按臨,此其勢之不可免者也。且又當南面之孔道,賓客過從,上下迎送,供億浩繁,率取辦于六千糧之中。歲費不支,不可四也。

鹽米舊亦無差,六千之中半繫鹽籍,欲仍其舊不差,則民米不滿四千,無有能自爲役之理。欲告鹽而均之,則在鹽者復以祖制致辦。民鹽分爭,不可五也。

惠財賦出自西北,人物出自東南,今以地屬楓亭,出財之地去矣。士夫舉監生員,通計進士十三人、舉人九人、生員四百有奇。今較割去之都進士、生員僅十之一,舉人無一有焉。悉在見存圖里之中,歲當優免之數及凡賓興迎送與夫士夫問遺之禮,又不知其幾也。獨以此數里者當之,使將如舊以行,則力苦于不給,憊愈甚也。欲與時而俱革,是居中國而去人倫,無君子也,將何以爲理乎?典禮不稱,不可六也。

邑小,城無千家之聚,賊至乘城,內丁壯籍不滿千,所恃惟民兵爾。里割兵與之俱割矣。全惠之兵計六百,割半以去,則此三百兵者將何所爲乎?且守倉庫者,兵也;衛官廨者,兵也;縣官跟隨與凡勾攝追呼,亦兵也。公私雜役,皆此半留之兵任之,兵不實城,不可七也。

峰尾北通吉了,一帆之便,惠倚以爲門戶。輞川去縣不十里,平時烽火相屬,候(墚)望時至,辟之人其咽喉也,故本道方圖築城。一棄而之他,兵旅動靜,不相關白,賊由海道疾至,奄忽登岸,蕩無關隘之障,而惠且愈單外矣。棄地失險,不可八也。

是謂割里之不可。然此害與不可,特自惠而言爾。使真有益于興化而害惠安,割猶可也。某等之愚,復謂于興化無益,則今之建議者何苦虛取祖制而紛更之也?蓋林御史之議,豈不謂莆殘毀將割惠安以自廣乎!不知惠地磽确民貧,不任一縣之賦。其屬于泉,特以職事相統攝爾,非能有實益于泉也。

泉州治開于晉江,舊時一府之費,晉江以大縣獨供焉。不足,則均之南安、同安等縣，而惠獨以其瘠而貧也，諸百徵輸，不與他諸縣齒，以隸于泉，概之曰"七縣"，則亦徒具一縣之名籍而止爾。在泉無益于泉，則改而之興化，豈能有益于興化哉？

至興化府之議，謂于楓亭立縣以遏南賊，以廣聲援。不知賊風汛浮海而至，則東沙、鵝頭、青山諸處迫近興化者，皆賊登岸之所。若由南陸行，則彼以數萬之衆長驅直馳，徑由楓亭城下而去，恐非楓亭所能禦也。且興化一城爾，有縣、有府、有衛，又有監司之長臨之其上，上下相協，以保一郡，縱使不能殺賊，而于以自守有餘矣。不此急圖，曰"必設縣而後可"，夫縣新設，則凡兵糧、器械所資以爲備者，蔑乎不足恃也，棘則復請于興化爾。爲興化者，不反以縣多爲累乎？

夫在惠安者既如彼，而其在興化者復無益又如此。故愚等愚直，謂今封疆已定，分守素明，二議皆可，且無以爲過。不自度，願乞行下興化，士大夫毋私其鄉，有司毋私其郡，大小臣工務期奉法遵職、輕徭薄賦，于以保境息民爲務。惠不必割，而民自蘇；縣不必立，而守自固。不然，則自宋元之季，強敵外侵，大盜内潰，其間變故亦屢矣，視今何啻十倍？而其時之官吏及鄉士夫間，亦豈無通古今、練體國之人？曾不聞有出一喙，建一議，若今割縣、割都之紛然者，豈真昔愚而今智耶？其故可知矣。

某等參人情，酌事勢，區區之見若然；又以其關一邑之大計也，故不敢避狂瞽之嫌，具陳如左。伏惟省覽，俯賜施行，地方幸甚！疲民幸甚！

原

原譜一　明張　岳

古者封建法行，諸侯、卿大夫皆世其國家，而傳重于嫡長，其支子不得承先人之重，而不敢有事其廟。然其支分派續，不可無統，故立五宗以統之。上不敢繫其世嫡之尊，下得以隨所宗而明世系，序昭穆，定親疏，累世以相次，莫不知尊祖而敬宗。敬宗以尊祖，如國有大君，政無多門，故歷數百年而族不散，蓋其世不得不合也。

自宗法廢，而天下無世族。治化不明，風俗不厚，大率亦繫于此。而周衰以來，靡靡且千餘年矣。于是，士大夫之家始倡爲譜學之說，肇于晉，盛于唐，衰于五季，而復振于有宋諸君子。當其說之行也，服雖已盡，宗雖已易，而人猶知淵源之所自，支派之所分，祖將忘而不遂忘，族將散而不至于遂散者，由譜之力也。

其法實與宗法相表裏：直書之序，自高祖而止于曾元（玄），世係明而昭穆辨矣；橫列之序，自嫡長而旁及支庶，尊卑明而親疏定矣。長子繼父而書，明其有所承也；諸子旁嫡而列，明其有所統也，隱然有宗法寓乎其間。而世之言譜者，直以爲一家紀事之書，不亦異乎？

江左之名門，山東之六族，競以豪右相矜，譜之存者，僅爲婚姻之捷徑。流風所染，至于慕富貴而忘至親，舍本宗而附顯達，謬戾若此，豈知譜之關于宗法之深意哉？

至眉山蘇氏，始因歐譜而作大宗譜法，以盡譜之變，然後譜與宗相須之義復明。蓋宗乃見于行事之譜，譜乃存于紀載之宗。譜非宗不行，宗非譜不著。知乎此，則可與言作譜之意，而崇孝敬之實矣。

原譜二　明張　岳

天下之道本諸身，而施之首于家。家者，身之符，國與天下之權輿也。古人言家之難齊者，曰"閨門之內，恩常掩義"。降及後世，率以利而傷恩，則其趨益下，而悖理亂常益以甚。夫自高、曾而上，祖宗之遠也；功、緦之外，支派之疏也。然其初，則一氣之所傳而分也。其情義之相維，休戚之相關，亦豈遽至大相隔絕哉？而世人至于忘祖宗而忮族人，蓋由不知反而思之，所以相維相關之重，蔽之而弗知，知之而弗明。利欲之私，日惕乎中，妻子之計，又日迫乎其後，所以蔽其良知、良能之天，而長其忘親、賊恩之惡，日有甚者，此譜之所由作也。

譜之作，所以崇孝敬、廣恩愛、繫人心而敦薄俗也。標其世係之淵源，紀其族屬之遠近,序其宗統之離合,詳其生卒、葬埋、婚姻、嫁娶之始終,使後之讀譜者反而思之,知吾身之處乎此。溯而上之,一世則爲禰也,二世則爲祖也,三世則爲曾祖也,四世則爲高祖也,一氣之所傳也。知其一氣之所傳,可無孝乎?旁而推之,同禰則爲親兄弟也,同祖則爲初從兄弟也,同曾祖則爲再從兄弟也,同高祖則爲三從兄弟也,一氣之所分也。知其一氣之所分,可無愛乎?有服者,則情以服伸;無服者,則情以義起。生必慶,死必哭,婚姻嫁娶必赴,貧窮相周,患難相恤,有善則相率行之,有不善則交以相戒。人知所以尊祖而睦族,則孝敬以崇,恩愛以廣,薰染成風。道之始于家者,殆亦因譜有助矣。故知乎此,則可與言作譜之意,而隆孝愛之實矣。

説

大中統説　明潘一諤

學《大學》之學,終日談"格致"、"誠正",不知黄鳥緑竹之深意。即齊治均平,還是好惡上伎倆,于學未有歸宿。道"中庸"之道,終日談"中和"、"位育",不知鳶飛魚躍之生機,即敬信言動,還是形色邊體假,于道總非究竟。

《大學》在未學以前,且懷抱萬物之胚胎,故以慈爲本,未有學養子而後嫁者也。斯之謂止止,斯之謂明明,斯之謂真心意。

"中庸"在未發以前,具養育萬物之氣象,故以仁爲本,君子之所不可及者,其惟人之所不見乎!斯之謂肫肫,斯之謂淵淵浩浩,斯之謂真性命。

不朽説　明曾　璟

佛家以山河大地皆壞,唯虛空不爛,是謂界朽而真性不朽也。穆叔紬宣子稱列三不朽,其一立言,意所指當《易》象、《詩》、《書》屬耳,則是禄位朽而文章不朽也。漢、唐作者,遠去六經,要其文詞雪爍今古。經義興,而懷鉛握槧之士,畢事于數行之間,朝出而夕弁髦之,則是又古文詞不朽而經生言朽也。然則三代之所謂不朽,已非西方之所謂不朽;漢、唐之所謂不朽,已非三代之所謂不朽;今之所謂不朽,又遠漢、唐之所謂不朽甚也。愈趨愈陋,朽亦愈速,豈直芻狗糟粕之喻乎?

余嘗閱國朝經術高第、懸書國門,翕集一時,後至有未嘗見其片紙,或時有所省認于覆瓿擲地之餘,則皆向之膾炙人間字靈蛇而篇《荆山》者。肝腸委于塵土,臺榭化爲荒丘,唯一二修古大夫差不湮没。如何我輩業安得自存,便當更求生活計?雖未能超大千世界,穆叔氏之志,我儀圖之。

篇

論將篇　國朝駱　儼

將者,三軍司命,國家安危之主,不可不慎。嘗博采群書,其要有十。

一貴持重。蓋輕發無功,妄動多敗,故君子以重持輕,以靜待動,神完氣足,自然無戰不勝,無敵不摧。通乎此,可知軍政之妙。古人在德不在勇,皆由此也。

一貴多才。知其饑寒,察其勞苦,此謂"仁將";有死之榮,無生之辱,此謂"義將";貴而不驕,賢而能下,此謂"禮將";奇變莫測,動應多端,此謂"智將";進有厚賞,退有嚴刑,此謂"信將";氣凌三軍,志輕強虜,此謂"勇將";見賢如不及,從諫若順流,此謂"大將"。有此六者,可稱將才。

一貴無弊。爲將之弊有八:一曰"貪而無厭",二曰"妒賢疾能",三曰"信讒好佞",四曰"料彼不自料",五曰"猶豫不自決",六曰"荒淫于酒色",七曰"姦詐而心怯",八曰"狂言而不以禮"。此爲將之累也。

一貴用智。將有五善、四欲。五善者,善知敵之形勢,善知進退之道,善知國之虛實,善知天時人事,善知山川險阻。四欲者,所謂戰欲奇,謀欲密,衆欲靜,心欲一。凡此智有以及之也。

一貴持平。善將者,其剛不可折,其柔不可卷,故以弱制強,以柔制剛。純柔純弱,其勢必削;純剛純強,其勢必亡;不柔不剛,合道之常。將能持平,萬全之師也。

一貴得體。將不可驕,驕則失禮,失禮則人離,人離則衆叛;將不可悋,悋則賞不行,賞不行則士不致命,士不致命則無功,軍無功則國虛,國虛則寇實矣。

一貴有品。將有五強、八惡:高節可以厲俗,孝弟可以揚名,信義可以交友,沉慮可以容衆,力行可以建功,此將之五強也。謀不能料是非,禮不能任賢良,政不能正刑罰,富不能濟窮厄,知不能備未形,慮不能防微密,達不能舉所知,敗不能無怨謗,此之謂八惡也。去其惡以全其強,真品高天下矣。

一貴省身。聖人則天,賢者法地,智者師古,驕者招毀,妄者稔禍,多語者寡信,自奉者少恩,賞于無功者離,罰加無罪者怨,喜怒不當者滅,此省身之要也。

一貴和衆。夫用兵之道在于人和,和則不勸而自戰矣。若將、吏相猜,士卒不服,忠謀不用,群下謗議讒慝互生,雖有湯、武之智而不取勝于匹夫,況衆人乎!

一貴恤勞。夫爲將之道,軍井未汲將不言渴,軍食未熟將不言饑,軍火未燃將不言寒,軍幕未施將不言困;夏不操扇,冬不服裘,雨不張蓋,與衆同也。

凡此十者,將莫不知所以,見危授命,殺身成仁,苟無愧于忠義,又奚恤乎一死。吾之安危系社稷之存亡,吾之憂樂系生靈之休戚。願爲將者,毋徒一死塞責,而智深勇沉,如孫子所云:"多算勝,少算不勝。"又曰:"不戰而屈人之兵者,此可以爲將也。"

取士篇 國朝駱 儼

昔人有言曰:"得十良馬,不如得一伯樂;得地千里,不如得一賢人。"故取人貴察其性。夫人之性善惡既殊,情貌不一,有溫良而爲詐者,有外恭而內欺者,有外勇而內怯者,有盡力而不忠者。然知人之道有七焉:一曰"問之以是非,而觀其志",二曰"窮之以辭辯,而觀其變",三曰"資之以計謀,而觀其色",四曰"告之以禍難,而觀其勇",五曰"醉之以酒,而觀其性",六曰"臨之以利,而觀其廉",七曰"期之以事,而觀其信"。此觀人之大概也。

其用之戰陣者爲尤難,不可不選其類。夫師之行也,有好鬥樂戰,獨取強敵者聚爲一徒,名曰"報國之士";有氣貫三軍,才力勇捷者聚爲一徒,名曰"突陣之士";有輕足善步,走如奔馬者聚爲一徒,名曰"搴旗之士";有騎射若飛,發無不中者聚爲一徒,名曰"爭鋒之士";有射必中,中必死者聚爲一徒,名曰"飛馳之士";有善發強弩,遠而必中者聚爲一徒,名曰"摧鋒之士"。此六軍之善士,各因其能而用之。至若小心懦弱者,可使防奸邪;識水性者,可使渡江湖。兵法曰"良將無棄才遺士"者,此類是也。

聚士有三賓。三軍之行,必有賓客,群議得失,以資將用:有詞若懸河,奇謀不測,博聞廣見,多藝多才,此萬夫之望,可引爲上賓;有猛如熊虎,捷若騰猿,剛如鐵石,利若龍泉,此一時之雄,可引爲中賓;有多言微中,薄技小才,此常人之能,可引爲下賓。用之各因其才也。

夫軍國之弊有五害焉:一曰"結黨相連,毀譖賢良",二曰"侈其衣服,異其冠帶",三曰"虛誇妖術,詭言神道",四曰"專察是非,私以動衆",五曰"伺候得失,陰結敵人"。此謂奸僞悖德之人,可遠而不可親也。

取士有勵士之道,尊之以爵,贍之以財,則士無不至矣;接之以禮,勵之以信,則士無不死矣;蓄恩不倦,法若畫一,則士無不服矣;先之以身,後之以人,則士無不勇矣;小善必録,小功必賞,則士無不勸矣。

大都世之危亂,民之失業與夫兵之潰散者,多聚而爲賊盜,誅之則不勝誅,且力有所不給,惟因而招納之以爲我用,其利有五:以彌内患,一也;以禦外敵,二也;善良脅從者,可散而歸田畝者,三也;強悍勇敢者,可藉以備行陣,四也;以盜賊攻寇仇,勝則享其功,敗者不足惜,五也。

因人而利導之,皆可以爲用也,故兩將相敵,則賢者勝;兩賢將相敵,則主之能任賢者勝。范蠡之于伍子胥也,田單之于樂毅也,白起之于廉頗也,王翦之于李牧也,主有任有不任。諸葛孔明之于司馬懿,皆任也。功不能獨成,名不能獨立。余嘗稽之往古,采之近代而得選人取士之法焉。

【校記】

① "他",《瘦松集》卷五作"伊"。

② "自斷",《瘦松集》卷五作"自量"。

③ "雪峰岩裏",《瘦松集》卷五作"雪峰岩底"。

④ 此標題,《小山類稿》卷十七題爲《題小山石鼓》。

⑤ "弗可奪",《小山類稿》卷十七作"弗可拔"。

⑥ "本道移檄,朝發夕至",清嘉慶《惠安縣志》卷三十二無此八字。

⑦ "興化遼遠,不相聞問",清嘉慶《惠安縣志》卷三十二無此八字。

⑧ "而泉",清嘉慶《惠安縣志》卷三十二無此二字。

⑨ "非我轄也",清嘉慶《惠安縣志》卷三十二作"非我轄地也"。

螺陽文獻卷十二

問

宋穆宣問　明莊毓傑

或問：宋宣公舍其子而立和，穆公舍其子而立與夷，公羊譏其階亂，太史公作《史記》亦因之，讓曷足貴焉？

祝鳩氏曰：公羊、太史之責人將無已。夫利之啓爭也久矣，國之爲利亦大矣。同根也而相煎，同源也而相洇。彼其初豈盡喪厥心，寧不慈愛殷勤，相歡無厭？惟其營營逐利，計子若孫，爭諸室中之人，欲其遺所不可知之人。既鬩于牆，又召之侮；既披其枝，又加之斧角弓輿。嗟！禁門喋血，小者以禍其身，大者以禍其家，甚者以移之國，盡爲利使耳，盡爲兒子苦耳！穆若宣以國相授，殊無自私。自私濡留，不忍割之，意彼東門之役、孔父之難，乃天之禍國家，穆、宣偶遭其不幸，安可以成敗決事也？

令當時，與夷立而馮安于鄭，孔父輩得弭其亂。心相安，無事之天，夷齊之讓，何以加焉？故若宋宣者，可謂至友矣，挈己之國以與弟而無難色；若宋穆者，可謂至弟矣，挈兄之國以與兄之子而無私念。克讓若此而爲亂階，治兵相攻者爲治階與？

三代而下，得至孝至友一人，則宋藝祖是已。挈天下之大以從母之命，以授龍行虎步之弟，而不虞金匱之渝盟也。藝祖直高出宣宗一等，而光義殆宋穆之罪人矣！

屯操或問　明陳玉輝

或問："督徵屯糧，使臣責也。渡江閱武自子始，毋乃迂乎？"曰：此祖制也。

昔高皇帝開天，自彭城以南，潯陽以北，設屯營八十八，計屯軍十四萬有奇。三時務農，一時講武，有事荷戈而戰，無事秉耒而耕，寓兵于農，最爲良法。承平日久，逃絕幾半，外衛屯軍總于撫臣，強半撥入城操，尺藉之混淆久矣。余縱欲稽核，雖鞭之長不及馬腹。獨京衛三十四營，密邇宇下，尺籍俱在，余稽多寡強弱之數，遇有逃故，隨即召更計新，補屯軍五萬有奇，蓋僅修舉十之三乎。

或問："方今世界昇平，驅此輩于戎行，將焉用之？"曰：以若所云，將待沍寒而後製衣乎？將待枵腹而後峙糧乎？將待四郊多壘而後詰戎乎？夫自古無百年無事之國，倘或有事，勢必募兵，能旬日畢集乎？即旬日畢集，餉將安所出乎？大江以北，風氣剛勁，士多驍勇，按籍而稽之，朝調發則朝至，夕調發則夕至，與臨時難遽召募者異矣。祖制，每軍給屯田五十畝，歲當徵糧十八石。因屯軍赴操，依城軍食糧事例，準屯軍自扣十二石抵作月糧，然後將餘糧六石輸倉。養之百年，用之一朝。雖驅茲戎行，不費民間一鍾一釜，與臨時餉無所出者異矣。

夫防禦不可無兵，而屯軍棋置星列，無待召募之煩；養兵不可無糧，而屯軍自耕自扣，無待衣糧之給。高皇帝一片精神盡在屯政，嘗曰："吾養兵百萬，不費民間半粒。"誠萬世燕翼之閎猷，而奈何視爲無用？今若以爲無用，則祖宗設屯田二百五十萬畝，以養五萬餘軍，將聽其優游坐食乎？京營每軍食糧十二石，春秋赴操，不遑說介，屯田每軍亦扣糧十二石，春操僅僅兩月而止，如併其兩月而廢之，謂祖宗舊制何？

余每慨當事者，每有急，輒募兵，輒增餉。餉或不繼，兵即脫巾，未憂寇先憂兵，履霜堅冰，後將若何？京城周遭九百餘里，高皇帝定鼎時，城操之軍計三十萬。今僅三萬有奇，十九尪羸，登陴不能及城之半。猶幸屯營存此五萬餘軍，有籍有糧，其中豈無驍武雄杰之倫？乘農功之餘閑，簡閱挑選，如期訓練。萬一戎馬生郊，就此五萬餘軍之中，以三萬乘城，以二萬摧鋒陷陣，亦足固百二之山河，所關夫豈淺鮮？

或問："屯操之制極敝大壞已久，而子欲一旦更新之，不亦難乎？"

曰：是不難。南京四十二衛屯田，環列大江南北，高皇帝命巡屯使者，度屯所道里遠近，設教場二十有四，廳臺墻垣、金鼓標角、鐵銃鉦旗等項井井有條。其操練依京營事例，有管營指揮及中軍左右哨等官，俱于管屯人員數內選用。每年正月初五日起，至三月初五日止，東作未興，如法訓練，聽巡屯使者閱試賞罰，廉各官勤曠而舉刺獎戒之，載在令甲，昭若日星。

今雖極敝大壞乎，而教場猶故，管營及中軍等官猶故，各軍依期赴操猶故。惟是巡屯使者，百餘年來不復渡江閱試，不復舉刺獎戒。武弁以屯營爲龍斷，只是受錢免操，故軍容日益縮弱，行伍日益空虛。自余受事，即渡江閱武，營官受賄者法，營軍違操者法；復屯官管操之制，定屯營操賞之費，而戎行始略振肅。余蓋修舉廢墜，豈更新乎哉？

嗟乎！祖宗當年立法，無限深意。自祖制廢，而人幾不知當年設屯之意謂何，余故爲之論者，庶天下知有屯必有軍，有軍必有田，有田必有操。軍不待募，就軍于屯；餉不待增，就餉于田。後乎巡屯者從此漸漸整頓，庶祖宗之舊制修復有日。不然者，玩愒相沿，余殆不知所終矣。"知我者，謂我心憂；不知我者，謂我何求？"則余今日之謂乎！

對

倭寇對　明張　宇

執事檄下郡縣，議今倭寇爲患，致之者何由？其所以禦之者何策？而愚非其人也，雖然，亦嘗聞之矣。蓋今北奎南倭，國家同患。嚮時縉紳之議，以敵爲難，今不然矣。朝廷宵旰，群工聚謀，講備倭之策。外而開閫制帥，徵兵萃甲，半天下之財，力討五六年，而今猶未定。夫禍未有不始于微，而成于著也。

執事謂，今倭患將僅止于一面病，一方痛乎？以愚度之，竊謂倭患不戢，國之安危治亂未可知也。何者？蓋今五六年間，淮陽、吳越之交，其角倭賊者屢矣。而賊卒無所創，飫飽以去，志驕氣溢，有輕中國之心。此甚可慮也！而愚尤慮焉者，以吾數省海郡，懼賊之至，常宿嚴兵，以備緩急，又竭膏血以啖兵。成兵困于役，民病于財，羽檄奔馳，徵調旁午，而吾之國力絀矣。循是數年，倭患未已，設不幸而北方之敵幸吾有倭之變，穿塞而入，以撼中國，勢不得不應之以兵。夫倭梗一隅，勞費尚如此，加以北敵，南北支吾，不知將何以處之也？如是，則兵不得不愈困，財不得不愈病。

設又不幸而當南北戰爭之際，內地之民勞困無聊，囂囂然四起而爲亂，則先之以夷狄，而繼之以內地之民。斯時也，當事之臣雖有智心巧計，吾知難以善其後矣。然今之民，玩歲愒日，恬然不以爲怪，何也？愚者睹目睫，不知其勢將有遠禍，或知其勢將有遠禍，而猶度已之不及見，謂可以寄之後之人，以苟免吾身也。是以因循容養，誕謾欺蔽，競爲自全之計。

嗚呼！過矣。西夏寇宋，當宋仁宗之時，天下久安，民不知兵，猶吾今日也。然惟君臣儆畏，上下經營，勇夫銳士亦因戰陣稍稍而出，是以西陲一敗，警數十年因循之弊，驕心變爲銳氣，惰卒化爲勁兵，而吾之威益振，故宋絀于元昊，而以元昊之強，終亦不能禍宋。唐自懿宗以後，王仙芝、尚君長首禍起亂，而時之君臣，酣嬉酖淫玩，國計不恤，兵敗于外，而朝廷不知國無任事之臣，紀綱法度一切墜壞，唐遂以亂而亡。今國勢承祖宗之積，百年涵養，可謂太平極治如宋仁宗；至一倭寇之變，亦非如曩時元昊之兵也，今宜遂破滅矣，鰓鰓然尚病不能禦，何也？毋亦任事之臣無如宋韓、范者出而經略之耶？抑亦上下之心未能如宋君臣之儆畏耶？儆則爲宋，轉弱以爲安；不知儆則爲晚唐，其弊竊伏深可畏也。

愚懷憂隱，蓋欲言之久矣，而未有路，明問下及，故敢陳致寇之由與今禦之之失，皆所當改易者列爲九議以塞盛意，非所能盡也。致之之由有三，禦之之債有六。

請言三事：

一曰"議處倭"。蓋倭雖小，古曰"日本"，亦東海外夷也。彼居其國，擁君人之號、兵車之富、器械之工，在勝國時頗得華巧，而特遠在漲海之外，彼之桀黠，蓋有爲恃矣。吾乃以奴畜之，絕不與通。夫安南、朝鮮均夷也，朝貢時供，正朔所加，封冊所臨，齒諸親藩。而倭以文字爲國，獨以"奴"號，無辭以別。夫蝸壳蟻封之夷，鬱鬱之忿久畜于中，非我夷藩，而又無畏于歸曲，則時有隙，必將鼓譽而動，以泄其怒，亦其情然也。王者慮事，當因其勢之所便而爲之宜，故今倭夷，皇祖有訓。愚竊謂今之議，宜稍因其納款，詔諭國王，開示威信，使毋爲寇。待之如待安南、朝鮮之禮，許永通貢，充夷藩。此一事也。

二曰"議海禁"。蓋既已絕之矣，毋與通可也。然倭諸蠻邑國，雜處海島中，與吾瀕海諸州相值，東底遼，南盡閩，延袤萬里不啻，初無重關穿壁、斷蹊絕坂之限，所隔者海耳。當春時，舟浮水面，負巨颿而行，日可踔數百里，而國又有奇產、異物、珍璚、怪詭，邀利忘生之夫，以此枕席漲海，與通關市，而輒能牟鉅贏。歲久狎習，彼亦愛吾華之樂也，競遂相與勾引，航海而至，肆螫我土，禍今益以蔓延，大抵皆華之人之爲之祟也。此其弊起于海禁之不嚴。故愚謂今之議，宜嚴申明約束，禁沿海民毋與海外諸夷交通關市。犯者誅，籍無赦；同保而不覺者與同罰。此二事也。

三曰"議邊防"。國初立法，倭與虜同備。信國、江夏築城起自登萊，至閩、浙，城凡五十九所，民丁籍四之一以戍其地。衛、所控制，額有專官；海防要害，則聯之以水寨。備倭閫帥，省有專職；海道巡視，則統之以憲臣。法亦詳矣。然今徒文具也，上下相蒙，偷惰成風。官棄職守，賣兵以爲奸；兵寄空籍，遊手以竊餘。舟師戰艦閣于哨探，邊城墩堠弛其烽信。閫帥、憲臣傳郵其職，相視以爲當然不問也。祖宗法禁廢且盡矣，無所恃以爲備，是故五六年間梗于浙、直，又轉而入閩，來不能譏，去不能阿。寇無遺矢折斨之勞，而吾之城邑破，民人殘，力耗不支，而賊之毒愈肆。此其弊則以邊防之禁之不密也。故愚謂今之議，宜嚴申明約束，戒飭邊吏，毋爲偷惰之政，閫帥、憲臣于凡邊城、水寨歲必一再按視。有偷惰如前者，許以奏劾革斥，使重知畏。此三事也。

雖然，三事失矣，無救于先矣，然今討之數年，卒無有能破而平者，何也？故愚以謂有六償焉。償宜易之以便。

一曰"議將"。夫兵以將爲勇怯也，今之統兵之將亦多矣。求有一人負智計，可當制將者乎？未也。又求有一人負勇敢，可立一隊當一陣，如古戰將者乎？亦未也。智計不足，徒以勇敢陵人，孔子所謂暴虎馮河而不與也。然今之所戰者，倭耳。倭行兵素非曉戰陣者，故今與戰，不必如古名將，但有一敢死者出焉，提戈躍馬，陷陣先登，以倡三軍之氣。三軍之士屬目，于是人將奮九死應矣。今無是也，當戰第以職推其人當之而已矣。其人之勇若怯，能與不能皆無問也。中黠慧者行賂鈞要，擇便以自居，罷弱無營之人以身當戰，而其心又甚怯。以甚怯不得已之人，使馳驅于死亡之地，是故其氣不揚，將為虜而兵輒破敗。此一償也。故愚謂今之議，凡戰宜募勇敢不愛死者，厚激厲之，使之自立一隊，當一陣，為戰將，于今為最急。

二曰“議兵”。聞之曰：“將不知兵，以其國予敵也；兵不素教，以其將予敵也。”今兵隸于尺籍，月食廩既，其數亦溢矣。徵而使戰，則脆弱不可用也。且禁例兵不得輒損，不知平日蓄養此輩胡為也？于是，議調民兵。夫民兵皆其游手閑民，力不能轉移者充之耳。一旦起田畝驅死從軍，腰鍵刀弓無有也，臨時趣辦，疾驅而戰之，未聞金鼓而膽已碎矣。故一臨陣，矢刃方交，而數萬人不戰自北。一北之氣，累鼓不能復也。且其所至，暴如乳虎，出長賊威，居為民蠹，諺曰：“賊來猶可，兵來殺我。”今兵之弊猶是也。是故每一徵兵，調發騷擾，耗食軍輸，而實則不任戰攻也，空斃而已矣。此二償也。故愚謂今之議，兵不必多，但募強有膂力者，日夕操練，豐犒而厚勞之，以作其氣。兵精足用，又可以省輸餉之費，此為練兵之要。

三曰“議財”。夫兵非財不可，縱間諜，饗士卒，賜予招募，皆必待財而動。今財制于錢穀吏矣，銖兩可否，輒有主者，而將不得專用。轅門之內手握兵符，尺帛、斗粟無有也，動必關請而後得焉。甚而總督大帥欲有所為，錢穀吏閣于文法，猶或掣肘其間。今夫廣東西用兵，每戰而功成，獨易者非他，以財出其府也。財出其府，不從中核，從軍吏卒，犒勞賞賜皆得以安意肆志焉，而無掣肘之患，是以戰能得士死力，功成而無難，他鎮無是也。夫執戟荷戈之夫，嚚狠不仁之人居其大半，非財以結其心，欲責之使出力為吾致死，噫！難矣。此三償也。故愚謂今之議，宜使幕府之財寬然有餘，縱使其所欲為，毋閡以文法。其有濫費甚者，而功又不成，然後治以失事之罪，彼亦無所辭。此謂議財之要。

　　四曰"議賞罰"。夫人孰不欲居其逸與便？所以赴湯火、冒矢石，犯其至險而不避者，以賞信而罰必也。今弛償軍之罰，犯者不即以罪矣，而誅之者又于罪無當也。貧苦之卒，捕斬首虜，舍命以搏賊矣，簿稽再三，終歲待議，而賞不以時行。至于游賈、猾吏，冒市僞級，以邀爵秩耳，夤緣倖取，而賞又不當其功也。功罪不明而名實亂，其于勸懲之機，兩俱沮矣。此四償也。故愚謂今之議，宜使按事之臣嚴于綜核，要使其賞與罰各當功罪，以服人心。此謂議賞罰之要。

　　五曰"議間"。夫兵必爲之間。今倭奴之奸細布滿吾地，吾之機密言未脫口而情已畢露矣，不能隱也。何也？以有爲之地也。而吾之間則不得其要領，往往用間而敗。蓋間不能得實，剽諸塗人以塞責則敗；思不得間，私飾詐僞之辭以報則敗；賊知吾間之至，僞示虛情，而間者信之以爲報，則又敗。三者皆敗，道也。又其狡獪甚者，漏間與賊，反爲賊以間我，我墜其穽而不覺也，則敗益甚。此又不善用間，五償也。故今之議，宜募勇士間賊，質其妻屬，示以重賞，使刺賊之陰計，約使毋爲賊間。間得賊情，然後吾計可施。此議間之要。

　　六曰"議援"。夫古列國難相救也，況今六合一家，分疆而守，壤地相接，所宜互援明矣。使于未事之先，四相哨探，賊至一所，四旁列郡共力擊之；或誘其東，或致其西，賊聚而兵不分，則內外與夾擊，腹背受敵，不能當也。分則勢弱而力不支。如此數次，賊且狼顧走矣。今不此圖，而畫地以居，鄰郡受賊，曰"非吾守地也"；鄰有敗，吾坐而視，曰"非吾罪也"。賊無他忌，長驅深入，穿州歷邑，力不足以獨抗，聽其靡爛而已。比不得已請兵，兵方集，賊已飫飽而他適矣，卒無益于勝敗而兵徒費。此六償也。故愚謂今之議，宜嚴鄰援之令：非其守地，救兵先至者有異賞；坐視鄰敗，而兵不與救者重置之罰。則多樹兵以綴賊勢，故勢易弱而賊易破。此謂議援之要。

　　凡此六者，禦之之方也。而今皆不出此，此當事者之過也。然尤有當議者，督府也。蓋今當事之臣，內本兵，外督府。督府以文臣制帥，半天下之兵屬之，其人任亦重矣。兵興至今，督府三數易而卒未有一人稱上意者，何也？豈人才之難，抑其所以禦之者未至也？往于肅愍本兵，制帥失律坐罪，無宥也，招擬以死。上聞，畫"可"。然後責令立功以自贖。褊裨以下皆然。人懷必死之懼，然後不敢自愛而果于立功。

今則不然，其于喪師失律，內外關節，欺蔽緩誅，雖敗無論也。讒一中焉，則以督臣之重不能自明，卒陷非罪以死，往年之冤是其明效也。誅不當罪，是其人人自疑，前後顧慮，爲便文以自營，而任事之志懈，故曰"其所以禦之者，未至也"。是故，慎選督府，要以得人，而假之以不禦之權，使得蕩然有爲而無復顧慮。是所以禦督府之要也。督府得其人，則愚嚮所言者，付之使爲，皆可以任之而無憂。九者之外，故此尤爲當議。然今天下之勢，狃于久安，士習亦少懈矣。以愚妄意，尤謂朝廷之上不大振作有爲，淬礪天下，以激昂其偷惰不振之氣，吾未見其可也。

往者虜犯畿闕，內外騷動，上一赫怒，臨朝召對。其時，大小臣工莫不震悚，爭自洗濯磨淬，稱上之所欲爲，而虜遂遁。今之倭患，上厪宵旰，中外任事之臣互相推避，而計不以時定，是臣下欺玩之過也。夫以上之聖明，前古無比，苟一日焉示天下以欲爲之意，臨莅聽斷，澡雪精神，期與羣臣共功。羣臣濟濟奉法遵職，智者竭其謀，勇者盡其才，踴躍奔走，皆爲我用，將惟上之所向無不如意。夫如是，雖以鞭笞四夷可也，而何倭奴之足患也？順治威嚴，遐邇四達，商周之盛可立，致宋事區區又不足爲今日道也。

敢以是爲獻。

剿撫對　國朝林之豸

國朝定鼎以來，義旗所指，徯蘇恐後。凡扶桑析木之區，以及遏雲冠日之峰，莫不解甲投刀，稽顙歸命。獨鷺門一嶼，非有重關百二之險，殽函、雍州之固，不過倚滄波、白浪爲干城，藉蛟宮、蜃市爲窟穴，負固一十餘年。至煩天子震怒，特命藩王、大臣，提師南下，費數省百萬金錢，未聞一舉犁庭。

至以剿撫爲問，是豈眞以海寇爲難平，欲網開一面而與東西赤子休息也耶？不知朝廷有不測之恩，尤貴有不測之威。撫者，撫其陷于爲賊者也，撫其終不爲賊者也，撫其從賊而卒能擒賊以殺賊者也。若既撫而復叛之，既叛而復求撫，則斷無撫之之理，剿之不待再計者也。

　　日者，海寇逆我頑行，蹂躪鄕都，荼毒生民，罪在不赦。我皇上待以不殺之恩，亦既天語下布，拜表稱臣，寵以上公之貴，錫以帶礪之榮矣。斯時也，倘能洗心滌慮，懷我好音，永爲不侵不叛，將世食湯沐，休與國同，豈非識時俊傑、忠臣孝子哉？乃弁髦君命，據地請防，擁數萬烏合之旅，自爲百足大蟲，驀入城堡，沿鄉拷餉，福、興、泉、漳四郡慘極塗炭，白骨如山，青燐照日；甚至攻破屬邑，俘擄縣令，恣其猖狂，何所不至？

　　此時正人怒不可久稽，天誅不可久留者也。在彼，逆流無功，亦既有俛首乞憐之意；在我，驚槎犯斗，亦有治舟望洋之苦。尚冀其翻然改圖，可以罷兵息民，計不亦左乎？設使海寇決于就撫，果能銜璧輿櫬乎？果能結辮覲京乎？果能散衆歸農，約束部落乎？果能平心降氣，願出死力乎？如不能，則不如戮其父于藁街，聲其罪于天下，發其塚、焚其屍。一軍攻白沙，一軍攻新城，一軍攻金門，一軍截峿嶼，命粤東蘇、吳二協鎭，駕樓船、橫鐵鎖，爲犄角之勢，扼其咽喉，斷其歸路；又且懸萬戶之侯，購千金之賞，海寇不一鼓而擒，帳下兒亦必有縛而獻之闕下者。

　　《語》曰："智貴突，謀貴卒。"其今日之謂乎？夫葉宗留奔自處州，鄧茂七流自建昌，劉昂、溫留生竄自上杭，蔣福成起自尤邑，詹事富聚自廬溪，非不殘破城郭，資四省夾攻之力，然皆不淹歲月而鯨鯢就戮。況今當事元老壯猷，以靜待動，以寡制多。若廉范之治雲中，不檄旁郡；若李靖之出惡池，不約諸將；若行儉之制定襄，不衛糧車。自能承蜩而取之，又非愚生所能測識也。其剿之也，必矣。抑撫亦有道，撫膺上賞，則驕心生。生兵與官兵雜處，則勢必不相下。勢不相下，則始而格鬥，既而陰謀，鳩形未化，鷹眼猶疾，解散安插，是又今日議撫之急著也。

解

體仁解 明駱日升

自大《易》"體仁長人"之説出，而後世談仁者，鮮以爲德愛，解以爲大公。而其最精者，曰"與天地萬物爲一體"。若然，則必將求之天地萬物之遠以爲體，而吾人形骸軀壳、血氣嗜欲之粗，將不得爲體也耶？

愚解之曰："《易》所謂體，非天地萬物之體，而吾人之體也。"且夫以形氣爲粗者，毋亦惟其蠢而不靈已耳。而獨不見夫睢然而能視，管然而能聽，佸然而能亢，訑然而能動也耶？而獨不見夫劃然而嘯，勃然而呻，迨然而愉，怵然而嗟，忽然而萌芽，井然而不可亂也耶？若此者，非吾體也耶？是故遇廟而敬，遇墟墓而哀，遇疲癃殘疾、鰥寡孤獨而慘惻，遇風月庭草而一般。若此者，固非有所推而逼引而續也。彼自有真懇痛切而不容已者耶，彼自有天機分定而不可安排者耶？此非吾之體而誰爲之耶？吾固曰"仁"也。是故此一體也，不着天地萬物而爲體，亦不離天地萬物而爲體，自生而自性，自性而自成，吾故曰"仁"也。仁也者，人也。善體仁者，非禮勿視聽言動者也。夫非禮而勿之云者，非必有加于耳目口體之體之外也，成其所以爲耳目口體之體而已矣。

夫吾成其所以爲耳，則天下無復有不理之聲；吾成其所以爲目，則天下無復有不理之色；吾成其所以爲口，則天下無復有不理之言；吾成其所以爲體，則天下無復有不理之動。夫舉天下而無復有不得乎其理者，是合天地萬物而皆爲一體者也。

吾見夫浩然元氣，充塞旁暢于九天之上，九地之下，而無少痿痺不仁之處，而安見夫形骸軀壳、血氣心知之粗而不足爲體也哉？吾故曰："體仁（心）則足以長人也。"

蓋唐虞之仁至于洪水平，璣璿（衡）齊，斯可謂長人之極矣。然其君臣告戒，不過以元首股肱之明良爲説。夫元首股肱，斯亦吾之所謂體也。聖人以爲不必求天地之洪水，而先平吾體之洪水；不必求天地之璣衡，而先齊吾體之璣衡。誠使吾目果明，吾聰果達，吾腹心、肢體果無所曠缺而不修，則天下庶事又豈有墜壞者哉？甚矣，唐虞之善言體仁也，老莊氏何仇于體而墜之？毋亦見以爲天地萬物之隔絶，皆起于形氣肢體之爲累，而故爲是之忿激乎？鄒孟氏不得已而爲之辨，曰："何者爲大體？何者爲小體？何取而何舍？何立而何奪？"呶呶然至舉吾體而二之。嗟夫！其亦不得已也哉？

夫小體、大體，一體也。天地之塞吾其體，天地之帥吾其性，即塞即帥，即性即體，豈有二乎哉？藉第令就吾一體中而強自分別，強自揀擇，則其自爲不仁亦甚矣，而又安能體此以長人也哉？故曰："形色，天性也。有是四端，猶其有[是]四體也。"此非比度罕譬之説，而即體即仁之説也。

甚矣！孟氏之善言體仁也。《易》一書首本于一元之體以裁成輔相，乃其所以原始要終安土敦仁者，則又曰："《易》無體。"何也？夫惟能體仁而後能與天地萬物相終始，與天地萬物相終始而後能無體。不然，舍吾體而別求無體，則未有不爲老莊之蹊跂吾仁者也。

醉酒解　國朝王鼎元

客有以醉酒規余者，曰："酒能導氣，亦能傷生；能合歡，亦能賈禍。故斷酒有戒、止酒有詩、啐酒有箴、悔酒有警。今子才非青蓮，動言一斗；字非張旭，漫嚼三杯；節非彭澤，漫爾漉巾；官非部郎，僞學卧甕。矧志在《春秋》，子反敗楚，伯有亡身，盍鑒前車而改覆轍？"余曰："言誠藥石也。抑又有説：夫酒旗垂天，醴泉湧地，飲酎著令，盍齊設官，何必殛狄而放杜？且不聞千鍾者帝、百觚者王、無量者師、不徹者相乎？又不聞，斬蛇興霸、折獄稱明、杜人解苛、噢火流澤乎？"

余德位固不及此，然愛歡伯，寄醉鄉，竊非荒湛沉湎焉。余失怙後，痛隔音容，每于醉夢中，或追隨考試，或侍側几筵，或面命抑搔，或耳提誦讀。嗚呼！醒不如醉，始知王粲子弟致孝之説不余欺也。族之強者間待我以橫逆心，圖與較逮,銜杯歠醪,兀然而醉,藏怒頓消,正曹植所云:"和睚眥之宿怨也。"植又云:"卑者忘賤,寡者忘貧。"余家遭兵燹,嗇于產業,資硯田舌耕,雖幸免徧謫聲而自顧失色,且屢躓場屋,皆抑塞于中,輒憶陸游"愁魔未降,酒作干戈"語,且即挈榼睐酤,當入勝時,有阮子貴盛不可詣,孔公貧罄不關懷趣致,亦忘賤忘貧意也。唐張謂、元許有壬《酒詩》曰:"眼前一樽又長滿,心中萬事如等閑。"曰:"老懷磈磊行澆盡。"

余以朽病殘年逢一二知己,指陳某也居官貪殘,某也世冑強悍,鳴不平念,相與飛觴舉白,效謝朓力飲勿預故事,憤懣之氣竟消歸無有。由是觀之,酒樂全真,醉何纍人耶?若夫花襲其光宜畫醉,雪依其潔宜夜醉,樓資其清宜暑醉,水泛其爽宜秋醉,此中佳興,浩浩落落,亦惟醉中人自領之,有難與人言者。不然,《易》垂有孚,《書》誥無彝,《詩》刺日富,《禮》傳流禍,余皆稔知之,獨齊管子之諫失身,陳子完之辭卜夜可代監史爲酒訓哉?

客曰:"唯唯。如子之識見胸襟,非荒湛沉湎者比。即以此解作劉伶之頌、戴逵之贊也可。"

考

六詔考　國朝駱　儼

滇域未通中國之先,有低牟苴者居永昌哀牢之山麓,今金齒地。有婦曰沙壹,浣絮水中,觸沉木若有感,生九男,曰"九隆族",竊據土地,分爲九十九部。

其後,渠酋有六,各號爲詔:一曰蒙舍詔,即今之蒙化府;二曰浪施詔,即今之浪穿縣;三曰鄧賧詔,即今之鄧川州;四曰施浪詔,即今之劍川州;五曰摩㱇詔,即今之麗江府;六曰蒙雟詔,即今之四川建昌。蓋彝語謂詔爲王也。

野史載:漢仁果時,九隆八族之四世孫強大,居昆彌川,傳十七世至龍祐那。蜀漢建興三年,諸葛亮征雍闓斬之,封龍祐那爲酋長,賜姓張氏。龍祐那十六世孫曰張樂進,求遜位于蒙氏。蒙氏始興,曰細挐羅,九隆五族,牟苴篤之三十六世孫也。部衆日盛,代張氏立國,號曰"南詔",以蒙舍在五詔之南也。三傳至皮羅閣,當開元十六年受唐册封爲雲南王,賜名"歸義"。因滅五詔,盡有滇西之地,併五詔爲一,卜太和形勝築太和城,自蒙舍徙居之。

圖書異同考 國朝王其華

《繫辭》傳曰:"河出《圖》,洛出《書》,聖人則之。"《圖》、《書》誠洩天地之秘,以開聖人者乎?天數一、三、五、七、九,皆白圈,爲奇,爲陽;地數二、四、六、八、十,皆黑圈,爲偶,爲陰。説至宋始詳,其源發于陳摶,論則精于晦翁。二者數有多寡,位有中外,正偏異者凡四,不異者凡十四。

異者何?《圖》圓《書》方,其異一也。《圖》以五與十居中,上下左右自一至九;《書》以五居中而無十,自一至九四方相間,其異二也。《圖》奇偶各五,《書》五奇四偶,其異三也。《圖》一、六共宗,居北;二、七爲朋,居右;三、八同道,居東;四、九爲友,居西;五、十相守,居中。《書》一居正北,九居正南,三居正東,七居正西,二居西南,八居東北,四居東南,六居西北,其異四也。

所以異者,圓爲星肇歷紀之數,方爲畫州井地之法。此方圓不同之故也。圓以五生數,統五成數而同處其方,揭其全而道其常數之體也;《書》以五奇數,統四偶數而各居其所,陽統陰而肇其變道之用也。《圖》陽内陰外,生成相合,爲交泰之義;《書》陽正陰偏,奇偶既分,爲尊卑之義。此數位不同之故也。《圖》數十者,對待以立,其體爲常;《書》數九者,流行以致,其用爲變。《圖》一陽配一陰,數主乎全;《書》陽數過于陰,故極于九,使陰統于陽。此有十無十不同之故也。《圖》數偶,偶者静,静以動爲用,故《圖》之合用皆奇,一、六共宗,四、九爲友。一屬老陽,六屬老陰,四屬老陰,九屬老陽,陰陽易位,二老互藏其宅。二、七爲朋,三、八同道。二屬少陰,七屬少陽,三屬少陽,八屬少陰,陰陽易位,二、五互藏其宅。《書》數奇,奇者動,動以静爲用,故《書》之合用皆偶,一合九、二合八、三合七、四合六,對待爲生成。此錯綜變化不同之故也。《圖》以生出之次言,始下、次上、次左、次右,以復于中,又始于下;以運行之次言,始東、次南、次中、次西、次北，左旋既周，又始于東。生數在內則陽居下左，陰居上右；成數在外則陰居下左，陽居上右。《書》之次，其陽數首北、次東、次中、次西、次南，陰數首西南、次東南、次西北、次東北。合觀之，則首北、次西南、次東、次東南、次中、次西北、次西、次東北，取水尅火，火尅金，金尅木，木尅土，右旋一周而土又尅水。此序不同之故也。然數位及運行雖異，而理則皆同。

《圖》體圓而用則方，《書》體方而用則圓，皆陰陽、奇偶以兩。其五行相爲經緯，不異者一也。《圖》、《書》皆以五居中，參天兩地之象，不異者二也。《圖》虛五與十者，太極也；奇二十、偶二十，兩儀也；以一、二、三、四爲六、七、八、九者，四象也。折四方之合爲乾、坤、離、坎，補四隅之空爲兌、震、巽、艮者，八卦也。《書》虛其中，亦太極也；奇偶各二十，亦兩儀也；一、二、三、四含九、八、七、六，亦縱橫十五互爲九、八、七、六，四象也。四方之正爲乾、坤、坎、離，四隅之偏爲兌、震、巽、艮，亦八卦也。不異者三也。《圖》太陽居一連九少陰，居二連八太陰，居四連六數位，合而爲十；《書》一對九、二對八、三對七、四對六，亦數位合爲十。不異者四也。《圖》七、八連于左，九、六連于右，皆爲十五生數，一、三、五連于左爲九，二、四連于右爲六，合九、六亦十五，五十相對于中，亦爲十五；《書》縱橫數之皆十五。不異者五也。《圖》地數三十，天數二十五；《書》天數二十五，地數三十；《圖》虛其中之十、五；《書》虛其中之五，則陰陽之數均二十。不異者六也。《圖》、《書》西、南二方之數相易。《圖》以九在西，屬金，七在南，屬火；《書》則九在南，屬火、七在西，屬金。于西、南互遷者，東、北陽始生之方，西南陽極盛之位，陽主進，數必進于極而後變，二數相易則金乘火位，火入金鄉，有相尅制之義。二方既易，《圖》則左旋相生，《書》則右旋相尅，無生幾乎熄，無克則不成。《圖》、《書》相爲經緯，不異者七也。《圖》生數在一、二、三、四、五，成數在二、四、六、八、十；《書》之一亦配六，二亦配七，三亦配八，四亦配九。不異者八也。《圖》一奇一偶相錯見，迭陰迭陽，相錯爲生成，以五乘之；《書》因一、二、三、四以對九、八、六、七，數不過十，一得五成六，二得五成七，三得五成八，四得五成九，亦以五乘之。一陰一陽亦相錯爲生成。不異者九也。《圖》五居中，一、二、三、四得五，爲六、七、八、九，各居其方，相錯又相對；《書》五居中，一得五爲後右之六，二得五爲右之七，三得五爲後左之八，四得五爲前之九，相對又相錯。不異者十也。《圖》一、二、三、四各居其五象本方之外，而六、七、八、九、十各因五得數以附生數之外；《書》一、三、七、九亦各居其五象本方之外，而二、四、六、八各因其類以附奇數之側，蓋中爲主，外爲客，正爲君，偏爲臣，皆有條不紊。不異者十一也。《圖》運行之序自北而東，固左旋相生。然對待之位，則北方一、六水，尅南方二、七火；西方四、九金，尅東方三、八木，尅寓生中。《書》運行之序自北而西，固右旋相尅。然對待之位，則東南四、九金，生西北一、六水；東方三、八木，生西南二、七火，生寓尅中。生尅之妙各全，不異者十二也。《圖》生成同方，有内外之分，是《圖》猶《書》；《書》奇偶異位，有比肩之義，是《書》猶《圖》。不異者十三也。《圖》、《書》皆木，數居東。伏羲《易》卦自下而上即木，自根而幹，自幹而枝。其畫"三"，爲木之生數。其卦八，爲木之成數。重卦亦兩，其三、八，其八耳。三、八木，數大備，六十四卦乃成。凡一、六水，二、七火，四、九金，五、十土，皆包其中。此春所以貫四時，元所以統四德，《圖》、《書》備全，《易》該萬里，不異者十四也。

異者少，不異者多，集先儒而彙纂之，折衷于朱子之説，異同已無遺蕴。明乎其異，《圖》、《書》之立體致用見矣；明乎其不異，《圖》、《書》之先後同揆亦見矣。

題

題曲江①小像　明　張　岳

曲江公小像一幅，嘉靖甲辰[夏]，岳購得之吉[水]永豐同姓人家。以示知畫者，謂爲吳道子真迹。道子與公同時，像右傍有中書省印，或公在中書省時②爲寫此像。雖風度凝遠，而凜然嚴峻，有不可犯之色，望之知爲正人君子也。上有宋阜陵題贊。

按，宋録唐名臣後，惟狄梁公、段司農、郭汾陽與公四家子孫當受官者，持畫像、告敕、玄宗御札詣闕下爲左驗。宣和中，御札留秘府，像仍歸其家。此其持詣闕下受官，經阜陵御覽而爲之贊與？

史稱公弱體有蘊藉③，玄宗每愛其風度。岳往來曲江，見畫像數本，皆爲豐碩盛麗，有富貴氣，疑非當時真本。及得此像，然後知彼皆後人轉相模寫，此其真也。然公以開元二十一年十一月再入中書，二十四年十一月罷政事。其時主德寢荒，小人朋比用事，[公]侃侃諤諤，事無細大必力争，聽從者十不能二三。今觀此像，義形于色，若有不盡忠憤者。玄宗以風度愛重公，要爲不知公。觀之者，亦尚有以識此也耶？

題黄吾野山人詩畫卷　明曾　璟

余友張孺復君，出所蓄黄克晦山人水墨畫、絶句詩數帙，余得展閲之。大抵非寒江簑笠之景，則烟雨柴桑之況。畫妙與詩情相夾而見，而書法遒勁，矯然非風塵物也。古今兼手如摩詰甚罕，而又精臨池，以此宜負奇絶。飆來雨過之時，時取而坐卧之，不覺咽喉皆爽。

余嘗接長老，往往稱黄山人重氣節，峻容儀語必名教，跌宕公卿間。視兹卷，猶想見其爲人。然其《楚録》諸篇盛傳于世，而手澤已僅有存者，同鄉並代，吉光片毛，何論異世物？三閲使我一嘆。

初冬望日題。

題趙雙白詩　國朝釋超宏

雙白之詩，如羈雌叫霜，寒螿咽露，如層冰凜栗，如風沙迷凄，如鷗號晝，如鬼嘯雨，如劍戟相薄，冷光凌亂，如裂帛斷弦，音響促澀，如深秋絶壑，眺望增悲，如失路遠客，秋思欲絶。此其大致也。

雙白幼失怙恃，貧賤孤煢，悽惶狼狽，無所不有，一一發之悲吟，宜其凄清孤鬱之足以動人。其合作置之李王孫囊中，不復可辨。至于襏猢卞急，叫噪不擇音,亦時時有之。

今雙白既解世絓,入空門,則前之拂鬱憂愁,乃如他生隔陰,凡順逆變遷之代乎前,皆幻夢泡影所爲。可悲可怪之事,以道眼觀之,如嚼木札羹,無少滋味。回視向所爲詩,殆似作夢中語耳。

雙白果有志于道,吾不願其爲詩人矣。

跋

字海慈航跋　明吳天成

夫書之法,爲用多矣,晰者稀焉。自雅俗代遷,承襲流遠,六書之闉不窺,八之法規愈偭。蕭子雲之五十二家,已貽穿鑿之誚;王南賓之三百六體,亦博榛蕪之譏。洎于二王,絕妙百代,乃其草、楷之工,無不點畫之竄,況其下者又何足云,則書之法艱哉!

墨林客卿、錦田奇士,少揮畫地之荻,長灑臨池之蕉。取材百家,寸心千古。爰作字學凡五卷,命曰《慈航》,諸所櫽括書法備矣。不以規矩,奚能方圓?既集大成,豈曰小補?余甚旨之,曷忍私之?遂爲出之縹緲,勒之琬琰。

嗚呼!孫武子之于兵,所談逾其所用,然而用武祖其談;嚴滄浪之于詩,所論浮其所作,然而作家偉其論。余于是編亦云。噫!鼇之寶筏,以渡迷津,世有不爲耳食之夫,其將不以容貌、祿位輕太元者乎?

跋石齋先生[帖]二首　國朝釋超宏

余未脱白時,嘗以文字求正于石齋先生。蒙與此書,乃先生廷諍楊嗣昌奪情被謫家居時也。雖獎許太過,而誘後進之心油然可掬。迨先生從顏平原、文信國游,片言隻字留人間,實爲至寶。

喪亂以來,余所藏翰墨,遺失已盡,獨此帖尚存,信有神物呵護耶!戊戌仲冬,寓仙游龍華,重加裝背。因復展覽,如見其伸眉抵掌,英氣淋漓,照人顏色,公真不死也!

　　石齋先生詩,如沉瀣仙漿,非人間服食。書法遒逸孤騫,絕無唐、宋人習氣,然皆先生之糠秕、塵垢耳。

　　自先生歿十餘載,吾游世間少道及者,豈趨向不同,以其不類己耶？清公長老得此便面,書已殘碎,補茸爲方册,獨寶愛之甚。道在世外,信其然歟!

【校記】

① "曲江",《小山類稿》卷十七作"曲江公"。
② "在中書省時",《小山類稿》卷十七作"在中書時"。
③ "蘊藉",《小山類稿》卷十七作"醖藉"。

螺陽文獻卷十三

雜　著

學　則① 明張岳

"上下四方曰宇,往古來今曰宙"。此二句于先天圓圖求之。"上下四方",以對待之體言。所謂"乾、坤定上下之位,坎、離列左右之門"是也。"往古來今",以流行之用言。自震至乾,《易》中謂之"數往"。"數往"者,往古之謂也。自巽至坤,《易》中謂之"知來"。"知來"者,來今之謂也。然則古之言"宇宙"者,其義如此,故曰"天地設位,而《易》行乎其中"、"乾坤毀,無以見《易》",宇宙之義深矣。

喜怒哀樂未發時,最好體驗。見得天下之大本真個在此,便須莊敬持養。然必格物窮理以充之,然後心體愈明,應事接物毫髮不差。若只守個虛靈之識,而理不明,義不精,必有誤氣質做性、人欲做天理矣。此聖賢之教"格物致知",所以在誠正之先,而小學之教,又在"格物致知"之先也。

虛靈知覺,則心也;性,則心之理也。學者須先識性,然後可以言存心。不然,只認昭昭虛靈者爲性,而不知自然之理,此所以陷于作用之非而不自覺也。

某少而讀書,以爲所取讀書者,能駢儷言語,以取世資而已矣。于是取所謂場屋時文之類而伏讀之,操筆儗肇,輒能滿紙,以爲止于此矣。及稍長有覺,又以爲未也,則取古今史傳、若家文集,縱橫而伏讀之,操筆儗肇,輒能滿紙②,又以爲止于此矣。然自始學逮今十有餘年間,以其所得,出以語人,則或笑之,或非議之,間或憐其用心,欲收教之。而不肖膠于舊習,竟未知所以舍此就彼之方也。近有教者曰:"聖賢所以教,使人不失其本心而已。平居暇日,當操存體驗，使此心之體常清明定靜，至于講學窮理，皆所以培養此心。講學之功，讀書爲要。而所讀之書，又必先經後史，熟讀精思，掃去世俗無用之文，不使一字入于胸中，然後意味深遠，義理浹洽，而所得益固矣。"某服膺斯言，退而靜思，頗爲有得。及驗應事接物之際，私意人欲，多有竊發而不自知。時或有覺，力加強制，又不勝眩瞑交戰之患，則以用心未純，而前日之習，尚爲之累也。

讀《北齊史》，高歡欲試諸子才識，令治亂絲。其次子高洋拔劍斬之，曰："亂者當斬。"因悟平日客慮煩擾，心下不定，只爲不能如此斬絶。從今須是知其無益而痛絶之，不可只是強制也。

聖賢教人爲學，緊關在一"敬"字。至程、朱二老先生又發明之，可謂極其親切矣。今考其言，既曰"主一無適"矣，又必曰"只整齊嚴肅，則心便一，一則自無非僻之干"，曰"只動容貌，整思慮，則自然主（生）敬"，曰"未有貌箕踞而心敬者"，曰"嚴威儼恪，非敬之道，但致敬須從此入"。蓋心體難存易放，初學工夫，茫然未有下手處，只就此威儀容貌、心體發用最親切處，矜持收斂，令其節節入于規矩，則此心自無毫髮頃刻得以走作間斷，不期存而無不存矣。近時學者，動言"本原頭腦"，而忘夫檢身密切之功。至其所謂"頭腦"者，往往錯認別有一物流行活動，可以把持玩弄，爲貫通萬事之實體。其于"敬"之一字，蓋有視若徽纏桎梏，不肯一用功者，不知許多道理，皆凝聚于此。舍此而別求"本原頭腦"，其不爲精神作用，而流入于狂譎也者幾希！

爲學別無門徑，只在日用間着實切己，隨處用工。讀書窮理，必循序以致其精，而非聖之書勿讀；處事應物，必平心以求其是，而非分之事勿爲。寧遲毋速，寧拙毋巧，寧訥毋辯，常常提醒③，不至間斷。久之，則天理自明，踐履自固。初無元妙奇特，可以言下領悟者，學者其[深]體驗之。

凡看書，不可比類求合，須字字研窮，句句體察積累，自有貫通。異者固不可強同，同者亦不可使異也。遇境與心會處，須是常常涵泳自家意思，覺得胸中活動流轉，無一毫塵埃，此亦存養之一端也。若只搜尋字句，誇奇鬥巧，則其所得于中淺矣。

人情物態,千變萬化,可憤可怒,可悲可愕,可愛可慕,雖一日之間,亦有屢至而屢不同者。吾理未充,必爲所撼;吾養未定,必爲所動;吾量未宏,必不能忍而與之較。于是有勝有不勝,則心愈勞而愈不得其理矣。須是大其胸襟以容受之,順其自然之理而不容私焉,則心常静,氣常平,而彼紛紛者,[久]亦自定矣。

文字以明理達意爲主,其體製要典實渾健,不但舉業爲然。歷觀前古,自《史》、《漢》而下,諸家文字,但其典實渾健者,非治世太平之音,則其賢士大夫内有實得之所作也。及叔世,虛誕、怪僻之士所作,然後尖新險巧,飛揚瘦薄,而前輩典型,恭然盡矣。蓋世運之盛衰,人之心術邪正躁静,皆于此乎觀之。學者誠能持敬窮理,黽勉用功,心源定静,義理精明,則發爲文字者,自不患于不實[矣]。

語　錄　明陳玉輝

丹朱之不肖,何以爲不肖?只是傲耳。傲則天子之子不能保,有冀方可懼哉!天道虧盈而益謙,地道變盈而流謙,鬼神害盈而福謙。雅言德之基而歸之温,温恭人故曰"謙受益"。

楊貞復曰:"學有五字之益。"五字者,"不敢"與"怪不得"也。蓋《孝經》之教,以不敢爲先。繇不敢毁傷,以及于不敢惡、不敢慢、不敢言、不敢服、不敢侮,鰥寡不敢失于臣妾之類,直至通神明,光四海,皆不敢致之。是則"不敢"之爲孝也,大矣!羅近溪氏每見人有過,輒提起"怪不得"三字在口,謂吾儕日居善地,日親善友,猶不免于有過。而此輩或所遇不得其所,或所交不得其人,或未聞善言,或未見善行,其有過也,如何怪得他?故以"不敢"二字持己,何等孝敬;以"怪不得"三字待人,何等仁慈。得此五字,當終身受用不盡。

我輩縱極高雅,一入公門說事,便覺帶幾分俗氣;縱極鄙俗,一入佛寺看經啜茶,便覺有幾分幽致。士夫具必要賤,此皆性之相反處,甚不可解。

司城沈坤守制家居,會倭犯江北。諸文武將吏望風奔潰,坤督率鄰里保守新城,遠近依附者衆,坤遂以軍法部署防禦,有犯令者輒榜笞之,故居民雖賴保全，而被其榜笞者亦遂生怨恨，撰爲謠言，構巡江御史林潤疏劾之，逮繫，竟斃獄中。吾惠曩中倭，城幾不守，李抑齋先生釀金，保障全活萬命，有德于梓里甚厚。然當義倡時亦蒙詬聲，雖事久論定，亦足徵任事之難矣！

婦人之性，不愛長子而愛少子，不愛子而愛女，不信人而信鬼；惜小錢而不惜大錢；爲姑時定嫌嫂，爲嫂時却嫌姑；丈夫舉動最善防閑，丫鬟淫奔却不介意。此皆婦人反常之性，甚可怪也！

余昔霞山下帷三載，荒村迥遠，親朋往來稀少，鄰里邀飲皆辭謝，故得以一意搜研。稍閑，登青龍洞遠眺，海門茫漾，大帽、蓮華諸山爽氣撲睫。丙夜篝燈，籟靜蛩鳴，月光射入窗隙，緩步中庭，花影搖漾，誦《赤壁》前後賦，覺有會心處，及知文江偶宿白鷺書院夢賦，憶昔霞山蓬戶寂五更燈火，夜光深覺，命兒子錄之。蓬戶不寂，夜光不深，悠悠忽忽，其何能濟？夫人不可不存此想也！

當官不接異色人，不止巫祝、尼媼宜疏絕，至于匠藝之人，皆能變易聽聞，簸弄是非，雖不可缺，亦不宜久留于家，與之親狎。如房琯爲相，因一琴工董廷蘭出入門下，依倚爲非，遂爲相業之玷。若此類能審察疏絕，亦清心省事之一助。

世廟登極未幾，欲開內庫以觀累朝儲積。司禮監張佐奏曰："自有歷年冊籍可查，不必親閱。"上乃罷。諸內侍以問張佐："此何意也？"曰："寶貨易以眩人，若一經目，恐啓聚斂之心。"先朝老閹，慮事深遠如此！

李和仲之子，與包孝肅同讀書僧舍，每出入必經一富人門，二公未嘗往見之。一日，富人俟其過門，邀之坐，二公托以他事，不從。他日，復招飲，意甚厚。李欲往，包公正色語曰："彼富人也。吾徒異日或守鄉郡，今妄與之交，豈不爲累乎？"竟不往。後十年，二公果相繼典鄉郡。前輩持己之嚴如此，故小人不可輕與作緣。

世上事，亦有相反者。貴介之家，夜宜臥而宴飲，早宜起而高臥，心宜逸而勞身。宜勞而逸，當使錢處不使，不當使錢處却使。人未做時爭做，人皆做時却不做。請人必欲人來，人請却不肯去。買蔬果必要貴，買物。

汲長孺與大將軍抗禮，長揖丞相，面責九卿，矯矯風力不肯爲人下，至爲周陽繇所抑，何哉？蓋周陽繇亡賴小人，其在二千石肆爲驕暴，凌轢同事，汲黯蓋遠之，非畏之也。異時，河東太守勝屠公不堪其侵權，遂與之角，卒併就戮，玉石俱碎，可勝嘆恨！士大夫不幸而與陽繇輩同官，遜而避之，猶不失爲厚德，何苦與較而自取辱哉？觀長孺、勝屠，蓋亦知所處矣！

張永嘉當國時，一教諭復除，入辭例用手本，誤用折簡。張相怒，召文選以折簡與之，而未言也。會二尚書至，忘之。文選出，莫得所謂，以爲相君知厚也，持白大冢宰，逾格轉郡通判。一日，張相忽記憶，召故文選問而去之，其人已抵任三年。高相新鄭署銓部，當計吏，某典史爲故知，方對簿，諸長吏咸在。高見某典史注老病曰"甚矯健"，呼之上。典史聞高相呼，喜而疾趨，失足仆地。諸長吏鬨聲曰："即此見是老病。"相無以語，遂去典史。當事者不能以意爲用舍，如此得非命耶！

天順初年，于忠肅公謙下詔獄，問官以彈文有謀立外藩之詞鞫之，忠肅曰："親王非金符不可召，金符藏在内府，外廷不得預謀。"問官默然，乃曲以謀危社稷，鍛煉成獄。近時，江東有縣尹欲黥妓女之面，以息淫風。咨訪邑中長者，長者曰："曾伏睹祖訓有云，子孫做皇帝不用黥刺、荆劓、閹割之刑，臣下敢有奏用者，犯人凌遲，全家處死。"縣尹悚然流汗，事遂寢。繇遂以談，欲經世務須博古通今，況本朝令甲尤當奉爲蓍龜。漢人以練達朝章、通達國體爲賢良，有以也哉！

人生不可無田，有則衣、租、食、稅操縱自如，故"福"字從田。及勢闌運改，子孫苦于賦役煩重，減糧求售；或水崩沙壓，虛糧懸户，向之有田徒爲累耳。故人但知"福"之從田，而不知"累"之亦從田也！

正統庚申，憲副劉公仁宅時爲御史在京，楊文定公溥以展墓竣還朝，過華容，便造焉。問其子忠宣公大夏曰："汝父在否？"曰："在道中，未回。"曰："汝母安在？"曰："適鄰家磨麪去矣。"乃起偏視家中所有。遂引忠宣詣寢室，見床上帷蒲蓆、布被褥，喜曰："所操如是，可稱御史之職矣！"既去，劉公回。忠宣白其事，劉公曰："此必鄉先生楊少保也。其爲人縝密，故觀人于所忽若此。"《夢醒錄》曰："噫！今有官侍御而蒲蓆、布被褥者乎？其妻有躬操井臼以爲養者乎？惟昔東漢王良爲大司徒，布被、瓦器，司徒史鮑恢以事過其家，良妻布裙曳柴從田中歸，事類此。"蓋嘗嘆世之爲官者，其行誼日薄一日，其受用日豐一日，其聲價日損一日，其勢焰日張一日，而民生日復憔悴一日，豈不悲哉！

洛陽布衣申屠敦有漢鼎一，得于長安深川下，雲螭糾錯，文采爛如，西陵魯生見而悅焉，呼工象鑄，淬以奇藥穴地。藏三年，土藥交蝕，銅質已化，與敦所有略類，持獻貴人。貴人寶玩，出以示饗賓。敦偶在坐，心知魯生物也，乃曰："敦亦有鼎，其形酷肖。"貴人請觀良久，曰："非真也。"中貴次第咸曰"非真"，敦不平，辯論不已，眾共折辱。敦歸，嘆曰："今而後知勢之足以變易是非也！"嗚呼！柳下惠不以贗鼎徇魯公之請，申屠敦顧以真鼎衒魯生之獻，比遭折辱，始歸而嘆世之變是非也，則何如惠之早自愛其鼎也！

卧病偶書　明曾璟

假爲顯赫之神而崇民者有之矣，神曰："不如是，則無靈之神。"不知所貴于神之靈者，爲其大者爲福于邦，小者爲福于社也。如雷電焉，惟牲璧是求，唯妖怪是作，召風嘪雨，害人禾稼，聚魅驅精，憑人婦幼，則人將利其神之靈乎？利其神之去乎？

假爲權藉之人而殃民者有矣，人曰："不如是，則不生之人。"不知所貴于人之生者，爲其能有事與人相濟，不然亦能無事與人相安也。如炎炎然吮貧以滿己富，虐殘以威己貴，甘棠既瘁而剝伐不已，桑梓既枯而殘酷未休，則人將愛其人之長存乎？愛其人之速化乎？

不利其神之靈，猶然且靈也。然白日所驚，俛焉以崩，利其人之化，猶且不化也。然千人所指，無病而死。

偶　　錄④　國朝釋超宏

鼓山永覺禪師《寱言錄》云：乙酉夏五月，當大兵之未渡江也，南都君臣已先逃散。其不逃者，意在納款者也。唯御史黃端伯，大榜其門曰："大明忠臣黃端伯，誓不降，亦不逃。"及大兵入城，執端伯欲降之，不屈，乃下獄。六月初十日別家人偈曰："義士何憂死，忠臣不愛生。祇留方寸志，千古放光明。"至八月十三日臨法場，説偈曰："四大元無我，消歸烈焰中。紅爐烟滅處，遍地起清風。"偈畢，引頸就戮。

余昔與海岸同游壽昌之門，知其學《般若》有年矣。今觀其臨終一偈，乃殉名之士，謂之忠可也，謂之烈可也，謂之聞道則不可。余謂永公此言失也。孔子曰："白刃可蹈也，中庸不可能也。"所謂"蹈白刃"，如諸離、荆、聶輩，借交報仇，奮不顧身之類是也。若臣死忠，子死孝，雖"蹈白刃"，亦中庸也。人皆有死，或重泰山，或輕鴻毛。海岸之死，在世間則殺身以成仁之義，在出世則示人以生不足戀，死不足怖，所謂"舉頭迎白刃，一似斬春風"。此一死，儘死得好也！

海岸早游壽昌門下，有省。及登第後，遍參濟下大老，所造甚深，故能于生死海中，游戲暇豫如此，乃謂之"殉名"可乎？"殉名"者，好名也。忠烈出于天性，豈好名所爲？世間捐生取義，固不可責之人人。一有其人，又指之爲"殉名"，謂之未聞道，則其持論亦過刻矣。

《寱言》又云："余辛未春寓金華，聞江上一舟，覆溺者二十餘人，救得一婢起，急問曰：'大娘在否？'對曰：'不在。'遂復投河而死。丙戌秋，大兵入福州，有少年趙卯哥，聞指揮胡燕客殉難，疾往拜之。歸即辭其父母，自縊而亡。"此二者非有學問之功，教化之力，乃能不思而得，不勉而中如此，其故何哉？蓋爲真如不泯，內熏無明，故于煩惱海中而炯炯獨露，正所謂"成佛作祖之力量，往往得之于日用不知之百姓"也。今世俗多以爲匹夫、匹婦之爲，諒而諱言之，何哉？噫！死一也。在黃海岸，則以爲未聞道；在江上婢女、趙卯哥，則以爲真如不泯，成佛作祖之力量。吾又不知永公之予奪，果何所據也？

五峰議論好處　國朝林之豸

論不驗之事，傳不然之説，以惑後進者，聖賢之大戒也。是以古者教人，蓋莫不有本焉。其功始于小學，雖灑掃應對之瑣有所不辭，務使先之省察而加以存養，終可以至于聖人之域而無難。又恐其言之不足，以正告門人小子也，必參稽之旁引之。錄人所異，證己所同，使學者曉然于源流之合一，悚然向往，而有以堅其爲學初志而不疑，此紫陽夫子所以舉程氏旨、五峰立志"居敬"之論也。

夫紫陽之教詳矣，言而思愆，動而思躓，懍懍惴惴，唯顏、曾是畏。先之以窮理，繼之以實踐，主敬之方既著之箴而筆于書，非不諄諄告誡，而猶以爲不若程氏之言簡而旨切也。且程氏之教詳矣，學敦踐履，心存誠敬，雖遭中流覆舟，正襟安坐，顏色不變。亦既四方之士從游日衆，而猶以爲不若五峰之詞要而義嚴也。

合觀五峰之論曰："立志以定其本，居敬以持其志。"夫志，氣之帥也；敬，德之輿也。孔曰"志學"，孟曰"尚志"，聖賢之學無他謬巧，不過常惺此志而已。人自降生以來，此志常伸天地萬物之表，無奈雜以私意，間以人欲，則志卑而氣賤，反甘爲庸愚而不恥，故學者必先立志。志之立也，尊天之所以予我者。使其小者不能奪，如石可碎也，而不可奪堅；如丹可涅也，而不可奪赤。如千仞之山，岳岳而特立，如百尺之桐，亭亭而獨上，必如顏氏之卓爾，而始謂之真能立也。立則定，定則不搖，不搖則根深而滋茂。

今因博學而屢守之，致知而力行之，有外于五峰立志之論者乎？志既立矣，若夫始銳而中衰，則志弱不足以御其氣，氣薄不足以輔其志，或中道而自畫，或移情而願息。究且功名、學問分爲兩截，有嘆晚節之不終，悼盛名之難副者矣，故持志又莫大于居敬。敬之居也，人喜而不喜，人怒而不怒，人作而不止，人止而不息。如禦破屋，如坐漏舟，如紀昌學射于飛衛，懸蝨于牖，大如車輪，如造父學御于泰豆，立木爲塗，僅可容足。如是，則戰戰勿勿，私欲不得而間之，故始爲士，終爲聖賢。

今欲由笄弁以底鮐背，由夷原以創喬岳，有外于五峰"居敬"之論者乎？蓋先儒窮極性命之學，不以才而先德，不以道而廢力，矯輕以儆惰，閉邪以存誠。非曰"爲學在立志"，則曰"讀書如煉丹"；非曰"主敬者存心之要"，則曰"詩書以主敬立志爲先"。反覆丁寧,要以互相發明,使學者驗之,平旦考之,事爲理會。于兩脚破磚,參看于十字街頭,萬物静觀,皆有以自得佳興,欲與人同者,此也。況乎五峰先生優游衡山二十餘年,玩心神明,不舍晝夜,爲河東、上蔡諸君子亟推其剛大正直之氣,無愧古人者哉!

程氏以絶學自任,雖欲不紬繹五峰之論,而涵泳不置,不可得也。是故羅仲素嚴苦清毅,而有喜怒哀樂未發前氣象,志何其小;邵康節不爐不扇,體認一中,而立天地之根,志何其大。李愿中從學龜山,謝絶世故四十年,飲食不充,而著秋月冰壺之譽,志何其清;張横渠危坐一室十五年,學恭而安不成,潛心研《易》而剖《東》、《西銘》,未發之藴,志何其卓。學者苟能居敬以持其志,擺開胸次,不必學明道之坐如泥塑,學其"雲淡烟輕,傍花隨柳"可也。站定脚跟,不必學濂溪之委置于版學,其樸實工夫,悟窗草而演太極之圖,耽溪流而明主静之學可也。

總之,紫陽夫子之教人也,窮理以致其知,反躬以踐其實,而又先于主敬,以立其本。一其内以制乎外,齊其外以養乎内。内則無二無適,外則儼然肅然。持之既久,静虚動直,内外交融,而人不見其持守之力。此主敬之驗,夫子之學所以不墜于異端寂滅。元虚之教者如此,故參之于程子,而證之于五峰,而卒不外乎主敬之旨,則謂五峰議論好處可,謂程、朱議論好處亦可。雖然,先儒之學有好處、有樂處、有下手處。五峰好處,居敬是也;濂溪好(樂)處,尋孔、顔是也;子厚下手處,教人以禮是也。請問是一是二,邵康節曰"月到天心處,風來水面時"。

【校記】

①《小山類稿》卷十八收有此文,題爲《雜言三十四條》,本書僅選録十條。

②"輒能",《小山類稿》卷十八作"亦能"。

③"提醒",《小山類稿》卷十八作"提省"。

④《瘦松集》卷八上《偶録》共有十七節,本書僅收録其最後一節。

螺陽文獻卷十四

賦

霓裳羽衣曲賦 唐陳嘏

我玄宗心崇至道,化叶無爲。製神仙之妙曲,作歌舞之新規。被以衣裳,盡法上清之物;序其行綴,乃從中禁而施。

原夫采金石之清音,象蓬壺之勝概。俾樂土(工)以交作,儼采童以相對。漓灑合節,初聞六律之和;搖曳動容,宛似群仙之態。爾其絳節回迂,霞袂飄揚。或延盼以不動,或輕盈而欲翔。八風韻肅,清音思長。引洞雲于丹墀之下,颯天風于紫殿之旁。懿乎樂洽人和,曲含仙意。雜管弦①之繁節,澹君臣之玄思。淒清②滿聽,無非冲漠之音;颯沓盈庭,盡是雲霄之事。

吾君所以凝清慮,慕玄風,無更舊曲,用纂成功。既心將道合,乃樂與仙同。悦康平于有節③,延聖壽于無窮,美矣哉!

調則冲虛,音唯雅正。于以臻逍遥之境,于以暢恬和之性。遂使俗以廉平,人無爭競。見天地之訢合,致朝廷之清净。小臣忭④而歌曰:"聖功成兮至樂修,大道叶兮皇風流。願揣祥⑤于竹帛,贊玄化于鴻庥。"

履春冰賦 以戒慎之心,如履冰上爲韻。 唐陳嘏

履道有本,戒之在冰。每翹翹于進守,如凜凜之不勝。累足有懼,旁行可矜。識安危之在德,豈顛越之或承?不敬其心,敢徵所以。本之于有,既漸乎履霜;戒在不虞,罔輕乎⑥狎水。方保心于慎獨,焉敢測乎涯涘。人之所畏,豈造次而可忘?道之將行,非中人而勿履。敗或聞于旋踵,義無輕于舉趾。不處其

薄,君子之行固然;惡居下流,詩人之戒深矣。其始也,陽律掩耀,陰颸戒時。因潤下而生德,由寒沍以成姿。皎若澄虛,而體合上善;冥然沉響,而迹不能欺。苟戒之而不履,是以履之而不疑。事異涉溱,匪裳之褰也;德輶如毛⑦,知仁可蹈之。則知視險無必,素誠可諒。罔違日慎之心,無易春冰之上。投足而衆流不測,委順而中懷是廣。怒焉如擣,知大患之在躬;生也若浮,敢憑虛而用壯。孰曰堅乎,匪同介如。結寒波而暫聚,湛清質以含虛。恍若有亡,似乘空于月宇;退然若失,猶奉身于玉除。且異夫莫來莫往,何遵于匪疾匪徐?必若懷以勵貪,飲以明信。如臨之戒,如履之慎。則知冰(水)德可保,冰力可任。匪冰不薄,匪水不深。彼之蹈者委乎足,我之蹈者本于心。又焉能料其薄厚,而計于升沉。則執德靡忒⑧,持危永戒。意平澹之可觀,在清夷之不壞。豈知蹈之有道,行之在德,而忽乎淪溺之敗!

驅睡魔賦　元盧　琦

盧子好讀書,每閱一卷,輒神倦思睡⑨。盧子曰:"是必有魔我者。"乃爲賦驅之千里之外。其辭曰:

古之君子,自強不息[。宰予晝寢,仲尼斯責]。允也神禹,寸陰是惜;展矣周公,夜以繼日。萬世而下,咸仰盛德,後乎諸賢,亦殫厥職⑩。董兮下帷,衡兮(乎)鑿壁,各有令名,著于簡策(册)。肆予之學,作輟靡一,厥咎在汝,莫能汝克。方其余(茅)齋寂寂,晝長如年,烟生古篆,風入新弦,汝(爾)或至止,孝先欲眠。秋堂淒淒,夜寒如水,銅壺促更,鐵檠繼晷,汝(爾)或至止,希夷好睡。至若佳客滿座,載笑載談,汝(爾)或至止(寋我),我舌以緘。明師正席,講道窮理,汝(爾)或寋我,我心以弛。雪案螢窗,手不停披,擷《詩》之葩,采《禮》之宜(儀),揚(揭)《書》之要,搜《易》之微,汝(爾)或病我,力倦神疲。吟誦之餘,才思攸攄,歌亞靈運,賦凌相如,詩驚李、杜,文駕韓、歐⑪,汝(爾)或病我,詞澀興枯。汝(爾)來無聲,汝(爾)去無迹,窺之莫見,捉之莫獲。

今余將以仁爲矢,以勇爲弧,以志爲將帥,以氣爲卒徒。扞吾禮門,用屏爾居;障吾義路,用塞爾途。爾宜遁迹于無人之濱,竄身于不毛之區。毋入我廬,毋近(邇)我軀。《詩》不云乎,其虛其邪,既亟只且,子將如何?言又[猶]未既,恍惚之間,若夢若醒,有若答我曰:"[噫嘻,]子言過矣!豪家甲第,待余孔敦。美褥叠綉,華衾耀文。垂珠簾以掩晝,設翠幀而扃春。仙翁、野衲,接余益勤,竹窗納月,柴門閉雲。坐樹陰⑫以終日,對柏子之清芬。彼屢得我而不以爲厭,我數訪彼而不以爲煩。故日與游陽臺之雲雨,步華胥之乾坤,謝臨池以覓句,指(詣)槐園而游魂。奚獨見棄(斥)于夫子而使我不能自存[也耶?]"予曰:"富貴者何事乎勤學?隱逸者何心于功名?余也進不得少攄其志,退不能獨善其身⑬,是以汲汲孜孜,靡遑靡寧,期努力以弗怠,或庶幾而有成。子宜亟去,我非少恩⑭。"睡魔于是[耆欷]嘎呷,逡巡畏縮,雷(電)走風馳,一往不復。

望思樓賦 樓,王克明之先人築以娛老。逮其歿也,葬距樓南十里。
登樓以望,則其藏也,與其昔游也,皆可思也。故克明寓以斯名,而請年友惠安張岳⑮爲之賦,以道其思。[時戊寅四月朔日。] 明 張 岳

絳河之陰,龍潭之澨,有高樓焉。凌曇景以上騰,橫碧落而中峙。群山環委在下兮,若舞而翔,若拱而起。翹翠光于茅麓兮,聽逸響于江瀨。時憑虛以縱觀兮,眇遐情之所寄。睠千里兮會心,羌何爲兮垂涕?

嗚呼,噫嘻!宇宙無情,萬物有數。感物變之無端兮,憂與樂其易趣。念斯樓之始基兮,果誰人之尺度?方其畫棟春輝,彩衣日麗,菽水承歡,弦歌繼志。陋人寰之卑湫兮,挾爽鳩以洞視。曾日月之幾何兮,但見荒墟頹塚,馬鬣崇而藺室閉⑯。拱木蟉兮淒淒,宿草清兮搖曳。水幽咽以含悲兮,雲黯勃而凝泪。狐兔躑躅以經丘兮,亦嘯歌而慘悴。循《蓼莪》之哀詩兮,耿宛鳩之不寐。願彷彿以如見兮,馳營雲(魂)于四際。精搏搏⑰以往來兮,氣穆穆以方繼。初淅瀝以盤旋兮,忽溟迷⑱而漫瀰。上無高而不即兮,下無深而不至。慨寥廓之有無兮,息衡中之纏纏。飛野馬于梁間兮,度隙光于疏綺。風飄飄以動檐兮,疑颯颯而來止。起睇盼于中天兮,見長江之東逝。目斷絕而弗舒兮,心煩冤以如醉。嗟

昔賢之慷慨兮,猶追傷于負米。顧鼎祭之惟豐兮,亦何擇(釋)于罍恥。極幽明之攀號兮[19],曠千載而一揆。非大德之可言兮,寧報施之敢擬?仰蒼天之浩蕩兮,茫不知其所以。

樓之望兮,有時而窮;望之思兮,有時而弭。收視反觀,廓爾思兮,內湛湛而弗貳。荒丘之頹兮,斯樓之圮[20]。爾名永存[兮],前人之光,後人之企[21]。

明志賦 介鄉陋境,考槃在焉,抑鬱興懷,敷音于楚,模體于騷,聊作趨鳴,敢云鳳奏。 明 李 愷

伊嗟箕山兮,巢由之宇。瞻彼終南兮,綺里之圃。大道渾淪,其未斫兮,心猶涵于太古[22]。飲犢于上流兮,銖塵于袞黼[23]。采芝蘭于商丘兮,夫豈弋獲于漢輔?鳥獸群而與居兮,麋鹿馴而興娛[24]。

緊余非斯人之徒兮,胡爲徬徨于宋、魯?範余轡而馳驅兮,乃服術[25]于造父。進中路而抑(厄)塞兮,還彳亍而却武。韞憤瞀而不解兮,記登陽而采苦。春雲變而騣鬣兮,朝隮急而淫雨。

吾將友夫文豹兮,冀山君之不吾怒。退屏營于中霧兮,又失色于遭虎。黃鸝鳴于深樹兮,鸤鳩歛其拂羽。鵑叫余以歸去兮,雄以介而罹罦。玄燕翔所止而後棲兮,寧無朋而踽踽。就綠野而隱几兮,信天命之多齟。禪寂寂而無侶兮,巾醿醿而獨酤。意酩酊而未醒兮,瑟淒淒[26]其載鼓。吹孤竹之管兮,動南籥之舞。歌江南之詞兮,間之以靈均之府。有一美人下于九天兮,笙流伏其如縷。奏空桑之琴兮,鳳婆娑其來舞。

余興懷而啓齒兮,解懊惱而擊鼓[27]。復賡以陽春兮,亂洋洋其盈户。曰云誰之思兮?西方之人也;何忉怛相怨兮[28]?沅澧之濱也。比干忠而剖腹兮,飛廉佞而獲親也;西伯聖而羑里兮,崇侯譖而秉鈞也。古固有然兮,豈獨靈修之不仁也。

山蒼蒼兮,水㵳㵳也。沮溺百畝兮,樂終身也。抱貞志以順受兮,何有于問津也?

蠹木賦 明朱 昭

小圃雜植果木，間蠹生，不暇與治。暮春之月，衆芳競發，香氣襲人，余往玩之。或愛其枝葉之茂，而忘其心腹之疾，攀而遂折㉙。因見蠹蟲在中，動以待斃，感而㉚作賦。

方春發生，萬物崢嶸㉛。既靜觀夫自得，亦俯仰而含情。涉後園以適趣，愛佳樹之繁英。匪斧斤之斯伐，忽根株而自撥。相枝葉之無傷，忽顛沛其何說㉜？

細觀厥木，外完中缺。豈絲竹㉝之虛心，奚脉理之內絕？爰有一物，皙質素章，蜎蜎蠢蠢，穴乎其中㉞。殊屈伸而無據，若進退之難容。居然就食，其名爲"蠹蟲"。余于是欷歔淒愴，呼兒曹而語之曰："是余之過也！"

草木有生而無知，中心受蠹而莫治，因循日久，喪其生理。余知培其表而不養其裏，維實之食，壹至于是。廣而言之，亦風人之取譬也。兒曹曰："願卒聞之。"

余曰："噫嘻！凡玆植物，品類㉟不齊，叩其性質則有陰陽、堅脆、貴賤、修短之殊，蹊是以神芝仙桂生于絕域，長于天闕，根盤九陰，香薰日月，夏無炎蒸，冬無窮雪㊱，鬼魅畏之，避不敢越。乃若三河之隩、五岳之麓，椅桐生于朝陽，柏栗聳乎故國，文梓則出走青牛，貞松則棲息白鹿。復有香生楓柙，才美楠梗，松子古渡，平仲君遷。周則召伯所憩，漢則將軍坐焉。莫不紛披宵露，傲睨晨烟，風雲搖颺，節勁心堅，含聲抱律，黛黑㊲參天，巢鷯集鳳，無慮千年。故東海之廟以"白木"名，西湖之社㊳以"枯桑"稱。楊葉關于北陸，梅根冶于南陵。豫章以之名郡，刺桐因之爲城。是皆不蠹之木，永其壽命，而爲神人之所憑也。次則徙植河陽，移根楚畹。菟園縹玉之娛，金谷綠珠之選，勤輿臺之栽培，窮昨夜之鋪畚。燥濕是調，腹心無沴，花葉㊴任其開落，春秋忘其遠近。若夫孤山淺壤，木雖有材，風霜摧折，牧竪撼排，鳴鴉集鷃，茵壓苔埋，徒使存心負節，淪沒蒿萊。外戴瘦瘤，下拂塵埃，桂銷亡而莫惜，桐半死而誰哀？至如柑、橙、橘、柚之屬，層枝剡棘，含液抱膏。根柢何有于蟠虬？疾痼端起于秋毫。幾微不剔，至尋斧柯。嗟斯木之受病,至付之⑩無可奈何。載觀是蟲,初無種類,胡爲乎生?但有屑木之能,曾無聲音之異。命與木俱,木傾則死。惟人物之理一,吾于是乎有取。是故妺喜蠹夏,妲己蠹商,褒姒蠹周,宦豎蠹于漢。唐使三季不蠹女寵,則國祚固未可論;漢唐不蠹宦豎,則天下可至今存。於乎⑪!天地之性,唯人爲貴,端厥身心,統理萬類,逸居飽暖,無所猷爲,敗家忘國⑫,與蠹同歸。物有小而戒大,事由微而至著。是用擬詞,比之風刺。

渡淮賦　明吳天成

飇憭慓以慘凄,余行游兮淮澨。葉交撼兮山椒,柳焜黃兮沙際。日荒濛兮愁人,心鬱悒兮隆替。冒羈思兮傷時,渺余懷兮水裔。爾其粼粼西來,滔滔東瀰,經楚連吳,越曲千里。川則濠洛濉泚,渦潁汝沂,池沱滄潩,汴直潼沘,澐澐淊淊,胥滙于此,積石黃流,東南焉徙,并瀆通波,以委閭尾;山則八公南嶙,幼度摧秦,龜山下冒,析支汋身,荆嶁韜陵陽之璞,靈璧産玉振之珍,夾清波而隐映,接胎簪以毗鄰,英靈鬱勃,漾秀毓神。其在昔也,夏后朝乎群辟,玉帛塗山,庭實旅陳;其在今也,濠上起乎真人,日月萬國,戎夏悉臣。噫嘻!長淮精魄蕩乎淵哉,寧詎他水之倫乎,流湯湯而不改,歷終古而逾今。何俯仰之非昔,傷凋瘵而不任。盱篋輿以省疆,望原田之畮畮。不芟柞而污萊,捐膏沃以如薙。三户闃其無人兮,莽茭牧之廢墟。祖陵迫而濱泗兮,慮殫河而爲魚。符離固鎮黃波迫兮,衆蕩析以離居。西之霪而東復暵兮,漕又告澀于邳徐。唷行堤于蒼水兮,哀頹錔而罄灾。胡觀風于淮瀆兮,事昌坡之若兹。矧星變與灾祲兮,復凶告之日滋。念蕭索兮將卑,悵撑柱兮奚支?孰蒿目而憂之兮,殆于忽而不可爲。惟豐沛之奠基兮,靈氣王乎中都。雖灾眚之薦臻兮,倚九廣之神謨。嗟淑人與君子兮,實懷允而不渝。余既賤而且愚兮,徒懷杞之憂虞。庶苟免于濁季兮,或椛保乎微軀。侣莊叟于河梁兮,幸魚樂之可俱。攀桂枝而偕偃蹇兮,聊以付于小山之徒。

思親賦　明吳天成

萬曆壬寅秋,余再北游。先是嘉靖兹年,余甫二歲,先考以王事服役于京。

既有識，則時時爲道其道途險易，寒暑經行之處，余心志焉。茲棄余三載矣，軒車南北，觸緒傷懷，有不任今昔者，遂憑式而賦之。

緊肅皇之廿載兮，曰嘉靖乎殷邦。月黄鐘而日初吉兮，余小子際之以降。于皇余考兮，不仕易農。既撫壯而舉余兮，爰摯愛之攸鍾。閱禩攝提格兮，初度洽乎周星。襁紱綺之絳縿兮，甫驕騫乎觳聲。步彳亍以吟踔兮，弱余未良于行。考盤珍以示晬兮，喜余搦斑管之精。肇錫嘉名于攬揆兮，冀玄穹祐之以成。屬九牧之作貢兮，爰朱提乎是徵。考姱修而練要兮，當事者攝之以征。捐呱呱余弗子兮，竭飛輧而揚舲。遥遥兮萬里，顧瞻兮帝京。

離寒暑其再至兮，勤事畢乎王程。竭胥慶而束歸兮，眷岐嶷之若有萌。置余膝而牖之兮，詔之像賢與方。名曰"微質"，其遂可雕乎？僅玉攻而誨之，弱余冠而叨灰。注乎切雲，逵而勵之。詎蒿蔚之非美兮，竟升斗乎弗逮。仰蒼蒼之罔極兮，覷鮮民而心憒。

花甲六十其忽周兮，余北遵乎長途。感茲歲之及年兮，踐薄游之故墟。河腓柳而關墜榆兮，風斷雁而樹噭烏。睠嶮夷之在目兮，怒饑渴乎前劬。

噫！小子之于邁兮，望九閽而戀紆。能爲役于天室兮，纘戎考以馳驅。矧陟岵兮已虚，哀雲望兮誰舒？追昔日之北游兮，辭親戀而含悲。何今日之再北兮，悵出門其誰辭？嗟生人失怙恃兮，如遺觳之與羈鶵。忽反顧以南北兮，涕沾軾其如維。

荼鳴賦　明　劉　若

方春夜之閴寥，羌據梧兮焉宿。月散華于廣庭，蕊含芳于檻曲。憺余志意兮無泊，聽耳官之所屬。初汒没而何有，彷有窮之來續。眇眇忽忽，荒荒薨薨。意晨螽之鼓翅兮，夜迢迢而靡明。爰注情以追逐兮，倏又異乎前聲。怳置余于夏日兮，聆風蜩之乍颭。始或振而或抑兮，終續續而彌揚。

之二蟲忽偕逝兮，又浪浪之湯湯。疑遠竈之奔濤兮，悍然赴壑而騰驤。忽憤怒兮少息，又清泉之下潤，音婉引之將將。乃須臾兮俱滅，謀于耳而若忘。長廡宥其寂寂兮,惟動静其焉伏?顧侍子之引前兮,將雲芽之馥馥。心釋恫兮去疑,知惟茲所爲兮,洞彼酌兮清淃,火炎上而能言。苟薪盡而焰消兮,亦沉潏之安存?彼竅穴之穴咬兮,固終風而爲厲。茲音聲之變送兮,惟水火之既濟。曰炎凉兮則殊,疇云理而罔契。月昭昭兮駸馳,花含芳兮未闋。樂今夜兮正中,引一杯兮徐啜。

鶴　賦 明劉 若

紛羽毛之可貴,有皋鳥之閑如。體瓌異以夭矯,形昂竦而扶疏。爾其爲質也,稟金氣,依火精,玄裳縞衣、絳首赤睛,羽豐肉疏,翎亞體輕。時一擊而千里,邈閬蓬而遐征。是以志陋寰宇,神耽廣莫,行依洲嶼,止集林澤,引領激吭,幽響薄天。寂匪在陰,榮匪乘軒。蓋泊乎其恬淡,洵與世無求焉。

乃其形姿尤異,衆用怡懌,屬夫人之好奇,廣網羅而求索。于是間關嶺側,跋歷邅隁。背林皋之曠溁,侍君子之庭階。爾乃周以重幹,屈折紆盤。委玉粒以爲糇,切鱔鯉而供餐;貌山林之髣髴,庶情性而相安;佩明德以翩舞,奉主人之悦歡。翔若迴風之練,驚若向池之澁。躑躅未終,悄然意變。豈恩愛之敢渝,悼余神之不善?

維時蓐收秉令,無射司月,净天歛雲,木葉微脱。慕崑崙兮永遥,怨洞庭之空闊。時振翼以顧盼,願孤騫而自拔。何夫人之不亮,耽耳目之佳娛;念羽儀之終遠,加殘毁于微軀。令武毅以拂戾,遂欨脚而披折。奮金刀其若風,委玉翎其如雪。于是身體撼藏,志念沉抑。仰絳霄以長鳴,向紫房而戢翼。烈士爲之累歔,道流爲之太息。

然而體近意遠,神氣激揚。雖肌質之頽壞,亮耿介之不傷。伴蟋蟀之悲號,耻鷄鶩而爲行。願跧伏而靡悔,冀時運之有常。育羽翰之豐厚,爛形容其生光。望八荒以矯舉,抗六翮乎翱翔。馭列真以馳騁,歸報德于東岬。

清餓賦 國朝釋超宏

乙巳歲三月,余初住楊梅山之雪峰寺,雲厨不給,同住九衆,不辭而去者三。

自愧福尠，于彼無尤，乃作《清餓賦》，以勖不去者。

瘦松道人，臞然老丑。寒灰息念，皓雪盈首。學道無能，學貧斯久。于世緣疏，耽栖岩藪。閑寂有餘，空空無有。並日而餐，寒葅沾口。饞眼花旋，空腸雷吼。

顧我寧堪，衆乃或否？頂笠肩包，棄我恐後。飽附饑颺，于彼何咎？緊我聖師，厭謝塵紐。割愛辭榮，雪山無耦。麻麥療枯，草衣遮肘。煌煌明星，正眼斯剖。津梁五濁，爲人天牖。

我唯後昆，佩茲善誘。清躅遐風，敢不紹守。袁安僵臥，耻于鄰右。安邑致餉，仲叔揮手。世士則然，我亦無苟。勖茲貞素，千秋尚友。清虛來集，屏脱梦垢。揚其芬芳，罔渝衰朽。餔啜是饕，水田之莠。藐我衷言，一任馳走。

鬥鳥誡賦　國朝釋超宏

畫眉，鬥鳥也。形軀么小，鷙悍殊常。嘴鋒銛利，爪距怒張。殺氣凌厲，猛志飛揚。觀其矯戾致决，攫搦披攘。腦裂肌殘，不顧毀傷。如勇夫之較技擊，壯士之赴敵場。洵物類之尤異，羽族之倔強者也。豪蕩之家，貴介之子，往往畜焉，以博歡樂，以明適意。

近則溫陵，此風尤熾。一禽之微，購必數金。射利之徒，穿林薄，逾層深，誘以囮孽，倖而致之，務得其歡心。于是栖以雕籠，幕以羅綺。鞠育飼哺，思其所嗜。情耽意惑，朝省夕視。雖密親至戚之愛，莫勤于此矣。若乃尅期角鬥，雜賓競赴，張筵以廣招呼，注金以决勝負。選地爲場，抽籤對籥。奮勇争先，憑陵憤怒。拳擒碎膚，砵磔落羽。氣矜相持，兩困俱仆。忽復蹶起，搏擊紛紜。氣郄（䬣）力殫，雌雄乃分。勝者揚揚如克敵之將，負者惴恐如挫衂之軍。事實等于兒嬉，何賢達之足云？且是禽也，秉性凶殘，必攫螽蠓以爲膳，裂蛇虺以充餐。其害物也，日以百千數。

嗟夫！物各有命，死苦生歡。此則何德？彼則何冤？積日累月，造業萬端。迷者以爲至樂，有識代之心酸。且鬥之爲名，戰争之亞。事有小而不祥，兆有微而堪訝者。昔郈季鬥雞,而魯昭去國;似道鬥蟋蟀,而宋代以失天下。矧在士庶民之家,可不畏端而杜其釁。

天生四民,各有本事。士習古聖之簡編,農服先疇之耒耜,商操廢著之奇贏,工用高曾之規矩。修持禮度,敬信言語。達則行之,續用丕著。舍則藏之,猶不失為鄉里善士。何必耽小物,玩細娛,無少裨于身家,徒喪志而增愚。

伏願聞此芻言,灑然意憚。出茲禽于樊中,俾飲啄于山澤。我既無累無營,彼亦得跳梁于豐草茂林,而足以自適其適。

韓江謝天生釣月亭賦　國朝林之豸

天生寶樹之子,釣月古榕之濱。挹江城于繡闥,開水鏡于高滽。截墜虹以引雁,結輕鷗以來賓。乃若芰蓋赬蛟,蓉腮青蛤。海氣潛通,江心近合。早月夜夜而依臺,寒潮朝朝而繞榻。疑鑑湖之孤清,宛石鐘之鞚鞳。況乃雄懷劍起,俊氣卮翻。尊浮北海,座溢西崑。攬英響以遠馭,襟靈略以高騫。炳清心于桂魄,鏤俠骨于芝魂。江妃泣兮蚌死,海市搖兮龍蹲。赤嶽之氣難伏,滄海之心長存。

若夫玉蘊鴻驚,珠涵星落。驛沖情于月局,飛峻賞于烟幕。蓮塘水平,蕙徑雲掠。深杯歌傳,短燭詩作。鄙塵纓之縈春念,紉仙契而縮秋諾。止鴛枒兮割霧綃,橫梨鎗兮卷霜鍔。鳧鷖逖蛇而下翔,魚龍屈矯以相攫。俄而銅壺響罷,銀漢光移;天空月近,水定心遲。乃降素姮于碧澗,迴金鏡于文漪。斫珊瑚之骨以為竹,燔杜蘅之膏以為飴;拔元螭之齒以為釣,繅紫貝之涎以為絲。則見夫寒光閃兮沉泉,波影虧兮吞月。掩團扇于蜃樓,竄鷔蟾于桂闕。海女投梭而糾紛,水裔解佩而突兀。于是醯龜流漿,烹月得髓。七琬琰之華英,□沈瀣之清泚。氣服液而還丹,神雕冰而茁蕊。陋蘇子步雪堂,舉網兮但得江鱸;姍莊生游濠梁,垂綸兮空彈赤鯉。

當斯時也,虯襜曉霽,鵲篦星斜。松倚石而傲鶴,柳欹烟而藏鴉。咽月華于枕簟,吹露氣于琵琶。挑銀燈兮殘影,褰翠帳兮流霞。爾乃引臂翻脂,搖鬟灑翠。魂浸水而骨輕,夢薰花而心醉。人登萬碧之天,家住三山之地。豈帝子之臨洞庭,乃神仙之簡玉笥。胡爲乎生不與君合胎,居不與君連閣;問業既不與君堂同,結社又不與君簪盍。徒以星踪偶聚,蘭氣來侵。濺元嘆之朱血,鼓伯牙之素琴。遂相與搜僧玉窖,曳棹梵林。擎暮暉于倒景,携宿雲于空泠。爲歡曷極,縱謔未淫。

　　嗟乎哉！閩粵異地,歲月催人。燕翔泥瘦,鶴去琴嗔。思美人兮不見,寄木葉兮誰因？想霞裝兮促烟駕,睠芝佩兮睨天津。雲奴不通兮恨鳥,水袨欲舉兮思蓴。

　　亂曰：露白葭洲兮,碧水淙淙；神仙髣髴兮,溯洄難撞。安得杭一葦于崇朝兮,與君剪話于北窗？言綸之繩兮,釣取天上江頭月一雙。

【校記】

①"管弦",《清源文獻》卷一作"弦管"。

②"凄清",《清源文獻》卷一作"清凄"。

③"有節",《清源文獻》卷一作"有截"。

④"忭",《清源文獻》卷一作"抃"。

⑤"揣祥",《清源文獻》卷一作"揣侔"。

⑥"輕乎",《清源文獻》卷一作"輕于"。

⑦"如毛",《清源文獻》卷一作"如羽"。

⑧"靡愆",《清源文獻》卷一作"罔愆"。

⑨"輒神倦思睡",盧琦《圭峰集》卷下作"輒久伸思睡"。

⑩"亦殫厥職",《圭峰集》卷下作"亦殫厥力",清道光《惠安縣續志》(民國二十五年重印)卷九作"宜殫厥心"。

⑪"文駕韓、歐",《圭峰集》卷下、清道光《惠安縣續志》卷九均作"文駕歐、蘇"。

⑫"坐樹陰",《圭峰集》卷下作"席樹陰"。

⑬"進不得少攄其志,退不能獨善其身",《圭峰集》卷下作"進不少攄其志,退不得獨善其身",清道光《惠安縣續志》卷九作"進不得少攄其志,退不得獨善其身"。

⑭"子宜亟去,我非少恩",清道光《惠安縣續志》卷九作"子宜亟行,我弗少息"。

⑮"張岳",《清源文獻》卷一作"張某"。

⑯ "繭室閉",《清源文獻》卷一作"繭室閟"。

⑰ "精搏搏",《清源文獻》卷一作"精愽愽"。

⑱ "溟迷",《清源文獻》卷一作"冥迷"。

⑲ "極幽明之攀號兮",《清源文獻》卷一作"極幽明以攀號兮"。

⑳ "斯樓之圮"下,本書與《清源文獻》卷一原都有"兮"字,因不合體例,今刪之。

㉑ "爾名永存兮,前人之光,後人之企",本書與《清源文獻》卷一原作"爾名永存,前人之光兮,後人之企",因不合體例,今改之。

㉒ "心猶涵于太古",《清源文獻》卷一作"心猷涵乎太古"。

㉓ "袞黼",《清源文獻》卷一作"冕黼"。

㉔ "興娛",《清源文獻》卷一作"與娛"。

㉕ "服術",《清源文獻》卷一作"服衡"。

㉖ "瑟淒淒",《清源文獻》卷一作"琴淒淒"。

㉗ "擊鼓",《清源文獻》卷一作"擊股"。

㉘ "相怨兮",《清源文獻》卷一作"傷怨兮"。

㉙ "遂折",《清源文獻》卷一作"隨折"。

㉚ "感而",《清源文獻》卷一作"感之"。

㉛ "崢嶸",《清源文獻》卷一作"爭榮"。

㉜ "忽顛沛其何説",《清源文獻》卷一作"而顛沛之何説"。

㉝ "絲竹",《清源文獻》卷一作"绿竹"。

㉞ "蜎蜎蠢蠢穴乎其中",《清源文獻》卷一作"蜎蜎蠢蠢宂于其中"。

㉟ "品類",《清源文獻》卷一作"品彙"。

㊱ "窮雪",《清源文獻》卷一作"霜雪"。

㊲ "黛黑",《清源文獻》卷一作"黛色"。

㊳ "西湖之社",《清源文獻》卷一作"西河之社"。

㊴ "花葉",《清源文獻》卷一作"花實"。

㊵ "至付之",《清源文獻》卷一作"遂付之"。

㊶ "於乎",《清源文獻》卷一作"於戲"。

㊷ "敗家忘國",《清源文獻》卷一作"敗家凶國"。

螺陽文獻卷十五

古 樂 府

公無渡河　明鄭一濂

亂流提壺，戒不可濡。洪流汩汩，下有天吳。戴角鬇鬡，甘心以娛。憂時彭咸，憤世申徒。公非其特，去將焉如？飯有黍，瓶有酤，與子宜之，亦有鷃鳧。公胡爲乎去之，不得少踟躕？噫嗟！嗟逝而逝，而胡能得乎？彼河之洲兮，千金一瓠。

擣衣篇　明張正聲

纖纖玉指對明月，敲得砧聲半夜輕。問卿擣衣何所寄？夫婿輕家重名利。龍姿鳳質八尺軀，自言應掇上公位。偉氣未得君侯看，高才先取儕輩恚。學書學劍兩未酬，且將身名任軒輊。去年中冬惜分手，今年初秋寒又至。有心織錦獻上頭，相思泪下不成字。新錦不如素絲好，誰擣舊衣君須識。擣衣擣衣月色闌，不堪孤影向身單。何有好風解人意，欲得君衣到長安？妾寄去兮歲云暮，君寄來兮又一度。君寄來兮言平平，妾寄去兮泪如雨。居人莫怪妾情多，汝到別時知別愫。

相逢行　明朱又孺

相逢長安里，車蓋一何美？不知誰家兒，因人問姓氏。姓氏誠易知，五侯宅裏是。甲第裝黃金，四壁塗白芷。前樓接天高，後閣凌雲起。桂樹列庭中，蘭枝馥門裏。兄弟兩三人，豪華寧可擬①。長佩將軍印，次曳尚書履。季子方奏名，中郎侍玉几。五日一歸沐,冠佩良足侈。堂上宴嘉賓,屏間集名妓。但飲莫推辭,殽嘉酒且旨。紛紛去復來,日日門如市。主人倦厭客,閑居學射雉。大婦進綺羅,中婦鮓鱠鯉。小婦獨嬌癡,妝罷把郎視。丈人更何思,綿綿長福祉。

三婦艷二首　明朱又孺

大婦厭紞素,中婦鳴玉璐。小婦試新妝,含羞且却步。一見令人憐,相對忍相誤。

其　二

大婦怨鳴蛩,中婦數夜鐘②。小婦獨安臥,日高整鬢慵。嬌愛良足羨,珍重保儀容。

獨　漉　明曾如茨

獨漉水中泥,不可以作麋。獨繹蛛蟲繭,不可以爲絲。惟虎雖暴,棰則制之;象焚因齒,豹死因皮。信斯言也,人孰不知?花之方盛,灼灼乘風。朝夕既萎,與朽草同。鵬鶚不奮,何异鷦鷯。庶人錦綉,允禍之招。方以類聚,物以群分。魚躍大江,鳳翔秋雲。我不擊鼓,人亦孰聞?風中弱綫,治之愈紛。歌以言之,亦誰不聞?

今　樂　府

過符離集,時黃河盡東徙,作符離波二首　明吳天成

符離波,波以平。昔見符離濁,今見符離清。豐沛之間仍魚鼈,泙流今古何時寧?

其　二

符離波,波宛宛。昔見符離深,今見符離淺。霜清水落物亦然,榮枯老少誰能免?

桂樹蜂窠 明曾如茨

猛虎食人,尚或獲之。山蜂有毒,勇者去之。窠蜜生財,畜爾何爲？蜂云有功,守桂花枝。兒童折花,枝無所施。吾知此族,不可爲鄰。訴梟于鳳,訴豺于麟。蜂之君父,貪而不仁。族類爲虐,邑里所懲。

古 詩 四 言

蔡白石乞得留都,詩以送之四首 明李　愷

彼雪霏霏,彼風之厲。冀馬北鳴,吳歈③南繫。彼其之子,糡之④以蘭蕙。

其　二
彼草如苗,彼日之暄。桂舟春水,楊柳前川。彼其之子,扈之以籬荃。

其　三
秣陵建邦,自彼古昔。鍾阜之蟠,大江爲澤。龍劍雲飛,烏衣日夕。寓興三秋,忘筌五石。

其　四
景亳有命,自我先王。乃立宗廟,乃飾冠裳。周言豐鎬,被以詩章。鳳鳴于岡,維皇有光。

送趙奉常雲崖之南都三首雲崖先翁武宗時爲大司空。 明李　愷

嗟爾先世,揉此萬邦。曰峻宇雕墻,曰非司空之嘗,今也則亡。

其　二
嗟爾先世,爾兄爾弟。正真是麗,夙興夜寐,翼奉常之祭。

其　三
嗟爾先世,辟彼松柏。根也如石,蒼蒼其色,維子有令德。

自滕之鄒望孟廟作四首　明黄克晦

菀彼杞柳,生于道周。我出滕國,言邁于鄒。大道平平,既直且修。豈敢怠思,君子所由。

其　二

我出滕國,言策其馬。春日舒舒,爰適于野。于野于郊,有比其舍。豈不我要,遑舍其下。

其　三

我策我馬,匪騏匪驪。芻之秣(秣)之,税于河濱。日將夕矣,道遠莫臻。中心其悲,莫以告人。

其　四

巍巍鄒阜,翼翼其宇。我行不休,爰至其所。爰至其所,式歌且舞。宵至于鄒,明發于魯。

醉　歌　明吴天成

維畹有蘭,維陂有葭。蘭則有秀,葭則有花。良朋幽渺,待月之華。月華冉冉,漸于東海。東漸西隮,睠于睥睨。三五而盈,二八而改。邁邁滔滔,不樂何待?桂影婆娑,高不可摩。不如意事,疇昔苦多。金辰火伏,火宿金流。時維徂暑,屬則有秋。有酒有酒,可以解憂。有美一人,永結綢繆。綢繆相存,如玉如雲。既醉而發,何用遺君?芳馨繚繞,瑶華以畀。香之沫矣,不可委棄。

自　笑　明許朱

七十二君,二國之盡。七十三年,七日之厄。誰云道窮,《春秋》莫容。郭内十畝,足以爲絲;郭外五十,足以爲粱。簞瓢巷陋,富哉顔子。蹲彼西厓(陲),豈云無芝?甸彼南畦,豈云無犁?醉鄉箕填,曰無税租。道躋且右,笑聽鷓鴣。

勖　志　明劉　若

烈烈北風，志士多懷。感念蟋蟀，鳴我重階。丈夫抗志，明于日月。時運不來，不如守拙。幽居蓽户，聊以窮年。鄙夫得志，困辱高賢。鬱鬱山岳，曷卉弗畜⑤。大海蕩蕩，群鱗叢育。君子勉德，如海如山。温恭和柔，不可犯干。體履中軌，至微必敬。一張一弛，執道之柄。貧士失職，憂世莫治。引己增愧，學淺位卑。小智虧明，巧言亂德。泯廉刓耻，時之多僻。朋邪害公，寇乃在疆。才術之闇，溺于辭章。獨處嘆世，厥病攸急。河水洋洋，嗟無舟楫⑥。匪義不仗，匪仁不親。亂世積學，可以全身。杳杳幽岩，凌凌松柏。飢餌其葉⑦，渴噉其液。寧神養性，聊以保真。卞務⑧邈矣，視若比鄰。鳳鳳高騰⑨，梟鴟銜鼠。叢蘭之香，棄于中野。寧喪千金，不失士心。簡賢擯德，其禍將深。施施訛訛，其禍將大。伉直不回，必瞿其害。澤鷸之飛，其翮不長。元豹處約，文質焜黄。文德正中，履順以濟。執恪用和，榮己保世。蓄驕損志，蓄德惟威。服爾緬軌，孰敢不追？

題陳中翰表德碑　國朝出科聯

《陳中翰表德碑》，友人蔚文葉君集《皇甫碑》而爲之，文僅三百字，而錯綜安置如同己出，難哉其用心也，余見而驚喜之，不自揣，集《詩經》句四首，題于簡端云。

天生蒸民，好是懿德。有覺德行，四方爲則。惟德之行，于何其臻？無競惟人，我取其陳。

其　二

其未見止，令聞令譽。宜爾室家，籩豆有且。曰既見止，威儀抑抑。有斐君子，古訓是力。

其　三

鳳凰于飛，兄及弟矣。蹌蹌濟濟，干祿豈弟？退食自公，屈此群醜。猶求友生，邛須我友。

其　四

我友敬矣，在彼無射。何以贈之？他山之石。如璋如圭，以引以翼。彼其之子，莫不令德。

古　詩　五　言

澄虛閣　宋王獻臣

此地留仙竈，仙人去何早。一粒藥初成，空山絕靈草。竈旁五色土，令人百病好。況復餌丹人，朱顏幾時老？

憂村氓　元盧　琦

世道日紛紛[10]，人人自憂切。路逢村老談，吞聲重悲咽[11]。我里百餘家，家家盡磨滅。休論富與貧，官事何由徹？縣帖昨夜下，羈縻成行列。鄰里爭遁逃，妻兒各分別。莫遣一遭逢，皮骨俱碎折。朝對狐狸啼，暮爲豺狼囓。到官縱得歸，囊底分文竭。仰視天宇高，網羅[12]孰提挈？但恨身不死，抑鬱腸中熱。南州無杜鵑，訴下空啼血。

春日思遠游　元盧　琦

春日思遠游，遠游欲何止？角哀見楚王，伯桃樹中死。出門逢路人，天下無二子。春草一尺長，春山一萬里。上有無情雲，下有無情水。

漁樵共話圖　元盧　琦

樵夫初上山，漁父纜泊船。邂逅即相問，生涯兩堪憐。我渴漁可羹，爾歸突未烟。爾魚莫索價，我薪不論錢。唯將薪換魚，一笑各欣然。

贈白雲　元盧　琦

白雲亦何閑，竟日不下山。時縱修竹裏，相伴一僧還。悠悠覆松頂，渺渺歸岫間。奔走塵俗者，視君何厚顏？

望武夷 元盧　琦

溪行望武夷，峭壁何嶄絕。赤霞散不收，大化元氣泄。下有萬年松，上有太古雪。祇恐月明中，鐵笛吹石裂。

宿武夷山會杜聘君 元盧　琦

夜宿武夷山，乃識清碧叟。清談道士同，險語山鬼走。出門視河漢，危梯掛星斗。白露滿芙蓉，清寒夜吟久。

將至大橫驛，舍舟乘輿，暮行山中 元盧　琦

山行日已暝，肩輿度林薄。涼飈淒以清，松子當面落。千山月崔嵬，萬葉風蕭索。昨日棹歌行，頗憶溪上樂。

贈塗嶺巡檢要束木遷莆田尉⑬ 元盧　琦

將軍有英氣，負劍游南荒。曾陪綉衣客，經踏烏臺霜。戎閫拔才雋，奔走殊弗遑。屬時臨漳郡，群盜方獗狂。匹馬汗如雨，戰袍北風涼。奮身良間關，許國誠慨慷。茂績固當酬，小試焉足償？⑭菱溪枉車轍，司警驛道傍。蒞政肅初令，頹綱日更張。月靜鼯鼠驚，山暝狐兔藏。編戶復奚事，在在樂健康⑮。所居傍林塢，訟簡白晝長。鄰家稻田肥，子舍芸編香。優游有旨趣，于焉度年光。夕露集野草，秋風⑯在垂楊。解裝欲何之？作尉壺山陽。莆民喜公至，夾道相迎將。泉人⑰惜公歸，所懷未渠央。民俗豈不殊，善化⑱端有方。願言訟（頌）政謠，毋庸咏離章。他日⑲登要津，萬里誰能量？

同翁夢山游三海岩 明張　岳

夙愛山水游，茲山屢延賞。披雲入青冥，岩屋岈宏敞。玲瓏開北戶，峭壁排

銀牓。初駭溜石懸,漸喜瓊芽長。幽泉時一滴,毛骨森蕭爽。壺觴屢獻酬,清言激靈響。天末多風波,陳迹成俯仰。徒聞海上洲,中宵勤夢想。聊兹永日留,真性非外獎。暝色望征途,何由釋塵鞅(坱)？

與夢山登欽州東城樓　明張　岳

登高易爲感,况兹萬里心。孤城餘百雉,樓櫓亦丈尋。中楹開軒檻,翠色前山深。屈詰水通海,蒼茫日載陰。美人隔宵旦,精爽苦飛沉。舉手招青鳥,願托瑤華音。青鳥不我顧,瑤華空斷金。耿耿還自念,有酒且共斟。

柳州別王楨甫　明張　岳

柳州越之西,山川阻且修。子來首冬節,日月幾回周。旅館夜共榻,清言鬱綢繆。撫世嗟多歧,語道無全牛。上無幽不燭,下無隱不抽。歷歷見肝膈,寫我百端憂。歸途念有期,爲子戒行舟。豈不惜離別？壯志浩難留。驚湍束重峽,春鳥鳴鈎輈。子行應萬里,中道莫夷猶。人生會聚散,佇望心悠悠。努力平生業,歲晚與(冀)全收。

觀瀑八景爲孫性甫詠[21]　明張　岳

雙　　泉

遺榮涉林丘,捫蘿弔朝節。回眺林薄外,瀑流撼玉軼。天高山氣清,野靜夕霏徹。忽見雙飛龍,下飲寒潭冽。水霧騰紫虹,石鯨勢怒抉。初疑河漢傾,又似渾沌泄。靈源莽何窮,素練天所揭。仙翁碧玉笙,鶴馭振漻(寥)沉。我欲從之游,風烟坐羈屑。緬邈懷孤高,幽意不可掇。

泉　　源

向來觀懸瀑,披袂颯秋風。耳目豈不廣？歷覽意未窮。攝衣緣回磴,倚杖睇危峰。亂雲交壁翠,石竇瀉泉紅。微涓初漬湧,稍稍入幽濛。滙爲百尺波,俯瞰千仞礲(瀧)。静光沉斗緯,上與銀河通。愛兹塵外境,頓覺心神融。踟躕慰煩倦,坐久超鴻濛。顧謂後來子,形役徒冲冲。川上有孤嘆,萬古集虛衷。

流觴渠

去去澗中水，悠悠頭上巾。歲月如飛彈，不飲生秋塵。家有幾（紫）霞精，一回三千春。注之金荷葉，投彼寒流濱。寒流清且駛，荷葉何逡巡。列坐藉春草，籌影亂紛繽。當歌即成曲，逸響動潛鱗。引脰川原外，翠靄千巁（岩）屯。理深物有悟，興極感相因。試同世人飲，誰得此中真？

月溪橋

月色清且虛，溪流靜而澈。二者相涵映，空山境奇絕。創始昔何人㉑？石虹跨丹穴。幽篁迷舊溪，迴磴距飛轍。中有亡懷子，長笛橫翠鐵。一曲寒兔泣，再曲溪石裂。夜深斗柄移，孤峭厲嶬嶱。安得雙飛鴻，相從問真訣。營魄感晦盈，深淵積冰雪。危橋未可梯，茲意吾能說。

白雲洞

巉岩鬼鑿工，巇嶫怪石走。窅窈積輕煙，千秋藏虬蚪。瀰濛搖春波，飄忽變蒼狗。少進天末墟，復經土囊口。仙人睡正酣，冉冉穿窗牖㉒。竹簟生微寒，披衣起抖擻。顧謂長鬚奴，雞骨曾占否㉓？釀泉流未枯，豐藥㉔烟已久。萬古天地心，茲事良不偶。復恐虹霓合，臨風頻搔首。

飛雲峰

長嘯林木下，掛冠林木巔。山農荷鋤歸，相與話豐年。輕風萬里陰，落日一江烟。渺渺生虛谷，淒淒翻野田。小溪流未穩，寒漲欲平川。阿婦視春筐，蠶老簇且眠。兒童浪驚喜，剖竹走流泉。山園霜露深，黍稷蟠蛟蜒。社酒及時釀，春秋豚一肩。無為歌《蟋蟀》，使我抱悁悁。

留客亭

憑軒有所思，思思在遠岑。我有青絲瑟，欲奏無知音。萋萋芳草色，遲遲美人心。佳期不可敦，離憂故難任。秋江浮芙蓉，春渚振璆琳。冥迷天欲雨，嘆息河梁深。歸來臥山中，浪浪涕霑襟。竹窗列月曙，杉徑黑雲沉。願乘空谷駒，翩翩夕岩陰。桂枝聊攀折，杖屨日相尋。山阿華歲晏，莫受異物侵。

琅琊寺

朝游琅琊山，暮宿琅琊寺。寺古山徑荒，寒林積空翠。慨念千載人，欹枕不

279

成寐。六一安在哉？智仙亦已矣！然燭讀殘碑,剝落不可紀。誰謂金石堅？所托謾復爾。秋風拂庭柯,落葉盈陛屺。大運古來然,榮名安足理！所以稱達生,靜觀良有以。不見龕中僧,白髮垂兩耳。

感遇十首錄七　明李　愷

曉日散行露,涼飈下庭柯。人生不如飲,其餘歲月何？美肴肆瑤席,瓊酒舞婆娑。吹笙間竽瑟,對客歌松蘿。松蘿影相依,兄弟氣相和。和樂未終極,明月下西波(坡)。

又

高樓皓月景,照見綺窗人。起視河漢光,永望參與辰。參辰阻夜度,牛女恨天津。征夫萬里道,少婦二十春。行行去從軍,纖素願有聞。君王宣令德,千載閉玉門。虞庭揮千羽,胡虜思漢恩。夫君有寶劍,不用生飛塵。

又

灼灼道旁花[25],青青堤上柳。豈不舞東風,衰謝詎能久？董賢美清揚,金印大如斗。趙燕掌上歌,嬌姿世罕有。光艷幾何時？終焉人所丑。矯矯松柏枝,孤竹爲之友。積雪抱春陽,嚴霜固自守。所以君子心,珍之比黃耉。愚智難爲謀,消息亂如糾。古來總如期(斯),志士空搔首。搔首無奈何,且進杯中酒。

又

秋至木葉黃,良人在朔方。歲晚[26]歌《蟋蟀》,東壁鳴寒蛩。下除見新月,短布有微霜。感此良可傷,誰與君同裳？賣絲納租稅,無褐奉姑嫜。幾日罷征戍,鳳兮歸故鄉？

又

曉來步東門,堤上三月春。窈窕誰家子,雜沓出風塵？緩舞羅衣袖,輕歌妙入雲。鶯鳴南國樹,花發酒盈尊。睠彼采桑婦,見此泪沾巾。去年辭母嫁,三歲守夫貧。貧者無良謀,高堂有老親。陽春豈不愛,實命不由人。

又

杪秋氣方蕭,鴻雁識先幾。朝過陰山關,暮辭函谷西。宿食南海旁,嗷嗷獲花磯。如何梁上燕,飛去朔方啼?大雪頹毛羽,嚴霜涸其泥。物情固有適,閑念反凄其。安兮危所倚,福兮禍所麗。吾愛魯連子,不受黃金羈。

又

秋高胡馬肥,弓鞘勁如鐵。天子賞邊功,壯士卧霜雪。不立塞上勳,愧此城頭月。寒至鳴鶝鳩,閨人惜離別。行者未授衣,居者心煩結。但願君食貧,不願君秉鉞。

吊周蕢山子四首 明李 愷

辛丑四月,九廟災。詔求直言,戶部主事周天佐疏奏御史楊爵宜從寬恤。上怒,下之詔獄。輔臣不救,杖死,士友殯之。余傷其父老、女幼、妻寡而嗣絕也,故作此詩。

堯舜垂衣裳,嬰鱗誰氏子?浮雲天際飛,白日比干死。青夜雲歸來,屋梁空延佇。鳴琴發秋聲,鼓棹下湘渚。

又

驚風飄菀楊,無淚灑芳草。跂命悠以延,顏歸傷太早。七竅獨赤心,幾日問蒼昊?我懷慘不舒,爾幼盈周道。

又

美人蒙霧露,芙蓉江上秋。收骨二三子,掩涕衢路周。金錯紛相贈,酹酒淚雙流。宿草為誰綠?黃鳥空自愁!

又

生者誰為養?死者懷君恩。先幾集霰雪,遲日采蘩蓀。皎潔書在牗,凄凉人倚門。彭殤徒為爾,萬里來歸魂。

戊午,倭攻惠城急,病夫散金募士
死守,旬日圍解,因而書懷 明李 愷

肩輿出南壁,銃氣熏北門。宗國誰為恤,小邦或可吞。豺狼恣跳躍,士女如

崩奔。自慙丘壑姿，昔蒙國士恩。散財結客豪，畫計間□軍。圍急城將缺，時危志彌敦。功成耻受賞，憂讒懼觸藩。我有東山畝，飄飄自不群。

荒田詞　明李　愷

田畔枕溪流，田禾長蒿草。偶從郊外行，試問村中老。官家有稅徭，私家需粳稻。春耕何穢蕪，秋秩令人惱。耆翁前致詞，候主且勿憚。凶饑復連年，惡客罔天道。索租會及時，輸糧苦不早。縣吏夜捉人，去去入山島。不能顧牛羊，猶自携襁褓。逃者死他鄉，存者焉可保？欲言已吞聲，惻惻憂如擣。采以上歌謠，無力叩蒼昊。

移居城東述懷　明康　朗

余本東海姿，中爲軒冕誤。一去三十年，遲回亦已屢。守身若淵冰，遠勢如鼎鑊。蹇屯既所安，衰薄未忘故。白璧本無瑕，傷彼蒼蠅度。鷦鷯匪擇栖，詎占朱鳥妬。從此謝明時，始得傍歸路。凄愴生平居，豺虎艱天步。閭井盡摧殘，墻垣無完堵。城市復喧湫，何由愜心素？睠此東城隅，名爲不食土。叔敖有遺言，守此當歲暮。柴門瞰平疇，遠山亦成趣。種蔬今始華，蓺果暫成樹。一聞孺子歌，思與靜者遇。

除日登樓　明康　朗

去者不可追，來者忽爲樂。時序雖已更，百事獨如昨。入室撫重衾，登樓感西灼。微霜結遠枝，餘烟息層壑。念此歲物除，嘆彼幽人獨。豈不畏饑寒，終然葆元漠。寶貴知者稀，中情良不薄。衛尚托西山，端居倚北郭。三載竟何成？長歌向寥廓。

昌平道中　明康　朗

塵俗相拘迫，日夕不遑息。暫輟簿書勞[27]，山間事行役。驅車出北郊，晴烟委園柏[28]。松梢露漸稀，車際霜已白。初與市塵違，忽見山如積。明月含半峰，流水時瀝瀝。良似故山中，眷言素所適。游子未得歸[29]，懷哉安可獲？

閨　情　明莊朝賓

中宵不成寐，起看月娟潔。感念萬里人，幽情轉淒切。長驅出門去，十載經離別。拔劍向天驕，壯志何激烈。身經百戰餘，流矢裹瘡血。沙磧暗紅塵，天山飛陰雪。鐵衣受凍寒，寧辭膚肌折。誓不與虜俱，何當并虜滅？君王重邊勛，丈夫貴奇節。無羨鄰家兒，兩兩坐相悅。離合各有分，焉用感嗚咽？

幽　真　明莊應禎

深谷有幽人，守真以終老。結屋倚山阿，扶笻立晴昊。石眠起白雲，塘夢回青草。落花滿庭除，開門任風掃。

盡節告夫　明姚烈婦

傷妾何薄命，君死妾不死。可憐男女無，執杖妾為子。留此未灰心，相逢一時語。嗚呼誰知妾，苦極一至此！

感　興[30] 錄二　明朱一龍

飛蛾赴明燭，翾翾不可驅。驅去還復來，須臾焚其軀[31]。咸陽嘆黃犬，金谷墜綠珠。營營蹈危機，伊人胡太愚。皎皎於陵子，甘為灌園夫。

又

灼灼園中花，豈無佳人色。夜來風雨多，零落委荊棘。亦知花不實，終然喜容色。鸚鵡既能言，鴛鴦徒為默。不是魚與朝，尼父徒嘆息。

感時三首[32]　明黃克晦

繁霜凋草木，溪谷正愴惻[33]。玄冥慘不舒，改歲固云逼。牧豎念牛羊，原燎夜煇赫。罟師不慮餘，辛苦為竭澤。萬物各有因，盛衰迭今昔。寧見武安門，猶内愧其客㉞。

又

明月不持滿，死魄復生輝。江湖自有岸，汎濫徒爾爲。窮冬百泉壅，斜徑入枯池。蛟蜃且不容，鱣鮪無足悲㉟。臣道惡太盈㊱，時去寡所宜。周公抱慊慊，千古享巍巍。

又

獻春氣候嘉，百卉懷春陽。直木霜霰餘，故根猶未傷。枝枝發翠彩，華華揚芬芳。崇蘭樹九畹，欲致江路長。寄書與勾芒，雨露宜慎將。毋令棘蒺藜，依舊生道旁。

江行雜咏三首　明黃克晦

江風來自北，弭棹江水南。白浪晛不息，游氣昏空潭。曠野何蒼蒼，引步隨幽探。鹿鳴求其牡，豐草非所甘。江燕啄不食，念雛聲喃喃。物性固如此，游子何以堪？

又

朝登黃鶴樓，西望鸚鵡洲。萋萋洲中草，千古令人愁。禰生何太奇，氣爽天爲秋。鵲飛無所依，烏止將焉投？吾悲孔文舉，知德不知仇。一身不自容，他人寧見收。況彼蹄涔水，何以運吞舟？賦就亦徒爲，宇宙徒悠悠。

又

田夫探雉巢，歸卵寄伏雌。鷄雉各爲雛，子母何能知？羽毛日以異，行止漸相離。朝啄階下食，暮栖庭樹枝。暖風搖春水，百草含葳蕤。格格出疏籬，去去何由追？豈忘主人慈，雉性自好飛。丈夫游四海，家鷄空爾爲。

閩中十子咏　明黃克晦

十子，洪、永間詩人。徐觀察公子與搜求遺稿刻之，且謂馬用昭曰："當令黃孔昭人咏一詩，君繼之。"余是行留閩中久，遂賦如左。

林員外鴻

鴻,字子羽,福清人。高廟時,以人才薦授膳部員外郎。帝臨軒試《龍[池]春曉》、《孤雁》二詩,一日名動京師。已自免歸,浦舍人源自晋陵以詩來謁,鴻使門生二玄見之,讀所爲詩,驚嘆曰:"此我家詩也!"鴻因避所居,舍人源名日益重云。

皇聰審希音,臣籥南以雅。員外身遭逢,百代一王者。龍池名自高,孤雁知(和)亦寡。同聲來遠方,至樂伊誰假?

陳山人亮

亮,字景明,長樂人,故元儒生也。二祖皇帝累詔不出,曰:"唐堯在上,下有箕穎,吾投迹明時,游戲泉石間足矣!"因作《讀陳摶傳》詩以見志。

陳君岩壑性,屢薦心不驚。離形誠畏影,愛道非近名。栖山恣流覽,酌水臨深清。巢許既云邁,素尚誰爲明?

高翰林廷禮

廷禮,初名棟,字彥恢,自稱漫士,長樂人也。嘗采唐三百年詩爲《品彙》,爲《拾遺》,爲《正聲》。文皇帝召爲翰林待詔,遷典籍。又善畫,號"二絶"云。

漫士識鑒洞,深衷寄删述。輪扁雖不傳,郢人固其質。石渠獵華纓,天禄垂鉅筆。圖畫胡沾沾,顧陸亦儔匹。

王翰林恭

恭,字安中,閩縣人。環閩皆山,恭家貧,嘗爲樵群山中,自號"皆山樵者"。文廟時,以儒士薦修《永樂大典》,强起至京[師],年六十餘,老矣!同郡王偁戲謂[恭]曰:"君無以會稽章綬,故來耶!"恭答曰:"山中斧柯,幸自無恙。"《大典》成,試詩高第,授翰林典籍。

凌凌皆山樵,雅志在林藪。室有老萊妻,豈羨會稽綬。徵書雲寶光,著作醇儒富。黄髮賦歸來,斧柯無恙否?

唐憲副泰

泰,字亨仲,閩縣人。少善聲詩。洪武中,第進士,官[終]陝西憲副。

亨仲懷夙穎，誦言穆如風。三策承明廬，聲華傾桂宮。立梟表吳會，轉轂向關中。雖非據津要，清芳猶無窮。

鄭助教定

定，字孟宣，閩縣人。善擊劍，工古篆、隸書，陳友定辟爲記室。友定敗，亡交、廣間，已入長樂居之。高廟末年，徵爲齊府紀善，遷國子助教。

孟宣精劍術，閩師（帥）資帷帳。亡虜迹自深，吟苦神逾王。天地解網羅，郡國屬人望。崢嶸博士堂，允嗣真儒響。

王太史偁

偁，字孟敭，永福人，故西方人也。父翰，元季爲潮州路總管，高皇帝聞其賢，詔起之。翰自刎死，偁方九歲，翰友吳海撫之。洪武癸卯，舉于鄉。文廟時，薦授翰林檢討，進講經筵，爲《大典》總裁。英國公張輔征交趾，表爲護行。已以言事坐解縉黨，逮繫死。

孟敭好奇節，文藻固天縱。既削石渠草，遂磬交南鞚。知稽偶自深，黨儉將毋衆。吐論何翩翩，自誅亦堪慟㊲。

王太史褒

褒，字中美，閩縣人也。少有詩名，以明經貢入成均，遷永豐尹。永樂初，以文學表修《高廟實錄》，擢爲翰林修撰、《大典》總裁官。

中美良史才，製作固其會。混沌判華夷，微細起豐沛。纘馬宣有光，追班亦云最。風雅紬繹思㊳，穰縟《七略》外。

周祠部玄

玄，字微之，閩縣人。師事子羽。永樂中，以文學徵爲祠部尚書郎。所著《揭天謠》諸篇，似長吉云㊴。

微之雖怪奇，師門覿如畫。龍鬼閟莫窺，風雷動豈測。赴隴誰移文？爲郎竟執戟。逢迎浦舍人，能辨㊵巴山色。

黃司訓玄

玄，字玄之，侯官人。其初將樂人，子羽爲將樂學官，雅所器重。及子羽棄官歸，玄之挈妻、子入閩中，終身師事之。已以貢入成均，授泉州[學]訓導。

玄之別劍潭,浮家入閩中。終身守師説,侯巴[41]頗與同。抗節邈難攀,樂志忘道窮。入官首已白,歌咏猶自雄。

泉中五子 明黃克晦

五子者,質含珪璋,道懋兼濟,于場屋餘力工古文辭,雖抱璧握珠,情或異致,至其凝神入化,妙合一揆。兹後先赴春官,各賦一詩以贈。

何齊孝

大何敬祖列[42],特達抱璵璠。學禮匪爲容,聞詩訓已惇。盛時富製作,浩蕩窮詞源。摘筆思泉湧,烟虹俄吐吞。抗交合千古,神賞胡然存。客表多才譽,主申有道言。調高無和者,清風播弟昆。伯也既龍池[43],仲氏亦鳳軒。

何稚孝

小何夙秀發,天日開清真。矯志既云邈[44],邁德難爲鄰。希聲起絶響,詞苑輝青春。頹首謝儔輩,仰首稱先民。千言不俄頃,逼迫氣益振。海運固莫測,風御非常輪。別我向何適?厲劍當秋旻。萬古寄一息,懷哉[45]君所臻。

莊中益

中益三世資,師友不出户。把筆當群豪,志若無千古。睥睨叱(咤)睡(唾)間,四座迸風雨。怒翼雖未搏,逸足已絶土。王佐凌鶬鶊,節俠傲鸚鵡。北上今何其?爽氣薄高宇。石渠伯氏宮,吹塤坐相詡。行天攀文螭,步岡倚嘷(嘯)虎。

李世禎

李生有文風[46],弱冠屈先輩。清冰積玉壺,皎潔無内外。復似(以)蕙蘭枝,芳芬振瑶佩。盤礴作者場,白眼視大塊。萬竅忽怒號,春雲恣變態。自當一代雄,未論千人廢。如彼江漢流,百水居然滙。舉世相顧言,徒艷大廷對。

楊惟彦

惟彦鼎鉉器[47],雅志在典墳[48]。深心淵水涵,風氣[49]高雲緼。神生戰勝餘,道進斫輪扁。準聖雖未能,尚玄意非淺。倉皇造字臺,鳥獸迹豈殄。藻思寄柔翰,彩色麗虚繭。孰是豪俊人,而不勞甿勉?兹行益輝光,望慕何由展?

秋懷二首　明吳天成

古人重戰征,今人重和議。金繒靡不貲,藉口稱五利。北事不重論,東方亦復爾。無事但請和,兵謀無乃忌。侍中赴西壇,吐蕃劫清水。一時中國尊,受欺愧牛耳。

其　二

桓桓古帝王,神武推軒后。其臣太山稽,風牧在左右。問道于廣城,厥妃愛嫫母。至德格重玄,握奇神所授。天女噓龍鳴,一戰蚩尤走。燀(燂)赤揚天威,武節憺前後。後王秦漢皇,多欲不長厚。豪哉雄侈心,徒作虔劉藪。

山　游[50]　明潘一諤[51]

西山高不極,南叟游不息。披霧憩雲根,御風窮日力。路歧信履行,溪險憑筇測。水木澹相親,丘陵混莫識。石羊何代眠,碑蚓幾行食?松壑沸波濤,藤崖懸綉織。近探碣石宮,遥認滄桑國。林暮鳥知栖,天長歸未得。

墨　魚　明陳玉輝

海上有墨魚焉,見漁舟至即吐墨瀾水以自蔽。人見其瀾也,以爲有魚而捕之。夫智者多屈,辨者多辱,機心機事多困于機,則何如誠心直道之與世無競也?《語》曰:"人正欲自掩飾,偏被人窺破。"誠然哉!

墨魚善藏身,噴墨波盡黑。漁子逐波來,掩捕隨手得。溪谷未爲深,微情更難測。有口巧如簧,逢人多緣飾。終有敗露時,誰道人不識?

感　題　明陳玉輝

山澤産金處,草木必墮窳。人家喜積金,金豈能常聚?當其積金時,取之盡錙鏤[52]。峻宇田連阡,囂囂皆怨府。天網何曾疏?子孫多驕詡。驕詡欲竇開,揮金如揮土。譬之浪淘沙,轉瞬蕩資斧。我聞貪賈三,又聞廉賈五。而況峨冠者,不如一賈竪!

壽封侍御陳遷東公四首　明駱志賓

留臺振風猷,識力併可見。人皆暮明作,徵急弦幾變。安知弛與張,神用妙于綫。試看文豹姿,便得高山面。

其　二

封章何熒煌,而不自岸異。忘年友諸從,安步嬉于市。雙眸猶炯炯,舌談諧且利。問何娛餘閑？唯作蠅頭字。

其　三

不齋亦不誦,酷有齋誦意。譬彼善種果,實熟享其利。欲以種果名,漠非神所寄。黃氣入泥丸,長生固可致。

其　四

堂上有雙爻,容兮俯與仰。世盡高浮榮,我獨結深賞。況值今氣初,天以高而朗。愧莫佐霞觴,歌此揚秋爽。

先生制藝傳于海宇,古作寥寥罕覯,唯《詠史》一絕見于志書。搜得是詩,前半復失,此其後四章也。

雜詠二首　明祖熙寅

蕭丘有奇木,花葉何離披。夏蒸炎氣盛,火起正著枝。火滅小焦黑,生意常如斯。樵嬰蓄爲薪,燃濕無盡時。華績以爲布,潔垢火浣之。花盡無可益,間乃用其皮。嘉此靈異質,皎皎在不欺。如何典論者,祇令後世嗤。

其　二

河流控積石,北望更層山。壁立千仞上,隆極不可攀。綉錯如畫圖,石室厠其間。堂廡扃卷書,世人不得觀。欽此詎旦暮,冉冉嘆頹顏。安得乘龍侶,與之時往還？

秋末書齋感嘆效古疊字　明孫幼孜

蕭蕭樹中聲，憔憔心裏事。崢崢彼頭人，昂昂千里驥。籤籤長管城，札札古書記。忉忉爾所思，杳杳終莫至。

邑中有所感　明許　朱

刻木爲木吏，木吏化魍魅。爰顧爰復，嚙我薄牘。爰茶爰毒，速我悙獨。刻木爲木卒，木卒化蠛蝨。數米無炊，泣借鄰瓯。何以贈之？敝袴短衣。刻木爲木史，木史化蛇豕。古人有言曰：毫光潑潑，陷水可脱，陷文不活。刻木爲木禁，木禁化鶩鵒。箠楚之下兮，何求不畀？嗟儂實殫兮，蠱臂螻蟻。深海無鱷魚，古屋無蚎且。山中無猛虎，塞外飛勃羽。思彼鄴矣，白雲英英；思彼洛矣，緑水瑩瑩。思彼鄴矣，白雲悠悠；思彼洛矣，緑水浮浮。

題贈葉匡汬父臺　明許　朱

時有兵變，舊編《雉法》依貧富上、中、下户支雉。豈知下户脆其一隅，上、中户即百隅堅守等敝耳。予采昔議，依産上、中、下每百租支雉半，曰垛户；貧民無租者，只出力填某垛下，曰垛丁，而垛户出米給之。富者以垛丁當僱募，究竟無倍費。貧者以守城當營生，倉卒無叛意，萬全之策也。公决意而行，邑賴以安，士民歌之。

世晏親桑田，世險親城郭。海國舊詩書，不習兜鍪惡。學吴愁費戈，學廉愁費柝。閲古趙氏桀，皆裂爲錯愕。驕子坐袖肱，酸兒守戰齼。我上城守圖，粟强扶金弱。公曰吁何如？數地上中酌。否者爲雉丁，兩兩相附著。粟滿者食托，人滿者兵托。酸兒享盂升，中露笑語樂。邑當南北衝，月支計略約。議難任更難，公真錦里鑰。有堵今晏然，桑田問民瘼。

感詩三首　明王忠孝

世人喜豐華，積習何其愚。石枯因産玉，川竭緣孕珠。此理誰能悟？終日空躊躇。南山種秬黍,北苑蓺菜茹。行行聊且止,守拙歸田廬。翛然遠禍患,樸溪(淡)是吾初。

其　二

驅馬望舊京,杖策謁南國。一時詫要津,豈不聲名藉？裘馬好翩躚,門第真赫奕。富貴恨不長,勛名苦相逼。一朝時運傾,陵谷頃刻易。因之感世趨,猿鶴聊自適。

其　三

朽草化為螢,精光終不美。鳳凰非竹實,忍饑不肯舐㊾。出門慎追隨,古今重出處。堂堂七尺軀,逢場敢輕許。沐浴㊾整乾坤,經緯需伊呂。誰堪應昌期？定交尋縞紵。

江南曲三首　明張正聲

孤鳥多飛高,愁人多思遠。飛高目不極,思遠情不反。江南嘉美地,種蘭盈九畹。厥土盡埋金,天漿揖作飯。西方有美人,命駕恐其晚。

其　二

九州擁天都,旺氣鍾吳會。乾坤無私心,而有獨輿蓋。皇極咸攸往,六朝難詰大。五岳等培塿,四瀆為溝澮。雲中有鳳凰,其羽鳴翽翽。一旦集居諸,百族之所賴。

其　三

吾愛葛稚川,丹成入雲漢。吾愛王安期,遺棄如瓜胖。湘山舜德臨,會稽禹功燦。百越風土異,長江天地判。二陸解兵機,諸謝饒成算。若聽漁人歌,應脫子胥難。

寄贈張受之　明黃元亨

昔問季鷹居,言家浮洛水。今問季鷹居,楓溪叢樹裏。楓溪誰留客？破屋數間耳。僧繇畫再生,謫仙醉或死。樂貧出天性,避世誰妻子？放縱豈為過,阮穢良有以。何不長相對，徒然寄雙鯉。

　　聾啞不瞽，物態旁午。聾瞽不啞，興戎是惹。
　　啞瞽不聾，耳有雜尨。聾啞瞽全，
　　其至矣乎。作聾啞瞽歌三首 明曾 璟

聾啞瞽，墨墨吾所取。美盼者婦，白眼者怒。盲子前行，不畏[55]猛虎。天地無形，就物之睹。歌以勸君，墨墨吾所取。

　　　其　二
瞽聾啞，吞炭猶嫌假。鐸以舌毀[56]，鳴斥仗馬。失意一言，白刃杯斝。嬰兒嚨胡，暴者不打。歌以勸君，吞炭猶嫌假。

　　　其　三
啞瞽聾，塞耳無不融。好聲相和，惡聲相攻。褒充者[57]笑，二相等同。姑口雖陉，奈婦不聰。歌以勸君，塞耳無不融。

　　游片瓦岩步長嘯者薛蓮巖韻 明曾 璟

突兀怪石峰，上有怪石瓦。因之成古洞，玲瓏俯其下。白雲夾道蹲，青溜宇上瀉。忽然望遠海，蓬島烟波灑。學仙豈有真，混俗得無假。相如托大人，莊周任牛馬。悠悠思美心，何由臂共把？聊將蘇門意，一問長嘯者。

　　　　客　子 明曾 璟

客子不得意，行行欲何之？人馬劇憊色，黃金匱不支。所值皆薄惡，寧免渴與饑。繫馬時被奪，爭席仍觸譏。頃者賈人到，逆旅迎且導。主媼敕中厨，奴子勤灑掃。意氣何霍霍，突兀上頭坐。

　　　　曉　起 明曾如茨

哲人興昧旦，先師戒雞鳴。所以瞿瞿士，多憂日屏營。之子在異縣，跂望水盈盈。琢玉不用石，何能竟相成？芙蓉朝浥露，芳葵發其英。三復誦文史，大哉惟六經。幽以罕俗侶，邇乃有遠情。人烟填邑里，鳥雀喧中庭。我獨印微義[58]，寂寞守幼清(青)。萬態自擾擾,視之浮雲輕。

落花行 明曾如茨

秋日多悲風,眼底落花散。朝爲枝上錦,暮填黄土岸。繁花忽不見,君從何處看?看彼高樓上,車馬來紛紛。飄飄綺羅帶,艷艷石榴裙。珠玉未肯笑,清歌直凝雲。不知千載後,誰向[59]美人墳?

蘇子瞻戒殺詩步韻 明釋智瑛

林壑澹家風,唯有露芽汁。日來折脚鐺,鉢盂兩度濕。偃仰雲山開,觀化自兹得。有客來相過,燒松煨芋急。一窮清癖地,那以雞鵝鴨。對榻話青松,烟霞競頭冪。澗水清且藍,時映山花赤。幽徑深苔緑,黄虀泡露白。適趣墜形骸,脱略謝衣幘。栩栩春風令,却憐杜鵑泣。半月又半月,度盈復度缺[60]。萬事同飄瓦,較我方外客。以此遨殘生,蝦蛆堪共集。

重游普照寺 國朝林之澨

依然此投策,林雕境逾净。籬落多霜氣,紅碧紛掩映。空庭人迹稀,鳥雀階除静。紙窗皎無塵,心神聊可瑩。散步訪石堂,披榛尋危磴。巉岩闞閭奥,生公昔人定。碉(碉)户今已頽,法席留遺勝。伊余秉夙心,探奇饒逸興。淪落多感傷,幽適開視聽。日晏憺(澹)忘歸,疏烟帶夕磬。

送人讀書桃源山中 國朝黄吴祚

生平徇微尚,書史聚成癖。思携素心人,卜築南山側。斯言若未諧,聞子有所適。吾州西北境,相望纔咫尺。溪回亂峰青,山谽流水碧。緣溪舍舟行,山口望似窄。昔聞桃花源,迷路難重覓。此間疑武陵,不與人世隔。田疇自鱗鱗,村舍紛歷歷。若人喜深静,數椽足栖息。異花開爲春,列嶂立如壁。邈焉生遠心,抗志在群籍。知非避世人,欲刷凌秋翮。我居臨海澨,身世何逼仄?登高望八荒,繁憂不自釋。緬懷此山中,寥寥風雨夕。

【校記】

① "寧可擬",清嘉慶《惠安縣志》卷三十三作"仍可擬"。

② "數夜鐘",清嘉慶《惠安縣志》卷三十三作"訴鳴鐘"。

③ "吴歊",《清源文獻》卷二作"吴歆"。

④ "糗之",《清源文獻》卷二作"糗之"。

⑤ "曷卉弗畜",清嘉慶《惠安縣志》卷三十三作"曷卉不畜"。

⑥ "貧士失職……嗟無舟楫",清嘉慶《惠安縣志》卷三十三未録。

⑦ "飢餌其葉",清嘉慶《惠安縣志》卷三十三作"飢食其葉"。

⑧ "卞務",清嘉慶《惠安縣志》卷二十三作"卞光"。

⑨ "鳳凰高騰……孰敢不追",清嘉慶《惠安縣志》卷三十三未録。

⑩ "日紛紛",《圭峰集》卷上作"日紛紜"。

⑪ "重悲咽",《圭峰集》卷上作"重悲噎"。

⑫ "網羅",《圭峰集》卷上作"網維"。

⑬ 《圭峰集》卷上題爲《送塗嶺巡檢約蘇穆爾之莆田尉》。

⑭ "焉足償",《圭峰集》卷上作"爲足償"。

⑮ "樂健康",《圭峰集》卷上作"樂歲康"。

⑯ "秋風",《圭峰集》卷上作"秋飆"。

⑰ "泉人",《圭峰集》卷上作"泉民"。

⑱ "善化",《圭峰集》卷上作"美化"。

⑲ "他日",《圭峰集》卷上作"他時"。

⑳ 清嘉慶《惠安縣志》卷三十三僅收此組詩中的三首,即《月溪橋》、《白雲洞》、《瑯琊寺》。

㉑ "創始昔何人",清嘉慶《惠安縣志》卷三十三作"創始者何人"。

㉒ "穿窗牖",清嘉慶《惠安縣志》卷三十三作"穿雲牖"。

㉓ "曾占否",《小山類稿》卷二十作"曾占不"。

㉔ "豐藥",《小山類稿》卷二十作"豐樂"。

㉕“道旁花”，清嘉慶《惠安縣志》卷三十三作“路傍花”。

㉖“歲晚”，清嘉慶《惠安縣志》卷三十三作“歲暮”。

㉗“簿書勞”，“簿”原作“薄”，據《清源文獻》卷二改。

㉘“委園柏”，《清源文獻》卷二作“委園陌”。

㉙“未得歸”，《清源文獻》卷二作“未能歸”。

㉚《感興》，清嘉慶《惠安縣志》卷三十三題爲《感遇》，共七首。本書録其第一和第七首。

㉛“焚其軀”，清嘉慶《惠安縣志》卷三十三作“滅其軀”。

㉜ 這組詩，《黄吾野先生詩集》（清乾隆二十五年黄隆恩刻本）卷一題爲《感詩》三首。

㉝“愴惻”，《清源文獻》卷二作“悽惻”。

㉞“愧其客”，《清源文獻》卷二、《黄吾野先生詩集》卷一均作“魏其客”。

㉟“無足悲”，《清源文獻》卷二、《黄吾野先生詩集》卷一均作“何足悲”。

㊱“惡太盈”，《黄吾野先生詩集》卷一作“惡大盈”。

㊲“亦堪慟”，《黄吾野先生詩集》卷一作“亦堪動”。

㊳“紬繹思”，《黄吾野先生詩集》卷一作“抽繹思”。

㊴“似長吉云”，《黄吾野先生詩集》卷一作“類長吉云”。

㊵“能辨”，《清源文獻》卷二作“能辯”。

㊶“侯巴”，《清源文獻》卷二作“侯芭”。當從。

㊷“敬祖列”，《黄吾野先生詩集》卷一作“敬祖烈”。

㊸“龍池”，《清源文獻》卷二作“龍躍”。

㊹“既云邈”，《黄吾野先生詩集》卷一作“既爲邈”。

㊺“懷哉”，《黄吾野先生詩集》卷一作“懷我”。

㊻“有文風”，《黄吾野先生詩集》卷一、《清源文獻》卷二均作“有父風”。

㊼“鼎鉉器”，《黄吾野先生詩集》卷一作“鼎鋐器”。

㊽“典墳”，《清源文獻》卷二作“墳典”。

㊾“風氣”，《清源文獻》卷二作“風義”。

㊿ 清嘉慶《惠安縣志》卷三十三收有此詩，但無題目。

(51)“潘一諤”，清嘉慶《惠安縣志》卷三十三作“潘士諤”。

(52)“盡錙鏤”，清嘉慶《惠安縣志》卷三十三作“盡銖縷”。

(53)“不肯秕”,《王忠孝公集》(光緒初年手抄本,福建省文史館編,江蘇古籍出版社,二〇〇〇年版)作“不肯䂄”。

(54)“沐浴”,《王忠孝公集》、清嘉慶《惠安縣志》卷三十三均作“補浴”。

(55)“不畏”,清嘉慶《惠安縣志》卷三十三作“不怖”。

(56)“鐸以舌毁”,清嘉慶《惠安縣志》卷三十三作“釋以舌毁”。

(57)“褒充者”,清嘉慶《惠安縣志》卷三十三作“褎充者”。

(58)“印微義”,清嘉慶《惠安縣志》卷三十三作“印危微”。

(59)“誰向”,清嘉慶《惠安縣志》卷三十三作“誰問”。

(60)“復度缺”,清嘉慶《惠安縣志》卷三十三作“又度缺”。

螺陽文獻卷十六

古詩七言

天開岩　宋王獻臣

小石大石皆羅列,造化安排非力設。覆者如軒深者洞,方者如屏平者席。可以安尊罍,可以橫琴瑟。天邊烏兔眼前飛,海上波瀾掌中白。

有事居庸關　元盧琦

居庸關,氣(天)蒼蒼,關南多暑關北凉。天門曉開虎豹卧,石鼓奮擊雲雷張。關門鑄鐵半空倚,古來幾度壯士死。草根白骨棄不收,冷風悲雨哭山鬼。道旁老翁八十餘,短衣白髮扶犁鋤。路人立馬問前事,猶能歷歷言丘墟。夜來鋤豆得戈鐵,雨融(蝕)風吹失顏色。鐵星尚帶土花濕,猶是將軍戰時血。前年又復鐵作門,貔貅萬竈如雲屯。生者[①]有功佩玉印,死者誰復招孤魂?居庸關,何崢嶸,上天何不呼六丁,驅之海外休甲兵。男耕女織天下平,千春萬古無戰爭!

壺山真淨岩歌[②]　元盧琦

六月翠壺山下客,凌晨登山逾絕壁。支筇徑上真淨岩,頭上青天纔咫尺。高僧十載栖岩幽,啟扉相見還相留。欣然坐我斗室底,滿室嵐氣生清秋。開窗一覽數千里,蒼(滄)海微茫等杯水。客帆來往煙雨中,人家遠近林巒裏。平生讀書苦不多,時事如此將奈何?蠅頭蝸角付一笑,會當結屋[③]山之阿。

江南樂　元盧琦

江南樂,春水虹橋滿城郭,出門不用金羈絡。門外畫船如畫閣,綠窗紗虛春霧宿。隔窗蛾眉姿綽約,翡翠冠高羅袖薄。楚舞吳歌勸郎酌,紫竹瑤絲相間作。船頭柳花如雪落,秉燭歡游隨處泊,人生無如江南樂。

七夕後樂陵臺上倚梧望月,有懷李御史公襲 元盧 琦

凉風落墜梧桐葉,散下銀床飛獵獵。樂陵臺上悄無人,獨倚梧桐看秋月。月高當午梧陰直,凉氣沾衣露花濕。此夜却憶在金陵,酒醒江樓聽秋笛。

長安道 明康 朗

長安道上風瑟瑟,紅塵入天馬蹄疾。西街車騎如簇雲,翩翩時傍禁城出。聞道中元八月時,太平天子萬壽期。詔書戒日開金殿,玉帛萬國同來儀。九重淵穆不可見,東朝賜宴又賜餕④。微誠不及叩閶門,遥望高元鬱蒼蓓⑤。歸來束帶更垂裾,青雲府裏見尚書。門吏傳呼如咤叱,群公衣烏共趨趄。吁嗟貧士羞仰頼,束帛何曾謁權府?黃金買笑嗤世人,一言不合主者怒。主者一怒猛于虎,貴賤賢愚何須數?古來開閣重禮賢,詎必今人棄如土。君不見長安市上一巫生,流落祇誦《三元經》。驅雲舞鶴來天上,腰金曳綬爲公卿。一時王侯傾揖讓,片言高下生辱榮。嗟乎逢怒爾亦免,千金奉道天爲轉。

洪石磯 明康 朗

洪石磯,晴日無風水亂飛。石崖巉岩不可窺,下有毒龍窟,上有危樹枝。磯頭峰,高幾許?雲不歸,鳥不語。青天一點蘸寒波,古來唯有斷藤處。

乙丑獻歲三日,口號東里中同社 明張 瑞

天上招搖今指丑,人間遺老稱朋壽。人言舊歲不如新,我道新人不如舊。新人休説美韶華,舊人休嗟成老丑。曾見韶華易銷歇,若羞老丑非長久。小園寒褪花欲然,小院晴多春似畫。巧笑迎人洞口桃,柔條掃徑溪頭柳。爲語乘春好杖藜,且去尋芳共携手。請君莫棄舊時人,好我同傾新歲酒。

康山忠臣廟歌　明陳　彬

元運晦明⑥將向朔，群雄紛紛逐秦鹿。長江天塹有鄱湖，真主廟算爭先著。先著黥敵拒者誰？偽漢陳氏號渠魁。大戰不休五晝夜，千艘萬舳噉如雷。兵家勝敗本難測，怪風衝舟敵圍棘。帝王從來自有真，忠臣誓志敢惜身。著袍赴水啓韓成⑦，賊衆驚疑不敢凌。執戈苦戰丁普郎，頭落立舟不仆僵。自餘諸臣皆奮戰，三十六人頸血濺⑧。蛟螭泣斷湖山昏，烏兔驚飛日月變。忽然大憨亦就殲，江漢載清水流沔。一顧全吳席捲餘，齊魯幽燕連迅電。建康形勝天下奇，金陵鼎足安然奠。皇家大統百戰中，總歸鄱湖一著算。康山立廟報功崇，潮色江天⑨碧水紅。紀信張巡如可作，諸臣安肯拜下風。我來攝祭瞻遺像，猶似當年殺賊樣。皇家恩澤雨露深，香火千秋應無恙。

桃源行　明朱　昭

當年父老苦秦苛，扶攜去種武陵桃。種桃父老死已久，只有兒孫食土毛。後來漁者因迷路，忽入桃源驚指顧。殷勤相訊果云何？從此諄諄各言故。我爲先世避秦來，種桃自活山之隈。世世但知桃有實，年年不問今何時。花開葉落寒復暑，地坼天分豈所知。漁人爲道秦不久，鹿因爲馬死劉手。炎精尋蝕復重光，四百餘年有九有。三龍鼎峙久難居，五馬渡江晉室餘。紛紛戈戟彌寰宇，我欲避塵曷去諸。一聞斯語共愀然，自是人間別有天。既脫祖龍虎狼口，又免漢魏幾倒懸。爾今遠來可同處，倘若辭歸勿浪語。是中奇隱六百年，未許外人來游此。漁郎謂我有妻兒，不得久留遂去之。一行一顧一表識，去後重來失路歧。世人便作神仙道，神仙踪迹豈人到？古來避世深谷中，豈獨商山有四皓？吁嗟世變日異常，在處無非爭奪場。不是深居何有鄉，胡能不見網羅傷？

送張仲矩令英德　明黃克晦

張君乃祖慎，令英德，邑人祠之。乃伯少保裏惠公岳守廉州，復開府兩廣，在在有祠。廉人多私祠于鄉，燕享必祭，乃嘗食。

蛟龍窟宅鳳凰巢，名山大澤風雨交。乾坤生物各有族，大賢世氏誰碌碌？張君少小頭角殊，磊磊人稱千里駒。時時吐論抗古哲，亦復調笑輕豎儒。蹉跎初長山中縣，潞水開舟破江練。囊琴三尺手未揮，携書一（十）乘讀已遍。青天以南五嶺高，桄榔樹色映官袍。花深石結蒼苔色，峽急溪翻白鷺濤。此地循良差可數，伏臘春秋祠爾祖。中丞節鉞亦曾過，往事十年成萬古。座前參伍雖不存，壁間畫像依然睹。君心明月照琉璃，千金美錦五鉈絲。待拂丹崖三十丈，爲君世紀粵人思。

題一江畫　明黃克晦

余昔訪一江于懷古樓，論詩畫竟日，語甚劇倒。已而出此幅見示，余愛之。繼十餘年，常動余思。是夕，肖葵兄堂中見之，若失寶而再得也，因爲題云。

黃龍江色琉璃泠，橋上人行橋下影。蒼松百尺半無枝，饑蛟蛻甲纏樹皮。長天不雨山翠濕，水風入面蕭蕭吹。怪底模糊尺素楮，驅神掃電誰爾爲？伊昔華子岡，對坐王摩詰，酒酣呼我"老畫師"，大笑前人立畫訣。祈岳鄭虔不可聞，快語如機方破括。須臾出此泪欲落，自言平生得意作。忽然江上峰，青青如花萼；忽然江中石，磊磊如相攪。瀑水無聲只自飛，斷崖有徑似曾鑿。中有高歌曳杖人，似我逍遙在岩壑。自茲不見十年餘，明珠沙礫知何如？黃君愛畫世莫比，人推藻鑑精于余。燈前爲我一披拂，驚喜如落天上月。詞客從來易感傷，一夜滿頭皆白髮。

二鸚鵡吟　明黃克晦

萬曆三年乙亥，余北游道出九江，同知洪樂卿爲余言曰："元年癸酉正月二十五日，中使自西域取二鸚鵡歸，一紅一白，毛羽鮮麗，蓋人間所未睹者。自言逾蜀四載始得之，至楚而穆宗已賓天矣。因傷其萬里之徒勞，二鳥之不遇，欲爲之紀咏未遑也，子其追賦之。"余曰："唯唯"。

中官鞍馬來如風,馬前屈鐵金雕籠。籠中紅白兩鸚鵡,毛羽人間雙眼空。借問使乎何由得?開口欲言長嘆息。昔緣奉旨入巴川,因采珍禽向西域。航水梯空萬里遙,窮天絕地四年隔。瑞物可有那可雙,黃金走人人自索。性靈聰慧氣和柔,梵言漢語嬌如流。携出雪山雪無色,經過錦水百花愁。漢江石急波如箭,咫尺雲霄風雨變。鼎湖龍去可能攀,雪涕千行空灑面。小臣辛苦世豈知,二鳥瑰奇君不見。不及山鷄死道旁,楚王賞客悲鳳凰。

買巧謡　明黃克晦

金陵城中有巧夫,編茅結屋當路衢。鼎中百沸金酡酥⑩,煎成巧果百樣殊。或作玉池雙浴鳧,或成燕子或雁雛。或人或馬或葫蘆,或胡大鼻短侏儒。向夕西風入井梧,鵲橋垂地天河枯,天孫河鼓成歡娛。家家乞巧羅庭隅,爭買此果無家無。野客聞之向彼須,彼言未答先揶揄。君舌如棘無旋樞,君腰不作車上軥。君屨嘗決衣無裾,張載貌醜沈約癯。有時痴絕畫走廚,有時顛髮墨糊模。四十餘年山澤居,有詩不敢頌唐虞。世人所棄誰爲徒,縱買得巧將焉需?嗟哉彼言若大巫,令我無語但長吁。我今南還汝北徂,巧者自巧愚自愚。

抑戒歌　明陳鍾瑄

老來抑戒是吾師,師在吾心豈外飾。心如赤子方始真,唯有大人能不失。君不見衛武享年九十七,言行兢兢皆法則。匪惟顯見輯柔顔,屋漏之中更修慝。人心只求天地知,赫赫榮華忽轉移。功名富貴寧長在,千載淇澳留遺思。何必當年干虛譽,何必死後積厚資。仰視皇天真不忒,畏天尚冀皇天慈。老夫初心終不改,追維抑戒是吾師。

帝京篇　明吳天成

燕雲臨北海,王氣奠神樞。汎掃腥膻國,重開天子都。天都迤邐環紫塞,西山連屏接河帶。九門三殿五雲聯,黃道勾陳擁華蓋。蘭臺薇省羅東西,羽衛周廬榮戟齊。振佩金門看海曙,回鑣紫陌及鷄栖。西宮閬苑蓬萊色,仙島春雲流太液。芙蓉霞映龍舟紅,楊柳烟縈鳳舸碧。鳳舸龍舟玉灔浮,前朝遺事幾春秋?秋風月冷支機石,春雨苔生紅粉樓。樓外東城復北里,千門萬户天中起。主家甲第倚浮雲,侯門池館臨流水。流水浮雲樂事賒,香車駿馬競繁華。珥貂綰玉金張宅,列鼎鳴鐘許史家。是時泰階平若砥,是時方貢集如市。蒲梢騕褭渡流沙,火浣木難價誰比?市陌喧闃百貨陳,離奇瓌詭聚方珍。積著未誇倚頓富,廢居却笑陶朱貧。諸陵俠少多佻鷔,金鞭玉勒章臺道。一笑捐金趙女姸,片言刺劍王侯傲。趙女燕姬鳴瑟和,青樓翠館狹邪多。徵歌夜月流絲管,閲武春風艶綺羅。綺羅絲管朝還夕,棄璧揮珠竟莫惜。不愁花月總銷沉,却恐韶年易抛擲。清碪忽起入雲聲,搖落秋風古北平。幾家戍恨關山渺?萬里羈思河漢明。馬周旅食新豐久,鄒衍談天碣石朽。東方祇數滑稽雄,太史還稱牛馬走。生憐駱子少新知,後憶梁鴻賦《五噫》。奏賦兩都應此日,重來宣室是何期?

聽薛蓮巖吹笛　明祖熙寅

薛燭老人興奇絕,斗酒欣逢卧松雪。醉把橫笛爲我吹,恍然如聞古精列。逸響驟奔崖溜傾,清音激朗溪石裂。翁豈恒調識者稀,我願逐翁巢雲嵲。

永安王宮人梨園行　明張正聲

崇禎二年,余客武昌,有爲余話永安王宮人作梨園之妙者,盍往觀之。既至,果有高堂數丈,供歌舞地,頃乃出宮人三十餘,振綉衣,被袿裳,形繽紛綺麗,曲悲婉清長,若白日之破毛青烟,若羽衣之翩而欲仙。醜教坊之漫靡,類毛女之生憐。響出聽而躍魚,影翱翔而墜鳶。王黄髮長眉,集宴堂中。洞開洪門,恣人游賞。觀者咸曰:"茂者艶矣⑪,諸好備矣。"余久客楚中,兼困重雨⑫。王作梨園,大都以不炎不雨爲期,天和景輝,凝陰豁除,又一快也。余謂觀者曰:"向使豺虎爲亂,喧豗鼎沸,陰雨不開,羲陽莫馭,王亦何樂之?有余與子,雖欲爲高唐之觀⑬,不可得也。蛾眉不改,歌舞長在,則太平可知矣!"

王家美女畫宮妝,束素含貝悅粉芳。清姿寶態傾群玉,極服奇彩煥七襄。已見神女洛中降,又會姮娥月窟翔。細舞遲聲希一笑,由來天半有霓裳。妝成少婦想春閨,紛紅⑭黛綠不須借。有時徑作武人身,吳王宮裏能騎射。漢儀秦聲君須識,纖裊歷落摹不得。上將頭上進賢冠,大夫腰間黃金色。鉦鼓喧喧舞淪漪,羽林旗幟麗如織。金蓮著步亂中催,誰云腰細輕無力?静中一曲想陽春,馬上琵琶更堪論。嘈嘈鈿頭揮玉指,雙雙嬌華啓朱唇。數聲弦急知柱促,滿座掩涕泪沾巾。少焉曲終佳人罷,復令觀者重嘆咨。漢陽樹影婦人散,江夏城邊金勒遺。游子花間輕羅轉,少年眼底亂如絲。喜兼洞庭張樂地,況逢陶唐擊壤時。神游彷彿隨佳麗,歸來浩歌忘旅悲。若使謫仙從步輦,醉從(後)應獻《清平詞》。

陣馬行　明曾璟

　　友人爲言前輩張襄惠中丞過里時,有二陣馬自隨,殊驍騰,夜卧必四立其蹄于礩,即不礩不卧,出入擔礩從之。一日,客或竊以騁者,時坐上樂作,馬忽聞鼓,以爲戰也,馳逸數百里,山海不可止。客窘不知所爲,厮人乃鳴金以還之。余有感焉,乃爲作《陣馬行》。

　　陣馬不忘效驅馳,鐵甲金刀慣相隨。雙耳北風塵沙觸,虛疑將軍統健兒。昔日張公遠于征,二馬曾先百萬兵。一日功成畜田里,寒月春烟嘶不止。霜蹄寧辭危石巓,錦障肯甘泥淖裏。嘗恐時清不築館,飽食徒虛涓人恩。偶然騁轡出郭門,填填似聞戰鼓喧。仰天捎電疾于飛,獨出深入往不歸。陵犯山溪如畏令,落日無影猶窮追。俄聽金鉦始斂步,恨不酣戰突重圍。觀者咋舌無人色,此等驍騰何由得?公言無地無此馬,只在有心買駿者。如今年年事東西,詎止千金購櫪下。監牧銀色已空虛,風聲鶴唳竟裂瓦。人馬諉罪謾相推,若個報恩不負價。嗟哉張公不作馬亦少,令人拊髀思渺渺。

贈弈者賀君念慎　明曾璟

　　吾聞剥啄之聲油然喜,不解著子解其理。反笑薄俗矜雋事,徙棋易行争不已。賀君此道極其精，比之佝僂進乎技。渾淪既斫鬥智聞，屈指人事何紛紛？噏張伎倆弄神鬼，割劇計算變風雲。髣髴賀君落數子，萬古機局一罨分。此道由來難揣測，貪心盛氣用不克。君唯不貪亦不嗔，頻使曹偶奪氣色。凝思驀然爭先著，半天鷹鵲墮羽翼。犇星亂雁無規矩，突出一奇人不識。楸枰下盡無半言，澹然獨笑似有得。憶從技成泣妖精，大兒蔡子小陳生。蔡子論兵形勢奇，虎穴得子人皆驚。陳生料敵情思密，出沒攻取無堅城。伯仲之間爾奚足？所至若極失時名。錦城貴人多好事，千金買技色爲傾。賀君太息常對我，斯數由來傳不可。我亦願君閟所餘，莫教機心懷測叵。君不見石室歸去無住時，三萬六千真波馳。就中蝸蠅誰最巧？更有大巧暗勝之。有酒但呼長夜飲，逢場更看盡日棋。

春　雪　明曾璟

我畏春寒曉戶閉，襆被齁齁睡未覺。昨夜無聲簾幌白，兒子開扉詫奇絕。道是空中飛來千尺縞，不然那得樹如綴？便爾裂之作羽衣，化爲玉液不可掇。忽然泯泯滯還留，欲滴不滴看是雪。我欲把酒與之對，雪飛杯中酒寒冽。君不見昨日之梅花，辭去故條不相當。東園之柳復何如？絮尚未成色纔黃。陽春至今仍黯淡，當誰與此共回翔？郢中高曲自遏雲，春春白雪滿瀟湘。嗟哉但當與君雪花一片酒一酌，莫把梁園空寂寞。

俠客歌贈小平曾丈（友）明莊而楚

小平長不滿七尺，意氣不減古俠客。腰懸匕首截雲霓，手挽黃河掛胸臆。去年曾作衡州游，衡岳峰頭古花赤。湖海相將此日初，楚漢之間翠華陌。客路空倚仲宣樓，不作侯門老記室。超然拂衣更拂衣[15]，安能齷齪違所適？歸來修真向山阿，徽音同調兩莫逆。聞君莫逆戴安道，神思散朗耽元寂。論交如此真不俗，與君一夜當前席。即令歷亂詩滿囊[16]，醉墨淋漓稱雄伯。與君少年爲兄弟[17]，髫齔之交鬢覆額。如何離別纔幾年[18]，兩兩相看髯如戟？思君讀君操縵部,慷慨曼聲眼爲隻。興來長當托君歡,白眼風塵天地窄。不辭劇醉對花前,杯吸長鯨欲滿百。伏驥歌殘缺唾壺,把袂歌呼霜天碧。昂藏不向旁人道,旁人觀之笑且咋。君不見子雲口吃善著書,落魄更憐東山白。古今著作誰最多?子建八斗君一石。不爲乾坤憐平子,忍將肝膽向誰索?騷賦詞壇倘合簪,何難擁篸[19]爲君役。

中秋夜泊錢塘　明陳元芝[20]

中秋夕宿錢塘滸,江空檣棹簇山塢。夜半雲開月散華,急聽潮聲如疾雨。遙遠飛騰動地來[21],舟子喧篙驚相拄。一瞬濤翻[22]兩岸平,亂葉紛紛散航艫。星移月冷風瀟瀟,無復潮頭射萬弩。俗言子胥靈不滅,素車白馬波間睹。勾踐疎衣久已銷,忠魂豈今懷舊怒?若果忠魂氣未平,肯教三日避胡虜。乃知天地不可測,蠡測管窺愚且魯。浙浪開天狂至今,聞圖孔甲與終古。吾將持却《山海經》,趨拜會稽問大禹。

中秋雨　明曾如茨

暮天泥濘秋江雨,金烏浴影落江水。姮娥不知滄溟[23]深,星槎劈浪玉肌沉。神女齊唱霓裳音,相看奈何泪淫淫?月宮月(玉)兔失歸路,蟾蠩來向九霄訴。午夜馳聞天帝怒,馮夷河伯胡不護?二神聽命大震懼,傳宣有司披雲霧。六龍職駕升天車,黿鼉背負百舟渡。四更望見姮娥來,綺扇追隨廣寒臺。天上悲哀俱掩口,人間爲樂但飲酒。

秦望山　國朝釋超宏

金臺上下隨風霧,弱波繞山却回去。浪立天傾徐福愁,逸(挽)舟撐折珊瑚樹。會稽萬里別咸陽,三山目斷褰衣裳。扶桑東枝如薺葉,海氣無聲含遠光。過車塡塡動萬雷,翠葆翕習蜺龍回[24]。神鹿老死鳳翅折,安期羡門期不來。滄波使者無消息,山鬼欺人來獻璧。

林蒼湄重贈詩序　國朝黃吳祚

先生老有放翁癖，佳士異書心獨惜。平生點墨真如金，二序贈我成雙璧。前序劇美江山游，少年意氣凌邊州。中原王李不可見，雲間三子當橫流。後序盛陳溫陵派，風雅勝流盡一代。晚近不遇黃東崖。與周，芮公。倒屣令人發深慨。我讀大文重嘆興，先生自是甘沉寞。直令文筆走四海，海內那不欽其名。近時建州龐刺史，雪厓，任邱人。陋巷親屈任高士。上界名元衷。桐城某君前入閩，亦恨不見石秋子。漳州洪思，黃石齋公門人，蒼湄老友。《閩書》著就人不知，鐵函而後先生耳。風流文采追昔年，徐暗公。盧牧州。土愧兩。紀石青。皆名賢。晚節栖遲僅數子，談經評史相後先。不得聖門一狂者，文明此語非徒然。石齋公嘗嘆及門未有狂者。陳子林子美森爽，舍弟風氣亦日上。伊余年少慚諸郎，寂寂笑人益骯髒。憶昔車馬如行雲，燕南趙北何紛紛？吹臺悲歌廣武嘆，大江東去浪崩奔。十年狂走不稱意，歸作書蠹穴遺文。源山烟霞笋江月，文獻一綫細如髮。何人儒雅真吾師，吟社重開今一時。再枉大序元晏筆，挑燈讀罷還題詩。

責白鬚　國朝陳會津

手撚白鬚相責問，怪爾何故生我頦？我頦所生昔如漆，只今強半成皚皚。少壯見為過時物，同儕見為無用材。年過半百身將老，丰采銷鑠精神頹。縱有冲天驚人志，飛黃騰達奚由哉？家人嘻嘻相憐惜，亦或嗤笑兼詼諧。我行對鏡爽然失，口自嗟嘆心寒灰。譬彼衆木間櫟樕，又如群馬雜駑駘。鶴髮森森顏匪童，霜鬚擾擾背未駘。面目可憎語無味，皆爾作祟相招徠。我豈不能投畀爾？除根似匪仁心推。留汝安然聚族居，此恩高厚休嫌猜。烹牛炰羔列肴蔌，葡萄琥珀浮金罍。飲我此酒聽我囑，及早變化轉墨胎。或青或黃或紫赤，我悉珍重如瓊瑰。余貌軒昂皆汝德，余身雄壯皆汝培。出為牧伯入卿士，顛天叔虎相徘徊。不然遠游遍寰宇，瀛洲方丈連蓬萊。俟余行年逮鑱鏗，折簡相召卿重來。

白鬚答　國朝陳會津

白鬚受責嘔然笑,君胡垂老不達理？上天俾我輔老成,幾見輕薄人有此。世稱古貌與古心,古貌非余誰稱是？山東隆準重四人,東園角里偕黃綺。當然倘乏余成就,衣冠雖偉亦徒爾。金門待詔漢曼倩,柱下藏書周李耳。二公面上有余無,余生君面奚反恥？若以世人輕量故,區區淺見亦大鄙。太公髦期方鷹揚,伏波矍鑠征交趾。公孫對策耳順餘,鄒孟游梁稱叟矣。自古聖賢及將相,建事豈盡方剛齒？若以身居卑賤故,曷不妙齡取青紫？意氣揚揚甚自得,位高金多妙年死。螟蛉螺蠃誰假真？仕路俳場酷相似。形容改換轉盼間,暮本無鹽曉西子。君自不工點綴術,乃反使余受詈訾。刪除稱薙我不辭,恐君忸怩從此始。皤然一公公然婆,昔人謔笑良有以。即如彭祖八百歲,夫豈視余同莠粃？與君永訂金石盟,天長地久相隨只。

同方羽中諸君宴集科山　國朝吳　進

清晨出門信所遭,路隅偶語聞我曹。但道先生不名氏,意是石農老詩豪。急趨問訊暼會面,果然來慰吾心勞。更無寒温他言語,便約携酒共登高。秋風掃磴蠟屐輕,蓮華一峰插天晴。開筵其上空障礙,扶桑海天杯底明。瀉入翁懷翻白雪,默然寸晷兩詩成。十數朋儕皆意匠,纔從劍池試鋒鋩。歸來豪興不可抑,憑高揮翰氣縱橫。座中釋子亦筆妙,頗張吾軍佐飛觥。酣嬉淋漓地為動,木葉脫落鳥獸驚。人生聚首真堪戀,經年纔此齊相見。況我與翁又非壯,蕭騷頭髮各如霰。回憶同知楊雲日,廿餘年間似掣電。長卿獻賦終壁立,退之春官亦屢殿。漫道文章稱鉅手,第覺窮愁守筆硯。請翁聞此休惆悵,相逢但當即酣宴。眼前落花如語人,不飲豈能逃貧賤？

【校記】
①"生者",《清源文獻》卷二作"生存"。
②《圭峰集》卷上題為《至正乙亥夏,予游壺山,宿真净岩,即景賦詩,奉簡古道、了堂

二師》。

③"結屋",《圭峰集》卷上作"結廬"。

④"又賜餕",《清源文獻》卷二作"復賜餕"。

⑤"蒼蒨",《清源文獻》卷二作"葱蒨"。

⑥"晦明",清嘉慶《惠安縣志》卷三十三作"晦冥"。

⑦"啓韓成",清嘉慶《惠安縣志》卷三十三作"啓韓城"。

⑧"頸血賤",清嘉慶《惠安縣志》卷三十三作"頭血賤"。

⑨"江天",清嘉慶《惠安縣志》卷三十三作"江山"。

⑩"金酡酥",《黄吾野先生詩集》卷二作"金駞酥"。

⑪"茂者艷矣",清嘉慶《惠安縣志》卷三十三作"茂矣,艷矣"。

⑫"兼困重雨",清嘉慶《惠安縣志》卷三十三作"兼因重雨"。

⑬"喧豗鼎沸……雖欲爲高唐之觀"計二十八字,清嘉慶《惠安縣志》卷三十三未録。

⑭"紛紅",清嘉慶《惠安縣志》卷三十三作"紅粉"。

⑮"更拂衣",清嘉慶《惠安縣志》卷三十三作"便拂衣"。

⑯"詩滿囊",清嘉慶《惠安縣志》卷三十三作"霞滿囊"。

⑰"爲兄弟",清嘉慶《惠安縣志》卷三十三作"爲弟兄"。

⑱"纔幾年",清嘉慶《惠安縣志》卷三十三作"纔兩年"。

⑲"擁篝",清嘉慶《惠安縣志》卷三十三作"擁簪"。

⑳"陳元芝",清嘉慶《惠安縣志》卷三十三作"陳元之"。

㉑"遥遠飛騰動地來",清嘉慶《惠安縣志》卷三十三作"遠地飛濤動地來"。

㉒"濤翻",清嘉慶《惠安縣志》卷三十三作"潮翻"。

㉓"滄溟",清嘉慶《惠安縣志》卷三十三作"滄海"。

㉔"蜺龍回",《瘦松集》卷七上作"蜺龍開"。

螺陽文獻卷十七

律詩五言

起 行 _{唐黃訥裕}

端居幽樂緒,整步綺疏開。一夢蟬移去,千愁雨帶來。乾坤餘曲徑,心迹付清杯。吾道艱貞久,臨風想大才。

閩越王臺 _{唐黃訥裕}

古閩自越開,今日故王臺。郡國承周德,衣冠像漢材。江春潛度柳,野色巧妝梅。應看舊封士,遙從禹德來。

草 堂 _{唐黃訥裕}

草野自藏修,江村誰侶游？簾窺青鳥喚,几隱白雲留。甸服微臣晚,關河故國秋。多慚先叔度,閉戶任蓬頭。

高峰雲庵 _{五代黃禹錫}

半壁水烟開,千峰春樹來。人間移鷲嶺,天上湧花臺。疏懶留丹壑,干戈罷酒杯。松風長寂寂,日色淡蒼苔。

山 居 _{宋黃禹昌}

結宇陽原下,蒼烟物外身。孤峰多放鶴,一徑少來人。饑食無名草,寒燒落葉薪。山中忘歲月,斗宿自知春。

山頂石橋　宋黃禹昌

聞説天台路,今來看石橋。斜唯孤鵲度,危可八風搖。仰窺凌日近,俯聽瀉泉遥。赤城千萬丈,何處隔層霄?

九日山　宋吳　岡

村落暗明後①,旌旗杳靄間②。春心度花柳,詩眼掠江山。遠樹疏烟合,斜陽獨鳥還。相看倦行役,慚愧白雲間。

和林子蒼湖亭晚酌　元盧　琦

登臨多野趣,未暇問朝簪。南國③秋聲起,西湖暮景涵。江雲連遠樹,山雨落寒嵐。同是他鄉客,相携看斗南。

游萬松庵④　元盧　琦

梵宇空山静,秋風曉更清⑤。嵐光連霧氣,松響亂溪聲。竹戶流泉近,蘭階落葉平。夜寒人不寐,千嶂一燈明。

惠安道中　元盧　琦

龍山兵火後,百里總蕭疏。官帑需新賦,公田索舊租。蓴鱸頻有夢,鴻雁久無書。自笑成何用,雲邊是舊廬。

詠龍山書院　明余　福

志士論經處,幽期不可尋。山風吹散帙,澗水雜鳴琴。窗曙收寒霧,庭昏下夕陰。名馳柏臺上,長憶舊園林。

游員常寺錄一　明張　岳

嶂合孤烟暮,秋初響籟清。到來情已愜,坐久累還輕。留偈僧何在?通宵月自明。年華駐筇竹,從爾謝山靈。寺在邑靈瑞山龍泉之北,公未第時讀書于此。

和可齋飲駐仙亭 明張　岳

亭陰清翠篠,樹影搖清楓⑥。偶此殊方會,翛然滿檻風。棋敲静夜子,月掛下弦弓。不爲留連飲,天涯任轉蓬。

桃源洞 明李　愷

紛華歧路側,天隱入深山。葉落忘秋老,花開對樹閑。鷄刀何日化？鶴馭幾時還？盡說神仙境,誰知洗耳灣？

度七盤嶺有懷 明李　愷

傷兹萬里艱,更度七盤山。鳥語烟霞石,嵐開虎豹關。終朝看寶劍,幾日賜瓊環。却憶陶公傳,彈琴歸去還。

良鄉之都城 明康　朗

曉隨車馬喧,望日渡西原。回首天南域,驚秋薊北門。風塵終歲事,衰薄一身存。明發雲霄裏,應同燕雀翻。

四月晚發黔江 明康　朗

出谷燕風清,移帆夕水明。灘聲喧積潦,月色澹新晴。兩岸花迎棹,中峰角倚城。旅愁與邊思,此夜一含情。

桑洲道中 明康　朗

合嶂⑦若雲屯,松隄近有門。懸崖盤石磴,伏澗蕩山根。鳥影烟中樹,鷄聲谷裏村。仙源應不遠,聊此采芳蓀。

晚次大安，官舍、民舍宿者皆滿，寓宿揚店　明康　朗

陰陰關上村，旅舍欲黃昏。樹色綠當戶，泉聲寒掩門。風塵殊楚越，雲物近鄉園。寄謝爭席客，吾心正不喧。

旅　懷　明莊朝賓

兵甲愁來滿，庪頭猶見星。百年雙短鬢，萬里一孤亭。憂國慚迂劣，思鄉易涕零。天河如可挽⑧，赤血洗殘腥⑨。

劉筆山登科岩宴集　明莊應禎

層岩渺寄興，況復故人同。石徑春山外，溪流夕照中。幽花晴裹露，高樹晚迎風⑩。塵思何能洗？清尊幸不空。

過盤江次韻　明郭　良

古渡稱天險，清時喜物華。浦雲迎客斾，沙鳥狎星槎。千里波光淨，三春驛路賒。隔村漁唱晚，沽酒欲忘家。

顏桃陵池閣二首　明黃克晦

池閣清溪上，清溪作四鄰。一瓢顏氏樂，三徑蔣家貧。竹裏頻邀客，花間不值人。翻嫌蒼翠色，早晚濕衣巾。

其　二

窗几多餘興，徘徊夕照間。碓舂東去水，簾卷北來山。翰墨皆能事，風流自可攀。請看花外鳥，猶自不知還。

挽俞都督二首　明黃克晦

大星落東海，涕泣滿城哀。百戰功徒在，千秋夢不回。雲消天地氣，世絕古

今才。寂寞廉頗館,空餘吊客來。

其 二

名在周元老,精淪漢鉅儒。百年吾道失,十載友情孤。悲撼將軍樹,哀生孺子芻。淋漓雙泪眼,看碧已成朱。

南寺和林襄毅公溪聲閣韻 明黃克晦

雙屐南山寺,蕭蕭落葉聞。人行將盡雨,僧待欲歸雲。竹吹傳鶯語,峰嵐變豹文。從紉衣上佩,幽谷有蘭薰。

奉和林使君贈別之作,重以留別次韻 明黃克晦

舟中分袂處,相對更相憐。雲帶無邊路,江銜欲盡天。鼓笳生獨夜,雨雪入殘年。千古悲難別,非余只獨然。

暮春得山字⑪ 明黃克晦

藥圃飄紅盡,荊扉坐自關。無花三日醒,多病一春閑。乳雀烟中草,啼鵑雨後山。猶堪携伴侶,笑傲綠陰間。

鼓樓相傳爲閩越王關樓,更漏尚存。 明黃克晦

霸主故時樓,西風倚檻愁。挈壺猶日月,太史自春秋。江雨腥龍氣,山雲暗虎頭。鐘聲十萬户,暝色滿中洲。

夜坐懷邵長孺⑫[時長孺例國子。] 明黃克晦

空齋宵更寂,獨坐憶同袍。霜氣歸鴉盡,鐘聲片月高。一杯寒未飲,雙鬢短仍搔。君自知音在,尋常酒興豪。

送于大常榮擢過家 明陳玉輝

六載循良績,徵書下九霄。前旌七澤近,回棹五雲遥。疊鼓江聲細,飛霞鷁

首飘。臨歧無限意,北望更迢迢。

贈鉛山上人　明陳玉輝

古寺何年闢？長虹迥古津。滄桑皆幻境,雲水屬幽人。説法天花墜,净心鷗鳥親。風塵憔悴久,吾欲結芳鄰。

雙髻山和鄭先生韻　明薛邦寵

攀躋絶巘頂,呼吸上通天。水向銀河瀉,山隨玉斗旋。苔紋明綉石,花氣暗香泉。一曲瀟湘意,白雲天際還。

舟泊五羊城下,同葉宏望廣文游海珠寺　明祖熙寅

客中愁岑寂,塵外喜招携。禪刹香風滿,虛亭碧景低。波黏天上下,岸隱樹東西。莫訝龍宮夕,珠光夜不迷。

登古儋城樓　明祖熙寅

江山到欲盡,氣候每難濟。臘月霜林茂,炎天風雨凄。人家多傍竹,俗語半爲黎。悵惘他鄉夕,峰前[13]落日低。

同有友窮九潊　明許　朱

直此[14]窮九潊,非因乞夢奢。山疑顛米石,水絶使騫槎。稚子扶爲杖,楓林權作家。隨將荒徑葉,烘酒共生涯。

青山廟　明許　朱

廟祀青山王張梱,去城東二十里許。建縣之地,其舊墟也。

葉侯焚佛像,留獨此山名。一水到天盡,孤峰忽海生。層樓蜃外影,黄石暗中兵。之子魂還在,青松拱故城。

漁溪訪鄭十龍年丈溪園　明許　朱

芒鞵欣故里，負蒯訪幽居。蔬摘園中果，饌烹溪畔魚。千株花四季，數卷蠹三餘。欲把白雲贈，浮浮總不如。

白下訪友人不遇　明王忠孝

過訪爲離群，孤舟繫夕曛。到門唯看竹，招隱莫移文。夜雨青燈渺，秋風白雁分。懸知良友意，春樹起江雲。

北上過宿淼軒，曹能始年伯欣然以詩相贈，依韻奉和　明張正聲

隱居非爲宦，著作不求稱。元寂超三昧，豪華誚五陵。雲岩清井里，花院老孤僧。幽意歡相贈，徬徨永夜燈。

冬日溯灘　明曾　璟

閩溪不易溯，泉涸更難攀。怪鬼相呼族⑮，熊羆晝閉關。通舟纔一線，曲鎖似連環。十里前村舍，日曛猶幾灣。

鹿苑寺尋天木上人　明劉　莊

曉來忙底事，撥累向東林。以我烟霞癖，同君水月心。賦詩茅屋下，聽法石蓮陰。緬想支兼許，孤情豈異今。

春日自嘆　明戴　雲

寂寂生蓬鬢，蹉跎嘆此身。愁眉長不掃，團鏡暗生塵。粉蝶翻花亂，嬌鶯囀柳頻。那堪回首處，風景與何人？

哭周門妹　明戴　雲

一死誰能免？應憐年少時。愁雲迷繡閣，淒雨入妝帷。忍別周郎去，遠從

王母隨。空餘朱(珠)履迹,惆悵泣連枝。

夜　坐　明曾士林

獨坐青天下,風飄竹葉香。殘花窺座滿,明月映階涼。山影將秋亂,江聲放夜長。好懷誰共語?呼酒縱詩狂。

次韻鄭牧仲見訪二首[16]　國朝釋超宏

夫子康成後,人倫第一流。斗山[17]原自遠,羅罻豈能收?書帶仍無恙,石田知有秋[18]。同居堪忍界,隱德亦須籌。

其　二

岩巒堪作主,鹿豕亦同群。澗汲時烹雪,筇[19]携每撥雲。無心唯委運,有漏爲多聞。數畝山田薄,遲君此共耘。

錢相墳　國朝釋超宏

倉皇膺揆命,辛苦鄞江來。銜木心何壯,揮戈日不回。精靈還岳瀆,緇素蕫蒿萊。老我芒鞋客,招魂敢訴哀。

游玉華洞二首　國朝盧　易

隔水尋幽去,烟嵐接面來。石留銀榜字,地聳玉釵臺。一葉游空際,三生度劫灰。堪嗟蝸上角,文影逐波迴。

其　二

曉分天氣碧,擷勝入桃源。山鳥曾窺路,秦民尚有村。紫錢橫古壁,蒼檜鎖層門[20]。敢借仙人燭,觟浮且細論。

江行雜咏錄三　國朝朱兆綱

河流非不穩,偏喜泛江舟。祇恐還山後,再無攬勝游。歸心懸五兩,帆影逐三秋。縱目欣浩淼,波光任廣收。

其二

已過乘槎候,又非詣闕人。風雲輕世事,烟水遂吾身。流急依蘆溯,篷低賴槳頻。小灣堪泊宿,漁火是芳鄰。

其三

秋水橫空滿,清風刺面寒。舟人欣破浪,吾意欲安瀾。山遠容疑澹,樹深葉未殘。荻花能送客,千里猶盤桓。

冒雨過固關　國朝朱兆綱

去國驅車急,飄然信雨晴。投艱心勿動,出險路當行。晋土憑關盡,燕山帶霧橫。圖書惟數卷,沾濕未忘情。

丙寅中秋　國朝朱兆綱

二十四年月,今宵家裏看。鳥歸雲外翩,馬退櫪邊鞍。虛壁慚光滿,餘生嘆影殘。莫思持玉斧,枕襆耐清寒。

憑欄　國朝林之豸

斜陽倚檻望,秋色入樓扉。雲外千峰立,天邊一雁歸。乾坤老蒼鬢,詩酒懷白衣。近看菊花秀,添霜色更肥。

辛丑小春,過安平,訪顏東籬亦圃,題壁四首　國朝林之濬

疇昔繁華地,今看尚寂寥。滄桑城市改,丘壑石林饒。布置皆名畫,經營況白描。桃源殊不遠,心迹自迢迢。

其二

橘柚垂垂實,椒蘭處處花。斷碑工響搨,題額各名家。中酒憑欄晚,聞歌倚竹斜。源山試回首,一半暮雲遮。

其　三

亭榭無多處,軒窗日日閑。布金纔十笏,隔海即三山。點綴樹皆老,雕鎸石不頑。高臺聊徙倚,宛轉盡相關。

其　四

寂寞更闌後,幽心景愈賒。潮聲喧暮樹,月色上籬花。鄰寺霜鐘急,遥天塞雁斜。徘徊無一語,疑是泛仙槎。

題保定張氏殉難錄二首　國朝林之潘

官閑人共恕,事去勢猶孤。獨灑神州泪,長留《上谷圖》。兒童皆有膽,巾幗亦忘軀。二十三人氣,千秋尚不渝。

其　二

已報三營潰,俄傳九廟傾。黃巾紛百萬,黑子止孤城。家破原隨國,弟存猶慰兄。應知賣降者,衮衮盡公卿。

經襄陽二首　國朝林之潘

汀洲窮遠目,一覺楚天新。浩蕩戰爭地,風流游冶人。江山留藻思,雲樹記吟身。惆悵鹿門路,無從訪隱淪。

其　二

蘢葱餘秀色,掩映畫圖明。山識登臨處,人傳耆舊名。梧桐省中咏,楊柳漢南情。日暮長歌去,烟波一抹橫。

永寧歸舟即景　國朝莊承祚

下水西風急,舟輕山自奔。雨灘開棹路,江石點篙痕。細葦汀雲晚,孤亭岸樹昏。推篷遥放眼,百里半荒村。

癸巳二月,海康視事　國朝莊承祚

瘴海東南極,訟庭榔樹間。蔗漿紅亥市,竹米白春山。相語似鄉里,答歌如峒蠻。誤傳雷可食,舊史待余刪。

發浦口至代州道中作錄四　國朝黃吳祚

過雁驚飛處,家君久戍難。六年猶在郡,五調未移官。遠塞黃雲墓,荒原白草寒。時聞舊部曲,建節出長安。

其　二

訪古滁陽郡,歐公五馬停。人存《居士傳》,地想醉翁亭。斷水凝新白,寒山失舊青。雖然游未得,風景似曾經。

其　三

江浦孤帆遠,梁城匹馬過。湖風連紫塞,仲月渡黃河。野戍聞笳動,鄉心向雁多。中流波浪惡,不敢叩舷歌。

其　四

計程百餘里,旦夕抵天涯。邊塞來仍客,官衙到是家。雁逞三月字,雪作一冬花。舞彩真吾事,承歡送歲華。

律　詩　六　言

仲秋,李仲明招飲茅翁岩,岩有僧坐定,醉後紀事　明孫幼孜

梧葉人間秋半,芙蓉席上酒頻。曾聞璧月夜滿,更喜茅岩朝新。十里馬蹄作客,一時山色留人。禪僧不訝詩拙,明日碧紗籠塵。

【校記】

① "暗明後",《九日山志》(修訂本,上海辭書出版社,二〇〇六年版)卷五作"清明後"。

② "杳靄間",《九日山志》卷五作"香靄間"。

③ "南國",《圭峰集》卷上作"東海"。

④ 《游萬松庵》,《圭峰集》卷上有二首,本書錄一首。

⑤ "曉更清",《圭峰集》卷上作"晚更清"。

⑥ "清楓",清嘉慶《惠安縣志》卷三十三作"清桐"。

⑦ "合嶂",清嘉慶《惠安縣志》卷三十三作"含嶂"。

⑧ "如可挽",清嘉慶《惠安縣志》卷三十三作"如見挽"。

⑨ "洗殘腥",清嘉慶《惠安縣志》卷三十三作"洗殘星"。

⑩ "晚迎風",清嘉慶《惠安縣志》卷三十三作"晚多風"。

⑪ 《黃吾野先生詩集》卷三題爲《暮春》,無"得山字"三字。

⑫ 《黃吾野先生詩集》卷三載有二首,本書僅録一首。

⑬ "峰前",清嘉慶《惠安縣志》卷三十三作"峰西"。

⑭ "直此",清嘉慶《惠安縣志》卷三十三作"直來"。

⑮ "相呼族",清嘉慶《惠安縣志》卷三十三作"時呼族"。

⑯ 《瘦松集》卷七下載有四首,本書僅録二首。

⑰ "斗山",《瘦松集》卷七下作"雲漢"。

⑱ "知有秋",《瘦松集》卷七下作"或有秋"。

⑲ "筇",《瘦松集》卷七下作"杖"。

⑳ "蒼檜鎖層門",清嘉慶《惠安縣志》卷三十三作"暖氣瑣層門"。

螺陽文獻卷十八

律詩七言

深春早起　宋黃宗旦

淑氣城頭傍旭開，山光霞彩入簾來。綠侵郊外聞啼鳥①，紅落人間待摽梅。新水將添夜雨度，舊貂欲解曉風催。昔賢行樂應多意，莫罷手中鸚鵡杯。

寂光寺　宋王獻臣

霸業何勞問廢興，前人樓閣後人登。海山有籍歸真主，雲物無情屬野僧。飲鹿澄潭環細浪，啼猴拱木網寒藤。紛華不見舊時事，唯有禪龕空報燈。

鳴峰岩　宋黃巖孫

卓錫當年愛此峰，直于頂上駐禪竻。岩深疑有仙人宅，地僻全無俗客踪。罅石引泉圍古壁，斷烟拖露滴寒松。夜來冷枕蒲團睡，夢破一聲殘月鐘。

再到仙溪　宋黃巖孫

異時吏隱處海邊，一去重來十六年。犬不吠村猶昨夢，馬曾諳路續前鞭。溪山吟嘯應相識，朋舊弈圍如有緣。業債白頭償未足，鯉湖何處覓神仙？

自高郵買舟還江南，至常州值雨寄曾元達②　元盧琦

萬里扁舟偶獨還，毘陵城下小盤桓③。天連曠野青山少，雨滿空樓白晝寒④。旅邸有人垂顧問，家書何日寄平安？半生勳業成迂闊，猶自窗前把鏡看。

贈雲峰道人　元　盧　琦

江湖十載老仙翁,手推⑤枯藤剡水東。玉笛數聲秋月白,錦文萬疊曉霞紅。雲隨杖屨無心出,海繞蓬壺有路通。山岳明朝何處客,好隨詩句寄飛鴻?

登姑蘇臺　元　盧　琦

有客携詩此遠游,欄干倒影没寒流。千年歌舞渾如夢,九日登臨總是愁!故國寒花應未晚,孤城殘柳不禁秋。蓴鱸倘遂南歸興,笑向橋邊問釣舟。

題南岡上人詩卷　元　盧　琦

曾見天花⑥落講堂,翩然振錫白雲鄉。蓋茅絕壁星辰近,采藥深林雨露香。獨鶴當窗松影瘦,老龍歸洞夕陰涼。相思欲寄成新偈,木葉⑦蕭蕭山路長。

題金山寺　元　盧　琦

朱欄六曲倚高秋,元氣茫茫日夜浮。客去客來天地老,潮生潮落古今愁。疏鐘水國前朝寺,斜日海門何處舟?更擬黃昏盡餘興,卻從燈火認揚州。

題道觀　元　盧　琦

太清樓閣世塵稀,朗誦《黃庭》覓紫芝。童子雲中種靈藥,老師松下著殘棋。龍隨飛劍風生壑,鶴守神丹月滿池。仙客不來瑤草綠,天香落筆自題詩。

泊小孤山　元　盧　琦

扁舟繫纜大江濱,與客登臨漫愴神⑧。塵世幾經興廢事,江流不管古今人。秋聲⑨彭澤松聲老,日落孤山雁影新。歸到篷窗眠不得,遠懷故國夢頻頻。

游林肅寺,和林清源先生韻　元　盧　琦

秋到人間纔六日,閑尋野寺過年華⑩。雷聲忽度山中雨,霧氣遙凝海上霞。

古院疏槐堪繫馬,荒城落日又啼鴉。老僧不管興亡事,獨閉松扉自煮茶。

寄同年狀元拜住善御史⑪　元盧　琦

臚唱乍傳同虎榜,綉衣還見上烏臺。石頭城下題詩遍,天目山前攬轡回。使節照江秋色立⑫,諫書排闥曙雲開。東南赤子瘡痍甚,日望分司御史來。

宋介夫遺荔枝並君謨墨迹　元盧　琦

病客愁懷鬱未伸,窮簷盡日幾回巡。多情故舊偏憐我,一種甘香最可人。宋祖聲名傳耳底,蔡公墨迹喜躬親。千年佳樹蟠根在,莫怪莊周說古椿。

分水關和朱明仲韻　元盧　琦

誰鑿巑岏作巨藩?崎嶇盡處一逢原。千岩流水東南合⑬,萬叠層巒紫翠屯。驛使停驂松外路,居人買酒竹邊村。道經烏石頻回首,山後山前多白雲。

中秋⑭過徑江張伯雅席上作　元盧　琦

征衫一路拂輕埃,袖得嵐光渡水來。月色不如今夜好,客懷應爲故人開。香隨桂子雲間落,夢逐潮聲海上回。醉倚西風賦離別,明年何處共銜杯?

挽　友　明謝子龍

溪西人去水空流,落日蕭蕭溪上樓⑮。草滿池塘春自綠,鶴歸華表夜多愁。半生事業詩千卷,百世儀型⑯土一丘。回首吟魂招不得,悲風杜宇起西洲。

九鯉湖　明陳　睿⑰

何處飛來海上山?年華不老水雲顏。晶宮月色暝如晝,聳壑天門迥可攀。白日騎魚歸漢表,碧桃隨水到人間。我來預訂神仙會,九漈十洲一夢間。

崧光精舍 明黃　春

翠疊烟嵐簇數峰，金鰲畫棟夜聞鐘。草深丞相階前路，雲鎖葛翁陂下龍。饗祀有觴歌萬壽，巡行立馬慰三農。我來認取《黃庭》訣，雲在東窗月在松。

和可齋過安都營韻 明張　岳

海上春風細柳營，江雲靜抱一川平⑱。菰蒲晚泛磨刀水，烟井初開殊俗氓。此集衣冠成故事，他年樽俎誰（記）長城。濁醪共醉芳菲暮，畫角聲沉月始生。

觀莫福海像書事 明張　岳

若翁文理領南中，朱鳥回光照膽紅。世事水流餘故步，名駒汗血更追風。已憑禹鼎銷魑魅，好向龍編樹椅桐。瞻代只今多霈澤，百年忠孝莫匆匆。

況村即事 明張　岳

江湍夜響雨聲中，錦纜沙痕漲幾重。鳥雀深林⑲初日麗，關河舊恨白雲封。漁舠遠泛還迷浦，獵火暮歸如舉烽⑳。昨偶村邊試病足，兒童驚訝履聲跫。

經宿受降城㉑ 明張　岳

沉沉高閣午陰清㉒，況有巘岏蒼翠迎。金鼓往年分閫地，關山千古受降城。龍蛇蟄伏天機靜，烟雨冥濛春草生。倦倚烏皮成獨寐，不堪幽夢緬縱橫。

游白石洞㉓ 明張　岳

夢裏似曾踏翠寒，萬山洞壑石林攢。豈知㉔夏冷冬溫地，祇在藤梢棘刺間。陰火瓊膏烹日月，長空簫管待虬鸞。道人不是避秦客，漫憶桃花回首看。

秋興次杜少陵韻 明李　愷

余丁未懸車，今耄矣，獨戀窮山、松風、竹月之下，感今懷昔，鬱抱不能以已，則日次一詩，積成八音。

一聲鴻雁噭西林，千里凝眸氣爽森。流水江頭迷去住，浮雲天外變晴陰。清時謾試屠龍手，白髮空餘伏驥心。獨對寒山吹夜笛，淒淒似是擣霜砧。

其　二

小隱山頭日欲斜，秋心月下惜年華。神州皈皈歸皇極，河漢盈盈泛斗槎。楚客懷人時結茝，羌胡款塞夜吹笳。昌黎二鳥徒興羨，白日光榮玉樹花。

其　三

憶昔神京擁曉暉，未央珠履佩聲微。九成管瑟喧天奏，五彩雲霞向日飛。補袞忠誠何處見？逆鱗情緒與心違。歸來夢斷荒三徑，喜有場鷄八月肥。

其　四

世事紛紛似局棋，年來堪喜亦堪悲。鷗夷賜劍忠無補，洙泗鳴琴樂有時。綠野朱門春寂寞，烏衣金谷草蓁遲。臨風感慨人千古，鴻鵠歌殘有所思。

其　五

秋聲蕭颯滿溪山，秋思蕭疏客夢間。却貢和蕃南海鳥，暹羅感余，爲建却金亭。上書降莫鎭門關。上毛尚書書，言登庸必降。申椒馥郁誇靈佩，籬菊英華駐老顏。嘆息思君傷歲暮，春心搖落鬢毛斑。

其　六

弘景山中嘆白頭，芙蓉塞水報新秋。疏桐華月呈清景，白露蒼葭結暮愁。才子長沙曾賦鵩，何人南浦不疑鷗？自憐賜玦心徒赤，欲候安期海上洲。

其　七

節鉞當年耻訟功，持衰哭母出辰中。乙巳辰沅聞母喪。傷成貝錦開東墅，剩有龍泉寄北風。鶴鷉避人千仞迴，黿鼉破浪滿江紅。翻雲覆雨誰知己？潦倒相看簑笠翁。

其　八

木落山空徑路迤，水瀲石出釣魚陂。一川風月清如滴，九畹蕙蘭香有枝。鸛鵒蛮鴻明日去，蓴羹鱸膾暮秋移。寂寥多恨憑誰語？讀罷《騷經》老淚垂。

紀　夢　明王以寧

羅浮神憶如三秋，清夢曾經兩度游。杳杳青霞連碧漢，冥冥朱洞隱丹丘。雞鳴海日生雲岫，雪夜仙童下石樓。此日登臨恣幽賞，恍疑身世寄滄洲。

天壽山登望　明康　朗

漢家陵寢枕燕山，紫氣悠悠沙朔間。馳道侵霄[25]芳樹直，幽城藏日落花閑[26]。羌歌出塞當宵切，胡雁驚秋帶月還。惟有黃花諸鎮戍，年年長閉北門關。

過昌平廢縣，謁狄梁公祠　明康　朗

裹衣出郭爲奇好，走馬荒山看古碑。落日惟聞關塞曲，空城不見并州兒。千家樹影隨流水，萬井烟光落廢陂。獨有飛禽來復去，時時啼向使君祠。

和江少峰曹長元日早朝遇雪即事之作　明康　朗

九重晴雪帶恩輝，萬國朝天向紫薇。瑞氣含香浮彩仗，寒花拂曙點朝衣。光搖日影千官靜，歌合陽春上客歸。薄暮相攜到西省，瑤音猶繞鳳樓飛。

九月十五日出京，風雪中聞警[27]　明康　朗

遠看烽火邊城合，愁向烟塵南陌分。庾亮隱憂空戀闕，賈生流淚[28]欲談軍。征衣九月天山雪，去路孤舟薊北雲。回首向人唯落葉，秋聲灞上不堪聞。

初到梧州謁督府　明康　朗

一望征南戰地寬，百年爭戰隔雲端。月明鼓角當秋壯[29]，雪霽旌旗照日寒。杖策同趨裴相府，分旄誰上伏波壇？漢家銅柱應猶在，好拂吳鉤中夜看。

歐陽司馬南伐日南，海南同時奏凱　明康　朗

銅柱東南猶未賓，上卿仗鉞度雷津。伏波故道斜臨海，赤隴千峰半似秦。

鼓角晴開瓊樹曉,旌旗迴拂日邊塵。功成不計雲臺賞,周雅重歌元老人。

送商少峰廣東兵憲㉚ 明康　朗

南中憲使節旄香,賓從雍容滿路光。早歲遲回青鎖客㉛,同時偃蹇尚書郎。署中人去三湘雨,嶺外雁稀萬木霜。聞道征南諸將在,看君長策佐廟廊㉜。

聞張净峰自浙赴安南之役林次崖還閩中募海兵 明康　朗

南荒十月有炎暉,五嶺秋深雁到稀。嵐氣衝關㉝銅柱折,滄流擊鼓島夷歸。謀臣杖策趨開府,憲使徵兵入釣磯。莫道伏波能破虜,西征又見羽書飛。

徐州同梅户部登雲龍山亭覽眺 明康　朗

河上微風卷旆旌,龍山晚眺遠山清。雲開楚郡千峰碧,日落徐流二水明。戰地人歸晴戲馬,高亭鶴散夜聞笙。萬家烟樹雄圖裏,尊酒誰憐楚客情?

同與槐學憲鎮粵樓登望 明康　朗

邊愁黯黯逐人哀,嶺外逢君江上臺。春盡洞庭鴻已去,天低銅柱雨初來。孤城花落山烟裏,半壁鶯啼越樹隈。此地由來多遠客,對君獨憶柳州才。

早朝賜宴即事 明康　朗

太平龍衮垂仙禁,遥望瑶池在紫微。萬國冠裳森曉月,三朝鐘鼓静秋暉。城鴉自下鳳樓舞,元鶴時來玉苑飛。獨愧淺才無獻納,叨從東閣㉞宴中歸。

丁未南宮宴罷三首 明莊應禎

太平天子開東閣,歌賦橫汾陋漢京。睿藻當軒親策士,榴花天酒酌元卿。建章仙仗雲中吹,長樂鐘聲柳外清。此日承恩誇獨步,共傳吐握引書生。

其　二

五百年來欣合朔,三千禮樂對周京。九霄旗影傍丹衮,三殿楓香散上卿。

朽質無材堪報國,草堂有夢㉟到西清。治安獻策人爭羨,應愧洛陽一賈生。

其　三

蓬萊宮闕望中明,五色天書下玉京。咫尺龍顏瞻日月,跟蹌虎旅肅公卿。雲開瑞日麗金殿,風遞疏鐘度太清。早晚長楊誰獻賦?懸知都是魯諸生。

清水岩　明曾承芳

山寺巍巍海上林,飛泉一道洗禪心。分來牖下竹枝細,汲向樓前雲影深。雨裏松杉全失樹,石中鐘鼓自成音。寥寥空谷逃人足,聊借僧房草榻吟。

春　夜　明張　峰

八千里外自悲歡,涉世方知行路難。老去逢春孤興減,夜來對榻一燈殘。暫留斜月無人賞,空負清輝過院寒。寄語莊周蝴蝶夢,夢回曾否生飛翰?

游蓮花峰　明林富春

登高百尺起秋思,訪古千年憶舊基。雲岫飛從天上落,蓮華開向石中奇。瀆通漢紀躍蛟鯉,嶂列地關擁虎貔。莫道海濱形勝渺,夕陽影接扶桑枝。

題高士岩二首　明戴一俊

未老當年辭帝闕,遂初章紱等浮雲。翛然高臥羲皇侶,久矣相看綺里群。一局松聲鳴邃谷,千峰竹葉駐斜曛。栖遲不盡鹿門興,何處稚圭更勒文?

其　二

早賦歸來棲碧山,岩頭風景謝人寰。嵐光映牖青霄落,松影搖階翠岫環。幽鳥忽來音自好,行雲坐看意俱閑。樵人故訝蘇門隱,清嘯鳳鳴不可攀。

重游岵山,和敬吾蕭明府韻　明戴一俊

古寺懸崖瞰碧瀾,芳辰載酒共憑欄。青郊更喜棠陰遍,空谷何來玉佩珊?

潮打海門晴亦雨，浪飛石閣夏仍寒。大夫不負登高興，作賦凌雲擬漢園。

題一片瓦石室　明戴一俊

天開石室倚雲端，碧水丹崖屬大觀。百里列屏争拱揖，千年佳氣自盤桓。喜瞻南極瑞光迥，遥指上台龍勢蟠。興到不妨頻著屐，時從綠野采芳蘭。

朝見，值新換金鐘　明郭　良

環珮趨朝清漏殘，離離珠斗夜闌干。蓬萊月迥翠華静，閶闔雲收紫氣攢。四海車書尊北極，萬年形勢奠長安。龍橋正值新鐘鼓，百二山河散曉寒。

和督學劉小鶴見贈　明郭　良

海濱結屋半成茅，瀟灑何須解客嘲。聊共兒孫翻竹簡，時尋麋鹿入山坳。雲含雨氣栖空谷，鳥帶夕暉返舊巢。珍重澤蘭相贈意，知君能問布衣交。

夜坐有懷　明鄭一信

獨坐空庭玩月華，微涼湛露挹輕紗。五雲宮闕瞻依近，萬里關山入夢賒。紫笛聲中聞《折柳》，黄沙磧上謾吹笳。愁心欲共銀河注，一夕東流送客槎。

西安門曉望　明鄭一信

銀河西没漢宫曦，捧日祥雲繞玉墀。湛露全消三伏暑，仙葩半出萬年枝。已無絳幘催殘夜，空有金吾散早時。謾對芳晨傷寂寞，周家根本屬豐岐。

遣悶　明鄭一信

湖海二毛書劍收，慣看人世坐消憂。權門炙手翻羅雀，蔀屋生塵爽畫樓㊱。秋水空涵萬象影，晴天不礙片雲浮。百年心事誰堪語？明月清風老一丘。

謝村岩　明鄭一濂

孤舟東繫大江干,江上凌空古洞寒。穴出山巔穿日月,怪生石氣動黿鼉。身當絕壁天如陟,水自方池㊲旱不乾。因憩玄武危坐處,浮生何托欲黃冠?

登象州城樓　明鄭一濂

方陟秋城萬仞山,海天風物對愁顏。雲連雁影飄諸駱,樹帶江烟繞百蠻。長荻蒙茸韃鼬徑,攢峰回合虎狼關。邊籌借箸漸無補,萬里凄風鬢已斑。

白雲岩　明孫有敷

岩在雲堆廢迹遺,白雲又覆一梯危。碧連溟海雨輕過,練入青榕鳥不知。塔外寶花閑惹袖,石間法水暗經池。誅茅結屋人歸去,鶴鸛巢空林影移。

聽話西苑分得"章"、"鈎"二字　明黃克晦

白髮三朝執戟郎,自言西苑從先皇。花間御氣龍文結,水上雄風雉尾涼。楊柳金堤飛孔雀,芙蓉寶殿閉鴛鴦。侍臣奏罷歸青瑣㊳,宮女翻班入建章。

又

雷殿㊴清虛太液秋,至尊多在望仙樓。樹深宮闕東西合,月出星河上下流。麟圃紫芝春曄曄,兔園白鹿曉呦呦。軒轅鼎在龍髯斷㊵,露箔㊶風簾不上鈎。

夜宿蘆溪　明黃克晦

薜蘿溪上暮停車,路入空村一徑斜。野老迎人歸草閣,山童問酒過鄰家。疏林半出前朝寺,殘菊猶開十月花。栗里獨存敦樸處,他年就爾學桑麻。

桃溪夜泊　明黃克晦

清霜夜落武陵溪,水上蒼烟十丈齊。野爨冷燒紅葉火,村舂寒接五更雞。

不眠枕上多新得，所過山中有舊題。起問昨宵沽酒處，人家只在小橋西。

九日重游九日山　明黃克晦

本與名山有宿緣，一年兩度此山巔。風流不落孟嘉後，強健還居杜老前。出壑野猿迎舊識，孤僧茶竈起新烟。秦君物色憑誰領？細揭荒碑弔昔賢。

除夕道廊閑步　明黃克晦

寒色蒼蒼落日斜，空庭獨立數歸鴉。石人此際方無淚，羽客今宵亦有家。已判離愁消柏葉，誰堪詩句頌椒花？明朝覽鏡㊷休憐色，未入新年鬢已華。

經惠陽傷亂　明黃克晦

東粵重來倍黯然，荒村古堡暗蒼烟。山中故老無歸業，水上新民未種田。江燕春深巢樹腹，野狐日落吠溪邊。東風那管亂離事，草色籐花似往年。

張儀部舊在翰林，左遷劍州別駕，有事溫陵，邀余游清源洞㊸　明黃克晦

仙岩長覆落花塵，苔徑蒙茸百草茵。雲盡千峰爭對客，林深獨鶴暗窺人。青山不負燃藜杖，滄海何孤躍劍津？明發諸天還有約，莫辭簪弁映綸巾。

集神樂觀分得"江"字㊹　明黃克晦

太祖六龍飛渡江，鈞天樂奏百神降。壇前餘響浮高樹，梁上輕塵落暗窗。輦路年深荒蘚合，珠林人靜彩禽雙。觀周未愧延陵札，欲進遺詩鬢已龐。

天開岩次韻二首　明陳　鍔

搖落烟嵐不記年，喜逢仙謫振岩巔。蒼崖危倚疑無地，丹竇斜穿別有天。露泡薛蘿衣裛裛，風生杖屨意玄玄。山間樂事誇真率，何處蓬壺更覓襌？

其 二

五百年來憶舊題,登臨此日境尤熙。花迎劍佩春風細,鶴倚茶烟瑞靄低。眺遠八荒歸几席,通幽一徑繞巘崎。同游芳社良非偶,潦倒何妨去路遲。

送清漳戴時卿游吴　明陳　濂

誰謂出門便有營？間關政自稱閑情。雲山未了高人債,杖笠應尋到處盟。顧渚秋新香在椀,惠泉楓冷雪盈觥。少文若解邀游趣,不向琴中老此生。

簡江惟誠⑮端州　明吴天成

君今何在古端州？幕府征南策盡收。曠莽⑯乾坤憐作客,風花時節各登樓。田廬海上酒杯闊,郡縣隴西兵事休。聞在彼中推雄伯,向來草檄竟誰儔？

聞劉懷崢當謫,惜別之作　明江化鯉

不堪夜雨聲聲聞,百起孤床嘆離群。世上祇今多白眼,人生何處附青雲？元無貞柏能移性,豈有幽蘭自改芬？君去好將安善地,綠萍中斷惜難分。

白門紀懷錄八　明陳玉輝

策馬橋西多勝踪,深林古刹復重重。靄拖嵐濕青□迫,杯度柳陰綠更濃。天闕峰高懸石壁,雲亭江遠隔芙蓉。攀蘿忽憶玉晨路,縹渺茅君何日逢？

其 二

對酒臨風有所思,況逢梅雨暮垂垂。蒼茫漚泡宦情澹,歷落星霜白髮知。世路已非姚姒日,蘭金誰復管鮑時？銅章不換烟霞癖,夢向深山問紫芝。

其 三

風景蕭蕭野興疏,登臺徙倚幾躊躇。蘭陽河決摧山郭,沙磧風高馳羽書。礦榷誰憐頻竭澤？青徐一望半荒墟。臨風空灑憂時泪,早向雲山結草廬。

其 四

萬里春光覆綠蕪,春深雨颯綠平鋪。望遥淮浦三山盡,綉拂星文一劍孤。

客枕經年嬰藥餌，海門何處狎鷗鳧？江南江北嗟歧路，忍向黃陵聽鷓鴣。

其　五

鍾山爽氣度高齋，翠柏叢筠間老懷。四海雲嵐連楚澤，萬家烟火繞秦淮。亭分樹色紆苔徑，磵瀉寒湍咽石崖。悟却南華《齊物論》，倚梧不覺月移階。

其　六

竹徑松風酒一杯，登樓南望雨花臺。華林春色經霜盡，淮水東流何日回？寄寄人間年景換，勞勞亭上夕陽催。千秋興廢空陳迹，遍野荒墳翳綠苔。

其　七

遼陽戎馬急紛紛，幕府誰當霍冠軍？赤羽星馳荒漢稽，蒼生野哭苦邊氛。孤城疊鼓催宵析（柝），千里連旌暗暮雲。天策頻年催上將，幾人鳴劍勒殊勳？

其　八

虎踞龍盤雪浪翻，東南半壁敵乾坤。星分牛斗開天塹，波湧金焦插海門。一抹澹烟浮野寺，連雲華棟俯江村。皇陵淚筆千秋在，願爲鼖辛動九閽。

冬晚贈別林衷楚，兼懷吳伯廉省中同事還漳有寄　明孫幼孜

萍踪倏忽易相違，渭樹天涯雪色微。世路似將我輩窄，別魂偏向故人飛。三山原是幾星聚，兩郡又看一雁歸。欲托詩簡寄遠意，洪喬知是浮沉非。

金山寺　明陳文進

楚纜吳檣萬里還，夢魂尚在㊼水雲間。地當好景多逢寺，江到中流合有山。鵲嶺高秋增突兀，龍宮深夜鎖潺湲。謝公無限登臨興㊽，不爲蒼生暫改顏。

送大方伯玄中張先生之任靈武　明祖熙寅

西陝天開靈武城，邊陲重鎮舊知名。清秋綸閣榮班履，瀕歲疆場羨解兵。雨過長堤驅六傳，月明高掌照雙旌。近聞聖主虛前席，分省視師只暫行。

333

游清源洞，雨中留題 明祖熙寅

岸幘蒼苔酒半醒[49]，斜陽山外雨初晴。萬家烟火攢雲樹，一帶春流繞郡城。人去洞深時嘯虎，客來花發已遷鶯。摩崖細讀留題遍，下界鐘微片月生。

洛陽橋 明祖熙寅

樹底孤帆帶夕暉，閑亭下馬拂征衣。天回戍壘春流迴，風静官橋晚浪歸。水國蒹葭長晰晰，沙汀鳧雁遠微微。昔賢已去荒祠在，淅瀝桐花滿釣磯。

金陵暮春 明許樗

貧篋金陵去住難，夜深無語倚欄杆。飛花影裏江山暮，折柳聲中樓閣寒。客恨盡將雙鬢改，相思常把五雲看。逢人漫說荆門夢，一自春回簟未安。

春日龍湫草舍許子生長之地。 明許朱

簾影黃昏捲綠苔，獨憐疏懶漫悠哉。山扉待月半開撐，草徑無人自去來。世外已知多一我，眼前但願醉千杯。簫聲無處吹《楊柳》，暗逐春風到翠臺。

鏡石山人問日作何生涯，賦此答之 明許朱

竟日瀟瀟意自閑，種花插木也相關。椰杯飲月分江水，竹笠欹風采蕨山。苦爲敲詩教白髮，笑緣醉酒却紅顏。生涯此日何須問，潦倒浮軀廿載間。

春日安溪谷回文甲辰、乙巳年讀書于此。 明許朱

輕風拂袖惹香塵，坐石臨溪泛藻蘋。晴弄碧天花落雨，綠愁寒谷柳眠春。鶯聲一院雲扉掩，鶴影雙階苔迹新。清興野僧閑對話，盈囊客恨別歌頻。

訪釣月山人不遇 明許朱

乘興子猷泛曉槎，翠烟隱隱釣魚家。來時六七八童子，坐處二三四朵花。

更有禽聲留客住，空餘竹影傍雲斜。旁人白眼笑唐突，撩破一村薄暮霞。

乙卯，郭龍湖孝廉邀寓菱溪山房　明許　朱

負笈並來訪翠林，帽風菱水送清音。榻前惟有琴書鬧，亭外何妨花鳥侵。霧借玄山疑豹隱，雲閒長岫侶禪心。狂將如意共飛舞，石壁留題蘿薜深。

同李梅羹游雞鳴寺，從觀星臺、鐘鼓樓而登獅子山絕頂
獅子山，宋學士作《閱江樓記》所謂"長江天塹，天所以限南北"，正此。後樓不果建。　明許　朱

雞鳴寺裏訪僧游，乘興共跨獅子頭。疑摘斗星携客袖，遥來鐘鼓入江樓。雲開古雉依山宿，浪吸長鯨斬地流。何事掛錢勞歲月？秣陵一幅望中收。

和伯氏亦樗金陵紀懷　明許　朱

忍聽悲風送暮笳，斜陽古樹怨啼鴉。忙中日月雙華鬢，閑裏乾坤一鹿車。人世疑航俱作客，杖頭有酒便爲家。只今秋色鳳臺上，不少舊時含露花。

大通橋督運[50]　明王忠孝

一行作吏置河干，曉唱漕籌夜未闌。羽檄方馳[51]西北顧，輓輪[52]誰念東南艱？城頭日落鐃聲動，岸畔霜飛[53]檣影寒。極目滿空慚報稱，盟心白水敢恒安[54]。

將赴紹興不果，舟中作　明王忠孝

譴謫徼恩餘十秋，一麾出守復何求。草堂春事枕中夢，越嶠宦情汀上鷗[55]，行路有懷驚短髮，匡時無策傍孤舟。臨流却步平生在[56]，祇恐移文笑浪游。

朝日夙興，以免朝讀書達旦　明張正聲

聞雞燃燭擬朝天，輟御中宵有詔傳。長樂鐘稀寒月窟，未央漏盡曉雲邊。

玉珂端坐羞名爵，青史翻開愛古賢。當宁于今商缺事，何勞章句腹便便。

過洞庭湖　明鄭柏茂㊄

洞庭烟景自千秋，爲愛湖光蕩客舟㊄。雪浪奔騰連漢碧，風帆縹緲接天浮。引杯遙對君山出，鼓瑟空傳帝子游。更自逢人談往事，徘徊吊古不勝愁！

秋　江　明陳元齡

浮沉十載盡江州，何處江空不是秋？陽鳥數聲歸客泪，蘆花幾點行人舟。長天曉色平臨水，橫浦嵐光翠逐流。留滯一方無限興，烟波況復更悠悠。

岩秋雜興四首　明曾璟

千峰㊉樹色月相輝，天外秋聲鴻雁歸。何寺㊊敲鐘疏和唄？隔溪流水靜鳴徽。詞臣渴望金莖露，山鬼寒添薜荔衣。多病自憐膚貌皴㊋，將求神漿願猶違㊌。

其　二

深山木脫有田平，鳥雀呼人樵且耕。孰是封君膏作甸，何年司馬膝爲瑩？斧薪古野嫌唐突，放犢前林恐觸争。却剩武陵一片地，讓歸隱者埋時名。

其　三

山色沓來扉莫扃，金風吹去草猶青。梧楸墻外樵人道，鹿豕蹊中明月庭。對酒何須桃葉舞，談詩不礙《蓮花經》。隴頭流水日敲戛，更和牧歌入近汀。

其　四

寒蟬寒雁見秋山，衰柳衰花送夏還。誰道長繩能繫日？畏看明鏡解移顔。逢人對酒歌黃鳥，無事當風放白鵬。莫恨蹉跎徒拓落，相尋屢在東籬端。

入石室岩㊍　明曾璟

江山何處非浮漚？數里雲峰接斗牛。石室還如吾土舊，澗泉更覺竹間幽。

月明梵唄通千界,雨落岩花透一樓。深夜疏鐘清繞夢,思拚楮筆學焚修。

獨　　坐 明曾璟

愁臥空齋獨掩扉,忽看春色驚春歸。青來楊柳長堪舞,老去榴花疏更肥。催雨鳴鳩亭午急,向陽鴻雁幾時飛?裁書此日問叢桂,淒絶小山沾客衣。

醉後感賦 明曾璟

偶銜杯酒笑轟轟,抱膝猖狂談世情。不信黃金近日賤,畏看蒼狗逐雲生。論心有客賣肝膽,刎頸何人還弟兄?南嶺青松盤大道,我酣欲憩且縱橫。

雁字三首 明莊明鎮

群起翩翩運筆鋒,高騫矯矯走蛇龍。回身却月銀鉤細,舞影盤雲鐵畫重。若爲臨池離紫塞,還因次第避元冬。世途矰繳憐才少,好過衡山第幾峰。

其　　二

差池上下勢逶迤,鼓翅猶同運臂時。霞爛忽疑朱的爍,雨深翻訝墨淋漓。後先一舉俱清致,伯仲之間總白眉。縱是侯芭能博識,無煩載酒問多奇。

其　　三

寒宵漠漠氣淒淒,寫罷清商日已西。不待濡毫書自聖,休煩摹帖法皆齊。思狂亂草因風起,墨暈模糊爲霧迷。南國稻粱秋正熟,畫成何以遂幽栖?

鯉　　湖 明莊而楚

錦石琪花覆徑苔,尋真忽度小蓬萊。珠簾寒掛青峰濕,玉筯長垂翠壁開。九子魚龍秋壑冷,八公雞犬暮雲哀。珠宮天外看虛渺,誰是仙人駕鶴回?

花　　舟 明曾如茨

水際尋芳彩色繁,輕舟還可當名園。雨灑斑叢湘女度,月移羅襪洛妃存。

每覺春紅隨錦纜,更教籬艷動金樽。揚州傳道香千里,泛艇暝溪未閉門。

虛 舟 明曾如茨

招招何處息逢迎?泛泛其流却自橫。豈爲避人辭載重,偶因無物覺身輕。蘭槳桂楫⁶⁴還須整,巨浪長風尚有情。縱令一時安寂寞,猶能坐使褊心平⁶⁵。

山 居 明釋智瑛

石壁岩嶢翠竹斜,閑雲時護老僧家。携瓠(瓢)乞食衝寒露,拄杖歸山帶晚霞。風度遠聲幽澗水,日移疏影隔籬花。蒲團不計春多少,夜宿朝餐了歲華。

玩 月 明陳小韞

月容⁶⁶何事帶雲紅?却被東風雲已東⁶⁷。爲愛入簾分碎璧,忽看掬水若浮空。將過三五俱堪玩,半失圓明自不同。信死信生誰會得?好將底事問天公。

啖 菜 國朝陳龍巖

芥子勤抽數尺花,黃金色吐玉莖嘉。酸鹹最足資神智,咀嚼偏能韻齒牙。綠水灣頭常賜邑,朱門隊裏不爲家。可憐篋底青蚨盡,若個園中肯見賒。

早發獲鹿 國朝陳龍巖

呼寒馬首望朝陽,蕉夢猶依鹿舍傍。世事崎嶇千折阪,身名汗漫五更霜。遺金不敢疑同舍,捧檄聊思慰在堂。四十年前無一是,空教此際悔亡羊。

由淮陰過白下,訪江寧守陳轉庵,仍別回淮陰,舟上有賦四首 國朝朱兆綱

返棹復登淮上樓,江風蕭瑟冷如秋。故人今有加驂馬,游子仍同不繫舟。漁火夜明星點點,波烟晨湧霧浮浮。野鷗且逐叢蘆宿,莫把癡心望石頭。

其 二

當年詞藻煥琅玕,劍氣相將薄芷蘭。一自風雲分仕路,空教詩酒憶文壇。素心豈逐升沉改,別意休同爾汝看。五月披裘甘自適,湯湯淮水待垂竿。

其 三

老至交情覺倍親,徘徊細數幾同人。江分南北愁雙槳,事異行藏嘆一身。鴻羽冥飛終有迹,魚書遥寄便成珍。孤帆莫怨中流急,好向天涯覓比鄰。

其 四

夜郎天外悵分歧,白下豈甘舴艋移。楚客心懸魂蕩漾,燕磯臺渺望迷離。曾言陳榻終需稚,無那亮才未數丕。我去携家還賣賦,懷人總在水之湄。

秣陵秋夜　　國朝朱兆綱

憂心如醉向天涯,萬籟淒涼恨轉賒。往事艱難常入夢,瀕年瑣尾更携家。壯顔誰念黄金盡,暮景徒嗟白髮奢。遇夜不堪頻顧影,挑燈獨對紫薇花。時階前薇盛開。

禹　陵　　國朝朱兆綱

陵寢代移幾廢墟,稽山長護萬年居。平生漫讀《水經注》,今日方知《越絶書》。金簡可曾入邃殿,玄圭何處望雲車?莫言探穴搜奇廣,嗟我東江亦眼舒。

贈陳寄庵父母　　國朝朱兆綱

大江風雅夙轟轟,先後頻游未識荆。蕞邑何緣來鳳翥?殘黎今可息鴻鳴。律噓寒谷温初轉,火煅昆灰劫乍平。燕許可能容和唱,漫鋤荒徑待前旌。

祝陳老先生衲隱爐山,魂輕枕岫,色健餐霞,每瞻清風,徒托明月,近于輪山公署與有光公郎定交,深慰御李,因賦俚言寄訊録四　　國朝林之豸

逍遥雲水道家裝,草屨瘦瓢术作糧。路遇故人憐豫讓,市喧女子識韓康。

已知禮樂終干櫓,曾念頭顱滿雪霜。未絶綱常餘一縷,支天撐地自君當。

其　二

筮得明夷遠避矰,非貪入寺接傳燈。龍湖已去身宜佛,鷲嶺新髡影是僧。家徙江城同野鶴,杖觀海市曳枯籐。何須嚼破黃梅旨,亦是丹溪一惠能。

其　三

懸崖撒手久無家,獨坐深山伴暮鴉。疑史只須存一是,翻經偏自了三車。桑田到底終歸海,蓬島于今已見沙。身世行藏渾似夢,放梅溪上且催花。

其　四

回向爐山禮慧師,宛如佛殿貢花時。未經進履皈依早,曾讀説書悔悟遲。宋玉悲秋能作賦,侯芭傳食可言詩。休嫌點石癡難轉,一夜花開爛滿枝。

晚坐試茶有感　國朝林之豸

渴來偶試建州茶,晚得夕陽數落鴉。伴我雲烟爲眷屬,無人花鳥亦通家。青山到底埋黃絹,滄海何時見白沙？滿肚牢騷吟不得,緒同枝影亂橫斜。

周石友遠訪爲余移花　國朝林之豸

移得名花石塢栽,只因竹少更添梅。孤松語佛聞鐘去,雙燕背僧入幕來。到我雲間都問路,送人海上獨登臺。柴門留却烟霞户,惟有惠連許半開。

漫　詠　國朝林之豸

覓句不來咒筆荒,閑看橘緑與橙紅。雲因帶濕歸山暮,鳥爲衝寒入樹忙。論廣絶交誰好友？舟臨既濟肯須邛。杪年詩債追償急,賣却鬢絲與肅霜。

石佛寺夜宿　國朝林之豸

日落洞門一徑深,居然雲外小叢林。梅寒近水應添瘦,竹苦欺風故自吟。三笑過溪誰作伴？孤山還鶴許相尋。夜來了却黃粱夢,石佛無言月印心。

登韓信釣魚臺 _{國朝釋淨玉}

傳符拜將帝憐才，爭似當年釣綠苔。百戰江山歸異代，三齊事業只荒臺。雲扶白鳥天邊去，人渡黃河海角來。休道王孫終古恨，漢家宮闕總成灰。

舟中詠雪 _{國朝釋淨玉}

連朝玉屑擁江關，到處飄飄松竹班。但覺乾坤存白眼，不知吳越有青山。依稀柳絮沙洲外，恍惚梨花暮雨間。好似王猷曾訪戴，扁舟往返剡溪灣。

黔新撫軍劉喬南先生途遇話別 _{國朝駱儼}

新膺節鉞自滇來，傾蓋分茅塞頓開。聞所未聞經國事，見斯難見濟川才。殘獷需種牛應給，監紀無人眷助回。一諾名言如皎日，照臨何地不春臺。

鄞江初霽 _{國朝駱儼}

鄞江猛雨漲晴涯，霽色新開玩物華。伏虎庵前春試馬，盟鷗閣上夜吹笳。千秋駿業期青史，一片葵心縷絳霞。莫道空談無補救，黃驪有志奮龍沙。

入黔雜詠三首 _{國朝林之濬}

漫說黔陽路幾程，荒烟悵望客心驚。數家岩畔便爲郡，一簇山圍已當城。好鳥歌呼疑識面，繁華艷冶不知名。村墟時有苗人過，總角銅環插羽輕。

其二
微茫石徑踏層層，身入雲端勢欲騰。驛馬山多蹄迸火，渡船水急手緣繩。懸崖峭壁留孤影，獨成空亭指落燈。最是居人憔悴甚，牛欄西畔一荒塍。

其三
沿溪秋色最繽紛，簇簇芙蓉鬥錦紋。選勝謾辭穿鳥道，避喧真好亂鷗群。鋤田迹向山頭見，伐木聲從霧裏聞。不盡崎嶇今欲到，松楠何處望氤氳？

西村二首　國朝林之瀚

群居子姓苦無多，樸俗猶堪慰薜蘿。但説耕桑甘畎畝，偶經城市畏風波。雞聲斷續荷鋤出，虎迹分明帶月過。風樹雲肩終底事，乘閑我亦理烟簑。

其　二

何必名山始退藏，人間憂患正茫茫。能無還往便高枕，薄有林丘即一鄉。嗜酒人難希栗里，濯纓水自愛滄浪。春來擬買桃花種，千樹沿溪繞草堂。

九日度秦嶺，謁韓文公祠　國朝莊承祚

山萸野菊拂征鞍，斜磴風烟九日寒。路出峰尖留古廟，人來嶺外望長安。荒碑雨過苔生綠，老樹秋深葉未丹。萬里投荒遺客恨，一官自古諍臣難。

上谷謁楊椒山祠　國朝莊承祚

相嵩原未殺先生，謇諤遺容俎豆榮。槐樹碑存瞻御製，御塵額古認忠旌。丹心在昔臺垣愧，兩疏如今日月明。西郭更憐殉難祀，千秋拜奠恨難平。

上楊桃嶺　國朝莊承祚

逢山下馬敢言勞，千仞屏開氣勢豪。夾道何曾栽果木？行人尚有唤楊桃。夕陽雲亂循州路，秋壑風生碣石濤。危磴攀時吟興助，天南未覺此峰高。

金陵雜感四首　國朝黃吴祚

舊游第一數長干，寶塔凌空八面看。江到海門環鐵甕，淮穿城闕夾朱欄。佛光現處香爲界，雷火燒餘劫未殘。今日慈恩一回首，哀鳴黃鵠不勝寒。

其　二

清溪一帶昔賢居，朝市山林兩不如。江左園無文叔記，石頭水勝武昌魚。雄圖久已非秦鑿，名士多應是晉餘。十日清游猶未足，此來游興恐成虛。

其 三

十樓壯麗幾時荒？南部烟花總斷腸。畫似湘蘭名自遠，俠如寇白骨留香。老知身外多哀樂，夢覺人間有短長。不獨鬢絲禪榻畔，傷心一曲杜秋娘。

其 四

澄江如練不生塵，璧玉招來又一新。神樂觀傳吾野句，清凉祠祀七閩人。重尋古迹應逾月，細話前游喜浹旬。紅藥黃花俱過了，名都何事負芳春？

彭城旅懷　國朝黃吳祚

彭城非復古徐州，獨控江淮最上游。西楚地形龍岫迴，<small>雲龍山脉自楚中來，相傳昆侖中枝之分布者，徐得列九，州胎于此。</small>南朝山色馬臺秋。風清大澤雲飛盡，河落長洪水穩流。惟有層樓堪送目，相携暇日坐銷憂。

杜工部草堂　國朝陳廷選

秦隴蕭條卜築來，臨江舊址蜀城隈。忠魂猶自依堂宇，詩卷何曾没草萊？錦水人窮千里遠，郊原猿作數聲哀。合從片土思風致，莫等東南覽古臺。

元日早朝，和唐賢韻四首　國朝出科聯

玉珂聲應漏聲長，紫氣東來曉色蒼。人按朝儀分甲乙，天將春色作文章。仙蕢有葉層階麗，樺燭含烟廣院香。瑞靄三朝占正始，叨陪載筆記春王。

其 二

斗柄回春送臘寒，嗔喧車馬鬧更闌。一心堯舜千年主，滿目雲龍上古官。日射金莖嵐氣重，風旋鳳闕雪華乾。嵩呼竊喜堂廉近，未信泰交遭遇難。

其 三

十載何曾展一籌，班聯紅墊逐貂裘。曾聞清職同華衮，渾覺尸官似贅旒。爆竹聲聲早雷動，篆爐裊裊曉烟浮。無邊淑氣與春色，多處分明在殿頭。

其 四

有慕椒花能獻頌，敢同方朔已偷桃。綴班親見明良會，退食惟知節儉高。

將母羹分仙掌露,臨池墨試管城毫。問年今日方强仕,對鏡何須怨二毛。

【校記】

① "聞啼鳥",清嘉慶《惠安縣志》卷三十三作"迎啼鳥"。

② "曾元達",《圭峰集》卷上作"魯元達"。

③ "小盤桓",《圭峰集》卷上作"少盤桓"。

④ "白晝寒",《圭峰集》卷上作"白晝閑"。

⑤ "手推",《圭峰集》卷上作"手拄",清嘉慶《惠安縣志》卷三十三作"手掛"。

⑥ "天花",《圭峰集》卷上作"天華"。

⑦ "木葉",《圭峰集》卷上作"落葉"。

⑧ "漫愴神",清嘉慶《惠安縣志》卷三十三作"最愴神"。

⑨ "秋聲",《圭峰集》卷上作"秋生"。

⑩ "過年華",《圭峰集》卷上作"過蓮華"。

⑪ "住善御史",《圭峰集》卷上作"珠善御史"。

⑫ "秋色立",《圭峰集》卷上作"秋水立"。

⑬ "東南合",清嘉慶《惠安縣志》卷三十三作"東西合"。

⑭ "中秋",《圭峰集》卷上作"仲秋"。

⑮ "溪上樓",清嘉慶《惠安縣志》卷三十三作"溪上秋"。

⑯ "百世儀型",清嘉慶《惠安縣志》卷三十三作"百世像型"。

⑰ 該詩作者,清嘉慶《惠安縣志》卷三十三誤爲"余福"。

⑱ "江雲静抱一川平",清嘉慶《惠安縣志》卷三十三作"江雲細抱一村平"。

⑲ "深林",《小山類稿》卷二十、清嘉慶《惠安縣志》卷三十三均作"深枝"。

⑳ "如舉烽",《小山類稿》卷二十、清嘉慶《惠安縣志》卷三十三均作"似舉烽"。

㉑《小山類稿》卷二十載有二首,本書僅録一首。

㉒ "午陰清",清嘉慶《惠安縣志》卷三十三作"午陰晴"。

㉓《小山類稿》卷二十載有二首,本書僅録一首。

㉔ "豈知",《小山類稿》卷二十、清嘉慶《惠安縣志》卷三十三均作"寧知"。

㉕ "侵霄",清嘉慶《惠安縣志》卷三十三作"深霄"。

㉖“落花閑”,清嘉慶《惠安縣志》卷三十三作“落花開”。

㉗“風雪中聞警”,《清源文獻》卷三作“風雪中兼聞虜警”。

㉘“流泪”,《清源文獻》卷三作“流涕”。

㉙“當秋壯”,清嘉慶《惠安縣志》卷三十三作“當秋静”。

㉚《清源文獻》卷三題爲《送商兵憲之廣東》。

㉛“青鎖客”,清嘉慶《惠安縣志》卷三十三作“青瑣友”。

㉜“佐廟廊”,清嘉慶《惠安縣志》卷三十三作“佐明王”。

㉝“嵐氣衝關”,清嘉慶《惠安縣志》卷三十三作“嵐氣衝開”。

㉞“東閣”,清嘉慶《惠安縣志》卷三十三作“東闕”。

㉟“有夢”,清嘉慶《惠安縣志》卷三十三作“有望”。

㊱“爽晝樓”,清嘉慶《惠安縣志》卷三十三作“聳晝樓”。

㊲“水自方池”,清嘉慶《惠安縣志》卷三十三作“水出方池”。

㊳“青瑣”,《清源文獻》卷三作“青鎖”。

㊴“雷殿”,《黄吾野先生詩集》卷四作“雷電”。

㊵“龍髯斷”,《黄吾野先生詩集》卷四作“龍鬚斷”。

㊶“露箔”,《黄吾野先生詩集》卷四作“露簿”。

㊷“覽鏡”,《黄吾野先生詩集》卷四作“攬鏡”。

㊸《黄吾野先生詩集》卷四載有二首,本書僅録一首。

㊹《清源文獻》卷三題爲《神樂觀》。

㊺“惟誠”,清嘉慶《惠安縣志》卷三十三作“惟城”。

㊻“曠莽”,清嘉慶《惠安縣志》卷三十三作“壙莽”。

㊼“尚在”,清嘉慶《惠安縣志》卷三十三作“常在”。

㊽“登臨興”,清嘉慶《惠安縣志》卷三十三作“登高興”。

㊾“酒半酲”,清嘉慶《惠安縣志》卷三十三作“酒半醒”。

㊿《王忠孝公集》(清光緒初年手抄本,福建文史研究館編,江蘇古籍出版社,二〇〇〇年版)題爲《通橋督運》。

(51)“方馳”,《王忠孝公集》作“方池”。

(52)“輓輸”,《王忠孝公集》作“征輸”。

(53)“霜飛”,《王忠孝公集》作“霜融”。

(54) "敢恒安",《王忠孝公集》作"倚欄看"。

(55) "汀上鷗",《王忠孝公集》作"渚上鷗"。

(56) "却步平生在",《王忠孝公集》作"懶話平生志"。

(57) "鄭柏茂",清嘉慶《惠安縣志》卷三十三"鄭伯茂"。

(58) "蕩客舟",清嘉慶《惠安縣志》卷三十三作"蕩扁舟"。

(59) "千峰",清嘉慶《惠安縣志》卷三十三作"千秋"。

(60) "何寺",清嘉慶《惠安縣志》卷三十三作"何待"。

(61) "膚貌皴",清嘉慶《惠安縣志》卷三十三作"膚貌皺"。

(62) "願猶違",清嘉慶《惠安縣志》卷三十三作"願相違"。

(63) 清嘉慶《惠安縣志》卷三十三題爲《百室岩》。

(64) "蘭槳桂楫",清嘉慶《惠安縣志》卷三十三作"蘭槳桂棹"。

(65) "褊心平",清嘉慶《惠安縣志》卷三十三作"偏心平"。

(66) "月容",清嘉慶《惠安縣志》卷三十三作"月華"。

(67) "却被東風雲已束",清嘉慶《惠安縣志》卷三十三作"却被風來雲已束"。

螺陽文獻卷十九

排 律 五 言

賦戚南塘都督平倭四首　明曾承芳

分鉞軍容盛,登壇錫命尊。渥洼龍種異,黃石豹韜存。戰苦心彌壯,勛高道益敦。野烟增竈起,田芑出車繁。地軸恢千里,天弧照八門。平生忠作屏,取次報君恩。

其　二

浙粵東西接,京畿南北分。數年持節鉞,萬里凈妖氛。畫地常爲陣,忘身那顧勛。每輕張博望,復哂李將軍。退日回戈戟,成風運斧斤。請看籌筆處,魚鳥不迷群。

其　三

上古如何將,中天若個星。戎夷俱落膽,麟閣待圖形。瞥雀無虛彈,全牛有發硎。電隨牙纛轉,風傍鐵衣腥。左券符長策,遺筌閉《劍經》。他時還鳳闕,更爲取龍庭。

其　四

閩中頻奏捷,馬上再經年。走敵憑三箭,受降樹一旃。荒山奔駿豕,戰野落飛鳶。蠆毒何由挺,鷄栖那及連。雁銘隨地勒,露布逐風旋。聞說橫戈處,時吟《梁甫篇》。

立秋蒼梧夜泊　明鄭一濂

涼風初入簟,大火正西流。萬里分鄉縣,孤槎傍斗牛。海雲迷舊國,灘月憶同游。夜籟澄空眠,蠻烟爽氣收。雁鴻驚漲海,蘭芷歇芳洲。歲物仍還轉,孤生嘆滯留。十年飄駱越,雙舄隔神州。夢逐梧枝冷,魂招楓樹幽。情深宋玉賦,興動季鷹秋。懷菊遲徵士,甘瓜憶故侯。

喬嶽壽椿圖上大司寇葵峰[1]　明黃克晦

陽春乘夏正,崧岳誕周翰。松性生何直,葵心吐自丹。高標如鶴立,勁翮恣鵬摶。月照還珠浦,花明濯錦湍。股肱隨帝側,喉舌重朝端。一德商家輔,九歌虞氏官[2]。凝神寧復擾,正法可能干。雨露恩偏渥,乾坤力未殫。抽簪辭魏闕,祖帳動長安。綠野開芳徑,清風坐釣灘。威儀猶抑抑,膂力尚桓桓。經緯韜黃石,星辰映翠巒。三台思補袞,四海待彈冠。小子岩栖拙,多公教席寬。桃栽鄰舍樹,椒進歲時盤。遥獻無疆頌,長瞻上壽壇。

送琉球生[3]還國　明黃克晦

聖教無天外,華風自國(海)中。三臣辭卉服,五載入槐宮。返國君恩重,談經漢語通。片帆看漸小,萬里去何窮？托宿憑鮫客,傳書倚水童。重來應有日,臨別此心同。

西山爽氣　明吳天成

西來浮綠翠,秀色滿長安。雨霽藍初蔚,霜明玉可餐。雲披青菡萏,天削碧琅玕。千嶂分元岳,諸邊接白檀。嵐霏深自濕,海曙迥生寒。矗矗金屏疊,層層寶刹蟠。神皋名畫裏,王氣彩雲端。凝望懷清賞,何當借羽翰？

奉送侍御陳具茨老師奉旨賑晋　明張正聲

明世尚仁政,皇華資重臣。速將無盡意,惠此一方人。西極來驄馬,天邊躍澗鱗。日回帝里近,風動太原春。經濟欣知已,詩書悵問津。便宜汲黯事,行色已駪駪。

贈郝瑞書中衡　國朝駱　儼

八埏鍾靈異，遐荒鎮赤符。中權須上策，有臂賴訏謨。建鉞風雲合，停旄雨露俱。南方開地軸，北斗轉天樞。量雅涵冰鏡，秋高映玉壺。印金龜綰鈕，袍錦鶴呈珠。鼎實砂床貴，瓢漿露掌濡。長生花是菊，絕徼酒名蘆。器宇容何大，精神綽有餘。祝筵望瑤圃，青鳥降麻姑。

安溪相公予告趨熱河辭陛，蒙恩賜游內苑，賦二十八韻紀遇，不揣鄙陋，次韻奉和兼以誌別　國朝林之滂

泰階符寶歷，別苑恍丹丘。合德明良盛，引年恩遇優。車因辭陛發，館爲禮賢修。召對日三接，言歸天一陬。溫綸常萼遍，麗藻筆花稠。前日頻携手，陳詞輒頷頭。隆崇正調鼎，超越自虛舟。掩暑成歡燕，經旬作少留。鑾輿傳出狩，玉塞遠增郵。陟巘忘登頓，陵溪喜詠游。青霄許同樂，黃閣慰先憂。夢繞沙堤路，裝輕嶺海州。經詮禋後學，廟算寄宏猷。家在女牛分，時當大火流。關河霜雪晚，牆櫓雁鴻秋。翹首瞻雲樹，馳心縶衮旒。松楸裹曠典，泉石指曾游。元老昔誰似？二疏端不猶。遺書味濂洛，徘語棄枚鄒。正域窮精奧，諸家嘆謬悠。鹽梅上台貴，叢桂小山幽。出處垂編剗，寒香對菊洲。

制府滿公平臺紀績　國朝林之滂

海島纏妖氣，閩南照玉衡。勳高一朝事，威重十年名。鎖鑰宗臣寄，經綸屬郡清。田家唯畢稅，疆土各深耕。有籍存徼外，狂濤斷旅程。占風難計日，記里只論更。自昔分三縣，至今無一城。揚帆多雜沓，絕域半傖儜。地衍桑麻沃，叢深芽蘖萌。窮途初突豕，觸浪遂奔鯨。解瓦寧完室，死綏空舊營。風檣竄身急，雲壑夢魂驚。制府調軍出，鷺門防禦精。樓船趨按部，偏將仰連旌。移粟人皆贍，均輸市轉盈。兒童屢游戲，父老不知兵。敢決師期告，從容秘計成。釜魚看自困，穴蟻已頻爭。鹿耳懸標渡，鯨身飛炮轟。渠魁紛就縛，餘孽莽偷生。暫覺

氛祲息，還籌袵席平。哀音集鴻雁，荒徑走鼯鼪。戰地憐衰草，新畬惜早粳。依然見繁會，不厭久支撐。駐節忘寒暑，先圖慎甲庚。論功歸大樹，錫命佇和羹。詞館欽前輩，閑居感國楨。方欣銘鼎鼐，況藉免危傾。勿謂方隅小，終期薪火輕。安邊良策在，歌罷好長賡。

上廖蓮山先生十二韻　國朝黃吳祚

運值明良會，朝推正直臣。老成能體國，休戚不謀身。搏擊非鷹隼，祥威得鳳麟。霜清避馬路，氣動躍龍津。公望看題柱，家聲美折薪。更聞青鎖入，還舞彩衣頻。盛事艷當世，大名齊古人。漢朝賢汲鄭，州里重荀陳。白屋趨高義，丹霄望秉鈞。微生多感激，顧影久逡巡。地隔龍門遠，心依馬帳親。執經如得預，鼓篋帝城春。

排　律　七　言

贈周信玉　元盧　琦

秦州[④]周子衣冠冑，家世相傳幾百年。青草一庭香滿屋[⑤]，白岩萬古勢連天。讀書空谷人如玉，喚渡長江月在船。夢寄短檠疏雨外，詩成石澗古梅邊。忽驚紫氣排雲入，共喜清宵聽雪眠。歸去故人應問我，為言荒落尚依然。

哭伯兄襄惠公哀辭，兼排律體六十韻　明張　峰

扶輿淑氣鍾奇哲，造化于人忌太尤。洪業未能充宇宙，懸車遽爾息驊騮。靈椿世外八千載，蝴蝶夢中六十秋。促節哀歌音裊裊，離群雁斷影悠悠。即從卯角耽墳典，便向淵源勤探搜。賦質少成早覺悟，窮經老至不知休。泮宮射策驚衡座，棘院掄才冠輩儔。甲第崢嶸忘寵祿，聖賢義理復尋抽。漸鴻衍衍羨儀羽，鳴鳥嚶嚶喚好逑。行尚淳龐振末俗，名稱赫奕邁前修。更無貨色堪供玩，只有圖書是校讎。筆吐烟霞兼性命，道宗伊洛見程周。菜根味淡傳家法，肉食肝

披爲國謀。器度波濤汪萬頃，風標砥石障狂流。寡言沉默霍光侶，守節堅深汲黯侔。初授大行登鷺序，便輸忠悃振鴻疇。一封欲侍先皇疾，膽落閹邪燭隱幽。再疏期回八駿轍，風生殿閣聲颼飀（颷）。南雍左宦引縫掖，北闕新恩拜冕旒。此會英華擬范富，吾徒踪迹數韓歐。諫臺長謝鷹鸇志，部署願從鷥鵠游。訓斷趨庭哀手澤，廬居故里戀松楸。禮刑二獄薰紳縉，湖海十年狎鷺鷗。刺問疑嫌干要路，宦途到處樂滄洲。雲霄宇宙瞻麟鳳，吳粵奎光映斗牛。木鐸敬敷矜朽物，騏驥摧跌困鹽輈。珠還合浦舊含潤，柱勒分茅初試籌。四載杖藜久借寇，九重雨露量移州。錢塘政教方張弛，象郡機宜屬講求。上將掛符兵億兆，儒臣草檄計夷猶。定持禹鼎消妖魅，謾説漢官取列侯。崖島岩黎敢倡亂，飛書走檄督同仇。總戎搗穴平諸峒，厥角離題皆匪劉。儒術何嘗學敵萬，廟謨自是出人稠。旌旗將捲陰山雪，戈戟光輝五指岈。擢鎮郠陽暫撫治，旋移江右適瘡疣。題封泣血龍顏動，惠澤淪膚綠野周。相府共看情厚薄，翟門獨忌禮涼優。延恩閣價金千兩，御賜墳資縣一鈎。寒骨稜稜唯馬革，直聲矯矯似琅璆。世情久已趨溫燠，我道于焉戒鄙偷。百粵僮傜負狡獪，建牙帥幕馭貔貅。魚窩設險攻峗寨，油洞擣窠斬棨酋。枸醬原通巴蜀賈，番禺今泛牂牁舟。功成既拜賈生詔，苗逆又推方叔猷。沅水孤城新制閫，白旄黃鉞輒馳郵。兩階文德修虞舞，一著戎衣獻楚囚。仁義并施昭武略，綏征反覆起群咻。巨魁網漏釁仍作，元惡蒐擒績再收。青海灣邊奔衛霍，中書省下猜共兜。危機毒隱吹沙裏，明月珍憎暗地投。愧乏錢神排禁闥，空饒劍氣斬蛟鰌。滔滔姬旦居東土，烈烈車徒賦缺銶。筠幹冰霜見節操，死生朝夕等蜉蝣。點雲事業過寥廓，鍛鐵剛賜不滑柔。仕黜絕微令尹慍，始終永抱仲淹憂。五溪日月懸雙闕，三省風霜只一裘。欲令豺狼憐尾棹，遂忘狐兔仁（憐）山丘。孔明星隕幾先識，李賀夢回疾弗瘳。小子丁寧啓手足，此生俯仰免慚羞。但思魍魎梗身後，肯把兒孫著念頭。坐奠兩楹安壽數，睇觀萬古信蓬漚。勛庸應許畫麟閣，姓字且將寄玉樓。倒峽篇章嗟積案，灑穹汗血嘆填溝。啼烏落月淒殘夜，短角悲笳急暮愁。楚雨瀟瀟雷電作，蠻天浩浩虹霓浮。朝端抑惋望何及，黎庶辛酸恨彌留。湘渚靈魂招爾去，星纏箕尾照龍湫。

博士歐禎伯招飲綉佛齋，魏季朗、郭建初、邵長孺、程無過、存上人同集，得"家"字　明黃克晦

四門已下先生榻，雙樹因過大士家。床上詩書連釋部，桁間袍帶雜袈裟。疏簾映日垂垂白，絳帳褰風故故斜。古調已知傾海內，同聲猶自滿天涯。冰河赤鯉堆霜膾，火圃黃蔬煮綠芽。社友舊曾期慧遠，門生今復識侯芭[6]。酒中爲壽身先起，醉後留歡興轉賒。落日龍鍾扶上馬，寒空蕭瑟數歸鴉。陰沉九陌雲如葉，颯沓千林雪欲花。爲問何時還更約，吟鞭早拂五城霞。

殷別駕攀轅圖　明曾士林

賜璽當年出御題，金莖露湑[7]一天低。屏車到處星爲福，佐岳南來錦作堤。俊志食牛騰冀北，豪吟司馬舊安西。紫紓翼接上池鳳[8]，清影雲聯碧樹鷄。地控諸蠻瞻紫帽，天教活佛撫黔黎。已知潭海麋珠貝，更喜潤州靖鼓鼙。製錦江城權鼎借，栽花縣治許鶯栖。部中節鉞催還斾，邑裏歌聲轉望霓。勿翦棠陰堪蔽芾，忘言素樹自成蹊。斗杓有象攜龍角，烏鵲無心擁馬蹄[9]。共把規方玉界尺，翻疑瓊佩辟塵犀。君章固自材荊楚，子駿偏當急魯齊。豪橫[10]當道心多折，父老攀轅首重稽。齒頰猶然存故履，眼眶終自別蒸梨。威恩不獨遭逢雅，頌德何能答梟鷟？

絕句五言

過高郵雜詠三首[11]　元盧　琦

飄蕭樹梢風，淅瀝湖上雨。不見打魚人，菰蒲雁初語[12]。

又

秋風吹白浪，秋雨鳴敗荷。平湖三十里，過客感秋多。

又

白鷺愛秋水，獨立仍自行。得魚故偶爾，驚起亦常情。

題高士峰精舍[13] 宋盧瞻讀書于此。　元盧　琦

盧子讀書處，山高草木深。如何螺水裏，永夜聽龍吟？

旅　夜　明謝　平

孤燈伴病身，鄉關入夢頻。自是良夜永，錯恨打更人。

采蓮曲三首　明李　愷

采蓮復采蓮，合到曲江邊[14]。羞見漁郎面，雙扇掩嬋娟。

又

采蓮復采蓮，強我登舟去。桂槳漾波輕，荷花向日語。

又

采蓮復采蓮，移櫓到前川[15]。水國花相照，艷陽六月天。

偶作四首[16]　明李　愷

春深庭竹暫翠，偕洪方洲坐談其側，意思甚適。日將夕矣，偶得太白山人四韻，各次之而歸。

草長綠盈車，花飛事減一。春來我不知，春去歸何疾？

又

倚竹坐無詩，浴沂它有興。偶然見數花，却夢迷三徑。

又

聞鶯聲以流[17]，折柳未盈把。此日送東風，何年歸故野？

又

白日影當戶，青雲客到門。天山三日霧，烽火萬家村。

送呂疊石大尹之藍山二首　明李　愷

歲序薰風早，離筵碧草長。鶯歌人不愛，逐雁過衡陽。

又

月明湘水緑,日暮藍山清。白露雲間下,雙鳧天際鳴。

春日卧病寫懷 明康 朗

春愁日種種,庭草忽已長。幽鳥時下來,坐語柴門上。

憶山中 明康 朗

蘿薜簾櫳間,泉石几床下。洛客自不歸,山中春復夏。

茶洋驛亭月夜臨流用韻 明康 朗

開軒烟在竹,步石月臨橋。惆悵不能去,泉聲暮又朝。

錢塘江行 明張 瑞

遠水生微凉,丹楓吹四野。秋色滿晴川,攬之不盈把。

于石室山房見燕子來巢,喜而賦之二首 明戴一俊

問　燕

燕燕來何處?啾啾東復西?春風誰爲語,茅棟亦堪栖?

燕　答

主人賞我趣,海上還相依。春情語不盡,帶子向高枝。

山中漫成二首 明戴一俊

青山帶城郭,緑水倒星河。雲深聞客嘯,風靜送樵歌。

又

入山覼苓(靈)芝,磴轉雲深處。猶記回路時,穿從花裏去。

初春游高山 明郭　良

鯨浪搖春島，洞龍駕閶風。百川誰砥柱？駐馬海門東。

樵歌貽盧子明二首 明黃克晦

采薪入深林，唱歌出幽谷。樵歌非無辭，辭古不可讀。

又

千峰寒色高，落日有餘映。空谷原無人，歌聲自相應。

蓮花山二首 明黃克晦

一朵秋蓮碧，青天削翠巒。可憐雲外見，宛在水中看。

又

香滿垂蘿合，花明過雨殘。如逢太乙子，莫忘問金丹。

過寧王故宮 明吳天成

朱邸經行處，無人說故王。獨有舊林鳥，啾啾向夕陽。

憑欄 明陳玉輝

經年懶出戶，徙倚獨憑欄。不是耽孤寂，早知行路難。

萬籟 明陳玉輝

謖謖林間景，萬籟皆發聲。乍寒復乍暖，東風亦世情。

蔬粥 明陳玉輝

隙地多種蔬，荒年常啜粥。稚子莫嗟貧，西鄰久枵腹。

登　眺　明陳玉輝

青山不負吾,興到即登眺。若待了俗緣,俗緣何時了?

咏　史　明駱志賓

成信非蕭謀,敗信非呂計。不測之恩威,大抵自高帝。

感題奇石　明薛邦寵

石丈⑱舊相面,重逢應識我。物態喜更新,交情同此老。

塞下曲　明祖熙寅

飛絮三春雪,驚沙八月飆。玉關烽火斷,未敢傲天驕。

蒲臺懷古　明祖熙寅

秦皇觀日出,繫馬蒲臺下。綠蒲至今生,繫馬非昔者。

江岸桃花　明朱又孜

江行何所愛,嶺上多紅萼。萼發人不知,紛紛徒自落。

望紫帽,次何匪莪老師　明許　朱

此仙游紫帽山也,予早有卜鄰是邑之志。
風景大殊泉,山名同紫帽。卜居訂白雲,昨夜夢先到。

別波若歸莆　明鄭柏茂

感彼水上萍,聚散無定止。但存松柏心,歲寒以自矢。

歲抄旅況雜歌二首　明曾　璟

曳爾悟蒙叟，歌風愛楚狂。騏驥如可係，何以异犬羊？

其　二

欲泣敗蕉雨，怯鳴枯樹禽。相看誰最愴？歲暮客中心。

幾　番　明陳元芝

幾番沉醉夢，一事常關心。欲削西山高，往填東海深。

經　行　明釋智瑛

喫粥洗盂了，開窗望遠山。細推塵界裏，何似老僧閑？

寄　學　明余端謐

積水妾成鏡，斷荊妾有簪。殷勤問蠹篋，幾句留君心？

思君衣　明余端謐

欲織自嫌拙，欲裁自苦愚。秋風但吹妾，願到君邊無？

絕句六言

辰沅憶家山八首　明李　愷

越國春初綠草，關山雨後青松。遙想閨人夢寐，托情雙鯉緘中。

其　二

流水落花無定，荊南薊北安歸？偶憶回文素手，拭淚縫我春衣。

其　三

沅芷澧蘭初茁，空齋白日高春。春心無人管住，夕照十二峰中。

其 四

世路傷心朝雨,長空回首暮霞。三山白雲萬里,二月遍地紅花。

其 五

小兒入學問字,大兒出屋徵租。乃翁業障未了,倉皇盡日驅車。

其 六

慈母望兒折柳,老妻抱子掩扉。二月隴麰初熟,三春海蟻正肥。

其 七

洛陽潮水長流,紫帽雲烟連接。辰沅芳樹交花,官衙白日夢蝶。

其 八

干羽未格蠻方,瘴霧又填幽谷。安得鳳凰吹簫,裁成嶧山綠竹?

崑崙別所知二首 明 康朗

山色有無霧裏,水聲遠近花間。那堪嶺上分手,共惜天涯別顏。

其 二

花落關門常掩,雲迷鳥徑猶通。欲問蟠桃何處?應憐桂樹此中。

閑 游 明 康朗

町畦薙燒整飭,行列竹木芊眠。溪入不知去處,犢歸定有人烟。

塞下吟五首 明 吳天成

農事春深種麥,軍書秋草燒荒。酒釀蒲桃薏苡,餚饌野馬黃羊。

其 二

行部雁門太守,威胡猿臂將軍。飲馬長城古窟,射鵰大漠秋雲。

其 三

簡將龍荒戍北,添兵鴨綠征東。刁斗常鳴黑月(夜),鐵衣不暖西風。

其 四

馬市仍通朔漠,狼烟暫息沙場。傳說漢兵大獲,古來士馬相當。

其 五

鳴瑟雲中多麗,當壚直北如花。艷奪燕支[19]顏色,哀傳青塚琵琶。

過武林虎丘諸名勝紀事　明孫幼孜

秋光似老非老,山色無情有情。知君憐我飄泊,欲作移文未成。

山家雜興[20]　明曾璟

萬樹數株聳出,衆峰一岫孤懸。葉落疑從天上,泉鳴的在雲邊。

經湘東諸途次即景　明曾璟

萍實遥傳霸瑞,蘭騷怨殺少年。爲吊古人何處?三湘七澤依然。

臘 菊　明曾如茨

隔窗鳥語旋度,菊影入簾欲斜。臘日方開芍藥,重陽應報梅花。

【校記】

① 《黄吾野先生詩集》卷三題爲《喬嶽壽椿圖上大司寇葵翁詩》。

② "虞氏官",《黄吾野先生詩集》卷三作"舜氏官"。

③ "琉球生",清嘉慶《惠安縣志》卷三十三作"琉球王",誤。

④ "秦州",清嘉慶《惠安縣志》卷三十三作"秦川"。

⑤ "香滿屋",清嘉慶《惠安縣志》卷三十三作"香滿室"。

⑥ "識侯芭",《黄吾野先生詩集》卷五作"識侯巴"。

⑦ "露湑",清嘉慶《惠安縣志》卷三十三作"露滑"。

⑧ "上池鳳",清嘉慶《惠安縣志》卷三十三作"上池凰"。

⑨ "擁馬蹄",清嘉慶《惠安縣志》卷三十三作"映馬蹄"。

⑩ "豪橫",清嘉慶《惠安縣志》卷三十三作"豪雄"。

⑪ 《圭峰集》卷上將此三首絕句併在一起,其後還有"沙邊見漁家,捕魚湖心裏。夫婦同操舟,白頭共生死。破甑一天闊,小舟一葉輕。相傳與子孫,終古無戰爭"句,歸入"五言

古風"之類。

⑫ "雁初語",《圭峰集》卷上作"雁相語"。

⑬ 清道光《惠安縣續志》卷十名爲《題高士峰》。

⑭ "合到曲江邊",清嘉慶《惠安縣志》卷三十三作"合曲到江邊"。

⑮ "到前川",清嘉慶《惠安縣志》卷三十三作"過前川"。

⑯ 《偶作四首》,《清源文獻》卷三僅收錄其第三首。

⑰ "以流",《清源文獻》卷三作"已流"。

⑱ "石丈",清嘉慶《惠安縣志》卷三十三作"石父"。

⑲ "燕支",清嘉慶《惠安縣志》卷三十三作"胭脂"。

⑳ 清嘉慶《惠安縣志》卷三十三題爲《山家雜咏》。

螺陽文獻卷二十

絕 句 七 言

劍津懷古　　五代黃禹錫

劍去人空水自流，精光無復見津頭。如何不出豐城土，夜氣猶堪射斗牛？

早　春　　宋黃宗旦

一半晴川碧水開，葆光池上雨初回。就中喜有龍門客，躍出洪波只待雷。

泉　州　　宋謝　履

泉州人稠山谷瘠，雖欲就耕無地闢。州南有海浩無窮，每歲造舟通異域。

沙堤作　　宋李文會

龍樓鳳閣九重城，新築沙堤宰相行。我貴我榮君莫羨，二十年前一書生。

草萍驛和薩天錫　　元盧　琦

林外輕風帽影斜，客衣近染紫山霞。等閑檢點春多少，墻角薔薇幾樹花？

錢舜舉木芙蓉　　元盧　琦

紅妝初映酒杯酣，斜倚西風轉不堪。霜後池塘秋欲盡，令人惆悵憶江南。

題射獵圖　　元盧　琦

滿目西風塞上塵，五花驄馬轉精神。憑君莫射雙飛雁，恐有音書寄遠人。

送劉友峰再游南泉　元盧　琦

立馬臥龍山下路，白雲東去是吾家。煩君爲寄西風信，直到疏籬問菊花。

經延平劍津　明張　茂

仡仡高城矙碧波，泉流洶湧近如何？當時雷煥匣中劍，化作飛龍入此河。

仙人橋和葉綱齋韻二首　明李　愷

峭壁斷崖倚石門，浮雲天外萬山奔。手鞭玉凍凌飛馭，共聽鈞天酒一尊。

其　二

三髻峰頭八月寒，亭亭玉女夢中看。誰探碧落覷凡世，天作危橋靄雲端？

早　起　明李　愷

二月烟花翠欲流，一春伏枕未梳頭。忽聞黃鳥依人語，何處杜鵑送客愁？

南園獨坐　明李　愷

綠槐野樹繞南園，遲日紅花照酒尊。獨坐柴門無一事，自傷白髮暗消魂。

過五坡山哀文丞相二首① 　明康　朗

月滿江城葉滿山，南豐秋色五坡間。故園賓客同時死，碧海旌旗何日還？

其　二

千金結客客應盡，一死酬君君不知。惟有越山芳草裏，碧雲猶繞相公祠。

訪石梁二首　明康　朗

誰結花宮向碧霄？下窺丹壑玉爲橋。床前雪色時驚鳥，竹裏泉聲細入瓢。

其　二

老僧擁褐橋頭居，不下人間十年餘。時到②橋南禮白石，還來洞裏啓玄書。

斷藤峽中二首　明康朗

牂牁水出夜郎頭，直向藤江地下流。石峻袛驚灘似弩，峽開微見月如鈎。

其　二

絕壁層峰相擁開，水聲樹色夜猿哀。大藤斷處高千尺，惟有白雲自去來。

過閔子墓　明康朗

日暮鳥歸荒樹林，白雲長掩故山深。翻疑此日身封費，不是當年汶上心。

瑞香花　明莊應禎

繁花絕艷讀書臺，香鬥山茶艷鬥梅。却怪四時枝葉好，傲除霜雪待春開。

題　畫[③]　明康惟心

雪漲前溪梅向春，蹇蹄南楚又西秦。荷簣疑是沮溺者，五百年來幾問津？

好惡吟　明朱昭

生雖同好誰獨留？死雖同惡誰獨免？不知[④]好惡付兩忘，一任浮雲自舒卷。

傷　春　明朱昭

村居靜裏結幽栖，春到園林草木萋。百鳥間關欣有托，傷心偏感鷓鴣啼。

岞山題景四首　明戴一俊

龍　喉

萬頃波濤百仞山，苔封靈迹絕躋攀。洞深疑有蛟龍在，笙鶴時聞駐此間。

獅石臺

獨上獅臺俯碧淵，翛然[⑤]鶴氅挾飛仙。波聲吼怒偏搖地，石勢猙獰[⑥]欲擘天。

軍馬洞

古洞嶝砑恃海門,昔人曾此駐雲屯。年來指點迷踪迹,但共昇平酒一尊。

石磬石鼓

瀛島西來異迹多,雲根韻徹應鸞和。泗濱自昔還充貢,岐畈他年擬作歌。

從軍詞　明鄭一信

夜聞烽火徹雲中,雙劍隨腰跨紫騂。莫厭黃沙囊馬皁,君看奏凱大明宮。

秋日⑦停杯　明鄭一信

忽驚黃葉報新秋,引滿⑧芳尊不入喉。去年明月今宵在,肯與他人管別愁。

除　夕　明鄭一信

孤燈四壁峭寒侵,細檢圖書玉漏沉。閑盡年光都不管,却來殘夜較分陰。

欸乃歌十首　明黃克晦

隆慶庚午秋,余從大義渡入三山。舟人蹋足舞手,搖櫓而歌徹夜。因惜其詞旨淺薄,製茲十首,蓋托興寄聲,古人不廢,無暇論其足傳與否也。

五虎山如五虎蹲,盡對無諸舊國門。無諸去後山空在,秋草蕭蕭日又昏。

其　二

微茫星月下江鄉,三十六灣江水長。夜半舟人相借問,好風日出到洪塘。

其　三

靈山廟枕越江皋,中使三年一換袍。神去神來人不見,滿江風雨浪頭高。

其　四

渡頭相送泪沾衣,日暮相思不下幃。潮水莫言還有信,渡船兩日一回歸。

其　五

南堤楊柳北堤榆,新樹成陰舊樹枯。所恨相逢俱窈窕,悔將薄倖怨狂夫。

其　六

苦竹渡邊苦竹枝,常思嶺下常思誰?奴自不言誰得會,江風江雨自應知。

其　七

雲起南臺墨未濃，俄然一雨暗千峰。篙師解説當年事，臺下分明有白龍。

其　八

西北雨來水面寒，峽江流急進船難。沙禽水鳥驚飛起，格格咬咬過別灘。

其　九

越王城裏九江分⑨，只見三峰⑩翠入雲。山下有山看不得，奴從何處可逢君？

其　十

十三舟女善歌頭，戞月搖風唱不休。唱到離情聲便咽，那曾作意爲誰愁！

紀夢三首　明黄克晦

萬曆乙亥，黄子北游燕邸，羔雁無交，玄白俱適，偃然一榻，闃如山舍。是時秋序載中，宵刻將半，夢一姝年可十五六，徘徊蓮池之上。白蓮方亭亭一萼，彼姝從容言曰："子馳情詞苑久矣，願即景賦之，且以爲贈。"因成絶句三首，口授與之。彼姝歛衽謝曰："儞哉！此《清平調》也。"亦賦答如數。適同舍郎作謦欬聲，乃警而寤，遂起援筆記之。余詩若經思者，故得不遺，渠詩了不識矣，大旨多出陳思《洛神賦》中事云。

朱脣玉臉艷生香，白綺爲衣緑綺裳。不是凌波來窈窕，空教秋水妬新妝。

其　二

妝臺妝出美人雙，水上盈盈月裏降。耐可含情還欲語，相將結屋住秋江。

其　三

江上風來動細腰，翠花珠壓步搖搖。容華年紀皆相似，誰辨喬家大小喬？

即景賦得楊白花用回文體二首　明黄克晦

堤滿垂條千樹楊，白花飛惹錦衣裳。溪前映水流斜日，低轉（囀）歌聲一斷腸。

其　二

霜如白絮落回風，酒映春衫小袖紅。塘水烟堤芳草緑，蒼蒼亂樹碧巖空。

與夫訣　明姚烈婦

鼓瑟相望百年俱,誰知鸞影鏡中孤。妾餘殘喘須臾事,許君同列九泉途。

江都懷人　明孫幼孜

曾斷舊腸惜別情,維揚江色此淒清。猶流六載湘妃泪,滴破相思夢不成。

揚州別鄭侯二君帆間志懷　明孫幼孜

藍橋深處滿江蘋,兩兩湘妃是洛神。流水不知歡易散,輕舟猶載斷腸人。

題陳宗吉竹松梅鶯子畫帷　明孫幼孜

松竹壇中梅鼎芳,歲寒物色共蒼蒼。春回喚醒百花夢,知是鶯聲與日長。

鄧公統兵將至,登城縱觀,口占一絕　明祖熙寅

天邊紅幟照高原,黎女遥看識漢幡。盡說征蠻號令重,西來士女⑪寂無喧。

詠墻花　明朱又孜

名花無語閉墻東,也逐春光一樣紅。聞道上林多少樹,枝枝葉葉自相同。

書災七首　明許　朱

山嘴長松燃赤日,江心小石啄饑鷗。誤報秋深教穫稻,滿塍荒草繫黃牛。
癸丑秋旱

其　二

危樓一尺低樓没,大塔半僵小塔流。十市潮飛城似海,三江鬼哭柩如舟。
甲寅秋水

其　三

忍聽蓬蓬北海起,忽驚瑟瑟四山吹。粒鋪萬里黃餘槁,丸墜千山緑泣枝。
乙卯夏風

其　四

道上流離妻挈子，城頭餓莩妹啼兄。桔槔架上黃昏月，忽聽年年伊軋聲。

丙辰秋又旱

其　五

阿父抱兒夜泣妻，今朝兒女覓爹啼。更憐床上雙黃髮，日暮哭孫泪滿溪。

丁巳春夏疫

其　六

年年歲歲春風惡，漫道醫瘡聊剜肉。贏得山農一味閑，水田五月耀無穀。

戊午春又旱

其　七

夜半飛書入錦田，公然寨火欲燃天。寒雞少婦泣春月，古雉衰翁坐曉烟。

己未海寇

《春秋》災異必書。歲癸甲以來，風雨不調，水旱薦至，兵疫淪胥，昊天之威亦已太憮矣！昔鴻雁之歌鳴于安集，況今呻吟者聲猶未已乎。謹書以志變，有司世責者亦聞而惻然否也？

秋天有懷　明王忠孝

江浦白雲擁赤霞，伊人宛在誦蒹葭。相思欲覓乘風翼，橫渡寒汀一兩家。

逢俠者⑫　明張正聲

世上面交何太愚，武安杯酒⑬傾灌夫。右軍幸借射雕手，我有私仇君有無？

競渡曲⑭四首　明曾璟

五月五日江鄉氓，十家八九不在城。相逢但共⑮喚競渡，西家結隊已先行。

其　二

閩地白苧疋許長，裁作短衫⑯餘作襠。襠給夫婿競渡飾，衫給女郎看渡裝。

其　三

一曲美歌⑰一曲揚，齊聲連楫擊滄浪。兩岸女兒歡不已，爭說雄長儂家郎。

其　四

茫茫一水閩天分，南望蒼梧只白雲。人自棹歌舟自鬥，不見當年無諸君。

經仙關　明曾　璟

欲結仙緣未有緣，一溪如綫意悠然。踟躕頻問漁樵者，路在桃花何處天？

北平曲二首　明莊啓亨[18]

天教[19]挾矢舞長鋋，學士聞桴夜不眠[20]。月色臨關開羽幟，笳聲動地震風烟。

其　二

度遼十萬壯天門，洗甲何時報至尊？漫說盧龍殺氣慘，斧錡自古靜乾坤。

山中觸景　明釋智瑛

深草閑房新夜秋，岩阿巇險少人游。月華猶引老僧興，不覺閑行過幾丘。

送弟集岡赴春闈　明戴　雲

朔風吹雪透征衣，一別燕山兩地違。此日莫愁人異雁，春來萬里正高飛[21]。

中　秋　明戴　雲

青天明鏡爲誰懸？此夕聞歌倍悄然。遙望瓊臺高處好，乘風吹去知何年？

詠落梅[22]　明戴　雲

瘦瘦花枝出女墻，冰肌玉骨逞霓裳。任教霜雪欺還妬，片片飛來到地香。

采　蓮　明陳小輼

輕舟忽逢三數女，手撥荷花隔舟語。片片花英隨波流，隔水爭拋青蓮子。

擣　衣　明陳小韞

須臾月落青天曉，空庭唯集雙啼鳥。織將錦字寄秦川，争奈深居行人少。

九鯉湖　明黃　楨

雲水蒼蒼仙子溪，花開花落鳥空啼。祇今日月猶如古，照入冰湖東又西。

歲晚偶成　明劉　若

連旬寒雨靜山家，榾柮爐邊手每叉。歲晚負慚唯一事，曾無好語及梅花。

一丈白　國朝陳龍巖

處世誰非尊守黑，獨苦守白亭亭立。花姿白到十分時，月暗黃昏黑不得。

蝴蝶花　國朝陳龍巖

植物能兼飛物名，小蟲芳草也逢庚。平生夢爾多顛倒，却羨雙雙葉上輕。

文官果　國朝陳龍巖

指點枝頭數果團，旁人爲說字文官。何時得與蔗漿會，解使相如渴肺寒？

宮　詞録二十首　國朝陳龍巖

男子而希裙釵，布衣而測宮禁。情既不侔，事或異宜。但覺建章、閶闔之篇，每多感觸；閱昭儀、婕妤之號，用資留連。一緒引中，艷不傷淫；百首成帙，麗非忘則。杜工部《大禮》三賦，尚在布衣；李青蓮《行樂》十章，豈非男子？倘性情不至夫河漢，則今古未墜其風流焉爾。癸巳花朝撰。

禁中武庫屬鴻臺，正殿平明雙闕開。忽睹天顏頻有喜，長楸定報平安來。

其　二

寶跗秋毫玉管裝，獨將簪筆侍明光。檢書先進神仙傳，果點真經第一行。

其　三
新寵昭儀事事殊，枕前不夜明光珠。憑將幾幅沉香帳，也費三年益地輪。
其　四
禁籍君王自署除，宮娥女職也千餘。未知粉省含香者，誰似內邊女尚書？
其　五
棘盆人日駕長竿，譯使陛辭萬寶溥。同樂由來明主事，彩山也許外方看。
其　六
玉堂門外承明廬，唱罷雞籌拜舞初。曉仗近來多放罷，傳喧新接自中書。
其　七
禁園夜靜鎖花籬，春曉新開浥露枝。妝罷籬邊相向立，齊催內監請金□。
其　八
深宮無事晝長游，鬥草尋芳雜蹋球。共把鞦韆移密處，恐妨天子正登樓。
其　九
爛熳鶯花正未闌，深宮一日幾回看。春寒又恐連朝雨，預插疏籬護牡丹。
其　十
花殘蘸墨展題詩，暗寫宮愁只自知。却被侍兒偷覷出，已教鸚鵡念新詞。
其十一
警蹕穿雲閶闔開，六宮晝靜絕浮埃。日移花影簾鈎上，天子經筵講未回。
其十二
常時衣襪蹙金鑲，何事今朝易素裝？聞道君王新反樸，京城織錦罷開坊。
其十三
尚衣食院進朝盤，玉饌麟臠玉几攢。縱使丹砂來月杵，不如御膳強加餐。
其十四
製就輕羅小扇携，團于明月白于璆。承恩先入薰風殿，跽向君王乞御題。
其十五
龍池千頃漾琉璃，池上笙歌十二時。一進沉香妃子後，六宮冷盡鬱金帷。
其十六
白玉簫吹半入雲，梨園宮女接歌群。明知天子能通曲，故把歌聲帶誤聞。

其十七
金花幾落鎖蛾眉，雲母屏開掩曉颸。人比梧桐秋裏瘦，衣寬如許不堪吹。

其十八
林光殿側紫芝呈，遥拜流星烽火明。自是昇平無別事，君王方擬學長生。

其十九
織室流黃染練長，多情不敢織鴛鴦。飛塵乍報榆關捷，內旨先傳綉驌驦。

其二十
纔隨御輦入回中，又見前旌指上雍。馬上回身相向問，幸游何似在深宮。

此公妙齡筆也，越年登科而殁。長于詞賦，遭寇變遺失，獨存《宮詞》百首。弟孫念公所梓，今載二十咏，以窺一斑焉。

五簪松　國朝陳孫惠

青松未老作龍吟，摘下鬚來各五簪。我有匣中三尺鐵，一齊呼出雨風侵。

盡節題壁　國朝張若覿

獨守冰霜十二秋，忽將嗣繼把身留。乾坤此際應裁決，莫使貞魂劍下休。

邯鄲盧生祠四首　國朝林之濬

傳說紛紛總不經，華胥祇有枕通靈。黃粱熟遍人間世，可惜盧生尚未醒。

其二
傳呼入夢日方中，俗呼此地爲夢。不盡行人羨此翁。我亦停車聊一憩，無心祇自笑冬烘。

其三
仙山官海共漫漫，識破繁華想未難。自是癡人終不解，至今夢裏説邯鄲。

其四
一夢醒來勢莫追，群傳囈語轉迷離。劇憐蝴蝶都成夢，改讀《南華》自不癡。

讀宋史偶題七首　國朝黃吳祚

幽州俠氣善談兵,慷慨河東捧命行。他日酒樓相對飲,人間贏得二仙名。
石延年

其二

門出盤間泛小舟,渚茶村釀足消憂。飛書遠報韓持國,真似湖山作勝游。
蘇舜欽

其三

山中避地主人賢,不似桃源遂得仙。但問諸君何至是,熙寧已後幾何年?
順昌山人

其四

花石東京事已非,駐師鉅野阻重圍。江淮轉運思蕭相,獨有東南一布衣。
李植

其五

使車曾到越王臺,九曲扁舟一代才。自與考亭賦詩後,誰人重唱棹歌來?
辛棄疾

其六

五千甲卒耀旌旗,累戰功成制使知。太息異人終不見,仲宣樓上酒酣時。
張惟孝

其七

招賢異數絕追攀,畫地無言終日閑。一自合州移守後,十城重繞釣魚山。
冉璡、冉璞兄弟

題吳梅村圓圓曲後五首　國朝黃吳祚

圓圓,陳姓,毘陵犇牛鎮人,其詳載邑志。父兄皆以鼗鼓為業。兄不樂朔望屈禮于其妹,歸仍故業,故後不與其禍。

犇牛鎮是苧蘿村,共說西施家尚存。當日門楣原不改,幾聲鼗鼓又黃昏。

其二

阿父滇南就養時,阿兄不樂苦思歸。小人未慣王家禮,朔望宮中謁正妃。

372

其　三

梨園有母認鄉親，時節宮中謁見頻。國色世間猶自有，英雄別識更何人？

其　四

千歲承恩尚玉顏，武擔作冢已成山。蘇臺若見夫差死，肯作西施湖上還？

其　五

英雄情種美人心，國恥家仇痛並深。底事婁東吳太史，不將一曲博千金。
吳嘗致千金于梅村，乞勿鐫此曲。

沈次雪名虬《圓圓偶記》云：「陳圓圓，蘇州名妓也。崇禎辛巳間，年十八。後歸吳，位與其妻匹，有尊稱，並輦而行，在滇稱邢太太。吳敗亡後，不知所終。計生年爲天啓甲子，至康熙戊午年五十有五矣。」

圓明園試罷，蒙賜克食，隨班謝恩恭紀　_{國朝陳廷選}

詩成御苑日初斜，錯錯珍盤護碧紗。携得餘饈遥遺母，一枝堪羨出皇家。

偈

將軍岩作　_{宋洪聖保}

一個岩龕萬物周，塵中擾擾到無由。儂家盡有山居意，問著依前隔數州。

佛偈二首　_{宋釋道英}

南北東西任險巇，古岩寒檜冷依依。無人到我經行地，明月清風付與誰？

其　二

每把葫蘆椀復攲，從教天下浪猜疑。秋風擺落園林後，始信寒松格不卑。

金粟參石庵和尚　_{國朝釋淨玉}

甕裏何曾走却龜，得來全不費工夫。銀蟾出海乾坤净，照破三江與五湖。

【校記】

① 《清源文獻》卷三收錄前一首，題爲《五坡哀文丞相》。
② "時到"，清嘉慶《惠安縣志》卷三十三作"時度"。
③ 清嘉慶《惠安縣志》卷三十三名爲《題繪》，並列爲康朗所作。
④ "不知"，《清源文獻》卷三作"不如"。
⑤ "翛然"，清嘉慶《惠安縣志》卷三十三作"倏然"。
⑥ "狰獰"，清嘉慶《惠安縣志》卷三十三作"獰狰"。
⑦ "秋日"，清嘉慶《惠安縣志》卷三十三作"秋月"。
⑧ "引滿"，清嘉慶《惠安縣志》卷三十三作"滿引"。
⑨ "九江分"，《黃吾野先生詩集》卷五作"九山分"。
⑩ "三峰"，《黃吾野先生詩集》卷五作"三山"。
⑪ "士女"，清嘉慶《惠安縣志》卷三十三作"士馬"。
⑫ 清嘉慶《惠安縣志》卷三十三題爲《逢使者》，有三首，本書僅錄一首。
⑬ "武安杯酒"，清嘉慶《惠安縣志》卷三十三作"我安杯酒"。
⑭ 此詩有四首，清嘉慶《惠安縣志》卷三十三僅收錄三首，有序曰："余家海上，偶見舟子競渡，歌聲大俚，因改爲之曲，附于楚歌吳歈之末，蓋托聲寄興，非敢曰'文雅'也。"
⑮ "但共"，清嘉慶《惠安縣志》卷三十三作"人在"。
⑯ "短衫"，清嘉慶《惠安縣志》卷三十三作"單衫"。
⑰ "美歌"，清嘉慶《惠安縣志》卷三十三作"菱歌"。
⑱ "莊啓亨"，清嘉慶《惠安縣志》卷三十三作"莊啓亨"。
⑲ "天教"，清嘉慶《惠安縣志》卷三十三作"天驕"。
⑳ "學士聞桴夜不眠"，清嘉慶《惠安縣志》卷三十三作"壯士間桴夜不眠"。
㉑ "正高飛"，清嘉慶《惠安縣志》卷三十三作"最高飛"。
㉒ 清嘉慶《惠安縣志》卷三十三題爲《詠落花》。

十八峰傳墨姓氏、爵里

宦　賢

縉紳莅茲，代不乏人。澤之所孚，文字乃真。繁宋以來，推類并陳，譬彼甘棠，其蔭尚新。

宋

周　謂淳化間，福建轉運使。

陳執中即丞相恭，字昭譽，江西南昌人。祥符八年，以父恕蔭，來知惠安，清謹守法，嘗有《縣齋見梅詩》，後人因作見梅亭以記之。

林　迥熙寧間，爲邑主簿。

劉子翬

周　震紹熙三年，令惠邑，有善政。

王十朋

真德秀

陳　宓

明

張　桓字德威，江西浮梁進士，成化十八年令惠邑。才幹精敏，庶務畢興，以太僕丞召。

邱　尚號恕軒，廣東南海舉人，成化十七年任惠安教諭。

張　巽號兩峰，弘治間邑訓導。

何　彥號石川，廣東順德舉人，嘉靖八年任邑教諭。

蕭繼美湖廣羅田舉人，嘉靖四十四年令惠安，以循吏稱。

歐陽樞號新田，南安人。父深，爲泉州衛指揮，禦倭戰死，詔立祠，世襲。隆慶三年，以都指揮署崇武所千户事。

葉春及 字化雨，號絅齋，廣東歸善舉人。隆慶間，知惠安五載，邑大治。遷賓州牧。歷官戶部郎中，與其姪司馬夢熊及海中丞瑞聲望、文章并稱嶺表。著《惠安政書》。

劉宏道 江南吳縣進士，萬曆間令惠邑，擢給諫。

楊國章 江西宜春舉人，萬曆間令惠安，重修邑志。

曾宏丙 侯官舉人，萬曆間邑教諭。

趙玉成 號介存，江南吳江進士，以文名重海內。崇禎末知惠邑，建文發書院。有異績，擢銓部。

國　　朝

楊　琬 江西上饒貢士，順治四年令惠安。

趙　隨 浙江嘉興人，康熙四年福建學道。

陳　菁 江南江寧舉人，康熙二十四年令惠安，擢監察御史。

田廣運 江南泰州進士，康熙五十一年令惠安。

寓　　賢

賢人寄迹，何地非宜。惠在海隅，君子至斯，資我名勝，抒彼神奇，一字一句，如何勿思？

唐

周　樸 字太樸，吳人。隱惠邑產坑山，徙福州，為黃巢所殺。樸，唐末詩人，吟詩搜奇抉思，苟得一聯一句，則忻然自快。嘗野逢一負薪者，忽持之，且厲聲曰："我得之矣！"樵夫矍然，棄薪走，遇徼卒，以為偷兒也，執訊之，樸徐告曰："適見負薪得句耳。"其句云："子孫何處閑為客，松柏被人伐作薪。"有士人跨驢遇樸，知其僻于詩，欹帽掩頭吟樸句云："禹力不到處，河聲流向東。"樸遽隨其後，士但促驢去，行到數里及之，曰："僕詩流向西，何得言東也？"閩中傳為笑柄。

韓　偓

羅　隱

宋

蔡　襄 字君謨，仙游人，官端明殿學士。嘗讀書惠邑虎岩寺。公至和、嘉祐間兩知泉州，造萬安橋，人皆知之。讀書虎岩，鮮有知者。又公母盧太夫人，惠產也。舍宦賢而錄于此，示其有別。郡志：惠安伏虎岩、南崑崙山石室幽絕，蔡忠惠公母盧氏爲邑人，忠惠嘗讀書于此。

釋宗杲號大惠，俗姓奚，宣州寧國人。禪理神悟，孝宗禮重之。嘗避亂入閩，居惠邑小溪雲門寺。後忤秦檜，屏居梅州。魏國公張浚回主徑山，没爲撰塔銘。有《語錄》、《廣錄》、《書問》諸書。

按：張魏公作師塔銘，其略云："師示寂于徑山明月堂，皇帝聞之嗟惜，詔以明月堂爲妙喜庵，賜諡普覺。先是，上爲普安郡王時，聞師名，遣内都監謁師，賜號大慧師。年十七爲浮圖，見川勤禪師于京邸，法大進。避亂入閩，築庵長樂洋嶼，從者五十三人。應給事江少明之請，住小溪雲門。而浚在蜀時，勤親王以師囑爲真得法髓，遂以臨安徑山延之，道法之盛冠于一時。拜其門惟恐不得見，至無所容足，敞千僧舍以居之，凡二千餘衆。當時，名卿如侍郎張公子韶爲莫逆友，而師亦竟以是遭禍，蓋當軸者恐其議已惡之也。屏居衡州，徙梅州，特恩放還。僧俗從師得法悟徹者不少，我秦國夫人亦于師問道焉。《資鑑》載：朱元晦少年不樂讀時文，因聽一尊宿説禪，直指本心，遂晤昭昭靈靈一着。十八歲請舉時，從劉屏山，意其留心舉業，暨搜其篋，只有《大慧禪師語錄》一帙耳。少明名常，惠人，崇寧間進士，官給事中。

明

陳 琛字思獻，號紫峰，晋江進士，官江南提學僉事。蔡虚齋高弟，嘗與虚齋讀書惠邑鳳坑鄉龜峰書院。

國 朝

釋明徑字壁立，福唐徑江林氏子。幼入黃檗寺爲僧，力學精修，主黃檗席。復主惠邑雲門寺凡五載，相國文貞公贈匾額"後本山"。著《語錄》十卷、《千仞詩集》四卷。

方 翀字羽公，號石農，晋江舉人，召試博學鴻詞。有集七十卷，邑侯徐發巖延主螺陽書院講席。

游 賢

秀水奇山，筇屐至止，必有高人佳言題紀。近在鄰封，遠在千里，册不勝收，偶存其美。

唐

韓 偓字致光，京兆人，龍紀元年進士，爲翰林學士承旨。昭宗時，朱全忠惡之，累貶鄧州司馬。

377

[後]兩召不入，挈族南安，依王審邦，作招賢院禮之。有《香奩集》。石林葉氏曰："偓在閩所爲詩，手自寫成卷。嘉祐間，裔孫夾出其詩數卷示人，龐穎公取而奏之，因得官。"

歐陽詹

宋

劉子翬字彥中，崇安人，朱晦庵師事之，稱屏山先生。建炎間，判興化軍。

元

南吏隱不知何許人也？過虎岩有詩題。

明

林希元

莊一俊

何喬遠字稚孝，號鏡山，晉江進士，官禮部侍郎。著《名山藏》諸書。吾惠名勝，公率多題咏焉。

陳學潛字爾昭，南安人，國學生。

與　賢

同氣相求，筆墨來往。其品高超，其詞融朗。足助光輝，珍重吾黨。交與得人，其傳不爽。

宋

王禹偁字元之，鉅野人。舉進士，累遷翰林學士。

張　栻字敬夫，漢川綿竹人。學者稱南軒先生，追封華陽伯。

元

林泉生字清源。《通志》謂福州永福人，《清源志》謂郡人，《興化志》謂晉安人。應天曆二年鄉舉，嘗爲泉州經歷，累官翰林直學士，知制誥，謚文敬。

明

顧　珀

林應標 莆田進士,官山西布政使。

王慎中 字思道,晋江進士,官河南參政。著《遵巖文集》。

鄭　普

周良寅 字以夷,晋江進士,官户科給事中。黄孔昭稱周給諫詩爲後來之雋。按:公能詩,復以書重。放浪江湖,其家蕭然,不問也。

李光縉

蔡獻臣

蔣德璟

徙　賢

桑梓故邦,雖久莫忘。諸賢遠出,爲國之光。故廬丘墓,今猶輝煌。仍是惠人,語匪涉荒。

宋

梁克家 字叔子。其先惠安人,祖墳在邑文筆山麓。移居晋江。紹興三年,進士第一人,官右丞相,封儀國公,卒贈少師,謚文靖。

明

蔡　清 字介夫,號虚齋。先世居惠安東林里,元至正間,避紅巾寇徙晋江。登成化二十年進士,官國子祭酒,贈禮部侍郎,謚文莊。莆陽林俊曰:"介夫詩、文别出體格,披人心而繫名教,卒澤于仁義道德,粹如也。"

吕　旻 字仁甫,號濱溪,惠邑崇武人。初徙漳州龍溪。九歲能文,郡守召試《平閩賦》,奇之。登嘉靖癸丑探花,官禮部侍郎。

十八峰傳墨卷一

書

答江少明給事書　宋釋宗杲

人生一世，百年光陰，能有幾許？公白屋起家，歷盡清要，此是世間第一等受福底人；能知慚愧，回心向道，學出世間，脫生死法，又是世間第一等討便宜底人。須是急著手腳，冷卻面皮，不得受人差排。自家理會本命元辰，教去處分明，便是世間、出世間一個了事底大丈夫也！

承連日去與參政道話，甚善！甚善！此公歇得馳求心，得語言道斷、心行處滅，差別異路，覷見古人腳手，不被古人方便文字所羅籠。山僧見渠如此，所以更不曾與之說一字，恐鈍置他。直候渠將來自要與山僧說話，方始共渠眉毛廝結理會，在不只任麼便休。

學道人若馳求心不歇，縱與之眉毛廝結理會，何益之有？正是癡狂外邊走耳！古人云："親近善者，如霧露中行，雖不濕衣，時時有潤。"但頻與參政說話，至禱！至禱！不可將古人垂示言教，胡亂穿鑿。如馬大師遇南岳和尚說法，云："譬牛駕車，車若不行，打車即是，打牛即是。"馬師聞之，言下知歸。這幾句兒言語，諸方多少說法，如雷、如霆、如雲、如雨底理會不得，錯下名言，隨語生解。

見與舟峰書尾杜撰解注，山僧讀之，不覺絕倒。可與說如來禪、祖師禪底，一狀領過，一道行遣也。來頌仔細看過，卻勝得前日兩頌，自此可已之，頌來頌去，有甚了期。如參政相似，渠豈是不會做頌，何故都無一字？乃識法者懼耳！間或露一毛頭，自然抓著山僧癢處。如《出山相頌》云"到處逢人鵞面欺"之語，可與叢林作點眼藥。公異日自見矣，不必山僧注破也。

某近見公頓然改變，爲此事甚力，故作此書，不覺縷縷。

請洪筆山公爲大館師札　明葉春及

我朝纘堯、舜之傳，盡君師之道，立百司分任其責。

鄙人不佞，謬令茲土，職掌俱存，匪特筐篋爾也。升于邑學者，朝廷即命官教訓之矣。各都子弟尚有未屬，何以副朝廷作人之意哉？

邇遵令典毀淫祠，改建鄉校，期隆大化。竊睹執事學明行修，宜爲師。謹帥本都子弟聽命，茲有不腆之儀，並拜獻于執事。

序

三山志序　宋梁克家

予領郡暇日，訪無諸以來遺迹故俗。聞晉太康既置郡之一百一十三年，太守陶夔始有撰記；又四百五十六年至唐，郡人林諝復增爲之，皆散佚無存者。獨最後一百九十二年，本朝慶曆三年，郡人林世程所作傳于世。自言視前志頗究悉，然不過地里、山川、人士、物産之大概，哀次亦復缺（闕）略。迄今又一百三十九年，興發（廢）增改，率非其故矣，闕不書者十九。

夫追維往昔之事，不可復記，世常以爲恨。至耳目所接，謂未遽泯没，則又不急于紀録。歲月因循，忽莫省憶，使［後］來者復恨之，斯古今通病，所爲甚惜也。乃約諸里居與任（仕）于此者，相與纂輯，討尋（究）斷簡，援據公牘，采諸老長所傳，得諸里閭所記，上窮千載建創之始，中閱累朝因革之由，而益之以今日之所聞見，厥類惟九，靡不論載，豈惟使四方知是邦于是爲盛，抑鄉古者有考焉。書成爲四十卷，名曰《三山志》。

淳熙九年五月八日。

贈錦田驛宰丁本茂攝縣事竣序　明蔡　清

清江丁玉川，天下之名畫史也。惟其以是一藝名天下，故凡人之遇其子若孫者，猶有加于尋常之無聞者焉，則人豈可不有以自重乎哉！

玉川之孫本茂，爲吾泉惠安之錦田驛宰。自其始至，惠安人士概知其爲玉川孫矣。其宰錦田也，公車使節往來無虛日，君處之綽綽焉。用是當道者可之，檄兼鹽場事。夫鹽之與驛，其冗均也。君以一身莅二冗間，初若不覺其冗者，君于輩行中亦可謂能乎哉！

比者，縣尹浮梁張侯適欲白事于省，時縣事未有所屬，顧僚佐咸無在者，惟丁君可，乃以縣事屬之。丁君果能一遵張侯約束，且秋毫無擾焉，凡執役于縣者甚安之。迨張侯既歸，君乃退復厥位。夫驛事天下多矣，以他官攝縣事者天下亦多矣，蓋未有以驛宰而攝縣者，而今乃于丁君見之。君其果有過人哉！

試近取譬論之，天下事大概亦如畫然。何者？物有象，善畫者惟鑑其象而肖之，至于濃淡疏密之間，則在乎布置得其位。事有理，善處者惟肖其理而行之，至于損益輕重之際，則在乎措置得其宜。審能是以宰驛可也，以攝鹽事可也，以攝縣亦可也。又推而廣之，則有不止于治縣者，丁君蓋亦有得于此乎。丁君得玉川家之傳者也，其平居亦嘗推類及此乎。

鄉老陳肅輩介予友孫君恒謙，請予言爲贈。予雖未深知丁君之爲人，然以其爲張侯所屬用，又孫君爲之請，知其果非庸衆人也，卧病間爲秉燭書之。

送惠安張尹述職序　明蔡　清

意氣磊落之士，更事多非其所優。其優于此者，又往往于大家風韻有欠焉。清嘗以是而旁窺夫今之從政君子，其有能越是範圍之外者，蓋亦有數也已。

惠安爲吾泉劇縣，上按藩省，而下引郡治及漳、汀諸要郡，實公車使節所必經之地，外此庶務又不可勝舉，然而，編民之以里計者纔三十有五，而止以三十五里之民，而供是公私種種之務，誠亦有未易辦者矣。

浮梁張侯德威，以辛丑名進[士]出宰是縣，至癸未及期，公私庶務了辦如響，一縣精神爲之煥然一新。下至公宇、郵舍、橋梁、道路之類，亦皆以次興舉無遺，而又知興學校，表先哲，重人材，迄今四載之內，成績彬彬焉。暇則與二三名勝相與周旋于詩書、俎豆之間，或登高遠眺，把酒雅歌，瀟然若在事外者。且夫侯之進士，從文字議論間得耳，況素磊落若不屑世務者，一旦作縣，乃綽有餘力若此，穉腐書生，誠不識其何術也？其豈非以磊落之資，而兼夫實用之才者耶？以故守鎮、按節及藩憲諸公，每至其境，目爲（其）規爲，咸嘖嘖慰喜，遇以殊禮。而參會考論一時作縣人物，輒以侯居最焉，是豈偶然哉？

今兹當述職北上，清辱知素深，方將策款段往餞之，行以疾未果。而泉中諸縉紳與侯交雅者，顧命清言以爲侯行贈，精神忽忽，固謝弗獲。嗟乎！侯于作縣辦矣，清兹所言贅矣，獨有一說可以爲侯是行贈者：我國家治平百年，萬品滋阜，是以上下之間，不覺其日趨于巧便侈靡。夫巧便侈靡之風行，而天下民力將弊，此亦君侯輩之憂也。以吾德威之才行器業，其駸駸當路而非久爲惠安人士所借留者，衆舉知之矣。病蹇寒生，正未知後會果在何日？惟侯益加自愛，尚思以其所以振一縣之治者，進而與天下士大夫審圖之。今日要務，毋亦在于培養天下富厚之力，而于文物之近末者，姑少緩乎哉？

夫天下者，一縣之積也。卿相事業，惟優于作縣者最辦。吾知侯將自是升矣，故爲此贈。

惠安縣志序① 明林應標

地理之書，昉于九丘，至周而外史掌之。所以待王稽古，詔地事以知地俗，其由來遠矣。惠安舊屬晉江，宋太平興國始自爲縣。雖疆理僅齒中邑，而川岳效奇，賢哲挺秀，在閩猶可甲乙數[矣]。獨典章文物，殘落莫稽，曠[五]百餘年未有任紀載之責者，豈非邑之大闕典歟？

嘉靖庚寅，封川莫侯敬中爲縣之二年，觀風采言，知邑志闕狀，乃以屬之鄉大夫張君惟喬。君既爲之旁考博詢，裁成義類，而又各爲論敘以發之。有激而慨，有婉而引，蓋自建置以至人物凡十三卷，而因革損益之故，纖悉具之矣。

書成，侯乃命工升之梓，且不鄙謬懇予叙。予惟志之係于治不少也，顧簿書期會事，吏治者恒亟亟焉，而舉墜葺廢、稽古考文，則非吏而儒者不暇以爲。

莆去惠安百餘里，侯之政聲得于耳者熟矣。及觀是編，則其賢有足徵者。嗣是吏于土者，能寓覽而自得之。則星野有常，易簡見焉；流峙隨化，動靜其焉；鼓舞盡利，康阜基焉；變通趨時，道德一焉。又審于五材也，微以盡物；又制于五用也，明以盡民；又和于上下也，幽以盡神；又睹夫才也，思所造之；又省夫職也，思所修之；又慕夫獻，論夫世也，思所尚之。則仕有定守，治有常師，化流海隅，以輔成丕冒之治，皆有待焉者，是固侯之志而作者之徵也。余不揣僭，述于篇，俾繼治者考焉。

惠安縣志後序　明何　彥

周有小史、外史，掌邦國四方之志。列國皆有史官，以掌時事。秦折而郡縣之，其官始廢。自是志郡國者，往往溯其沿革，紀其登耗，彙其人物，純駁不一，而古意或離矣。夫其言之也，弗理于極，其聞之也，不可以興，不可為懲，是雖搜討磔裂，攎摭融結，至無遺纖，將弗究用也，曷從而傳之？是故善志者，其辭平平則不陂，其事核核則不舛，其體大而有常，其目理而不紊。由是而往，雖越世焉，莫之遷也。《傳》曰：“言之無文，行而不遠。”嗚呼！奚翅文焉而已哉？

邑侯莫君敬中，蒞政二年，省俗觀民，知邑闕志，乃請于鄉大夫張君凈峰屬筆焉。張君韙其請，乃廣約曲求，旁搜躩括，易其詞，核其事，正其體，疏其目，婉而多慨，直而不激，遠而有徵，近而不穢，其厚生、善俗、興政之大凡者，各于題辭敘論見之。斯真古良志也，觀者其將興而懲乎！

夫古今天下不一也[②]，豈法宜于古[③]而難于今？法不必盡于天下，維[④]在郡邑，補偏救弊，弗可無者，化而裁之，存乎人焉。因言以考實，因實以稽政，因政以問俗，作者之徵于是為大而志之不可闕也。夫蒞政者貴知要，惠有志，自今始，斯知要矣，知要可觀政矣。

時鋟梓事竣，莫侯俾繫言于末，僭書而歸之。

介山詩集序　明葉春及

《介山詩》者，李大夫所為詩也。大夫嘗為郎，詔天子進退百官，持節出治楚軍，尊寵矣，不以名篇，顧獨稱"介山"。介山，大夫之菟裘也，則時時謂"介山人"，人亦以名其詩云。

大夫奇氣好俶儻之節。初仕番禺令，余家羅浮居番禺東，甚比然。其年方降母體，不能覿睹之也。聞之長老，是時海上無桴鼓之警，珠璣、犀革、瑇瑁、果、布之湊爲生易，民皆甘食美衣自重而畏吏，不敢以身撓法，無根株窟穴之奸。上恬下熙，屬上興于禮樂，文學斌斌盛焉。故大夫目休桄榔，理詩章，然氣故高，則常見其悲慨之意。

今觀十九章深遠矣，大夫既還事上，馳驅燕、趙、吳、楚之間，至于懸車，炫奇燦縠，揖讓學士之林，本番禺之志也。後四十年，余始爲令介山，暇過大夫，天方雨，日已莫，索觀《介山詩》。

余粵人也，則爲粵吟，大夫倚而聽之，愴悽悲懷如在桄榔下矣。葉春及曰："予至縣，聞李大夫城守事，未嘗不瞑目髮豎也。方賊急攻城，內無長戟之衛，外無一卒之援，賊乘高臨之，危于累卵，萬一不守，轊折車敗，安托命哉，何況輜重？然人卒沾沾不能割，如螫指不斷，並亡其軀，其氣卑也，故大夫以氣高縉紳間。"

予視其文良然。然余亦嘗有志于詩，□卒無須臾間不能吐胸中之奇。往送客遼陽阡，酌酒賦三章。賦之遼陽阡者，大夫先墓道也。後大夫見而喟曰："甚矣悲！"豈予之氣，視大夫又甚耶？或所乘異也？不然，則大夫所稱引幾于道，余願聞焉。

從祀四賢列傳序　明葉春及

隆慶戊辰，余客都門，言者以薛子、陳子及姚州王氏從祀請，群臣爭可否，上可瑄、獻章矣。余至梅溪，詔書不下。辛未，待罪錦田，乃奉詔獨准薛子廟庭。萬曆甲申，言者復以陳、王請，群臣爭如前，因並胡氏從祀。

去薛子從祀，議起嘉靖初，五十年而後定，蓋其慎也。王氏徒遍天下，既主王氏，則不得不推轂陳子。然則陳子，王氏之公孫洩乎？及秩宗舉胡子以抑王氏，乃并胡子祀之，亦公孫洩也。薛子言行必步趨于聖人，篤信好學，守死善道，庶幾子夏。胡子紬陳子，爲陳子者亦紬胡子，薛之亞也。陳子學異，顧深造自得，曾點之流，王氏能勝人之口，不能服人之心，特與天下之辨者爲怪，公孫龍之徒也，皇上并舉之，大哉聖學，可管窺蠡測哉！

今文學、將士無論瑣瑣，賢者裎督諸生經藝，猥自綴學摘藻以爲名高，孰肯以道爲事？洪君設教江廣，一以孔孟爲宗，至傳從祀四賢，誘進學者，可謂識其大矣。余在惠安，日與洪君講明此道。序諸篇首，論其世者庶幾自得師哉！

磐峰詩序　明劉弘道

《磐峰存稿》者，邑大中丞磐峰康先生之所作也。先生弱冠即以文章鳴世。迨與張襄惠後先并建旗鼓，屢盈戶外，手不停揮，所著稿甚博焉，但毀于寇。茲其逸者耳，庶幾存千百之十一也。先生冢子孝廉君問余爲序以梓之。余知先生勳業行誼，昭昭在人耳目，片詞重擬商鼎，稿奚啻僅存已哉？蓋尤有不朽者在也。

先生顯歷中外四十餘載，毋論其他，觀其定武定侯之獄及抗衡于信州、袁州二相之間，曾不一俯首事焉，乃其最表著者也。今所存詩若文，披而讀之，氣沛江河，體峙山嶽，詞鏗金玉，宜稿一出而爭傳誦也。厥有本矣，茲其所稱不朽者歟！

余故慕先生，未由見先生顏色。甲戌歲，受茲邑令，辱使持牘迓之道，乃未下車而先生棄人間事矣，則所由睹先生大致，獨茲刻而已，余固幸稿之存而及睹先生之文章也。尤憾存之獨稿，而不及接先生之議論也，于序也，殆有餘慕焉。

先生諱朗，號磐峰居士。孝廉君諱士晉，先生冢子也，雅志積學，行將脫穎春官，世其家風，先生爲不死哉！

惠安縣續志序⑤　明楊國章

不佞承乏惠邑，孜問⑥治理所繇，乃知邑故有志，始于嘉靖庚寅中，少保張襄惠公岳手纂也。原本山川，博綜倫類，其于政俗螭蟠，襄惠每致慨焉。越今復數十年所矣，謠俗趨舍⑦，人物升沉，何啻千百，愧未遑續。乃按臺陸公軫念文獻無徵，徼亟⑧諸郡邑，采故實以續《閩志》，不佞籍得錄邑諸條教宜書者屬筆黃生。

生派出縷胄，學有文名，以不佞旨更從諸所知縉紳摘抉抽黃，纘承襄惠，別輯成書，而襄惠手纂毋易也。然不佞聞之，腹劍者期于銛利，而不期于墨陽莫邪；鼓瑟者期于鳴廉修營，而不期于濫脇號鐘；觀史者期于通道略物，而不期于絺繫縹緗。今讀襄惠輯錄與黃生補纂，則建置異，則土田異，則徭役異，則生息異，則物力異，則兵賦異，則理亂異，則趨捨異⑨，則綱紀異，則風俗異⑩，則好尚異，則文物異⑪，乃理道欲去太甚，則在樸斲文勝。昔盤庚遷殷，革奢即約；長沙策漢，損文用忠。蓋消息盈虛不常，厥道尚知貴敦古今之法也。

不佞下車以來，仰跂葉羅浮、劉姑蘇及邑先縉紳顯列鴻謨，臚列志中，博務一心營織，勉自規填（慎）。庶幾順鍼縷者成帷幕，合升斗者成囷倉，而冠帶禮義之寓，含生負性之倫，靡不沐浴更新以偕大道。弟過不自知，才廉政拙，已去民思，乃居無赫名，則何武、朱邑矣。幸數年間，徵應昭[錫]，陰陽調而風雨時，群生和而百昌遂，天所以順也；嘉穀歲登，四時豐美，天所以相也；薪樞芃芃，科目蔚起，天所以興也。不佞即計過朝夕，務治其業以赴功，安所臻此？

今上春正月大計天下吏治，不佞秩滿覲行矣，倘有問惠政俗，則張襄惠與黃生志在也。它如耽淫藻帨以煽詡一方，則不佞不敢知焉。[乃黃生當無謝，賈生不能游揚，殊慚吳公。][今]剞劂告成，僭以一日長民上，乃序而誌之末簡。

陳先生適適齋鑑鬚集序　明趙玉成

旨哉，楊子升庵曰："三代以上，道見于事業而流衍于文章；三代以還，道寓于文章而不絕于事業。"是以古鉅公碩輔，門施行馬，庭列梟鐘，著作無倦容。如諸葛武侯《出師表》、《誡子書》，張睢陽《謝加金吾表》及《激厲將士》、《更樓聞笛》諸詩，詎不足起代興頑明、興明。先生背望能古文辭者，無慮數十家，莫不循良蜚聲，鼎鼐懋績，皇華無忝，戡定克宜。至隆、萬間，西江鄒忠介以道學爲己任，先大人與之講論尋繹。稔忠介莫逆友，有螺陽陳荆碧先生，蓋先生潛修默訂，不剿程、朱之蕕魄，拾箋疏之贅牙，宜乎針芥鍼芒，苔岑臭合也。

余自承乏螺陽，建院興學，兢兢析薪是懼，同人向風，三載于兹，乃横經之暇，合治之耆耇，以先生俎豆請。師言僉同，蓋言攸協。余上于學憲郭公，詳達崇祀，而諸令器又馨折匍匐，出先生遺集，丐余一言爲叙。

余留連再三，益信古今事業、文章未始不二而一也。先生舉進士，爲令文江，有爲令之事業，則有爲令之文章；已擢爲臺官，有臺官之事業，則有臺官之文章；特斧按屯南中，有按屯之事業，則有按屯之文章。功所已及，穎能宣之；足所已踐，口能傳之。殆宣聖所謂先行後從非歟？何況彪彌鏗鋿，已若咸陽之懸金，淮南之鴻寶哉！

顧余竊泫然于兹。先大人遇而不遇，知名湖海，生平撰著，如《華國》、《經世》二書，逾萬越千寒。兄弟六人，兩能文者早世，而余落落仕宦，未能與諸弟校讎以行，浩嘆先大人事業、文章付諸墨濛紙蔽，何如先生是集出，而不朽之迹炳于丹臚也。唐荆川云："文字家藏，人畜如。舉祖龍，則南山煤炭、竹木當盡減價，我輩何用添莖草于鄧林？"此在當身收斂學問有然，豈所論于後死者表章之孝思？倘以莖草鄧林爲辭，必將使先人事業、文章歸于石火、電光，蝸戰柯夢而後愉快乎！

先生中子、諸生龍巖爲余彙試首得士，嘐嘐慕古，克世先志，余故不憚羔袖狐裘，並告以三代不墮之風，志余愧羨未遑之隱如此。

冲至張公惠風序 _{清方} 翀

風于封從巽。巽者，順也。而繋辭曰："撓萬物者，莫疾乎風。"言撓，似乎以撓勝物，去巽順甚遠，然實以宣湮鬱，盪機神。撓之所以爲入主，感而不主，抑也。是故君子之德風其象，八風皆具。善所感，則物因以和平；不善所感，則物因以困瘁。

其見于詩者，不特君子有風，小人亦有風。君子之風，有權之風也，相動者振興而成教。小人之風，無權之風也，相傳者濡染而成習。野夫、閨婦發爲音聲，亦足與在上之人，分其氣勢，斯太史輶軒必登采焉。嗚呼！以人籟爲天籟，風之攸繫，豈獨一鄉一邑之紀載云爾哉？

今以天下之大而僅僅得一閩中，以閩中之廣而僅僅得一溫陵之惠安，雖有風乎，果遂足以風哉？而前輩冲至張公諱正聲者，乃獨集之爲《惠風》，將無公爲惠人而私心暱比，獨見惠之有風歟？非也。公誠見惠之有風，則凡爲雄風者可知惠；而有風之盛，則颯颯乎大國風又可知以（矣）。蓋恐世以一隅爲無風，且有風不必爲正風，是忽近圖遠者非真識，而是古非今者鮮會心也。

余久慕是書，欲窺之而不可得。辛巳夏，乃由客洛陽，而陳生水亭以抄本相示。統集中其色古，其韻長，其情味奧，其體格嚴，公何慎選哉？一隅之風，從律不奸，真所謂惠風和暢。雖起青蘋之末，而嘘咈者何必不在萬里之餘世，而有聞風者，固無待于順以爲招耳。昔吳公子札遍觀十五國風，而《鄶》以下無譏焉，或曰"斯其微者"，雖有風無容置品評也。其說之信然與否不可知，而彼以小邦無風，此以小邑有風，則必其依托于君子者大，亦吾儕小人自得其情性者深。嗚呼！昔既然矣，矧茲景運郅隆，風之所從善者，即《韶箾》如天如地之覆載哉！恨張公猶未及見也夫。

記

宋中令韓公、忠獻魏王祠堂記　宋梁克家

乾道五年，泉州太守爲中令韓公、忠獻魏王立祠于州治之大隱庵。淳熙四年，公五世孫康卿拜奠祠下。及明年夏四月壬申，改作中令及公之祠，秋七月甲子訖事。康卿告饗如禮，來諗克家曰："是舉也，非康卿私其先，將以慰邦人無窮之思，願乞文以紀歲月。"

嘗考景德中，中令公以太常少卿知州事，魏公實生焉。中令公有德于此邦，

邦人不能忘。及拜諫議大夫召還,道及建陽而卒,邦人奔走千里拜奠,朝夕哭,久不忍去。其後魏公歷相三朝,有大勳業,邦人曰:"是我諫議公之子,昔生于此邦者也。"則相與即州之堂因其謚而名之,以著夫不忘之意,歲時奉祀,顧猶缺然。逮夫即庵以祠,繪事雖嚴而堂宇制度曾弗之稱。至是易其舊貫,輪奐儼然,像設並崇,分左右室,佩金戴蟬,焜燿交映,瞻者起敬,罔不歡喜,蓋古之爲政,必因人心之所不能忘者,故物成而人說。夫以遺愛在人,忠勳嗣世,合而祠之,瞻敬一新,豈不真有以慰邦人無窮之思歟?

克家頃使北虜,過相州,虜使者語及公,舉手加額曰:"公勳德威名,百世所仰,今晝錦堂固無恙。"公歿百餘年,彼異域且知所尊敬如此,而況此邦之人哉?故附載于此云。

又明年夏四月既望,資政殿大學士、宣奉大夫、知福州府軍州事、兼管内勸農使、充福建路安撫使、馬步軍都總管、清源郡開國公,食邑五千七百戶,食實封二千三百戶梁克家記。

敷文閣學士、降授中大夫、知泉州軍事兼管内勸農使、蘄春郡開國侯,食邑一千戶韓彥直書。

朝散大夫、直秘閣知南外宗正事趙不敵篆蓋。

輞川橋記　明蔡　清

輞川,海之一支也,在惠安縣治東三十里。岸川而居者數百里(家),皆業海之利。以其利之所在也,遠近足迹于是輻輳焉,且爲某所某社之要衝。而岸行有一水之隔,舊因循以舟渡,值風暴水漲,人衆爭先,則常有覆溺之虞。

成化癸卯秋某月,縣尹張侯適以公事至其地,見爭渡而病之,因相其隘處,東有磐石,其西積土如阜,不受水齧,勢可橋也。乃召耆老何迪易等諭之,咸曰:"民有此願久矣,苟有主,當悉力以趨命。"

侯歸,即呼匠計工,約其費銀千兩。自捐俸以爲之倡,而令其里之人,驗丁出銀四百兩;又爲疏引俾僧福旺,耆老陳思遜、蔡庭敬等八人,因募錢穀以佐之。

始工于是年之冬十二月某日,間因歲歉,中輟未就。迨歲頗稔,復令柯宏珍者往督其成,遂以丁未之春三月某日落焉。由基及梁,皆石爲之,長三十有二丈,廣丈有四尺,爲間十有五,各衛以欄,坦夷端直,堅固完好。凡迹斯地者,去舟之危,即橋之安,皆知爲侯德所濟矣。

迪易等乃相率來泉城,請予爲之記其實焉。嗟夫!自有此水,未有此橋也,則曠于昔而興于今。曠于昔者,不知其幾千百年;而興于今者,從容爲之,不過三二年而已。利之興于今者纔三二年,而其垂于後則又不知其當幾何年矣?甚矣!侯之知所以勞其民也,知所以逸其民也。

昔人有言:"天地之雷電、草木,人不能爲之;人之陶冶、舟車,天地亦不能爲之。"于此,見人事之功用,有可以補助天工⑫之不及者。橋梁之利,視[陶]冶、舟車尤爲不動,而及物一成而永賴。自孟子談王道,則既以是爲爲政者之首務矣。諸葛公一時王佐,于此實汲汲焉。奈何世或至弊,精于簿書期會之間,以爲非朝令所徵,上司所督,而置之得已之地。于是,民間之利病,往往以有付之莫可奈何者。耳目所及,感慨隨之。于是,侯之賢爲不可掩,而是記之作爲不可已矣。

侯名桓,字德威,江西浮梁人,由辛丑進士授令職⑬。他績業尚多,蓋各自有記存,茲不及。

新建海澄縣城[記] 明呂旻

新澄,舊月港也,爲龍溪八都、九都之境。一水中塹,回環如偃月,萬室攢羅,列隧百重,自昔號爲巨鎮。故其地濱海,潮汐吐納,夷艘鱗集,游業奇民,捐生競利,滅沒風濤;少牴牾,輒按劍相視,剽悍成俗,莫可禁遏,當道者憂之。

嘉靖戊申,中丞秋厓朱公循百姓之請,疏立邑于茲土,格持議者弗果。亡何島夷入寇,奸夷煽殃,相率叩闕,復以立邑請。詔下其議,前守麓陽唐公縷陳其便,力懇于兩臺中丞南明汪公、侍御又池王公以聞,既報可,海澄乃得自爲縣,時嘉靖丙寅歲也。

先是八都、九都各有堡以自衛,而八都扼海中,當賊之衝,唐公于是即八都之堡置縣治,而建學宮于九都。當其時,海氛四塞,戎事方殷,取粗辦于目前而已。因陋襲敝,民猶惴惴若集木。然有識者屢欲城之,竟以兵燹之後民力未充,弗遑也。

隆慶庚午,南泉羅公來守我漳,按圖省方,每惻然念曰:"縣澄,所以捍漳也。乃弗城,奚以縣爲?未雨綢繆,今其時矣。顧誰與我共此者乎?"既而,澄尹臨海王君以城請,君喜曰:"是足副吾志矣!"即命駕往臨,周視原野,相度險夷,遂戒工于八都,撤故堡甃石焉。慮材鳩庸,賦仗任力,酌閭邑丁糧以均其役,取諸郵□錢以充其費。版築斯興,㫊輦咸集。經始于壬申之春,抵秋而成。垣高二丈許,周五百丈有奇,關門四:東曰清波、西曰環橋、南曰揚威、北曰拱極,皆新制也。易庫爲崇、化鹽爲堅、樓堞連雲、溟渤爲池,規制形勝翼翼冠諸邑矣。

《易》重設險以守國,禮,城郭、溝池以爲固,蓋民保于城,嚴扃鑰,樹藩屏,王政所必先也,矧澄迄立海上,外邊諸夷,故易動難安者乎!南泉公闊達子諒,才與誠合,下車以來,蠲逋省餉,置學租,創書院,征番舶以佐軍興,扼險阻以遏寇攘,浚郡城之渠以疏地脉,折烏礁之壩以弭水患。其碩畫遠猷,未易殫述,要皆安民固圉,垂庥無窮,宜其汲汲于澄而亟圖萬世之安也!《詩》咏"南仲城方,獵狁于襄",傳美"叔敖城圻,不愆于素",古之遺烈也。

今公一屬慮,能使官不侈費,民不勞苦,海隅新邑,隱然有金湯百二之勢,鯨波不興,邊徼無警,即南仲、叔敖之功,寧復是過?澄人樂得所庇,莫不戴公功德,念無以爲報者,于是介文學某等徵予記,托諸貞珉,用昭不朽。嗟乎!我公德寧獨澄哉?全閩寧謐將終賴之,其敢以不文辭?

公名青霄,蜀之忠州人,起家壬戌進士,所至聲稱藉甚。貳守羅公拱辰、殷公康,別駕吳公周章、司理尹公瑾,皆協贊厥成者。王尹名穀,治行雅著,于茲役尤勤,義得并書云。

登科山記 <small>清田廣運</small>

螺陽縣治西,舊有登高峰,宋盧瞻讀書于此,因易名焉。其峰最奇,章石之態亦不一，有卓筆、駢笋者，騫如飛、墜如壓者。其間梵宇窣堵，不火神燈，詭譎幻怪，與夫騷人墨客所鐫鑱皆兼擅之，與吾鄉之黃海、越之台岩、粵之羅浮爭雄域內。《月令》曰："可以居高明，可以遠眺望。"白雲青山作我藩垣，城闉園圃作屏裀裯。而又多曲池古木，掩映參差，頗極四時之觀焉。

萬曆間，邑令楊公國章創文昌閣，當年邑之名士譁游稱盛，文運最昌，故薦紳士夫代不乏人。未幾，香火緣少慳，堂宇少圮，僅一枯僧栖息右偏，上佛香，守空鉢而已。

壬辰秋，予蒞斯土，簿領之暇，訪諸名山，輒一登臨，天色新霽，晴絲罥人。遠望之，則海氣泱漭，千里一白，而山巔飛泉，則又從高處下。酈道元所稱，望山上水可高廿餘里，素湍浩然。而文昌閣孤屋支撐，風雨摧折，又堂之下曠地尤多，慨然曰："成敗固自有時，第此山文氣鍾秀，安可不思一振刷之？"乃與邑之紳士量度規模，爰命匠氏約之、椽之、茅之、絢之。勤垣墉，塗墍茨，頹者興，闕者補，墨者明。于文昌殿之左右分設僧寮；臺之下增修飛閣，供奉關夫子像以振作文壇。庭戶秩然，廊廡修潔，將來聚邑之文士誦習其上，日有課，月有程，濯磨淬厲，刷羽高騫，與宋之名賢後先相望，不亦稱快哉！

築室既成，紳士來請曰："願有記。"余幸得以文詞廁名其後，而又喜斯文之有光，教化之將行也，遂記之。若夫歷來沿革之詳載之邑乘中，予又何多及焉？

碑

萬安橋碑　宋蔡　襄

泉州萬安渡石橋，始造于皇祐五年四月庚寅，以嘉祐四年十二月辛未訖功。累址于淵，釃水爲四十七道，梁空以行。其長三千六百尺，廣丈有五尺，翼以扶欄，如其長之數而兩之。靡金錢一千四百萬，求諸施者。渡實支海，去舟而徒，易危而安，民莫不利。職其事盧錫、王實、許忠、浮圖義波、宗善等十有五人。既成，太守莆陽蔡襄爲之合樂讌飲而落之。明年秋，蒙召還京，道由是出，因紀所作，勒于岸左。

廣靈萬夫人廟碑　宋梁克家

廣靈廟,在泉東湖之滸。神姓萬,生能療病,没能爲國捍患。乾符六年,黄巢寇閩,斬處士周朴,神禦曰:"未説泉州境,且説東湖一萬家。"巢衆駭遁,民無肝腦塗地者,實維神力也。《禮》曰:"有功德于民者,則祀之。"神之功如此,衆人祀之也宜矣。守臣王潮,請封護國英烈萬氏仙妃,以章祀典焉。

嗚呼!廟貌歲久將顛,余憶母病,昔禱有感,故即城東地壇祀之。落成撰志,庸垂不朽。

淳熙丙午孟冬吉日。

永春縣知縣盧公去思碑　元林泉生

泉州居閩海之南,屬也[14]多近鹽,尚商利。永春依山僻遠,壤植阜蕃,民勤樹藝,比年亦利[15]難治。

至正十二年,盧君希韓來尹是邑,承饑饉逋滯之餘,發常平、廣賑貸、省賦役、正横斂、決滯訟,减口鹽一百餘引,蠲包銀、榷鐵之無徵者。時行鄉亭,省田野,見良禾、嘉麥煦煦,笑語召其人勞之;間有籬落不整,溝洫不治者,必罰其惰。兩造在庭,則詰之曰:"何爲棄農而即公耶?"立剖其事而遣之,各得其愧服以去。自是民樂稼穡而耻争競,訟獄大息,官曹少事。新作學宫,延師儒課子弟,月書、年考皆自較之,文風翕然。

鄰郡仙游盗發,逼邑境。君方行界上,賊衆望而拜曰:"此永春大夫也!吾邑長吏暴毒我,驅我至此爾。"君立馬喻以禍福,衆皆投去棘槊,願爲良民,一日得九百八十三人。自是威惠行于境外,"盧永春"之名滿閩粤矣!

十三年,泉郡大饑,死者相枕藉。扶携能就食皆來永春,幼稚棄于道者,君使人以舟載之,分諸浮屠及邑大家,使給之食,所存活甚衆。

十四年,安溪寇數萬人襲永春。君乘寇未集,出邑外示(喻)其民曰:"永春無城,吾非逃死。我爲國家命吏,不可徒死于賊耳!民度能致死,則與之戰;不能,則我先死。"衆皆感憤:"使君何言歟?使君父母我民,彼盜焚我室,虜掠我妻子,一邑同仇也,我何忍以父母畀仇?今日之事有死而已!"皆歔欷泣下,人人自奮。君乃率以攻賊,大破之。明日則分道而入,諸鄉之民無老少皆以鋤梃、瓦礫助君擊賊。大小三十餘戰,捕斬賊衆一千二百餘人,民無所傷,賊勢大衄。寇退,君與其民更始相安,遵禮尚義,若未經喪亂也。

十六年,君改調寧德尹。邑父老走大府,願留君不可得,則遮道拜泣,相率拜詣予,口其數事,求文以紀去思。予聞而嘆曰:"吾今乃知禮義之可以得民也!"國家承平無事時,武夫之吏,簿儒生,迁禮義,銓曹以勞掩賢,州縣以法爲治,養成囂風,日長寇亂,大閫求苟勝之功,下吏無恤民之政,苛斂横賦以給外兵,高爵厚禄以寵孱將。及將驕兵敗,寇蔓于外,財殫力竭,民離于內,通城⑯列邑,淪胥不救者,以怙兵而不恤其民耳。獨聞余師(帥)廷心之守安慶也,禮義⑰養民,汰去冗卒,百姓爲之戮力耕戰,故能保一邑屢危于三匝之間。吾閩則前有彭君庭堅之尹崇安,以義導民,得其死力,故能保閩關,復鄰壤,建、邵以南皆賴之。有盧永春之政,亦用此道。一帥二令皆儒者也,使當方面任守令者人人能然,則百年天涵地育之德,百姓何忍負國家哉?余因永春吏民之情而列及之⑱,以爲救時保境者之楷式云。

盧君名琦,壬午進士,惠安人。予摭輿人之誦而聲以詩曰:

理亂無門,戚休自人。治生君子,賢傳有云。泉南七邑,獨善永春。七邑沸鼎,一邑安枕。南荒大饑,百里屢稔。大夫盧君,治教整整。平易近民,斂薄刑省。大夫苙政,俊秀有等。大夫行田,禾麥滿頃。耄幼炊春,仁及鄰封。鄰封不治,搏蟻聚蜂。我卒鋤梃,挫其鋭鋒。指麾整暇,威革頑凶。武城三百,冉有是從。衛國興守,孔伋在公。勇以義發,人心齊同。編氓⑲何知,大夫之功?大夫五年,但如一日。大夫改邑,何以朝夕?彼縣之民,得其羽翼。此方之民,孰拯饑溺?勿馳爾車,慰我戀思。我思無止,我君則移。君子紀之,以勸後來。

侍御荆碧陳公守城惠德頌碑　明何喬遠

城者,乘也,所以盛民也;城者,成也,所以生民也。無以生之,胡以成之者?

無以乘之,胡以盛之者?人無貧、無富、無貴、無賤,同乘此城者也。寇之不虞,登陴之役,守望之事,皆同成此城者也。"氓之蚩蚩,抱布貿絲",數口之不給,而又責以城守。城守之期,無日無月,又非如開溝洫、築隄障,任重致遠,有程有歲者也。

惠邑有城,舊矣。寇警叠至,惠人議城守。侍御陳公有同舟遇風之患,竟夜星馳者三,未嘗頃刻休焉,而殷殷告衆曰:"維此蚩蚩,朝之謀生,不及于夕,苟尚責以殷守,則寇未至,民先莩矣。今日議守,明日議守,然與不然,囂囂莫定,吾儕宜有以處之。遂規其條考籍計,俾富貴貧賤無相妨焉。鄉紳守十堞,上戶稽租額役,中戶□之貧氓二三人協守一堞。間有不能舉火者,大家或給以餐粥之需,庶寇至,人心鼓舞,防守可固,寇退又足以自謀其生。縱有悍鷙貪惡少年,亦何至走賊求衣食哉?"衆皆大悅,上于當道,憲檄如議。于是,惠之父老走予,乞言以頌公。

維公起家令吉水,繼入南臺。予每誦其吉水之政與南臺經畫屯田馬政之議,在在爲國家碩畫,爲生氓謀久遠;今又出其緒餘,以施于鄉。予固知公之無所往而不爲國家生氓,念惠之人氓益以盛,惠之人氓益以生,且成公之爲賜也,因書以畀諸父老而碑之。

公諱玉輝,字達卿,萬曆辛丑進士。

誌　　銘

黃吾野先生墓誌銘　明周良寅

高士黃吾野公歿,馬鬣已成封矣,而猶未誌,蓋有待也。及配戴氏,勤懿襄事。子文學伯羽、弟伯英,手行狀乞銘于予。予惟公已誌文獻,復誌郡乘,亦安事予誌?第予不能以誌重公,而不能不誌公重,謹狀次之。

公諱克晦,字孔昭,別號吾野。先世自養賜公由漳入泉,居惠安崇武鎮。養賜生文爵,文爵生漢淵,漢淵生元曦。元曦娶卓氏,生伯子閣;繼娶王氏,生公。

公天性篤摯，資識沉慧，少小讀書即出驚人語。稍長，嗜古文辭、諸子百家，窮搜入肺腑。與伯氏食，惟母甘旨是豐，蓋公之囊如洗也。既已沉酣古昔，久復厭棄之，曰："吾安能跼蹐訓詁，藉聖賢之咳而縶豪士之足？古人立言不朽，豈謂是乎？"于是，曠意幽達，倣唐、晋之聲，摹鍾、王之法，以至顧、陸之迹，毋不情隨景生，語猶意適，陶天真而寄之筆研，于是而琬琰人目、金石人口矣。公雖飄然物外，不向人間一武乎，而聲名所集，諸賢豪無不願交公者。

及入晋江，則太令玉橋朱公、大宗伯儀庭黄公、司寇眂亭詹公、今大司馬鍾梅黄公，相與分題唱和，非後（從）世態俯仰，第猶曰："吾閑人也！"乃寰中文人、望士讀公詩，輒悠然神往，願見其人。或勸公曰："何不效司馬子長壯游山川，以廓耳目乎？"爰由兩粤入吴、楚，適金陵，歷齊、魯、燕、趙，所過大都人物，魚鳥佳麗，莫不供其點綴題咏。而公之墨妙筆精若化工，無復遁形，奚囊句滿矣。隨地應酬，不能枚舉。其名碩若博羅葉絅齋、楚黄二耿、吴馮具區、金陵焦從吾、琅琊二王諸公，咸盟心唱酬。

北至京師，則公之游日盛，篤念高堂，竟弗盡興而歸。比余喜遂初衣，尋舊社，與公往來紫雲寺中，披襟促膝。公出則談笑社中，入則承歡膝下，不欲作風塵想。

亡何王氏即世，公鷄骨支床，毀甚也怦怦。堪輿家爲公父改築佳城，與母同窆歲，力營未能得通。葉絅齋公令惠安，雅重公，爲卜洛陽蘇山下合葬，撰誌改蘇山爲高風山，蓋因公得名也。上官自御史大夫、藩臬、行部使者，輒齎幣式廬，以至郡公祖邑父母，高公行誼，亦時時握手虛席以請。乃公高人也，即爲詩、書、畫法爲適情也，非爲名府也，矧賓賓與鄉人爲事乎？

時已逾艾，竟懷舊尋夙訂，復束裝入都門。逾兩冬，與紫溪蘇先生登泰岱，游嵩宫，而二豎已作苦矣。醫有秋深之慮，南旋抵里，隱床第者兩月，遂以不起。

嗚呼！公古貌樸衷，恂恂素履事伯兄，俾忘其無出崇鎮，蹈崎嶇全母，尤稱兩難，義方雍肅，可爲型範。若谷若虚，備物而無物，舉世重如鼎，而公亦愛其鼎,著作撰述,身隱而言文。王元美先生曰:"山有武夷,人有孔昭。"孔昭何意哉?嗚呼!此其所以爲孔昭也。詩行于世,有《金陵稿》、《北平楚錄》諸刻,《匡廬》、《西山唱和》、《婺游稿》、《觀風迭唱集》未刻者,遭回祿,後鐘梅先生梓其遺。人自火傳,雖造物不能秘,入(又)閩中祀公高賢,公誠無愧矣!

配勤懿戴氏,鄉賓戴冕女,柔恭識大義,孝姑氏,因公念母劬也;睦姒娌,撫侄女若己出,因公篤棠棣也;操作拮据,訓子事先,俾公得成四方志。偕隱同穴,其今之伯鸞、孟光乎!

公生嘉靖甲申年八月二十七日,卒萬曆庚寅[年]八月二十八日,享年六十有七。配戴孺人生嘉靖戊子年二月二十日,卒萬曆乙酉年四月初五日,享年八十有二。己酉年正月二十日,葬于三十九都鳳凰山之麓,負乾揖巽,而虛其左。今以年月之吉,奉勤懿合葬焉。子,男三、女一。孫男七、孫女四。曾孫男四。是宜銘。銘曰:

惟山有璞,佳氣鬱蒸。維公有名,不藉朝紳。駿發商宮,令望維新。高風避世,瞻仰後塵。誰是偕隱,亦齊眉人。鳳凰蒼蒼,永賁貞珉!

銘

鬚髮墓銘　明葉春及

余春及宰邑五年,焦然肌色虾黳,鬚髮歸者無幾矣。忝爲爾民父母,或不忍棄所遺白,瘞之。銘曰:

莫如我拙,安辭我勞?我鬚我髮,四十二毛。如柔之劉,如苗之蔏。我其歸矣,留汝蓬蒿。

萬曆初,公將去惠,琢石爲匣,以藏鬚髮,埋于下廖蓮花山頂,尉倫大經刻是銘石上。乾隆癸酉,土崩石匣見,長僅盈尺,或取以歸,屢顯怪異,乃懼送還。余爲修葺,題曰"葉侯鬚髮墓"。

贊

江令人請贊　宋釋宗杲

渠本宣州人，生緣在寧國。前不尊釋迦，後不敬彌勒。家貧無飯噇，出家去投佛。行脚走諸方，江南遍江北。纔參臨濟禪，便作白拈賊。眼裏有瞳人，肚中無點墨。還如跛阿師，説得行不得。

張凈峰先生像贊[20]　明何喬遠

其神凝焉，而若有跂想；其身飭焉，而若有盤桓。其文非不能躋歐、曾之閫奧，而慮其分吾德性學問之功夫；其心思不能趨超悟之時流[21]，而慮其失吾窮理居敬之籓樊。其愛國忠君，雖顛沛流離，而有所不顧；其立身行道，遺死生禍福，而有以自全。秩雖峻夫正卿，而時浮沉于散吏；身雖列夫[22]内臺，而終不得一望夫國門。信孚裔夷，威伸苗蠻。德完行距[23]，身詘道尊。所謂公家之利，知無不爲，鞠躬盡瘁，死而後已。上世之所謂大臣，聖門之所謂君子歟！

文

祭海豐文學筆山洪君文　明葉春及

萬曆庚寅八月，海豐文學筆山洪君卒于位。柩將還錦田，故人葉春及歸自羅浮，抱病不能執紼，乃以十月癸巳具羊、豕、庶羞，遣一价行李馳而祭之，曰：

嗚呼！豨韋以降，誰能不波？崔隤吊靡，不還奈何？

先生有教，建學設科。挑達城闕，側弁之俄。咀嚼餕餘，爵禄是囚。拖金鳴玉，孰識五絃？總于貨賄，以封其家。亦有君子，知道之貴。采齊肆夏，紉蘭爲佩。言若夷由，行則污穢。梧臺燕石，胡焉巾匱？

昔余不佞，承乏錦田。規渠孔孟，以設方員。經執之外，多士勉旃。猗與洪君，奮袂先鞭。惟君深粹，篤志聖賢。穆穆其容，溫溫其言。擇地而蹈，蟄封折旋。有澹臺氏，匡坐鳴弦。

余還羅浮，君觀上國。隨牒鄱陽，爲多士式。學首人倫，道惟物則。揭之科條，猶射有的。鯉魚時烹，鴻雁載弋。燕語未同，如饑思食。

適有天幸，君遷海豐。春日載陽，過我水東。亦既遘止，我心則降。園蔬既蔩，水稻新舂。穿林陟阜，杯酒從容。惟此海濱，桑蟲未祝。何以教之？如江之右。傳彼四賢，示之領袖。青衿栩栩，方喜得師。胡天不憖？遂迫崦嵫。易簀前日，灑翰命辭。與我永訣，惟我子知。豈虞一晤，終古爲期。嗚呼哀哉！

朔風瀟瀟，長路浩浩。靈輀既駕，悠悠哀草。痛絶圜橋，悲深周道。諸子呼號，傷哉穹昊。我愧古人，乘白衣縞。爰命行李，酌彼行潦。嗚呼哀哉！尚饗！

跋

續憶梅吟自跋　清陳　菁

余鄉讀書山中，園居植衆卉，非不艷觀，獨有古梅覆窗檻，扶疏可愛，春來花發，坐卧其間，如晤良友，繾綣移情而不能去。暨游吳門，南園署多花木，又構小齋，移綠萼數株。當雪消蟄起之際，香浮書幄，玉映酡顏，雖蔬羹茗椀對之，便覺意洽，遂不自知其已矣。

鄧尉稱梅海，去金閶七十里，幾番因公愆約，時逗留梁溪，蓬窗雨後，無以遣懷，是以有憶吟之作。再越歲始一游焉，穿芳徑，浴香林，心曠神怡，喜可知也。爰有看梅口占，以志暢游，毋何逾今十年矣。

來螺陽，方在遷延之餘，山無茂林，村餘瓦礫，撫綏疾苦之不暇給，顧安得效河陽清興？吁嗟！風塵手板，僕僕泥塗，孤僻之性，尤所不耐。回思昔日山齋中，園林半樹，籬落橫枝，且不可得，何況舊游勝地，萬峰宥窕，數十里玉幕香光，那得不牽懷勞夢而不能釋哉？

兹春趨温陵,道宿,適風雨夜寒,計時值江南梅放,惆悵者久之。于是,剪燭作《續憶》三十韻,稍以寄托胸中壘塊而已。滿前塵俗,信口無腔,寧復有池塘佳句,彷彿灞橋風雪中耶!

張植人丹青跋語　清方　翀

惠安張君,名植,字植人,後以字行,更名楷之。余素聞其工畫,而畫本罕見。

今秋,陳生水亭持數帙來索題句,謂得諸無瑕上人。瑕亦畫中傑,出其源實由楷之也。

凡丹青猶作小楷,以秀勁爲難。秀易得,而勁則寥寥矣。唐人稱魯公書,謂之"遒婉"。婉即秀,而遒即勁也。余于畫見周服卿,乃直能秀與勁,世嘖嘖傳吕廷振,要遜服卿一籌也。

楷之此本,筆細如毛,筆筆秀,筆筆勁矣。而其縕染亦得古人法,且脂粉不甚點綴勻配,故與今畫師殊,所謂出人意表者。文章偏側頼唐,非老境不能此意。顧從丹青得之,豈非咄咄怪事?

因水亭之索,既各係以詩,復爲論定如此。

【校記】

① 清嘉慶《惠安縣志》卷首題爲《惠安縣前志原序》。

② "古今天下不一也",清嘉慶《惠安縣志》卷首作"古今天下一也"。

③ "法宜于古",清嘉慶《惠安縣志》卷首作"法立于古"。

④ "維",清嘉慶《惠安縣志》卷首作"雖"。

⑤ 清嘉慶《惠安縣志》卷首題爲《續志原序》。

⑥ "孜問",清嘉慶《惠安縣志》卷首作"考問"。

⑦ "趨舍",清嘉慶《惠安縣志》卷首作"趣舍"。

⑧ "徼亟",清嘉慶《惠安縣志》卷首作"檄亟"。

⑨ "則理亂異,則趨捨異",清嘉慶《惠安縣志》卷首作"則理亂趣舍異"。

⑩ "則綱紀異，則風俗異"，清嘉慶《惠安縣志》卷首作"則紀綱風俗異"。

⑪ "則好尚異，則文物異"，清嘉慶《惠安縣志》卷首作"則好尚文物異"。

⑫ "天工"，《文莊公集》（清乾隆蔡鶴村重訂本）卷四作"化工"。

⑬ "令職"，《文莊公集》卷四作"今職"。

⑭ "屬也"，《清源文獻》卷十四作"屬邑"。

⑮ "亦利"，《清源文獻》卷十四作"亦稱"。

⑯ "通城"，《清源文獻》卷十四作"連城"。

⑰ "禮義"，《清源文獻》卷十四作"禮賢"。

⑱ "列及之"，《清源文獻》卷十四作"列叙之"。

⑲ "編氓"，《清源文獻》卷十四作"編甿"。

⑳ 《小山類稿》卷首題爲《張襄惠公像贊》。

㉑ "其心思不能趨超悟之時流"，《小山類稿》卷首作"其學非不能趨超悟之時流"。

㉒ "列夫"，《小山類稿》卷首作"列于"。

㉓ "行距"，《小山類稿》卷首作"行鉅"。

十八峰傳墨卷二

四 言 古

最高峰① 明張 桓

身在翠微，眼空溟渤。足躡青雲，手扶紅日。

前 題② 明邱 尚

俯仰高峰，沼沚滄渤。披却閑雲，滿頭紅日。

前 題③ 明張 巽

上最高峰，茫茫海渤。劃然一聲，吐吞月日。

前 題④ 明蔡 清

身在翠微兮，我意登泰山之仲尼。眼空溟渤兮，而亦將其吞天之勢，以助吾胸中之奇。足躡青雲兮，遂仰長風而直上。手扶紅日兮，光光明明于宇宙間，斯是男兒。

五 言 古

贈張巽南歸 宋張 栻

秋風木葉落，送客麗譙東。豈懷兒女態，愛此趣味同。至理無轍迹，妙在日用中。聞言有不信，渠自馬牛風。吾子實所畏，立志高冥鴻。卓然游聖門，不受異說訌。切磋豈不樂，愧非劉鼻工。于皇太極蘊，精微浩無窮。願言終玩繹，默參元化功。人言砥柱險，袖手不敢邇。孰知人心危？毫釐千萬里。自來事物繁，酬酢無披靡。雖云應不難，要且辨真是。良知本易直，天機驗所起。亟需自日新，日新乃無毀。聖學非空言，要領故在此。吾子端發源，所進渺涯涘。我雖念不敏，詎敢忘所止。後同倘有時，深切同舉似。

七　言　古

過黃田錦溪　明蕭繼美

東方纔曙過錦溪，群兒夾道拜牽衣。借問群兒訴底事，爭言此地長明妃。蟬鬢娥眉世所稀，羅襦翠鈿嬌生輝。片片殘紅沉香閣，纖纖羅袖鬥春幃。中官促嫁赴佳期，紅絲萬丈覆通逵。豪華不數五陵貴，傳是先代王審知。別有甲第中天起，雕玉玲瓏列文綺。堂中互揖鐵豸冠，門前曲引流觴水。海日朝朝絢彩霞，靈珠夜夜照錦里。屈指于今幾百秋，丹涯翠壁對滄洲。自謂居諸長如此，豈知盛衰不自由。螺聲亂聒鼓鼙急，窮髮倭兒滿山趨。傷心碧樹叫鵂鶹，入眼殘蒿鳴蟋蟀。群兒相訴猶未畢，令余臨風三嘆息。憑誰畫計軫瘡痍，吁嗟我輩空肉食。雙旌凍挽一片闃，野火燒橋焦土黑。溪西路轉意躊躇，行行試問且停車。

謁張襄惠公祠　明蕭繼美

張公祠堂何處尋？螺山山下石嶙峋。清光一片朱門閃，翠壁重開滿院春。鐵面虎眉紫電眼，赭袍緩帶仍長身。至今伏臘供俎豆，猶説生前泣鬼神。憶昔提師鎮南荒，振金伐鼓下夜郎。詔書五道出宣慰，部使三邊督總羌。玉劍飛霜山岳摧，金鞭指日妖氣藏。洞口只聞書生令，漢水不數伏波良。功成六載[5]佩金印，鳥陣龍旌意自強。轅門一朝將星灰，遂令至尊失顏色。勒石頌冰禮數優，襄惠之名重南國。武皇末年曾伏闕，身雖坎坷名不没。三典文衡四統戎，左經右緯羅星月。孤憤屢遭七貴詆，相逢按劍無知己。東閣平津慣封侯，淮陽長孺偏不起。高苑麒麟半就殲，典型如在尚森嚴。爐烟細逐晴霜繞，楚客懷思暗捲簾。

登科山　清田廣運

地軸天南接青冥，挺然秀出三峰頂。山色好當晴後看，雲烟開處江湖迥。舊署登高讀書子，扶搖而上九萬里。茲山秀色青可摘，太清高接良有以。我來庭宇頗寂然，鷓鴣峰後啼春烟。老僧趺坐支敗屋，粥鼓夜參黃楊禪。規爲塗飾事誠難，巨川力障回狂瀾。軒楹布置須能手，寒暑未歷已改觀。微茫海氣白如練，幾奇峰照飛殿臺。高氣象，自崢嶸，慶雲景星光一片。燕雀于今賀落成，閩南風光一手擎。自昔地靈多佳氣，乘風亦足攝太清。君不見，文士登臨鬥文酒，舉頭曠望空諸有。流水高山自賞音，將與此堂乘不朽。

五 言 律

寄方干　唐周　朴

桐廬江水閑，終日對柴關。因想別離處，不知多少山？釣舟春岸泊，庭樹晚烟還。莫便求栖隐，桂枝堪恨顏。

送鄭褒歸里　宋王禹偁

褒也甄闈士，文高行益修。干名逢詔罷，歸計解親憂。鷗鳥終相狎，公卿謾欲留。刺桐花下宅，蘭蕨奉晨羞。

山閣落成二首　清田廣運

半角雲陰合，依山結野堂。曉雲吹遠樹，斜日過虛廊。海水四天闊，經聲一瓣香。曠觀多勝事，收拾入詩囊。

其 二

自然青到骨，名喜是登科。滿院添新綠，千岩發舊柯。不栖閑鳥雀，留待好吟哦。踪迹原無定,相期載酒過。

冷井清泉　明李　愷

結茅南澗水,鑿井北山岑。澄影涵空碧,流泉出地深。香花騰紫氣,冽味洗煩心。聖惠千家裏,轆轤十萬金。

七　言　律

松洋洞　唐韓　偓

微茫烟水碧雲間,掛杖南來渡遠山。冠履莫教親紫閣,袖(衲)衣且上傍禪關。青丘有地榛苓茂,故國無階麥黍繁。午夜鐘聲聞北闕,六龍繞殿幾時攀?

洛陽橋　宋劉子翬

跨海飛梁叠石成,曉風十里渡瑤瓊。雄如建業虎城峙,勢若常山蛇陣橫。脚底波濤時洶湧,里中烟景曉分明⑥。往來利涉歌遺愛,誰復題橋繼長卿?

揭陽縣東齋九月梅花⑦　宋梁克家

老菊殘梧九月霜,誰將先暖入東堂?不因造物于人厚,肯放南枝⑧特地香。九鼎燮調端有待,百花羞澀敢言芳。看來冰玉⑨渾相映,好取龍文⑩播樂章。

春日勸農至華林寺　宋周　震

飛廉怒息海天明,十里籃輿出勸耕。隴麥低頭須雨意,林花迎面笑春晴。熙寮聯轡勤因事,父老傳杯識至情。及物無功慚竊廩,豐年有願是忠誠。

贈吳崇岳道士　宋周　謂

楮子爲冠布作裳,吞得丹霞壽最長。混俗性靈常樂道,出塵風格早休糧。

枕中經妙誰傳與？肘後弓新自寫將。百尺松梢便飛去，鶴巢枝上禮虛皇。

崇岳，邑人。入龍興觀爲道士，收精練氣，休糧輕身。觀有古松，常攝木屐拜禮松梢。轉運使周謂行部，因與西行至德化縣。東有松高百尺，上有鶴巢，周命登之。岳出巢巔飛步拜禮，與枝低昂，因贈此詩。以名聞，召赴闕，賜號"通元先生"，年七十餘解化。

登螺山有感　明蕭繼美

北望群山秋色幽，每逢佳節愧山游。紫萸紅菊共誰采？濁酒孤樽只自酬。南寇羽書催夕箭，將軍旗鼓募漁舟。徵輸無計雞豚盡，腸斷蒼生泪莫收。

登龍喉山和丁少鶴韻二首　明歐陽樞

霜濤乍落雨初收，倉卒新停五夜籌。雲布陣蛇來海徼，風吹皋鶴到滄洲。爲憐民命紆神略，還借山行緩國憂。露冕逍遥文士滿，抽毫立馬喜同游。

其　二

旌旗移駐海東灣，結駟來登郭外山。絕島此時應盡寇，孤城終夜可無關。石容擘地分雙嶠，海色橫天限百蠻。江左龍岩開郢曲，夕陽樽酒意閑閑。

飲洪子崇宅　明葉春及

高堂華燭坐更闌，節序逢秋署欲殘。已見洪厓多道氣，更憐葉縣有金丹。金銀臺閣三山迥，名利風塵兩鬢斑。搔首望君霄漢上，鐵橋夜夜夢中還。

題天開岩二首　明劉宏道

結綬螺陽已四年，因知同上翠微巔。瓊臺高出來溟海，碧竇虛回徹洞天。細雨沾衣游欲遍，輕雲拂袖思應玄。塵囂乍却通真境，妙覺何須叩老禪！

其　二

名勝天開誰品題？相傳往事識神熙。石成勒佛苔封古，峰出壺公樹影低。

烟井近離三五里,滄桑遠繞萬千崎。芳游到此忘身世,霄際浮雲歸鶴遲。

靈秀岡_{宋進士黃岩孫故居。} _{明何喬遠}

靈秀山前日欲西,銜杯懷古未分携。錢鏐蜀昶有諸國,宋葦秦皇是此溪。莫道滄江千里遠,速將巒岳一峰齊。諸賢惟有岩孫在,笑殺群峰壓吕稽。

題雙髻山白水岩 _{明陳學潛}

峭壁懸空草徑斜,高低古洞繞烟霞。雙清鴉髮⑪雲中髻,兩結芙蓉天外花。馬甲一支千澗水,雉城片掌萬人家。孤根絶巘殊無障,日斷滄溟那有涯?

游科山,春和景明,山奇石幻,令人撫挹不盡 _{清楊琬}

光風蕙轉雅登臨,谷口嚶嚶半是春。對坐綺簾堪論世,繁舒芳樹亦撩人。南宮幻石難藏袖,東海騰蛟且隱鱗。慚愧簿書仍是俗,科山風月幾能親?

過洛陽橋二首 _{清趙隨}

萬安津渡跨雄關,砥柱渾忘利涉艱。地接梯航通百道,天連島嶼捍三山。扶桑羲馭停珠轡,洛水仙踪響珮環。洛下故多淇竹咏,長虹幾見此晴瀾?

其二

名勝昔曾跨閩嶠,軒輊徐過洛陽橋。潮聲湧日千潭落,山勢排雲萬里遥。貢舶連橋來貝玉,車書重譯近鯤鼇。于今澤畔浮舟鯉,可有仙姝弄碧簫?

宿普光寺 _{清陳菁}

古寺依岩只數椽,秋聲海氣夜蕭然。青山不共桑田變,貝葉都銷劫火烟。殿閣聲隨來往鳥,鐘魚響已寂隱鱗。慚教渾似村農舍,故意閑□□草邊。

喜雨亭 _{清田廣運}

半面雲烟接杳冥,前賢遺澤自堪銘。談經人署登高字,覓句風吹喜雨亭。

遠水多于溪尾綠,曉山半似佛頭青。新來政暇頻過此,花落春殘不解醒。

試山後泉 _{清田廣運}

一脉冷冷蟹眼寬,溪沙到處逐鷔湍。峰頭半隱當窗静,雀舌新烹帶雨寒。茉莉風吹金粟地,荔支香散水晶盤。此時纔識山前路,品得清泉又在官。

燕 剪 _{清釋明徑}

翛然雙尾信裁儀,利鈍休誇勢已奇。傍榻過疑名匠展,隔簾立怪美人遺。花間弄影驚傷葉,柳上動身恐斷絲。究竟難拘針尺隊,寒衣未定是歸期。

魚 梭 _{清釋明徑}

蕩漾波光疋練同,銀梭抛擲自相通。謾言織女天河巧,須信鮫人水室工。叠叠爲紋穿浪碧,重重成錦映霞紅。疑從昔日斷機際,投去逮今未化龍。

雁 字 _{清釋明徑}

秋塞名禽有美章,南來陣起盡成行。遥看天際篆文古,乍見風前草法狂。誰道橫空凝碧漢?自排梵貝渡瀟湘。須臾印遍雲千幅,一畫曾聞學柳張。

蟬 琴 _{清釋明徑}

微軀薄質宛牀琴,徽軫無勞玉與金。調古誰傳《流水》操?品高自抱《廣陵》音。風清葉底通幽意,露冷枝頭寫素心。秋爽桐陰閑倚聽,瑶聲漫向指中尋。

笋 筆 _{清釋明徑}

銳鋒斑管暗抽遲,斜倚崖傍若寫詞。柘浦夢餘還卓立,中山殺盡漫相欺。如椽亦可稱龍子,染翰何曾侍鳳池?縱老不煩謀退塚,薰風尚見影離離。

榆　錢　_{清釋明徑}

春風簸弄自敷榮，圓筴如錢顆顆明。方擬比銅休使鬼，未能爲寶漫呼兄。似堪助富還無字，終莫療貧空有名。莫道天工猶不到，祇因恐惹世人爭。

水亭三首　_{清方　翀}

閑園澹蕩漾清渠，中有幽人抱素書。拓地惟須三畮闊，看山不盡一亭虛。僧過話久非常論，夢覺春深似隱居。欲辨水哉真意味，忘筌今日更忘魚。

其　二

攸居名水地高原，裨海爲鄰一勺存。滿塢寒花争綠野，半簾烟雨簇黃昏。求聲恪值鶯遷谷，投轄應無鳳署門。吾愛吾廬分畫理，相提拍手繞芳村。

其　三

一泓湛賞斷浮萍，萬卷移籤入水亭。城匝淡烟環碎碧，堂開明鏡印空青。夜春每聞疏鐘動，曉月常從遠樹停。落落新篇何處托？壺天濯魄寸心靈。

五　言　絕

龜峰書院同虛齋先生聯句　_{明陳　琛}

龜峰何處是？直上山頭去。_{虛齋。}清風吹我衣，白雲助我句。_{紫峰。龜峰在邑二十二都鳳坑鄉。}

試劍石[⑫]　_{明葉春及}

片石春風裏，蒼苔覆綠雲。蓮花山下吏，無日不逢君。

其　二

寶劍千金裝，提携幽燕客。謂言非莫邪，視此山下石。

七言絕

塞下曲 _{唐周 朴}

石國胡兒向磧東，愛吹橫笛引秋風。夜來雲雨皆飛盡，月照平沙萬里空。

惠安縣齋詠梅 _{宋陳執中}

去年邊上見梅花，醉眼淹留未到家。今日嶺梅攀折得，忽驚身又在天涯。

京城題林子默旅壁 _{宋林 逈}

先生平昔命何非？萬卷詩書一布衣。回首長安成底事，吳山蒼翠幾時歸？

次陳休齋和柔廓然亭送別 _{宋梁克家}

已行更為玉泉留，好景煩公傑句收。紫帽峰前雙鷺下，幾多清興滿滄洲？

伏虎岩題贈三首 _{元南吏隱}

養師當日此山中，寢處惟同大小空。師去洞封空亦逝，天將丘壑付賢翁。

其 二

仙廬佛寺共鱗差，下有三間隱者居。得道能令龍虎遁，笑渠馴伏費工夫。

其 三

昔日方壺老應賢，謫來人世不知年。玉皇未有催歸詔，留隱昆山作地仙。

過黃州次臨皋，望東坡雪堂，題東坡祠堂筆架山 _{明李 愷}

晴雲玉女下塵寰，暮雨嵐光鎖翠關。彩筆橫雲流紫霧，三峰夢落石洲間。

仙人橋三首 _{明葉春及}

足下層雲萬仞懸，耳邊耳石一籐牽。白雲冉冉如無地，宿雨濛濛只有天。

其 二

千山雷雨震天門,萬壑飛流萬物奔。莫道游人魂欲斷,瑤琴石室倒璃樽。

其 三

秋衣重濕海天寒,秀色三峰雨裏看。却恨多情逢俠女,雙鬟猶隔海雲端。

石船二首　明葉春及

石船高駕碧山頭,似畏風波急暮流。十二時中平地起,問君何處不堪愁?

其 二

木蘭爲楫桂爲橈,南接端明學士橋。我自虛舟人不識,海門風雨日瀟瀟。

續憶梅吟三十首　清陳　菁

幾遍春來攪客衷,十年清夢繞花叢。三千路隔吳江棹,此日牽思更不同。

其 二

冷雨淒風徹曉嵐,海天二月似嚴冬。縈懷節序過驚蟄,遙想人扶鄧尉筇。

其 三

尋花每憶泛胥江,簫管悠然畫櫓雙。羈客春愁消不得,嵐烟瘴雨暗書窗。

其 四

吼林無賴海風吹,黯淡山城春半時。爭似江南花滿塢,日暄香徑鳥啼枝。

其 五

淹留久與素心違,幾負寒香玉屑霏。只恐故園今昔異,空令芳草憶人歸。

其 六

飛仙畫舫七香車,裘馬風流事又疏。萬樹花光何處是?簫管聲寂酒家罏。

其 七

海嶠橫霞接五湖,九峰西北是姑蘇。閑愁日共春潮湧,惱殺空山叫鷓鴣。

其 八

欲尋幽夢到芳堤,幾被梨雲引徑迷。不是梅開窗外曙,伯勞何事曉來啼?

其　九

百般苦憶意難排，勝友招尋未可偕。本是索居窮海角，香風漠漠蕩幽懷。

其　十

詩壇處處有花栽，性近孤清癖愛梅。自抱堅貞堪耐雪，山樊郁李漫相猜。

其十一

頻年鞅掌混風塵，疏闊花盟又幾春。篛笠穿香梅兩岸，西溪一曲好垂綸。

其十二

萬峰花海□漫漫，春雨春風幾度殘。豈爲高樓解弄笛，教人憔悴倚欄干？

其十三

春溪曲曲入烟鬟，雪霧香浮白滿山。強半鄉思花夜月，夢游曾逐棹歌還。

其十四

□□□□□憐，只爲看梅約屢愆。惆悵不知春社散，□□□□□□。

其十五

東風刺刺雨瀟瀟，可奈良辰坐寂寥。陵谷曉鐘孤嶼月，紅塵人自負花朝。

其十六

琴書塵鎖舊梅巢，花發誰芟三徑茅？我向南行携一鶴，輸他翠羽自啁啁。

其十七

曾因索笑訪林皋，斗酒敲詩興獨豪。不道積來蕭瑟恨，應酬山鬼著《離騷》。

其十八

荏苒芳辰嘆逝波，惜花人遠奈春何。幅巾有意尋丘壑，醉臥香茵一放歌。

其十九

江南隨地種梅花，古寺山園處士家。薄何荷藍芹白供，綠衣泉瀹峒山茶。

其二十

臥游書幄近滄浪，玉蕊成陰覆竹床。縱有清姿依舊好，愛花無復似何郎。

其二十一

迤邐（邐）松岑疏影橫，紛紛游冶趁春晴。虎山橋裏千林玉，遮莫臨風萬種情。

其二十二
梁溪艇子古郵亭,風雨篷窗擁被聽。此夜淒清還似昔,湖山渺渺酒帘青。

其二十三
嶺梅山雲隔萬層,江干驛使竟無憑。栽花叠石南園署,那復林間臥雪冰。

其二十四
蓮花峰外月如鈎,欲遣春情獨倚樓。彷彿林間今夜影,枝枝雪綴冷香浮。

其二十五
清芬千畝繞山陰,郁墓峰圻遍足尋。憶我舊時高士伴,空懸一榻感人琴。

其二十六
春妍最勝是江南,日日游尋意興酣。高韻清標梅獨擅,寧辭雪棹訪雙柑。

其二十七
道山花圃舊茅檐,香靄侵窗覆碧簾。坐臥閑看蜂蝶陣,推敲婉轉韻頻拈。

其二十八
香水春濤掛布帆,携觴探遍種花岩。蹉跎未續林泉約,千里相思攬舊衫。

其二十九
南來自惜遠離群,青鳥音書久不聞。底事憑欄虛結想,摩挲疏影挹清芬。

其三十
橫斜萬樹匝山村,消得紅牙與綠尊。無術化爲蝴蝶去,月明香透宿花魂。

癸巳九日三首　清田廣運

黃衣原自耐人思,又是尊前落帽時。不信螺陽風信早,吹來短鬢已成絲。

其　二
花間覓路曉簾開,幾輩生徒問字來。正是吹藜秋日曉,荔支香裏鬥春醅。

其　三
一天秋氣何人清,望去雲峰壓石城。幾日高吟郊外寺,白蘋風起看潮生。

【校記】

① 此詩鎸刻于惠安科山的摩崖上,現尚存,無題。其旁另有張桓題寫的"最高峰"三字。

② 此詩也鎸刻于惠安科山的摩崖上,爲和張桓之詩,現尚存,題爲《最高峰氣象》。

③ 此詩也鎸刻于惠安科山的摩崖上,爲和張桓之詩,現尚存,無另加題目。

④ 此詩也鎸刻于惠安科山的摩崖上,現尚存,題爲《和張大尹登最高峰》。本書録之,錯處不少,今據崖刻改正。

⑤ "六載",《小山類稿》附録六作"只載"。

⑥ "里中烟景曉分明",清道光《晋江縣志》卷十一作"望中烟景晚分明"。

⑦ (宋)洪邁《夷堅志》(何卓點校,中華書局,1981年版)支景卷第七《九月梅詩》篇録有此詩。

⑧ "南枝",《夷堅志》支景卷第七作"梅枝"。

⑨ "冰玉",《夷堅志》支景卷第七作"水玉",清道光《晋江縣志》卷七十五作"片玉"。

⑩ "龍文",《夷堅志》支景卷第七、《清源文獻》卷三均作"龍吟"。

⑪ "雙清鴉髮",《清源文獻》卷三作"雙堆鴉髮"。

⑫ 此詩鎸刻于惠安縣輞川鎮試劍村北側的試劍石上,名爲《題試劍石》,現尚保存完好。清嘉慶《惠安縣志》卷三十四録有此詩,錯字不少。

校 點 後 記

　　陳澍,字仲明,號水亭,泉州惠安縣在坊(今螺城)人。他出生於書香門第、官宦世家,爲清乾隆十年(一七四五)拔貢,曾任直隸州州判。

　　乾隆三十一年(一七六六),惠安知縣楊廷樺主持編修《惠安縣志》,以陳澍嗜學好古,雅慕文學,命以藝文補明張岳舊志所未備。陳澍殫心搜輯,其中有關於惠邑政治、風俗、山川、人物者登諸邑乘,而將所得載籍文字,自章疏敷奏以及書序、傳記、詞賦、詩歌、碑碣、雜著等,分薦紳、武秩、布衣、閨秀、仙釋、女冠六大類,得一百一十八人,爲卷二十,仿明何炯《清源文獻》例編爲《螺陽文獻》。

　　《螺陽文獻》集成後,乾隆三十七年(一七七二),惠安知縣馬淮爲之作序付梓。但不知何故,後來書稿卻"藏之邑南秀嶺(今洛陽嶺頭)陳姓家"。

　　光緒八年(一八八二),陳澍族裔舉人陳玉德以"是書搜輯既多,審擇尤當","懼其湮没不傳",商請秀土(今東園鎮秀土村)舉人張大川贊助。張大川"慨然肩之",可惜"殺青未竣而冥室遽扃,事因以寢"。

　　值得慶幸的是,宣統元年(一九〇九),張大川之弟、内史張大河"繼承兄志,重行補刊",三弟教諭張大江校對,終於實現陳澍生前夙願,《螺陽文獻》得以問世。

　　《螺陽文獻》是惠安歷史上唯一一部文獻資料的類書。馬淮在《〈螺陽文獻〉序》中稱贊此書:"因文考獻,彪炳藝林,而本末具舉,細大不遺,……誠不朽之鉅觀。"又說:"夫陵谷變遷,須記載之遞起,故《班史》志藝文,存者十無一二。今水亭捃摭遺篇,研摩編削,成一家之言,洵足備史氏之采擇,爲螺陽之鼓吹,固子衿齊民所衿式,而郡邑志亦因以彌光,則編書與著書同一不朽盛事矣!"民國十一年(一九二二),惠安知縣張祖陶在序中也贊頌道:"陳君搜羅藝苑,衿式里間；張君賡續梨棗，並傳志乘，可謂美矣！備矣！"

　　《螺陽文獻》自清光緒九年（一八八三）開雕，宣統元年（一九〇九）補刊，民國十一年（一九二二）正式出版後，再無翻刻重印，迄今已存世甚少。此次以泉州城厢上峰二銘山館的藏板印本爲底本進行點校。由於此書涉及面廣，所需參考資料又難以搜全，故在校勘中或不免有錯漏之處，敬請批評指正。

編　者
二〇一一年十二月二十八日

圖書在版編目（CIP）數據

螺陽文獻／（清）陳澍編；鄭焕章點校. —北京：
商務印書館，2018
（泉州文庫）
ISBN 978-7-100-15756-8

Ⅰ.①螺… Ⅱ.①陳… ②鄭… Ⅲ.①中國文學—古
典文學—作品綜合集—清代 Ⅳ.①I214.92

中國版本圖書館 CIP 數據核字（2018）第 015029 號

權利保留，侵權必究。

責任編輯　閻海文
特約審讀　李夢生

螺陽文獻
（清）陳澍　編

商務印書館出版
（北京王府井大街36號　郵政編碼100710）
商務印書館發行
山東鴻君傑文化發展有限公司印刷
ISBN 978-7-100-15756-8

2018 年 5 月第 1 版　　　開本 705×960　1/16
2018 年 5 月第 1 次印刷　印張 29.75　插頁 2
定價：138.00 元